La abadía de los herejes

La abadía de los herejes

Eugeni Verdú

Rocaeditorial

Primera edición en este formato: marzo de 2022

Av. Marquès de l'Argentera, 17, pral.
08003 Barcelona
actualidad@rocaeditorial.com
www.rocalibros.com

Impreso por Liberdúplex

ISBN: 978-84-18557-73-6
Depósito legal: B 1975-2022

RE57736

Índice

A mi hija y hermanos.
Carpe diem quam minimum
credula postero

A mis padres.
In memoriam

Cuando el azar persiste es porque te está proponiendo un juego; y para entonces, sin apenas darte cuenta, se hace amo de tu destino.

Antelogium

No puedo silenciar la forma en que llegó a mí esta historia, porque implicaría relegar al olvido a Madame Savaric y tamaña ingratitud hubiera sido tanto como retar al azar y al destino. Así pues, es mi deseo que estas primeras líneas den a conocer cómo los hados me llevaron a ella.

En septiembre de 2019 me encontraba apurando mis últimos días de vacaciones en el Port de la Selva, una población de la Costa Brava muy próxima a la frontera francesa. Tras unas largas jornadas de tiempo sereno, entró súbitamente el frío viento del norte que nos anunciaba el fin del periodo estival. La tramontana sopló con tal violencia que hizo que el mar, la playa y la montaña se tornaran tan inhóspitos que vi llegado el momento de adelantar mi marcha. Sin embargo, llevado por mi devoción por todo aquello que desprenda ese misterioso aire medieval, decidí que antes de dar por finalizadas las vacaciones bien podía tomar el coche y visitar Carcasona. Una idea que acariciaba desde hacía mucho.

Era poco antes del mediodía cuando llegué a esa ciudad. Dejé el coche en el aparcamiento de la Cité y deambulé varias horas por la antigua ciudadela absorto ante sus torres, sus fortificaciones concéntricas y la basílica de Saint-Nazaire. Tras tomar un tentempié, pensé que debía buscar dónde alojarme. Me dirigí entonces a la Oficina de Turismo, en el número 28 de la Rue de Verdun, pero allí negaron con la cabeza media docena de veces. En esa ciudad, todavía en temporada alta, ya no quedaba ninguna habitación libre donde pasar la noche; cortésmente me aconsejaron que probara en alguna localidad cercana. Así fue como, por azar, llegué a Limoux. Ahí probé suerte en el Grand Hotel Moderne et Pigeon, y aunque en la puerta colgaba el cartel de completo, tuvieron la amabilidad de marcarme en un plano un antiguo caserón que hacía las veces de casa de huéspedes. Estaba situado en las afueras de la villa, cerca de la avenida de Catalogne. Y así conocí, también por capricho del destino, a Madame Savaric, una viejecita de unos ochenta años, de pelo blanco liliáceo y ojos entre un azul muy pálido, prácticamente descolorido, y un gris cambiante. Me miró con ternura, como si llevara una eternidad deseando que alguien llamara a su puerta. No me hizo muchas preguntas, y pareció contentarse con saber que venía de Carcasona y que allí tenía previsto regresar al día siguiente.

Tras rellenar un formulario se ofreció a acompañarme a mi estancia. Ascendió con frágil agilidad la escalera y se detuvo frente a una gran puerta de estilo gótico, probablemente muy tardío, y la abrió con cierta vanidad. La habitación era de piedra vista, con una cama con dosel soportado por cuatro columnas de madera trenzada, varios muebles bastante aparatosos y un armario de dos cuerpos que tenía grabada la fecha de 1771. Dos ventanales se abrían a sendas terrazas, y tras un tabique de moderna construcción me mostró el aseo y la ducha. Reparé entonces en que aquella era la habitación de honor y yo su único huésped.

Por la mañana volví a Carcasona para visitar la Bastide Saint Louis y la catedral de Saint-Michelle; al anochecer regresé a Limoux con el tiempo justo para asearme y sentarme a cenar con Madame Savaric. Ya en los postres le adelanté mi intención de abandonar el hostal al día siguiente, a primera hora de la tarde. Madame Savaric hizo como si no me hubiera oído y me sirvió un *blanquette* de Limoux, el vino espumoso de los *limouxins*. Quizá fue su furtiva forma para tratar de hacerme cambiar de opinión.

Cuando regresó de la cocina volvió a sentarse frente a mí y me observó a hurtadillas. Tras volver a recordarme el fallecimiento de su marido, añadió que poco le faltaría para reencontrarse con él. Le reproché con la mirada ese comentario, pero ella, con sonrisa impostada, confesó que no le importaba demasiado; en realidad, ya nada le preocupaba salvo que todo aquello pudiera echarse a perder. Su tono y su expresión me advirtieron de una velada intencionalidad. Pareció dudar unos segundos pero finalmente Madame Savaric se dirigió a la biblioteca del salón, se quedó mirando un grueso archivador de cartón negro y me pidió que se lo bajase. En cuanto lo trasladé a la mesa del comedor, ella le pasó un trapo de polvo y, abriéndolo con gran protocolo, me descubrió una ingente cantidad de papeles, algunos extraordinariamente antiguos.

Los primeros documentos eran manuscritos, la mayor parte fechados en el siglo XIV, insertados en protectores de plástico y papel de seda. Unos y otros se intercalaban con hojas escritas a máquina, fotografías antiguas, recortes de periódico y fotocopias de libros. Calculé que podría haber no menos de doscientas páginas, introducidas por un primitivo índice, varias veces rehecho y con un montón de tachones, donde se alternaban el idioma occitano, el catalán y el francés. Mi expresión fue de rotunda sorpresa, incluso aturdimiento, y le pregunté de dónde había salido todo aquello. Ella, con voz suave y franca, me respondió que los documentos más antiguos procedían de la finca vecina y los más modernos los había escrito Pierre, su difunto marido. Se incorporó haciendo gestos para que la siguiera hasta la cocina, presionó un interruptor que no pareció prender nada y abrió la ventana para mostrarme un patio interior profusamente iluminado. Me señaló la pequeña ermita adosada a la vivienda, tras el jardín posterior. Me explicó con aire severo que la había heredado de su esposo, junto con la casa. Consentí que se entretuviera en detalles de esa herencia, pero cuando advertí que dejaba de lado los documentos, señalé el archivador y la interrogué con la mirada.

Madame Savaric realizó una pausa muy teatral, en la que me ofreció un coñac y ella aprovechó para escanciarse recatadamente dos deditos de Pernod en su tacita. Tomó asiento en su sofá y, tras mojarse los labios con el anisado, me dijo que hacía unos doce años atrás su esposo decidió remodelar los dos baños que había junto al muro adosado a la ermita. Los operarios estuvieron tres días tirando abajo tabiques y saneando las paredes. Un par de noches después, sobre las cuatro de la madrugada, los despertó un ruido ensordecedor que al poco se repitió. Su esposo se levantó de la cama convencido de que alguien estaba intentando reventar la puerta de la ermita. Y con el natural miedo en el cuerpo, fue hacia el armario, tomó la escopeta de caza, le puso un par de cartuchos, encendió la luz del patio y salió con las llaves de la ermita. Ella insistió en acompañarlo, pero él se negó aduciendo que tal vez se tratara de ladrones o de una de esas sectas satánicas que gustaban de realizar rituales nocturnos en iglesias abandonadas. Todo cuanto le pidió fue que se quedara ante el ventanal dispuesta a llamar a la Policía si veía que tardaba en exceso. Afortunadamente, al cabo de no más de cinco minutos regresó con gesto sereno, dando a entender a su esposa que no había ningún intruso, y que todos aquellos ruidos se debían a que uno de los muros de la ermita se había venido abajo. Ella se alarmó, pero su marido le quiso restar importancia, aclarando que la porción desprendida no era más que la falsa pared superpuesta al muro exterior.

Aquí hubiera podido finalizar el incidente si no fuera porque al día siguiente, tras el desayuno, el matrimonio comprobó atónito que el derrumbe había dejado a la vista los restos de un enterramiento que preservaba dos arquetas no más grandes que una caja de vinos, y en su interior, una extraña mezcla de cenizas y pequeños fragmentos de huesos ennegrecidos. El ataúd también contenía un cofre forjado en hierro con los documentos que ahora estaban sobre la mesa.

Cuando pregunté por lo acontecido después del hallazgo, ella negó con la cabeza. Poco más había que explicar, pues su marido decidió quedarse con el cofre y los manuscritos y rehacer el muro con las mismas piedras para ocultar de nuevo la sepultura tras él. Reconocí que aquella era la opción más sensata si pretendían no llamar la atención.

Madame Savaric abandonó el salón con su copita de Pernod en la mano, comprobó que la entrada estuviera cerrada con llave y se despidió con una tierna sonrisa.

Empecé a leer aquellos textos anónimos con avidez. Estaban redactados en un lenguaje simple, exento de grandilocuencias, y de no ser por la tipología de las letras difícilmente podría decirse que tuvieran los seiscientos años que se les atribuían. Junto al manuscrito original se alternaban documentos más modernos, que a modo de apuntes eran el resultado del esfuerzo de Monsieur Savaric y también de su hermano menor, un funcionario de la Biblioteca Nacional francesa. Los índices y las referencias anotadas por doquier me dieron una idea de la dimensión de lo que tenía ante mí, y supe que su lectura me llevaría toda la noche.

Los hechos narrados tenían lugar en el Languedoc, en el mismo Limoux —citado como Limós, en occitano—, en una época en la que, junto al Rosellón, los Midi-Pyrénées, e incluso algo más allá, constituían un territorio común a la corona catalano-aragonesa, un dominio donde los Pirineos eran una anécdota natural y no una frontera artificial decidida más tarde en una triste mesa de negociaciones. Esa era la tierra de los cátaros, allí conocidos como *bons òmes*. Me llamó la atención que, pese a que el manuscrito estaba fechado unos ciento treinta y cinco años después del final oficioso de esa herejía —asedio de Montsegur—, en él se seguía mencionando la forma en que la Iglesia todavía los combatía ferozmente. La minuciosidad con la que explicaba la labor de la Inquisición de aquella época consiguió trasportarme en el tiempo con una intensidad casi enfermiza. Eran escenas crueles de interrogatorios y torturas, pero la precisión de sus métodos revelaba unas particularidades tan especiales, tan diferentes a los datos que habitualmente se manejan, que consideré necesario registrarlos en su integridad. Me percaté de que, por desalmados que fueran, esos suplicios no eran hijos del sadismo, sino pura consecuencia del fanatismo religioso.

Algunas horas después, cuando constaté que los textos hacían referencia a los episodios de la peste bubónica, sin duda la peor de las epidemias que asolaron la Europa medieval —acabó con un tercio de la población europea—, me vino a la mente *La peste* de Albert Camus: la peste como el absurdo, y, en definitiva, la absurdidad del mal.
Esa asociación de ideas me aproximó a todo cuanto había estudiado sobre la época medieval, consiguiendo que se me partiera el alma al imaginar a mujeres y hombres acuciados por asegurarse un plato de comida al día, o por no ver morir a sus hijos a la mañana siguiente; por fortuna, nada que ver con nosotros.

Aquellas gentes me permitieron discernir lo que éramos y en lo que nos hemos convertido. Nuestro ahora me resultaba de una debilidad psíquica que rozaba la enfermedad. Sentí cierto estupor e incluso remordimiento al comprobar lo brutal de esa época. Pero, aun así, entre ellos y nosotros existía un punto en común: con religión o sin ella, seguimos dominados por el miedo. Parecemos empeñados en engendrar dirigentes capaces de usarlo en la misma forma que antaño. Las crisis políticas, sanitarias o económicas son detonantes del miedo, y su control, difusión y dosificación continúan permitiendo la manipulación de nuestras voluntades; pero con un agravante, y es que si antaño una epidemia podía arrasar un continente, ahora es el mundo entero el que tiembla de pánico. A fin de cuentas, padecemos el mismo terror, aunque edulcorado con el perfume de la fatalidad y modernidad. El miedo sigue ahí.

Cuando terminé de leer el manuscrito ya faltaba poco para el alba. Adoro esas noches sin tiempo. Me acosté fatigado, pero con un insólito sosiego. Evoqué entonces la simpática y decidida actitud de Ejean —el protagonista y presumible autor del manuscrito—, en continua rivalidad —o dualidad— con la racionalidad de Bardou, un monje transformado en compañero accidental. Todo inmerso en ese profundo pensar monástico de la época que aflora en cada diálogo que los religiosos desgranan en el texto. Y a la cabeza de todos ellos, sin duda, por su agudeza espiritual e intelectual, brilla con luz propia el hermano Roffh. La otra cara de la moneda la conformaban las intrigantes profecías que augura el documento titulado *El legado del diablo*.

A media tarde me despedí con tristeza de esa gran dama y mejor anfitriona. Sus últimas palabras, casi como un susurro, fueron para invitarme a regresar a Limoux cuando se celebraran los Carnavales, a finales de enero: «Le ayudarán a entender muchas cosas».

Ya en el estudio de mi casa, y sumido en un sinfín de reflexiones, creí vislumbrar que ese manuscrito, además, contenía el instante mágico en que se anuncia la concepción del Renacimiento. Son muchas —y seguramente no por casualidad— las veces que se pone en boca de los propios monjes unas cuestiones que en aquella época pocos hubieran osado plantearse. Son deliberaciones —evidentemente heréticas— que perfilan esa nueva concepción del hombre y del mundo que llegó algo más tarde, ya en el siglo XV. Ideas que con el pasar del tiempo consiguieron relegar a Dios como razón primera y última de la existencia humana, en favor de otros conceptos que encumbraron al hombre como centro del universo, dando forma al *David* de Miguel Ángel Buonarroti o al *Hombre de Vitruvio* de Leonardo da Vinci; el afortunado retorno a la cultura clásica. Y aunque solo como hipótesis de trabajo, también me atreví a intuir que jamás habría germinado el Renacimiento si Europa no hubiera padecido las consecuencias físicas y morales de esa epidemia. Quizá ahora, una nueva pandemia desplace al hombre de ese centro y devuelva a la naturaleza el lugar que nunca debió arrebatarle.

Capitulum I

La conspiración

Roquemaure, marzo de 1379

Hacía poco que la noche había caído en Roquemaure, una población cercana a Aviñón. Todo era calma hasta que un pequeño carruaje rompió el silencio de las calles. El estrépito que provocaron los cascos de los caballos alertó a los vecinos, pero nadie, absolutamente nadie, cayó en la tentación de fisgar desde las ventanas. Se oyeron algunas voces en el interior de las casas y, más tarde, los pasos de quienes precipitadamente atrancaban sus puertas y apagaban los candiles; luego se hizo el silencio. La angustia inundó sus almas durante un tiempo que les pareció eterno y en el que unos y otros, con la respiración contenida, prestaban atención al retumbar de las herraduras. Para dicha de todos ellos, los caballos no detuvieron el trote, y el carruaje siguió su marcha hacia las afueras del pueblo.

Uno de los mozos de la posada abandonó el cobertizo en cuanto alcanzó a divisar, bajo la inmensa luna, la silueta del carruaje. Entró en el caserón y ascendió de dos en dos los escalones hasta la planta superior. Llamó nerviosamente a una puerta y, sin atreverse a abrirla, gritó con agitación:

—¡Ya está aquí! ¡Ya ha llegado!

Las tres figuras que esperaban sentadas alrededor de una amplia mesa se incorporaron a fin de recomponer las vestimentas, y uno de ellos se afanó en ocultar en un armario los vasos y la botella de licor con la que habían amenizado la espera. Al poco, el pasador se alzó lentamente, quedando la puerta entreabierta. El primero en aparecer fue un guardia que mantenía la mano firme en la empuñadura de su espada, y que sin saludar a nadie procedió a inspeccionar la estancia. Tras él surgió la menuda figura de un hombre vestido con ropas eclesiásticas, burdas y negras, sumergido en su capucha y sin distintivo que revelara su jerarquía. Por último, entró otro guardia que cerró la puerta con un fuerte golpe. El religioso miró a los presentes.

—Se supone que si no tenemos nombre, tampoco debemos tener rostro, por lo que entiendo innecesaria tanta luminaria —indicó con tono inquieto, señalando las cinco velas que prendían sobre la mesa y los dos candiles que colgaban de las paredes—. ¡Apagadlas todas a excepción de una! —vociferó airado.

Los guardias se precipitaron a acatar la orden, y al punto reinó la penumbra entre ellos.

—Ruego os identifiquéis —dijo el religioso sin efectuar saludo ni introducción alguna.

Cada uno de los convocados extrajo de entre sus ropas un pequeño trozo de pergamino en blanco, roto de forma irregular, en el que solo aparecían varios sellos de lacre rojo. Se los entregaron al recién llegado. El clérigo los dispuso sobre la mesa y los ordenó hasta con-

formar un pliego perfecto. Entonces levantó la vista, y tras asentir levemente, volvió a dirigirse a ellos:

—Queda la segunda identificación, de conformidad con las claves que se os han dado para esta ocasión.

—Cuando gustéis —se aventuró a decir el que ocupaba el extremo izquierdo del grupo, con diferencia el más alto de todos ellos.

—¿De izquierda a derecha? —interrogó el religioso.

—Como ordenéis. —Asintieron todos en un ambiente de extrema tensión.

—Mi identificación es tres —dijo el clérigo mirando fijamente a los ojos del más talludo—. ¿Y la vuestra?

—La mía es diez —respondió su interlocutor.

—Mi clave es el número diecisiete —agregó el personaje cano situado a su lado.

—Treinta y cuatro —se limitó a decir el más grueso de todos ellos, que ocupaba el flanco derecho.

—Ruego os sentéis —ofreció el clérigo en un tono algo más relajado.

Uno de sus guardias le aproximó una silla y lo ayudó a tomar asiento.

—¡Quedad tras la puerta! —ordenó a su escolta—, y no permitáis que nadie entre o salga sin mi consentimiento.

Los presentes, tomando sus respectivas bolsas de cuero, empezaron a desplegar manuscritos y planos sobre la mesa.

—¡Pasemos al orden del día! —propuso el clérigo echando un vistazo a sus documentos—. ¿Cómo está la cuestión entre el Reino de Navarra y la Corona de Castilla?

—El campamento real de los castellanos ya está instalado en Briones, por lo que es solo cuestión de días que firmen la paz.

—¿Está suficientemente claro en esos pactos que Carlos II de Navarra romperá su alianza con Inglaterra y prohibirá el paso por sus tierras a cualquier enemigo de Castilla?

—Sí, eso es lo acordado —respondió el hombre canoso.

—¿Quedará Francia satisfecha?

—Sí, de hecho, la Corona francesa ya nos ha manifestado su agradecimiento ante la perspectiva de que los ingleses no puedan atacarlos desde territorio navarro.

—¿Y eso significará también que Navarra abandonará su causa por el papa de Roma y se decantará a favor de nuestro papa de Aviñón?

—Por el momento se mantendrá neutral, pero ya estamos trabajando para que tome partido por Clemente VII.[1]

—¿Qué tipo de gestiones?

—Estamos ultimando los detalles para que este otoño Martín de Zalba, el obispo de Pamplona, se desplace a la corte navarra; creo que podemos confiar en él para atraer a Carlos II a nuestra causa.

—¿Cataluña y Aragón? —interrogó sin respiro el religioso, golpeando la mesa con los dedos.

—Pere IV sigue tan calculador y astuto como siempre —terció el más alto—, y ha adoptado la postura de dejarse querer tanto por Urbano como por Clemente; conoce bien su potestad en este asunto y le apetece jugar con nosotros, y obviamente tampoco tiene reparos en pedirnos favores a cambio…

—¿Y ahora qué pide? —interrumpió con voz cansina el religioso.

1. Robert de Genève (1342-1394) fue elegido papa por aquellos que se oponían a Urbano VI. Se convirtió en el primer antipapa del Gran Cisma de Occidente con el nombre de Clemente VII.

—Que establezcamos la universidad en Perpiñán. Considera que sería el gesto adecuado para confiar en el plan maestro que le propone Clemente.

—¿Una muestra anticipada de gratitud? ¿Y aun con esas prebendas sigue indeciso en sus convicciones personales? —recriminó el clérigo.

—Sí, pero creo que lo hemos convencido para auspiciar un consejo en el que estén presentes las más altas personalidades políticas y religiosas de su reino; esperamos que entonces se vea obligado a tomar partido.

—¿Hay fecha y lugar?

—Previsiblemente este verano y en Barcelona.

—Sin duda, es un rey muy experimentado —intervino el más obeso.

—Y muy anciano —añadió el religioso.

—Por esta razón ya hemos dado instrucciones a Pedro de Luna para que, caso de fracasar con Pere IV, se gane la confianza del príncipe heredero, a quien, además, pretendemos casar con una hermana de Clemente VII —explicó el más alto—. Y si eso también fallara, me honra deciros que tenemos de nuestra parte a fray Vicent Ferrer...

—¿El teólogo dominico? —interrumpió el religioso con aire contrariado.

—En efecto, ese predicador ya tiene ultimada su obra *De moderno Ecclesiae schismate*, con la que expondrá ante el mundo que el verdadero papa es nuestro amado Clemente VII, y no Urbano VI. Y, por si fuera poco, le hemos convencido de que el primer ejemplar se lo dedique al mismísimo Pere IV.

—Buen trabajo —murmuró el eclesiástico—. ¿Y Castilla?

—Está pronta a caer bajo la obediencia de Clemente —contestó el más anciano—, aunque no quiere comprometerse a nada hasta que le aseguremos que podrá firmar con Francia una alianza contra Inglaterra y Portugal.

—Era previsible.

—Nos consta que el rey francés está enviando cartas privadas al castellano para convencerlo de que se ponga de nuestro lado, igual que hacen el cardenal de Amiens y Nicolau Aymerich. Todos lo están presionando, ya directamente o a través del arzobispo de Toledo, pero como bien sabéis, el monarca de Castilla está rodeado de personajes favorables a Urbano.

—¿Y Portugal?

—Es imposible pronosticar las intenciones de Fernando I, y aunque creemos que está próximo a nosotros, da más vueltas que una peonza. Todos hacemos lo que podemos, incluido el duque de Anjou, pero es evidente que el rey portugués está obcecado en vengarse de Castilla, y por esa razón va de la mano de Inglaterra..., y ya sabemos que si Inglaterra decide ayudarlo le exigirá obediencia a Urbano VI.

—O sea, que esto no terminará hasta que Castilla invada Portugal, ¿es así?

—Esa es la inclinación que estamos despertando en el futuro heredero; esperamos que tarde o temprano Enrique II de Castilla acabe declarando la guerra a su vecino.

La reunión se alargó hasta entrada la medianoche. Cuando la dieron por terminada y se disponían a guardar los documentos en sus respectivos talegos, el más grueso se levantó y se dirigió al clérigo:

—Tomad, es una carta que me han confiado en Aviñón para que os la entregue.

—Supongo que sabréis lo que dice.

—Me dijeron que era respecto a ese asunto de Limoux —murmuró—. Están preocupados...

—Pues decidle a quien os la ha entregado que no debe impacientarse y que me encargaré de ello personalmente —interrumpió el clérigo tomando la carta de mala gana e introduciéndola en su bolsa, sin apenas mirarla.

Capitulum II

El prendimiento de Jean Duver

Limoux, junio del mismo año 1379

La tarde desfallecía, y el último haz de luz luchaba por no extinguirse en el horizonte, tiñendo de rojos, naranjas y rosas las nubes. Había llovido intensa y brevemente, como acostumbra en el albor del estío, y el cielo amenazaba con los colores del viento. Una procesión de faroles y candiles serpenteaba por el camino que la dirigía a las afueras de Limoux.

El alguacil y su séquito, en perfecto silencio, zarandeaban las luminarias en un intento inútil de esquivar los charcos de aquella senda embarrada. Se dirigían a la casa de Jean Duver. Claude Gog, el alguacil, se preguntaba qué estupidez podría haber cometido Jean para que a esas horas le hubieran ordenado su apresamiento. No es que le importara mucho, pues, en definitiva, aquella orden significaba unas monedas más a su paupérrimo sueldo; una propinilla siempre era bien recibida si, tal como pretendía, quería abandonar esos empleos estacionales de pastor y segador, e instalar de una vez por todas su propio negocio. ¡Dios, qué harto estaba de levantarse al alba y acatar las órdenes de los terratenientes! Él había nacido para mandar y ser obedecido, y no para cuidar cabras y ovejas, ni para deslomarse de sol a sol rodeado de remolachas. Aquel hombre, de mediana edad, seco y carente de todo rastro de pelo, siguió caminando de mala gana. Conocía poco a Jean, pero tenía entendido que, habiendo enviudado de su primera mujer, contrajo nuevo matrimonio con Anne, una joven y bella hembra, con la que, en unión de los hijos habidos con su primera esposa, se trasladó a Limoux. Debería tener cuarenta y tantos años, y jamás hasta ese momento se había metido en líos. Recordó que, al poco de llegar al pueblo, su maestría como carpintero le valió iniciarse en pequeños trabajos artesanales para los vecinos. Más tarde, su reputación propició que el clero y los nobles de la comarca requirieran sus servicios, principalmente para la elaboración de escritorios, columnas finamente decoradas y algún que otro retablo. No alcanzaba a entender, pues, cómo un hombre aparentemente bien relacionado con la Iglesia pudiera acabar perseguido por el Santo Oficio. «¿Qué demonios habrá hecho?», pensó con desconcierto. Sus húmedas ojeras, como inmensos sacos azules, reflejaban los candiles. El rostro mustio e inexpresivo, sus pocas palabras y la tristeza de su oficio le habían otorgado como apodo el Acelga, a lo que, a buen seguro, no era ajeno el tiñoso bonete verde que cubría su calva. Lo guiaban dos recios mastines, sujetos uno en cada mano. Aquellos perros eran su orgullo y en especial su querida Burxes. Ciertamente no se había estrujado los sesos para elegirle el nombre; a fin de cuentas, así era como llamaban al collar metálico y con puntas que llevaban todos los canes para evitar la dentellada en la yugular de los lobos. Esa perra era mucho más leal e inteligente que su pareja, un alocado macho demasiado proclive a perseguir esas fieras como si fueran conejos, siempre metido en problemas. Los alimentaba mejor que a su persona, y se habían convertido en sus compañeros inseparables, tanto cuando deambulaba por el campo con las infames ovejas como cuando paseaba por las calles del pueblo en sus inacabables rondas. Aquellos canes le habían conferido el respeto que tanto deseaba.

Inmerso en sus pensamientos, el Acelga llegó a divisar el hogar de los Duver. Vivían en un edificio adosado a la ermita donde se veneraba a la Virgen Negra,[2] en lo que en su tiempo había sido la sacristía. No hacía muchos años, desde que se levantara la nueva iglesia del pueblo, que esa ermita, salvo en la festividad de septiembre, ya no era objeto de culto. El entonces párroco, sin duda pensando en los réditos de las limosnas, ordenó el traslado de la Virgen al nuevo templo. Más tarde, incluso decidió desacralizar aquel santuario para congregar en el pueblo a todos los peregrinos. El Acelga recordó el revuelo que provocó esa decisión entre las gentes del lugar, pero

2. Tal vez la primitiva capilla de Notre-Dame de Marceille (Sanctae Mariae Marcellano).

por fortuna para él, aquellas algarabías quedaron en nada en cuanto el párroco juró ante la misma Virgen que su decisión era temporal y duraría el tiempo justo para solventar ciertos problemas con las corrientes subterráneas de agua que amenazaban la estabilidad del antiguo santuario. Fuere cierto o no, la sacristía acabó arrendándose a Jean Duver, y, con el transcurso de los años, también se le autorizó a utilizar el interior de la ermita como taller de carpintería. El Acelga tenía entendido que en ese pacto no hubo pago de merced o rentas a favor del clero, sino la simple obligación por parte de los Duver de cuidar del pozo de agua milagrosa que manaba de su interior, y por supuesto, que aquella construcción no se viniera abajo. En primavera era habitual ver al padre y a sus hijos encaramados en el tejado reparando los desperfectos que había ocasionado el invierno.

El alguacil no tenía duda de que Jean Duver cumplía con el pacto acordado, pero tal vez —cavilaba— el compromiso iba más allá, y el carpintero estuviera en deuda con la clerecía por otra razón que desconocía. «Seguramente es ese el motivo de su detención», pensó. Se tranquilizó al considerar que todo aquello acabaría con un simple tirón de orejas y el pertinente sobresalto de Jean. Se deleitó acariciando esa idea, pues ni compartía del todo los credos de la Iglesia ni le resultaba grato trabajar para ella; máxime desde que, en su reciente estancia en Girona, unos parientes le revelaran el origen judío de su familia. Desde entonces se sentía poco seguro, y algunas miradas cristianas se le antojaban gestos de sospecha. Tal vez era alguacil solo para evitar los recelos del pueblo.

Cuando llegó a los pies de la ermita, todo estaba en silencio, y tampoco detectó movimiento en la casa de los Sabarthès, vecinos de Jean Duver. Dispuso mediante señas a dos de sus escoltas en las esquinas opuestas de la ermita, con la finalidad de que pudieran dar la alerta en caso de que alguien quisiese darse a la fuga por las ventanas. Junto con otros dos de los suyos se dirigió a la sacristía sujetando a los canes con un solo brazo.

—¡Abrid en nombre del Santo Oficio! —exclamó golpeando la puerta con la palma de la mano—. ¡Abrid, os digo!

Jean Duver se encontraba recostado en el jergón, junto a su esposa Anne y al más pequeño de sus hijos de apenas seis meses. Al oír aquellos súbitos golpes y gritos se le agolpó el corazón en la garganta al tiempo que trataba de tranquilizar a su mujer con un manso gesto.

—¿Quién sois? —interrogó desde la ventana del dormitorio.

—Soy Claude Gog, el alguacil. Traigo una orden de arresto para vos —exclamó el Acelga mientras se aproximaba uno de los candiles al rostro.

—¿Venís a arrestarme?

—Sí, a vos y a toda vuestra familia.

—¡Dejaos de bromas, Gog! ¡Si estáis borracho, mejor regreséis por donde habéis venido!

—No es ninguna broma. ¡Bajad y os mostraré la orden! —El gruñido de los perros se abrió paso en la oscuridad.

—¡Marchaos, Gog! Dejaos de bufonadas —acertó a decir Jean.

—Si no abrís, tiraremos la puerta abajo y haré que los perros os saquen de vuestra guarida. No me obliguéis a ello.

Jean se calzó unas sandalias y bajó a la planta baja. Entreabrió la puerta con un candil en la mano e iluminó el rostro del alguacil.

—Por Dios, Gog, ¿qué sucede?

—Mandad a los vuestros que se vistan y bajen.

Jean dio media vuelta y subió medio tramo de las escaleras, para luego detenerse y mirar fijamente a Gog, esperando intimidarlo para que no llegara a franquear la puerta. Anne salió al encuentro de su esposo, quien mediante señas le pidió que fuera a despertar a sus hijos. Jean retornó junto al portón.

—Bueno, decidme ahora qué sucede —pidió con voz ronca.

—No lo sé —respondió el alguacil pretendiendo restar importancia al asunto—, pero aquí tengo la orden. ¿Sabéis leer?

Jean tomó el pliego y lo leyó hasta alcanzar a ver la firma y el sello. Entonces no pudo reprimir su sorpresa.

—¿Qué pinta aquí el Santo Oficio?

—No hace ni tres días que llegaron al pueblo —informó Gog.

—Hacía tiempo que no venían por aquí, ¿verdad?

—Cuando la última vez, yo era muy joven y mis padres aún vivían —contestó el alguacil.

—¿Y quiénes son?

—El inquisidor es un fraile dominico, un tal Arnault. Vino acompañado de sus auxiliares, entre ellos un vicario y otro religioso de la misma orden, pero no recuerdo cómo se llaman y desconozco igualmente al resto de la corte inquisitorial. Todos se han quedado a pernoctar en el pueblo, bueno…, todos menos uno.

—¿Y quién es ese?

—Un personaje que a la mañana siguiente partió de regreso. Debería ser alguien muy importante porque todos los presentes le mostraban un gran respeto, lo reverenciaban como si se tratara de un obispo.

—¿Y qué os han dicho?

—Se limitaron a presentar al *cònsol,* nuestro alcalde, sus credenciales junto con los documentos de la delegación pontificia, y sin más explicaciones nos han solicitado la carta de protección y los servicios de nuestros guardias.

—¿Y el obispo?

—Ya sabéis que el obispo tiene otras ocupaciones.

—Pero nadie nos ha advertido de la presencia del Santo Oficio…

—Así es —interrumpió Gog—, ni siquiera han publicado el edicto de fe ni el *tempus gratiae.*

A Jean se le demudó el rostro. Sabía bien que ese era el plazo que habitualmente se iniciaba con el sermón del inquisidor, y con el que inducía a los habitantes del lugar a denunciar a herejes y cómplices, incluidos parientes y familiares. Desde ese momento solían otorgar un edicto de gracia que oscilaba entre los quince y treinta días para que los herejes obtuvieran el perdón mediante la confesión voluntaria. Pero nada de eso se estaba cumpliendo, y ello le provocaba un gran recelo.

—Supongo que el sermón lo darán en la misa del próximo domingo… —agregó Gog—. ¡Ya veis que no se andan con miramientos! Es más, tan pronto se reunieron, les faltó tiempo para expedir la orden de detención de Guils, el borracho…

—¿Qué ha hecho en esta ocasión el desgraciado de Guils?

—Lo de siempre —contestó enojado el alguacil.

—¿Entrar en la iglesia con su habitual tajada?

—Sí, pero fue mucho peor que otras veces. —El Acelga se tomó un breve respiro—. Guils entró en la iglesia blasfemando, con palabras que no puedo repetir ahora. Era poco antes de la comunión y aprovechó que todas las mujeres estaban arrodilladas para tocarles el culo y llamarlas zorras. Luego se dirigió al párroco, lo empujó y tomando el cáliz se bebió de un trago la sangre de Cristo, tomó las sagradas formas y, guardándolas en el bolsillo, dijo a la concurrencia que se las reservaría para el desayuno. No contento con esto, escupió sobre la cruz de nuestro Señor, y cuando ya abandonaba el templo, tocó los pechos de las mujeres que estaban en la primera fila. Dos de ellas se desmayaron.

—Pobre Guils —exclamó Jean—. Y todo por una mujer...

—Lo apresamos ayer noche y ahora está durmiendo la resaca en el calabozo. A decir verdad, le irá muy bien pasar una temporada sin catar el vino, y..., bueno, si condenan a ese pobre desgraciado, tan solo le adelantarán un poco el día de su muerte. Da pena verlo, esputa sangre cuando tose y tiene los intestinos podridos...

—¿Creéis que lo pueden condenar a muerte?

—No me extrañaría, son muchos los cargos que se le imputan, el primero por estar endemoniado y los otros por blasfemia y sacrilegio, pero... ¡Venga, Jean! —interrumpió el Acelga—, no tengo toda la noche, así que subid a por los vuestros.

—Está bien, esperad aquí.

Jean subió las escaleras y encontró a su esposa llevando en brazos al pequeño Jaccobus, profundamente dormido, y a sus dos hijos, María y Joseph, de catorce y dieciséis años.

—No tengáis miedo —les susurró el padre dulcemente—. Será un malentendido, y en breve estaremos de nuevo en casa.

Los chicos le ofrecieron una sonrisa de circunstancias mientras se restregaban los ojos. Anne se aproximó a su esposo y, dándole un beso en la mejilla, musitó: «Afortunadamente estoy contigo y no siento miedo, pero tengo un mal presagio».

Al llegar al vestíbulo Anne torció de improviso a la derecha y entró en la cocina.

—¿Qué haces, Anne? —le interrogó Jean en voz baja, casi inaudible.

—Voy a dejar a Jaccobus aquí, es muy pequeño para estar a la intemperie a estas horas de la noche.

Jean intentó sujetarla, pero Anne se escabulló.

—No compliques más las cosas, mujer.

Pero Anne se dirigió con decisión a una gran tinaja que había junto a la lumbre donde blanqueaban la ropa con ceniza y agua. Arropó al niño y lo introdujo con cuidado en su interior. Anne se apretó los labios con los dedos, indicando a su esposo que callase. Ambos se dirigieron a la puerta de entrada y la abrieron de par en par. Gog se los quedó mirando con evidente desazón: «No me he hecho alguacil para apresar niños. Vaya mierda de noche», rumió. Saludó a la esposa de Jean y puso sus manos sobre los hombros de los pequeños, en un intento de ser amable. Pero los niños lo rechazaron, y María acabó por refugiarse tras su madre en cuanto emergieron las enormes cabezas de los mastines.

—¿No eran tres vuestros hijos? —interrogó el Acelga, al tiempo que Jean y Anne se miraban con terror.

—Sí, tres contando a Ejean, el mayor, pero este verano hará poco más de dos años que marchó —explicó Jean con forzada tranquilidad.

—¿Dónde está? —preguntó el alguacil.

—No lo sabemos con certeza. Fue a Barcelona y a Toledo, pero según las últimas noticias tenía intención de trasladarse..., cosas de jóvenes..., ya sabéis. Prefiere las armas y no parece muy interesado en mi oficio; incluso es probable que cuando regrese venga convertido en herrero.

—Está bien, tampoco la orden explicita nada más —dijo el alguacil releyendo el documento.

Luego miró a uno de sus escoltas y le indicó con la mirada que inspeccionara el interior de la casa. A Jean y Anne se les demudó el semblante: «Dios quiera que no vean al pequeño Jaccobus», parecían pensar los dos. La espera se hizo tensa hasta que el guardia volvió a aparecer por la puerta.

—No hay nadie más, alguacil.

Jean y Anne suspiraron y se intercambiaron una mirada cómplice.

—¿Habéis inspeccionado la ermita? —preguntó Gog a uno de los suyos.

—No —exclamó contrariado el guardia.

Deseoso de marchar, Jean se dirigió al Acelga:

—Por la Santísima Virgen, ¿a quién creéis que puedo esconder en mi taller?

Gog lo miró, y sin más comentarios cerró la puerta, tomó una piedra del suelo y claveteó en la madera una cruz de tela amarilla.

—Así me lo han ordenado —se excusó.

Jean reconoció el significado de esa cruz: solo los hogares sospechosos de herejía eran marcados de esa forma. Pero lejos de asustarse, y probablemente víctima de su habitual optimismo, aquella señal le confirmó cuán disparatada era aquella situación, imaginando ya el tipo de excusas que le iban a ofrecer los miembros de la delegación del Santo Oficio.

—¡Venga, en marcha! —ordenó el alguacil—. Espero que vuestros hijos se comporten, porque de lo contrario me veré obligado a atarlos.

El grupo inició la caminata, con Gog y sus mastines al frente. Algo más atrás y flanqueada por la escolta, marchaba la familia Duver. La comitiva avanzó un buen rato en silencio, hasta que el alguacil, movido por la compasión, y también por la curiosidad, ordenó a Jean que se pusiera a su altura.

—Jean, ¿estáis seguro que no tenéis deuda alguna con el clero?

—No, nada les debo. Estoy al corriente de todos mis compromisos.

—Mirad que cualquier deuda, por pequeña que sea, es suficiente para que os denuncien. No sería la primera vez que tengo que ocuparme de esos asuntos... El clero apetece el dinero más que las rameras de Sodoma —balbució el alguacil.

—Ya os digo que nada debo, y por la cuenta que me trae, mis compromisos con la conservación de la ermita están saldados. No hace ni dos meses que arreglé el tejado. ¿Cómo iba a permitir que el agua de lluvia inundara mi taller?

—¿No seréis un *bon òme*? Ya sabéis..., uno de esos cátaros —insinuó Gog cambiando el planteamiento del interrogatorio.

—Por favor, Gog, cierto es que no acudo a todos los actos religiosos, pero siempre estoy presente en la iglesia los domingos y fiestas de guardar. Con todo lo sucedido con los *bons òmes*, ¿quién estaría dispuesto a perseverar en su doctrina?

—Perdonad esa indiscreción, pero es que todavía no me explico vuestra detención.

Convencido de la inocencia de los Duver, y en un intento de relajar la situación, el alguacil cambió el tono de sus preguntas:

—¿Es verdad lo que se cuenta en el pueblo, que el mismo obispo os encargó el enmarcado de un espejo?

—Sí, así fue. Era un gran espejo, tan alto como un hombre —apuntó con orgullo.

—¿Y es cierto también que las mujeres y mozas del pueblo esperaban en fila junto a vuestra puerta para verse reflejadas?

—Tan cierto como que ahora estoy aquí sin saber el motivo. —Sonrió Jean.

—¿Y cómo supieron de su existencia?

—Debo reconocer que se trató de una pequeña indiscreción de mi esposa. Ella lo comentó con sus amigas y terminó por ser la noticia del pueblo.

—Comprendo. ¿Y qué hacían las mujeres?

—Todas actuaban igual —indicó con gracia—. Primero se tentaban el pelo, preguntándose si realmente eran ellas. Luego se aproximaban al cristal, lo tocaban, movían los ojos y se limpiaban los dientes con la yema del dedo. Finalmente acercaban la cara hasta tocar con la nariz el cristal y se miraban los granos que les afeaban la piel. Unas y otras decían que se encontraban espantosas, pero al poco regresaban perfectamente aseadas, con el pelo limpio y con los vestidos de fiesta.

Gog parecía deleitarse con la narración y sonreía mostrando sus negros dientes.

La comitiva no tardó mucho en arribar al pueblo. Recorrieron las callejuelas en silencio, sin que ni un alma se cruzara en su camino.

—Aquí os dejamos —exclamó el alguacil.

—Pero esos no son los calabozos. ¿Por qué aquí? —preguntó Jean sumido en la angustia.

—Son los aposentos del antiguo señor de la villa, hoy propiedad de la Iglesia.

—Eso ya lo sé —exclamó Jean con enojo.

—Las órdenes son conduciros hasta aquí, seguramente estaréis más cómodos. Yo no soy el delegado apostólico, solo obedezco sus mandatos.

—¿Y esos guardias?

—Supongo que serán los carceleros que están al servicio de la Inquisición, pero no los conozco; han llegado esta misma mañana…

—Por Dios, Gog, ¿nos vais a dejar en sus manos? Poco me importaría si estuviese solo, pero traigo a mi mujer y mis hijos.

—Lo siento, Jean, pero nada puedo hacer —se excusó el oficial con sentido gesto.

El alguacil se dirigió a uno de los guardias que estaban apostados en la puerta, y tras una breve conversación, solicitó que le firmara los documentos acreditativos de la entrega de los presos. El guardia dio el aviso y al poco apareció uno de los *familiares;* gente venida de fuera, contratados para proteger a los miembros del Santo Oficio, y también para colaborar en los arrestos y ejercer de carceleros. Todo, según decían, a cambio de una mera indulgencia plenaria.

Gog se apartó al instante, y mirando a la comitiva, dio orden de que acompañaran a los Duver hasta el interior del edificio. Los mastines se sentaron a sus pies, mientras el alguacil respiraba con mueca extraña, como si el aire fétido de su aliento oliera ya a muerte.

Los *familiares* guiaron a los Duver a través de los pasillos de aquella enorme construcción levantada en piedra bien tallada, con magníficos sillares y dinteles, y que, a la vista de los blasones que decoraban las paredes, sin duda había sido una casa de la más alta nobleza. La familia caminaba agrupada, con los hijos sujetos a la falda de su madre, mientras Jean, en su afán por tranquilizarlos, se mantenía al frente de todos ellos, con expresión serena. La oscuridad era prácticamente total, solo paliada, de forma intermitente, por los pequeños fanales que colgaban de las paredes. Al llegar a una gran estancia, uno de los *familiares* se dirigió a Jean Duver:

—¿Sois pariente de ese tal Gog, el alguacil?

—No, en absoluto —contestó Jean—. ¿A qué viene esta pregunta?

—Pues os debe querer mucho, puesto que nos ha rogado que no separemos a vuestra esposa de sus hijos, de forma que los tres quedarán recluidos en el mismo calabozo y vos en otro independiente, y… mientras os portéis bien o el tribunal no ordene lo contrario, os libraremos de las cadenas. Bueno, y siempre que vuestro amigo Gog nos traiga la jarra de vino que ha prometido…

—¿Nos encerraréis en los calabozos? —interrumpió con la ingenuidad de quien nunca había tenido problemas con la Justicia.

—¿Qué pretendéis? —contestó con sarcasmo el carcelero—. ¿Creéis que esto es un hostal? ¡Venga, entrad!

Uno de los *familiares* abrió las puertas de los calabozos y metió a Anne y sus hijos en el que parecía ser más amplio, mientras el otro empujó con malos modos a Jean al interior de la celda contigua.

—Por cierto —agregó uno de los carceleros mientras hacía girar la llave con dos vueltas—, supongo que vuestros hijos ya son mayorcitos, porque si se ponen a llorar, al chico lo colgamos del badajo y a la niña de la lengua. ¿Queda claro? Ahí dentro encontraréis una jofaina para que hagáis las necesidades y una jarra con agua fresca. Una vez al día os cambiaremos los cacharros y serviremos la comida. Por último, os está prohibido hablar y, si lo hacéis, os encadenaremos y cerraremos las escotillas de las puertas y, en este caso, también dejaréis de disfrutar de la mierda de luz que da el candil del vestíbulo.

—Pero ¿hasta cuándo nos tendréis aquí? —preguntó con desasosiego Anne.

—Hasta que el tribunal lo diga. ¡Bueno, se acabó ya la cháchara! Uno de los nuestros se quedará aquí fuera para vigilaros y, por los clavos de Cristo que pretendemos dormir, así que no nos toquéis lo que no suena.

Jean inspeccionó el calabozo a tientas, intentando adaptar sus pupilas a la escuálida luz que penetraba por la reducida escotilla de la puerta. Unas cadenas colgaban de la pared de piedra y, en una esquina, recubiertas de una apestosa paja, llegó a vislumbrar la jofaina y la jarra de agua. No había nada más entre aquellas cuatro paredes, solo mugre y oscuridad. Se sentó en el suelo y escondió la cabeza entre las piernas: «¿Dios Santo, qué mal habré hecho?», se preguntó. Por un momento percibió el breve cuchicheo de María, inmediatamente acallado por su madre. Le quedó el triste consuelo de que al menos los tenía muy cerca.

Capitulum III

La primera acta del juicio

Jean y los suyos pasaron tres jornadas completas sumidos en la oscuridad. Tal y como les habían anunciado, una vez al día —y probablemente no fuera a la misma hora—, los carceleros les cambiaban la jofaina repleta de excrementos y orina. Lejos de disimular el hedor, los guardias aprovechaban el momento para burlarse de ellos, amenazándolos con tirarles el contenido de los cuencos sobre la cabeza. Por fortuna, aquellas bravuconadas nunca pasaron de meras palabras. Algo más tarde les daban la comida: un trozo de pan y una escudilla de caldo aguado; una sopa de colores cambiantes que, a la vista de las risas y bromas de los carceleros, nadie podía asegurar que estuviera exenta de orines y gargajos. Bastaba escuchar a esos individuos para saber que eran el desecho de sus familias; gentes sin oficio ni beneficio, que se sabían ruines y se jactaban de ello. Alardeaban de su incultura y necedad, rivalizando durante las noches en su particular concurso de eructos y flatulencias. La bebida les privaba los sentidos.

Los Duver se acostumbraron al ir y venir de los carceleros. Conocían sus pasos y el chirriar de las puertas y pronto llegaron a acoger los cambios de guardia con cohibido regocijo. Ese era el momento que esperaban con impaciencia para burlar la prohibición y hablar entre ellos.

Pero al tercer día, el tropel de pasos que oyeron se les antojó diferente. Al llegar junto a las celdas, y sin mediar palabra, abrieron la puerta de Jean. Dos carceleros lo sujetaron con fuerza, mientras un tercero le imponía unas manillas de hierro.

—¿Dónde me lleváis? —interrogó Jean sin poder ocultar su temor.

—No es momento de hacer preguntas, el jefe nos espera.

La mujer y sus hijos acudieron precipitadamente a la trampilla de la puerta.

—¿Qué queréis de él? —gritó su esposa.

—¡Callad, o de lo contrario os pondremos las cadenas! —amenazaron por toda respuesta.

Guiaron al preso por los pasadizos hasta llegar al vestíbulo del edificio. Allí, otros dos hombres abrieron el gran portón al tiempo que una luz cegadora inundó el interior. Jean se tapó instintivamente los ojos con las manos y fue conminado a caminar a ciegas durante los primeros pasos. Al poco, y aun hiriéndose la vista, pudo reparar que hacía un día magnífico, sin una sola nube que manchara el azul límpido del cielo y sintiendo que el aire fresco quemaba sus pulmones. Pero para su desgracia, pronto lo metieron en otro edificio, imponiéndole una rápida marcha a través de incontables pasillos, hasta alcanzar una enorme puerta. Uno de sus carceleros la golpeó con la palma de la mano e inmediatamente se abrió de par en par.

Ante él apareció una gran estancia con un único ventanal que iluminaba la tarima donde había quedado dispuesta la *mensa inquisitionis*. Observó a varios individuos sentados a ella, todos ellos ataviados de negras vestiduras; tétricas figuras que a contraluz todavía le infundieron mayor recelo. Allí, en su extremo derecho, estaba Cosme de Arnault, el inquisidor nombrado por el pontífice, y en el lado opuesto, el secretario y notario, Pere Barthe. Completaban el tribunal Arnau Catany, letrado designado fiscal de la causa, Peyre d'Adge, delegado del obispo, Poncius Rancel, el tasador de bienes y, por último, un hombrecillo de minúscula apariencia y de ojos nerviosos llamado Guilhem Agoult. Sobre el tablero, repleto de libros y legajos, lucía un enorme crucifijo de madera. Jean fue conducido frente a él, al tiempo que el inquisidor tomó la palabra con gesto solemne:

—¿Juráis sobre los cuatro Evangelios decir la verdad y nada más que la verdad a este tribunal?

Jean, abrumado, murmuró con voz queda:

—Sí, juro.

A la señal del inquisidor, uno de los carceleros lo agarró por el cogote y le obligó a besar la cruz, antes de asirlo del brazo derecho y sentarlo en uno de los bancos que momentos antes el tribunal había ordenado traer de la iglesia. El inquisidor volvió a tomar la palabra:

—¿Sois Jean Duver?

—Así es —contestó el acusado.

—Dado que vais a ser sometido a una declaración indagatoria, os advierto que el trato que estáis obligado a dispensar a todos los miembros del tribunal será el de señoría, y cualquier otro apelativo lo entenderemos como un desacato a nuestra autoridad.

Dicho esto, el inquisidor Arnault murmuró unas rápidas frases al secretario sobre la adecuación del procedimiento a los Concilios de Tolosa, Béziers y Tarragona, y demás legislación eclesiástica que a nadie de los presentes pareció interesar. A continuación, dirigió de nuevo la palabra al acusado:

—¿Os desposasteis por segunda vez y mediante sacramento matrimonial con Anne Farré?

—Sí, así fue.

—¿Es cierto que el primero de los hijos lo tuvisteis con vuestra anterior esposa, Agnes Vesani, y los otros con la referida Anne Farré?

—Así es.

—Entonces, ¿son vuestros los hijos bautizados con los nombres de Ejean, María y Joseph Duver?

—Así es, señoría —exclamó Jean con indecisión, al reparar que había omitido al pequeño Jaccobus.

—¿Supongo que sabréis la gravedad de la situación en la que os encontráis, tanto vos como vuestra esposa y el primogénito citado?

Pero el inquisidor no dio tiempo a que el acusado respondiese, y haciendo un ademán a un auxiliar, se abrieron las puertas de la sala, y apareció uno de los carceleros portando una deshilachada figura humana de paja, ataviada con ropa rota y ordinaria, de la misma guisa que un espantapájaros. El carcelero se acercó al banco de Jean y colocó el sombrío muñeco junto a un reclinatorio. Lo ató con una soga para que se mantuviese en pie y alisó las rudas vestimentas hasta hacer visible la gruesa cruz amarilla prendida en el pecho.

—Os prevengo que el presente procedimiento se seguirá contra los tres, y en lo tocante a Ejean, y dado que está en paradero desconocido, será juzgado en efigie, y en su caso, tenido por confeso —declaró el inquisidor señalando el muñeco de paja con un ignominioso aire de suficiencia.

Jean bajó la cabeza. Que a su hijo le juzgaran en efigie suponía que lo equiparaban a un prófugo, un huido de la Justicia, y eso, en un primer momento, le angustió tremendamente; pero luego, con la vista puesta en el monigote, supo esbozar una sonrisa con la que quiso agradecer a Dios, por vez primera en su vida, que Ejean se encontrara muy lejos de allí.

—Es preciso avanzaros —continuó el inquisidor— que este santo tribunal ha tenido la bondad de designaros como defensor a Guilhem Agoult; él velará por el cumplimiento de las normas y derechos que os asisten. Además, y de forma excepcional, también será quien, dada la carencia de procurador, permanecerá a vuestro lado durante todo el proceso.

El aludido aprovechó el silencio que se hizo en la sala para incorporarse y tomar la palabra con vacilación:

—Debo indicar a este tribunal que es necesario que el acusado manifieste lo conveniente respecto a la tacha de testigos —se limitó a decir Agoult.

—Estáis en lo cierto —estableció Arnault con voz contrariada—. ¿Tiene el acusado enemistad manifiesta con cualquiera de sus señorías y de los vecinos de esta ciudad o comarca?

—No —contestó Jean.

—Que conste pues en acta que el acusado no efectúa tacha alguna de testigos, debiendo saber que no podrá ya impugnar ninguna declaración escrita o verbal de los testimonios examinados por este tribunal. También deberá estar al tanto de que no tenemos obligación de identificar, por motivos de seguridad, los nombres de vuestros delatores. ¿Tenéis familiares en cualquiera de los grados conocidos que, condenados o no, profesen alguna herejía?

—No, ninguno.

—¿Tenéis parientes, ya fueren ascendientes, descendientes o colaterales, que profesen la religión judía o morisca?

—No, tampoco —negó el acusado.

—Bien —decretó el inquisidor—, este tribunal debe añadir que toda vez que, por las premuras en la constitución de esta mesa, no se ha promulgado el edicto de fe para intimar a la población a denunciar herejes y cómplices, ni tampoco consta que el acusado haya disfrutado del reglamentario *tempus gratiae* a fin de confesar sus pecados y redimirse mediante penitencia, se acuerda otorgaros unos breves días de reflexión, para lo cual permaneceréis recluido en los calabozos de esta santa institución.

Solapándose con las palabras del inquisidor, tomó la palabra el fiscal Arnau Catany:

—Comunicamos al reo que la presente causa se ha abierto *per inquisitionem,* al existir graves sospechas de herejía, también *per denuntiationem,* dado que en el legajo inicial obran denuncias contra vos, así como *per accusationem,* pues quien os habla tiene fundados motivos.

—Pero, señorías, ¿cuáles son los delitos que se me imputan? —preguntó Jean con el rostro demudado.

El inquisidor miró a los miembros de la mesa inquisitorial a fin de recabar silenciosamente su aprobación y al poco manifestó:

—Sin perjuicio de aquello que resulte del proceso, os anticipamos que se os persigue por herejía y bigamia.

Jean quedó profundamente conmocionado. El sudor frío perló su frente y espalda, y su lengua pareció acartonarse. Resultaba todo tan descabellado que solo cabía concluir que se trataba de un error.

—¿Reconocéis pues vuestros pecados?

—En absoluto —contestó Jean haciendo un esfuerzo por recuperar el habla—, ninguno de los delitos que me imputáis son ciertos. Profeso la religión católica y practico en ella con la misma vehemencia que este tribunal…

—No seáis inconveniente, ¿cómo pretendéis asimilaros a nuestra condición? —interrumpió el inquisidor con evidentes indicios de enfado—. Así pues, ¿negáis vuestra culpabilidad?

—Sí, soy inocente de todos los cargos y tengo la conciencia limpia de toda culpa.

—Entonces debo exhortaros, por Dios misericordioso, a que, tras reflexionar y examinaros el alma, acordéis solicitar ser oído en confesión, o en caso contrario deberéis ateneros a las consecuencias: la cárcel, la tortura y tal vez la muerte. Pensad, Duver, que al igual que se separa el grano de la paja, este tribunal tiene los métodos para separar la verdad de la mentira —proclamó Arnault mientras dirigía la mirada a Poncius Rancel—. ¿Qué debe decir el tasador de bienes?

Poncius levantó improvisadamente sus papeles y manifestó:

—El acusado no tiene bienes con los que afrontar la fianza, pues es sabido que la casa y su taller son propiedad de la Iglesia. Por otra parte, los útiles de carpintería apenas tienen valor alguno…

—¿Tiene el acusado monedas para pagar la fianza? —interrumpió Arnault dirigiéndose a Jean.

—No, los escasos ahorros que tenía los gasté en la última reparación de la ermita.

—En ese caso, y confirmando mi anterior disposición, ordeno que los *familiares* os recluyan de nuevo en prisión hasta la fecha en que prosiga el juicio, instándoos a que aprovechéis ese tiempo para reflexionar adecuadamente —estableció el inquisidor.

Al punto, uno de los carceleros tomó a Jean por el brazo y lo escoltó hasta el portón. Cosme de Arnault se incorporó para analizar el andar del acusado; detalle que, según él, daba una idea muy aproximada de la personalidad y culpabilidad de los justiciables. Jean percibió que lo estaba observando y le devolvió la mirada con un gesto de arrogancia; un error que terminó por irritar más al inquisidor, acentuándole una expresión de raro extravío que traslucía la intranquilidad de su alma.

—¿Volvemos a los calabozos? —preguntó Jean con ingenuidad.

—¿Acaso no habéis oído al tribunal? —se quejó el centinela—.

¿O tal vez preferís ir a la taberna? —añadió entre las carcajadas de sus compañeros—. ¡Anda, vamos a casita, que allí os esperan vuestra mujercita y sus cachorros! ¿Qué más queréis?

Jean fue entregado a los carceleros que aguardaban en el exterior. Por el camino, el acusado se fijó en uno que parecía actuar como si no fuera con él aquel asunto. No tenía aspecto de bravucón e incluso sus ojos desvelaban una ambigua bondad. Jean se aproximó y le susurró al oído:

—¿Quién es ese tal Cosme de Arnault?

—El inquisidor que nos paga —dijo con llaneza—, y si algún consejo os he de dar es que no tengáis prisa en conocerlo. ¿Realmente no habéis oído hablar de él?

—No. ¿Debería saber quién es?

—Ojalá no lo hubiereis conocido nunca. Es un ser pérfido, un presuntuoso que solo existe para recibir adulaciones, pero el muy… —el carcelero silenció en el último momento el adjetivo—, es realmente listo. Es de la camarilla de Nicolau Aymerich, otro inquisidor con quien compite por figurar entre los más ortodoxos y escrupulosos. No esperéis nada bueno de él, porque incluso el día que os ofrezca su rostro más bondadoso, a buen seguro que esconde una daga tras su espalda; os dará la Sagrada Forma con una mano, y con la otra os rebanará el pescuezo.

Al oír ese nombre, a Jean se le agolpó la sangre en la cabeza oprimiéndole las sienes. Sabía bien que ese tal Aymerich ostentaba nada menos que el cargo de inquisidor general de Aragón, conocido fustigador de los seguidores de las obras de Ramón Llull y un incondicional del antipapa Clemente VII. Su crueldad y tesón parecían no tener límites. Y si, como decían, ese tal Cosme de Arnault rivalizaba en fanatismo con el mismísimo Aymerich, su suerte estaba echada.

Capitulum IV

Anne Farré

Claude Gog cumplió su promesa e hizo llegar un pequeño barril de vino a los carceleros. Era de pésima calidad, pero estaba seguro de que a esos miserables les daría igual. En realidad, nada había pagado por ese morapio infecto; lo había obtenido, como casi todo, en recompensa a sus favores, en este caso, del propio tabernero. Gog y los suyos se ocupaban de algo tan simple como echar a los borrachos

de la bodega cuando se ponían insoportables, cuidando de devolverlos a casa sin escandalera. Cuando eso sucedía, el alguacil regresaba a la taberna y marcaba una señal en un ajado tonel, de forma tal que según lo pactado cada cinco servicios le suponían ser obsequiado con un barrilete del peor vino y, por supuesto, el derecho a tomar su jarrita diaria.

Los dos carceleros llevaban toda la tarde bebiendo, mofándose uno del otro y rivalizando en su singular torneo de flatulencias; pero llegado un momento, aburridos de sus propias gracias e impregnados de lascivia, uno de ellos creyó haber dado con el divertimento adecuado.

—¿Qué tal si hacemos una visita a esa bruja barragana?

—¡No jodas!, está con sus hijos y su marido. ¡Se van a poner a chillar y alertarán a los guardias de la entrada! —contrapuso su compañero.

—¿Y si nos la llevamos al piso inferior?

—¿Estás de guasa? ¿A la sala de torturas? Ese es un lugar repugnante…

—Ya, pero ahí no hay ventanales, y al menos de esta forma matamos el rato.

—Mejor olvídalo.

—¿Qué problema hay? —insistió—. ¡Venga, vamos y así nos reímos! En el peor de los casos te entretienes mientras me la trajino.

Bastó una mirada de complicidad para que ambos se dirigieran al calabozo de Anne y abrieran la puerta.

—¡Tú, mujer, sal de ahí! —ordenó el más decidido.

Inmediatamente los hijos se pusieron frente a su madre y miraron a los centinelas con ojos desafiantes.

—¡No os la llevaréis a ninguna parte!

Los gritos despertaron a Jean, quien, movido por un resorte, se levantó y se agarró a los pequeños barrotes de la trampilla contigua.

—¿Qué vais a hacer? ¿Dónde la lleváis? ¡Os ruego por Dios que no la trasladéis al tribunal!

Los carceleros, temerosos de que aquella pequeña algarabía terminara alertando a los guardias de la entrada, decidieron actuar ladinamente.

—Descuidad, no la llevaremos ante el tribunal —atinó a decir con tono sosegado el más vacilante—. Se trata tan solo de una rutina. ¡Decid a los chicos que se pongan junto a la pared y que salga la mujer!

Jean era muy consciente de que nada podía hacer y que la máxima prioridad, en cualquier caso, era evitar que los suyos pudieran terminar encadenados y apaleados.

—¡Hijos, haced lo que os dicen! ¡Y tú, Anne, acompaña a los carceleros! —ordenó con voz autoritaria, para luego dirigirse a los guardianes con gesto piadoso—: ¿Juráis que no la llevaréis ante el tribunal?

—Quedad tranquilo, en unos momentos estará otra vez con vosotros —le contestó uno de ellos.

Jean miró el rostro de Anne y le dibujó una temerosa sonrisa.

—No te preocupes, seguro que vuelvo en un momento —murmuró ella con simulada serenidad.

Anne salió de su calabozo, con los ojos tan legañosos y minúsculos que apenas se podía distinguir su color verde intenso. Antes de que uno la agarrara por el brazo, la mujer intentó dar forma a la sucia y enredada melena rubia que llevaba de cualquier manera recogida sobre el cuello. Ya en el pasadizo, tomaron la dirección del vestíbulo y desde allí bajaron unas largas escaleras para enfilar un largo túnel. Al llegar a un segundo distribuidor entraron en una amplia estancia. Los hombres cerraron tras de sí la puerta y se precipitaron a prender con los candiles las antorchas que pendían de cada una de las cuatro paredes. Cuando las llamas tomaron forma, se abrió ante Anne un tétrico escenario de cuerdas y cadenas que colgaban de gruesas argollas empotradas en la bóveda. A un lado quedaba una gran mesa y una gran cantidad de sillas. Anne pensó entonces que nunca más retornaría con los suyos.

—¡Mira que oléis mal, bruja del demonio! —clamó uno de ellos y sujetándola por los hombros la obligó a sentarse en una silla. Luego la inmovilizó asiéndola del cuello y esperó a que su compañero le vaciara de improviso un cubo de agua sobre la cabeza.

Anne, sobresaltada y empapada, intentó erguirse, pero su guardián le impidió moverse.

—¡Venga, zorra, te vamos a enseñar modales! —dijo el otro mientras le entregaba una piedra de jabón.

—¡Frotaos bien y rápido!

La cautiva se refregó el pelo y la cara ante el regocijo de los hombres.

—¡El cuerpo también! —se animó a farfullar uno.

Anne, atónita y con la mano temblorosa, empezó a fregarse sobre el vestido. Los carceleros la dejaron hacer durante un rato hasta que le volvieron a vaciar de sopetón otro cubo de agua en la cabeza.

—¡Ya es suficiente!, secaos el pelo y venid aquí —le ordenaron mientras le entregaban un grueso paño.

Anne fue conducida al centro de aquella macabra sala hasta quedar sobre el enrejado del desagüe; entonces le arrebataron el paño de las manos.

—¡Eso ya es otra cosa! —se jactó uno de los carceleros.

Ambos se la quedaron mirando en silencio, como si estuvieran valorando su propia obra de arte. La ropa de Anne estaba empapada, lo que pareció despertar aún más la lascivia de esos rufianes.

—Es guapa para ser una vulgar bruja —exclamó uno.

—¡Desnúdate, mala pécora! —ordenó su compañero.

—¿Qué vais a hacerme? —balbuceó Anne.

—Por el momento, secaos, ¡venga, no nos impacientéis!

La cautiva se despojó tímidamente de su ropa, mientras que con forzados gestos de brazos y manos intentó taparse el cuerpo.

—¡Tirad la ropa al suelo!

Anne obedeció sufriendo una vergüenza indecible. Se quedó inmóvil exhibiendo a aquellos miserables un cuerpo de bellas proporciones, con unas curvas que a esos mezquinos se les antojaron mágicas. Cuando terminó de desnudarse, y a pesar de la rapidez con la que movió una mano, la escasez de vello púbico hizo muy evidente su sexo.

—¡Eso sí es una hembra, y no la vaca de tu mujer! —bromeó uno.

Pero su compañero no estaba para muchas monsergas y se precipitó sobre Anne con el paño en la mano. Empezó a restregarle el cuerpo con la mirada de un idiota, deteniendo las manos sobre sus pechos, al tiempo que su miembro viril se desplegaba bajo el calzón. Cuando se hartó del magreo, se apartó de la cautiva y la volvió a observar como si se tratara de una yegua árabe. Al poco, el otro acercó una escoba y una caperuza toscamente confeccionada con los vestidos de la mujer. Ambos untaron con aceite el palo del escobajo y le pusieron el capirote con el mismo grotesco ritual que si coronaran a una reina.

—¡Venga, bruja, empieza a volar! ¡A qué esperas para montar en ella! —ordenaron los carceleros tras entregarle el escobajo a la pobre mujer.

Anne se sujetaba el capirote con una mano, mientras con la otra sostenía la escoba entre sus piernas y rompía a llorar.

—¡No, no lo estás haciendo bien! —gritaban los hombres mientras reían a carcajadas—. Debes restregarte el sexo con el palo…

—¡Venga, con más ímpetu! Es preciso que tus vergüenzas absorban las pócimas mágicas que te hemos preparado para así poder volar al más allá —puntualizó con sarcasmo el otro.

—¡Eres una mala bruja, maldita estúpida! ¿Tal vez encuentras a faltar el gato negro y el grajo a tu lado? ¿Acaso desconoces que las verdaderas hechiceras se untan el coño con sustancias secretas que les hacen alucinar? ¿Qué clase de bruja eres? —le increparon con gran jolgorio.

Los carceleros, entre risotadas, se disponían ya a deslizar el palo de la escoba bajo la vulva de la mujer, cuando de improviso alguien golpeó la puerta.

—¡Abrid inmediatamente!

—¿Quiénes sois?

—Soy Gog, el alguacil.

—¡Maldito sea cien veces el maligno! —exclamó uno de los carceleros, mientras se dirigía a la puerta y la abría de mala gana.

Gog observó a la pobre Anne sujetando la escoba y el capirote, y llorando desconsoladamente en medio de aquella gran sala.

—¿Qué demonios estáis haciendo con la acusada? —preguntó indignado el alguacil.

—Nos estamos divirtiendo con la bruja —contestó uno.

—¿Y quién os ha dicho que se trata de una bruja?, ignorantes de mierda. ¡Venga, devolvedle la ropa y lleváosla a su celda! —ordenó Gog con ímpetu.

—¡Vos no podéis mandarnos nada! Solo obedecemos órdenes del inquisidor...

—¿Sí? —interrumpió Gog—. ¿Quizá preferís que haga llamar a vuestro inquisidor y él mismo os meta la escoba por el culo? Mucho me temo que tenéis grandes posibilidades de que os empale para siempre.

Los carceleros se miraron de reojo, conocedores de que si el alguacil iba con la cantinela al inquisidor por lo menos se quedarían sin trabajo.

—¡Vamos, rápido, he venido con órdenes de trabajo para vosotros! —dijo Gog sin darles tiempo a reaccionar, mientras entregaba la ropa a Anne.

—¿Qué hay que hacer? —preguntó de mala manera uno de los carceleros.

—He venido para proceder a un intercambio; os traigo al borracho de Guils y me llevo a los niños...

—¿A mis hijos? —interrogó Anne con los ojos fuera de sus órbitas.

—Así es, esas son las órdenes del inquisidor.

—¡No, a mis hijos no! —gritó desesperadamente la mujer—. ¿Qué les vais a hacer?

—No lo sé, pero seguro que no les pasará nada —añadió Gog intentando tranquilizarla.

—¿Cómo lo sabéis?

—Ya digo, mujer, que no sé nada, pero se comenta que son demasiado jóvenes para juzgarlos; ese es el parecer del delegado del obispo. Quedad tranquila, pues seré yo quien los acompañe ante él —añadió con compasión.

Anne, resignada, pensó entonces que cualquier cosa sería mejor para sus hijos que padecer prisión en esas mazmorras. No conocía a Gog lo suficiente, pero bien era verdad que ese hombre al menos la acababa de salvar de un final que era fácil de adivinar.

En cuanto alcanzaron la planta superior, los guardias de la puerta entregaron a Guils al alguacil, quien tomándolo por el brazo descendió las escaleras que conducían a los calabozos, seguido de Anne y los dos carceleros. El pobre Guils caminaba encorvado, con la cabeza entre los hombros, ocultando el rostro. Al oír el alboroto de los pasos, Jean y sus hijos se precipitaron a la reja de sus respectivas trampillas esperando con anhelo ver aparecer la figura de Anne. Ella asomó la cabeza tras las espaldas del alguacil e intentó sonreírles.

—¿Qué te han hecho? —preguntó Jean a su mujer.

—Estoy bien, estoy bien —repitió Anne disimulando las lágrimas.

Los carceleros abrieron la mazmorra contigua a Jean y metieron en ella a Guils. El alguacil arrebató el manojo de llaves a uno de los carceleros y abrió el calabozo de los niños incitándoles a salir con gesto amable.

—¿Qué sucede? —preguntó Jean, absolutamente desconcertado.

—Se llevan a los niños —contestó su mujer sollozando.

—¡No, eso no! —exclamó Jean agarrado a la reja.

—Quédate tranquilo, Jean —exclamó ella con intención de sosegar a su esposo—. Gog me ha prometido que nada malo les sucederá. Al parecer, el tribunal no los quiere juzgar y, entretanto, quedarán bajo la protección del delegado del obispo. ¿Verdad que sí, Gog?

—Así será —dijo con gesto contrito el Acelga.

Después de que le permitieran besar a sus hijos y, entre los llantos de unos y otros, Anne fue introducida de nuevo en su celda. Gog se acercó a los chicos y se los llevó, no sin antes advertir a uno de los carceleros:

—Si lo que queréis es diversión, mucho me temo que esta noche estaréis muy entretenidos.

—¿Qué tiene que pasar?

Pero Gog ya le había dado la espalda y no le contestó.

Jean, desde su celda, quiso aprovechar la momentánea ausencia de vigilantes para consolar a su esposa, pero Anne lloraba de forma tan desesperada que no atendió a las palabras de su marido. Jean, impotente, sintió que de sus ojos surgían unas espesas lágrimas. Al poco, la voz de Guils, el recién llegado, resonó en la oscuridad de la celda.

—Sois Jean Duver, ¿verdad?

—Así es.

—Con gusto moriría si con ello pudiera conseguir manteneros unidos a vuestros hijos. No me importa abandonar este mundo, por no decir que ese es mi deseo. Mi mujer murió, no me dio hijos y estoy solo; soy un maldito borracho que ya nada tiene que hacer en esta vida. Una y otra noche sueño que me ahorcan, y yo, ya colgado, me imagino esforzándome en contener la respiración para acelerar mi muerte; de esa forma pierdo el sentido y soy feliz. ¿Qué mejor, pues, que morir de verdad?

—Gracias, Guils, por vuestras palabras, pero lamentablemente nada está en nuestras manos —atinó a decir Jean reprimiendo las lágrimas.

Capitulum V

El tormento de Guils

No había pasado mucho tiempo cuando los carceleros entraron de nuevo en tropel. En cuanto bajaron a los calabozos, sacaron a Guils de la celda, y uno de los *familiares* le cosió con cuatro puntadas una Sagrada Forma de color amarillo en la pechera de su camisa; el distintivo que lo acreditaba como blasfemo. Inmediatamente fue llevado por los carceleros a la planta inferior, y una vez allí, lo obligaron a entrar en la misma sala en la que había estado Anne. Pero en esta ocasión la cámara de tortura no estaba vacía.

Arnault, el inquisidor, presidía la mesa, y Peyre d'Adge, el representante del obispo, se encontraba sentado a su lado. Completaban la escena Pere Barthe, secretario y notario, Blanc, el médico del pueblo, y junto a él, el verdugo del tribunal. Los *familiares,* sin mediar palabra, desnudaron a Guils de cintura para arriba y le sujetaron las manos con unos grilletes a la espalda. En aquel preciso instante se abrió de nuevo la puerta, y los carceleros hicieron entrar en la sala a Jean y a su esposa. El inquisidor se dirigió a ambos en tono cáustico:

—Este Guils no tiene ya remedio, pero vosotros tal vez sí y espero que como testigos *in conspectu tormentorum,* y ante los suplicios que vais a presenciar, acabéis mejor dispuestos a confesar vuestra culpabilidad. ¡Proceded! —ordenó al verdugo.

El encapuchado llevó a Guils frente a un tocón cilíndrico de madera, al igual que el usado por los carniceros, y le mandó arrodillarse. Entonces, tomando un clavo de hierro de grandes dimensiones y una maza de madera, le exigió que abriera la boca y sacara la lengua. Pero Guils se negó.

Alguien del tribunal objetó que aquellos métodos no estaban

previstos en las normas eclesiásticas, pero Arnault, siempre atento, supo encontrar la frase adecuada: «Esas normas son de aplicación a los hombres sospechosos de herejía, pero no a demonios como ese».

—¡Sacad la lengua de inmediato, o me veré obligado a extraérosla con unas pinzas candentes! —vociferó el verdugo mientras se arrimaba un viejo cubo de hierro, lleno de carbón al rojo vivo y repleto de útiles de tortura.

Guils tragó saliva y, tras dudar unos instantes, terminó cediendo ante aquella terrible amenaza. Con un rápido movimiento, el verdugo atinó a agarrarle el extremo de la lengua y se la estiró hasta que esta quedó sobre la madera. Sin más dilación, el hombre levantó el clavo en el aire y se la atravesó, para inmediatamente golpear el tachón con una maza hasta que la punta de hierro quedó insertada en el tronco. Guils empezó a emitir sonidos guturales, palabras que resultaban irreconocibles. Se retorcía de dolor, haciendo esfuerzos inútiles por liberarse y escupiendo sangre por la boca como haría un cerdo sacrificado. El inquisidor se levantó y, poniéndose frente al pobre atormentado, lo interrogó con asco:

—¿Confesáis que sois un blasfemo?

Guils no podía articular palabra y seguía farfullando sonidos ininteligibles, mezclados con saliva y sangre. El inquisidor mandó entonces al verdugo que le extrajera el hierro que le atravesaba la lengua.

—¡Sí, lo soy! —profirió el reo en cuanto el torturador le liberó del clavo sirviéndose de unas tenazas.

Guils quedó recostado sobre el tocón, gimoteando.

—Pues dad gracias a Dios y a su Santa Iglesia de que nos está prohibida la mutilación de los miembros del cuerpo, porque es evidente que vuestra lengua mejor estaría retorciéndose en la tierra como una serpiente que no en vuestra sucia boca.

El médico procedió a reconocer brevemente al pobre Guils, y luego se dirigió al inquisidor:

—Mejor será que no practiquéis con él la toca —aconsejó Blanc.

—¿Qué lo impide? —preguntó Arnault con gesto contrariado.

—He apreciado síntomas de asfixia, probablemente debido a la sangre que ha tragado y a las dificultades que tiene para mover la lengua.

—¿Consideráis que puede peligrar la vida del acusado?

—Sin duda, su fragilidad es extrema, y el agua que le vertáis en la boca le encharcará las entrañas de tal forma que dejará de respirar sin posibilidad de reanimarlo. Además, ¿no debería ser la garrucha la primera en ser aplicada a los reos? —planteó el facultativo.

Anne y Jean se miraron incrédulos, temiendo que aquel trato brutal se aplicara también a ellos. Entretanto, el inquisidor se acercó a Guils despotricando de la extrema meticulosidad de Blanc.

—Así pues, reconocéis que sois un condenado blasfemo.

—Sí, ya os he dicho que lo soy —contestó Guils.

—Pues entonces procederemos con los otros cargos que se os imputan —dijo Arnault y con la mirada ordenó al verdugo que prosiguiera con la tortura.

A aquel hombre no le hicieron falta más instrucciones, y en un abrir y cerrar de ojos sujetó a su víctima. Luego lo alzó tirando de una soga que había ligado a los grilletes y lo dejó suspendido en el aire, procediendo entonces a colgarle unas pesas de los pies. Arnault se aproximó a Guils y permaneció bajo él.

—¿Estáis dispuesto a sufrir la garrucha? ¿Reconocéis que sois sacrílego y un endemoniado?

Pero Guils, con el cuerpo arqueado sobre sí mismo, no contestó. El desgraciado quedó colgado de la oscura bóveda durante un buen rato, hasta que a otra indicación de Arnault, el verdugo soltó bruscamente la soga que pendía de la polea dejándolo caer como un peso muerto. Poco antes de que el cuerpo impactara en el suelo, el verdugo frenó en seco la cuerda descoyuntando las extremidades superiores de Guils. El pobre hombre movía la cabeza de dolor, incapaz de pronunciar una sola palabra. Arnault se acercó hasta quedar frente a él, cara a cara.

—¿Por qué razón profanasteis la sangre y el cuerpo de Cristo? ¿Acaso estáis poseído por el diablo?

—Os juro que el diablo nada tiene que ver, simplemente estaba borracho y no sabía lo que hacía —se atrevió a mascullar Guils.

Arnault se apartó del condenado y con un gesto ordenó al verdugo que lo volviera a izar.

—¡Por Dios nuestro Señor, no me inflijáis más dolor! —sollozó Guils—. Me arrancaréis los brazos…

—¡Dejadlo ya! —se atrevió a gritar Anne.

—¡Callad, maldita!, o seréis vos quien colgará del techo —respondió el inquisidor, al tiempo que Jean fulminaba con la mirada a su esposa para que no dijera una palabra más.

Peyre d'Adge se levantó de la mesa y con voz reposada se dirigió a Jean:

—*Corrigi eos volumus, non necari, nec disciplinam circa eos negligi volumus, nec suppliciis quibus digni sunt exerceri.* —Luego se aproximó a Anne para traducirle la cita susurrándole al oído—: «Queremos que sean corregidos, no castigados con la muerte; deseamos el triunfo de la disciplina, no el castigo de la muerte que merecen». Son las sabias palabras de san Agustín —añadió con falsa modestia.

—Como bien dice el delegado del obispo, estamos aquí para corregiros, pero si persistís en no confesar, haréis ineludible vuestra muerte —agregó el inquisidor.

Dicho esto, Arnault se plantó de nuevo frente a Guils.

—Vemos que seguís sin confesar, así pues, y ya que Blanc ha desaconsejado el tormento del agua, proceded con la mancuerda —ordenó el inquisidor mirando al verdugo.

En cuanto Guils escuchó esa palabra, dejó de gimotear y abrió los ojos como si se le fueran a salir de las órbitas. El desdichado se veía ya sin arrestos para soportar la mancuerda.[3]

—No sé qué pretendéis con tanto dolor, pero os ruego que acabéis ya con mi vida —musitó Guils.

—No nos interesa para nada vuestra vida, sino vuestra confesión —respondió Arnault.

—Qué más da lo que diga, matadme ahora y os lo agradeceré implorando por las almas de todos los presentes.

El verdugo descendió el cuerpo del condenado hasta dejarlo tendido en el suelo. Mientras el encapuchado se afanaba en desatar las ligaduras, el médico se aproximó una vez más al cuerpo de Guils para reconocerlo. Tras un breve examen se dirigió a la mesa inquisitorial:

3. A diferencia de otras partes de Europa donde lo habitual era el estiramiento longitudinal de las articulaciones, en las sesiones del Santo Oficio se fijaba al reo en el potro con grilletes, aplicándose distintas cuerdas o cadenas que se enrollaban a modo de torniquetes en diferentes partes del cuerpo y sobre las que se ejercía la presión para infligir dolor.

—Su corazón y sus pulmones están muy débiles, y apenas tiene pulsaciones; no creo pues que sobreviva a la mancuerda —musitó Blanc.

Arnault miró con gesto antipático a los miembros de la mesa.

—¿Qué consideráis?

—Tal vez lo mejor sea dar por finalizada la sesión —acertó a decir el notario con el rostro descompuesto, harto de anotar todos y cada uno de los suspiros y gemidos del reo.

—¿Finalizarla?, ni hablar —negó Arnault—. Ese maldito borracho aún no ha dicho nada. Además, y según nuestras normas, todavía disponemos de mucho tiempo para que el condenado se reconcilie con la Verdad.

Los allí presentes sabían que Arnault llevaba razón. A la vista de la cera consumida por la vela que habían estrenado para aquella sesión todavía faltaba mucho para que se cumpliera la hora y cuarto que como máximo podía prolongarse la tortura.

—Podríamos suspenderla —añadió Peyre d'Adge con mirada astuta.

—No, eso va contra las instrucciones, pues el suplicio solo puede aplicarse en una oportunidad —sentenció Arnault.

—Pero resulta habitual suspender temporalmente el proceso hasta en tres ocasiones —justificó el representante del obispo—. ¿Quién va a saberlo? Además, peor será que por querer prolongar ahora el suplicio se nos muera aquí mismo.

—Su muerte nunca podrá ser imputada a esta santa mesa, sino a la contumacia del acusado —excusó el inquisidor.

—Entonces, ¿qué proponéis? —preguntó el notario.

—No lo sé —respondió Arnault mientras se acariciaba la barba—, pero de lo que estoy seguro es que en modo alguno violaremos las normas inquisitoriales. Las suspensiones temporales de la tortura no están admitidas y, aunque ciertos tribunales sean proclives a ellas, no deja de ser un fraude procesal; una ficción legal que no admitiré. Me importa bien poco si muere, pero las normas están para cumplirlas. ¿Tal vez su cuerpo pueda resistir el fuego?

—No es una práctica común —argumentó el notario.

—No, no lo es, pero en esos casos es admitida.

El inquisidor le planteó al médico si el reo estaba en condiciones de soportar esa tortura.

—Como ya os he dicho, lo único que hay que evitar es que pueda morir por asfixia y, por tanto, no creo que ese tormento le cause la muerte —contestó el galeno con poca convicción.

Arnault quiso entonces saber si el verdugo tenía los útiles necesarios para aplicarle ese suplicio. El encapuchado asintió con un leve movimiento de cabeza. Anne y Jean se miraron aterrados por la nueva escena que estarían obligados a presenciar.

Guils seguía en el suelo incapaz de moverse, como si una grave parálisis le afectara. El verdugo tomó el hornillo, extrajo los utensilios de tortura, azuzó las brasas y añadió unos tacos de madera. Removió de nuevo las ascuas y vertió un líquido que prendió con una gran llamarada, iluminando hasta el último rincón de la sala. El sayón, inmerso en un siniestro silencio, arrastró el cuerpo de Guils. Lo dispuso sobre un tablón de madera y lo ligó firmemente. Aplicó con brocha una extraña materia untuosa en las plantas de los pies de su víctima y con absoluta parsimonia se dedicó a embadurnar el interior de cada uno de los dedos. Cuando hubo terminado se quedó esperando las órdenes del inquisidor. Arnault se aproximó entonces al reo.

—¡Os conmino, por amor de Dios, a que digáis la verdad!

—No tengo nada que añadir, ya os he dicho que estaba borracho —contestó Guils con un hilo de voz.

—Es de todos sabido que los borrachos son transparentes como el agua de un arroyo y sinceros como el más ingenuo de los niños, por lo tanto, todo lo que dijisteis e hicisteis en ese lamentable estado deja bien a las claras cuál es el color de vuestra alma.

—No era consciente de lo que hacía —atinó a responder con dificultad.

—Si mancillasteis de forma inconsciente la sangre y el cuerpo de Cristo significa que en vuestro interior habita el mismísimo demonio y por tanto fue él quien actuó por vos. ¡Proceded! —ordenó al verdugo.

El sayón aproximó el hornillo a los pies de Guils, esparció las brasas en el suelo, junto a la pared, y las avivó con grasas y aceites. Deslizó luego el tablón sobre el que se encontraba su víctima hasta dejar que sus pies quedaran a poco menos de un palmo del fuego. En un primer momento pareció que nada sucedía, pero de forma inesperada un grito de dolor inundó la estancia. Guils se retorció sobre el tablón como una serpiente decapitada. Las oleosas plantas de sus pies absorbieron el calor a la velocidad de una flecha, y la quemazón fue penetrando entre sus dedos produciéndole un dolor peor que si la misma muerte habitara en el interior de su cuerpo. Sus extremidades se hincharon, la piel pasó del blanco al rojo en un suspiro y las ampollas crecieron como hongos, para poco después reventar. En un abrir y cerrar de ojos las ulceraciones adquirieron un color negro y los pies dejaron de tener forma, para convertirse en un amasijo de carne y sangre. Los aullidos de Guils estremecieron a todos los presentes, incluido al propio Arnault.

—¡Por Dios bendito, no le hagáis esto! —gritó Anne sin poder reprimirse.

—Veo que sois una mujer muy sensible y eso me satisface, pues tal vez cuando vuestro esposo esté en las mismas condiciones os convertiréis en una mujer de verbo fácil —dijo Arnault con sorna.

El inquisidor se apercibió de que Guils intentaba en vano articular palabra, por lo que decidió agacharse hasta poner la oreja sobre sus labios.

—¿Qué estáis diciendo?

—Lo confieso todo, diré lo que queráis, pero por Dios y la Santísima Virgen, quitadme del fuego —farfulló el pobre hombre.

El inquisidor ordenó al verdugo que apartara a Guils de las llamas y solicitó al notario que acudiera hasta donde yacía el atormentado.

—¿Confesáis pues que sois un hereje y reconocéis que todos vuestros actos han sido obra del diablo?

—Sí, lo confieso —susurró Guils, mientras el notario tomaba cumplida nota de la conversación.

—¿Habita Lucifer en vuestro cuerpo?

—Algo sucede en mi interior —añadió el desgraciado—, algo me transforma cuando estoy ebrio y me obliga a hacer cosas…

—¿Actuáis por mandato del demonio? ¿Sentís su voz? —interrumpió el inquisidor.

—Sí, oigo voces. Tal vez, y como bien decís, sean del maligno —reconoció el desdichado Guils, sin saber qué más podía añadir para convencer a Arnault.

—Entonces, ¿sois un endemoniado?

—Lo soy, lo soy, lo soy —repitió casi sin voz.

—¿Validaréis vuestra confesión?

—¿Qué es lo que debo hacer? —preguntó Guils absolutamente enajenado.

—Os preguntamos si ratificaréis vuestra confesión antes de los dos días.

—Sí, así lo haré.

—Juráis entonces que confirmaréis todas y cada una de vuestras palabras.

—Sí.

—¿Os acordaréis de tal compromiso, o creéis necesario que os devuelva al verdugo?

—¡No, por todos los santos!, estad seguro de que así lo haré —articuló Guils con sus últimas fuerzas.

Solo entonces Arnault ordenó al médico que atendiera al atormentado.

—Ruego cuidéis de él con toda vuestra pericia, al igual que si fuera vuestro propio hijo —exigió a Blanc con absoluta impavidez, como si nada hubiera pasado.

Se desplazó entre el humo hasta alcanzar la esquina donde el martirizador se afanaba en extinguir las llamas y le musitó unas palabras. En la mesa sus acólitos parloteaban con rostro satisfecho, dispuestos a recoger sus bártulos.

—¡La sesión no ha terminado! —exclamó el inquisidor ante la mirada consternada de todos ellos.

Todavía con la hoguera humeante, el verdugo se desplazó inadvertidamente hasta la posición de Anne. La agarró por la espalda, deslizó sus enormes brazos bajo las axilas de la mujer y, amarrándola por sus pequeños pechos, la arrastró hasta la pared de poniente y la encadenó a una argolla.

—¡No, ella no! ¡Todo el mal que queráis hacerle me lo podéis infligir a mí! —gritó desesperadamente Jean mientras acudía en su auxilio.

Jean, aún a pesar de las ataduras de sus manos, se lanzó contra el verdugo. Aquel hombre brutal, ocupado todavía en asegurar las frágiles muñecas de Anne, giró sobre sí mismo y propinó un cabezazo en la frente de Jean, quien, aturdido, cayó al suelo. Cuando quiso reaccionar, el verdugo ya lo tenía sujeto por la espalda. Jean trató de resistirse pero, al punto, Arnault, armado con una gruesa vara, se le aproximó.

—Quedad tranquilo, no será vuestra mujer quien sea sometida a tormento sino vos —aclaró con insidia—. Entiendo muy probable que ella, a la vista de cuanto os suceda, se atenga a razones y nos ilustre por fin sobre la conducta herética que con tanto empeño defendéis.

—Haced lo que queráis conmigo, pero a ella no la toquéis —respondió con bravura.

Jean, convencido de la sinceridad de Arnault, sosegó sus ímpetus, y sin apenas resistencia, terminó extendido sobre una tabla, inmovilizado de manos y pies con sendos grilletes.

—Lamentablemente no hemos podido utilizar este ingenio con Guils, pero os puedo asegurar que es extraordinario —amenazó el inquisidor.

Anne había adquirido el mismo color pálido que si llevara días muerta y enterrada. Por su parte, los miembros de la mesa estaban desconcertados, incapaces de entender el proceder de Arnault. Nadie había previsto el tormento de los Duver para aquella noche, y todos sabían que su presencia ahí tan solo debía ser intimidatoria. El inquisidor se percató de la situación y les dijo en voz baja:

—No busco la confesión del hombre, sino de la mujer. Está asustada y es un buen momento para sonsacarle información.

El verdugo rasgó las vestiduras de Jean y empezó a enrollarle varias cadenas y sogas alrededor del cuerpo, cuidando de que pasaran convenientemente por las muñecas, antebrazos, cintura y tobillos. Los extremos de las cuerdas morían en unos torniquetes que el verdugo, en cuanto quedó todo dispuesto, empezó a rodar hasta conseguir la tensión adecuada sobre la víctima. Jean lo miró con sus ojos claros, color miel, buscando un gesto imposible de compasión. Luego alzó el cuello y, viendo su cuerpo aprisionado, tensó los músculos de forma instintiva.

—Espero sinceramente que colaboréis o de lo contrario sufriréis en vuestras carnes toda la destreza de la que es capaz nuestro verdugo. Puedo aseguraros que la mancuerda hace hablar a los mudos. ¡Proceded! —dispuso Arnault.

El encapuchado, siguiendo las más estrictas pautas, inició la vuelta del torniquete que afectaba el brazo derecho de Jean, quien de inmediato sintió una presión que progresivamente laceraba su piel. Arnault, a la vista del reprimido gesto de dolor del torturado, no dudó en aproximársele.

—Como reza el Evangelio de san Mateo: «No he venido para destruir, sino para cumplir». ¡Os exhorto, en el nombre del Señor, a que reveléis en confesión todas vuestras faltas y pecados, y solicito del Espíritu Santo la sabiduría necesaria para juzgaros! ¿Qué sabéis acerca de vuestra primera mujer?

—Ya os he dicho que murió accidentalmente.

—¿Qué sabéis de aquellos que se hacen llamar *bons òmes*?

—Que son herejes.

—¿Y vos sois un hereje?

—No, en absoluto.

Arnault indicó con la mirada al verdugo que procediera, y este giró de nuevo el torniquete. Jean notó cómo su brazo derecho se comprimía hasta casi no sentirlo, incapaz de evitar un agudo gesto de dolor que penetró en el alma de Anne como si le hubieran desgarrado la vida. Luego el torturador se desplazó para empezar a maniobrar sobre su brazo izquierdo.

—¡Yo os diré todo cuanto queréis saber, pero no hagáis daño a mi marido! —prorrumpió Anne.

—Eso es lo que estábamos deseando —dijo Arnault con una sonrisa.

En aquel instante, alguien golpeó con fuerza la puerta.

—¿Quién sois? —preguntó el inquisidor.

—Uno de los hombres del alguacil Gog —se oyó gritar tras la puerta.

—¿Qué deseáis?

—Traigo un mensaje para su señoría Peyre d'Adge.

D'Adge se levantó con cara de circunstancias, entreabrió el portón e interpuso su cuerpo intentado evitar que el emisario curioseara la escena. Intercambió unas breves palabras con el mensajero y, cerrando la puerta, se dirigió hacia el inquisidor:

—Lo lamento, pero reclaman mi presencia.

—Bien —dijo contrariado Arnault—, en este caso seguiremos sin vuestra asistencia.

—Pero eso…, eso contraviene las normas, el delegado del obispo debe estar siempre presente —refutó D'Adge.

Arnault no le contestó y se dirigió enojado hacia la mesa:

—D'Adge debe ausentarse y pretende que se suspenda el procedimiento; y eso no puedo consentirlo.

—Se hará lo que digáis, pero mi obligación es anotar en el acta que D'Adge abandona la sala —contravino el notario.

—Suspender el proceso ahora es tanto como renunciar al interrogatorio de ese Duver, y todos sabemos que las leyes proclaman que solo puede haber una sesión de tortura, a menos que... —insinuó el inquisidor.

—¿Qué? —planteó el notario.

—A menos que en el acta no conste siquiera el inicio de la sesión.

—Eso no es inconveniente —contestó con cierta relajación el notario—. Todavía no he estrenado la nueva cuartilla en donde registrar la indagación de Jean Duver. Además, apenas ha sido mortificado y sus palabras no han adquirido relevancia alguna.

—Bien, pues en ese caso, damos por concluida la sesión —dictaminó Arnault.

Todos los asistentes, a excepción del inquisidor, parecieron sentirse aliviados, y sin pronunciar palabra, precipitaron su salida, temiendo que Arnault pudiera cambiar de opinión. El médico se quedó cuidando a Guils, al tiempo que los *familiares* se afanaron en devolver a Jean y Anne a sus celdas.

Capitulum VI

Segunda acta del juicio

A primeras horas del día siguiente condujeron otra vez a Jean ante el tribunal. Se le encogió el corazón al ver que ahí seguía, atada al reclinatorio, la pavorosa efigie de su estimado hijo Ejean, a quien en esos momentos de quebranto tanto extrañaba. Pocas horas antes, en la oscuridad de su celda, lo llegó a soñar como al mismo arcángel san Miguel, un ser infundido de fuerza sobrehumana, capaz de liberarlo a él y a toda su familia. Pero ahora, ante ese macabro espantapájaros, sus sueños se diluyeron lánguidamente entre tinieblas: «¿Qué será de Ejean?», se preguntó con pesadumbre.

El acusado tomó asiento abatido, culpándose una y otra vez de cuanto estaba sucediendo a los suyos. Al levantar la vista pudo ver a todos los miembros del tribunal a excepción de Poncius Rancel, el tasador de bienes; sospechó que, una vez realizada su tarea, el inquisidor le habría permitido ausentarse. Cosme de Arnault, conminando con una mirada al secretario Barthe a que iniciara la redacción del acta, procedió a recordar que el acusado estaba bajo juramento, momento en el que uno de los carceleros, tomando los Evangelios y la gran cruz de madera, se los presentó de nuevo, obligándolo a besarlos. El inquisidor tomó la palabra:

—Bien, señorías, al parecer nos encontramos ante un acusado perseverante, que lejos de atender nuestros ruegos, rechaza los medios puestos a su alcance para asumir su culpabilidad y reconciliarse con la Iglesia. Debo igualmente añadir que ni siquiera la *vexatio* ha conseguido abrirle el alma.

—¿Qué grado de *vexatio* le ha sido aplicada? —interrogó apocadamente Agoult.

—El simple encadenamiento de extremidades y reducción de alimentos. ¿Acaso pensabais en algo más? —sonrió el inquisidor buscando la complicidad del resto de la mesa—. Así pues, su conducta obliga a que este tribunal del Santo Oficio, en permanente gracia del Espíritu Santo, examine al reo con cuantos medios tiene confiados para que resplandezca la verdad.

Arnault miró a Jean esperando que se resquebrajase como un cristal y se dignara a pedir clemencia; pero el reo permaneció en silencio.

—Debo recordar al acusado que, de admitir su culpabilidad, nos ahorraría a todos un costoso tiempo —agregó con fastidio.

Para entonces la mente de Jean estaba junto al río, bajo la sombra de los avellanos, acariciando la melena de su mujer, mientras sonreía viendo a sus hijos encaramarse a lo alto de un tilo. Pero los sueños se esfumaron cuando la voz del inquisidor, molesto por su indiferencia, tronó de nuevo en la sala:

—Creo recordar que el acusado manifestó bajo juramento, y si estoy errado deseo me rectifique el secretario, que cuando enviudó de Agnes Vesani, su primera mujer, contrajo nuevo matrimonio religioso con Anne Farré. ¿Es cierto que la difunta era nacida en la población de Albi?

—Sí, así es, señoría. —respondió Jean.

El inquisidor miró al fiscal Arnau Catany dándole la venia.

—Señorías —expuso Catany mostrando al tribunal un documento que agitaba con vehemencia—, tengo aquí una certificación del párroco de Albi, Jacomí La Cort, expedida hace apenas dos meses, en la que da fe de vida de Agnes Vesani; lo que significa que la primera esposa del acusado no ha muerto.

Jean levantó la vista sin dar crédito a lo que acababa de oír: «Agnes está viva, eso es imposible», pensó. La imagen de su amada Agnes, a quien cariñosamente llamaba Nessi, se incrustó en su mente con una intensidad que no sentía hacía años. Incluso creyó ver su angelical figura sentada en el estrado, junto a esos demonios, mirándolo con expresión perdida. Jean no puedo controlarse:

—Eso es imposible, señorías, Agnes Vesani murió en Albi.

—¿Está seguro el acusado? ¿Cómo murió? —interrogó el fiscal.

—Falleció en casa de sus padres al desplomarse accidentalmente un pajar sobre su cabeza... Ella había ido a ayudarlos con la cosecha, dejando a nuestro hijo Ejean bajo mi cuidado.

—¿Visteis acaso el cadáver de vuestra esposa? —sondeó Catany.

—No, no lo pude ver; cuando me llegó la noticia, hacía días que la habían enterrado.

—Pues resultando estar viva, es evidente que vos sois un polígamo —sentenció el inquisidor—. El documento es fehaciente y vuestro delito también.

El pequeño Agoult se atrevió a objetar:

—Disculpad, señoría, sería más exacto calificar la actitud del acusado de bígamo, dado que la poligamia viene definida como el matrimonio de un varón con muchas mujeres simultáneamente, pero ese no es el caso. Solicito pues que tal aclaración conste en acta y ese agravante no sea considerado por el tribunal.

Arnault hundió sus ojos en Agoult conminándolo a silenciar cualquier otro comentario que pudiera ocurrírsele.

—Sea como fuere, parece pues que el acusado abrazó el corazón de otra mujer con cierta ligereza —dijo Arnault con una sonrisa.

—Y de ser así, ¿cómo podría haberlo evitado? —preguntó Jean haciendo un tremendo esfuerzo para admitir esa afirmación como cierta.

Peyre d'Adge, el delegado del obispo, intervino con voz suave, como si estuviera recitando un poema:

—Deberíais saber que cualquiera que haya enviudado debe efectuar las correspondientes proclamas antes de tomar una nueva mujer, y si se casare en otra población tiene igual obligación de notificarlo al párroco donde tuvo lugar el primer matrimonio. Algo que, evidentemente, no hicisteis.

D'Adge y Arnault se miraron con complacencia, mientras Agoult dedicaba al acusado una mueca con la que parecía indicar: «No sigáis por ese camino, no os conducirá a nada». El inquisidor se levantó con aparente desgana, y con lentas zancadas se aproximó a Jean.

—Bien, bien, bien... Así pues, y aun a pesar de vuestra negativa, creo que este tribunal entenderá adecuadamente probado el delito de bigamia...

—¡Pero eso no es cierto! —se atrevió a interrumpir el reo.

—Eso ya se verá. No obstante —agregó con entonación magnánima—, y con independencia de que vuestro execrable delito sea convenientemente castigado, me complace anunciaros que la Iglesia, en su extremada misericordia, sabrá reconocer los derechos de vuestros hijos.

Arnault, tras un estudiado silencio, se dirigió nuevamente a la mesa inquisitorial:

—De considerar que su culpabilidad es manifiesta, ¿tal vez deberíamos proseguir con la segunda acusación?

Ante la silenciosa aprobación del tribunal, Arnault se retiró a su suntuoso sitial y reanudó el interrogatorio:

—¿Y qué sabéis de aquellos que se hacen llamar *bons òmes*? ¿Sois acaso uno de ellos?

—Pertenezco a la Iglesia católica, y nada tengo que ver con ese pensamiento —contestó con serenidad el acusado.

—Buena respuesta —dijo con ironía Arnault—; sí, una buena respuesta si no fuera porque los *familiares* encontraron este libro dentro del baúl que tenéis en vuestra casa. ¿Lo reconocéis?

Antes de que Jean pudiere contestar, el inquisidor, persignándose, añadió:

—¿Os son conocidos los primeros versos que voy a leer?: «*S'es faita davant Dius am'una crotz tant bela que resplendis del cèl jusca la tèrra. Nostra Dama va arribar am'un cièrge a la ma; tres armetas rencontrèe: "Armetas, que fasètz aici?". "Nos autras, ploràm, sospiram, que i a pas cap dènfant de sèt ans que plore las plagas de sos sants"*».

D'Adge, el delegado del obispo, se alzó con aire pesaroso y le dirigió la palabra a Arnault:

—Ruego traduzcáis aquello que digáis en lengua de oc a fin de que el señor secretario lo incluya también en el acta. Hay que considerar que todo cuanto quede registrado se remitirá a nuestra excelencia reverendísima el señor obispo, y este a su vez a cualquier otra instancia superior que no necesariamente tiene que conocer las particularidades de esa lengua.

Arnault asintió de mala gana, miró al secretario y recitó:

—«Ha sido hecha delante de Dios una cruz tan bella que resplandece desde el cielo hasta la tierra. Nuestra Señora va a llegar con un cirio en la mano; tres almas encontró: "Almas, *¿qué hacéis aquí?*". "Nosotras, lloramos, suspiramos, porque no hay ni un niño de siete años que llore las llagas de nuestros santos".» —Luego fijó sus ojos en Jean y repitió—: ¿Os son conocidos?

—No —contestó Jean absolutamente confuso.

—¿Y si os leo el final? —dijo Arnault volteando el libro hasta alcanzar la última página—. *«Mon Dius, fasetz-me la gràcia de plan viure e de plan morir!»*, o lo que es lo mismo —añadió mirando al secretario—: «¡Dios mío, dadme la gracia de bien vivir y de bien morir!». ¿Tampoco reconocéis esa frase?

—Sí, la recuerdo —dijo Jean con voz reposada—, pero no sé bien de qué se trata.

—Yo os lo diré —exclamó Arnault sin disimular su ira—; nos encontramos ante los poemas, encantamientos y oraciones del *Davant Dius*, un compendio de la herejía cátara. ¿Qué puede decir al respecto el acusado?

Jean tragó saliva, incapaz de comprender que el juicio pudiera seguir por esos derroteros. «¿Qué tengo yo que ver con esos herejes?», reflexionó con angustia. Se sintió entonces tan vulnerable que si ya en el calabozo había acariciado la idea de reconocerse culpable de lo que fuere con tal de acabar con esa farsa, ahora, teniendo a la vista a esos diablos que como buitres anhelaban su vida, volvió a preguntarse: «¿Por qué no entregársela ahora mismo?».

—Ese libro fue el obsequio de un *perfecto* de los *bons òmes*... —contestó el acusado con indiferencia.

—*Perfectos bons òmes!* —interrumpió el inquisidor—; mejor diréis de unos perfectos herejes que tienen la osadía de hacerse llamar «hombres buenos».

—Fue un simple regalo, pues ya sabréis que esas personas no trafican con monedas y desconocen por tanto el valor del dinero —refutó Jean.

—¿Y qué hicisteis para merecer esa dádiva?

—Les confeccioné una pequeña arquilla de madera —admitió tras titubear unos instantes.

—Así pues, tenéis contacto con esos herejes —exclamó Arnault rebosante de felicidad.

—No, en absoluto, fue a través de una amiga de mi mujer... —pretendió rectificar el acusado.

—¿Os referís a la acusada Anne Farré? —preguntó el inquisidor con regocijo.

Jean se mordió la lengua hasta sangrar al percatarse de la estúpida forma con la que estaba implicando a su esposa.

—Entonces, ¿vuestra mujer está relacionada con los herejes?

—No, ¡ella no tiene nada que ver con ellos! —contestó furiosamente Jean mientras un hilillo de sangre se deslizaba por la comisura del labio.

—Entonces, ¿cómo explicáis que el encargo os llegara a través de ella? —interrogó Arnault mientras hacía reiteradas señas al secretario para que no dejara de transcribir palabra alguna.

—No lo sé, debió de ser un conocido…

—¿Y cuál era su nombre?

—Tampoco lo sé…

—Ahora resulta que además de intimar con herejes evitáis la labor del Santo Oficio negándoos a delatar a uno de sus miembros. Bien, bien… —murmuró el inquisidor—, mas deberíais saber que eso no nos preocupa en exceso, pues ya llegará el momento en que vos o vuestra esposa pronunciéis su nombre.

El inquisidor, cambiando bruscamente la dirección de sus pasos, se dirigió al tribunal y lanzó unas palabras envenenadas:

—No tengo duda de que nos hallamos, como es habitual, ante el caso de un hereje que, aun intentando encubrir a su esposa o hijos, acaba por delatarlos. Además, debo hacer observar a este tribunal que ese libro herético fue hallado en el interior de un baúl confinado en la ermita, es decir, en la casa de Nuestro Señor, y eso constituye un flagrante acto sacrílego que viene a reafirmar la conducta apóstata del acusado…

Agoult respiró profundamente, tomó fuerzas y, alzándose, se atrevió a interrumpir la retórica del inquisidor:

—Señorías, debo recordarles que en el legajo consta la desacralización previa de la sacristía y de la ermita que ocupa el acusado; por lo tanto, solicito que este tribunal no aprecie la figura de sacrilegio como circunstancia agravante.

Arnault trató de disimular su desconcierto y observó furioso la figura de aquel mequetrefe que osaba desafiarlo intentando dejar en entredicho su capacitación.

—Tal vez tengáis razón —reconoció—, pero ¿acaso apuñalar un cuerpo sin saber que ya es un cadáver exime del ánimo homicida al acusado? A los efectos de calibrar vuestra idoneidad para la interpretación de los textos contenidos en la causa, y en especial los que se incluyen en esa obra herética, desearía que ilustrarais al tribunal sobre cuáles son las lenguas que conocéis.

El defensor Agoult, esforzándose en disimular su azoramiento, contestó con candidez:

—Hablo y escribo la lengua de oc, la de oil y, por supuesto, el latín.

El inquisidor escribió unas rápidas letras sobre una cuartilla cualquiera y, entregándosela al auxiliar, solicitó que se la hiciera llegar a Agoult ordenándole que una vez leída se la devolviera. El subalterno mostró de inmediato la nota a su destinatario. Al pobre Agoult le cambió el semblante hasta palidecer tras leer su contenido: *«Se fasètz d'autras objeccions coma aquela, dema auretz pas lenga per parlar lenga d'hòc ni langue d'oil».* Sabía bien que aquella frase, escrita en occitano, jugaba con el doble significado de la palabra «lengua», y su traducción era amenazadora: «Si hacéis otras objeciones como esta, mañana no tendréis lengua para hablar ni la lengua de oc ni la lengua de oil».

En cuanto Arnault se hizo de nuevo con la nota, la aproximó al candil que quemaba junto a la gran cruz y, prendiéndola, miró al secretario con sorna:

—Ruego hagáis constar la acotación de que el inquisidor Arnault procede a quemar los malos espíritus. —Y como si tal cosa, volvió al interrogatorio—: Supongo que esa arquilla de madera con la que obsequiasteis al hereje no tendría representaciones religiosas, ¿es así?

—Cierto, era totalmente lisa, sin decoración alguna —respondió Jean sin saber muy bien a qué venía esa pregunta.

—Así pues, exenta de cruces y de representaciones de nuestra santísima Virgen, al igual que en la mayoría de vuestras obras.

El inquisidor indicó al fiscal que procediese:

—Aquí tengo dos testimonios que ponen de manifiesto, una vez más, la conducta herética del acusado —introdujo Catany, a la par que entregaba unas hojas al inquisidor—. Se trata de dos testigos que confirman la repetida negativa del reo a representar en sus tallas la forma de la cruz y la figura de Nuestra Señora.

—¿De quiénes son esos testimonios? —interrogó el notario.

—Los aportados por los párrocos de la ermita de Sant Bernat y la iglesia de Santa Maria de Bergues, ambas de esta comarca…

Interrumpiendo a Catany, el inquisidor se dirigió nuevamente al acusado:

—¿Tenéis alguna explicación que pueda justificar vuestra negativa a representar esas sagradas imágenes?

—No, en absoluto, jamás me he negado —esgrimió Jean—. Lo sucedido en Sant Bernat fue meramente casual.

—¡Reveladnos la razón!

—El párroco me solicitó que incluyera una cruz en el bajorrelieve que debería levantarse tras el altar, pero lo cierto es que no había espacio para tantas figuraciones y por ello le aconsejé que sería mejor realizar las cruces en los laterales.

—¿Y qué sucedió con esos paneles laterales? ¿Llegó el acusado a realizarlos?

—No.

—¿Por qué motivo?

—Lo desconozco. Tan solo sé que el párroco anuló el encargo argumentando que ya no tenía más donativos con los que pagarme.

—¿Y lo acontecido en la iglesia de Santa Maria de Bergues? Tenemos noticia de que el párroco os pidió una imagen de la santísima Virgen María y vos le entregasteis una simple santa. ¿Tenéis algo que decir?

—Es cierto que me encargó la representación de la Virgen, pero el mismo párroco cambió de parecer cuando ya tenía la obra a medio hacer. Me dijo que le bastaba el antiguo retablo de Nuestra Señora y que prefería que le trabajara una imagen de santa Lucía.

—Curioso. Y supongo que no os dio ninguna explicación.

—Tuvo a bien comentarme que los feligreses de su parroquia tenían mucha devoción por esta santa, y que, por tanto, mayores serían las ofrendas y los donativos.

—No es eso precisamente lo que señalan tales testimonios; de ellos solo podemos inferir que, al igual que los herejes, aborrecéis la cruz de Cristo y a nuestra Santa Virgen.

—No es cierto, señoría —replicó Jean con rotundidad.

—Eso es lo que decís, pero vuestra conducta parece probar lo contrario. Tal vez sois de la opinión de que Cristo no posee un cuerpo mortal, sino que, tratándose de un ángel enviado por el Padre Celestial y por tanto careciendo de naturaleza humana, nunca pudo haber sufrido la crucifixión. ¿Es esa la causa de vuestro rechazo a su representación?

—Ya he dicho, señorías, que nada tengo que ver con esos herejes y sus ideas —rebatió Jean intentando ocultar la ira que transpiraban los poros de su piel, profundamente angustiado al comprobar hasta qué punto se podían tergiversar los hechos.

—Es difícil de creer, pues si mal está que tengáis en vuestro poder la ignominiosa obra *Davant Dius,* ya de por sí prueba definitiva de vuestra herejía, peor resulta si, además, en su interior, guardáis alguna cuartilla como la que os vamos a leer.

Arnault, con el gesto risueño, ordenó al fiscal la lectura de una de esas hojas. Catany se levantó de inmediato y leyó el texto:

—«*Pater noster qui es in celis, sanctificetur nomen tuum; adveniat regnum tuum. Fiat voluntas tua sicut in cello et in terra. Panem nostrum supersubstancialem da nobis hodie. Et dimitte nobis...*».

—¡Pero eso es un simple *paternoster*! —se atrevió a interrumpir Jean con extrañeza.

—Efectivamente —respondió el inquisidor—, lo que consta escrito en esa cuartilla es un *paternoster,* pero la alteración de la frase original por la referencia concreta a *panem nostrum supersubstancialem* os vincula directamente con la herejía. Todos los aquí presentes sabemos que tras esa frase se esconde la supuesta ley que Cristo dio a los herejes, lo que supone demostrar al tribunal que no solo estáis en poder de esa maldita obra, sino que además tenéis los textos necesarios para iniciaros y perseverar en la apostasía.

—De verdad os digo que no sé de qué me estáis hablando —objetó Jean con la cara desfigurada.

—¿Habéis realizado el rito del *aparelhament?* Ya sabéis, me refiero a eso de confesaros entre vosotros para perseverar en vuestro camino de perfección. ¿Y la ceremonia de *far las caretas?*, ese abominable saludo cátaro consistente en un abrazo con dos inclinaciones de cabeza, mejilla contra mejilla, y un beso en los labios entre creyentes del mismo sexo, o bien un beso en la manga si el saludo es entre personas de distinto sexo —preguntó Arnault sin dar tregua.

—No, nunca —suspiró Jean.

—Entonces, ¿por qué tenéis en vuestro poder esta otra cuartilla que concluye con el rito del *consolhament*? —dijo Arnault arrebatando un documento de las manos de Catany.

—Desconozco de lo que me habláis.

—¡Las pruebas son evidentes! —gritó Arnault—. Confesad de una vez que habéis realizado la promesa al *consolhat* de respetar y cumplir con la regla de la Iglesia de los *bons òmes;* eso que llamáis... *¿convenenza?*

—¡Señoría, aguardad un momento! —se atrevió a interrumpir

Agoult—, considero que los hechos son claros al respecto, por cuanto el acusado está casado, tiene hijos, vive en familia y no tiene inconveniente en alimentarse de carne, queso, huevos o de otro ser nacido de la carne generada a través del coito; por lo tanto, no puede tratarse de un *bon òme.*

—Esas circunstancias tal vez lo excluyan como *perfecto,* pero no como creyente —impugnó el inquisidor—. Todos sabemos que no es necesaria la celebración del rito del *melhorament* para ser un hereje, pues basta simpatizar con sus ideales, o como en el caso presente, que custodien su doctrina escrita. ¿Cree el acusado en la metempsicosis?

—No sé qué es —contestó Jean con sinceridad.

—Que los animales alojan las almas de los hombres no iniciados en esa herejía; esa o cualquier otra aberrante teoría que sostenga que el cuerpo está solo al servicio de Satán. ¿Aborrecéis el matrimonio?

—Señoría, estoy casado —replicó.

—Si, tal vez en su día os fue grato el matrimonio, pero quizá ahora consideréis que propagar la vida multiplica los cuerpos que hospedan a Satán. Recordad que hace ya muchos años que nació vuestro último hijo y probablemente desde entonces vivís en total castidad con vuestra mujer.

Jean estuvo tentado de revelar la existencia del pequeño Jaccobus, su mejor baza para demostrar cuán falsa, ruin y retorcida era la mente del inquisidor, pero comprendió que pondría en riesgo la vida de su benjamín.

—Tratáis de engañarnos, pero todos los presentes sabemos que habéis practicado el *melhorament* a fin de obtener el grado de *perfecto,* habéis recitado el *Benedicite* y pronunciado otras palabras y frases que no deseo reproducir aquí —proclamó el incansable Arnault—. Así pues, todos sabemos que mentís, pues nadie oculta en un baúl un libro de oraciones herejes para contemplar cómo se enmohece y se pudre.

Agoult quiso aprovechar ese instante para intentar frenar el acoso del inquisidor, aunque para ello tuviera que improvisar una nueva estratagema:

—Señorías, el acusado me ha expresado que os comunique que ha sido torturado y vejado antes de ser interrogado.

Jean reparó en la estrategia de su defensor y procedió a levantar los brazos a fin de que el tribunal pudiera observar el rosario de magulladuras que el verdugo le había producido; pero lejos de conseguir una mirada compasiva, lo que propició fue la pronta intromisión del delegado del obispo:

—El acusado debería saber que la tortura jamás puede ser considerada un método de castigo, sino un medio para hacer relucir la verdad, y así ha venido reconociéndose desde que el pontífice Inocencio IV lo proclamara en su bula *Ad extirpanda,* más tarde ratificada por Alejandro IV y por Clemente IV. No sabemos pues a qué vienen vuestras quejas. ¿Acaso esos castigos han supuesto al acusado peligro de muerte o la amputación de algún miembro de su cuerpo? Por lo que se ve —añadió el delegado—, nada de eso ha sucedido con el acusado: *citra membri diminutionem et mortis periculum.*

Peyre d'Adge elevó la vista hacia el tribunal esperando que sus compañeros le reconocieran su oratoria y sapiencia; pero su afectación resultó tan irritante que nadie se dignó a mirarlo. Al punto, el inquisidor retomó la palabra:

—A la vista del estado del proceso, corresponde ahora a los oficiales examinar las piezas y los testimonios, y que los expertos calificadores estudien las acusaciones, las pruebas y la adecuación del juicio por lo que ruego al secretario expida las copias oportunas a tal efecto, y se encargue de la publicación de testigos y probanzas.

Los miembros del tribunal adoptaron una postura tan relajada como indiferente, conocedores de que la labor de tales jurisperitos, también conocidos como *boni viri,* era insustancial, un simple formalismo en el que sus opiniones no contarían para nada. Además, sabían bien que dichos expertos solo podían consultar los breves extractos de las confesiones del reo y las declaraciones mutiladas de los testigos antes de firmar su conformidad con la sentencia definitiva, sin posibilidad pues de añadir una sola coma al texto redactado por el tribunal.

Agoult, por su parte, era muy consciente de que su labor debería haberse reducido a velar por la adecuación del procedimiento, con la obligación, en todo caso, de convencer al reo de que admitiera su culpabilidad. Pero si ahora, de forma anómala, le habían ofrecido estudiar el legajo e incluso intervenir en el juicio, era solo para aparentar un procedimiento inmaculado para que nadie, en el dudoso caso de que se admitiera una revisión de la sentencia, pudiera alegar lo contrario. Reparó entonces en que aquella era una causa perdida.

Capitulum VII

Ejean

Milán y Aviñón, en esas mismas fechas

Su padre había adquirido una gran reputación como carpintero, pero Ejean no quiso seguir sus pasos. De haber continuado en el taller familiar, a buen seguro habría tenido un futuro más fácil, pero el chico estaba obcecado en trabajar el hierro, y todos sus anhelos pasaban por aprender a templarlo como solo los dioses podían hacerlo. Su obsesión por fabricar armas, las mejores dagas, estoques y armaduras, era algo que le venía de muy lejos. No en vano, cuando de chiquillo desaparecía de casa, los suyos tenían la serena certeza de que lo encontrarían junto a la fragua del pueblo.

Con algo más de diez años, Ejean dejó de jugar con espadas de madera. En ese momento sus padres abrigaron la falsa esperanza de que por fin habrían cambiado sus preferencias. Pero la realidad era tozuda, y si las dejó de lado solo fue porque odiaba simular combates con simples palos: «Cosas de niños», se decía. Necesitaba sentir el tacto del hierro y su peso en el brazo.

Y si los Duver todavía cobijaban alguna esperanza de verlo trabajar en el negocio de la familia, esta se desmoronó cuando un año antes de su partida el obstinado joven solicitó a su padre la dispensa en las labores de la carpintería para acudir como aprendiz a la forja de Limoux. Ejean aguantó bien la merced de seis meses que su padre le concedió, sin que en ningún momento nadie pudiera oírle queja del esfuerzo que suponía la caminata diaria al pueblo, hiciera frío o calor, lloviera o nevara. Pero para mayor desdicha de los Duver, ese mismo plazo le sirvió a Ejean para percatarse de que ese herrero solo sabía fabricar arados y herraduras y, lo peor, que no aspiraba a otra cosa. Aquella rutina acabó por desesperar a Ejean; desesperación que fue a más cuando, un día sí y otro también, oía hablar al forjador del portentoso metal que se fabricaba en el sur, en una lejana ciudad llamada Toledo. Ejean decidió entonces que aquel sería su destino.

Esa era la razón por la que Ejean llevaba ya más de dos años fuera de Limoux; esa, y su natural predisposición, propia de la edad, a descubrir el mundo.

Toledo fue el inicio de un largo periplo que lo llevó a Valencia, Barcelona y a un sinfín de otras ciudades hasta que, siempre siguiendo la pista del mejor acero, acabó recalando en Milán. Pero esa ciudad no resultó ser lo que esperaba. Mucho reflexionó sobre el porqué de su desengaño: tal vez fuera que no atinó a dar con el herrero adecuado; tal vez, a diferencia de lo sucedido en las otras poblaciones, no encontró su lugar en la ciudad. Quizá, pensó, el destino no le había sabido escribir el guion deseado.

Decidió entonces viajar a Oriente, en busca de ese misterioso *pulat*, la divina materia prima con la que los entendidos afirmaban que

se podían fabricar las armas más perfectas e invencibles. Habló con mercaderes, tratantes, porteadores, e incluso se buscó un hueco en las caravanas, pero para cuando apalabró el viaje con un veneciano, le entró un enorme temor. Fue consciente de que iniciar esa andadura posiblemente implicaba no regresar nunca jamás a Limoux.

Dudaba todavía entre marchar o no cuando una noche, tras salir de la cantina, lo abordó una mujer. No debía tener más de cuarenta años, pero llevaba el rostro tan marcado por la vida que resultaba difícil adivinarle la edad. Al principio creyó que se trataba de una vulgar cantonera. La rehusó, pero ella declaró que su intención no era malsana e insistió en que tan solo deseaba adivinarle el futuro. Aun así, Ejean trató de sacársela de encima excusando que no llevaba monedas suficientes para pagarle, siquiera para una limosna. Para su sorpresa, ella no le pidió dinero a cambio; tan solo exigió que volviera a entrar en la cantina y le trajera una jarra de vino. Ante su vacilación, la mujer lo miró pidiendo compasión.

—No puedo pagarla —reconoció ella—, y aunque así fuera, tengo prohibida la entrada. ¿Acaso no os fían?

Ejean quedó tan desconcertado que terminó por aceptar la oferta. En cuanto regresó con la jarra, ella dio un largo y agradecido trago y conminó al joven a que se sentaran en un alzapié adosado al portal contiguo.

La mujer no dijo de dónde venía ni a dónde iba, tan solo que se llamaba Priscilla. A pesar de su parquedad de palabras y de mostrar un rostro marchito, conservaba una singular belleza. Sus líneas faciales y la mirada penetrante cautivaron a Ejean. Después de dar un par de sorbos más a la jarra, la depositó en el suelo, se levantó discretamente las faldas, metió la mano bajo ellas y extrajo un saquito de piel. Solicitó al joven que lo palpara, lo acariciara con fuerza y luego lo abriera dejando caer su contenido sobre la banqueta. Ejean hizo rodar con tiento cada una de las runas, mirando de reojo las sucesivas expresiones de la adivina. Ella las ordenó y empezó a hablarle de amores, fortuna, hijos y varias cosas más que a Ejean le resultaron anodinas. La escuchaba por escuchar, y solo por galantería decidió quedarse. Pero cuando empezó a hablarle de la familia, Priscilla percibió unas visiones que la inquietaron hasta el punto de dejarla sin palabras. Solo supo transmitirle unas frases aparentemente inconexas:

—Vuestros padres os extrañan. Están junto a las brasas, pero se mueren de frío.

Y sin más, le devolvió la jarra y se fue. Ejean quiso restarle importancia e incluso sonrió de camino a la posada, pero le costó conciliar el sueño aquella noche. Si aún le quedaba alguna duda, consideró que Oriente quedaba tan lejos que bien podía esperar. Concluyó que lo prudente sería regresar a casa, junto a los suyos. Allí se repondría, pediría consejo a sus padres y esperaría un par de años antes de reiniciar su búsqueda del *pulat*.

Ejean abandonó Milán a finales de verano, y ahora, por fin, su tranquilo y lento peregrinar lo había llevado a otear Aviñón. En cuanto cruzó el Ródano y entró en la ciudad, deseó llegar hasta el tan celebrado palacio papal, reconocido desde hacía poco, según decían, como el nuevo centro de la cristiandad. Se internó por las bulliciosas callejuelas mirando aquí y allá, intentando orientar sus pasos, y sonriendo a las mozas que lo miraban con una mezcla de curiosidad y deseo. Súbitamente se oyeron unas poderosas órdenes de mando, y al poco vio cómo un numeroso pelotón de soldados tomaba posiciones en las cercanías del palacio y acordonaban la zona. Ejean se aproximó a una mujer de mediana edad asomada a una ventana.

—¿Qué sucede?

—La guardia del papa.

—Eso ya lo veo, pero ¿por qué?

—Pues será por lo de siempre, tal vez el papa haya salido de su palacio para oficiar una misa, para recibir honores o cualquier otra cosa parecida —respondió con desinterés.

Ejean se tranquilizó y siguió su marcha por calles más estrechas. No le hizo falta caminar mucho para divisar el conjunto del palacio papal. Se acercó todo cuanto pudo hasta que creyó distinguir al propio papa y su séquito saliendo de una gran iglesia aledaña al palacio; la catedral de Notre-Dame des Doms, según le indicaron. Los guardias cerraron la calle impidiéndole el paso. Ejean optó por esperar pacientemente a verlos pasar.

Media docena de soldados precedían al papa, y tras él, varios eclesiásticos caminaban con aire displicente, ataviados con coloridas vestimentas. A los pocos pasos, el pontífice se giró y mediante una señal solicitó al único que vestía de riguroso color negro que se aproximase. Ambos religiosos pasaron tan cerca de Ejean que incluso llegó a oírlos conversar en voz baja. Tras doblar la esquina, entraron en el palacio por un pequeño acceso lateral dejando atrás al resto de la comitiva. La puerta se cerró y dos guardias quedaron allí apostados.

El pontífice y su acompañante iniciaron un corto paseo por el claustro, y al poco se sentaron en un estrecho banco de piedra. Clemente VII murmuró a su interlocutor tras asegurarse de que no hubiera nadie alrededor:

—¿Cómo marchan vuestras tareas?

—Como bien sabéis, hace pocos meses tuve una reunión con nuestros informadores.

—Lo sé, lo sé. Os preguntaba por alguna noticia más reciente.

—Hace bien poco que el Tratado de Briones fue ratificado en Santo Domingo de la Calzada, y por lo tanto Castilla y Francia están más cerca que nunca de decantarse por Su Santidad. Creo que lo hemos conseguido.

—Tenía noticias de ello, una labor excelente, sin duda. ¿Y para cuándo Castilla piensa invadir Portugal?

—Estamos trabajando en todos los frentes, pero es un proceso extremadamente lento. El rey castellano no quiere precipitarse.

—¿Y el rey de Aragón?

—Sigue de nuestra parte, pero oficialmente mantiene la neutralidad, como siempre. Odia enfrentarse por nuestra causa a su tío, el conde de Prades. Además, en su mente no hay lugar para otra cosa que no sea Sicilia y el Mediterráneo. Bueno, para eso, y para su nueva esposa Sibilia de Fortiá. —Sonrió.

—Me han comentado que es una viuda muy peligrosa. ¿Lo confirmáis?

—Fue amante antes que viuda y, por lo tanto, doblemente peligrosa. No cabe duda de que ejerce una gran influencia sobre el rey. Sabemos que ha sido ella y no el monarca quien se ha opuesto a la boda del infante Joan con Violante de Bar. Mucho poder debe ejercer esa mujer para enfrentar a padre e hijo.

—Pues estudiad la forma de llegar a ella. Tal vez así convenzamos al rey de que su neutralidad no conviene a nadie —ordenó el pontífice acariciándose la sien.

—Así lo haré.

—Ya que hablamos de confidencias, debo recordaros que seguimos teniendo problemas con las fuentes de información. Nuestros especialistas no saben explicarse la razón por la que, con excesiva frecuencia, el enemigo parece ir un paso por delante.

—Así es, pero no atinamos a encontrar la fisura.

—¡Pues debéis encontrarla! —gritó el pontífice poniéndose en pie—. Es evidente que alguna brecha hay, y casualidad o no, todos nuestros confidentes sospechan que alguien está en posesión del maldito cifrado, de lo que deducen que el problema está en ese pueblo…

—¿Limoux?

—En efecto.

—No debéis preocuparos, pues ese asunto está a punto de quedar zanjado.

—¿A quién habéis encargado de ello?

—A Cosme de Arnault.

—Uña y carne con Aymerich… —acertó a precisar el papa.

—Quedad tranquilo. Con Arnault tenéis asegurada la partida y también el resultado.

—No lo dudo. Y supongo que es mejor tenerlo ocupado en esos juicios que aquí enjuiciando nuestras decisiones, ¿no os parece?

—Ya sabéis que somos de la misma opinión.

Capitulum VIII

El interrogatorio

El matrimonio Duver quedó relegado durante los tres días siguientes al mayor de los olvidos. Solo parecían existir para el padre Raymundus, quien, incansable en su apostolado, los visitó a diario. Pero ese aparente abandono no fue en absoluto casual. Durante ese tiempo tuvieron lugar las reuniones de los teólogos calificadores, dedicados de pleno al estudio del primer dictamen emitido por el tribunal; horas y horas valorando las acciones de los reos, analizando si habían o no abrazado los errores heréticos que se les imputaban. Para desgracia del matrimonio, tanto el tribunal como los consultores concluyeron que los acusados incurrían en un gran número de contradicciones.

A última hora de la tarde, Anne y Jean despertaron de su letargo alertados por las fuertes voces que retumbaban en el pasadizo.

—Me temo que vienen a por alguno de vosotros —comentó con indiferencia el carcelero.

Jean se levantó como un resorte del suelo e intentó mirar entre los barrotes, pero el celador se lo impidió. En un abrir y cerrar de ojos, los guardianes se internaron en los calabozos y les prendieron a ambos.

—¡Acompañadnos! —gritó uno.

—¿Os lleváis a los dos? —interrogó el carcelero con extrañeza.

—Así es, y aprovechad su ausencia para limpiar esas apestosas celdas, ¡huelen peor que un establo!

Ambos fueron escoltados por el pasadizo, y obligados a descender hasta la bóveda subterránea; el mismo lúgubre escenario donde habían sido testigos del suplicio de Guils. Allí estaban sentados

Arnault, Peyre d'Adge, el notario Barthe, el cirujano Blanc y, en una esquina, en la oscuridad más absoluta, el verdugo del tribunal. Los *familiares* tomaron a los reos con gran protocolo y los entregaron al torturador.

Anne fue atada por las muñecas a las mismas argollas que en la anterior ocasión. No ofreció resistencia y trató de permanecer impasible con el fin de tranquilizar a su esposo, pero no pudo evitar que un leve temblor de labios delatara el terror que sentía. Inmediatamente después ataron a Jean, quien con ojos desafiantes miró al tribunal anhelando transmitirles que estaba dispuesto a aguantar cualquier suplicio con tal de que no pusieran la mano sobre su esposa. Arnault caló la expresión y con una señal ordenó al torturador que se situara frente a la mujer; este la desnudó salvajemente, rasgándole las vestiduras, dejando a la vista de los presentes sus tersos senos y el escaso vello que adornaba su sexo. Aquel hombre, vil y cruel, detuvo complacido su vista en los pechos de Anne, quien, por pudor, y absolutamente avergonzada, evitó mirarlo a los ojos.

—¡Vestidla!, ella no tiene nada que ver con esto. ¡No deshonréis su dignidad con vuestra lujuria! —chilló Jean.

—¡Tapadle los genitales! —ordenó el inquisidor.

El verdugo tomó de mala gana uno de los trapos tiznados con los que se ayudaba para sostener los útiles de tortura candentes, lo desdobló y lo ciñó a la cintura de Anne cuidando de que uno de los extremos cayera entre sus ingles. El encapuchado aprovechó la ocasión para acariciar disimuladamente su pubis, al tiempo que murmuró una indecencia que Anne no quiso entender. El verdugo se dirigió entonces a Jean armado con una pequeña navaja y le destripó la ropa.

—Bien —exclamó el inquisidor dirigiéndose a Jean—, el tribunal y sus calificadores son del parecer de que nos estáis ocultando la verdad, y esa es la razón por la que incurrís en continuas contradicciones. Por tanto, y como ya os dije hace unos días, os insto, en el nombre de Dios y la Santísima Virgen, a que confeséis vuestra culpabilidad, siendo del todo preciso, además, que no levantéis falso testimonio, ni contra vos ni contra terceros.

En ese mismo instante, Arnault pareció recordar algo. Se giró con precipitación y le preguntó a Barthe:

—Supongo que tal como os comprometisteis, estrenáis cuartilla donde transcribir las confesiones del reo.

—Por supuesto, señoría, nada hay todavía registrado —dijo el secretario con gesto contrito.

—Pues tomad nota de que en aras de la potestad que me ha sido otorgada, modificaré el orden habitual del tormento. ¡Proceded con la mancuerda! —ordenó al verdugo.

El torturador desligó a Jean y, tomándolo del cuello, lo obligó a que se estirara sobre el potro y lo fijó con grilletes. El médico procedió a reconocer al reo, mientras el notario, cogiendo un taburete, se sentó junto a Jean con la intención de no perderse detalle de la confesión; se situó tan cerca que hasta podía oír su entrecortado y tenso respirar. En cuanto el médico dio su aprobación, el verdugo procedió a aplicar diferentes sogas sobre Jean, entreteniéndose en comprobar que cada una de ellas finalizara en sus correspondientes torniquetes.

—Insistiremos de nuevo. ¿Qué sabéis de Agnes Vesani, vuestra primera mujer? —preguntó Arnault.

—Ya os he dicho que murió.

—Eso es lo que afirmáis, pero yo tengo una certificación que acredita todo lo contrario.

Al verdugo, al igual que un perro pastor, le bastó detectar el movimiento de ojos del inquisidor para apretar el torniquete del brazo derecho. Jean tomó aire, contuvo la respiración en un baldío intento de no sentir el dolor de sus extremidades y guardó silencio.

—Vemos que seguís sin estar dispuesto a colaborar —masculló Arnault.

—Ya os he dicho todo cuanto sé.

—Me temo que no sois consciente de la situación. Hasta ahora habéis tenido mucha fortuna porque apenas os hemos rozado la piel, pero si mantenéis esa actitud, vuestra suerte cambiará a peor. Ya os hemos dicho que este tribunal no puede permitir que vuestras confesiones sean contradictorias, parciales e incongruentes, y mucho menos que aun reconociendo vuestra torpeza, os neguéis a admitir la intención herética que preside vuestra conducta. Os lo volveré a preguntar de otra forma. ¿Cabe la posibilidad de que os quisierais desprender de vuestra primera mujer y por ese motivo decidierais devolverla a casa de sus padres?

—No, jamás. La quería con toda mi alma —declaró Jean.

El torturador se aplicó entonces sobre el brazo izquierdo, para inmediatamente tensar el torniquete del muslo de ese mismo lado.

Jean no pudo evitar gritar, provocando los primeros sollozos de su esposa.

—Deberíais saber que, si el tormento os causa la muerte, una grave lesión o la efusión de sangre —advirtió Arnault—, será solo debido a vuestra culpa, y en modo alguno imputable a este santo tribunal. Insisto: ¿es posible que os enamorarais de la procesada aquí presente, y entonces os deshicierais de vuestra primera mujer?

El verdugo apretó los torniquetes que ceñían la espinilla y muñeca del lado derecho de Jean.

—¡Dios nuestro Señor!, dejad de apretar mis carnes —gimió el reo.

—¡Pues hablad! —reclamó el inquisidor.

—Ya os digo que no, jamás fui infiel a mi primera mujer. Cuando conocí a mi actual esposa, Agnes ya había fallecido. ¿Qué queréis que diga? Ruego a sus señorías me digan lo que debo confesar, pues con este dolor es imposible pensar —suplicó Jean absolutamente perturbado.

—¡Reconoced que cometisteis bigamia!

—Tal vez sí, pero en todo caso no fue con mi conocimiento —balbuceó sin poder contener la expresión de terror.

El médico se aproximó a la víctima y, tras reconocer las laceraciones, se dirigió al inquisidor para indicarle que si proseguían con la mancuerda cabía la posibilidad que se le dislocaran los hombros y brazos, y más tarde no podría colgar de la polea. Arnault realizó un manifiesto gesto de contrariedad y al momento ordenó:

—¡Usad la toca!

El verdugo aflojó el torniquete que le oprimía el pecho y el estómago, esperó a que el reo tomara aliento y le encajó un embudo de hierro en la boca. A una señal del inquisidor, el torturador escanció toda el agua que contenía una bota de cuero hasta conseguir que el líquido brotara a borbotones de la boca. Jean intentó zafarse del embudo, pero uno de los *familiares* se aproximó y le sujetó firmemente la cabeza para impedírselo. Durante un breve rato dejaron que Jean se debatiera entre vómitos. Anne parecía haber enloquecido y chillaba como una posesa.

—¡Dejadlo, lo vais a matar! Haced lo que queráis conmigo, pero no os ensañéis más con él —acabó gritando su esposa.

Los miembros del tribunal buscaron unánimemente la mirada de Arnault intentando hacerle comprender que aquel era un buen momento para obligar a hablar a la mujer. Pero el inquisidor rehusó las insinuaciones y murmuró:

—Todo a su debido tiempo.

El atormentador apretó de nuevo los torniquetes que le oprimían el pecho y el estómago, e incrementó el suplicio hasta que su cuerpo se hinchó de forma sorprendente. Sus movimientos, fútiles intentos por recobrar el aire, se hicieron cada vez más convulsos mostrando evidentes síntomas de ahogo. Sin más miramientos, el sayón le introdujo entre los labios un trapo mugriento y con extremo cuidado fue arrojando una suave corriente de agua sobre la boca. El reo tragó el líquido pero también el trapo, que acabó embutiéndose más allá de la garganta. Llegado a este punto, el verdugo retiró bruscamente el paño provocándole el vómito, e infligiendo a la víctima tanto dolor como le produciría la misma agonía de la muerte.

Jean deseó entonces con todas sus fuerzas que un alma caritativa tomara de una vez el hacha y le cortara el cuello; cualquier cosa con tal de no sufrir más. Sintió cómo la vista se le nublaba y estaba próximo a abandonar este mundo. El verdugo realizó un gesto con el

que indicaba muy a las claras que el torturado había llegado al límite; pero el inquisidor no solo lo ignoró, sino que comenzó a murmurar unas palabras que más bien parecían letanías, simulando sentirse ajeno a la cruel escena. El tribunal, inmerso en un tenso silencio, vacilaba si intervenir o no. Tras una larga espera, el inquisidor se santiguó y realizó una señal con la que el verdugo inició una rápida maniobra para aflojar los torniquetes. Luego, agarrando el tablón sobre el que yacía la víctima, lo levantó por uno de sus extremos dejándolo en posición vertical. Jean sintió cómo se multiplicaba el dolor de las laceraciones al verse obligado a sostener su propio peso. Entre espasmos, empezó a toser y expulsar agua, sin ningún control sobre su cuerpo. El inquisidor esperó pacientemente hasta ver a Jean recuperado:

—¿Estáis ahora mejor dispuesto a colaborar?

Pero el acusado todavía no podía articular palabra. El inquisidor aprovechó la circunstancia para reunirse con el verdugo y el médico.

—Colgad a la mujer de la garrucha.

—Es una hembra muy delgada y no soportará el tormento —objetó Blanc.

—Señoría —añadió el verdugo con voz opaca, atemperada por

la capucha—, tened por seguro que si le pongo las pesas en los tobillos, sus huesos se quebrarán en el instante que la descienda, y solo se sostendrán por la piel. Morirá antes de que el tribunal haya dictado la sentencia.

—Pues colgadlo a él —determinó el inquisidor de mala gana.

Arnault se dirigió a Jean y, aproximándose a su oreja, murmuró:

—Estáis próximo a confesar, os lo puedo asegurar.

—Ya lo he dicho todo.

—¿Reconocéis sin ningún tipo de paliativo que os habéis casado dos veces?

—Sí, es posible..., quiero decir que sí, así fue.

—¿Acaso necesitáis más agua para refrescaros la memoria? ¿Albergáis todavía alguna duda?

—No, ninguna.

Arnault se colocó a la espalda del notario y leyó por encima de su hombro la cuartilla a fin de cerciorarse de que había tomado buena nota de la confesión.

—Bien, y en lo tocante a los *bons òmes:* ¿habéis abrazado su fe? ¿Reconocéis vuestra herejía? —repreguntó el inquisidor.

—Por Dios nuestro Señor, juro que no sé nada de ellos.

—No juréis en vano, pues nada me produce tanta aversión como los falsos juramentos. ¿Quién permitió que la cizaña creciera junto al trigo? ¿Insistís en vuestras erróneas convicciones?

—No profeso ninguna de sus creencias, ya os lo he dicho.

—Pues yo insisto en que sois uno de ellos; ese maldito libro y las ignominiosas oraciones descubiertas en vuestro taller así lo proclaman. ¡Colgadlo! —ordenó golpeando con fuerza la mesa del tribunal.

El verdugo se tomó su tiempo en desatar a Jean de la tabla de tortura, constatando, al intentar incorporarle, que la víctima tenía el cuerpo paralizado. La mente del infeliz Duver era pura confusión. Su cuerpo y su alma ya no le pertenecían, y si en aquel instante el inquisidor le hubiera ordenado suicidarse, lo habría hecho sin apenas reflexionar.

Cuando Blanc procedió a examinar las lesiones, se vio compelido a dar el visto bueno para que colgara de la garrucha. El verdugo intentó sentarlo sobre la tabla, pero al comprobar que las piernas de su víctima seguían siendo las de un muñeco de trapo, optó por tomarlo en brazos y depositarlo en el suelo, bajo la polea de la garrucha. Le ligó los codos en la espalda, cuidando de anudarlos lejos de las sangrantes heridas de las muñecas. Al poco miró al inquisidor y, siguiendo sus órdenes, suspendió a Jean en el aire, en la misma vertical que el tablón de la mancuerda, al tiempo que le ataba dos pesas en los tobillos.

—Creo llegado el momento que deseabais —dijo Arnault dirigiéndose al tribunal.

El verdugo desligó a la mujer, la tomó por la espalda y asiéndola por la cintura la extendió sobre la tabla de la mancuerda. A Anne se le desprendió el trapo que colgaba de su cadera, descubriendo de nuevo su sexo a los ojos del tribunal, pero en esa ocasión nadie dijo nada, sabedores de que el verdugo acabaría por ocultarlo con las sogas. El encapuchado enrolló a su víctima y giró los torniquetes hasta conseguir la presión deseada, quedando a la espera de recibir las órdenes del inquisidor.

—Emplead la toca —susurró Arnault.

—¡No, por amor de Dios! —chilló Jean con sus últimos arrestos, colgado del techo y teniendo a su mujer bajo los pies.

—Vos sabéis el sufrimiento que representa este suplicio, y en vuestra mano esta evitarlo: *capiantur no armis, sed argumentis* —le contestó el inquisidor antes de bajar la vista para dirigirse a Anne:

—Como dudo que sepáis latín, os lo traduciré con gusto: «No debe ser capturado por la fuerza, sino por los argumentos».

El inquisidor la miró con desdén y ella se limitó a cerrar los ojos, igual que cuando de niña imaginaba fantasmas en su dormitorio. Arnault inició la tanda de preguntas que tenía preparadas para la procesada, convencido de que con ella atada a la tabla, y él suspendido de la bóveda, uno de los dos estaría pronto a confesar.

—¿Fuisteis amante de Jean Duver mientras estaba casado con su primera mujer? —interrogó el inquisidor.

—No, nunca —contestó Anne con dificultad.

—¿Llegasteis a conocer a su primera esposa?

—No, a Jean lo conocí cuando ya había enviudado.

—¿Y cómo estáis tan segura de que fuera viudo?

—Eso no lo puedo saber.

—Entonces, ¿cabe la posibilidad de que cuando os amancebasteis con Duver, esa Agnes Vesani no estuviera muerta y viviera con sus padres en Albi?

—Eso tampoco lo puedo saber —musitó Anne.

—No os he oído, ¿vuestra respuesta es sí o no?

—Pudiera haber sucedido así.

—En su día, y ante el tribunal, negasteis categóricamente esa posibilidad, y ahora, no obstante, la admitís —sentenció Arnault mirando ufanamente al notario.

—Lo reconozco —se avino a responder la acusada.

—Retomando la segunda de vuestras faltas, ¿sois vos y vuestro marido parte de esos *bons òmes*?

—Como ya dije, jamás hemos tenido relación alguna con esos herejes.

El inquisidor se aproximó al verdugo.

—Ya que, por indicación del cirujano, la mujer no está en condiciones de soportar la garrucha, espero y deseo que os empleéis a fondo con la toca. ¿O tal vez os tiembla el pulso porque sea una mujer? Os hago esa reflexión porque he creído ver flaquear vuestros ímpetus —planteó Arnault con sarcasmo.

—En absoluto —respondió el encapuchado con voz profunda.

—Es de gran interés que ese Duver no se pierda detalle del suplicio de su mujer —agregó mientras observaba a Jean colgado de la negra bóveda.

Con aquella amenaza ya no fue necesario que prosiguiese el tormento, pues con solo ver que el sayón se aproximaba a su esposa, Jean tomó fuerzas de donde no tenía y bramó desde lo alto:

—¡Parad, por Dios bendito! ¡Anne, te pido que dejes de sufrir por mi culpa!, condéname si es necesario, pero no te resistas más a sus ruegos.

—Vuestro esposo os está aconsejando bien —proclamó Arnault con la mirada puesta en Anne—, mas debo recordaros que fue él quien confesó al tribunal que solo vos, Anne Farré, terciasteis con ese hereje. ¿Quién era ese hijo de Satán?

Anne enmudeció, sin saber lo que debía contestar. Fue entonces cuando su esposo volvió a gritar desde lo alto:

—¡Basta ya, dejad a mi mujer en paz, ella nada sabe de todo eso!

—¿Así que, finalmente, tenéis algo importante que revelarnos? —preguntó Arnault sonriendo.

—¡Mentí, mentí al tribunal! Mi esposa nada sabía de ese hereje, ni de esa arquilla que me encargaron confeccionar, como tampoco del libro con el que me obsequiaron…

—¿Os referís al *Davant Dius*?

—Sí, a ese me refiero.

—No sé la razón, pero no os creo. Más parece que queréis exculpar a vuestra esposa, sin importaros para ello contradecir flagrantemente las explicaciones que en su momento disteis al tribunal. ¿De dónde salió pues es maldito libro?

—Lo adquirí —mintió Jean.

—Eso quiere decir que sois un hereje.

—Sí, lo soy —dijo Duver sin dar crédito a sus propias palabras.

—Pues, de ser así, eso supone que vuestra mujer es una encubridora, y por tanto tan culpable como vos.

—Ya he dicho que ella no sabía nada.

—Creo que vuelvo a dudar de vuestra palabra. ¿No existió entonces esa amistad hereje que pagó vuestros servicios con un ejemplar de ese libro?

—No, soy yo el hereje. Yo y solo yo.

—¿Estáis dispuesto a ratificar estas declaraciones mañana al alba?

—Sí, lo haré. Os ruego que me condenéis a las llamas eternas, pero dejad en libertad a mi esposa —sollozó Jean.

—Me temo que eso es potestad exclusiva del tribunal, y por tanto queda fuera de vuestra competencia, pero... digamos que Dios es misericordioso y nada es imposible.

El tribunal contemplaba absorto la escena, y solo el delegado del obispo, Peyre d'Adge, sonrió postizamente al inquisidor. El verdugo procedió con parsimonia a descender a Jean y a liberar de las ataduras a su esposa. Anne temblaba más de miedo que de dolor, pues apenas había sido sometida a suplicio; pero, con todo, solo le quedaban fuerzas para suspirar y llorar.

Arnault tomó por vez primera asiento en la mesa inquisitorial y miró de reojo a sus compañeros, satisfecho y orgulloso de cómo se había llevado a término la sesión. Al poco de que el notario terminara de escribir el acta, solicitó la firma de todos los presentes y luego mandó a los *familiares* que tomaran en brazos a los reos para llevárselos a sus respectivas celdas, dejándolos al cuidado de Blanc.

Capitulum IX

Agoult

Siete días después, y a primeras horas de la mañana, Guilhem Agoult se dirigió al edificio donde tenían recluidos a sus defendidos. Llevaba la cara angustiada y sus gestos eran nerviosos. Llamó a la puerta principal con timidez, pero nadie le contestó. Se armó de valor y con el puño cerrado volvió a golpear hasta que le abrió un guardia.

—¿Quién sois? —dijo el centinela mientras se desperezaba.

—Soy Agoult, el defensor de los encausados, Anne y Jean Duver.

—¿Qué deseáis?

—Hablar con los reos.

—¿Traéis algún mandamiento?

—No requiero de ningún permiso especial; esta visita queda dentro de mis competencias, y es preciso que hable con ellos.

—¿Qué es eso que debéis decirles?

—Las mismas palabras que me ha encomendado el tribunal. ¿Acaso es necesario recordaros que mi obligación es hacer entrar en razón a esos herejes?

El guardia le cerró la puerta en las narices y se marchó a consultar a su superior. Tras una corta espera, Agoult vio con satisfacción que el portón se abría de par en par.

—¡Seguidme!

Ambos se internaron en el edificio. Agoult alcanzó a divisar, bajo la pequeña antorcha que colgaba en el extremo opuesto del angosto pasadizo, a otro guardia recostado en el suelo, quien al oír los pasos se incorporó apresuradamente.

—¡Tus presos tienen visita! —gritó el escolta—. Dejad que este caballero hable con ellos, pero no permitáis que entre en las celdas ni que se entretenga en demasía.

Agoult se quedó a solas con el carcelero, que no estaba acostumbrado a ese tipo de visitas y no sabía bien qué postura adoptar. Tras un gruñido a modo de saludo, acabó por sentarse de nuevo en el suelo, y se dedicó, más por aburrimiento que por interés, a observar al visitante.

Agoult miró a través de la trampilla de la celda de Anne. La halló recostada en el piso y semidesnuda, en medio de un olor nauseabundo. Su melena parecía un estropajo, y estaba tan escuálida que sus costillas podían contarse; incluso su pubis ya no tenía las voluptuosas líneas femeninas, sino que se alzaba bruscamente sobre su vientre. Ella abrió los ojos y los volvió a cerrar, ignorándolo por completo. El abogado, conmovido por la escena, cerró la abertura y se dirigió a la celda de Jean.

Su defendido estaba sentado en el suelo, junto a la pared, desnudo de cintura para arriba, con un montón de voluminosas vendas alrededor del cuerpo, y los ojos extraviados.

—Jean Duver, es preciso que hable con vos —murmuró Agoult con voz temblorosa.

—¿Qué deseáis? —contestó sin moverse y con la voz consumida.

—Aproximaos a la puerta, por favor.

Jean asomó el rostro entre los barrotes. Su estado era tan lamentable como el de un leproso o un apestado. Sus ojeras, tan azules y marcadas, parecían teñidas.

—¿Habéis visto a mi esposa? ¿Cómo se encuentra?

—Está aquí junto a vos, y ahora está durmiendo —apuntó Agoult sin saber qué otra cosa podía decir.

—¿Y mis hijos?

—No se han tenido más noticias desde que el delegado del obispo se hizo cargo de ellos, pero a buen seguro que se encuentran bien.

—¿Por qué razón habéis venido?

—Debo deciros que el secretario ha leído ante el tribunal la sentencia…

—¿Y? —preguntó Jean con angustia.

—Lo lamento, pero es condenatoria.

Jean tuvo que sujetarse a los barrotes para no caer.

—Mejor así, mejor que acaben con mi vida antes de echarme en cara a cada momento que Anne está sufriendo por mi culpa.

—No temáis, aún es posible hacer algo, y por eso he venido a veros.

—Estoy cansado y agradeceré que no os andéis con rodeos.

—La sentencia aún no ha sido publicada, y algunos calificadores opinan, como yo, que los hechos no están lo suficientemente probados. Sus votos son contrarios...

—¿Significa que la sentencia todavía puede modificarse? —preguntó Jean con un hilo de esperanza.

—No, por el momento la sentencia quedará como está, pero la votación encontrada de algunos teólogos y doctores parece evidenciar que tiene fisuras argumentales, tanto en el fondo como en la forma, y es mi deseo, caso de darme autorización, recurrirla ante el Consejo de la Suprema.

—No entiendo de leyes, pero si ni tan siquiera se ponen de acuerdo entre ellos, ¿cómo es que nos condenan?

—Los calificadores son meramente consultivos, y solo los inquisidores tienen el poder decisorio.

—Entiendo.

—Pero aun así me veo capaz de llevar a buen fin la apelación —apuntó el abogado con sincero optimismo—. De hecho, ya la tengo prácticamente preparada y solo he venido a pediros permiso para elevar ese escrito a la superioridad. Además...

—Además ¿qué? —interrumpió Jean.

—Bueno, quiero decir que aun en el peor de los casos, ese recurso irá para largo, tardarán varios meses en resolverlo, y por tanto no podrán ejecutar la condena.

—Realmente no sé qué es peor, si morir mañana o morir dentro de unos meses. Creo que me da igual... —dijo Jean golpeando los barrotes con la cabeza.

—No desesperéis, esa es la posibilidad que tenemos y a ella nos debemos.

—De acuerdo, haced lo que consideréis más adecuado —añadió con poca convicción. Se alejó de la puerta, tomó asiento en el suelo y cerró los ojos.

Agoult se quedó mirándolo con tristeza, consciente de que se enfrentaba a una lucha a todas luces desigual.

—Creo que vuestro reo se ha despedido —dijo el centinela.

—¡Que Dios os bendiga! —masculló Agoult aún con la vista puesta en Jean.

Capitulum X

La pócima

No habían transcurrido nueve días cuando Agoult se encontró de nuevo ante el portón de los calabozos. Su rostro, desencajado y demacrado, revelaba el extremo agotamiento de las largas noches de insomnio; su mirada parecía haber adquirido la ira de los inocentes. Al momento le abrió un guardia.

—¿Venís a ver a los Duver?

—Así es, y tal vez sea por última vez —contestó Agoult.

Ya fuere por desgana o porque había recibido instrucciones, el guardia ni siquiera se molestó en acompañarle. Le entregó un candil y Agoult descendió las lúgubres escaleras hasta el pequeño vestíbulo que daba acceso a las celdas. Ahí se encontró con un carcelero hurgándose la nariz, sentado en una caja de madera, que exclamó sin levantarse:

—Tenéis tiempo hasta que suenen las campanadas del ángelus.

—De acuerdo.

—Es aconsejable estar poco tiempo por estos lugares, pues ya sabréis que «quien entra en la Inquisición, siempre sale chamuscado, cuando no sea quemado y negro como un tizón» —añadió el carcelero riéndose de su propia gracia.

Agoult hizo caso omiso a ese chascarrillo, se precipitó a la trampilla de Anne y la miró a través de la reja. La halló dormitando en el suelo y sosteniendo una preciosa rosa roja entre las manos. «¿De dónde demonios habrá sacado esa flor?», se preguntó. Como si hubiera oído sus pensamientos, Anne abrió sus ojos de color verde pálido y le dedicó una melancólica sonrisa. Agoult se emocionó al ver aquel rostro inocente e ingenuo; la misma expresión que pudiere ofrecer una chiquilla que no entiende la razón de su castigo.

El vestido, que se le caía a pedazos, permitió que los ojos de Agoult se detuvieran en sus pequeños senos y las angulosas caderas. La advirtió flaca y débil, pero aun así le pareció en mejor estado que en su última visita. «Tal vez —pensó— los cuidados de Blanc empiezan a surtir efecto.» Agoult se ruborizó al advertir que su pudoroso reconocimiento de la cautiva evolucionaba hacia una contemplación morbosa, una rara mezcolanza de curiosidad, amor y anhelo. Tal vez no fuera una cosa ni otra, sino solo compasión, pero le pareció insano. No se atrevió a decirle nada y se dirigió a la celda de Jean.

Agoult se sobresaltó al comprobar que el reo lo estaba esperando pegado a la reja.

—¿Cómo estáis, Duver?

—Impaciente por vuestras noticias.

—Veo a vuestra esposa muy recuperada —dijo Agoult con un nudo en la garganta.

—Sí, eso mismo me comentó el médico.

—¿Y esa rosa?

—Se la obsequió ayer el padre Raymundus, dijo que la había tomado de las ofrendas depositadas en la iglesia, ante la imagen de la Virgen. Aseguró que estaba bendecida por el propio delegado del obispo.

—Un buen hombre ese párroco —musitó Agoult.

—Ya sé que es demasiado pronto, pero ¿tenéis alguna noticia?

—Bien, la verdad... —balbuceó Agoult.

—¿Qué sucede?

—Pues que ya hay resolución.

—¿Ya se han pronunciado? —preguntó el reo con ansiedad.

—Han desestimado nuestro recurso, y por tanto han confirmado íntegramente la sentencia.

—¿Nos condenan?

—Sí, os condenan a los dos, bueno, a los tres, pues vuestro hijo Ejean también está en la relación de los penados.

—¿Nos espera la hoguera? —preguntó Jean con la mirada perdida.

—Sí, temo que sí.

—¿Hay alguna forma de que la condena pueda ser conmutada por la pena de cárcel perpetua o por la obligación de militar contra los sarracenos? ¿Tal vez por el peregrinaje a Tierra Santa?, al menos para mi mujer.

—Quizá, y aunque todo es posible, no deseo mentiros ni crearos falsas esperanzas, pues debéis ser consciente de una vez por todas de que no habéis sido condenado por sospechoso leve con opción a abjurar, sino como hereje formal, y esa es la más grave de las reprensiones.

—Acaso todo sea una grotesca mascarada; es probable que deseen hacernos creer que nos espera ese suplicio con el fin de atormentarnos y así privarnos del uso de la razón. ¿Y si finalmente no hay tal pena? —acertó a preguntar ilusamente Jean.

—Repito que no quiero daros falsas esperanzas.

—¿Y para cuándo?

—No lo sé —mintió el abogado.

La triste realidad es que Agoult ya había leído los edictos que anunciaban que el próximo domingo todos los templos y ermitas permanecerían cerrados; todos salvo la iglesia principal. Ese era el astuto subterfugio de la Inquisición para forzar al conjunto de los aldeanos a acudir a la iglesia de la plaza, el escenario donde se levantaría el cadalso. Y eso, irremediablemente, significaba que la ejecución era inminente.

—Pero vos me dijisteis que la resolución tardaría meses —protestó Jean golpeando la frente contra el portón.

—No me lo explico. No conozco la razón para que los acontecimientos se precipiten de esta manera.

—¿Estáis seguro de que la sentencia ha sido confirmada?

—Lleva fecha de hace cuatro días, está firmada en Carcasona por el Consejo de la Suprema y el sello es auténtico, de eso no tengo duda. Alguien muy poderoso está detrás de todo esto, alguien que anhela veros en la hoguera cuanto antes. ¿Estáis seguro de que no me ocultáis nada? ¿Qué habéis hecho para que la maquinaria de la Inquisición se mueva de esa forma imparable? —interrogó Agoult angustiado.

—¿Por qué me preguntáis eso?

—Por la rapidez con la que se ha pronunciado el Consejo y porque ahora aparecen hasta cuatro testigos en el extracto del legajo. Como recordaréis, antes tan solo testificaban el párroco de Albi, el de la ermita de Sant Bernat y el de la iglesia de Santa Maria de Bergues.

—¿Y quién es ahora ese cuarto deponente?

—No lo sé, es anónimo, pero su inesperada aparición me obliga a concluir que se han conjurado contra vos.

—¿Qué diferencia hay entre que sean tres o cuatro? —preguntó Jean enarcando una ceja.

—Debéis saber que la conformidad de tres o más testigos implica la existencia de prueba plena contra el acusado.

—Pero me dijisteis que algunos calificadores discrepaban de la sentencia, ¿cómo pueden entonces confirmarla?

—Ya os dije que son meros miembros consultivos. Cierto es que son gente pura, personas que han superado las pruebas de sangre justificando no descender de judíos, moros ni herejes castigados por la Inquisición, pero no nos llamemos a engaño, su título es honorífico y si no obedecen al tribunal, este los cesará en sus cargos.

—Ya, pero al margen de mi confesión, arrancada gracias a la tortura, ¿con qué otras pruebas cuentan?

—No seáis ingenuo, eso no les supone ningún problema de conciencia. Es bien sabido que en ningún caso hacen constar los hechos con claridad, sino solo fragmentos, escritos y palabras sueltas; las justas y necesarias para inducir a la sospecha. Además, como os digo, vuestro grado de condena no es ni leve ni vehemente, sino violenta. ¡Ojalá fuerais un relapso, uno de esos reos reincidentes ya condenados por herejes! —exclamó el defensor.

—¿Por qué razón? —preguntó Jean con desespero.

—Seríais condenado a muerte, pero no moriríais en la hoguera, sino ejecutado por el verdugo y quemado en la pira después de muerto.

—¿Qué diferencia hay si a fin de cuentas te quitan la vida?

—La hoguera no es una muerte… —Agoult calló súbitamente.

—¿Qué sucede con la hoguera? ¿Acaso no se muere antes por asfixia que por las llamas? —interrogó Jean sin poder disimular el pánico que le embargaba.

—Veréis, no siempre ocurre así —respondió el abogado con tiento—; dependerá del material con el que os impregnen el cuerpo, de la humedad de la madera y también del viento. Muchas veces el reo fallece asfixiado, pero en otras ocasiones…

En aquel instante se oyó el repicar lejano de las quejumbrosas campanadas que anunciaban la conclusión del tiempo. Agoult tentó su ropaje para sacar un pequeño frasco de cristal y, con extremo disimulo, ocultándolo con su capote, se lo entregó a Jean a través del enrejado.

—¿Qué es esto? —murmuró el reo.

—Una pócima, os adormecerá lo suficiente para que vos y vuestra esposa no sintáis dolor alguno. Bebedlo cuando os lleven al auto de fe, en cuanto os suban al carro. Allí os encerrarán en una jaula…

—¿Y si nos trasladan por separado? —interrumpió Jean.

—No os preocupéis, ya he comprobado que solo cuentan con un carruaje, y por tanto, os llevarán a los dos al mismo tiempo. Dádselo a tomar a vuestra esposa, y luego lo ingerís vos. Hay cantidad suficiente para ambos.

Jean tomó el frasco y, cerrando los ojos con fuerza, murmuró unas palabras ininteligibles.

—Es absolutamente necesario que nada adviertan, pues esos esbirros… serían capaces de retrasar el auto de fe y esperar a que despertéis, tan solo para veros sufrir todo el dolor que os desean —añadió Agoult.

En realidad, aquel frasquito no contenía ningún somnífero, sino el veneno suficiente como para matar a un buey. El abogado se llevó las manos al rostro y se agazapó junto a la puerta tratando de esquivar la mirada de Jean. En aquel instante se arrepintió de lo que acababa de hacer, pero ya no podía echarse atrás. Empezó a sudar copiosamente pensando en el riesgo que asumía si alguien descubría a los reos con esa pócima. La sospecha solo podría recaer en su persona o en el párroco Raymundus, y en caso de duda, todo estaría en su contra: él sería el próximo ajusticiado. La angustia llegó a mojar sus ropas, y luego no pudo más que sentirse un cobarde.

—Pese a todo, os agradezco de corazón vuestra asistencia —dijo Jean con lágrimas en los ojos.

—¡Vamos!, ya habéis tenido más que suficiente por hoy —interrumpió de mala gana el carcelero.

Agoult estaba en lo cierto. Aquella misma tarde, con el crepúsculo, los vecinos de la plaza Mayor se sobresaltaron con el hueco repicar de los martillos; golpe a golpe, clavo a clavo, estaban levantando el cadalso.

Capitulum XI

El auto de fe

Al alba del domingo, una pequeña procesión se dirigió silenciosamente a los calabozos. Junto a los guardias y *familiares,* iba el padre Raymundus, acompañado del alguacil Gog y cuatro frailes predicadores. Cuando llegaron al edificio se encontraron el portón abierto de par en par y a los guardias esperándolos en el interior. Gog y los *familiares* descendieron las lúgubres escaleras hasta las celdas. El alguacil bajó con paso decidido, pero al llegar al último peldaño, se detuvo. Se sintió avergonzado, incapaz de cruzar una sola palabra con Jean y su esposa. «¿Con qué cara podría mirarlos?», se preguntó. Ante la sorpresa de todos, golpeó la pared con el puño y exclamó:

—Id vosotros. Os espero sentado en las escalinatas... ¡Hideputa!, ¡la madre que os parió a todos! —exclamó Gog fuera de sí, infamado de sentirse partícipe de aquella horrible pesadilla—. Mierda de trabajo y mierda para esos cabrones de la Inquisición —mascullló.

En cuanto los carceleros franquearon el acceso a los *familiares,* estos obligaron a los reos a levantarse.

—¿Dónde nos lleváis? —exclamó Jean.

—Ante el tribunal —masculló un guardia con voz ronca y falsa, intentando evitar una inútil trifulca con el reo.

Anne no parecía darse cuenta de lo que estaba pasando y siguió ensimismada con la rosa marchita que sostenía en su mano. Dejó que le arrancaran a trozos lo que quedaba de su vestido sin inmutarse. Jean tampoco ofreció resistencia. Una vez desnudos, los *familiares* les raparon la cabeza y los vistieron con un jubón y calzones negros de rayas blancas, colocándoles después el sambenito[4] y un capotillo. Por último, los cubrieron con un paño ordinario de color morado y un escapulario sin capucha, ancho como el cuerpo y que quedaba por encima de las rodillas para no ser confundido con el empleado por los frailes. En el pecho y en la espalda les habían cosido dos cruces de tela amarilla de casi tres palmos de altura.

Uno de los *familiares* apareció con otros retales de tela amarilla de diferentes formas curvas que imitaban las llamas del fuego. Se los entregó a un esbirro con la intención de que con cuatro puntadas los cosiera en la parte inferior del sambenito; pero el soldado no hacía más que mirar una y otra vez los retales, sin saber cómo debía hacerlo.

—¿Las puntas de las llamas hacia arriba o hacia abajo? —acabó por preguntar.

—¡Eso dependerá de la pena! Si son relapsos arrepentidos, serán ejecutados previamente y luego su cadáver echado a la pira, por lo tanto, debes coser las llamas vueltas hacia abajo en señal de que el reo no se abrasará en vida.

—¡Cómo se advierte que no sabéis leer! —terció otro más versa-

do en esos asuntos—. La sentencia dice bien claro que han sido «relajados al fuego», y por lo tanto, las llamas deben apuntar hacia arriba.

Al salir de los calabozos, marido y mujer se vieron por vez primera en muchos días. Anne tenía los ojos extraviados, ajena a su propia existencia; incluso parecía haber perdido el habla. Jean no pudo contener las lágrimas y, lanzándose sobre ella, cubrió de besos su rostro.

—Perdóname, amor, todo es por mi culpa —lamentó esperando una respuesta que no llegó.

Los guardias no sabían a qué atenerse, y ante la crudeza de esas imágenes decidieron mirar por unos instantes hacia otro lado.

—¡Anne, te suplico que allá donde vayan nuestras almas sepas perdonarme! ¡No he sido digno de ti y me maldigo por ello! —sollozó Jean, al tiempo que ella le dedicaba una vacía sonrisa y seguía olfateando la rosa.

4. Hábito del penitente que consistía en una túnica larga y cerrada en forma de saco. Originalmente fue utilizado en señal de penitencia pública y a tal fin eran bendecidos, de ahí el nombre de «saco bendito», y por corrupción, *sao bendito, sac benito* y *sambenito.*

Los ataron con largas cadenas y a la exigua luz de los candiles fueron conducidos al exterior. Anne reaccionó por vez primera, gruñó e hizo amago de taparse los ojos con las manos al sentir la luz del sol. Sin embargo, instantes después sonrió levemente, sintiéndose dichosa de respirar aquel aire limpio impregnado de silencio. Nada más cruzar el umbral les colocaron sendas corozas, unos capirotes piramidales de la misma tela que el sambenito, y los introdujeron en la jaula instalada sobre un carromato tirado por dos bueyes.

Los guardias hablaron entre sí, y al poco el carro empezó a moverse. Iban precedidos por los frailes predicadores y el estandarte del Santo Oficio. A sus lados caminaban los guardias, y tras ellos los *familiares*, el párroco y el alguacil Gog, que, sin quitar la vista del suelo y tirando de las correas, se esforzaba en contener a sus dos mastines.

Al doblar la esquina, la comitiva tropezó con los primeros curiosos. Su número fue en aumento con la misma progresión que se incrementaba el repicar de las campanas. Jean aún tuvo ánimo para mirar entre la reja; llegó a reconocer a muchos de los concurrentes: el tonelero, el aguador, dos empleados de la cantina e incluso al huraño Fox, el carnicero. Todos bajaron la vista ante la presencia de los reos, sin atreverse a proferir palabra. Los frailes empezaron a entonar unos cánticos en el mismo instante en que Agoult se sumó discretamente a la procesión. Caminó junto al padre Raymundus con el rostro demudado. Miraba a Jean incesantemente, intentando que sus ojos llegaran a cruzarse con los del reo, angustiado por saber si sus defendidos habían llegado a ingerir la pócima. Pero Jean tenía la vista puesta al frente, y de vez en cuando besaba delicadamente la nuca de su mujer, como si así pudiera protegerla de todos los males. Agoult, desesperado, se adelantó unos pasos y, tomando un barrote de la jaula, masculló:

—Duver, Duver…

Jean se giró con mirada desconcertada.

—¿Habéis bebido del frasco? —preguntó con voz nerviosa, consciente de que evitando el dolor de esos inocentes tal vez conseguiría cicatrizar el alma.

Jean abrió el puño de su mano derecha mostrándole discretamente la pócima. Quitó entonces el tapón de la ampolla y lo puso frente a los labios de Anne.

—Bebe, amor…, te ayudará —susurró delicadamente.

Anne le ofreció un rostro hierático, igual que si fuera un témpano de hielo. Al comprobar que no obedecía a ningún ruego, Jean se limitó a acercar el frasquito a su boca y vertió parte del líquido. Acto seguido, y con disimulo, cerró su puño sobre la ampolla, aparentó contener la tos colocando la mano sobre su propia boca y se bebió el resto. Luego, dejando caer el frasco en el suelo de la jaula, lo pisó hasta pulverizarlo. Agoult respiró en paz.

El carro enfiló la calle principal y alcanzó la plaza aledaña a la iglesia de Sant Martí. Los asistentes, que hasta el momento habían mantenido un respetuoso silencio, empezaron a gritar y lanzar improperios a los reos. Jean miró a un lado y a otro intentando distinguir sus rostros, pero no supo reconocerlos; con seguridad eran gentes venidas de otros pueblos.

Bajo una arcada de la plaza habían improvisado un altar sobre el que ardían seis cirios. En el lado derecho se alzaba una rústica tribuna ocupada por eclesiásticos, y frente a ellos, una hilera de sitiales que reunía a las autoridades civiles. En el centro se hallaba el cadalso, del que emergían cuatro postes de madera rodeados de leña.

El primer mástil ya estaba ocupado: el infeliz Guils gruñía atado de manos y pies, mientras una soga más fina le agarraba el cuello obligando al moribundo a mantener la cabeza erguida. A su lado, y amarrado al poste, un grotesco monigote de ropa y paja pretendía personificar a Ejean.

Jean volvió a mirar al estrado atinando a distinguir la figura del inquisidor Arnault sentado en el centro, y a su lado, Pere Barthe. También advirtió la presencia de Arnau Catany y Peyre d'Adge, así como la del padre Raymundus, que tomaba asiento entre ellos. Jean no llegó a reconocer al resto de la siniestra corte.

Los guardias abrieron la jaula y bajaron a los Duver guiándolos entre la turba hasta la tribuna de los eclesiásticos. Allí los sentaron en un banco. Frente a ellos, todavía en pie, el sacerdote que ya había oficiado la misa, se ocupaba ahora de bendecir a los asistentes. Un soldado colocó a los reos una soga de esparto y una vela de cera verde en sus manos. Entonces, tomó la palabra Peyre d'Adge, dispuesto a pronunciar su *sermo fidei*, el auto de fe que acabaría por desgranar la sentencia.

—Lamentablemente —entonó—, hoy no será un día en el que

podamos proclamar la indulgencia de ningún reo que haya cumplido con la penitencia, pues los aquí condenados han decidido, pese a nuestras oraciones, perseverar en la herejía. Se han negado a abjurar y por lo tanto estamos ante unos impenitentes...

Algunos congregados interrumpieron a D'Adge para entonar un cántico de alabanza al Señor. El delegado del obispo dejó que las muestras de fervor callaran por sí solas y procedió a continuar aquel sermón que tanto había preparado. Lo pronunció vanidosamente, escuchándose a sí mismo y mirando una y otra vez al trono de los eclesiásticos, en un intento de obtener su callado beneplácito. Platicó sobre la apostasía poniendo especial énfasis en los *bons òmes*. Habló de ellos en tono jocoso, ridiculizando sus posturas y mofándose de sus ideas, hasta el punto de identificarlos con perros sarnosos, seguidores irracionales del maligno y, en definitiva, marionetas del demonio. Finalizó su perorata instando a los oyentes a que vigilaran a cada vecino y denunciaran cualquier sospecha de herejía.

Anne ni tan siquiera se sostenía sobre el respaldo del banco, y Jean apenas percibía la voz de D'Adge; la oía como si se tratara de un eco de ultratumba, al igual que si estuviera en el interior de un largo y estrecho túnel. D'Adge, finalmente, se secó los labios con el pañuelo que escondía en la manga y se sentó muy ufano junto al inquisidor. Como movido por un resorte, el secretario se incorporó y, tomando el acta, procedió a su lectura:

—Visto por los inquisidores y calificadores el correspondiente legajo del procedimiento, y emitidos los votos en la sala de audiencias de este Santo Oficio, bajo la presidencia de su señoría el inquisidor Cosme de Arnault, nos hallamos ahora celebrando auto público de la fe ante el cadalso erigido en la plaza Mayor de Limoux, el día de hoy, domingo, a trece días del mes de julio de mil trescientos setenta y nueve. En este acto de desagravio ante nuestro Señor, están también presentes el licenciado y promotor fiscal, su señoría Arnau Catany; el delegado del obispo, su señoría Peyre d'Adge; el párroco de esta vecindad, Raymundus Lié; el alcalde de Limoux, Petrus La Garde, y demás testigos que, en unión del secretario y notario del Secreto, Pere Barthe, firman la presente acta.

El notario se tomó un estudiado respiro para que la concurrencia pudiera proferir los acostumbrados gritos de exaltación, hasta que levantó la mano instando al silencio.

—Nosotros, los inquisidores contra la herética pravedad y apostasía de las ciudades y obispados de esta comarca, de Limoux y su partido, decimos: que apresados los reos por el alguacil y oficial habilitado Claude Gog, llevados a las cárceles de este Santo Oficio y entregados al despensero de este tribunal, se estableció causa contra Jean y Anne Duver, así como su hijo, declarado en rebeldía, que obedece al nombre de Emeri Jean Duver; renunciando este tribunal a seguir el proceso contra los otros descendientes de tal matrimonio por su falta de razón y conocimiento. La causa se inició por las graves faltas de bigamia del primero, y de probada herejía contra todos los nombrados, resultando designado el letrado Guilhem Agoult para su defensa, quien alegó todo cuanto estimó preciso según su recto proceder. Debemos decir igualmente que los reos no establecieron tacha de testigos ni de persona alguna, así como de enemigos que los pudieran perjudicar. Finalmente, y reacios a confesar, fueron sometidos a tormento a fin de esclarecer la verdad de los hechos, tanto en sus propias carnes, como en *caput alienum,* en la persona del también condenado Bertrand Guils, cuya pena ya hemos hecho pública.

Entre la algarabía de la muchedumbre, Barthe dio por finalizada su intervención y volvió a sentarse, no sin antes entregar la sentencia al inquisidor. Arnault se alzó lentamente y, solicitando silencio, tomó la palabra con gran protocolo:

—Examinadas las pruebas y deliberado sobre ellas, este tribunal, compuesto de personas de letras y recta conciencia, *Cristi nomine invocato:* fallamos, a la vista de los autos y méritos del promotor fiscal, que resultando probada cumplidamente la acusación, debemos declarar y declaramos a los dichos Jean, Anne y Emeri Jean Duver haber sido herejes apóstatas; en cuanto a los varones, por causa directa, y en lo que se refiere a Anne Duver, como encubridora y confidente de herejes. Por ello, debemos relajar y relajamos en auto público de fe a las personas de los dichos Jean, Anne y Emeri Jean Duver a la justicia y brazo seglar, entregándolos a Claude Gog, alguacil de esta población, a quien rogamos y encargamos como en derecho mejor proceda, sea benigno y piadoso con ellos.

Agoult, como todos los allí presentes, sabía muy bien el eufemismo que contenía el mensaje del inquisidor; ser piadoso solo tenía un significado: subir a los reos al cadalso y ejecutarlos al instante.

—Asimismo —continuó Arnault—, declaramos que los hijos e hijas de dicho Jean Duver, pese a no ser procesados, sean inhabilitados para recibir u obtener dignidades, beneficios y oficios, tanto eclesiásticos como seglares, ni otros cargos públicos o de honra ni poder, como tampoco llevar y ostentar oro, plata, perlas y piedras preciosas o corales, ni vestidos de seda ni paño fino. Se les prohíbe asimismo montar a caballo o portar armas. Esta es nuestra sentencia definitiva, confirmada por el Consejo de la Suprema, y así lo pronunciamos y mandamos.

Agoult ya no se sorprendió de que la sentencia omitiese referir el periodo de reflexión que por lo general se concedía al reo para favorecer su arrepentimiento; una prueba más de que en ese juicio los plazos habían sido acelerados, y de que alguien tenía mucha prisa en su ejecución.

La multitud, agolpada, recibió la sentencia con gritos de satisfacción. En cuanto el inquisidor tomó asiento de nuevo, las mismas voces empezaron a increpar a los reos para finalizar lanzándoles varios objetos, en su mayoría frutas y verduras podridas.

—¡No tengáis piedad con ellos! —exclamó una voz.

—¡Alguacil, conducidlos directamente a la hoguera! —gritó una mujer.

Después de dar tiempo a que los fieles se sacudieran el odio que habitaba en sus entrañas, el inquisidor se levantó y con un gesto mandó a un eclesiástico que presentara ante los Duver una inmensa cruz de madera y los Evangelios. Los guardias obligaron a Jean y Anne a postrarse, pero uno y otro estaban ya bajo los últimos efectos de la pócima y apenas podían sostenerse sobre sus rodillas. Anne ladeó la cabeza y se apoyó sobre el hombro de Jean, haciéndose preciso que acudieran otros dos *familiares* para sujetarla. El clérigo oró ante ellos hasta que el inquisidor exclamó:

—¡Sean entregados al brazo secular!

Los guardias prendieron al matrimonio y los llevaron ante la presencia del alguacil. Gog tenía el rostro desencajado, e hizo esfuerzos por sostener la mirada de los condenados, pero afortunadamente para él, Jean y Anne ni tan siquiera lo reconocieron. Gog tragó saliva y giró sobre sí mismo, al tiempo que los guardias, sujetando firmemente al matrimonio, se dirigían hacia el centro de la plaza, ahí donde se elevaba el cadalso. Ocho escoltas se incorporaron a la procesión, a la que pronto se sumaron otros cuatro eclesiásticos vestidos con negros atuendos y sosteniendo una gran cruz de madera.

Anne cayó al suelo, desmayada. Los guardianes la tomaron por las axilas, la levantaron y trataron de reanimarla. Gog observó la escena de reojo, intentando ocultar lo que bien podía interpretarse como un sollozo.

Anne y Jean no pudieron siquiera despedirse, pues ninguno de los dos estaba ya consciente; para entonces eran cuerpos inertes y carentes de alma. Sus escoltas tuvieron que emplearse a fondo para conseguir subirlos por la corta escalerilla hasta el cadalso.

Los esbirros ataron con presteza a los procesados en cada uno de los mástiles que se erigían sobre el patíbulo, instante en el que la muchedumbre empezó de nuevo a chillar, haciendo momentáneamente inaudibles los cánticos religiosos que procedían del pórtico de la iglesia. Los congregados, excitados por las palabras previas de los inquisidores, y ante la crueldad de la escena, parecían haber enloquecido, ávidos de una extraña mezcla de venganza y deseo de expiación.

A la vista de que los Duver, al igual que sucediera con Guils, eran incapaces de sostener firme la cabeza, los *familiares* les ataron improvisadamente unas vendas sobre la frente y las anudaron al poste. Ya no hubo más dilaciones. En cuanto el séquito abandonó el cadalso, el verdugo procedió a embadurnar a los reos con una materia grasa, de color marrón oscuro. Al poco, otro de los guardias tomó una antorcha de grandes dimensiones y prendió la leña depositada bajo el patíbulo.

La hoguera de Guils fue la primera en arder. Los congregados comenzaron de nuevo a aullar, igual que haría una manada de lobos antes de caer sobre un rebaño de ovejas; estaban poseídos, convencidos de que aquel sacrificio humano los redimiría de todos sus pecados, ya fueran pasados, presentes y futuros, para siempre jamás.

Guils profirió un agudo gemido que desgarró el aire, pero no duró más de lo que podía tardar un gallo en cantar, y de inmediato la muchedumbre pudo aplaudir el último estertor de aquel hombre.

Jean recobró por un instante la conciencia y miró a su lado izquierdo, alcanzando a ver, entre neblinas, cómo otro guardia prendía fuego a la hoguera donde se alzaba el monigote de su hijo Ejean; pero no le dio tiempo a sostener la mirada y perdió el sentido definitivamente. Anne hacía ya un buen rato que no respiraba. Sus enormes ojos verdes, todavía abiertos, la hacían más angelical que nunca.

Transcurrió un buen rato hasta que el fuego se consumió en todas las hogueras, pero para sinsabor de los asistentes, ninguno de ellos pudo regalarse los oídos con más gritos de dolor. Anne y Jean ardieron en total silencio; el mismo mutismo que inundó la plaza poco después, mientras el humo se expandía lentamente como lo haría la más prodigiosa niebla de invierno. Los congregados se miraron preguntándose por lo que había sucedido, creyendo despertar entonces del más poderoso de los hechizos. Ya no les bullían los ojos de ira y ahora parecían dudar de que ese sacrificio pudiera realmente haberlos redimido. Todo les pareció inútil; solo les quedó un aire irrespirable y el intenso olor a carne quemada.

Cuando el tribunal y su séquito abandonaron la plaza y los guardias se replegaron al portal de la iglesia, se inició una escena mágica: amparadas por el humo que aún desprendía el cadalso, unas figuras vestidas con trapos inmundos se aproximaron a las piras para despojar a los reos de sus dedos calcinados. Se prestaron a arrancarlos con delicadeza, como si fueran frágiles ramitas de arbustos, para guardarlos secretamente entre paños benditos. Esas serían las nuevas reliquias de los *bons òmes*. Mucho más tarde, ya al anochecer, fue el propio Gog y dos de sus hombres quienes recogieron furtivamente las cenizas y huesos esparcidos por el cadalso para luego introducirlos en modestas arquetas de madera.

Capitulum XII

El regreso

Noviembre del mismo año de 1379

Ejean sintió el cuerpo caliente, las piernas doloridas y los pies fríos. Hacía ya dos días que no dormía bajo techo. Ahora se encontraba ante la bifurcación de los caminos que llevaban a Saverdun y Foix, muy cerca de alcanzar el último cruce, la senda que finalmente lo conduciría a Limoux.

Tomó asiento sobre el tocón de un nogal y se anudó el pañuelo hasta la nariz. Las nieves habían avanzado el invierno y la ventisca del norte lo sorprendió en su propia tierra; maldijo su sombra y se refugió en los recuerdos para evitar que el cansancio afluyera a su mente. Rememoró escenas de su larga estancia en Mediolanum —como gustaban llamar a Milán los nobles más fatuos de la corte del duque de Visconti—, de su paso por Aviñón, Nimes, el puerto marítimo de Aigues-Mortes, Montpellier y Béziers.

Calculó entonces que hacía ya tres años que no veía a su familia, y lo cierto, aunque le doliese reconocerlo, es que tampoco los había extrañado en exceso. Eran tantas las experiencias atesoradas que en su mente ya no había lugar para registrar el tiempo. Amistades, historias, sinsabores, alegrías, tristezas y miedos; demasiadas sensaciones para reducirlas a días, semanas, meses y estaciones. Sin embargo, todas esas etéreas percepciones cambiaron radicalmente cuando días atrás llegara a divisar las aguas del Aude. Desde entonces la añoranza había impregnado su alma y todo lo que ansiaba era estar junto a los suyos.

Hubiera podido reconocer ese río aunque anduviera perdido en la más recóndita comarca del mundo, y se sintió feliz de comprobar la forma en que sus aguas seguían corriendo por sus venas. Fue beber de ellas y verse reflejado en la suave corriente para advertir que lo embargaba un sentimiento que le resultó difícil definir. Percibió que tal vez él era lo único que había cambiado en aquel paraje, y por un momento se sintió un extraño. Al poco su mente lo trasportó al Aude de su pueblo, el paraíso de su infancia, donde de niño se apostaba a pescar, donde soñaba con ninfas y hadas, caballeros y dragones, y donde por vez primera se bañó con su mejor amiga: Enebra. Por aquel entonces apenas era un adolescente, pero pese al paso del tiempo, seguía llevando esa imagen grabada en el corazón. Le inundó un intenso placer cuando recordó a esa ambigua amiga —a su vez confidente y novia impúber— saliendo del agua al atardecer, con sus ropas empapadas declarando su inocente sexo.

Ensimismado, se sorprendió recitando las estrofas de una trova; la misma que los labriegos cantaban cuando retornaban a sus casas después de una larga jornada:

Jana delgada!,
no'l prenatz lo fals marit, que pes es ez adormit.
Jana delgada!,
que pec es mal ensenyat, no sia per vos amat.
Jana delgada!,
que pec es ez adormit, no jaga amb vos el llit.
Jana delgada!,
no sia per vos amat, mes val cel c'avetz privat.
Jana delgada!,
no jaga ab vos el lit; mes vos i valra l'amich.[5]

Ejean sonrió al recordar la pícara letra de esa canción, y las infinitas risas, y también sonrojos, que le habían provocado de niño.

5. Canción atribuida al trovador catalán Guillem de Cervera. «¡Joana delicada!, no toméis el falso marido, que es aburrido. ¡Joana delicada!, que este burro mal educado, no sea por vos amado. ¡Joana delicada!, que es burro y está atontado, no yazga con vos en la cama. ¡Joana delicada!, no sea por vos amado, más vale aquel que tenéis a escondidas. ¡Joana delicada!, no yazga con vos en la cama, más os valdrá el amigo.»

Era una melodía divertida y de ritmo acompasado; sin duda, el más apropiado para aligerar las fatigas de ese tramo del viaje. La letra resonó insistentemente en su cerebro, y sin apenas advertirlo, acabó cantándola a viva voz. Pero al poco calló, avergonzado de haber entonado una canción tan pueril; una tonadilla que acabó por repudiar al asociarla con aquel chiquillo que ya no existía. Los rizos claros de su cabello se habían transformado en una melena ondulada de color castaño, sus ojos seguían hablando de bondad, pero ya no era una mirada ingenua sino penetrante y atrevida; y los cuencos de sus manos eran tan fuertes como ásperos. Solo los labios permanecían aparentemente iguales, gruesos, rojos y carnosos. ¡Cuántas mujeres le habían rogado un beso!

Se levantó aterido de frío y anduvo durante un buen rato hasta llegar a una enorme cruz de piedra. Allí, felizmente, empezaba el último trecho de su travesía, el desvío que lo llevaba a Limoux.

Al tomar la senda divisó a lo lejos un carromato tirado por una pareja de bueyes, y en lo alto la silueta de un hombre; la primera persona que veía en todo el día. Se puso el hatillo en la espalda y corrió como un poseso hasta darle alcance.

—Dios os guarde, ¿vais a Limoux? —preguntó Ejean mientras se agarraba al yugo intentando tomar resuello.

—No —contestó secamente el campesino.

—¿Y dónde vais entonces?, ese camino conduce a Limoux.

—Eso no os incumbe.

Ejean advirtió entonces la hoz que colgaba de la cintura de ese rústico personaje y de la gran vara rematada por una punta de hierro que discretamente portaba en la repisa del carro. Probablemente solo la emplearía para azuzar a los bueyes, pero no era cuestión de tentar a la suerte, y decidió no insistir. Soltó la cincha de los animales y se hizo a un lado del camino. Agotado y todavía resoplando por la carrera, se resignó a verlos marchar.

Al poco, mientras mantenía un andar cabizbajo, oyó un estridente silbido que rompió el silencio de la solitaria campiña. El carro se había detenido poco más allá y el individuo gesticulaba con el brazo indicándole que se aproximase. «Tal vez se lo ha pensado dos veces», se animó a especular. Ejean inició entonces una nueva carrera hasta detenerse junto al carromato.

—¿Habéis dicho que vais a Limoux? —masculló el hombre.

—Sí, así es, ¿vos también?

—No, me dirijo a La Digne-d'Aval, pero pasaré por Limoux.

—Entonces, ¿me podéis llevar?

—Tal vez sí —respondió con frialdad—, eso dependerá de si aceptáis o no el trato.

—¿Qué proponéis? —preguntó Ejean bien predispuesto.

—¿Conocéis a Elià?

—¿El alfarero?

—Sí, el mismo.

—Claro que lo conozco, vive poco antes de entrar en el pueblo.

—Pues el trato es que yo os llevo si me ayudáis a cargar en el carro la loza que le tengo encomendada. ¿Aceptáis?

Ejean se subió al carro con intención de sentarse junto al labriego, pero le bastó una ruda seña para comprender que debería ocupar la parte trasera, igual que si fuera una oca o un pato.

—¿Cómo os llamáis? —interrogó Ejean con cortesía.

—Artau.

—¿Por qué me habéis dicho antes que no ibais a Limoux?

—Porque no tenía previsto hacerlo y, además, uno debe andar con mucho cuidado con los extraños.

—¿Pensabais que os quería robar? —preguntó con una sonrisa.

—Robar, matar o simplemente contagiar la peste; no están los tiempos para confiar en nadie.

Vistas las pocas ganas de conversar de Artau, Ejean se dedicó a otear el horizonte, inspiró el aire campestre y reconoció un aroma tremendamente familiar: todavía olía a vendimia. Tal vez fuera el carro el que desprendía tufillo a uva, pero, a fin de cuentas, era un placer de dioses comparado con el hedor que había tenido que soportar en las ciudades. Era lo único que le desagradaba de ellas; eso, y los mendigos que merodeaban por sus calles. Nunca llegó a entender que esa pobre gente careciera de una familia que los acogiese.

Puso el preciado hatillo en su regazo y palpó la daga que llevaba oculta; era su mayor tesoro: un auténtico puñal de Valencia. Dejándose mecer por los vaivenes del carromato, empezó una larga reflexión que lo llevó a pensar en cómo encajaría ahora en su familia. Probablemente la relación con su padre y su madre sería distinta. ¿Lo reconocerían y tratarían por fin como a un adulto? Tenía tanto que explicarles y enseñarles que incluso temía dejarlos en evidencia.

¿Y su hermana María? Vislumbró que se habría convertido en una mocita ávida de amores secretos y prohibidos. Imaginó luego que su hermano Joseph ya habría crecido lo suficiente para retarlo en fuerza. ¿Podría todavía ganarle un pulso?

No tardaron mucho en llegar a las afueras del pueblo, e instantes después se detuvieron frente a la casa del alfarero. En cuanto cruzaron la verja, pudieron observar que las contraventanas estaban cerradas y parecía encontrarse vacía. Aun así, Artau decidió meter el carro en la era.

—¿No os esperan? —se extrañó Ejean.

—Parece que no, seguramente estarán en misa —masculló de mal humor—. La próxima semana comienzan las fiestas, y creo recordar que hoy llevaban la imagen de vuestro patrono al altar central de la iglesia.

Artau se bajó y, tomando el arnés de los bueyes, los obligó a entrar en el cobertizo que había junto a la era.

—¡Tomad cien de esas tejas, y vigilad que no haya ninguna rota o resquebrajada! —mandó con gestos cansinos.

Artau se repanchingó y, esbozando una risa sarcástica, esperó con toda la cachaza del mundo a que Ejean hiciera el trabajo. Los viajes del almacén al carro se prodigaron lo impensable, y ni el sudor ni la respiración entrecortada del joven consiguieron que Artau se apiadara de él. Cuando finalmente Ejean cargó la última partida de tejas, se le oyó murmurar: «Pedazo de cabrón, hijo de la gran barragana, ojalá lo próximo que cargue sea vuestro ataúd».

—Creo que ya he cumplido con el trato —exclamó Ejean con voz temblorosa.

—Conforme, pues aquí os dejo —se limitó a decir Artau, al tiempo que se apeaba y tomaba el arnés de las bestias para iniciar su lenta caminata hacia La Digne-d'Aval.

Los animales frenaron en seco al apreciar la pesada carga, pero Artau, versado en los vicios de su ganado, acarició sus enormes frentes y con la vara les golpeó suavemente los lomos hasta hacerlos avanzar.

Ejean se sentó junto a la verja del alfarero para tratar de recuperar el aliento, aprovechando el descanso para maldecir una y otra vez a ese energúmeno. Se hallaba a muy pocos pasos de la entrada del pueblo, y estuvo tentado de internarse por sus callejuelas a fin de admirar la forma en que las habrían engalanado para las fiestas, pero estaba tan exhausto que prefirió tomar el atajo que discurría junto al río y que lo llevaba directamente a su casa.

Tras un breve paseo, y ya con el corazón palpitándole de alegría, llegó a divisar la antigua ermita, el actual taller de su padre, y adosada a ella, lo que antaño fuera la sacristía, hoy convertida en el hogar de los Duver. Aceleró el ritmo de sus pasos y al poco se encontró en el patio anterior de la casa. Se sorprendió sobremanera al encontrar la puerta entreabierta, pero su expectación fue a más cuando advirtió que de ella colgaban unos jirones de tela amarilla. «¿Estarán en el pueblo?», pensó con candidez.

Abandonó el hatillo y decidió entrar en la vivienda. No había nadie, las puertas de los armarios estaban abiertas, la despensa vacía y el hogar apagado desde hacía mucho tiempo. Su alegría se tornó en grave preocupación: «¿Habrán marchado?», se preguntó angustiado.

Salió y rodeó la casa con largas zancadas y un gran nerviosismo. Cuando iba a entrar en el taller de su padre, alguien le habló a sus espaldas.

—¿Venís a ver a los Duver?

Ejean se giró a la vez que hurgaba en su memoria intentando identificar ese timbre de voz que le resultaba tan familiar.

—¿Eres Hug?, ¿Hug Sabarthès?

—Sí, y tú eres... ¿Ejean Duver?

—¡Claro que soy yo!

Ambos amigos se fundieron en un abrazo tan efusivo y sentido que silenció durante mucho rato cualquier palabra. Se sonrieron y besaron las mejillas.

Hug, el mayor de los Sabarthès, era algo más alto que Ejean, y también más delgado. Contaba veinticinco años, dos más que Ejean, y seguía luciendo esa extraordinaria mata de cabello pelirrojo que lo identificaba a una legua. Ejean lo miró intentando reconocer su asombrosa particularidad: tenía un ojo de cada color, el izquierdo era azul y el derecho brillaba con intensos tonos verdes.

Los Sabarthès vivían al otro lado del camino, frente a la casa de los Duver. Eran modestos campesinos, pero entre propiedades, censos y arrendamientos, habían conseguido agrupar suficientes tierras como para rentabilizarlas. Trabajaban mucho, muchísimo, pero al menos no pasaban hambre ni penurias.

—¿Te has casado ya con Alamanda? —preguntó Ejean.

—No, la pobrecilla murió ahogada en el río, hará unos dos años —contestó con tristeza.

—Lo siento, Hug, de verdad que lo siento. Era muy bella y hacíais muy buena pareja, pero… ¿qué ha pasado aquí? ¿Dónde está mi familia?

Hug se volvió a abrazar a su amigo, pero no contestó. Ejean sintió entonces que su compañero de juegos y fatigas sufría unas desconocidas contracciones que en vano intentaba disimular. Lo apartó para mirar de nuevo su rostro. A Hug le caían las lágrimas como cuando era un chiquillo, sin poder hacer nada por evitarlo.

—¿Qué ha pasado? —interrogó con impaciencia y enarcando una ceja.

—Ya no están aquí —dijo Hug, incapaz de añadir una palabra más.

—¿Dónde han ido?

—Han muerto, ya no están entre nosotros…

—¿Cómo que han muerto? ¿Todos? ¿Qué estás diciendo? —interrumpió Ejean con un semblante de incredulidad.

—Tus padres han muerto, y tus hermanos han desaparecido, y…

—¡Hug, por amor de Dios, dime qué ha ocurrido! ¿Ha sido la peste? ¿Y María y Joseph?

Ejean no pudo seguir preguntando. Su semblante pasó de la euforia a la consternación en un instante, sus ojos se cerraron y llevándose las manos al rostro, rompió a llorar como un recién nacido. Su amigo se esforzó en abrazarlo con fuerza.

—Vamos a mi casa, y allí te lo explicaré todo.

Hug tomó el hatillo de Ejean y lo cogió del brazo; juntos recorrieron los pasos hasta la casa de los Sabarthès. Hug dejó a su compañero sentado en el patio y entró a toda prisa con el propósito de advertir a la familia del inesperado regreso de su amigo.

En cuanto cruzó el umbral, Ejean reconoció a Odiló y Guisla. Los padres de Hug estaban de pie junto al fuego, pálidos y exánimes. Algo más atrás distinguió a las hijas del matrimonio. Catherina se apretaba nerviosamente las manos y Eloïna sostenía a un niño entre sus brazos. Todos se precipitaron sobre Ejean, entre besos, lloros y lamentos. Ejean se descompuso de nuevo y volvió a llorar. Esta vez lo hizo con los ojos abiertos y sin apenas pestañear; absolutamente conmocionado.

Odiló Sabarthès, el patriarca, esperó con impaciencia antes de obligarlo a sentarse en la banqueta que rodeaba el fuego. Le ofreció una jarra de vino, pan y queso, y empezó a charlar pausadamente. Ejean dio un largo trago, pero no fue capaz de tomar alimento alguno. Hundió la cabeza sobre el pecho y se llevó las manos a las orejas para no oír a nadie.

El patriarca ordenó con gestos a su familia que tomaran asiento en la mesa que quedaba al fondo de la estancia y que los dejaran solos. Luego agarró al joven por las muñecas y retomó la conversación con tono pausado. Ejean no dijo nada, se limitó a escucharlo dejando caer unas gruesas lágrimas. Odiló no se explayó sobre lo sucedido a sus padres, pues salvo los episodios del apresamiento y la hoguera, poco más podía contar. Para bien o para mal, nadie sabía a ciencia cierta la razón de esa barbarie. El pueblo estaba dividido: los más doctrinarios esgrimían que algo habrían hecho para ser condenados; para la mayoría, los Duver ya gozaban de la condición de mártires y los trataban como santos. De hecho, aquellos especialmente cercanos a los *bons òmes* ya habían empezado a mercadear con sus reliquias. Los propios Sabarthès, en cuanto supieron de ese oculto comercio, se hicieron con una de ellas. La guardaban secretamente entre paños en uno de los agujeros de la chimenea, precisamente sobre el lugar donde Ejean estaba sentado. Odiló, con buen criterio, omitió toda referencia.

Al final del relato, Ejean efectuó una tanda de preguntas cuyas respuestas tampoco estaba muy convencido de querer oír. ¿Por qué razón los condenaron? ¿Dónde estaban sus hermanos? ¿Quién fue el culpable? Y finalmente, ¿sufrieron? Odiló no fue capaz de dar respuesta a ninguna de las preguntas, a excepción de la última.

—No te aflijas más por ellos —apuntó con un nudo en la garganta—, yo estuve presente, y te puedo asegurar que no oí ningún lamento ni grito de dolor. Alguien cuidó de ellos, alguno de los nuestros veló para que sus cuerpos estuvieran en presencia de Dios mucho antes de morir en la hoguera.

Ejean acercó un leño del fuego con el atizador y luego lo cogió con sus manos hasta quemarse; pero no se inmutó. Odiló se incorporó lentamente y murmuró unas palabras al oído de su esposa. Al poco, ella y sus hijas se pusieron a trastear en la cocina. La madre sacó de un bote unas hojas oblongas y oscuras, salpicadas de florecillas de color amarillo pálido: era beleño negro, la planta del sueño. Sabía bien que lo inducirían a un estado de completa inconsciencia y por tanto le mitigarían el dolor que anidaba en su alma. No en vano, esa era la hoja por la que suspiraban los sentenciados a tortura y muerte. Puso a hervir un cuenco con agua y no dejó de removerlo hasta conseguir una pócima blanca y lustrosa.

Poco después, Catherina dejó al pequeño en brazos de Eloïna y ayudó a su madre a retirar una losa del suelo de la despensa. Introdujo la mano en un profundo agujero y cogió a tientas una raíz de espantosas formas humanas. La madre se tomó su tiempo para calcular la dosis adecuada de mandrágora, muy consciente de que más valía pecar por defecto que por exceso. Descartó las hojas ovales de color verde oscuro, también las lánguidas flores blancas, ligeramente teñidas de púrpura, y las arrojó al fuego. Luego se dedicó a moler un trozo de esa raíz parda, la hirvió en agua y la mezcló prudentemente con vino.

Catherina posó la mano sobre el hombro de su padre y con un tierno gesto le indicó que todo estaba preparado. Odiló insistió a Ejean que llenara su estómago con pan y queso, y al rato le ofre-

ció los dos mejunjes. El joven ni siquiera preguntó e ingirió una tras otra las pócimas, confiando plenamente en Odiló.

—Te hará bien —le susurró.

Al poco Ejean apreció que las brasas comenzaban a chisporrotear de forma distinta, elevándose como pompas de jabón en el aire. Empezó a sentirse liviano como una pluma e inició un suave vuelo que lo elevó por la chimenea. Notó que el corazón se le disparaba, que una gran fiebre inundaba su cuerpo, que sus pupilas se dilataban como las de un gato y de pronto sintió sed, mucha sed.

Los Sabarthès comprobaron, no sin inquietud, cómo las propiedades calmantes e hipnóticas de las plantas empezaban a hacer efecto. Odiló ordenó a sus hijas que se encerraran en sus habitaciones, preocupado por el posible deseo sexual que pudiera despertar la mandrágora en Ejean. Cuando el sopor se adueñó del joven, ambos hombres lo tomaron por las axilas y lo condujeron dificultosamente al piso superior. Allí lo depositaron sobre el jergón de Hug.

—Toma las pieles de cordero, estírate en el suelo junto a él y no dejes de avisarme si se pone violento —ordenó Odiló a su hijo.

La mente de Ejean atravesó diferentes mundos que se le antojaban desconocidos a una velocidad que le resultó imposible controlar.

Finalmente, el tiempo se detuvo, y tras una larga e intensa neblina, estalló un fuerte resplandor. Dentro de ese haz luminoso creyó distinguir la figura de su padre, y tras perderlo momentáneamente de vista, comenzó a oír lamentos, gritos y jadeos de placer. Se hizo la luz, recobró la visión y percibió a su progenitor entre nubes, copulando salvajemente con su madre Agnes. Ambos, con una gran sonrisa, le hacían gestos para que se acercara. Mientras Ejean titubeaba, sin saber muy bien lo que debía hacer, se les aproximó Anne, su madrastra. Ella, entre dulces sonrisas y seductores movimientos, también ofreció su sexo al padre, quien, ante la complacencia de su madre natural, la penetró entre risas y jadeos. Por un instante se hizo la oscuridad, y para cuando un rayo de luz cruzó la escena, Agnes ya no lucía ese rostro precioso, sino que era el vivo retrato de un cadáver: la muerte le estaba sonriendo. Ejean sintió miedo e hizo ímprobos esfuerzos por borrar de su mente esa grotesca escena. Pero aquel sórdido teatro terminó por resultarle agradable; todos parecían sentirse felices y los tres le rogaban con miradas y gestos que se quedase admirándolos. Le sonreían, a veces con dulzura, otras con malicia. Ambas mujeres se besaron en los labios y de nuevo una gran luz eclosionó. De esa gran burbuja de agua y fuego surgió la imagen de un niño de pocos meses. Tenía el cuerpo de un chiquillo, pero su rostro era el de un adulto que había adoptado su propio semblante. El pequeño lloraba con tal desespero que las dos mujeres decidieron desnudar sus senos y darle de mamar por turnos. El niño crecía y crecía, hasta que ellas, con los pezones heridos por sus dientes, decidieron arrojarlo aguas abajo de un gran río. Siguió llorando desconsoladamente, hasta sentir que el sufrimiento se tornaba en placer. Nadaba y buceaba sin tener que respirar. Jugaba con los peces, cangrejos de río, e incluso se permitió atrapar las culebras de agua que salían a su paso. Finalmente llegó a un gran delta y se recostó en la orilla del mar. Dejó que el sol secara sus cabellos hasta que se produjo un gran eclipse y reinó la oscuridad. La luna y el astro rey giraron entonces sin cesar, relevándose en el firmamento y hablándole en lenguas desconocidas. Finalmente, luna y sol se fundieron en un solo cuerpo y se hundieron en el mar. El océano se secó en un abrir y cerrar de ojos, y allí, en la arena, y en lo que antes eran peligrosas profundidades, yacía una extraña espada de color negro. Intentó tomarla, pero le resultó tan pesada que no pudo sostenerla. Un fuerte viento le recordó las palabras de la luna y el sol, y tras recitarlas, la espada se tornó liviana y sobrenatural. Se agarró a su cruz y ascendió por los aires, retomando el cauce del río y volviendo a su hogar. Subía, bajaba, giraba a izquierda y derecha a su voluntad. Luego su mente volvió a quedarse en blanco. Estuvo sereno durante un largo rato, sin apenas existir. No sabía lo que era o en lo que se había convertido. No era ni bueno ni malo, ni hombre o mujer; era luz, pero no daba sombra. Solo era consciente de que estaba en alguna parte, pero no sabía dónde. Veía a cientos de encapuchados hablando idiomas que ignoraba, y detrás de ellos, un conjunto de letras y números que se combinaban sin sentido aparente. Volvió a ver a su padre, en esta ocasión lo visualizó alrededor de una gran mesa, jugando con unas extrañas fichas hasta que el humo de un enorme incensario aniquiló las imágenes. Quedó ciego y perdió el sentido. Más tarde, se contempló a sí mismo sobre un jergón, y a sus pies vislumbró un enorme caballo blanco, de largas crines y con un gran falo en erección. Se sintió húmedo y manchó las sábanas. Un largo placer anegó su cuerpo hasta ver a un cisne montar sobre la grupa del caballo y observar cómo ambos emprendían el vuelo. Por último, vio aparecer de la nada a Catherina. Parecía flotar en el aire sonriéndole con malicia mientras se desnudaba despacio. Movió sensualmente su cintura, contoneó caderas y hombros, exagerando el ondulante movimiento de sus pechos. El joven siguió con la vista, como hipnotizado, sus pequeños y rosados pezones. Luego ella agitó su largo cabello y se ocultó tras la melena. Catherina se le aproximó más y más hasta quedar a su alcance. Entonces expuso su vulva y la detuvo junto a sus labios. Tras sentir un intenso placer, su mente, agotada, decidió refugiarse en las profundidades de la nada con intención de concederse una tregua.

La madre de Hug se encargó de mantener a Ejean aletargado, pero cuidando con mucho tiento de reducir progresivamente las dosis. Todos los Sabarthès, por riguroso turno, estuvieron pendientes de su evolución, tomándole la temperatura, mojándole los labios con agua y secando el sudor de su frente. Ejean, después de tres días y tres noches, finalmente despertó de sus alucinaciones.

—¿Cómo te encuentras? —le susurró Hug.

—Bien —dijo con timidez, intentando quitarse de encima la densa niebla que parecía haber entelado sus ojos.

—Llevas varios días durmiendo.

—¿Qué me ha sucedido?

Hug se limitó a darle un caldo vegetal y lo recostó en el jergón.

Al día siguiente, Ejean probó a incorporarse. Sus pasos eran pesados y torpes, e incluso necesitó de la ayuda de su buen amigo para deambular por la habitación. Tenía un aspecto tan enfermizo y débil que los Sabarthès no dudaron en adelantar el sacrificio de una gallina a fin de prepararle los más reconfortantes guisos.

Capitulum innumerus

Tras el éxtasis y las fiebres

No fue hasta el quinto día cuando Ejean consiguiera caminar con total normalidad por el patio de la casa de los Sabarthès. Pasó la jornada ensimismado, adormecido bajo los tenues rayos del sol de mediodía. Su hablar era lento, y sus reflexiones venían empañadas de una insospechada tranquilidad; sin exabruptos ni odios. Toda la familia quedó pendiente de él, vigilándolo secretamente, preocupados de que en cualquier momento pudiera desatarse la ira que a buen seguro todavía dormía en su interior. Por esa razón, Hug fue relevado de sus tareas en el campo y quedó ocupado en las cercanías de la casa, especialmente en las cuadras, presto para actuar si fuera necesario.

Quien más tiempo pasaba con él era Catherina. Su madre, aun contrariando la opinión de Odiló, así lo había decidido. La mujer de Odiló sabía muy bien lo que se hacía; nada mejor que una chica de silueta esbelta y hermosa para hacer olvidar las penas del joven. Catherina recibió con gusto la orden de convertirse en su sombra, de ofrecerle abundante agua y alimento, y de mimarlo en extremo. Pasaron los días juntos, sentados en el patio, aprovechando el tiempo en que Catherina limpiaba las verduras, cosía o extendía la ropa al sol para departir reposadamente; instantes que la joven aprovechó para coquetear con disimulo.

Desde niña, y muy a pesar de sus deseos, Catherina se había visto relegada a asumir el triste papel de hermana de Hug y, por tanto, a considerar a Ejean como un hermano más; pero ahora a esa niña ya no le colgaban los mocos de la nariz. Era una joven muy bonita, de ojos azules y el color de su cabello era de un rubio intenso, casi pelirrojo como el de Hug. Llevaba enamorada de Ejean desde los doce años, pero entonces lo veía tan mayor y tan próximo que nunca fue capaz, siquiera, de insinuar sus sentimientos. Era su secreto, el mayor de todos, y nadie a excepción de su madre lo sabía. Ahora aquellos escasos cinco años que se llevaban ya no suponían ningún abismo. Ejean se sorprendió ante el tipo de conversaciones que Catherina le proponía; eran palabras a veces sin sentido, llenas de misterio y acompañadas de unas sonrisas tan inocentes como tiernamente pícaras. Catherina no sabía cómo hablarle, y Ejean hacía lo posible por no contestarle. Con frecuencia ambos se ruborizaban cuando se llamaban por su nombre.

Un día, sentado en el banco de piedra del patio y bajo un espléndido sol otoñal, Odiló mandó llamar a Ejean y a su hijo Hug. Ambos tomaron asiento junto al patriarca, al tiempo que las mujeres se internaron en la casa para ponerse a cacharrear en la cocina.

—A buen seguro que estos han sido los peores días de tu vida —afirmó Odiló con gesto compungido—, y quiero que sepas que nosotros, desde hace tiempo, venimos sufriendo casi tanto como tú. Temimos tu regreso desde el mismo día de la muerte de tus padres, e incluso llegamos a ensayar las palabras más adecuadas para explicártelo, pero nunca dimos con ellas... Eso nos ha hecho vivir con gran angustia.

—Lo imagino —contestó Ejean con una tranquilidad que sorprendió a Odiló—, y ante todo quiero agradeceros todo el bien que me habéis proporcionado, y tened por cierto que os lo pagaré con creces: he decidido trabajar vuestras tierras sin recibir nada a cambio hasta el próximo verano.

—No, no es eso... —intentó decir Hug, al tiempo que su padre lo mandaba callar con una seña.

—Como bien dice mi hijo —continuó Odiló—, nada nos debes. Desconozco cuáles son los planes que rondan por tu cabeza, pero quiero que sepas que para nosotros eres un miembro más de nuestra familia, aunque....

A Ejean le brillaron los ojos, y a punto estuvo de sollozar.

—... comprenderás que existe un grave problema.

—¿Cuál? —interrogó el joven.

—Debes recordar que fuiste condenado, lo que implica que eres un fugitivo. Estarán tras de ti día y noche hasta hacerte la vida imposible. Es pues justo reconocer, aún con tristeza, que lo mejor es que abandones el pueblo.

Ejean se quedó pensativo.

—Pero nadie sabe que ha regresado. ¿Creéis que después de casi cuatro años alguien lo reconocerá? —terció Hug mirando a su padre.

—Es cierto, ya he pensado en eso —convino Odiló—, y tal vez incluso podríamos decir que es un hijo de mi hermana, la que vive en Vinça, pero…

—No os preocupéis más por mí —interrumpió Ejean con tono apesadumbrado—, nada me retiene ya en este pueblo y no voy a poner en peligro vuestras vidas; quedad tranquilos, pues marcharé tan pronto termine lo que me propongo empezar.

—¿A qué te refieres? —preguntó Odiló con recelo.

—Marcharé en cuanto sepa qué ha sido de mis hermanos y restituya la honra de mis padres. Ellos nunca fueron herejes… ¡Y solo Dios sabe cómo desearía vengar su muerte!

—¡De esa forma solo conseguirás que te apresen y te maten! —exclamó Odiló.

—Me da igual, nada tengo más que mi cuerpo, y como bien dicen los *bons òmes*, esta carne es solo obra del diablo —dijo mientras se retorcía la piel del antebrazo—. ¿Qué sabéis de mis hermanos?

—Muy poco —contestó Odiló—, según dicen se los llevaron precipitadamente de Limoux sin ser juzgados, pero nadie sabe dónde…

—¿Nadie fue testigo de esa infamia? —interrumpió el joven.

—Ya te lo he dicho; todo fue extraño y sucedió muy rápido. Tal vez el cura sepa algo más, pero dudo…

—¿Os referís al padre Raymundus?

—Sí, claro. Él fue quien estuvo hasta el último momento con tus padres.

—¿Y el Acelga, ese maldito alguacil?

—Dudo que sepa nada —dijo Odiló—. Es un pobre hombre que se limitó a cumplir las órdenes de sus superiores, y estos a su vez obedecieron a gentes venidas de fuera. ¿Quién iba a confiar información relevante a un simple esbirro?

—¿Y la familia de Guils?

—Guils no dejó familia; murió sin nadie que llorase su ausencia.

—No puedo entender que desaparezcan dos jóvenes y asesinen vilmente a tres personas del pueblo, y nadie sepa nada —se cuestionó Ejean.

—Créenos, no existe ni un solo vecino que tenga algo importante que decir. Todo son simples chismorreos que un día dicen una cosa y al otro juran y perjuran lo contrario —dijo Hug.

—Como ya te dije, el pueblo está dividido en dos —añadió Odiló—, aquellos que creen que vuestros padres fueron unos santos, y de ellos se acuerdan en sus plegarias, y los que, ante la duda, están de parte de la Iglesia; pero ni de unos ni de otros te puedes fiar. Evítalos.

Ejean se quedó pensativo durante un buen rato.

—Debemos decirte algo más —añadió Odiló al tiempo que con un grito ordenaba a Eloïna que saliera al patio con el pequeño.

—Este es Jaccobus, y todavía no tiene el año —comentó Odiló en cuanto su hija le puso al niño sobre las rodillas.

—Lo sé, es un crío precioso y a buen seguro que con la rabia con la que llora será un varón sano y fuerte —dijo Ejean con una forzada sonrisa y sin entender exactamente a qué venía esa escena.

—Debes saber que Jaccobus no es nuestro hijo, sino tu hermano; bueno, mejor dicho, tu medio hermano, pues nació del vientre de Anne —proclamó Odiló con una mezcolanza de satisfacción e incertidumbre.

—¿Mi hermano? —preguntó Ejean atónito, sin saber cómo reaccionar.

—Deberías comprender que tantos años de ausencia dan para mucho —añadió Odiló con una sonrisa.

—¿Me estáis tomando el pelo?

Odiló se palpó el lóbulo de una oreja. Ejean conocía bien ese gesto, sabía que no le estaba engañando. Se levantó entonces del banco de piedra, tomó al niño de los brazos de Odiló y lo alzó en el aire como si fuera un pelele. El pequeño empezó a reír clavando su mirada en Ejean.

—Tal vez digáis la verdad, lo cierto es que sus ojos son iguales a los de Anne —dijo dándole un beso en la frente.

—Sí, su mirada es la de ella, pero los labios son los de tu padre —apostilló Hug.

—¿Y cómo es que lo tenéis vosotros?

—Verás —respondió Odiló con cierta incomodidad—, en cuanto vinieron a apresar a los vuestros, tu madre abrió la contraventana y encendió todas las velas de su alcoba. Imaginó, como era de esperar, que los gritos de los hombres del alguacil y los ladridos de sus perros nos habrían despertado. Y así fue. Entreabrimos a oscuras la puerta de nuestro establo y pudimos observar cómo Anne levantaba una y otra vez en sus brazos a Jaccobus. Intuimos que quería decirnos algo, pero no atinamos a saber de qué se trataba.

—Fuimos bastante torpes —reconoció Hug.

—¿Y qué sucedió entonces? —indagó Ejean.

—Pues que de madrugada empezamos a oír maullidos, un rosario de ellos. Como era verano, pensamos que se trataría de gatos en celo, pero al final concluimos que era el llanto de un niño. Entonces recordamos que cuando los vuestros salieron escoltados de la casa, ninguno de ellos llevaba en brazos al pequeño Jaccobus. La cuestión es que fui a vuestra casa y allí encontré a Jaccobus, arropado y metido en la tinaja que tenéis junto al fuego.

—¡Válgame el cielo! —Ejean se llevó la mano al ceño tratando de encajar cuanto estaba escuchando—. ¿Y ahora qué debo hacer con él?

—Lo que consideres más conveniente —contestó con serenidad Odiló—, pero mientras te decides, déjalo con nosotros. Aquí estará bien cuidado. Tal vez esa fue la razón por la que Dios me envió solo un hijo —agregó con una sonrisa.

—Ahora tengo mucho que hacer —se excusó Ejean sin poder disimular su enorme sorpresa.

—Lo entendemos sobradamente. No es buen momento para que precipites tus decisiones.

—Dadme tiempo, antes o después vendré a por él. Ese mequetrefe es lo único que me queda.

—Pero ¿qué es lo que quieres hacer exactamente? —preguntó Hug con preocupación.

—Por el momento, no será venganza lo que busque. Solo preciso de información; estoy obligado a conocer el paradero de mis hermanos —respondió Ejean con la decisión de quien lleva días valorando la situación.

—Pero igualmente significa afrontar un gran riesgo —objetó Odiló.

—Me hago cargo, pero, aun así, no temáis, pues en el caso de que me apresen, y aunque me torturen, os dejaré al margen. Si me interrogasen, tan solo diré que he regresado al pueblo y me escondo en la antigua ermita; y evidentemente ni os he vuelto a ver, ni vosotros a mí tampoco. Pero insisto en que para ello es necesario que os quedéis al margen, o de lo contrario acabaremos condenándonos todos. Así pues, os ruego no me sigáis —indicó con la mirada puesta en su amigo.

—Solo he de añadir una cosa —dijo Odiló.

—¿Qué?

—Darte un simple consejo, el mismo que mis abuelos de Barcelona dieron a mis padres, y estos a mí y yo a mis hijos: «*Fills, per vosaltres dic aquestes paraules planament, perquè voldria que fóssiu rics de saber i de seny*».[6]

6. «Hijos, a vosotros digo estas palabras llanamente, porque querría que fueseis ricos de saber y de tino.» Dicho popular atribuido al trovador catalán Guillem de Cervera.

Capitulum XIV

La confesión

Había llovido intensamente durante toda la noche, y ahora, con el amanecer, las escasas gotas que todavía caían eran pequeñas e ingrávidas. Ejean deambuló por el pueblo sin apenas tropezarse con ningún vecino. Vestía un saco por capucha, y su andar era tan lento como su pensamiento. Recordaba su infancia, el ir y venir por esas calles, las correrías y la bendita inocencia de sus chiquilladas. Sintió envidia de sí mismo, de cuando la vida, desde el alba hasta el crepúsculo, era solo un juego. Era la segunda vez en muy pocos días que una particular percepción de la realidad le asaltaba la mente: todo había cambiado, y únicamente él parecía no querer asumirlo.

Tomó la calle que se dirigía a la iglesia de Sant Martí. Al llegar a la plaza creyó volver a retroceder en el tiempo. Estaba igual a como la dejó, salvo que ahora aparecía parcialmente adoquinada, y el reflejo de sus piedras mojadas, al igual que en las grandes ciudades, la asemejaban a un espejo empapado de agua.

Enfiló la calle que conducía al templo. En cuatro pasos se plantó ante el pórtico y decidió entrar por la puerta lateral. En la penumbra, docenas de candelillas iluminaban las capillas. Frente a él y a su izquierda, observó a dos hombres sentados en los bancos de las primeras filas. A su derecha, unas viejecitas oraban arrodilladas en el reclinatorio. Deambuló de aquí para allá, dudando de que su idea fuera realmente acertada, hasta que vio salir al párroco de la sacristía.

El padre Raymundus, con andar cansino, se acercó al confesionario y tomó asiento, dispuesto a escuchar a sus feligreses. Al poco, una mujer de edad muy avanzada, vestida de negro, se arrodilló en el lateral y empezó a murmurar sus pecados al cura. Ejean se sentó en un banco cercano y esperó pacientemente: «¿Qué ridículos pecados puede estar confesando esa pobre anciana?», se preguntó. Los cuchicheos y murmullos de ambos se prolongaron lo indecible, pero su inicial nerviosismo evolucionó, como por arte de magia, hacia una apacible relajación que le provocó un placentero hormigueo en las orejas. Cuando la mujer se levantó haciendo la señal de la cruz, Ejean fue a arrodillarse en el confesionario. Al instante surgió un brazo de su interior que descorrió las pesadas cortinas.

—El Señor esté en tu corazón para que te puedas arrepentir y confesar humildemente tus pecados.

—Señor, Tú lo conoces todo; Tú sabes que te amo —contestó Ejean.

—¿De qué pecados te acusas? —interrogó el sacerdote.

—De ser huérfano de padre y madre…

—Pero eso no es pecado. Lamentablemente es un mal demasiado común en estos años. ¿Cuál es vuestro nombre, joven?

—Ejean.

—¿Llegué a conocer a vuestros padres difuntos?

—Sí, los conoció.

—¿Y debo conoceros a vos también?

—Sí, vos me bautizasteis.

—Son muchos los bautizos que celebro año tras año…

—Me bautizasteis con el nombre de Emeri Jean Duver —dijo con voz firme.

—¡Santo Dios! ¿Sois entonces el hijo mayor de Jean Duver?

Ejean sujetó con la mano izquierda el cuello del párroco y con la mano derecha le puso la daga sobre el corazón, sin darle tiempo a reaccionar.

—Estáis bajo secreto de confesión, ¿verdad, padre?

—Sí, lo estoy…, pero ¿acaso pretendéis matarme? —preguntó con estupor.

—No sé exactamente lo que debo hacer, pero no me importaría acabar con vos aquí mismo.

—Conocí a los vuestros y he llorado su muerte —murmuró el sacerdote con un nudo en la garganta—, en especial la de tu padre. Traté mucho con él; un gran artesano y todavía mejor persona. Recuerdo que el nombre de Emeri se lo debéis a vuestro abuelo, ¿cierto?

—Imaginaréis que ya nada de lo que podáis decir sobre ellos me consuela, pues fueron asesinados por la Iglesia a la que vos representáis.

—Os ruego que no juzguéis a Jesucristo por la acción de unos pocos hombres.

—Vos sois tan culpable como aquellos que los condenaron... —Ejean no pudo contener las lágrimas y dejó de apretar el cuello del sacerdote.

Raymundus intentó entonces zafarse de la daga que le oprimía el pecho, pero Ejean se lo impidió tomándola con las dos manos.

—No, eso no es cierto, el tribunal me dejó al margen del asunto desde el mismo día que entraron en el pueblo —replicó Raymundus.

—Tal vez fuera así, pero tengo entendido que no solo estuvisteis presente en la ejecución, sino que también intervinisteis en ella.

—Mi obligación era estar junto a ellos todo el tiempo que el tribunal me permitiera; debía velar por sus almas y reconfortarlos con los santos sacramentos.

—Eso no os sirve de excusa.

—Ejean, debéis saber que todo en ese proceso fue extraño, in-

merso en secretismos y silencios; nadie, a excepción del tribunal, sabía lo que estaba sucediendo.

—Tengo intención de averiguarlo.

—¿Queréis venganza?

—¿Y el alguacil Gog? —contestó Ejean con otra pregunta.

—No, no busquéis en Gog el chivo expiatorio.

—¿Creéis de verdad que la persona que apresó a mi familia puede ser inocente? —dijo Ejean mientras sostenía con más fuerza la daga.

—Siempre pensó que la detención de vuestra familia venía motivada por algún malentendido con el obispado y, por lo tanto, que terminaría en una simple amonestación. Ese hombre está arrepentido de haber colaborado con el tribunal, pero qué otra cosa podía hacer...

—¿Cómo sabéis de su arrepentimiento?

—Pues porque aun no siendo un devoto, me pidió que lo oyera en confesión. Me dijo entonces que cuando reparó en la gravedad del asunto ayudó a vuestros padres y hermanos todo cuanto estuvo en sus manos.

—¿Cómo los ayudó? —interrogó Ejean incrédulo.

—Sobornó a los guardias para que, una vez en el calabozo, vuestros hermanos no fueran separados de su madre; también estuvo vigilante para que nada malo les pasara, e incluso suplicó al verdugo para que no se ensañara con ellos.

—Pero igualmente fueron torturados...

—Pero hay muchas formas de torturar, y os puedo asegurar que con ellos jamás hubo ensañamiento.

—¿Qué les hicieron?

—No me obliguéis a decíroslo, os lo ruego.

—¿Y quién fue el verdugo?

—Es un secreto a voces, que antes o después terminaréis por conocer.

—Os lo estoy preguntando ahora —dijo Ejean mientras movía la daga sobre las costillas de Raymundus.

—Ferrés, un hombre sin apenas uso de razón al que el tribunal reclutó en Ajac. Es hijo y nieto de herreros, pero tan torpe que solo le permiten cortar y trajinar la leña. Tiene la inteligencia de un asno...

—¡Maldito hijo de Sodoma! ¿Quién más intervino?

—Los miembros del tribunal.

—¡Quiero sus nombres!

—La mayoría de ellos se marcharon tan silenciosamente como llegaron.

—Quiero los nombres. —Ejean movió la daga hasta la garganta del sacerdote.

—Cosme de Arnault fue el inquisidor, y el principal responsable de toda la trama.

—¿Dónde lo puedo encontrar?

—No lo sé, hay quien dice que partió hacia Aviñón, pues al parecer goza de los favores del mismísimo papa.

—¿Quién más?

—Pere Barthe, el secretario. Él era quien custodiaba los legajos y quien mejor informado estaba, pero hace algo más de quince días que lo enterramos..., cayó gravemente enfermo.

—¡Seguid!

—Arnau Catany intervino como fiscal y lo podréis encontrar en el pueblo.

—¡No os detengáis!

—El delegado del obispo, Peyre d'Adge.

—¿Es del vecindario?

—No, reside en el obispado, pero frecuenta nuestro pueblo…

—¿Lo esperáis?

—Es muy probable que venga para las fiestas de nuestro patrón.

—¿Y dónde se hospeda?

—En el mismo edificio donde encerraron a vuestros padres.

—¿Alguien más?

—Efectivamente, intervinieron otras personas, pero no asumieron responsabilidad alguna en la condena.

—¿Quiénes? —bramó Ejean.

—Por una parte, estaba Poncius Rancel, el tasador de bienes. Es de la comarca, un prestamista conocido por su avaricia y desenfreno carnal, pero incapaz de matar una mosca. También formó parte del tribunal Guilhem Agoult, un buen hombre que si anda metido en esos asuntos de la Inquisición es solo por agradar a su padre. Actuó como defensor de los vuestros e hizo todo cuanto pudo.

—¿Os olvidáis de alguien?

—No, esos son todos los miembros del tribunal, aunque… hubo un personaje que apareció la víspera de que apresaran a vuestra familia y luego se esfumó. Tan solo regresó el día después de… la hoguera —tartamudeó el sacerdote.

—¿Quién era?

—De verdad que no sé de quién se trataba. Vestía ropas negras y elegantes, todos le reverenciaban y se referían a él como el Siervo de Dios. Llegó al pueblo con la intención de tener una reunión confidencial con Arnault y Peyre d'Adge.

—Y vos ¿no fuisteis a esa reunión?

—El delegado del obispo me previno y acudí como párroco, pero ese personaje no autorizó mi presencia.

—¿Quiénes testificaron contra mis padres?

—Lo desconozco, sus nombres están reservados al tribunal. Solo puedo añadir que vuestra venganza únicamente sumará más muertos a la lista, y muy probablemente uno de ellos seréis vos. Sois muy joven y tenéis una vida por delante, no la malgastéis con odio y rencor.

—Eso no os incumbe. Morir o no me trae ahora sin cuidado. Mi único deseo es recuperar a mis hermanos. ¿Están vivos? ¿Dónde puedo encontrarlos?

—Desaparecieron al poco de iniciarse el juicio. La última pista que tengo es la del alguacil Gog, él fue quien los acompañó ante la presencia de Peyre d'Adge. Desde ese momento ya nadie sabe lo ocurrido.

—Debo marchar —anunció Ejean con gesto alterado.

—Sabed que siempre estaré a vuestro lado en lo que concierne a vuestros hermanos, pero no contéis conmigo para nada que complazca vuestra sed de venganza. Además —añadió Raymundus—, debéis recordar que habéis sido condenado por hereje y os están buscando. El día que os prendan os llevarán derecho a la hoguera.

—Dadme la absolución —pidió Ejean con aparente indiferencia.

—Pero, si no habéis pecado...

—Me importa poco si he pecado o no, lo que deseo es que esta conversación quede sellada bajo el secreto de confesión, y si lo violáis, que sea Dios quien os condene a las llamas eternas.

—Así lo haré —asintió el sacerdote con el rostro bañado en sudor, juntando sus manos y cerrando los ojos—: Dios, Padre misericordioso, que reconcilió al mundo por la muerte y la Resurrección de su Hijo y derramó el Espíritu Santo para la remisión de los pecados, te conceda, por el ministerio de la Iglesia, el perdón y la paz. Y yo te absuelvo de tus pecados en el nombre del Padre, y del Hijo, y del Espíritu Santo.

—Amén —respondió el joven, que se mantuvo inmóvil esperando que el párroco le diera a besar la estola morada.

Pero Raymundus, temiendo que Ejean terminara por hundir la daga en su pecho, no se atrevió a ofrecérsela; en su lugar, juntó las dos manos sobre los labios y empezó a orar esperando el estacazo letal. Ejean sujetó la estola, la besó, guardó la daga en su capucha de saco y abandonó el templo como si lo persiguieran los demonios.

Capitulum XV

Arnau Catany

A pesar del intenso frío, Ejean llegó a casa de los Sabarthès acalorado, empapado de sudor y visiblemente angustiado. Al entrar encontró a las mujeres junto al hogar, cocinando y limpiando los cacharros en la pila de piedra que tenían bajo la ventana.

—¿Dónde está Hug? —preguntó con ímpetu.

—En el campo, con su padre —contestó Guisla—. ¿Ocurre algo?

Las miró contrariado y se sentó intranquilo en la mesa de la cocina. Catherina dejó sus faenas para escanciarle una jarrita de vino blanco.

—¿Qué sabéis de un tal Arnau Catany? —preguntó Ejean.

—Es un hombre muy respetado —contestó Guisla sin mirarlo.

—¿Dónde puedo encontrarlo?

—En el pueblo, pero ¿por qué quieres saber ahora de ese hombre?

—Debo hablar con él.

—Catany es un personaje muy influyente y todo el pueblo, incluido el alcalde, comen de su mano. Es un tipo peligroso; no te puedo decir más, será mejor que le preguntes a Odiló.

—Me trae sin cuidado cuán peligroso pueda ser. ¿Dónde vive?

—Bajando el río, la primera casa después de la iglesia de Sant Martí—contestó Catherina soportando la amenazante mirada de su madre.

—¿Y qué lugares frecuenta?

—No es muy sociable —respondió de mala gana Guisla intentando zanjar la conversación.

—Cada anochecer reza el rosario en esa iglesia —terció Catherina.

—¿Y cómo puedo reconocerle?

—Es algo rechoncho, calvo y viste una capa negra adornada con borlas en la pechera —respondió Catherina mientras intentaba deshacerse de la mano de su madre, que la retenía por la muñeca.

—¡Deja ya de hablar y ayuda a tu hermana! —ordenó Guisla nerviosa—. ¿Acaso quieres que lo maten? ¡Venga, bajad las dos con los sacos de grano al establo y dad de comer a los animales! ¡Vuestro padre estará a punto de llegar!

Eloïna, sosteniendo a Jaccobus en sus brazos, miró a su madre con aire dubitativo.

—¿Y qué hago con el niño?

Ejean se incorporó de la mesa y, tras un último trago, se aproximó a Eloïna para besar la frente del pequeño.

—Quédate con el crío, yo ayudaré a Catherina.

Ejean cargó con los dos fardos de grano que se encontraban en el patio y siguió los pasos de Catherina hacia el establo, cuidando de que el peso no lo venciera y terminara cayendo escaleras abajo. Mientras la joven limpiaba los comederos, Ejean se dirigió a ella:

—Gracias por ayudarme.

—La verdad es que no creo que haya sido muy buena idea —replicó dulcemente Catherina.

Ejean se aproximó a la joven con intención de besarle la mejilla como muestra de agradecimiento, pero ella giró el cuello hasta ofrecerle los labios a Ejean y lo besó suavemente.

—No debería haber dicho nada, estás en peligro y no quiero perderte —exclamó con rabiosa sinceridad—. Te amo, desde pequeña estoy enamorada de ti. Ya sé que nunca me has mirado como a una mujer, pero, aunque tal vez aún no te hayas dado cuenta, ya he crecido —dijo ella mientras se estiraba la parte inferior de la camisola y daba relieve a sus pechos.

Ejean se quedó inmóvil, absolutamente confuso. Catherina lo besó de nuevo con pasión. Ambos sintieron el calor de sus cuerpos, como si el verano hubiera regresado y hubiera excitado todos sus sentidos. Luego ella deslizó dos dedos sobre los labios de Ejean, y él le devolvió el gesto, rozando el cabello rizado que caía sobre sus hombros, el perfil de sus pechos, sus brazos y su cintura. Tomó sus manos y la besó ferozmente con los labios abiertos, hasta arrancar de su garganta unos dulces gemidos. Los cuerpos se acoplaron a través de las ropas; él frotó su falo contra el pubis de ella y emitieron unos breves suspiros de placer. Al poco, los labios de Catherina se helaron como si fueran de nieve, cerró los ojos y dejó que Ejean tentara delicadamente sus nalgas. El joven tomó el corpiño y el fajín y los tiró al suelo. Entonces se arrodilló, levantó su falda y con la cabeza le separó las piernas hasta conseguir besar su sexo. Su vello, delicadamente rojizo, le pareció oro puro. Ella retorció el cuerpo y estiró el cabello de Ejean en un fingido intento de apartarlo de sus muslos, pero enseguida, como si estuviera poseída, se arqueó hasta exponer la vulva a los ojos de Ejean. Él besó su delicada abertura durante un largo rato; un tiempo eterno en el que Catherina hizo esfuerzos ímprobos por reprimir sus gemidos. Ejean se incorporó y la besó en el cuello mientras desabotonaba a ciegas su blusa y palpaba sus diminutos pezones. Le acarició de nuevo el sexo moviendo sus manos al mismo ritmo que lo hacía el pubis de Catherina. Alcanzaron un éxtasis cada vez más intenso; una enajenación que iba más allá de cualquier sueño imaginado. Ella se mordió los labios intentando silenciar los gritos que surgían de su interior. Ejean respiraba con intensidad, como si el corazón se le hubiera desbocado. El joven aflojó entonces el cinto de su calzón y Catherina asió su falo con ímpetu; pero tras un largo suspiro, Ejean retrocedió.

—No, no podemos hacerlo. Sería un error del que nos arrepentiríamos toda la vida —susurró con voz entrecortada.

Catherina lo miró avergonzada, como si aquel no fuera su cuerpo, sin saber qué decir, todavía embriagada por la lujuria.

—¿Has estado con otro hombre? —preguntó Ejean con atrevimiento.

—Si me estás preguntando si he yacido con algún varón, mi respuesta es no; solo te he deseado a ti —dijo ella mientras lo besaba de nuevo.

—No tengo valor para ofender tu honra —objetó él todavía con la respiración entrecortada—. No sé qué va a ser de mí, tal vez muera, y la verdad es que no me importaría mucho, pero en cambio, tú tienes toda una vida…

—Pero me quieres, ¿verdad? —interrumpió Catherina.

—Sí, claro que sí, pero ahora no… Tengo mucho que hacer, estoy confundido, y mi mente está en otro sitio. Son tantas las cosas que han pasado…

—Lo entiendo, sé bien cómo te sientes —asintió ella con los ojos brillantes—, pero prométeme que cuando todo esto termine vendrás a por mí, y marcharemos lejos de aquí. Deseo formar una familia y quiero tener a tus hijos —dijo volviéndolo a besar.

Ejean no llegó a contestar. En aquel mismo instante llegaron ruidos desde el cobertizo contiguo. Eran Hug y su padre, que regresaban del campo. Catherina, presa de pánico, se abrochó el vestido, tomó el corpiño y el fajín, se peinó y, pasándose la mano por la cara, subió con sofoco las escaleras a toda prisa. Una vez en la cocina, y tras cruzar una mirada con su madre, tomó precipitadamente en brazos al pequeño Jaccobus. Disimuló todo cuanto supo, pero fue en vano. La madre sabía bien lo que había pasado y su hermana Eloïna le sonrió con malicia al reparar que Catherina ya no lucía la medallita que momentos antes colgaba de su cuello.

Ejean estaba terminando de esparcir el grano y el forraje en los comederos cuando Hug y Odiló entraron en el establo para dejar los aperos de labranza. Después de saludarse, limpiar al caballo y darle de comer, los tres subieron las estrechas escaleras de madera y se sentaron a la mesa de la cocina. Bebieron en abundancia del cántaro y se dispusieron a devorar la sopa y el guiso de pescado que las mujeres habían preparado. Apenas intercambiaron una palabra durante la comida, hasta que finalmente, y ya con una jarra de vino en las manos, Ejean pronunció la frase que nadie hubiera deseado escuchar:

—Tengo noticias y creo que ha llegado el momento.

Las mujeres, como movidas por un resorte, se levantaron de la mesa. Catherina tomó al pequeño y lo subió a su habitación, mientras las otras se pusieron a limpiar las ollas y a reavivar el fuego simulando estar ajenas a la conversación.

—Debo hablar con Arnau Catany —sugirió Ejean.

—¿Por qué él? —quiso saber Odiló.

—Es quien intervino en el proceso de mis padres… ¡A fe mía que el cielo clama venganza! —farfulló Ejean.

—¡Olvida a tus padres, fallecieron en la gracia de Dios y ya nada puedes hacer por ellos! —interrumpió Odiló mientras se santiguaba toscamente.

—Jamás me olvidaré de ellos, pero no son ahora mis padres los que me preocupan, sino mis hermanos.

—Estarán en buenas manos.

—¿Cómo podéis estar tan seguro? Tal vez los hayan asesinado.

—¿Por qué van a estar muertos? —exclamó Hug.

—En el caso de que estén vivos, ¿cómo puedo saber si no han sido vendidos como siervos, si trabajan como esclavos en las canteras o si están sufriendo prisión y tortura? ¿Y si los estuvieran forzando sexualmente? ¿Os imagináis a la pobre María obligada a yacer con hombres?

Odiló y Hug se miraron consternados, sin atreverse a añadir una sola palabra. Con solo imaginarlo se les puso la carne de gallina.

—¿Y qué es lo que te traes entre manos? —preguntó Odiló intentando tranquilizar al joven.

—Necesito hablar con ese hombre, él fue el fiscal de la causa y sé que lo puedo encontrar en el pueblo. Eso es lo que me ha dado a entender el padre Raymundus. Así pues, debo actuar, y debo hacerlo ya, no sea que el cura le advierta de mi presencia aquí. Me habló bajo secreto de confesión, pero no me fío...

—Eres un hermano para mí, y tanto María como Joseph lo son también. Dime pues lo que debo hacer —interrumpió Hug levantándose y tomando a Ejean por el hombro.

—Ya os dije que no os implicaría en nada; han destrozado una familia y no quiero que la vuestra sea la segunda. No os preocupéis, sé dónde encontrar a ese bastardo y podré hacerlo solo.

—Sé que eres muy capaz, pero piensa que todavía estás muy afectado y tienes nublada la mente —dijo Odiló con desasosiego.

—Tengo la mente tan clara como el agua del río —le contradijo Ejean mientras tomaba un último sorbo de vino y abandonaba la mesa de forma precipitada.

Hug miró a su padre, enarcó una ceja y con gesto orgulloso añadió:

—Déjale hacer, lo conozco, y nada ni nadie lo va a convencer de lo contrario.

—¡Abrígate! Hace un rato que nieva y la tormenta será fuerte —exclamó Odiló mientras Ejean ya había subido a las escaleras en pos del capote y la daga.

Al entrar en su aposento, Ejean vio a Catherina sentada en la habitación de sus padres, sosteniendo a Jaccobus en los brazos. Ejean no se atrevió a decirle nada, simplemente le sonrió. En cuanto bajó a la sala, tomó un nuevo trago de vino y sin más dilaciones se despidió de sus amigos con la mirada.

Odiló tenía razón. El viento había arreciado y lo que antes parecía una breve nevada, ahora se había convertido en una tempestad que nada bueno presagiaba. Se enfundó las ropas de abrigo y cubrió la cabeza con una capucha de arpillera. Palpó el arma que llevaba en la cintura, oculta bajo la indumentaria, y tomó el camino del pueblo. Siguió el cauce del río con andar nervioso hasta divisar a lo lejos la iglesia de Sant Martí. Se sentó junto al puente, miró al infinito y murmuró una plegaria. Ahí se acurrucó, esperando a que la luz mortecina acabara por desdibujar el curso del río, y entonces prosiguió el camino.

Al llegar al pórtico de la iglesia de Sant Martí retiró el saco que cubría su cabeza y oyó una maraña de voces en el interior. La musicalidad de las oraciones le confirmó que todavía estaban rezando el santo rosario y pensó en aguardar a que terminase el oficio. Pero la impaciencia le resultó tan insoportable que resolvió entrar.

Allí, entre candiles y velones, habría más de una veintena de personas rezando entre grandes bocanadas de vaho. El olor a cera era tan intenso como el frío que inundaba el recinto. Se ocultó en las sombras, junto a la pila bautismal, e intentó identificar a Catany sin éxito; apenas había luz, todos oraban de espaldas, con el rosario entre las manos y la cabeza gacha. Pero al poco escuchó las frases «*Virgo fidelis, ora pro nobis. Speculum iustitiae, ora pro nobis...*», que le indicaron que la liturgia estaba cercana a su final, y salió del templo.

Se sentó bajo el soportal de la fachada. Allí se le aproximó un mendigo que con la mano en el pecho farfulló unas bendiciones que no llegó a entender. Ejean se esforzó en hacer caso omiso a las súplicas del indigente, pero llegó un momento en que, harto de su palabrería infinita, fue a apostarse al otro lado de la calle. El mendigo, como movido por una invisible señal, se incorporó y se puso de rodillas frente al pórtico. Al instante los parroquianos que más prisa llevaban comenzaron a salir de la iglesia; unos y otros, sorprendidos por la ventisca, se protegieron la cara con gorros y capuchas antes de despedirse con un simple ademán. Ejean se movió con rapidez y se apostó bajo el primer arco de la plaza, a poco más de seis pasos del pórtico.

Los fieles desfilaron frente a él sin percatase de su presencia. Los escudriñó desde la oscuridad, como haría un ave nocturna, esmerándose en no perder detalle de sus rasgos e indumentarias. Cuando en el interior de la iglesia ya no debía quedar más que el párroco, apareció un personaje que ceñía una capa negra como la que Catherina le había descrito. El individuo inició una conversación con otro feligrés, pero por fortuna, sorprendidos ambos por el viento y la nieve, decidieron concluir la charla. En cuanto se despidieron y el hombre de la capa miró al frente, Ejean no tuvo duda alguna de que se trataba del mismísimo Arnau Catany; un individuo rechoncho, con algo de papada y un andar torpe y pesado. Se ocultó aún más en la oscuridad de la bóveda y esperó a verlo pasar. Luego lo siguió a cierta distancia.

El sujeto giró a la derecha y, tras unos pocos pasos, se paró frente al portal de la primera casa. Allí se entretuvo buscando algo en los bolsillos. En cuanto vio que sacaba una llave, Ejean comenzó una veloz carrera hasta alcanzar la puerta en el preciso instante que se cerraba y, empujando con sus hombros contra ella, la abrió de par en par. Arnau Catany salió despedido hacia atrás y cayó en el patio interior. Ejean cerró el portón y se abalanzó sobre él. Catany yacía en el suelo absolutamente desconcertado, sangrando por la nariz y la boca. El joven le sujetó el cuello y le puso la daga sobre el estómago.

—¿Quién sois? —acertó a decir Catany.

—Esa no es la cuestión —murmuró Ejean.

—¿Queréis dinero? En casa tengo algunas monedas…

—No quiero dinero, solo hablar con vos…

—¿Sois del tribunal? ¿Tal vez un espía? —interrumpió el hombre con preocupación.

—Indicadme dónde podemos hablar privadamente.

Arnau Catany se levantó despacio y, sintiendo la daga en la espalda, comenzó a subir el primer tramo de unas amplias escaleras de piedra y, tras detenerse un instante en el descansillo, siguió hasta la segunda planta. Allí, con un movimiento lento, sacó de sus ropajes otra llave que introdujo en una cerradura.

—¿Hay alguien más ahí dentro? —preguntó Ejean.

El hombre negó con la cabeza. En cuanto entraron, Ejean cerró la puerta y la atrancó con una balda.

—¿Qué queréis que haga? —preguntó Catany con frialdad.

—Encended el candil y sentaos en la silla que hay frente a ese escritorio —ordenó el joven mientras señalaba con la daga una gran mesa que se encontraba al fondo de la estancia, bajo la ventana, muy próxima a una chimenea encendida.

Arnau Catany tomó asiento, enjugando con la manga de su capa la sangre que todavía manaba de su rostro; aun así, se mostró impertérrito, como si hubiera estado aguardando aquella visita desde hacía tiempo. Echó la cabeza hacia atrás intentando contener la hemorragia antes de insistir:

—¡Os he preguntado quién sois!

—Ya os he dicho que las preguntas las hago yo —dijo Ejean poniendo la daga sobre el cuello de Catany.

—Está bien, si esa es vuestra verdadera intención, empezad con el interrogatorio, y si, por el contrario, os han mandado matarme, hacedlo rápido.

—No obedezco ninguna orden, pero puedo aseguraros que sería muy feliz rebanándoos el pescuezo. ¿Qué sabéis del apresamiento de los Duver?

—¡Ah! Así que esa es vuestra preocupación... Eran unos herejes, simples y vulgares herejes.

—Eso no es cierto —exclamó Ejean apretando la daga hasta que vio brotar un pequeño hilillo de sangre.

—Lo que penséis o no me trae sin cuidado —dijo Arnau—. No sé quién sois, pero nadie, ni el mismísimo pontífice, osaría discutir una sentencia del tribunal. Fueron ajusticiados tras un procedimiento colmado de pruebas inculpatorias...

—¿Y los hijos de los Duver? —interrumpió Ejean.

—Creo recordar que fueron exculpados desde el primer momento, y por esa razón ni siquiera fueron juzgados, salvo el mayor de ellos.

—¿Dónde los puedo encontrar? ¿Están vivos o también los matasteis?

—El mayor estaba desaparecido, y de los otros dos no sé nada. Como os he dicho, recibimos órdenes de no juzgarlos...

—¿Órdenes de quién?

—No lo sé exactamente. Tal vez del obispo o de su delegado...

—¿Peyre d'Adge?

—Sí, eso creo recordar.

—¿Podéis asegurar que están vivos?

—Solo sé que alguien muy próximo al obispo se hizo cargo de ellos.

—¿De los dos?

—Sí, eso nos comunicaron —contestó Arnau sin comprender muy bien a qué venía tanto interés por esos dos críos.

—¿Dónde los llevaron?

—No estoy muy seguro, pero creí entender que a un monasterio.

—¿Qué monasterio?

—Perdonad —dijo Arnau manifestando por vez primera algún síntoma de temor—, creo que me estoy mareando…, necesitaría aire. ¿Permitís que me levante para abrir la ventana?

—Hacedlo —accedió Ejean de mala gana, al tiempo que pasaba a situar la daga en el cogote de Arnau.

Este abrió de par en par la lucera. Un viento helado entró en la estancia, aullando igual que una jauría de lobos. Arnau se quedó inmóvil soportando estoicamente la ventisca, dando tiempo a que la nieve se adhiriera a su rostro. Entonces se frotó la cara con las manos, mezclando el sudor con agua y sangre, al igual que un *ex uomo.*

Ejean quedó tras él con la punta de la daga introducida en la oreja izquierda de Arnau, esperando a que aquel desalmado recobrara el ánimo para seguir con el interrogatorio. Pero de forma inesperada,

Arnau puso un pie en el ventanal y, tomando fuerza, se lanzó al vacío. Ejean se asomó a la ventana y vio el cuerpo de ese pobre diablo tendido sobre la lanza y el horcate de un carromato lleno de estiércol, y bajo él, una gran mancha de sangre que perezosamente se extendía sobre la nieve.

Ejean no podía creer lo que acababa de suceder. Quiso imaginar que Arnau tan solo había pretendido escapar, confiado en que la escasa altura y la nieve amortiguarían su caída; pero ese carro se interpuso en su camino. «¿Qué voy a hacer ahora?», se preguntó angustiado.

Cerró la ventana y bajó a toda prisa las escaleras. Salió del edificio y dobló la esquina para acceder al patio donde estaba estacionado el carretón. Se horrorizó al contemplar el cuerpo destrozado de Arnau: estaba doblado en dos, como si el espinazo se hubiera quebrado. De su cabeza salía una masa amorfa bañada en sangre. «¡Dios bendito! ¿Qué he hecho?», se desesperó llevándose las manos al rostro.

Se arrodilló junto al cadáver y miró a su alrededor a fin de cerciorarse de que nadie hubiera presenciado la escena; afortunadamente no vio ni un alma, todo era viento y silencio. Decidió entonces arrastrar el cuerpo junto a la pared del edificio. Escarbó en la nieve y lo tiró a la zanja. Con la intención de simular un desprendimiento fortuito del tejado, echó más y más nieve sobre el cuerpo de Arnau. Finalmente rascó compulsivamente la superficie intentando borrar los rastros de sangre.

Salió corriendo hasta llegar a la iglesia y allí volvió a mirar nerviosamente a un lado y a otro: «Con este tiempo nadie se ha atrevido a salir», caviló con un suspiro. Siguió con paso rápido el cauce del río hasta llegar a la que fuera la casa de sus padres. En su interior hacía un frío insoportable, pero ante el temor de que con las primeras luces del amanecer alguien pudiera seguir sus pisadas, evitó refugiarse en casa de los Sabarthès para no implicarlos, tal y como les había prometido.

Capitulum XVI

Peyre d'Adge

Durante aquella inhóspita noche tomó conciencia de que el invierno no solo estaba ahí fuera, sino que también inundaba su corazón. Lloró entre aquellos muros, ahora solitarios y extraños, como jamás lo había hecho; lo hizo al son de las voces de sus padres y hermanos mientras las imágenes de su infancia iban y venían a su mente de forma alterada y burlona.

En cuanto despuntó el día y todavía tiritando de frío, Ejean no quiso soportar más aquella tortura y decidió abandonar su antiguo hogar, ahora morada y prisión de simples recuerdos.

Entró en la casa de los Sabarthès mucho antes de que los gallos entonasen sus odiosas cantinelas. La familia aún dormía y las brasas de la chimenea ya no daban calor. Reavivó el fuego, depositó dos grandes troncos y se acurrucó en el banco dejándose hipnotizar por las llamas.

Hug encontró a su amigo durmiendo a pierna suelta. Se quedó mirándolo con una ligera sonrisa que, al comprobar cuán liviana era su respiración, se tornó en mueca de preocupación. Se preguntó si pudiera estar herido y le sacudió el hombro.

—¿Estás bien? —preguntó con voz impaciente.

—Sí, no te preocupes, estoy bien —contestó Ejean entre suspiros.

—¿Qué ha pasado?

—Creo que he matado a ese hombre —pronunció con un hilo de voz.

—¿Cómo que lo has matado? ¿Has asesinado a Catany?

—No estoy seguro, tal vez se suicidó, o simplemente tuvo mala fortuna; la cuestión es que cayó sobre un carro y se destrozó la cabeza.

—¿Se cayó? ¿Cómo es posible?

—No he dormido en toda la noche y estoy agotado..., te pido por Dios que ahora me dejes descansar —gimió Ejean.

Pero Hug, hecho un manojo de nervios, lo asedió con tantas preguntas que obligó a Ejean a relatarle toda la historia.

—¿Te han seguido? —interrogó Hug tras escucharla.

—He pasado toda la noche en mi antigua casa, y solo he entrado aquí una vez que me he cerciorado de que no había nadie tras mis pasos.

Ejean cerró los ojos exhausto. Hug se apiadó de él y fue a calentar un cacharro con leche. Al poco volvió a despertar a su amigo, le dio a beber una taza y luego lo acompañó escaleras arriba hasta el dormitorio. Hug le cedió su jergón, todavía caliente, lo arropó y musitó:

—Hoy es día de mercado y debo ir al pueblo con mi padre. Imagino que no regresaremos hasta mediodía. Hasta entonces, puedes aprovechar para descansar.

Ejean se limitó a insinuar una sonrisa.

Padre e hijo partieron hacia el pueblo, mientras las mujeres, siguiendo las instrucciones de Odiló, quedaron al cuidado de la casa, moviéndose en silencio, como si fueran fantasmas. Solo los puntuales llantos de Jaccobus —acallados por Eloïna— llegaron a turbar el sueño de Ejean.

Algo más tarde del mediodía, Hug y su padre retornaron a casa. Odiló desenganchó el caballo del carro y lo llevó al establo para limpiarlo y darle de beber. Blanquet era un percherón blanco con ligeras aguas grises; tenía el pecho y las patas posteriores tremendamente musculadas, y aunque algo cortas, la alzada de su cruz era casi la de un hombre. Pero si por algo destacaba, era por la fortaleza de sus patas y su vigor; jamás, en los siete años que tenía, había contraído enfermedad alguna. A los Sabarthès les había costado mucho hacerse con un macho tan poderoso y a la vez tan dócil.

Hug llegó con gran alborozo, haciendo gala ante sus hermanas de las cuatro monedas que habían obtenido de las ventas y del costal que agitaba con la otra mano. Las mujeres se arremolinaron sobre la mesa esperando a que Hug vertiera su contenido: frutas, verduras, dos panes secos y un conejo ya despellejado.

—¿Cómo está Ejean? —preguntó Hug a su madre, mientras ambos colgaban los panes de los estantes que coronaban la chimenea.

—Durmiendo.

—¿Todavía?

—Duerme más que Jaccobus. Harías bien en despertarlo, la comida estará preparada en cuanto suba tu padre del establo —comentó Guisla con una sonrisa.

Hug así lo hizo, no sin antes guardar las cuatro monedas en una bolsa de cuero que escondió bajo el fogón.

Durante la comida, Odiló ofreció a su familia dos rebanadas más de pan seco para mojar con la sopa. Con aquellas migas, ese triste caldo terminó por convertirse en un festín para los Sabarthès, el mejor ágape en muchos días. Algo más tarde, y todavía con el queso en las manos, los dos jóvenes se dirigieron al patio para cortar la leña. Cuando Ejean vio que Odiló se alejaba, y al amparo del ruido de los golpes de hacha, se atrevió a farfullar a Hug:

—¿Le has explicado a tu padre lo sucedido con Catany?

—No, todavía no, tal vez en otro momento.

—Lo que hagas me parecerá bien, pero temo que se enfade conmigo.

Hug abandonó el hacha, miró temeroso a un lado y a otro, y por fin dijo:

—No sé si debería comentártelo, pero...

—Comentarme ¿qué?

—Que el delegado del obispo está en el pueblo.

—¿Peyre d'Adge? ¿Seguro? ¿Cómo lo sabes?

—Lo han visto en la iglesia; además, su estandarte está en la casa del obispado y tienen a un guardia apostado en la puerta.

—¡Por los clavos de Cristo! Recuerdo que el padre Raymundus me dijo que muy probablemente vendría para las fiestas del pueblo.

—¿Cómo no iba a venir ese grandísimo bastardo? —exclamó Hug.

—¿Qué quieres decir? ¿Acaso van a tener lugar más detenciones?

—No, no es eso, afortunadamente todo está tranquilo; pero a ese desgraciado le gusta más la carne de cerdo que mear sentado, y ya se sabe que ahora empieza la matanza...

—¡Por Dios bendito! ¡San Martín!

—Estoy convencido de que a D'Adge le importa una santísima

mierda san Martín, pero está claro que nada ni nadie iba a impedir su asistencia a los convites de esta semana. ¿Quién en su sano juicio perdonaría unos pies de cerdo cocinados con hierbas y vino?

—¿Dices que hay guardias en su puerta?

—Por el momento, solo hay uno, pero es de suponer que habrá venido con otros tres o cuatro esbirros del obispo; desde lo sucedido con los *bons òmes* saben perfectamente que no son bienvenidos en esta comarca.

—Por tanto, me va a resultar imposible entrar en esa casa, y si quiero interrogarlo tendré que abordarlo en la calle —meditó Ejean en voz alta.

—Eso es imposible, pues siempre que se desplaza lo hace acompañado de un par de escoltas.

—Necesito interrogarlo, no tengo otra solución.

—¿Por qué? —tanteó Hug con mueca de alerta.

—Ese Catany me habló de un monasterio, pero no dijo nada más, y con tan escasa información no puedo pretender salir en busca de mis hermanos. ¡Seguro que D'Adge debe saber más!

—Quizá haya otra posibilidad —apuntó Hug con gesto presuntuoso que se tornó en una expresión intranquila al percatarse de las posibles consecuencias.

—¿Cuál?

—¿Conoces la casa de Jaspert Barberá?

—Sí, claro, el vinatero.

—Como bien sabes, su casa linda con la del obispado, y entre ellas hay una pequeña era con un pajar.

—Lo recuerdo bien.

—Junto al palo del pajar hay siempre apoyada una escalera, y con ella te será fácil encaramarte al tejado del obispado.

—¡Hug, estás en todo! —exclamó Ejean dándole un beso en la frente.

—Desconozco si el tejado tiene una trampilla por la que puedas acceder a la buhardilla, pero en el peor de los casos, una vez allí te podrás descolgar hasta el balcón exterior.

—Gracias, amigo —agradeció colocándose la mano junto al corazón—. Ni te imaginas las ganas que tengo de ver la cara de ese bastardo. A buen seguro que sabrá dónde o con quién quedaron mis hermanos.

—¿Para cuándo? —curioseó Hug con una sonrisa inquieta.

—Esta misma noche, después de cenar.

—Te acompañaré, seguro que necesitarás de alguien que te guarde las espaldas.

—Ni hablar, el trato es manteneros al margen.

—Ya, pero temo por tu vida —se sinceró el pelirrojo.

—Y yo temo por la tuya y la de todos los vuestros; no hay más discusión posible —zanjó Ejean.

En cuanto llegó la noche, y antes de que las mujeres sirvieran la cena, Ejean conversó en un aparte con Odiló. Al joven no le quedó claro si el patriarca estaba al corriente o no de lo sucedido con Catany, pero, para su tranquilidad, ese hombre, ahora su padre, bendijo sin más sus intenciones para esa noche. Sabía que nada podría hacer para convencerlo de lo contrario.

Ejean estaba nervioso y no tenía hambre, por lo que tragó de un par de sorbos toda la sopa, la misma del mediodía, y se levantó de la mesa. Cuando bajó las escaleras con el abrigo en los brazos, lo miraron consternados. Catherina no pudo reprimir expresar sus pensamientos:

—¿Te vas ya?

Ejean se limitó a asentir con la cabeza. De haber estado solos, la habría besado en los labios. Tenía claros sus sentimientos por Catherina, pero consideró que todavía no había llegado el momento de involucrarla en su vida, una vida que probablemente tuviera los días contados.

Volvió a recorrer el cauce del Aude hasta el mismo punto en el que el río dividía el pueblo en dos. Recorrió sus callejuelas con intención de ir directamente al pajar de los Barberá, pero decidió no precipitarse y se acercó a echar una primera ojeada a la casa del obispado. Se deslizó por esa calle con paso rápido y resuelto, mirando al suelo y simulando llegar tarde a una cita. Al pasar frente al portal pudo distinguir con el rabillo del ojo que bajo la antorcha de la fachada colgaba el emblema del obispo, y que junto a él había apostado un soldado cubierto con una inmensa manta de color pardo. Más allá, en la planta superior atisbó un ventanal iluminado por una luz trémula. «¿Será ese el aposento de D'Adge?», se preguntó con un nudo en la garganta.

Rodeó las casas y se coló despacio en la era de los Barberá. Allí, contra la luna, se recortaba el palo del pajar y, recostada sobre la paja, la escalera a la que Hug se había referido. Miró a su alrededor hasta cerciorarse de que no había nadie, y con extremo sigilo la enderezó. Moviéndola paso a paso, como si llevara zancos, consiguió apoyarla sobre el muro del edificio vecino. Trepó hasta alcanzar la cubierta y allí se quedó agazapado hasta comprobar que todo seguía tranquilo. Anduvo sobre las losas de pizarra a cuatro patas, como lo haría un felino, cuidando de apoyarse sobre las más resistentes y tratando de distinguir la trampilla que le permitiría acceder a la buhardilla. Resignado tras una búsqueda infructuosa, asomó la cabeza sobre la terraza para situar ese tenue fulgor que surgía de la planta inferior. El corazón resonaba con estruendo en su cabeza. Apoyó un pie sobre la baranda y se descolgó al balcón. Allí se quedó en cuclillas mirando el interior de la habitación por las rendijas del ventanal de madera hasta distinguir la silueta de un hombre.

Cogió la daga del cinto y deslizó su filo por el intersticio de la ventana hasta notar que el movimiento vertical quedaba bloqueado. Forzó entonces el desplazamiento inverso y liberó el pestillo. Bajo sus pies, oyó a los guardias efectuando el relevo. Se rieron y mofaron uno de otro antes de cerrar de golpe la puerta principal. Entonces, aprovechando el impacto, Ejean abrió de par en par el ventanal de una potente patada. Se encontró a un individuo de espaldas, sentado, con un libro en la mano y ataviado con una sotana negra de puños color púrpura. El joven saltó sobre él sin darle tiempo siquiera a levantarse y le puso la daga en las cervicales.

—¿Sois Peyre d'Adge?

—¿Quién pregunta? —dijo el individuo sin poder disimular el pánico.

—No es mi deseo mataros, pero tampoco daros por el momento mi nombre. ¿Sois o no Peyre d'Adge?

—Sí, lo soy. ¿Venís a robarme?

—No, solo quiero interrogaros.

—¿Interrogar? ¿A estas horas? ¿Y con una daga?

—No dispongo de mucho tiempo, así que dejaos de preguntas.

—¡Estáis loco!, en la planta de abajo están mis guardias y…

—Es posible que me maten, lo sé —interrumpió Ejean—, pero podéis estar seguro de que antes acabaría con vos; y nada me resultaría más fácil y grato que hundir la daga en vuestra nuca.

—¿Qué es lo que queréis saber? —cedió D'Adge cambiando el tono.

—Quiero preguntaros sobre los Duver.

—¿Los herejes?

—Vos sabéis que no eran tales herejes. ¿Por qué razón fueron juzgados?

—Ya os he dicho que eran herejes, y esa fue la sentencia del tribunal.

—Ruego no me toméis por imbécil —contestó Ejean mientras deslizaba la daga por el cuello de D'Adge, y clavaba débilmente la punta en su papada.

—Está bien, está bien. Nos mandaron constituir el tribunal en este pueblo; era absolutamente preciso apresar y juzgar a esos Duver, bueno, a ellos y a un pobre borracho que tal vez no fuera ni endemoniado ni hereje, pero a fin de cuentas nos vino bien su aparición en escena.

—¿Quién os ordenó que lo hiciereis?

—Eso no lo sé.

—No me digáis que hacéis las cosas sin saber quién las prescribe. ¿Tal vez fuese el obispo? —aventuró Ejean mientras trasladaba la daga a la frente de Peyre d'Adge y le practicaba una pequeña incisión que de inmediato empezó a sangrar.

—En efecto, él fue quien me ordenó que me trasladara a este pueblo. No me ofreció más explicación; se limitó a indicarme que una vez aquí recibiría más instrucciones, pero... —agregó con voz temblorosa— os puedo jurar que nadie de los que constituimos el tribunal sabía a ciencia cierta lo que nos íbamos a encontrar —reconoció D'Adge moviendo el párpado izquierdo para que las gotas de sangre no empañaran su ojo.

—Entonces, ¿quién fue el que os instruyó?

D'Adge empezó a sudar y a manifestar un gran nerviosismo. Intentó secarse la frente y limpiarse la sangre del ojo, pero Ejean se lo impidió agarrándolo fuertemente de la muñeca.

—Era un religioso de mediana edad, pero desconozco su condición. No llevaba ningún distintivo ni dio nunca su nombre; desde un primer momento nos dio a entender que debíamos dirigirnos a él como el Siervo de Dios; y os juro por el Santísimo que no tengo más señas.

—¿El Siervo de Dios? —repitió Ejean recordando que el padre Raymundus había hecho referencia a ese nombre.

—Sí, él fue quien nos reunió, a mí y al inquisidor Arnault, y quien nos refirió hasta el último detalle de cuál debería ser nuestro proceder. A buen seguro que ese hombre detenta un gran poder, mayor que el que puedan tener obispos y cardenales.

—¿Y cuál debía ser ese proceder?

—Apresar a los Duver, juzgarlos y conseguir una condena a muerte; una sentencia que además debía ser ejecutada de inmediato.

—Pero ¿por qué razón? —preguntó Ejean desconcertado, entreviendo por vez primera que la muerte de sus padres podía tratarse de un asesinato premeditado.

—Jamás nos facilitó motivación alguna. Ordenó un resultado y la forma de alcanzarlo, pero nunca explicó las razones. Ese hombre desapareció de la misma forma misteriosa en la que se personó ante nosotros; y puedo aseguraros que, aunque anunciéis mi muerte inmediata, no podré añadir nada más sobre él.

Ejean intentó retener las mil ideas que pasaban por su cabeza. Lo que antes pensaba que podía deberse a un error o a recónditas envidias entre vecinos, ahora se le ofrecía como un plan perfectamente orquestado, pero ¿por qué sus padres? ¿Qué podían haber hecho para que alguien deseara tan fervientemente su muerte? ¿Quién podía haber urdido esa trama? Estuvo tentado de indagar sobre las imputaciones del tribunal y las pruebas esgrimidas en el juicio, pero no contaba con mucho tiempo y, además, presentía que ese miserable de D'Adge ya le había dicho cuanto sabía al respecto.

Iba a preguntar sobre el paradero de sus hermanos cuando a D'Adge se le cayó el libro que ocultaba bajo sus ropajes. La cubierta indicaba que se trataba del *Decamerón* de Boccaccio. Ejean había oído hablar de la obra y sabía bien que estaba ante un libro tan deseado como prohibido.

—¿Y con ese libro os animáis a condenar a inocentes? No creo que con su lectura alcancéis la perfección espiritual y la salvación que tan ostentosamente predicáis —cuestionó con rabia.

D'Adge cambió el semblante, pero no contestó, limitándose a fingir una postura algo más relajada, como si estuviera barruntando algo.

—¿Qué sabéis de los hijos de los Duver? —interpeló Ejean.

—El mayor estaba huido de la Justicia, por lo que fue juzgado y condenado en efigie. Los otros dos gozaron de la protección de la

Iglesia desde un primer momento, y por tanto no fueron procesados ni torturados.

—Eso ya lo sé, pero ¿dónde se encuentran ahora? ¿Están vivos?

—Que yo sepa, sí —respondió D'Adge con indiferencia—. Me encargaron llevarlos a la abadía de Sant Miquel de Cuixà.

—He oído de ella, pero no sé bien dónde se encuentra.

—Cerca de Prades, junto al pueblo de Codalet.

—¿Y los dos están allí? —planteó Ejean con incredulidad.

—Así es.

—¡Eso es imposible! ¿Juntos un varón y una hembra? No me engañéis —dijo apretando la daga en el cuello de D'Adge.

—Ambos fueron tomados como oblatos.

—¿Pretendéis decirme que han sido ofrecidos a Dios, y que están pensionados en el monasterio por la nobleza o la jerarquía eclesiástica?

D'Adge se limitó a asentir levemente con la cabeza.

—¡Sois un falso! ¿Cómo pueden haber admitido a una mujer en ese monasterio?

—Esa abadía, aunque benedictina, es ahora dúplice, y por tanto compuesta por una comunidad masculina y otra femenina; y en ellas se acata la *Regula Communis* en su grado máximo.

—Pero ese tipo de monasterios están en desuso —rebatió Ejean.

D'Adge agarró el pomo izquierdo que remataba el brazo del sitial que ocupaba, lo alzó violentamente con su mano derecha y extrajo un largo y delgado estilete que intentó clavar en el pecho de Ejean. El joven, en un acto reflejo, esquivó el golpe parapetándose tras el respaldo del asiento, al tiempo que con la misma inercia le abría el cuello con la daga. Peyre d'Adge soltó el estilete y cayó al suelo, sangrando como un cerdo en el matadero. Estaba balbuceando unas palabras que el joven no atinó a comprender cuando, de improviso, Ejean percibió un extraño ruido tras él. Antes de que pudiera girarse, sintió un tremendo golpe en la cabeza que le hizo perder el conocimiento.

Fue mucho el tiempo que el joven permaneció inconsciente; y cuando por fin despertó creyó estar viviendo la peor de sus pesadillas. Junto a sus ojos, y a menos de un palmo, tenía las cabezas de dos inmensos perros con las fauces abiertas, gruñendo y empapándole el rostro de babas. Tenían un aspecto tan fiero como el más terrible de los monstruos que hubiera podido imaginar en su infancia; rugían y bufaban exhibiendo sus poderosos colmillos; pero por alguna extraña razón nunca llegaron a hincarle los dientes. Permaneció tendido en el suelo, atado de pies y manos, sin saber si lo que estaba ocurriendo era real o imaginario.

—Buenas noches, grandísimo hideputa —oyó decir a alguien que quedaba fuera de su vista.

Ejean retorció el cuerpo e intentó mirar hacia donde provenía la voz, pero su movimiento agitó a los perros, por lo que se quedó inmóvil.

—Os llevo siguiendo desde hace mucho tiempo —prosiguió el misterioso personaje—, y he de reconocer que enterrar en la nieve a ese Catany no fue una mala idea, y a buen seguro ahí seguiría oculto de no ser porque mis perros huelen la sangre como si se tratase de miel para sus labios; esos animales son iguales que el diablo cuando olfatea un alma enferma. Seguramente no habíais contado con ese detalle. ¿Por qué lo asesinasteis? —preguntó con extraña complacencia.

—No era mi intención, se arrojó al vacío —dijo Ejean, todavía con la incerteza de saberse o no en este mundo.

—Vaya, sin duda una excelente excusa —señaló el individuo entre contenidas carcajadas—, pero es muy probable que si repetís esa alegación ante el juez del concejo os manden ahorcar ahí mismo. ¿Acaso pretendíais robarle?

—No, tan solo interrogarle.

—¡Esa sí que es buena!, simplemente queríais hablar con él y ese pobre diablo decidió lanzarse por la ventana. Mirad, joven, es cierto que estaré toda la jodida noche de guardia y, por tanto, dispongo de mucho tiempo para interrogaros, pero agradeceré que no pretendáis tomarme el pelo; a mis perros no les gusta y se ponen nerviosos, y es preciso que sepáis que entre los dos son ya cinco los lobos que han destripado sus colmillos. No tentéis a la suerte, pues es posible que no lleguéis siquiera a ver el calabozo.

—Os digo la verdad.

—Ya, ¿y ese nuevo cadáver? ¿También queríais conversar con él? —dijo con ironía mientras miraba de reojo el cuerpo inerte de D'Adge.

—Así es, pero me atacó con un estilete y yo me defendí.

—El estilete lo veo, pero va a seros muy difícil argumentar la razón de vuestro allanamiento a estas horas de la noche. ¿De dónde venís?

—De Carcasona.

—¿Quién os ha enviado para realizar esa matanza?

—Nadie.

—¿De dónde sois?

—De aquí.

—Veo que me creéis un estúpido, y eso no lo consiento, y menos de un hideputa como vos. Conozco a todos los del pueblo y sé que no sois de aquí.

El individuo se puso frente al joven, revelando por vez primera su rostro.

—¿Sois Claude Gog, el alguacil? —preguntó Ejean sin salir de su asombro.

—Así es, ¿debería conoceros?

—Mi nombre es Ejean, Ejean Duver.

—¡No puede ser! ¿El hijo mayor de los Duver?

—Sí, lo soy.

—Entonces, debo suponer que sabrás decirme el nombre de tus padres.

—Jean y Anne.

—¿Y mi jodido apodo?

—El Acelga —dijo con vacilación Ejean, temiendo molestarlo.

—¡Válgame el Cielo! ¿Sois realmente el mayor de los Duver? ¿Cuándo habéis regresado? —interrogó con incredulidad el alguacil, retirando el bastón con el que le oprimía el pecho.

—Hace unos pocos días —dijo Ejean con reserva.

—¿Sabéis ya lo ocurrido con vuestros padres? —comentó Gog con el rostro demudado.

—Sí, lo sé, los mandaron asesinar…

—Lo lamento, lo lamento muchísimo. Nada tuve que ver con eso, y aun siendo cierto que fui yo quien los apresó, juro por los míos que no tenía ni idea de que acabarían así. Hice lo que pude por hacerles más llevadera su prisión…

—Algo sé.

—Entonces, me imagino que os estáis vengando de esos cabrones de la Inquisición.

—No es venganza lo que busco, tan solo quiero saber el paradero de mis hermanos. ¿Qué sabes de ellos?

—Todo cuanto sé es que los entregué personalmente a ese cabrón —dijo con desdén mirando el cuerpo de D'Adge—. Les pregunté qué querían hacer con los vuestros, pero no me dieron respuesta; tan solo comentaron que no me preocupara, que ellos se harían cargo de los muchachos y que nada malo les pasaría. Pero juro que no sé nada más. ¿Te ha llegado a decir algo ese D'Adge? ¿Tal vez Catany?

Ejean decidió no contestar, obligado como estaba a desconfiar de todo y de todos.

—¿Me vas a entregar a la Justicia?

—¿Entregarte? No, en absoluto —respondió Gog—. No tengo ninguna razón para hacerlo. ¿Con qué cargo? ¿Matar a un par de cerdos castrados? ¿Precisamente ahora, en la festividad de San Martín, que es nuestro mayor entretenimiento?

—¿Castrados?

—Sí, castrados, ya veo que no has indagado sus entrepiernas. Tal vez sea una coincidencia o quizá ambos pertenecieron al coro del mismo monasterio —apuntó el alguacil con una carcajada que atemorizó al propio Ejean.

—Entonces, ¿no seré juzgado por estas muertes?

—No deseo que recaiga sobre mi conciencia la muerte de otro Duver; además, y si te sirve de consuelo, te diré que estás haciendo lo que yo hubiera hecho: acabar con esos dos fanáticos lameculos. Es más, probablemente ya los habría matado a todos, empezando por ese Arnault, el inquisidor, jefe y señor de esa caterva.

—¿Cómo me has encontrado?

—Llevo todo el día detrás del asesino de Catany, pero he llegado a pensar que quien fuera ya habría abandonado el pueblo. Ha sido al hacer mi ronda nocturna, y al advertir la escalera de los Barberá apoyada contra este edificio, cuando he empezado a sospechar; ese ha sido el motivo que me ha decidido a entrar aquí.

Gog reparó entonces que los perros, aunque con menor fiereza, todavía seguían hostigando al joven. Los tomó de la correa y los obligó a estirase sobre el suelo de madera. Luego tomó la daga de Ejean y lo liberó de las ataduras.

—¿Quedo libre?

—Así es —afirmó sin vacilación el Acelga—, pero te recomiendo que vuelvas por donde has venido, pues como bien sabrás, la planta inferior está repleta de guardias. Deja la escala tal como está y lárgate del pueblo inmediatamente. No daré noticia de lo sucedido hasta el mediodía; así que te queda muy poco tiempo.

—¿Y el cadáver?

—Déjalo de mi cuenta. Tal vez decida lanzar el cuerpo al patio de los Barberá y luego lo abandone en las afueras del pueblo; a fin de cuentas, no es tan extraño que los miembros del tribunal aparezcan muertos por esos caminos de Dios. Incluso me bastaría con decir ahora a sus guardias que he dejado a D'Adge leyendo plácidamente en su estancia. Y mañana, cuando descubran la escena, aparentaré mi sorpresa y desazón. Ellos son los responsables de su custodia, no yo. Así pues, despreocúpate, muchas son las alternativas y ya me espabilaré. Pero una cosa más he de decirte: si te prenden, jamás reconoceré haberte visto, y seré el primero en solicitar tu condena; con mi trabajo no juego. ¡Que Dios te bendiga y sepa guiar tus pasos! —concluyó Gog mientras le entregaba la daga.

Ejean se volvió hacia la ventana intentando no pisar el gran charco de sangre acumulado bajo el sitial. En cuanto descendió por la fachada, se lanzó a correr hacia la casa de los Sabarthès hasta quedar exhausto.

Encontró a Odiló y Hug sentados a la mesa de la cocina, dando buena cuenta de una jarra de vino. Solo con verle la cara advirtieron que algo grave había pasado. Lo obligaron a sentarse junto a ellos y le sirvieron un buen vaso de leche caliente. Ejean contó de forma precipitada todo lo sucedido y las prisas que ahora lo agobiaban.

—¿Es seguro que los podrás encontrar en ese monasterio? —preguntó Hug.

—Es la única pista con la que cuento y es mi deber intentarlo.

—Padre, Ejean necesitará ayuda, y ruego tu permiso para ir con él —exhortó Hug con vehemencia—. Aunque tan solo sea para acompañarlo en el camino.

Odiló se quedó pensativo frotándose el cuello con vehemencia. Luego, cabizbajo, se levantó a atizar las brasas y regresó a la mesa.

—Está bien —murmuró—, pero solo para darle escolta. Piensa que si te pasara algo, Dios no lo quiera, además de llorar tu ausencia, nos faltarán tus brazos, y ello me obligaría a vender las tierras; lo que significaría la hambruna para todos nosotros.

—¡Padre, eso no va a pasar! —exclamó Hug con voz afligida.

—Toma a Blanquet, no es un caballo muy rápido, pero lo necesitaréis —atajó Odiló con determinación—. Mañana al amanecer id al establo de los Coloma y tomad su rocín.

—¿Jacomí Coloma nos dejará ese camargués? —preguntó Hug.

—Existe una ley no escrita entre nosotros: quien alimenta durante el invierno a un animal de otro está obligado a cedérselo por ese mismo periodo. Y a fe mía que el pasado invierno su caballo acabó con buena parte de nuestro forraje; además, ese camargués está ya muy blanco, demasiado viejo; así que mejor será que vaya pensando en comprarse otro.

—Pero los Coloma lo necesitarán.

—No lo creo, la cosecha hace tiempo que está recogida, y la siembra de habas, pimientos y berenjenas no será hasta dentro de tres meses; eso en el caso de que el invierno sea corto, y no parece que vaya a serlo.

—¿Y quién tirará de su carro?

—Tienen un hermoso buey, así que id a por su caballo y yo ya me encargaré de comunicárselo; es mejor dar las cosas por hechas
—sentenció Odiló a la par que se oprimía el lóbulo de la oreja, un gesto de decisión irrevocable sobradamente conocido por todos.

—¿Y cómo excusarás la ausencia de Hug en el pueblo? —planteó Ejean.

—Diré que ha ido a Carcasona para vender el caballo y a comprar otros… ¡Ya se me ocurrirá algo! Id a descansar, mañana deberéis partir al alba.

—Sé el esfuerzo que eso significará para vosotros —reconoció Ejean dando un sentido abrazo a Odiló.

—Si la primavera estuviera próxima, reconozco que no sé cuál hubiera sido mi decisión, pues prescindir de Hug y de Blanquet es casi tanto como condenarnos a morir de hambre, pero entrado el invierno, poca tarea queda por hacer en el campo; y a buen seguro que tus dos hermanos valen más que dos caballos. Así pues, nada tienes que agradecer —dijo enarcando una ceja, y con un tono de voz con el que indicaba a las claras que, para bien o para mal, daba por concluida la conversación.

Capitulum XVII

La travesía

Mucho antes de que el primer rayo de luz iluminara el valle del Aude, Ejean y Hug se deslizaron fuera de las caballerizas tirando de las riendas de Blanquet. El animal se mostraba incómodo, tal vez porque en lugar de arrastrar su habitual carro, tan solo cargaba con la silla, dos morrales y cuatro mantas. No tardaron en llegar hasta el establo de piedra, al pie de la viña, donde los Coloma guardaban los aperos. Allí encontraron a Pels, un camargués de largas crines blancas que ocultaban unos enormes ojos negros. Su aspecto era tierno y dócil; pero Hug sabía de su falsa apariencia. No podía decirse que fuera un rocín resabiado, pero desde que el hijo mayor de los Coloma, un bruto sin escrúpulos, aprendiera a cabalgar con él, ese animal había adquirido unas manías que lo hacían difícil de manejar. Odiaba a los jinetes, especialmente a los primerizos o desconocidos, y disponía de un sinfín de trucos para deshacerse de ellos. En cuanto divisaba un árbol o peña, tenía la malsana habilidad, por muy anchos que fueran los caminos, de derivar con exquisito disimulo hacia el obstáculo para tratar de aplastar la rodilla del jinete. Primero lo intentaba con su costado izquierdo y luego con el derecho; y lo peor era que, dado su carácter constante, no le importaba esperar el tiempo que hiciera falta porque sabía que antes o después acabaría por sorprender al jinete. Había aprendido que un montador lesionado en ambas rodillas ya no le clavaba los estribos en el vientre, o al menos, lo hacía sin tanta fuerza. Con todo, y si esa táctica fallaba, alzaba el cuello hasta lo imposible, esperando a que el jinete, en un gesto instintivo, tirase de las riendas para gobernarlo. En ese momento, Pels bajaba bruscamente la cabeza hasta tocar con su frente el suelo, descabalgándolo y lanzándolo por encima de sus orejas. Hug conocía bien esos trucos y decidió que sería él quien lo montaría.

En cuanto ensillaron al animal, enfilaron la ruta del sur. Todavía adormilados, el suave traqueteo de los cascos los sumergió en un apetecido ensimismamiento que no abandonaron hasta que despuntaron los primeros rayos del sol. Hug se animó a comentar en voz alta lo que estaba pensando:

—Tu padre fue un gran hombre. Recuerdo con cariño las horas que pasábamos en su taller aprendiendo a leer y escribir.

Ejean le ofreció solo una tristona mueca. Al poco, y con inflexión de extrañeza, Hug se atrevió a preguntar:

—¿Y quién enseñó a tu padre?

—No era algo de lo que le gustara hablar, pero en alguna ocasión nos comentó que de joven ingresó en un monasterio benedictino, e incluso llegó a superar el aspirantado y el postulantado, pero ya siendo novicio lo obligaron a abandonarlo —respondió Ejean con la mirada perdida en el horizonte.

—¿Y por qué razón?

—Sus padres lo reclamaron al morir su hermano mayor. Necesitaban las manos del segundo de sus hijos para ayudar a mi abuelo en la carpintería. Mi padre entendió que su familia lo necesitaba más que lo que pudiere precisarlo Dios y acudió en su ayuda. Tal vez por esa razón, al seguir con el oficio de carpintero se especializó en la talla sacra.

—¿Y en qué monasterio estuvo?

—Eso nunca me lo dijo.

En cuanto divisaron el pueblo de Alet, oyeron voces lejanas. Detuvieron sus cabalgaduras y echaron pie a tierra. Otearon la zona hasta advertir la presencia de seis o siete hombres apostados junto a la encumbrada abadía de Nòstra Madama.

—¡Parecen soldados! —exclamó Ejean.

—Eso mismo pienso —respondió Hug con nerviosismo—. ¿Es posible que Gog te haya traicionado?

—No lo creo, me pareció sincero cuando me dio tregua hasta el mediodía. ¿Para qué me iba a mentir? ¿Simplemente para atraparme dos veces?

—Tienes razón, resultaría ridículo, pero ¿y si los guardias del obispo han encontrado el cadáver de D'Adge?

—De ser así, hubiéramos coincidido con ellos en el trayecto —objetó Ejean—. No obstante, mejor será evitarlos.

Hug propuso alcanzar Quillan por Roquetaillade y La Serpent. Sabían que suponía dar un pequeño rodeo, pero no merecía la pena correr riesgos. Cabalgaron un buen rato sumidos en un tenso silencio, y aunque ambos trataron de disimularlo, el tropiezo con los soldados de Alet los había dejado intranquilos; tal vez fuera cierto que los estaban esperando para arrestarlos.

Tras detenerse para descansar los caballos y darles de beber en un arroyo, continuaron el camino envueltos en el mismo mutismo. Hug hizo lo posible por respetar la justificada introversión de su amigo, pero para su carácter dicharachero, espontáneo y en ocasiones alocado, aquella situación le resultaba harto incómoda. Se contuvo en varias ocasiones, pero finalmente no pudo evitar bromear con Ejean:

—Espero que no te enfades por lo que voy a decir, pero con un caballo entre las piernas, y si no fuera por tus hermanos, bien cabalgaría ahora hasta Carcasona en busca de mujeres.

—¡Eso de montar te sienta mal! —exclamó Ejean con un guiño—. Me imagino que habrás notado a faltar a Alamanda; seguro que hubiera sido una esposa maravillosa.

—Así es —dijo lacónicamente Hug, poco proclive a recordarla—. Por cierto, y cambiando de tema, todavía no me has explicado nada de tus viajes. ¿Qué hiciste?

—Es una larga historia, y no sabría bien por dónde empezar —contestó Ejean con renuencia.

—Pues hazlo por el principio, ahora es un buen momento —le animó Hug ofreciéndole un trago de su bota de vino.

—Recorrí el Camino de Santiago por la vía de Tolosa hasta tomar la senda de Burgos y Valladolid, para desviarme finalmente a Toledo. Como recordarás, esa es la ciudad con la que soñaba desde pequeño, el paraíso de las espadas.

—¿A qué te dedicaste?

—Los inicios no fueron nada fáciles —se lamentó—. Hice de aguador durante un par de meses, hasta que uno de los mesoneros acabó contratándome. Era un sueldo miserable, pero al menos tenía cobijo y comida. Aborrecía ese trabajo, pero era el mejor lugar para conocer gente de mi interés; y no me equivoqué. Al poco trabé amistad con un cliente del mesón, un herrero que, ante mi insistencia, terminó por acogerme: una comida al día y una habitación por la noche. Era tan rico como avaro, pero no me importó. Él fue quien me enseñó a reconocer por el color la temperatura del acero candente, el tiempo que debía permanecer sumergido en barricas de agua del río Tajo, e incluso las oraciones que deben recitarse durante cada fase del proceso.

—Pero, a fin de cuentas, no creo que el hierro de allí pueda ser muy diferente al de Limoux —objetó Hug, como si hubiera herido su amor propio.

—Los nuestros trabajan un hierro demasiado frágil para fabricar armas —rebatió Ejean—. Su templado nada tiene que ver con el que consiguen en Toledo; aunque su descubrimiento fuera por azar, o al menos eso es lo que cuentan.

—Si es por azar, entonces no es arte —contradijo Hug.

—¡Claro que lo es! Tal vez en un principio fue simple casualidad, pero luego investigaron la razón.

—¿Y cuál fue la causa de tal descubrimiento?

—Cuentan que antaño el herrero real ensartó ritualmente a un prisionero de guerra, probablemente un moro, y lo hizo con una espada al rojo vivo que dejó clavada en la víctima. Al dejarla enfriar en las entrañas de ese hombre, la espada se endureció de forma tan perfecta que faltó tiempo para que nobles y caballeros quisieran otra igual. Como es lógico, se hartaron de destripar prisioneros y probaron entonces con cerdos. Y cuando también se quedaron sin ellos, experimentaron con diferentes porciones de agua y aceite hasta descubrir la forma de obtener la misma dureza y resistencia.

—¿Y ese es todo el misterio? —preguntó Hug con gesto desanimado.

—No pretenderás que te cuente ahora cada uno de los pasos —dijo Ejean con una carcajada—. Pero de todos modos, eso ya no es de mi interés…

—¿Por qué?

—He de confesarte que Toledo fue el principio del fin, pues allí me hablaron del secreto del acero de Damasco.

—¿Qué secreto es ese?

—Nadie lo sabe a ciencia cierta, pero al parecer allí se fabrican unas espadas invencibles, largamente anheladas por los cruzados desde que conquistaron Jerusalén. Poseen una hoja dura, pero también capaz de cortar un cabello en el aire.

—No te creo —rebatió el pelirrojo.

—Lo cierto es que yo tampoco lo creí, pues ningún herrero de Toledo supo decirme cómo se elaboraban semejantes armas. Pensé que se trataría de una simple fábula hasta que, una vez en Barcelona, me hice con un fragmento de ese material —dijo Ejean mientras metía la mano en el zurrón y con sumo cuidado abría un paño que envolvía un pequeño trozo de metal mate, repleto de finas aguas serpenteantes. ¿Ves esas sinuosas formas? Se las llama «escaleras de Mahoma».

—Suena a magia —dijo el pelirrojo con emoción.

—No, no es magia, pero se le parece mucho. Seguramente no seré el único que conozca sus secretos, pero es muy probable que sea de los pocos que ha conseguido registrar el proceso completo; lo hice a partir de los testimonios de diferentes maestros de Valencia y Barcelona —dijo Ejean con vanidad.

—¿No me lo vas a explicar?

—El secreto no solo está en el proceso, sino en la materia prima que emplean —afirmó Ejean con voz parsimoniosa, empezando a sentirse a gusto en su nuevo papel de relator de historias.

—¿De dónde la sacan?

—Se hacen traer el hierro desde los más remotos confines orientales, un lugar al que llaman Delli. Ahí se fabrican unas coladas en forma de discos del tamaño de una herradura; un maestro de Barcelona me dijo que los llamaban *pulat*. Así es como nombran a ese acero en las tierras más allá de Babilonia.

—*Pulat*… Delli… Babilonia… —repitió Hug carcomido por la curiosidad.

—Al parecer, esas piezas se obtienen mezclando el mineral de hierro con carbón, hojas o madera. Luego lo calientan hasta que adquiere el color blanco, y a continuación lo enfrían muy lentamente, lo justo para hacer visibles las marcas superficiales que has visto. Finalmente vuelven a calentar el *pulat* hasta obtener un color rojo sangre.

—Y la daga que llevas oculta, ¿está hecha con ese *pulat*?

Ejean detuvo el caballo, se abrió el ropaje y le mostró la daga con la leyenda escrita en la hoja: «*In Valencia me fecit*».

—¿La compraste en Valencia?

—No, para cuando estuve en Valencia no tenía una mísera moneda en los bolsillos. —Se carcajeó—. La compré al poco de llegar a Barcelona. La tenía un comerciante del barrio de los *argenters,* los plateros de la ciudad, un maestro especializado en decorar empuñaduras de toda clase de armas. Ni que decir tiene que me encandilé viéndolo trabajar, y aunque era frío y distante, finalmente trabamos amistad y conseguí que me invitara a pasar a la rebotica. Y ahí la tenía, en una alacena. Pero a fe mía que no fue nada fácil convencerlo. Empleé más de cinco días en persuadirlo; y, aun así, tuvieron que pasar otros cinco para acordar el precio —añadió Ejean al tiempo que la devolvía a su vaina y la ocultaba de nuevo bajo la ropa.

Detuvieron las monturas en cuanto divisaron Quillan. Ambos se miraron incómodos, temiendo que el episodio de los soldados de Alet pudiera repetirse. Tras rumiárselo unos instantes acabaron conviniendo, por si acaso, que lo mejor sería abandonar el camino que se adentraba en el pueblo. Tomaron entonces un pequeño sendero que ascendía por la montaña y circundaba Quillan por el cementerio, para más tarde reemprender el camino que los conduciría hasta Saint-Martin-Lys.

El paisaje se hizo cada vez más abrupto y el frío arreció lo indecible. Incluso se vieron obligados a descabalgar a causa de la abundante nieve y a cubrirse la cabeza con las mantas para evitar que se les congelaran las orejas. Caminaron como fantasmas uno junto al otro hasta llegar al desvío de Aissat, y desde ahí, de nuevo sobre las monturas, se internaron en un profundo valle que los condujo hasta las cuatro casitas del pueblecito de Artigues. Llevaban tanta prisa por salir de aquella zona umbría que decidieron no detenerse a comer, contentándose con llevarse a la boca algunos frutos secos que Guisla y sus hijas habían guardado en los zurrones.

Después de alcanzar el pueblo de La Coume, tomaron rumbo a Mosset, donde tenían previsto hacer noche. Pero el día había caído y la luz era ya muy débil. Repararon entonces que ni forzando los caballos llegarían a tiempo, por lo que aprovecharon el crepúsculo para buscar algún refugio donde dormir. Pusieron los animales al trote, levantándose frecuentemente de las sillas, intentando divisar alguna masía que pudiera darles cobijo. Estuvieron un buen rato resiguiendo caminos hasta que llegados a un pequeño cruce atinaron a distinguir una modesta cabaña de pastores construida en piedra. Hug desmontó con rapidez, entregó a Ejean las riendas de Pels y echó un rápido vistazo a su interior.

—¡No hay nadie! ¡Está vacía! —gritó con júbilo.

La entrada era de tan reducidas dimensiones que los caballos se negaron a entrar. Intentaron obligarlos, pero se pusieron nerviosos, resoplaron y patearon el suelo de tal forma que llegaron a temer que pudieran encabritarse y zafarse. Conscientes de que tampoco podían dejarlos a la intemperie, expuestos a la nieve y al frío, se les planteó un grave problema que Hug atinó a solventar cuando en la parte trasera de la borda encontró los restos del vallado empleado por los pastores para aparear el ganado. Tomó tres largos tramos y los adosó al muro sur de la cabaña. Casi caída la noche, se dedicaron a cortar ramas que fueron colocando sobre las cercas y las entrelazaron hasta conseguir una improvisada cubierta con la que proteger los caballos del relente.

Ya en el interior de la cabaña, reunieron paja, excrementos de ovejas y ramas, y prepararon una pequeña fogata. En cuanto se sentaron frente a frente, igual que hicieran en su más tierna infancia, a ambos les pareció revivir las cortas noches de junio, cuando gustaban reunirse con los amigos para contarse las más aterradoras historias que habían oído relatar a sus padres y abuelos.

—Y después de Toledo, ¿dónde estuviste? —retomó Hug la conversación.

—Desde Barcelona me embarqué para Génova, o Zena, como la llama la gente del lugar; pero no estuve mucho tiempo en ese puerto, pues lo que deseaba era partir cuanto antes para Milán, la ciudad divina, según dicen unos, o la ciudad de Satán, como aseguran otros.

—¿Pretendes asustarme? —Se sonrió Hug.

—No —contestó Ejean con una sonora carcajada—. La llaman así porque en ella no ha entrado la peste, y ya puedes imaginar que lo que para unos es un milagro, para otros es obra del mismísimo demonio. ¿Cómo iba el diablo a infectar su propia guarida?

—¿Y por qué tanto empeño en Milán?

—Porque me habían hablado de sus espadas, pero la verdad, no me sirvió de mucho. Así que inicié el regreso, pasando por Aviñón, Nimes, Montpellier, Béziers y Carcasona. ¡Maldito sea mi cuerpo y así arda en el fuego eterno! —exclamó Ejean con un gesto de dolor—. ¡De haber vuelto antes bien pudiera haber salvado a mis padres de la hoguera!

—Ni podías saber lo que estaba ocurriendo ni tampoco lo hubieras evitado —refutó enérgicamente su amigo—. Lo único que habrías conseguido es que también te quemaran.

—No me hubiera importado —dijo Ejean, tentado de hacer referencia a los presagios de la adivina, que optó por callar.

—¿Y tus hermanos? ¿Quién iría ahora tras ellos?

—En eso te doy la razón.

—Cómo me hubiera gustado acompañarte —acertó a decir el pelirrojo en cuanto se cercioró de que su amigo volvía a tranquilizarse—. ¿Qué ciudades te han gustado más? —preguntó al tiempo que cortaba un trozo de panceta y la acercaba a las llamas.

—Se me hace difícil decir, pues todas son admirables, llenas de palacetes, iglesias, catedrales y mercados, pero si tuviera que escoger un lugar para vivir, tal vez Barcelona.

—Pero nuestra Carcasona es preciosa —objetó Hug.

—Sí, lo es, pero ya no solo me refiero a los edificios, sino también a la gente. En Barcelona cada día hay cientos de personas que entran y salen de la ciudad, comerciantes y feriantes, pobres y ricos; barcos que zarpan y otros que atracan. Es un continuo movimiento que altera la mente; no sé bien cómo explicarlo. Es un lugar donde todo sucede y no deseas perderte detalle de nada. Cuando estás allí, resulta imposible pensar que pueda existir vida más allá de sus murallas; ni tan siquiera podía imaginaros a vosotros.

Hug se quedó expectante y triste a la vez; frustrado por no haber podido conocer ninguno de esos lugares.

—Bueno, ahora te toca a ti el turno. ¿Has encontrado a alguna mujer que ocupe el lugar de Alamanda? —preguntó Ejean a la vista de la desazón que parecía afectar a su amigo.

—Bueno, he tonteado con algunas —confesó Hug a la exigua luz de la fogata.

—¿Con quién?

—Con Dominique, la mayor de los Margaux, y también con Rostania Querol. ¿Las recuerdas?

—Sí, pero eran muy niñas —se sorprendió Ejean.

—Dices bien, lo eran, pero ya no lo son. Si las vieras en el río, no las tendrías por tan crías. —Se sonrió—. Dominique es regordeta y tiene unas tetas como cántaros. Rostania, por el contrario, tiene los pechos más escasos, pero muy bonitos, y su cintura enciende la pasión —comentó Hug con ojos pícaros.

—¿Y no te has decidido por ninguna?

—Me temo que no. Más tarde creí enamorarme de Sibila Sant-Léger, pero…

—¿La debería conocer?

—No, apenas lleva dos años en Limoux. Es también muy bella, y aunque me duela decirlo, es incluso más agraciada que Alamanda; pero esa Sibila es una timorata. Creo que ya sabes a qué me refiero: no da besos, no se deja tocar…, en fin, que no está hecha para mí. ¿Cómo quieres que encuentre esposa en Limoux? —se preguntó Hug tras un breve silencio—. Debería hacer como tú y salir a conocer ciudades lejanas. A buen seguro que encontraría a la chica de mis sueños.

—Cierto que conocerías a muchas, pero tratarías a muy pocas; he aprendido que a las mujeres no les gustan los hombres que van de aquí para allá.

—Y tú, ¿qué chicas has conocido?

—Bastantes, pero si hablamos de amor, solo una: Saksik Shlomoh —dijo Ejean con rotundidad.

—¿Qué nombre es ese?

—El de una judía de Toledo.

—¿Judía? ¿Y qué hacía allí?

—Porque esa ciudad da cabida a gentes de diferentes religiones.

—¿Cómo es eso? ¿Todos juntos en la misma villa? —indagó con asombro.

—Así es, el sur está ocupado por el barrio cristiano, el judío se extiende hacia el este y el barrio árabe ocupa la parte norte, pero a la hora de comerciar todos se encuentran…

—¿Y cómo pueden convivir tantas religiones? —interrumpió Hug.

—Ese precisamente es el problema. A decir de muchos, la convivencia era ejemplar antes de su última guerra.

—¿Qué guerra?

—Una guerra civil que según me dijeron tuvo lugar entre castellanos, y en la que Toledo luchó junto al rey Pedro I; un largo asedio tras el cual la ciudad no tuvo más remedio que rendirse al enemigo. Y aunque de ello no haga más de diez años, las cosas cambiaron con demasiada rapidez; los ánimos quedaron tan alterados que la familia de Saksik decidió anticiparse. Vendieron todo cuanto tenían y marcharon a tierras más seguras. Estaban muy tristes por abandonar su querida Toldoth.

—¿Toldoth?

—Así llaman a Toledo los judíos que viven en ella. Les dolió en el alma abandonar la ciudad, pero según ellos el ambiente empeoraba día a día y estaban convencidos de que todo concluiría en un baño de sangre.

—¿Y a dónde fueron?

—No lo sé, su padre mantuvo los planes en el más absoluto secreto. En realidad, mi paso por Valencia y Barcelona fue a causa de ellos. Los acompañé durante todo el viaje para estar junto a ella y, sobre todo, con la intención de ganar tiempo —reconoció con gesto derrotado—. Mantuve la absurda ilusión de que los Shlomoh acabarían renunciando a su incierto viaje y estableciéndose en una de esas ciudades. Desgraciadamente no fue así, y desde Barcelona zarparon para Sicilia, aunque a buen seguro tampoco fue ese su destino final.

—¿No pudiste convencerla de que se quedase contigo?

—¿Convencerla? Eso era imposible ¿Qué podía decidir ella? Además, debo confesarte que una vez en Barcelona, el padre de Saksik llegó a ofrecerme una bolsa de monedas…

—¿Te dio dinero?

—Sí, en supuesto agradecimiento por mi protección. Eso es lo que me dijo, pero intuí que lo hacía para quitárseme de encima; odiaba mi relación con su hija. Si algo he aprendido es que judíos y árabes piensan muy diferente a nosotros.

—¿Tomaste las monedas?

—Rechacé el obsequio, pero días después de que embarcaran terminé encontrándolas entre mi bagaje. Por eso pude comprarme la daga, viajar a Milán, comer, dormir, y hasta reservar unos caudales para otros momentos —dijo el joven mientras se palpaba la bolsa que llevaba anudada sobre el pecho—. Estoy convencido que con ello pretendió comprar la libertad de su hija.

—¿Y no has vuelto a saber de ella?

—Nunca —musitó Ejean mientras recostaba la cabeza en el morral.

Hug lo imitó, y ambos se quedaron mirando las efímeras llamas, al son del crepitar del fuego y de los ocasionales resoplidos de los caballos, hasta quedarse dormidos.

Despertaron con el crepúsculo matutino al oír las inquietas patadas de los caballos. Comieron frutos secos y queso antes de ensillar los animales. Y abrigándose con una manta, partieron hacia el pueblo de Mosset. Por fortuna, apuntaba un día espléndido, y para cuando alcanzaron las casas dispersas alrededor de Molitg-les-Bains, los rayos del sol permitieron que pudieran despojarse de las mantas.

—Seguro que tienes algo más que contar. Mira que tres años dan para mucho —comentó Hug de buen humor, mientras se anudaba de cualquier manera la manta a la cintura.

—La verdad —contestó Ejean— es que, además de esas espadas, también he tenido ocasión de conocer el arte de fabricar flechas.

—Pero eso no debe ser tan complicado, ya las fabricábamos de niños…

—Hablo de flechas para el combate —interrumpió Ejean con autoridad—. Estoy convencido de que será el futuro de todos los ejércitos, pues no hay caballería ni infantería que pueda con una sección de arqueros bien adiestrados. Ya no será necesario luchar cuerpo a

cuerpo, ni conocer la cara de tu enemigo, ni tampoco oler su sangre una vez vencido.

—Pero entonces, estás hablando de flechas adaptadas para disparar a largas distancias. ¿Cómo es posible?

—Dándoles potencia, y eso solo se consigue con peso. Deben ser lentas, muy lentas, pues de lo contrario no penetran en las armaduras —explicó Ejean—. Además, es muy importante que las puntas estén bien engrasadas, preferentemente con sebo de buey o de oca, o al menos, bien aceitadas o enceradas.

—¿Para evitar que se oxiden?

—No, nada de eso, solo para que penetren mejor. ¡Imagínate que pudieran elaborarse con el *pulat*! —exclamó Ejean mientras sonreía con jactancia.

Entonces le relató con detalle cómo debía ser el diseño del arco, el emplumado de las flechas, el enmangue y los diferentes perfiles que debían adoptar las puntas según su función: las de aguja para atravesar armaduras y cotas de malla, las de arpón para acelerar el desangramiento, y las llamadas «cola de golondrina», empleadas para dañar las patas de los caballos y reducir la ventaja que pudieran tener en combate los caballeros montados.

—Sinceramente, no lo entiendo —objetó Hug—. Apuntando a las patas ni matarán los caballos ni tampoco a los jinetes.

—Lo que se pretende no es matarlos —sonrió Ejean—, sino simplemente que a los animales les consuma el pánico, derriben a sus jinetes, pisoteen a las tropas circundantes, siembren el caos entre sus filas y, por supuesto, para que ese caballero quede en el suelo bloqueado por el peso de su propia armadura.

—Pero acertar la pata de un caballo es muy difícil.

—En absoluto, pues si existen cientos de caballos, debes saber que serán cuatro veces cien las patas donde poder acertar; es lo mismo que si disparases en un bosque: seguro que atinarás a dar en algún árbol —instruyó con voz entusiasta.

Ejean dejó de hablar en cuanto apareció ante ellos la majestuosa montaña mágica del Canigó, y algo más abajo, el pueblo de Catllar, apaciblemente bordeado por el río Têt. Ambos supieron que el destino estaba próximo. Fue tanta su expectación que ninguno de los dos volvió a tomar la palabra hasta llegar a las cercanías de Prades. En ese punto, Hug detuvo el caballo y desmontó junto a un labriego que transitaba aquel camino.

—¿Queda muy lejos Codalet? —preguntó afablemente.

—No, está aquí al lado —contestó el campesino con cierta perplejidad.

—¿Y la abadía? —preguntó Ejean desde lo alto del caballo.

—Poco más allá, a un tiro de piedra.

—¿Hay alguna posada en Codalet donde podamos pasar la noche? —acertó a preguntar Hug.

—En Prades hay muchas, pero en Codalet no recuerdo.

Ejean y Hug habían acordado que lo mejor era pasar desapercibidos, y sabían que en Prades eso no sería posible. Se miraron con incertidumbre.

—Algún lugar habrá donde descansar —insistió Hug.

—Quizá —manifestó el labriego forzando la memoria—. Si queréis llegaros hasta allí y no pretendéis ningún trato especial, mi consejo es que, una vez en Codalet, preguntéis por Florit. No tiene una posada propiamente dicha, pero a buen seguro que podréis pasar la noche en su casa. Ese bandido enviará gustoso a sus hijos a dormir con los cerdos con tal de sacaros unas monedas. —Sonrió con malicia.

Capitulum XVIII

La posada

Era ya mediodía cuando alcanzaron Codalet. Ya fuera porque durante la travesía habían llegado a magnificarlo o porque llegaron a suponerlo parejo a su Limoux natal, ese pueblo les pareció muy pequeño. Las primeras casas desperdigadas les anunciaron todo lo que esa aldea daba de sí. En un instante se plantaron en lo que entendieron debía ser la plaza Mayor. Allí, junto a la fuente, correteaban dos chiquillos que al verlos detuvieron su diversión. Desde lo alto del caballo, Hug les preguntó con tono amable:

—¿La casa de Florit?

Los niños se quedaron pasmados mirándose uno a otro. Finalmente, el más alto estiró la oreja del menudo, y este se limitó a señalar la casa que tenían enfrente. Tras los árboles que circundaban la plaza llegaron a divisar una amplia mansión esquinada de dos plantas de altura. La entrada principal estaba orientada a la misma plaza, mientras que el lateral, separado tan solo por una estrecha callejuela, encaraba una pequeña iglesia.

En cuanto descabalgaron, Hug se quedó al cuidado de los caballos, y Ejean golpeó fuertemente la puerta. Al poco apareció una chiquilla de unos nueve o diez años.

—¿Es esta la vivienda de Florit? —preguntó Ejean con suavidad.

—Sí, esta es —dijo la niña con timidez.

—Nos han dicho que tal vez podríamos hospedarnos aquí. ¿Están tus padres?

La niña se giró, cascabeleó unas palabras y al poco salió un hombre alto y fornido, de mediana edad, sin apenas cabello, y que andaba masticando algún tipo de embutido.

—¿Qué deseáis?

—Necesitamos albergue y nos han recomendado vuestra casa…

—¿Quién os ha confiado mi nombre? —interrumpió con curiosidad.

—Alguien de Prades —contestó Ejean.

—Es extraño, en Prades no suelen hablar muy bien de los Florit —añadió con sonrisa burlona—. ¿Cuánto tiempo estaréis?

—Todavía no lo sabemos.

—¡Excelente! —exclamó Florit con sorna—. Cuanto más prolonguéis la estancia, más monedas me pagaréis. Entrad, y decidle a vuestro lacayo que deje los caballos en el establo —ordenó indicando la callejuela lateral—. Mi hijo cuidará de desensillarlos y cuidarlos.

Ejean miró con una sonrisa a Hug e hizo ademán de que obedeciera.

—¿Necesitáis una habitación y un jergón?

—En realidad, precisamos dos jergones —contestó Ejean.

—Vuestro lacayo dormirá en el establo —estableció Florit con severidad.

—No es tal lacayo, y compartirá conmigo la habitación —rebatió Ejean con igual rudeza.

—Como queráis, vos sabréis. Mientras paguéis, me da igual quién duerma. Desde que he adquirido la casa contigua tengo habitaciones para albergar a una tropa, ya sea de nobles, caballeros o lacayos. Imagino que querréis comer.

—Sí, por supuesto —dijo Ejean mirando de reojo a su amigo, que ya tomaba la callejuela de la iglesia tirando de las riendas de los caballos.

—Este primer día de diciembre se ha despertado con frío, por lo que seguramente también querréis dos mantas —sondeó el posadero con la intención de sacarles alguna moneda más.

—No será necesario —indicó Ejean mientras palpaba las frazadas que llevaba bajo el brazo.

Florit hizo un ademán cortés indicando que entrara. La estancia era amplia, presidida por una enorme chimenea y una mesa rectangular de madera junto a la que se arremolinaban cuatro mesillas redondas. Al fondo se distinguía la habitación que albergaba los fogones de la cocina, y algo más allá la sombra de unas empinadas escaleras. Todas las paredes estaban encaladas, probablemente repintadas en el último verano. Por contra, las vigas que discurrían por el techo se veían ajadas y tiznadas de negro. Ejean tomó asiento en una de las mesas redondas más próximas al fuego y esperó a que Hug regresara de los establos.

Su amigo no tardó mucho en aparecer con cara de felicidad, deseoso de sentarse por fin en una silla y olvidar cuanto antes la montura de Pels. Ambos se quitaron las botas y se repanchingaron frente a la chimenea, al tiempo que Florit les servía sendas jarras de vino. Poco después, el posadero se sentó a la mesa con otro vaso en la mano.

—¿De dónde venís?

—De Carcasona —improvisó Hug.

—¿Y adónde vais?

—A la abadía —se vio obligado a reconocer Ejean, sabedor de que ese camino no llevaba a ninguna otra parte.

—Nos han solicitado que reparemos unas verjas —inventó Hug.

—¿Queda lejos? —preguntó Ejean sin dar tiempo a que Florit indagara más de la cuenta o a que Hug cometiera una indiscreción.

—Está aquí mismo —contestó Florit—, en los días serenos incluso podemos oír todos y cada uno de los repiques de su puñetero campanario. Son una tortura, en especial las llamadas a maitines[7] y laudes.[8] Más valdría que a esa abadía se la tragara el infierno.

—¿Y qué noticias tenéis? ¿Acoge a muchos monjes? —indagó Ejean.

—Ya nadie está al corriente de lo que sucede allí —dijo lacónicamente el hombre.

—¿Cómo es eso? —preguntó el pelirrojo.

Florit dio un largo sorbo a la jarra de vino, inclinó la cabeza hacia sus huéspedes, bajó la voz y les explicó que desde que marchara el abad Bertrán de Coní sucedían cosas extrañas.[9] Según dijo, an-

7. Antes del amanecer, sobre las 4:30 a. m., dependiendo de la época del año.

8. Entre las 5:30 y 6:00 a. m., con variaciones en días laborables o festivos y según las estaciones del año.

9. Los confusos registros de la abadía de Sant Miquel de Cuixà establecen en un mismo año (1380) la coexistencia de hasta cuatro abades: el citado Bertrán de Coní (¿Conill?), Guillem de Castellet, Astorgi y Galceran Descatllar. Esa anomalía, junto con el secuestro del libro de registro que se cita en los capítulos finales, vendría a reforzar la verosimilitud del relato.

tes era habitual ver pasar por el pueblo a los monjes encargados del avituallamiento, ocasión que Florit aprovechaba para ofrecerles una jarrita y hacerles hablar de lo divino y también de lo humano. Pero ahora todo había cambiado, y ni siquiera él sabía quién mandaba en la abadía.

—Pero deberán tener un abad al que obedecer... —objetó Hug.

—No estoy muy seguro. Ciertamente, ahora circulan más carromatos y jinetes que antes. Los vemos pasar como si fuera el desfile de la corte palaciega, pero ya ninguno se detiene en el pueblo. Creo que el actual abad, si es que existe, pasa más tiempo fuera de sus muros que dentro. En fin —añadió el mesonero, al comprobar que el interrogado era él—, a vosotros poco o nada os puede importar, pues en definitiva vais simplemente a trabajar para ellos, y lo que es cobrar, seguro que cobraréis; dinero no les falta. Supongo que querréis ver la habitación antes de que nos sirvan la comida.

—Por supuesto —afirmó Ejean.

—¡Sança! —gritó el hombre con malos modales.

Al instante apareció una muchacha de mirada sumisa, limpiándose las manos en su falda de color morado descolorido. Se quedó contemplando el suelo como si estuviera buscando la mota de polvo que pudiera haberla traicionado, dispuesta a soportar estoicamente la bronca de cada día. Era morena, de ojos negros e intensos y de rostro poco agraciado; sin duda, afeado por la oscura sombra de sus patillas.

—Esta es Sança, la mayor de mis tres hijos; ella os guiará hasta vuestro aposento. ¿Lleváis equipaje?

—No, simplemente los dos zurrones que veis —dijo Hug mientras los ponía sobre la mesa.

—¡Acompáñalos a la habitación de los dos jergones, y cuida de que vuelvan rápido porque tu madre servirá la comida de un momento a otro! —bramó Florit a su hija.

—¿Os entregamos unas monedas en prenda? —preguntó Hug.

—No hará falta, tenéis los caballos en el establo, y a fe mía que no saldrán de ahí sin que me hayáis pagado —dijo Florit con una carcajada.

Tras un breve intercambio de palabras y alguna que otra sonrisa galante, Hug se negó a que Sança cargara con los dos zurrones. Ambos amigos la siguieron por las empinadas escaleras de madera. Los cuatro hilos de luz que se filtraban por la ventana les anticiparon una habitación estrecha y larga, parcialmente encalada de color azulete. Cuando Sança abrió el portalón, distinguieron dos jergones vestidos con enormes sacos blancos rellenos de paja, cubiertos por una gruesa capa de polvo.

—Si lo deseáis, os puedo proporcionar paja nueva, pero debéis saber que mi padre os la cobrará.

—No hará falta, cubriremos los sacos y el jergón con nuestras propias mantas —señaló Ejean.

—Sí, mejor mantas y chinches conocidos que pulgas por conocer —bromeó Hug ante la expresión impávida de Sança.

—Más tarde barreré la habitación, pero ahora es mejor que bajéis a comer, mi padre soporta mal las esperas en ayuno.

En cuanto se sentaron a la mesa, la madre de Sança, una mujer mayor, de pocas palabras y aspecto descuidado, les sirvió un pedazo de pan de unas seiscientas onzas, media pinta de vino, un plato con legumbres, huevos y queso. En un segundo viaje ofreció una escudilla de caldo a cada uno. Florit y su familia tomaron asiento en la mesa principal, junto al fuego, y se dispusieron a devorar la comida sin dirigirse la palabra. Solo él y su hijo se sirvieron vino; la mujer y sus dos hijas se limitaron a compartir ordenadamente el mismo tazón de caldo.

Al momento entraron en la casa dos hombres que, tras saludar de forma rutinaria a los allí presentes, tomaron asiento en una mesa contigua a la de Ejean y Hug. Florit devolvió a destiempo el saludo, contestando con un gruñido tan amplio que le permitió exhibir la boca llena de comida. Sança percibió la sutil mirada de su padre y se levantó a servir dos jarritas de vino a los recién llegados. Los hombres la observaron con lascivia, pero, probablemente porque su padre estaba a poco más de un manotazo de distancia, no llegaron a increparla. Se miraron entre ellos con sonrisa impúdica e iniciaron una banal conversación.

Después de comer apresuradamente, y mucho antes de que los demás terminaran sus platos, Sança tomó una escoba y subió las escaleras a fin de adecentar la habitación de los jóvenes. Ejean y Hug se quedaron todavía un rato en la mesa, degustando el queso y el vino, hasta que el primero decidió bajar a los establos a fin de asegurarse de que el hijo de Florit hubiera atendido convenientemente los caballos.

Los encontró desensillados y bien comidos, pero tal y como suponía, nadie se había molestado en cepillarlos y limpiarlos. Ejean se tomó su tiempo, y para cuando terminó de cuidarlos y regresó a la sala principal, se encontró a su amigo bebiendo una nueva jarra de vino. Hug lo miró con una particular sorna que Ejean quiso achacar al exceso de alcohol.

—Tengo tres cosas con que obsequiarte —dijo Hug en cuanto su amigo se sentó junto a él, sin poder contener la risa.

—Déjate de monsergas —contestó Ejean con una sonrisa cansada, al tiempo que daba un largo trago de la jarra de Hug.

—De veras, no es ninguna broma —añadió mientras depositaba un paquete sobre la mesa.

—¿Qué es? —curioseó Ejean con cara de sorpresa.

—Este no es el lugar adecuado. Subamos a la habitación y te lo enseñaré.

Hug tomó el paquete, ascendió las escaleras a gran velocidad y se quedó de pie en el descansillo, junto a la puerta de la habitación. Allí esperó a que su amigo lo alcanzase.

—¿Has pensado cuándo y cómo subirás a la abadía? —preguntó en voz baja.

—Esta misma tarde y andando, obviamente.

—Eso ya lo sé, pero ¿vas a ir vestido tal cual?

—¿Qué mejor que estas prendas para escalar los muros durante la noche?

—¿Y una vez dentro?

—Imagino que me veré obligado a esconderme y a esperar a que los monjes duerman para inspeccionar el monasterio, y así noche tras noche hasta dar con mis hermanos.

—¿Y no preferirías pasar desapercibido? —planteó Hug al tiempo que abría el paquete.

—¿Qué es esto? —escudriñó Ejean mientras Hug se afanaba en desplegar un ajado atuendo de color negro.

—Es un hábito benedictino. ¡El símbolo del yugo de Cristo! —expresó enarbolando con delicadeza una túnica, un cinturón, una capa con capucha y el escapulario—. ¡Hoy te convertirás en un verdadero Monje Negro! —Se carcajeó.

Hug entregó todas las ropas a Ejean y pasó el escapulario por la cabeza de su amigo colgándoselo del pecho. Ejean aproximó la ropa a su nariz y percibió el olor rancio del miedo. Sintió cómo la mente y el corazón se le agarrotaban, entreviendo por vez primera la osadía de su plan.

—Sinceramente, no sé qué hubiera hecho sin ti —dijo con un nudo en la garganta—. ¡Doy gracias a Dios por insistir en acompañarme!

—Eso no es todo —añadió Hug, mientras se introducía vanidosamente la mano en la pechera—. Aquí tienes un rasurador y la piedra para afilarlo. ¿Acaso pretendías ser el primer monje sin tonsura?

—¿Crees que va a ser necesario que me rape la coronilla?

—Una vez allí, no pretenderás ir siempre con la capucha puesta —apuntó Hug intentando reprimir una carcajada que no dejaba de ser reflejo de su nerviosismo.

Hug se quedó mirando a su amigo con una mueca indescifrable, consciente de la gravedad y el peligro que conllevaba introducirse en la abadía. Para cualquiera suponía, como mínimo, ser molido a palos y probablemente encerrado en una de sus celdas hasta solo Dios sabía cuándo; pero, además, siendo Ejean un reo condenado a la hoguera, cabía imaginar que, de ser entregado a la autoridad civil, su compañero sería hombre muerto.

—Gracias de nuevo, pero ¿de dónde has sacado todo esto? —preguntó Ejean.

—Como puedes suponer, no he tenido tiempo de salir de aquí, por lo que deduzco que debe de proceder de algún monje prófugo que en su día renunció a los votos —bromeó Hug.

—Pero ¿quién te lo ha dado?

—La misma persona que te espera tras esta puerta.

Ejean miró a su amigo sin saber a qué atenerse. Hug le indicó que entrara en la habitación, y Ejean se encontró a Sança desnuda, sentada en los pies del jergón. Al verlo, se recostó con una artificial sonrisa sobre la manta, tapándose los senos con las manos, dejando al descubierto una gran mata de vello púbico que cubría su sexo hasta el ombligo. Ejean se quedó atónito, incapaz de pestañear y pronunciar palabra. Salió de la habitación precipitadamente.

—Por Dios, Hug, ¿qué significa esto? —murmuró incrédulo.

—Mi tercer regalo —dijo con naturalidad—. ¿Cómo iba a dejar que mi mejor amigo se metiera a monje sin antes despedirse del placer de la carne? A saber cuánto tiempo pasarás allí dentro sin disfrutar de una mujer. ¡Mejor que te desfogues ahora a que te vuelvas loco para siempre! —apuntó entre contenidas carcajadas.

—No puedo aceptarlo —dijo Ejean recordando a su amada Catherina.

Por un momento, estuvo tentado de explicar a su amigo el amago de relación que existía entre él y su hermana, pero finalmente decidió callar: «¿Para qué complicar más las cosas?», pensó con resignación.

—La he pagado con mis monedas. ¿Vas a hacerme un desprecio?

—No, no es eso, te lo agradezco mucho —mintió Ejean, sabedor de que no podía incurrir en semejante ofensa.

Así que volvió a abrir la puerta y entró en la habitación. A sus espaldas escuchó la solazada voz de Hug:

—Además, si después te rapas, renacerás como un hombre nuevo, sin pecado alguno, tan puro como un crío de teta. Eso es lo que simboliza la tonsura, o al menos eso es lo que dicen.

Ejean cerró la puerta sin compartir la diversión de su amigo. Se sentó en el jergón mirando arriba y abajo.

—¿Acaso no te gusto? —preguntó ella con voz tímida y entornando los ojos.

—Sí, claro, lo que sucede es que no imaginaba que tú... ¿Lo sabe tu padre?

—Sí, y ya ha cobrado por mis servicios.

—No entiendo que tu padre se preste a ello —replicó Ejean con desazón.

—¿Por qué no? Él me dará la mitad, y Dios sabe que necesito de ese dinero para mantener a mi hijo.

—¿Un hijo? ¿Qué edad tienes?

—Mi madre dice que tengo veinticuatro años.

—¿Estás casada?

—No, soy viuda. Mi esposo falleció hace dos inviernos.

—¿Cómo murió?

—Los hospitalarios dijeron que se le reventaron los intestinos debido a las fiebres. Al parecer, bebió agua envenenada.

—Lo lamento.

—Lo quise mucho, y todavía hoy lo recuerdo con amor, pero de nada me vale pensar en él; ahora debo rehacer mi vida, y mientras tanto necesito buscarme el sustento.

—Pero ¡esta es tu familia! —replicó Ejean.

—Sí, afortunadamente al morir mi esposo, mi padre me aceptó de nuevo en su casa y también a mi hijo, pero los dos comemos y dormimos, y eso cuesta dinero. Mi padre lleva razón —añadió con una mueca de naturalidad—, somos una carga y no me importa prestarme a ello, al menos mientras no encuentre un nuevo marido, aunque en esta aldea creo que me va a resultar harto difícil. Todos saben lo que hago, y si quiero volver a desposarme, tengo por seguro que deberé marcharme lejos de aquí —reconoció con tristeza.

—¿No sales nunca del pueblo?

—Una vez al año, para las fiestas de Prades —dijo risueña e ilusionada.

Ejean tomó la bolsa de la pechera y le dio un par de monedas.

—Son para ti y tu hijo, y espero que no digas nada a tu padre.

—Gracias —expresó con una candidez que heló el corazón de Ejean—. ¿Qué quieres que te haga? Sé fornicar, pero también sé chupar el sexo. Caballeros, nobles y algún que otro clérigo me han enseñado la forma adecuada de hacerlo. Ellos lo llaman felación, y

aunque es lo mismo, debo confesar que al principio me confundió —expresó con mímica divertida.

Ejean optó por tomarla de la mano y ponerla de pie. La miró sin deseo y con la ternura de quien habla con una infeliz que se cree afortunada. Luego la volvió a recostar.

—¿De verdad te gusta lo que haces?

—Sinceramente, no sé si me gusta o no. Es un trabajo fácil que en ocasiones hasta me produce placer; pero lo que sí sé es que no quiero que mis padres me recuerden la carga que les supongo ni que repitan constantemente que soy una holgazana. Por lo demás, ¿qué mujer no utiliza sus encantos para asegurarse un sustento? Para mí, la única diferencia es que yo soy puta de vez en cuando, y las otras lo son toda la vida —añadió con amargura.

Ejean la observó con cariño, avergonzado ante la posibilidad de haberla podido humillar con sus preguntas; sabiendo, además, que poco o nada podía hacer por esa mujer. Luego pensó que su amigo Hug estaría tras la puerta esperando los acontecimientos y decidió cambiar de talante.

—Pues entonces debes intentar ser la mejor en la cama, y que sean los hombres quienes vengan expresamente a probar tus exquisitas virtudes. ¡Aquí o allá donde vayas! —determinó Ejean con aparente entusiasmo.

—¿Qué propones? —preguntó Sança con curiosidad.

—He de decirte que es impropio que una mujer exhiba más vello que un varón. Además, y por alguna extraña razón, los hombres gustamos de admirar vuestro sexo —añadió con franqueza.

—Lo sé.

—Bien pensado, no tiene mucho sentido, pues estéticamente nada tiene de hermoso, pero así nos hizo Dios y esos son los impulsos de la naturaleza —indicó Ejean mientras tomaba el rasurador y lo afilaba.

—¿Qué vas a hacerme? —exclamó con angustia Sança.

—No temas, simplemente recortar ese vello que te llega hasta el ombligo. Voy a dejarte como a una dama de la corte.

—¡Por Dios, no desampares mi sexo como el de una niña!

—No, no lo haré, aunque debo advertirte que todo lo que pueda hacer ahora requerirá de tus cuidados para conservarlo virtuoso.

—¿Cómo?

—Con pinzas y ungüentos.

—¿Qué tipo de untos?

—El mismo que usan las cortesanas y algunos hombres.

—¿Los hombres también?

—Sí, claro, muchos son los que se ensanchan artificialmente las frentes con una mezcla de cal viva y arsénico.

—Pero ¡eso es veneno!

—Es veneno en la boca, pero no en el pubis ni en las axilas —dijo Ejean con una sonrisa. Terminó de afilar el rasurador y fue a por la jofaina de agua y la piedra de jabón que quedaban en el alféizar—. Te propongo un trato —expuso mientras enjabonaba el vientre a Sança.

—¿Cuál?

—Yo te afeito la parte superior del pubis, y después tú me rasuras la coronilla.

—¿La coronilla? ¿Acaso vas a ingresar en la abadía? —dijo sin poder disimular la decepción.

—Así es —mintió Ejean, consciente de que poco más podía argüir.

—Pero a mi padre no le habéis dicho eso.

—Lo sé, en realidad es mi amigo a quien le han encargado la verja, y yo..., en fin, simplemente compartimos el viaje —improvisó Ejean alarmado al comprobar la rapidez con la que padre e hija se habían puesto al corriente respecto de sus huéspedes.

Enjabonó a Sança con extrema delicadeza, sin saber muy bien la razón de lo que estaba haciendo. Tal vez le divertía la escena, o simplemente ganaba tiempo para decidir qué hacer con ella. A fin de cuentas, si debía acabar yaciendo, al menos lo haría con más agrado. Ambos estuvieron un buen rato en silencio, conteniendo uno y otro la respiración; él concentrado en su esmerado quehacer, y ella con la desconfianza que le imponía esa primera vez que alguien la tocaba con tanto miramiento.

—Creo que te gustará —le susurró Ejean.

Ella se incorporó y se miró el vientre, sorprendiéndole que su vello empezara ahora a un palmo de su ombligo, y que también le hubiera recortado la pilosidad de las ingles.

—¿Es cierto que así lo llevan las damas y demás cortesanas?

—Te lo puedo asegurar —contestó el joven mirando distraídamente el pubis.

—Has visto muchas mujeres, ¿verdad? —preguntó ella con tono sumiso.

—Mujeres, montañas, mares y ciudades —dijo él con sarcasmo en un intento de eludir la respuesta—. Bien, ahora te toca a ti hacerme la tonsura.

—Tal vez después...

—¿Cómo que después? ¿No vas a cumplir con lo pactado?

—Por supuesto que lo haré, pero antes deseo acostarme contigo.

—¿Deseas yacer conmigo por dinero?

—No solo es por dinero; me resultas simpático y amable. Creo que eres una buena persona, muy diferente a los que normalmente me poseen con malos modos; y lo único que te pido es que forniquemos antes de tonsurarte —agregó con cariño.

—Pero no me apetece... —replicó Ejean con la máxima dulzura que le fue posible simular.

—¿No me deseas?

—Sí, pero es que estoy comprometido...

—¿Con el Señor? —interrumpió ella.

—No, no es eso.

—Bien, si no deseas follar, al menos dejarás que te chupe la verga. Eso a todos os gusta —indicó con candorosa malicia.

Ejean se estiró sobre el jergón con la intención de dejarse hacer. Quizá así fuera capaz de sustraerse a ese vértigo que le anegaba el alma. Atinó a pensar que Sança era una buena y pobre muchacha, a la que la suerte le había sido esquiva, igual que a él. En ambos coincidía una cruda realidad: todo el futuro soñado se había evaporado con la muerte de un ser querido. Esa comunión espiritual, aderezada con la confusión que presidía su mente, formaba un todo que le anulaba su instinto carnal. Además, aun sabiéndose estúpido, ese acto lo tenía reservado para aquellas muchachas por las que sintiera algo especial, fuere amor o mero querer. Y ese no era el caso.

Pero no tardó mucho en reparar que aquellas cavilaciones eran absurdas y, si a algo estaba obligado, era a satisfacer el amor propio de Sança y, por supuesto, corresponder a la generosidad de su amigo. Pensó que quizá, tal y como le había ofrecido, una felación era un mal menor que podría contentar a todos.

Ejean se desvistió con pereza y se quedó mirando el techo. Sança le besó los labios y, tras acariciarle el pecho y los genitales, tomó el pene y lo agitó con vehemencia. Luego cambió de ritmo, ralentizándolo poco a poco, hasta detenerse. Se humedeció la yema del dedo pulgar con saliva y procedió a acariciarle el glande con leves movimientos circulares; finalmente, se lo introdujo dulcemente en la boca. Ejean sintió cómo los labios de Sança se cerraban en torno a su sexo y lo recorría con la lengua en toda su longitud. Consiguió por fin no tener otro pensamiento que no fuera el ansia de placer. No tardó mucho en retorcerse a cada movimiento de la boca de Sança, gimiendo y suspirando con fuerza. La joven, excitada, se sentó ágilmente a horcajadas sobre Ejean, y con su mano tomó el pene y lo restregó contra su clítoris. Él tenía la vista y la razón nubladas, y dejó que siguiera jugando con su sexo hasta que decidió introducírselo en la vagina.

—Eso no es lo convenido —murmuró Ejean.

A Sança le bastaron esas palabras para descabalgar a Ejean y situarse perpendicularmente junto a su cuerpo, tomándole de nuevo la verga para succionársela con todo el cariño del que era capaz. Siguiendo las rítmicas embestidas de Ejean, aceleró sus movimientos hasta que le extrajo todo su vigor. Ejean estalló en gemidos que ella sosegó acudiendo a besar sus labios. Sança dejó que se recuperara masajeando todo su cuerpo, consiguiendo así que el éxtasis se desvaneciera más lentamente. Todavía desnuda, se situó tras el joven, y tomándolo de las axilas lo sentó en el jergón y empezó a tonsurarlo. Entonó entonces una serena canción infantil, repitiendo una y otra vez su estribillo hasta que repentinamente enmudeció.

—He cumplido mi palabra —dijo mientras le besaba la coronilla.

Ejean se incorporó y se vistió sin más palabras. No estaba satisfecho de lo que había hecho y, lo que es peor, sintió cómo de nuevo le sobrevenía la misma angustia que antes lo tenía atenazado. Sança comprendió que algo le pasaba al joven, pero decidió no preguntar. Se vistió y, tras darle un beso en la mejilla, abandonó la habitación. Ejean se volvió a recostar y se quedó contando las traviesas hasta que Hug hizo su aparición.

—¡Te veo cansado! Parece que esta moza ha hecho un buen trabajo. ¡Cuéntame! ¿Cómo ha ido? —preguntó con una risita.

Ejean lo miró con desgana, pero rectificó para no tratar injustamente a su amigo.

—Una gran moza, te estoy muy agradecido. ¡Mira! —Añadió dándose la vuelta y riendo.

—¡Te has tonsurado!

—Estaba incluido en el servicio. No pensarás que iba a dejártelo hacer a ti —bromeó Ejean, mientras Hug abría su zurrón para sacar un gorro de lana.

—Te va a hacer falta, al menos hasta que entres en la abadía; de lo contrario, ese Florit te asediará con preguntas.

Capitulum XIX

La abadía

Caída ya la tarde, y con una buena pitanza en el estómago, Ejean decidió abandonar Codalet. Dejó a su amigo en casa de Florit y enfiló el revirado camino que ascendía al monasterio. En cuanto perdió las casas de vista se detuvo junto a un árbol y, abriendo el fardo que llevaba en sus manos, colgó de una rama la túnica, el cinturón, la capa, las sandalias y el escapulario que Hug le había obsequiado. Se desnudó en medio de la nieve hasta quedarse solo con los calzones; era tal el asco y aprensión que sentía por esas ropas que ni siquiera se percató del intenso frío. Cuando terminó de vestir el hábito y se ajustó las sandalias, enrolló sus ropas y las escondió entre las ramas. Miró al frente y aguzó los sentidos, pendiente de cualquier aullido o crujido que pudiere delatar la presencia de lobos o salteadores; desde ese instante sintió que la tribulación lo embargaba.

Caminó acompañado de una suave brisa que en ocasiones se le antojaba un etéreo canto coral. La nieve, endurecida por el frío, emergía como una masa uniforme y monótona, brindándole la sensación de vacío infinito. Le pareció un peregrinaje estéril, en el que un paso tras otro no era necesariamente sinónimo de avance. Cuidó mucho de que sus sandalias de piel y su ropa no se empaparan más de lo preciso, ya que de lo contrario la marcha acabaría siendo un suplicio.

La brisa dio paso al viento en cuanto coronó la colina. Desde allí pudo ver la silueta de los dos imponentes campanarios de la abadía.[10]

10. Son los dos campanarios que el abad Oliba mandó construir en el siglo XI. En la actualidad solo se mantiene la torre sur, de estilo lombardo y una altura de 38 metros, pues la otra se hundió tras una fuerte tormenta en 1839 y provocó la destrucción par-

El camino giraba hacia el norte, mediante suaves rampas y repechos, hasta internarse en un frondoso bosque. Una vez allí, la tenue luz del atardecer pareció ser engullida por una gárgola gigante. El corazón de Ejean se agitó en su pecho al verse dentro de aquel túnel oscuro y tenebroso donde los gigantescos árboles parecían confabularse con el viento para irradiar una extraña energía. Imaginó cientos de seres inanimados repudiando su presencia e incluso creyó reconocer tras las ramas el bestiario que de pequeño tanto lo había aterrorizado: hidras, espectros, grifos, harpías, quimeras y basiliscos. Percibió que todos estaban allá, agazapados, esperando para abalanzarse sobre él. Se le erizó el vello de la nuca y aceleró el paso hasta divisar la frágil claridad que centelleaba en el otro extremo del bosque. Sucumbió a la tentación de echar a correr como alma que lleva el diablo y no cejó en su alocada carrera hasta dejar atrás aquellos árboles malditos. Entonces resopló y, tras recuperar el resuello, continuó su marcha.

Un centenar de pasos después se topó con los muros de la abadía, como si hubieran emergido de la nada. Palpó sus piedras heladas y sólidas, y recorrió estremecido el camino que llevaba a la entrada. Las inmensas puertas estaban abiertas, pero el sólido enrejado, al igual que el rastrillo de una fortaleza, permanecía bajado.

Ejean aguzó el oído en busca del más imperceptible rumor, pero todo era silencio. Solo los dos tederos que iluminaban el pórtico y las huellas que rompían el níveo suelo del portal delataban la presencia humana.

Tomó el sendero que circundaba el recinto observando con atención sus muros, tratando de adivinar lo que se escondía tras ellos. Llegó a deducir la ubicación de lo que podría ser la sacristía, la iglesia y el atrio, y constató que en ese mismo lado se alzaba una gran dependencia con pequeños ventanucos que parecía aledaña al claustro. Más adelante apreció una construcción más reciente que en algunos tramos incluso alcanzaba a tener tres plantas; la infinidad de minúsculas ventanas le dio a entender que se trataría de las celdas de los monjes. Junto a esa gran estructura divisó otras estancias mucho más bajas, probablemente bodegas, despensas y graneros. Hasta ese

---

cial del claustro en su ángulo sureste. El abad Oliba murió en Sant Miquel de Cuixà en 1046.

momento no había podido descubrir ningún punto débil en aquella gran mole de piedra, que más parecía un fortín que un santuario; ninguna zona por donde intentar la escalada. Pero algo más allá, y a una altura no superior a la de dos hombres, atinó a ver una pequeña ventana, tal vez de un palomar. Valoró la posibilidad de regresar la noche siguiente para lanzar una soga con una traviesa de madera en su extremo e intentar colarla por el estrecho ventanuco. Pensó que de conseguirlo le bastaría con tirar de la cuerda y trabar el listón, para poder ascender por ella.

Apenas había luz en el lado de poniente, por lo que decidió retornar sobre sus pasos, convencido de que lo mejor sería volver a Codalet para pertrecharse debidamente. Estaba muy próximo a la verja de la entrada cuando creyó vislumbrar la sombra de una silueta bajo las teas. Tomó la daga y la escondió en el interior de la manga. Cuidó de pisar sobre sus propias huellas a fin de evitar el crujido de la nieve helada. Fue rápido y silencioso, pero para cuando alcanzó el portón, quien fuera que allí estuviera se había esfumado. Mientras miraba el patio interior, sonó una voz a sus espaldas:

—¿Quién sois?

Ejean se giró sobrecogido, con el miedo en el cuerpo, hasta distinguir, en la penumbra, los toscos ropajes de un monje.

—Un hermano, como vos —balbució tragando saliva—. ¿Tal vez sois el encargado de la entrada?

—No, soy un recién llegado —contestó el desconocido mientras se aproximaba a la puerta.

—¿Cómo os llamáis? —preguntó Ejean con falsa naturalidad.

—Soy el hermano Bardou, e imagino que vos seréis de los nuestros.

—Sí, así es. ¿Acabáis de llegar?

—Llevo tiempo esperando a que alguien me abra, pero he llegado a pasar tanto frío que me había refugiado en esos arbustos —dijo Bardou señalando unos matorrales—. He sentido unos pasos y he acudido a la entrada pensando que podría tratarse de alguno de nuestros hermanos.

—Habré sido yo, pues también llevo un buen rato aguardando —respondió Ejean mientras se giraba para devolver disimuladamente la daga a su vaina bajo el hábito.

—¿De qué monasterio venís?

—De Barcelona —improvisó Ejean—. ¿Y vos?

—Me envían de la abadía de Lagrasse, próxima a Carcasona.

Bardou, que vestía también el hábito benedictino, tomó los brazos de Ejean de forma espontánea y le besó las mejillas según las reglas. Mostraba un aspecto frágil, pero su hablar era rotundo. Su rostro tenía asimismo algo discordante: una enérgica nariz aguileña bajo unos ojos tristes enmarcados por un flequillo lacio. Ejean entrevió que el monje era mayor que él, probablemente tenía unos diez años más.

—Según parece, no disponen de ningún celador.

—Llevo mucho rato aquí y puedo aseguraros que no he visto ni un alma —confirmó Bardou.

—¿Entiendo que os están esperando?

—Así es, aguardan mi llegada desde ayer, pero la nieve no me ha facilitado el camino.

Ejean reparó entonces en la posibilidad de que ese monje llevara documentos, salvoconductos o una carta de presentación de sus superiores. Tal vez ahora, como si se hubiera obrado un milagro, tenía ante sí la oportunidad de hacerse con ellos y suplantarlo; y empezó a pergeñar una idea que a cada momento le pareció más atroz. Ejean sostuvo una lucha interna en la que le fue fácil identificar en qué parte de sus pensamientos estaba Dios y en cuál residía la inclinación del diablo.

Por fin decidió que ese inocente era el mártir que Dios había puesto en su camino, y si la voluntad divina pasaba por acabar con la vida de Bardou, lo haría sin pestañear. «¿Acaso tengo otra elección?» Le resultó difícil aceptar que su mente fuera capaz de concebir tanta maldad, pero su decisión ya estaba tomada. A fin de cuentas, de una forma o de otra ya había matado a dos hombres y, aun así, todavía no había advertido cambio alguno en su alma: no lo perseguían las pesadillas ni tampoco el remordimiento.

—Quizá si damos una vuelta al edificio encontremos a alguien al que podamos advertir de nuestra presencia —propuso Ejean con astucia.

—Lo dudo mucho, pero cualquier cosa será mejor que estar aquí, inmóviles y ateridos de frío —razonó con resignación el monje.

Ejean esperó a que Bardou enfilara el sendero que bordeaba los muros. Luego siguió sus pasos a cierta distancia, recogió silenciosamente una piedra del suelo y la escondió en la manga del hábito, dispuesto a acercarse por la espalda y propinarle un golpe mortal. Después —pensó— deslizaría el cuerpo ladera abajo y lo enterraría bajo la nieve, al igual que había hecho con Arnau Catany. Mientras se aproximaba a Bardou, con la piedra ya a la vista, el monje, aun sin girarse, tomó la palabra:

—Tenía previsto venir acompañado del hermano Abbal, pero el pobre está gravemente enfermo y no ha podido…

—¿Qué le ha sucedido? —interrumpió Ejean precipitadamente.

—La peste, cuando lo dejé estaba en la fase inicial. Dios quiera que se salve, pero tampoco desearía crearme falsas esperanzas.

—Lo siento —masculló el joven.

—Debo hacerme a la idea de que cualquier día me llegará la trágica noticia de su muerte.

—Así pues, interpreto que era vuestro amigo —sondeó Ejean mientras que con extremo disimulo dejaba la piedra sobre la nieve.

—Ambos residíamos en Lagrasse, pero por desgracia el pasado invierno el abad decidió destinarlo a Montecasino a fin de instruir a los hermanos de aquella abadía; y para cuando regresó, llegó ya enfermo.

—Lo lamento de verás.

—¿Tenéis familia?

—Sí, a mi madre y una hermana. Afortunadamente viven muy cerca de Lagrasse y me visitan una vez al año.

Aquellos comentarios hicieron que Ejean cambiara de planteamiento, pero no sabía bien cómo actuar. Pensó que tal vez ya no sería necesario matar al hermano Bardou, sino simplemente suplantar a ese otro monje apestado; pero cayó en la cuenta de que convencer a Bardou para hacerlo su cómplice iba a ser prácticamente imposible. Necesitaba tiempo para armar una estrategia, no se veía capaz de improvisarla. Por mucho que especuló, tan solo de una cosa estaba seguro: todo pasaba por llevarse de allí a ese monje. Tal vez en el pueblo, y con la ayuda de su amigo Hug, podría resolver mejor la situación.

Acabaron de circundar el muro de piedra para quedar de nuevo bajo el tedero de la entrada.

—Me temo que estos monjes, nuestros hermanos —rectificó Ejean con rapidez—, tienen dispuesto que pasemos toda la noche a la intemperie. Creo que deberíamos marchar y volver mañana al alba.

—No desesperéis, es habitual que los monjes más antiguos pongan a prueba a los más jóvenes, especialmente a los recién llegados, y es incluso probable que nos estén observando. Debemos pues mostrarles nuestra entereza y capacidad de sacrificio.

—Pero aquí moriremos congelados. La ventisca y el frío cada vez van a más, y si deciden hacernos esperar hasta mañana a buen seguro que nos encontrarán, pero muertos o agonizantes. A un paso de aquí esta Codalet, y allí conozco una posada —sugirió con tiento.

—¿Marchar? ¿Ahora?

—Claro. ¿Qué servicio podremos ofrecer al monasterio y a nuestro Señor si morimos de frío? Además, si os esperan desde ayer, dará igual uno o dos días de retraso.

—¡No llevo ningún retraso! —refutó Bardou con gesto enojado—. La misma carta de presentación dice bien claro que el plazo para incorporarme es de tres días a contar desde ayer.

—Entonces, ¿qué problema hay en regresar mañana al alba? Al menos podremos dormir bajo techo —insistió Ejean mientras empezaba a perfilar su plan.

—Tal vez estéis en lo cierto.

—Deben tener prohibido el acceso a partir de la caída del sol. ¡Marchemos! Cuanto antes descansemos, más pronto regresaremos mañana. ¡Mirad cómo tenéis los pies! —añadió Ejean mientras levantaba el hábito de Bardou y ponía a la vista sus dedos sucios y amoratados.

El monje se miró los pies tumefactos y pareció convencerse que aquella era la mejor de las soluciones.

Ambos desanduvieron el camino bajo el lúgubre silencio impuesto por Bardou, y que Ejean respetó de buen grado, consciente de que la más banal de las charlas podría desenmascararlo.

La soledad de la montaña, la oscuridad del bosque y ese endiablado viento que con fatal persistencia hería los árboles hicieron que sus pasos le resultaran eternos, como incesantes eran también sus reflexiones: «¿Seré capaz de matarlo a sangre fría si se niega a colaborar? ¿Podremos Hug y yo suplantar a ese monje y al apestado de Abbal?». Tantas y tan crueles eran las preguntas que acabó desplegándose hacia delante la capucha para ocultar su rostro, convencido de que Bardou podría alcanzar a leerle los pensamientos.

Llegaron a Codalet de noche cerrada, tan oscura como la boca de un lobo. Ejean se dirigió directamente a casa de los Florit. El monje, viendo su determinación, lo siguió sin rechistar hasta la puerta. Ejean se sentó en un escalón de piedra y fingió tener un pie herido.

—Creo que me he clavado una espina —manifestó al tiempo que se dirigía cojeando a la fuente—. Llamad a la puerta y preguntad por Hug, él nos atenderá.

Bardou así lo hizo, y tras oírse unos gritos blasfemos, resonó el agudo chirrido de un ventanal del piso superior.

—¿Quién va? —preguntó Florit desde lo alto.

—Dios esté con vosotros, buen hombre, somos monjes benedictinos necesitados de techo y paja donde dormir.

—¿Cuántos sois?

—Tan solo dos.

—¿Traéis dinero? Sabed que, por muy monjes que seáis, sin dinero no hay albergue.

—Sí —contestó Ejean sentado junto a la fuente y cuidando de evitar el ángulo de visión de Florit.

—Desearíamos hablar con Hug —exclamó Bardou.

—Es vuestro huésped —puntualizó Ejean desfigurando su voz con la mano puesta sobre los labios.

—¿Lo mando entonces llamar? —sondeó Florit moviendo el candil para vislumbrar al segundo monje.

—Haced el favor —solicitó Bardou mientras miraba a Ejean con una mirada de interrogación.

Ejean regresó al portal con la capucha puesta y simulando todavía cojera.

—¿Quién es ese Hug? —susurró el monje.

—Un buen amigo, él nos proveerá del dinero necesario para que podamos pasar aquí la noche. En cuanto lo veáis, decidle que lo espero en los establos.

—Pero ¿a quién anuncio?, no me habéis dicho todavía vuestro nombre.

—Ejean, el hermano Ejean —farfulló dudando del acierto de revelar su identidad.

Florit abrió la puerta y apareció con una manta sobre los hombros. Tras él se encontraba Hug con cara demudada, temiendo que le fueran a mostrar el cadáver de su amigo.

—¡Pasad! Quiero veros el semblante antes de hospedaros en mi casa —ordenó Florit.

Una vez en la estancia, y frente a la chimenea, el posadero miró de arriba abajo la inofensiva figura de Bardou. Tras una mueca de aprobación, Florit atrancó la puerta, instante que Hug aprovechó para precipitarse hacia el monje.

—¿Por qué razón habéis preguntado por mí? —preguntó Hug.

—Así me lo ha indicado el hermano Ejean. Lo conocéis, ¿no?

—Sí, claro. ¿Qué le ha sucedido?

—Nada importante, me ha dicho que os espera en el establo y que vos os haríais cargo de pagar al mesonero.

—¿Y vuestro compañero? —interrogó Florit en cuanto dejó cerrada la puerta y regresó junto a sus huéspedes.

—Lo he dejado en la fuente limpiándose las heridas de los pies —explicó Bardou—, pero quedad tranquilo, pues se reunirá conmigo en los establos.

—¿Dormiréis allí?

—Sí, espero que vuestros animales hayan templado el ambiente —apostilló Bardou frotándose los hombros.

—Descuidad, hay ganado y caballos. Serán dos monedas, una por cabeza, y si almorzáis serán otras dos. ¿Estáis de acuerdo?

Hug se apresuró a abrir la bolsa que colgaba de su pecho e hizo el pago solicitado.

—Si lo deseáis, podéis regresar a vuestra habitación. Ya me ocupo yo de bajar al establo y de acomodarlos —propuso.

—Como queráis —dijo Florit complacido, haciendo saltar las dos monedas sobre la palma de la mano—. Lástima que no seáis uno de esos monjes ricos que antaño pedían la mejor habitación y pagaban con piezas grandes. ¡Hay que joderse, monjes ricos y monjes pobres! Eso no hay Dios que lo entienda —rezongó mientras subía las escaleras—. Aunque a decir verdad, creo que os prefiero a vosotros antes que a ellos. Al menos, y al igual que Cristo, preferís los establos.

Hug y Bardou descendieron la escalera interior que comunicaba con las cuadras. Allí estaban Blanquet y Pels atados a un comedero. Poco más allá, en la dependencia contigua, las cuatro vacas de Florit y una docena de ovejas que se arremolinaron en torno a sus crías. Hug atisbó la figura de un hombre entre las sombras.

—¿Eres Ejean?

—Sí, claro que soy yo —respondió su amigo con una afectada sonrisa.

—¿Ha pasado algo? —preguntó Hug atrancando el portón del establo.

—No, todo va bien.

—Entonces, ¿por qué tanta…?

—Seguramente mi compañero querrá algo de comer —interrumpió Ejean con la intención de silenciar la pregunta de su amigo.

—A decir verdad, he pasado todo el día sin llevarme nada a la boca; tenía la seguridad de que algo me darían en la abadía —reconoció Bardou.

—Ruego acompañes al hermano a la cocina y le ofrezcas de comer —le pidió Ejean a su amigo—. A mí me bastará con un cubilete de leche; agradeceré me lo traigas y me ayudes a juntar paja limpia.

El pelirrojo comprendió las órdenes de su amigo y se fue para instalar al monje junto a la chimenea. Le sirvió queso, pan, vino y leche, y regresó al establo. Allí se encontró a Ejean atareado en seleccionar la paja más limpia. Tras el primer sorbo de leche, le contó breve y precipitadamente todo lo sucedido ante las puertas de la abadía.

—Necesito convencerlo de que nos ayude —dijo con vehemencia, mientras Hug lo miraba con gran agitación.

—¿Cómo podrá ayudarnos ese infeliz?

—Quiero entender que es un enviado de Dios, él es quien nos puede echar una mano. ¿Acaso no lo ves? Debemos conseguir que me ayude a suplantar la identidad de otro monje que al parecer no ha podido acompañarlo. ¡Imagínate! ¡Podría entrar en el monasterio como uno más, sin tener que esconderme tras cada esquina!

—Aun así, asumirás un gran riesgo —apuntó Hug con preocupación.

—Lo sé, pero infinitamente menor que de la otra forma. Descubriré dónde se encuentran mis hermanos y prepararé la huida —agregó con determinación.

—¿Y si ese monje se niega a colaborar?

—Por esa razón lo he traído al establo, pues en ese caso acabaré con él. Una vez muerto, le arrebataremos los salvoconductos y cuantos documentos lleve consigo, y los dos cruzaremos esos muros como monjes benedictinos —dijo con voz imperativa, mientras Hug, estremecido, enarcaba ambas cejas.

—¿Matarlo? ¿Matar a un monje? Es un hombre de Dios —objetó.

—No me tortures con eso; dejaré que sea él quien decida si quiere o no morir —agregó con extrema crudeza.

—¿Estás convencido de matarlo?

—Por Dios que lo mataré, aunque ello suponga que mi alma se queme eternamente en el infierno.

Hug ocultó su terror con un prolongado silencio. Se acarició el mentón y reflexionó hasta comprender que Ejean había tomado una decisión inamovible, y probablemente, además, llevaba razón.

—¡Ve a por él, y si es necesario escancíale otra jarra de vino! —gruñó Ejean.

Al poco, Ejean oyó cómo su amigo y el monje descendían la escalera del establo. Tomó precipitadamente asiento sobre la paja y esperó a que se colocasen a su lado. Hug cedió su lugar a fin de que el religioso quedara entre ambos.

—Bardou, debo deciros algo —murmuró Ejean con gravedad.

—¿Qué deseáis?

—Mi nombre es Ejean, pero pese a mi tonsura y mis hábitos no soy un monje como vos.

—Algo he llegado a barruntar —reconoció—. ¿Sois tal vez un simple novicio? ¿Me habéis engañado?

—Reconozco haberos engañado, pero lo he hecho por una buena causa.

—Los engaños y las piadosas razones no suelen ser muy buenos amigos —objetó Bardou.

—¡Escuchad! No dispongo de tiempo para discutir majaderías. Pretendo haceros entrar en razón por las buenas, pero de lo contrario, y aun a mi pesar, me veré obligado a acabar con vuestra vida —amenazó Ejean a la par que exhibía la daga.

—Sabéis que no tengo dinero.

—¡Atended! —prorrumpió Ejean—. Mis padres fueron condenados por herejes y quemados en la hoguera; y su único pecado fue ser tan buenos cristianos como lo podéis ser vos. Todavía no he descubierto la razón de toda esa farsa, pero quien fuera el culpable no solo los mató, sino que también secuestró a dos de mis hermanos.

—Suponiendo que eso sea cierto, ¿qué tiene que ver conmigo?

—Que mis hermanos quedaron encerrados en esta abadía.

—Dejaos de tonterías. ¿Quién iba a hacer eso?

—No estoy muy seguro, tal vez alguien que se hace llamar el Siervo de Dios, pero eso ahora no importa, la cuestión es que fueron entregados a esa abadía como oblatos.

—No conozco a nadie con ese nombre.

—¿Y qué sabéis de los oblatos? —insistió Hug.

—De todos es sabido que, en la mayoría de los casos, tras un oblato suele haber una historia muy triste —justificó mientras su analítica mente trataba de asimilar la situación.

—Encerraron a un varón y a una hembra —añadió Hug.

—¿A una mujer? —se extrañó Bardou.

—¿Acaso creéis que nos lo estamos inventando? —terció Ejean agarrando al monje por el brazo.

—No, no es eso. Lo cierto es que se me antoja todo muy extraño, pero, aun así, reconozco que, aunque remota, existe alguna posibilidad, o al menos...

—¿A qué os referís? —preguntó Ejean.

—Según tengo entendido, en esa abadía efectivamente hay oblatos. Pero ¿qué diantres han hecho vuestros hermanos para que los internen ahí?

—Simplemente ser hijos de mis padres; no acierto a aventurar más conjeturas —atajó Ejean.

—¿Cómo es que poseéis esta información?

—Así lo revelaron los miembros del tribunal inquisidor que condenó a sus padres —apuntó Hug—. Debéis creerlo, todo lo que dice es absolutamente cierto; yo mismo fui testigo de lo que os está contando.

—¿Y qué es lo que reclamáis que haga?

—Antes me habéis hablado de la enfermedad del hermano Abbal... Necesitaría hacerme pasar por él, y para ello preciso de vuestra ayuda —planteó Ejean.

—¿Suplantar a un hermano? ¿Estáis locos? Os descubrirán en cuanto os hagan leer unos pocos documentos... —Bardou silenció súbitamente el final de la frase que tan elocuentemente había comenzado.

—No tenéis más elección, no dejaré que la vida de mis hermanos dependa de vuestra voluntad —dijo Ejean amenazante.

—Aun suponiendo que os ayude, os descubrirán de inmediato. Esa abadía no es como las demás, no solo se reza y medita, sino que también se exige un continuo trabajo intelectual, y a fe mía que vos no estáis preparado.

—Pues enseñadme; sé leer y escribir. A buen seguro que eso solventará el problema —dijo con arrogancia.

—Ya veo que no tenéis ni idea de lo que se hace en esa abadía —añadió el clérigo con tono intrigante—. Además, ¿verdaderamente sabéis escribir?

—¡Ya os he dicho que sí! ¿Tampoco me creéis? —gruñó Ejean.

—Permitid que lo dude. ¿Quién os enseñó?

—¡Su padre! —exclamó Hug—. Él también fue monje benedictino como vos.

—¿Sois hijo de un monje? —preguntó Bardou con incredulidad.

—No exactamente, mi padre abandonó el noviciado por cuestiones familiares.

—Debéis saber que si me estáis mintiendo, quedaréis en evidencia antes de que cante un gallo —amenazó Bardou.

—Quedad tranquilo, no miento.

—Pues si es verdad, haced mejor uso de vuestra daga y escribid

en el suelo estas palabras: *Per signum crucis de inimicis.*

Ejean retiró la paja, alisó el piso de tierra con el pie y procedió a escribirlas con el filo del arma. Lo hizo con trazo seguro y suelto. Bardou leyó la frase e hizo un sorprendido gesto de asentimiento.

Entonces presintió que tal vez estaban siendo sinceros, pero la singularidad de los hechos seguía sin encajar en su reglada mente. Tras una breve reflexión concluyó que no eran los hechos lo que debía analizar sino a los sujetos; y si en algo podía confiar, era en esa inocente noción que aquellos dos extraños tenían de la abadía. Ningún vil enemigo de su causa podía ser tan crédulo o tan rematadamente idiota.

—¿Y si no están vuestros hermanos?

—Marcharemos por donde hemos venido —aseveró Ejean.

—Si no os ayudo, ¿me mataréis?

—No lo dudéis, a vos, a vuestra madre y a vuestra hermana —determinó Ejean con tal contundencia que dejó anonadado al propio Hug.

—Si colaboro, ¿respetaréis mi vida y la de mi familia? —preguntó el monje con insólita serenidad.

—Por supuesto, pero os adelanto que esa colaboración deberá incluir la enseñanza y la ayuda necesaria para que me pueda manejar allí dentro.

—Volvamos a suponer que os ayudo, y por decirlo alto y claro, me convierto en vuestro cómplice —dijo Bardou con resolución y frialdad—. En el caso de que os descubran, ¿asumiréis vuestra responsabilidad? ¿Confesaríais haberme engañado en las mismas puertas de la abadía?

—Así lo haría.

—¿E incluso reconoceréis haber recurrido a la violencia y amenaza a fin de doblegar mi voluntad?

—No lo dudéis. Me da igual morir por una, dos o incluso tres razones. Ya tengo adjudicada una hoguera, y no creo que nadie haya inventado la forma de que me quemen tres veces.

—¿Juráis que cuanto me habéis dicho es cierto?

—Os lo juro ante Dios —sentenció Ejean.

—De acuerdo, pues; vos os presentaréis como el hermano Abbal, y yo simplemente callaré. No creo que Dios nuestro Señor me condene por haber pecado por omisión y menos estando bajo coacciones.

—¿Cuál es el nombre completo de vuestro hermano? —preguntó Ejean.

—Abbal Detz —pronunció Bardou mientras se santiguaba.

Ejean le retiró la daga del pecho y le ofreció la mano al monje al tiempo que le advertía:

—Agradezco vuestra ayuda, y seré fiel a mi palabra, mas debo advertiros que mi amigo Hug tiene monedas suficientes para permanecer aquí hasta el próximo verano, por lo que, si no salgo vivo de la abadía, antes o después os rebanará el cuello, y también el de todos los vuestros.

Capitulum XX

El prior

Vieron transcurrir la noche en un tenso duermevela, vigilándose clandestinamente el uno al otro. Ejean pasó las horas agazapado en una esquina de los establos, con la mano en el interior de las ropas sujetando la daga, presto a evitar que el monje, tal vez arrepentido de su juramento, se diera a la fuga. Bardou, por su parte, se mantuvo en vigilia acurrucado en la esquina opuesta, valorando las consecuencias de su decisión y recelando del joven. Era consciente de la posibilidad de que Ejean resolviera desconfiar de su palabra, le asestara una puñalada en el pecho y luego tratara de introducirse en la abadía suplantando su identidad. A fin de cuentas, parecía una alternativa lógica en aquellas circunstancias. Hug se vio empujado a renunciar al cómodo jergón que lo esperaba en la planta superior, pero no pareció suponerle un gran inconveniente pues se quedó dormido en el comedero de los caballos, envuelto en mantas.

Ejean y Bardou llegaron a la abadía al tiempo que la primera luz iluminaba la corona de los campanarios. Se detuvieron junto a la entrada con los ojos minúsculos y colmados de legañas. Miraron una y otra vez su interior a través de la reja esperando ver a alguien a quien alertar de su presencia, pero fue inútil. Se miraron con preocupación, sin saber qué hacer. Finalmente, Bardou acertó a ver una delgada soga que discurría por la pared, al otro lado de la reja. Estiró el brazo tanto como pudo hasta conseguir asirla y la agitó vigorosamente haciendo tañer una campana que intuyeron muy lejana. Ejean, con el rostro oculto bajo la capucha, se sonrió al comprobar cuán afortunado había sido la noche anterior, cuando ni uno ni otro fueron capaces de dar con esa campana. El monje pareció leerle el pensamiento.

—¿Y si me he tragado vuestras patrañas como se traga un barbo el anzuelo? ¿Y si sois en verdad un espía? —preguntó Bardou con cierta alarma.

—¿Un espía de monjes? —cuestionó Ejean con extrañeza.

—¿De verdad no sabéis cuál es nuestro trabajo?

—Supongo que rezar y trabajar.

—O sois muy sabio o un perfecto necio —apuntó el monje con un gesto tosco—. En fin, supongo que ha sido una estupidez por mi parte llegar a imaginar tal despropósito. Prefiero pensar que, de querer introducir a un confidente, habrían elegido a alguien mejor informado y preparado que vos.

—Sigo sin entenderos.

—¡Recordad! No respondáis a ninguna de las preguntas que os puedan hacer sin antes cederme a mí la palabra —estableció Bardou con énfasis—. Soy mayor que vos y a nadie le extrañará vuestra subordinación. No iniciéis conversación alguna por banal que os pudiera parecer. Y, por último, marchad siempre dos pasos por detrás de mí, fijándoos bien en todo lo que hago. Intentaremos que vuestros movimientos parezcan los de un religioso…

—¿Y si me encontrara solo? —preguntó el joven con un nudo en la garganta.

—En ese caso, decid que, como yo, venís de Lagrasse. Tengo la certeza de que no coincidiremos con ninguno de los que antaño fueran mis compañeros, por lo tanto, difícilmente nadie podrá poneros en evidencia. Y si alguien persiste en sus preguntas, os inventáis una excusa para abandonar la conversación y acudís a mí para que os informe de forma adecuada. Espero —agregó con frialdad— que en breve os pueda poner al día sobre las particularidades de mi antiguo abad y el prior, y también de los pormenores de aquel monasterio. ¡Y por amor de Dios!, no se os ocurra haceros pasar por experto en teología u otros saberes, porque os delataréis en el acto.

—Entonces, ¿qué debo decir?

—Reconoced de inmediato vuestra falta de preparación teológica. Excusadla alegando que desde muy joven vuestros superiores dispusieron que os especializarais en alguna técnica concreta.

—¿Como cuál?

—Alegad que no estáis autorizado a revelarla. Vuestra respuesta no deberá sorprender a nadie, pues todos estamos obligados a guardar confidencialidad sobre nuestras tareas.

—¿Y si fuera el abad o el prior quien preguntara?

—Si conocéis varias lenguas, alegad que sois experto en ellas. Si no fuera así, decid que sois un erudito en la identificación de claves variables. Soy el único que conoce esas técnicas, y por tanto tampoco os veréis comprometido.

—¿Y eso qué es?

—También procuraré explicároslo en los próximos días —ofreció Bardou con poca convicción.

—¿Cómo debo trataros? —preguntó Ejean en última instancia.

—Me considero un humilde religioso, por lo que será mejor que evitéis el voseo reverencial cuando conversemos en privado.

Entonces apareció de la nada un monje de temible aspecto. Era joven, casi tan alto como dos hombres, y sus espaldas y manos parecían las de un gigante. Iba encapuchado, y lo poco que pudieron apreciar de su rostro les sobresaltó; tenía la nariz chata, cruzada por una espesa cicatriz, y un labio torcido que asustaba al miedo.

—¡Bendecidme, hermanos! ¿Qué deseáis? —dijo con una voz potente y ronca.

—Hemos sido llamados por vuestro abad —contestó Bardou sin poder disimular la sorpresa de toparse con un portero de esa juventud.

Bardou forzó entonces un silencio para tratar de adecuar los hechos a su estricta educación y racionalidad. Tenía claro que, conforme a las normas benedictinas, ese puesto debía ocuparlo un hombre anciano, sabiamente instruido durante años para sobreponerse a las tentaciones mundanas a las que estaban expuestos los porteros por razón de su continuo contacto con gentes extrañas.

—¿El abad?, sí, claro. ¿Lleváis una carta de presentación? —preguntó el portero con suficiencia.

—Por supuesto —respondió Bardou mientras sacaba del hábito una funda de cuero que colgaba sobre su pecho.

El gigante deslizó su poderosa mano a través de la verja, tomó los documentos y leyó en voz baja.

—¿Venís de Lagrasse? ¿Habéis tenido un buen camino? —preguntó sin esperar respuesta—. Veo por los documentos que no sois sarabaítas, ya sabéis, esos monjes que como vosotros viajan en parejas y recalan temporalmente en nuestros monasterios con la única finalidad de obtener techo, comida y satisfacer sus gustos personales, sin acatar obediencia alguna.

—No, es evidente que no lo somos —respondió Bardou de mala gana.

—Tampoco tenéis aspecto de giróvagos —dijo con una amplia sonrisa que dejó al descubierto tres dientes mellados—. ¿Estáis enfermos o habéis pasado por alguna población contagiada por la peste?

—Estamos sanos —respondió Bardou, mientras Ejean se limitó a asentir con un leve gesto.

—Perdonad, pero necesito comprobar que realmente gozáis de buena salud. ¡Desnudaros de cintura para arriba! —ordenó.

Ejean y Bardou, aun sin salir de su asombro, decidieron obedecer de inmediato, sabedores de que en aquellas circunstancias poco podían objetar. Bardou se despojó de las primeras ropas, mientras Ejean lo imitaba a contratiempo, sin atinar muy bien con el orden de las prendas. Ya con el torso desnudo, el gigante les pidió que dieran una vuelta completa y levantasen los brazos, con la intención de descubrir algún bubón en las axilas.

—¿Traéis algún bulto en las ingles?

—No, ya he dicho que estamos sanos —replicó Bardou.

—¡Abrid la boca y enseñadme las encías! —prescribió el hombretón con rudeza—. ¿Os han sangrado recientemente?

—No.

—De acuerdo, de acuerdo… —cedió el portero—. Lamento la incomodidad y descortesía que os pueda suponer, pero esas son las órdenes que tengo. No quiero ni pensar que por mi culpa pueda ingresar la peste en este recinto. ¡Jamás me lo perdonaría! —dijo mientras desaparecía tras el muro.

Al poco se oyó un trajín de cadenas, y finalmente, entre grandes chirridos, vieron alzarse la verja. Cuando Ejean y Bardou entraron en el recinto oyeron cómo los hierros caían justo tras ellos con un fuerte estruendo. El portero inició su pesado caminar hasta alcanzar un claustro que a Bardou se le antojó el más grande que jamás había visto. El gigante se detuvo ante el pórtico de la iglesia.

—¡Esperad aquí! —dijo tras santiguarse.

Entró en el templo dando tiempo a que Ejean y Bardou levantaran la vista para admirar el claustro; un cuadrado irregular delimitado por bellos capiteles y columnas de mármol rosa, profusamente decorados con motivos vegetales y animales. Bardou susurró con asombro: «¡He contado hasta veintisiete capiteles!». Ejean estaba aturdido.

—Pasad, hermanos, y proceded según lo mandado —oyeron decir al portero.

Bardou se precipitó al interior del templo y se postró en el suelo. Ejean lo imitó y esperó a que los pasos del gigante se perdieran para mirar por el rabillo del ojo a izquierda y derecha, asegurándose de que se habían quedado solos.

—¿Qué estamos haciendo? —susurró.

—Orar para reparar las faltas que tal vez pudimos cometer en el camino, ya fuera viendo u oyendo algo malo, o simplemente teniendo conversaciones ociosas.

Ejean no oró, pero sí tomó conciencia de que a partir de ese momento iba a tener que poner todo su empeño en aprender a comportarse como un monje, y eso se le antojaba mucho más complicado de lo que jamás hubiera sospechado. No le quedaba más remedio que fiarse del juramento, consejos y enseñanzas de Bardou, lo cual era tanto como entregar a ese monje su propia cabeza en una bandeja de plata. En cuanto salieron del oratorio, el portero los abordó.

—En nombre del prior, y repitiendo sus propias palabras —dijo el hombretón rascándose la frente e intentando hurgar en la memoria—, os debo recordar que ninguno de vosotros podrá contar a nuestros hermanos nada de lo que podáis haber visto u oído fuera de la abadía, pues podría ser perjudicial para sus almas. De infringir esa norma, tendréis que afrontar la disciplina regular. Ahora esperad aquí sentados hasta que el prior os mande llamar.

Tras pasear por el perímetro del claustro, Ejean y Bardou decidieron tomar asiento bajo uno de los arcos.

—¿Qué era eso de los giróvagos? —indagó Ejean.

—Monjes vagabundos, bastante peor considerados que los sarabaítas, pues solo se hospedan por tres o cuatro días en los monasterios de cada comarca y viven entregados a los placeres mundanos.

—Entiendo.

—¿Qué sabes realmente de nuestra orden? —interrogó Bardou.

—*Ora et labora* —dijo Ejean con tono afectado.

—¿Eso es todo? —ironizó Bardou con una sonrisa burlona—. ¿No sabéis nada del horario, del aprovechamiento de la luz solar según las estaciones del año, de nuestra dedicación a la meditación, al estudio, la lectura religiosa y la oración?

A Ejean no le dio tiempo a contestar, pues el portero volvió a por ellos y les ordenó mediante señas que lo siguieran. Atravesaron el claustro y sus soportales para acabar adentrándose en un edificio de largos y angostos pasadizos. Ascendieron por una escalera y se detuvieron en una amplia sala, frente a un portón bellamente labrado.

—Ruego esperéis —dijo el gigantón mientras golpeaba la puerta y asomaba sumisamente la cabeza.

—Ya están aquí, mi señor.

—¡Hacedlos pasar! —gritó una voz.

En cuanto entraron en la estancia, Bardou se volvió a arrojar al suelo, se tendió boca abajo extendiendo los brazos todo cuanto daban de sí. Ejean reprodujo los movimientos y se estiró a su lado. Así tumbados, percibieron la voz del prior:

—«Escucha, hijo, los preceptos del Maestro, e inclina el oído de tu corazón; recibe con gusto el consejo de un padre piadoso y cúmplelo verdaderamente».

—«Así volverás por el trabajo de la obediencia a Aquel de quien te habías alejado por la desidia de la desobediencia» —contestó Bardou.

—«Mi palabra se dirige ahora a ti, quienquiera que seas, que renuncias a tus propias voluntades y tomas las preclaras y fortísimas armas de la obediencia, para militar por Cristo Señor, verdadero Rey» —remató el prior antes de murmurar «Alzaos» y de hacer ademán de ayudarlos a levantarse.

El prior, bajo y grueso, dio media vuelta y tomó asiento en un sitial donde se puso a consultar unos legajos. Sus ojos, agrandados por los *roidi da ogli*, unos estrambóticos anteojos de metal y grueso cristal, se entreveían piadosos, pero algo había en esa expresión, tal vez las arrugas de su demacrado rostro, que le daba un aire perverso.

—El hermano portero me ha entregado vuestra documentación. ¿Quién de vosotros es Bardou?

—Yo soy Bardou, mi señor —dijo el monje dando un paso al frente.

—Entonces tú debes ser el hermano Abbal —apuntó el prior con tal ironía que a Ejean, creyendo que ya lo habían descubierto, se le desfiguró el semblante.

—Así es —afirmó con voz estremecida.

—Yo soy Ehret Adell, desde ahora vuestro prior.

—¿Y el abad? ¿Tal vez se encuentra indispuesto? —preguntó Bardou con gesto atribulado.

—No os alarméis —manifestó el prior esbozando una falsa sonrisa—. Gracias a Dios, el abad goza de buena salud, y os pido, en su nombre, que sepáis disculparle. Hubiera deseado recibiros, y lo cierto es que estamos en su estancia, pero en estos momentos se encuentra lejos de aquí, inmerso en las tareas del Señor, visitando la vecina abadía de Sant Martí del Canigó, o tal vez incluso, si nuestras oraciones le son favorables, esté ya en nuestro gran monasterio de Sant Pere de Rodes. Los tiempos son difíciles y ello le obliga a viajar más de lo que quisiera.

—Entiendo —asintió Bardou.

—Comprenderéis que pese a las adversidades es necesario que toda nuestra comunidad participe de la misma fe en Cristo, y se mantenga unida en un único y santo Cuerpo…

—¡Y oramos para que así sea! —interrumpió Bardou.

—Pero no debéis preocuparos porque, aunque ausente, tengo muy presentes en la memoria sus instrucciones —estableció Adell.

—Estamos enteramente a vuestro servicio —pronunció Bardou.

—Las cartas del abad de Lagrasse hablan por sí solas de vuestro amor y dedicación a Dios.

—Disponed de nosotros en el lugar que mejor podamos servir a Dios —se atrevió a decir Ejean, consciente de que tan malo era hablar en demasía como no pronunciar una sola palabra.

—Resulta curioso que os llaméis Abbal, un nombre que sin duda procede de nuestra sagrada palabra Abba —apuntó el prior.

Bardou reparó al instante en que las peculiaridades de la palabra *abba*[11] podrían dar lugar a una conversación o controversia que su compañero sería incapaz de seguir.

11. En arameo, *ab·bá* significa 'oh, padre', una de las primeras palabras que un niño aprendía a pronunciar. Combina la intimidad del término castellano «papá» con la dignidad de «padre». Aparece tres veces en las Escrituras en lengua aramea para invocar al Padre celestial, Jehová.

—En efecto, aunque en realidad debo deciros que para no pecar de soberbia nunca ha querido ser llamado con un nombre tan solemne, sino simplemente Ejean.

—Sí, Ejean Detz —añadió el joven recordando el verdadero apellido de Abbal—. Decidí adoptar este nombre en honor a mi abuelo, un fiel y devoto cristiano.

—Pues así sea. Nuestras vidas son anónimas y solo Dios es capaz de darles un nombre —respondió el prior.

Bardou tragó saliva y a Ejean le asomó una mueca nerviosa que lo obligó a cerrar los ojos para tratar de recuperar la serenidad. Adell, afortunadamente ajeno a esos detalles, inició su estudiado discurso refiriéndose a la Regula Sancti Benedicti,[12] a la que todos ellos estaban sometidos. Aquella alusión, aparentemente inofensiva, e incluso innecesaria, terminó por convertirse en una seria advertencia; en esa abadía había ciertos matices, especialmente referidos al trabajo y la obediencia que adquirían una especial relevancia. El prior se levantó bruscamente de su asiento y se aproximó a los monjes.

—Debo también añadir que desde este momento se os da potestad para interrumpirme siempre que sea para preguntarme sobre algo que pueda perfeccionar vuestra conducta y espíritu; y por igual motivo, siempre que sea en interés de las funciones encomendadas a esta abadía, si bien no quedaréis dispensados del voto de silencio, al menos no os lo aplicaré de forma tan estricta como en otras comunidades.

Tras aquellas palabras, los miró fijamente a los ojos, intentando penetrar en sus pensamientos, y luego se puso detrás de ellos a fin de inspeccionar sus vestimentas, su tonsura y cualquier otro detalle que pudiera revelar la personalidad y el temperamento de los recién llegados.

—A buen seguro —continuó Adell—, sabréis que el primer grado de humildad es una obediencia sin demora, y entre estos mu-

12. Regla monástica que Benito de Nursia escribió a principios del siglo VI y que llegó a costarle una conspiración para envenenarlo. En el siglo VIII, Carlomagno encargó una copia e invitó a seguirla a todos los monasterios de su imperio, obligando a que los monjes la memorizaran íntegramente. Esta regla fue la única ordenanza por la que se regían los monasterios occidentales, hasta que se impuso la de san Agustín, con los premostratenses y agustinos en el siglo XII y los dominicos en el XIII.

ros su observancia es la virtud más valorada. La subordinación debe ser sin vacilaciones, sin tardanza, sin tibieza y sin murmuración; y ello no tanto por el temor al infierno o por la gloria de la vida eterna, sino porque el mandato de un superior es como si Dios mismo os lo ordenara. Por esa razón la desobediencia es severamente castigada, mucho más que en cualquier otra casa del Señor. Para nosotros la excomunión es la más leve de las condenas, pues la imposibilidad de compartir con los hermanos el oratorio o la mesa en las colaciones se nos antoja un castigo pueril. Así pues, es necesario que conozcáis que, no existiendo entre nosotros la expulsión, el siguiente grado para quien reitere sus faltas es ser azotado y sometido a cualquier otro castigo corporal, y en caso de no corregirse, ser encerrado de por vida entre estas paredes. ¿Tenéis alguna duda al respecto?

Bardou bajó los párpados y asintió con la cabeza, mientras Ejean rogaba a Dios que el sudor que perlaba su frente no lo delatase.

—El silencio —dijo el prior tomando de nuevo asiento— es otro de los particulares más exigibles, pero como os he dicho, no tanto dentro de la abadía como fuera. Más allá de estos muros el silencio deberá ser absoluto y no podrá ser quebrantado siquiera bajo tortura, pues es de todos sabido que la suerte de los demás hermanos dependerá siempre de vuestra palabra.

—Ya fui advertido de ello en Lagrasse —ilustró Bardou con solemnidad.

—No lo dudo, pero en esta abadía esta máxima es incluso más importante que la obediencia.

—Lo sabemos, mi señor —acordó Ejean.

—En cuanto atañe al interior del recinto —agregó el prior cambiando el tono—, y aun salvaguardando la santa enseñanza que nos recuerda que hablar y enseñar le corresponde al maestro, y callar y escuchar es tarea del discípulo, debo indicaros que existen, por razón de nuestra particular labor, amplias excepciones reguladas por el abad.

—¿Cuáles, mi señor? —preguntó Bardou.

—Os estará permitido hablar con vuestros hermanos en estancias privadas, pero deberéis contar con la autorización previa de uno de nuestros decanos, de esos hermanos que por su reputación y vida ejemplar gozan de la confianza del abad y velan por el cumplimiento de la disciplina monástica. Él será quien a vuestra solicitud anotará en el libro registro de visitas el motivo de las mismas, el nombre del hermano entrevistado y el tiempo concedido. Cualquier otra reunión será considerada ilegítima y por tanto causa de sanción grave, penadas igual que lo son las bromas, las palabras ociosas y todo aquello que pueda hacer reír a nuestros hermanos.

Bardou se levantó el hábito y cogió un pequeño saco que a modo de morral colgaba de su hombro derecho. Tras sacar de él unos documentos, avanzó dos pasos y se los entregó al prior.

—¿De qué se trata? —interrogó Adell mientras intentaba leer su contenido.

—Anotaciones de las enseñanzas más importantes que recibí de mis maestros en Lagrasse. Allí fui autorizado a poseerlas, pero una vez aquí, ya nada me pertenece, y os las entrego para que las custodiéis en vuestros archivos.

—¿Los requerís para vuestros trabajos?

—En efecto, pueden serme útiles.

—Entonces, retenedlos en vuestro poder —dijo el prior mientras le devolvía los legajos—, pues si bien es cierto que nuestra regla no nos permite poseer ni libros ni tablillas, nuestro abad, velando por la eficacia en el trabajo, consiente ciertas excepciones...

—Pero tal vez no sea prudente, pues su contenido... —se atrevió a replicar Bardou.

—No os preocupéis por su confidencialidad —interrumpió el prior intuyendo cuál podría ser la inquietud del monje—. Gracias al buen hacer del abad, no compartiréis el dormitorio con otros hermanos, sino que dispondréis de una celda privada. Ahí podréis dejar, siempre a la vista —puntualizó—, los utensilios que se os permita custodiar, y yo os autorizo a que preservéis estos documentos; pero recordad que nunca adquiriréis la propiedad, pues todas las cosas nos son comunes y jamás podréis negaros a prestarlas a cuantos hermanos lo soliciten.

—Pero quizá ciertos documentos puedan ser comprometedores —insistió Bardou con recelo.

—Ya digo que no debéis temer por su extravío. El secretismo de nuestra labor nos ha obligado a probar la honestidad de todos los que aquí convivimos, uno por uno, y durante largo tiempo. Además, esta abadía tiene prohibido el acceso a peregrinos, pobres y enfermos, como también a cualquier monje que no haya sido expresamente llamado por el abad. Así pues, nadie puede entrar o salir libremente.

—¿Tampoco los enfermos? —cuestionó Bardou.

—Solo los nuestros, pues por idénticos motivos de seguridad, hemos prescindido de la labor benéfica, y por ello, tanto la hospedería como el hospital están vetados a los extraños; ahora exclusivamente ocupados por oblatos y monjas.

—¿Monjas? —exclamó Bardou con sorpresa.

—Así es, probablemente no estéis familiarizados con esas formas, pero el abad, siempre guiado por la mano de Dios, ha estimado conveniente que esta abadía sea dúplice, con el fin de que las rutinas diarias no entorpezcan nuestros servicios. Gracias a las monjas no tenemos semaneros de cocina, ni encargados de lavandería ni otras menudencias que nos distraigan; también son ellas quienes nos proveen de los productos de la huerta.

—¿Mujeres? —volvió a preguntar Bardou.

—Sí, pero nada debéis temer, pues ni las veréis ni nunca estaréis en contacto con ellas.

—Entonces, ¿cómo nos hacen llegar la comida y las ropas? —preguntó Ejean haciendo ímprobos esfuerzos por evitar manifestar su ansiedad.

—Exclusivamente a través del hermano custodio que por turno corresponda, y ni siquiera ese servicio es obligatorio para quien desee evitarlo.

Bardou miró a Ejean con desasosiego, reconociendo que tal vez todo lo que le había contado pudiera ser cierto.

—Por último —agregó Adell—, señalaros que al lector de semana se le permite analizar durante las comidas textos no sagrados, siempre y cuando lo haga para arrojar luz a cuantas tareas nos son encomendadas; aunque quien pretenda ese tipo de lecturas necesitará de nuestro consentimiento previo.

Bardou se quedó atónito, esforzándose por no interpretar esas palabras como sediciosas. El prior reparó en su gesto de confusión y consideró adecuado matizar sus explicaciones:

—Será requisito indispensable que quien tome la palabra jamás actúe por vanidad o por el simple placer de escucharse. Si algún hermano mostrase disconformidad con esa lectura, callará, y solo al final podrá solicitarme la réplica, que expondrá ante todos en la siguiente colación. No se permitirán dúplicas, y cualquier otro debate se ventilará entre los hermanos por escrito hasta un máximo de dos epístolas, y siempre bajo mi autorización y censura.

En aquel instante alguien golpeó la puerta de la estancia.

—¡Pasad, hermano! —exclamó Adell.

—Disculpad, prior, tal vez me he adelantado a vuestra llamada —dijo con voz compungida un monje menudo y de avanzada edad.

—No, en absoluto. Ya daba por finalizada mi plática, y evidentemente no tenía intención de recordarles ahora los setenta y cuatro instrumentos del arte espiritual de nuestra regla —añadió con una sonrisa—. Pasad y os presentaré a los hermanos recién llegados.

Ejean prestó suma atención a la forma en que saludaba su compañero y copió sus movimientos como lo haría el mejor farandulero. Una vez que el joven besó las mejillas del anciano monje, el prior tomó nuevamente la palabra:

—Este es nuestro hermano Jaume d'Olm, él es quien más sabe de política, genealogía, cartografía e historia, y por tanto será en breve quien os dará las primeras lecciones de la realidad que viene sucediendo ahí fuera.

—Así se hará, estimado prior —respondió D'Olm—, y salvo que dispongáis otra cosa, me gustaría entrevistarme con ellos mañana mismo.

—Cuanto antes mejor, pues es mucho el trabajo que les espera. Ahora ruego nos acompañéis a la iglesia —ordenó el prior al tiempo que iniciaba un andar ampuloso.

Adell y D'Olm abrieron la comitiva. Ejean y Bardou los siguieron a una prudente distancia, viéndose inmersos en un ciego deambular por pasillos y edificios que los condujo de nuevo al claustro. Durante el trayecto, Ejean cruzó intencionadamente la mirada con Bardou emplazándolo a que le explicara lo que sucedía ahí dentro.

Entraron en la iglesia por la misma puerta lateral, y llegados al altar, el prior ordenó a D'Olm que tomara asiento en los bancos de la primera fila. Con un gesto de autoridad mandó a los recién llegados que se postraran a sus pies. Bardou se lanzó al suelo del pasaje central, y Ejean hizo lo propio instantes después. Ambos quedaron tumbados, con el pecho sobre la gélida piedra y con los brazos abiertos, imitando la forma de la cruz. El prior juntó sus manos e inició un breve canturreo, para a continuación cerrar los ojos y orar por unos momentos. Ejean y Bardou oyeron murmullos tras ellos, como si alguien hubiera abierto la puerta principal y una endiablada ráfaga de viento arrastrara hacia ellos las hojas del exterior. Ejean miró discretamente, pero no vio nada.

—Hermanos, este es el juramento de fidelidad a nuestro santo pontífice de Aviñón, a nuestro abad y al pobre siervo que ahora os habla —introdujo el prior—. A todos deberéis obedecernos conforme a las prescripciones de nuestra Regula Sancti Benedicti, y de no observarlas, sabed que seréis reprendidos acorde a la misma. ¡Alzaos y orad para que Dios misericordioso os dé la fuerza y fe necesarias con las que cumplir las tareas que se os encomienden, y de no hacerlo, sepáis aceptar los castigos que os impongamos, y si aun así persistís en el error, sea el Señor quien os sancione con el fuego eterno!

El prior les indicó que se incorporasen, y unas voces fantasmales retumbaron en toda la iglesia. A Ejean se le paralizó el corazón.

Ut queant laxis
Resonare fibris

Mira gestorum
Famuli tuorum
Solve polluti
Labii reatum
Sancte Iohannes

El joven se giró de inmediato, incapaz de resistir por más tiempo la incertidumbre. A sus espaldas vio a incontables Monjes Negros en pie, cantando fervorosamente. En cuanto concluyeron los cánticos, se arrodillaron y, tras santiguarse, abandonaron el templo en perfecto orden y silencio. Desaparecieron como si se tratara de espíritus que solo la febril mente de Ejean hubiera podido imaginar. El prior, alzado junto al inmaculado altar de mármol blanco, les ordenó con cortesía:

—Hermanos en Cristo, haced honor a vuestro juramento y orad ante nuestro Señor. En cuanto finalicéis las plegarias, esperad ahí fuera hasta que el portero, el hermano Girard, venga a buscaros. —Se dio la vuelta y abandonó la iglesia.

Ejean estaba perplejo. Su corazón ardía en deseos de escapar de ahí, de salir corriendo y no parar hasta llegar a Codalet. Bardou captó su expresión y trató de tranquilizarlo con la mirada. En cuanto el monje terminó sus plegarias, Ejean lo sujetó del brazo.

—¿Qué ha sido eso? —inquirió Ejean con el rostro desencajado.

—Nuestro juramento.

—Eso ya lo sé, me refiero a ese cántico tan singular.

Bardou comprendió su inquietud y trató de tranquilizarlo. Le explicó que se trataba del *Ut queant laxis*,[13] un himno religioso dedicado a san Juan Bautista, y que ya en sus días de Lagrasse pasó a ser un canto de identidad para todos los que se dedicaban a esas tareas tan señaladas.

—¿Sois realmente monje? ¿De qué tareas me hablas? ¿Dónde estoy realmente?

—Poco a poco lo irás entendiendo —se limitó a contestar Bardou.

Al punto apareció el portero arrastrando los pies y con la cabeza gacha, acompañado de un hermano espigado, de ojos claros y barbilampiño que se presentó como *frère* Boey.

—Dado que es menester que Girard no deje desatendida la entrada, si me lo permitís, seré yo quien os muestre la abadía y más tarde os guíe a vuestras celdas.

—No os preocupéis por eso —alegó Girard mirando al suelo—. Ya nadie nos visita, pues toda la comarca sabe que aquí son todos mal recibidos.

—Lo lamento, pero debéis obedecer las instrucciones del prior. Regresad a vuestro puesto, por favor —instó Boey con voz reposada y gesto compasivo.

Girard insistió con la mirada, suplicando como haría un niño, para que no lo obligaran a regresar tan rápidamente a la garita; pero en cuanto vio que sus ruegos no eran atendidos, ladeó la cabeza de mala gana y desapareció por la callejuela. Boey tomó los brazos de los recién llegados y los llevó hasta el centro del claustro, donde se levantaba una fuente de piedra. Hacía muy poco que había terminado de caer aguanieve y ahora parecía abrirse un claro. Ejean apro-

13. *Ut queant laxis* ('Para que tus siervos'), fue compuesto en el siglo XI por el músico Guido de Arezzo, a quien también se debe la invención del pentagrama. El himno es una especie de acróstico: las primeras sílabas de los versos son las siete notas musicales; salvo el primero, que empieza con *ut*, la denominación antigua de la nota do, y el último verso, que forma la nota si con las iniciales de sus dos palabras.

vechó para observar el cielo como si fuera la primera vez que lo viera, con una mirada que parecía suplicar la ayuda divina.

—¡Sin duda, una gran obra! La prueba inequívoca de que la fe mueve montañas. ¿Quién diría que todo esto pudo engendrarse a partir de la pequeña iglesia de San Germán? —comentó Boey.

—¡Es magnífico! —reconoció Bardou.

Los tres admiraron la galería cubierta que rodeaba el claustro, siguiendo con la vista los tranquilos pasos de un par de religiosos que deambulaban por las estancias del segundo piso, todo él abierto por pequeños ventanales.

—Aquellos son los aposentos de las monjas —dijo Boey señalando el lado norte del claustro—. Como podréis observar, nuestro abad ha tenido la precaución de que el muro que nos separa de ellas no tenga abertura alguna, así pues, nunca las advertiréis, salvo cuando tengáis que encargaros de llevar la ropa o recoger la comida. Pero no temáis, pues eso solo se realiza una vez al día.

—¿Dónde? —indagó Ejean con decisión.

—Tras la reja que se encuentra en la planta subterránea del campanario norte, pero todo a su debido tiempo...; ya os darán las instrucciones pertinentes cuando os corresponda el turno.

Entraron de nuevo en la iglesia por el acceso lateral. El templo, que a decir de Boey se había erigido en honor a san Miguel Arcángel, estaba formado por tres naves cubiertas con cerchas de madera y dividido por arcos de herradura. En el centro tuvieron ocasión de admirar una hermosa tribuna que Boey imputó a Serrabona: «El Maestro de las Tribunas», apostilló con sentido orgullo.

Boey parecía extasiado, como si estuviera mostrando su propia obra de arte. Tomó un cirio y lo movió lentamente junto a las piedras hasta hacer brotar de las sombras el relieve de un león rampante portando un libro. A su lado apareció un toro, luego un águila y finalmente la forma de un hombre alado. Bardou sabía bien que eran las imágenes de los cuatro evangelistas. El león era el atributo de san Mateo, la imagen del valor. El toro representaba a san Lucas, símbolo de la fuerza, y también porque su Evangelio se iniciaba narrando precisamente el sacrifico de una res. El águila de san Juan estaba ahí para indicar que aquel era el culmen de todos los Evangelios, el que más alto elevaba los pensamientos y los corazones. Finalmente, san Marcos, el hombre alado, emblema de la inteligencia, y porque su Evangelio se iniciaba con la aparición de un ángel a san José. Bardou se aproximó al relieve y lo besó delicadamente. Bajo las figuras se inscribían dos querubines y sendas ménsulas rodeadas de formas simiescas; unos rostros tan monstruosos que nadie en su sano juicio podría haber llegado a idear. Algo más allá asomaron las imágenes de san Pedro y san Pablo, la figura del Agnus Dei y la placa dedicada al abad Gregorio.

En cuanto Boey repuso el cirio en el candelero, se desplazaron hacia al fondo de la nave, ahí donde se levantaba el altar blanco en el que instantes antes habían prestado juramento.[14] Tras él se abría un deambulatorio alrededor del coro que comunicaba, por cada uno de sus extremos, con otros dos ábsides menores y con los accesos a los campanarios. Ejean, preso de una gran excitación, se adelantó unos pasos hacia las escaleras que descendían a los subterráneos de la torre norte, allí donde les habían dicho que se producían los intercambios de ropa y comida con las monjas. Pero para su desdicha, Boey no estaba dispuesto a detenerse y continuó la marcha en sentido opuesto.

Abandonaron la iglesia por su entrada principal, y en un abrir y cerrar de ojos se encontraron en una cripta de planta circular, organizada en torno a un pilar central y cubierta con una bóveda que abrigaba una bellísima imagen de la Virgen María.

—Esta es la capilla del Pesebre, y esos laterales albergan las capillas de san Gabriel y san Rafael —murmuró Boey en un vano intento de evitar el eco de su propia voz.

Aquel era sin duda un lugar mágico que invitaba al recogimiento. Ejean se quedó absorto, como si esperara que las piedras le hablasen y pudieran indicarle el camino a seguir para rescatar a los suyos; pero Boey tampoco les dio respiro y los llevó hasta una nueva cripta que velaba la capilla de la Trinidad. El guía comenzó entonces a acelerar el paso y a moverse con tanta precipitación que Ejean, rezagado, no atinó a saber dónde se hallaba. Estaba solo, sin luz y desorientado. Se quedó quieto: «¿Cómo es posible perderse en tan poco espacio?», pensó con rabia. Aguzó el oído y percibió los lejanos pasos de sus

14. Se tiene la certeza de que ese mármol provenía de un monumento romano reutilizado, consagrado en el año 974. Vendido durante la Revolución y utilizado como balcón en una casa de Vinça, se recuperó en 1971 y fue devuelto a la abadía con ocasión del milenario de su consagración, en 1974.

acompañantes, pero no acertaba a encontrar el camino. Enseguida le llegó la voz de Bardou desde el extremo de uno de los pasillos. Tomó ese ramal y anduvo a ciegas hasta conseguir reunirse con ellos.

Más tarde se internaron por un pasaje porticado donde Boey se detuvo sin atreverse a cruzar más allá.

—Este es el atrio, la estancia utilizada por el prior.

—¿Ese es el aposento del prior? —preguntó Bardou con sorpresa.

—Sí, así es. Al parecer, nuestro prior gusta de encerrarse aquí para meditar y orar en privado —dijo con cierto desdén.

En cuanto salieron de la capilla de san Gabriel y retornaron al claustro, Boey señaló los aposentos que quedaban a su izquierda. Comentó con desinterés que se trataba de almacenes, bodegas, establos y despensas. Luego elevó la mirada con dignidad y señaló las estancias que se apreciaban en la segunda planta del edificio, para referirse a ellas como la casa del abad, la biblioteca y el *scriptorium*.

—¿Y ese pequeño anexo que queda tras la biblioteca? —preguntó Ejean.

—Esa es la hospedería para peregrinos y el hospital, pero actualmente está ocupada por los oblatos.

Ejean y Bardou se miraron estupefactos. El guía, confundiendo estupefacción con aturdimiento, proclamó con artificial humildad:

—Comprendo vuestra desorientación, pero en un par de días os sentiréis como en casa. Ahora, si os parece, procederé a mostraros vuestras celdas.

Boey entró en los edificios de poniente y subió penosamente unas escaleras que terminaban en un estrecho corredor lleno de puertas. Se detuvo frente a dos celdas contiguas.

—Aquí es donde os hospedaréis —dijo mientras levantaba el pasador y entraba en una de ellas.

Bardou y Ejean esperaron a que abriera la ventana. La celda, aunque reducida, disponía de un jergón, una pequeña mesa, una silla y un estante de madera.

Ejean se asomó a la ventana y aguzó el oído hasta convencerse de que estaba percibiendo un leve susurro al que no supo encontrar explicación.

—¿Y este sonido?

—Es la conducción de agua —dijo Boey mientras señalaba una pequeña cornisa que discurría a media altura del muro exterior—.

Todas las celdas de esta sección disponen de ella, y para abasteceros simplemente deberéis usar este recipiente —ilustró tomando una calabaza que colgaba de la pared—. Podréis beber toda la que deseéis, pero cuidad de no indigestaros. Dicen que proviene de los manantiales del Canigó, y debe ser cierto, pues está fría como la nieve. Y si lo que queréis es lavaros, bastará que vertáis el agua en la pila que hay junto a la ventana; un lujo solo al alcance de muy pocos nobles.

Entonces Boey propuso acompañarlos hasta la cocina, a fin de que pudieran almorzar las sobras del mediodía. A Ejean y Bardou les cambió el semblante. En cuanto llegaron a la cabecera del refectorio giraron a su izquierda y se adentraron en la estancia de los fogones. Allí encontraron al hermano que ejercía las funciones de maestresala. Boey lo saludó en silencio e intercambiaron unos susurros. Al poco les ofreció un plato frío de lentejas y un trozo de pan. Más tarde les escanció agua y vino. Boey se quedó observando con deleite cómo los recién llegados devoraban la comida sin siquiera mirarse el uno al otro. Esperó pacientemente en pie, junto a la mesa, hasta que finalizaron el refrigerio.

—Debo irme para atender mis quehaceres. ¿Sabréis volver a vuestros aposentos?

—Sí, por supuesto —farfulló Ejean con la boca todavía llena.

—Bien, pues en este caso os dejo, y si deseaseis algo más, no dudéis en solicitarlo del hermano que está al tanto de la cocina.

Antes de que Boey los abandonara, Bardou atinó a preguntarle dónde debían dirigirse a continuación. Boey les dio a conocer que el prior, en consideración al viaje, había previsto dispensarlos, si así lo deseaban, de la cena y los oficios a fin de que pudieran recobrar fuerzas para asistir al día siguiente a la *lectio divina* y laudes.

En cuanto se quedaron solos, y tras comprobar que el hermano encargado de las cocinas se encontraba atareado en el otro extremo de la estancia, Ejean se atrevió a musitar unas palabras a Bardou:

—¿Irás a la cena?

—Claro, ardo en deseos de conocer a todos nuestros hermanos, e incluso es posible que pueda reencontrarme con antiguos compañeros de otras abadías. ¿Y tú?

—No lo creo.

—Haz lo que desees. Al fin y al cabo, tienes el privilegio del prior y nadie reprenderá tu ausencia.

Regresaron a sus celdas en total silencio, hasta que Ejean abrió la puerta. Entonces Bardou murmuró unas palabras al oído:

—No hace falta que te diga que, si tienes que investigar, mejor hazlo ahora, porque serán muy pocos los días en los que podrás justificar tus extravíos. —Sonrió con picardía.

En cuanto Ejean entró en su celda y ajustó la puerta, se quedó junto a ella con los brazos extendidos en cruz. Sabía bien que la decisión de ausentarse de la cena no era por cansancio, sino por algo mucho peor: sentía miedo. Tenía verdadero pánico a verse rodeado de monjes, a errar de palabra u obra, y ser desenmascarado. Asomaron a su mente un sinfín de angustiosas reflexiones: «¿Puede haber roto Bardou ya nuestro juramento? ¿Y si los monjes ya me han descubierto y simplemente están jugando conmigo?».

Observó que su puerta no tenía pestillo ni cierre de ninguna clase. Temiendo que pudieran sorprenderlo durante la noche, movió el jergón y lo dejó a menos de un palmo de ella. Pensó que de esta manera, si alguien entraba, necesariamente golpearía la cama y lo despertaría. Tomó dos mantas y se tumbó vestido. Cerró los ojos e intentó no pensar en nada. Al poco oyó unos débiles quejidos que parecían provenir de la planta superior, pero luego se hizo el silencio y volvió a percibir el relajante murmullo del agua. Tomó la daga, la situó junto a su cuerpo y se durmió.

Capitulum XXI

Jaume d'Olm, el estratega

Un monje se encargó de despertar a Bardou golpeando suavemente la puerta de su celda. Este se levantó del jergón como empujado por un resorte y vertió el agua de la jofaina sobre su cabeza, se aseó y calzó las sandalias. Mostraba una expresión ufana y excitada, reflejo de su anhelo por afrontar el primer día en la abadía. Se detuvo frente a la celda de Ejean y escuchó tras la puerta, pero todo era silencio. Extrañado, decidió abrirla hasta notar que topaba con algún obstáculo. Bardou introdujo entonces la cabeza por la estrecha abertura, sorprendiendo a Ejean estirado en el jergón, plácidamente dormido.

—¡Vamos, levántate, nos llaman a laudes!

Ejean se despertó sobresaltado y tomó instintivamente la daga con fuerza. Bardou bromeó en voz baja:

—¿Acaso te has dormido estando de guardia?

Ejean le devolvió la gracia con un gesto brusco y con los ojos inyectados en ira.

—¡Lávate la cara y cálzate! Te espero aquí fuera, estoy convencido de que con el sueño que llevas no acertarías a dar ni con el camino a la iglesia —exclamó Bardou con regocijo.

Al poco avanzaban por los pasillos siguiendo al resto de los hermanos que como disciplinadas hormigas se iban incorporando a la hilera de a dos que los llevaba al oratorio; caminaban con las cabezas gachas y tiritando de frío.

La iglesia, sumergida en un sepulcral silencio, parecía empapada de espíritus invisibles, afanados en intentar apagar los escasos cirios que la iluminaban. Al entrar el prior, los cuatro hermanos que lo seguían comenzaron a entonar un himno que inmediatamente fue coreado por todos los asistentes. Las voces variaron luego a unas antífonas y más tarde a unos salmos que terminaron por introducir la breve lectura del lector de semana. Ejean percibió cómo paulatina e inexplicablemente le inundaba una misteriosa paz, una sensación que se filtraba por todos los poros de la piel. Llegó a tal estado de sensibilidad que el mero roce de su ropa le hizo sentir un placentero cosquilleo. Aunque intentó soslayarlo, no pudo evitar rememorar las caricias de Saksik; de cómo delicadamente le recorría el pelo con los dedos mientras susurraba palabras que, aun dichas en otro idioma, sin duda habían sido palabras mágicas de amor.

Despertó de su letargo en cuanto los monjes iniciaron el frenético canto de un fragmento del Nuevo Testamento. Eran tales el entusiasmo y la potencia de sus voces que pareció que la iglesia se iba a venir abajo. Luego, tras un prolongado silencio, oyeron la voz serena del prior pronunciando las plegarias finales.

—¿Qué nos espera ahora? —susurró Ejean sin mover la cabeza.

—En breve procederemos con la *lectio divina* —ilustró Bardou.

—¿De qué se trata?

—Sígueme —murmuró Bardou, bien dispuesto a prestarle las enseñanzas a las que se había comprometido.

Bardou se levantó para dirigirse a una capilla anexa y se arrimó al candelero donde prendían docenas de pequeñas velas.

—Es un método para leer la Biblia —musitó Bardou mientras tomaba una nueva candelilla y se disponía a encenderla.

—¿Y? —preguntó Ejean con absoluta ignorancia.

—Con ella tratamos de experimentar a Dios a partir del conocimiento de los textos sagrados, reviviéndolos tal y como en su día fueron redactados. Es pues el encuentro con el Creador a partir de la palabra que nos ha sido revelada; una experiencia mística con la que nos adentramos en el mensaje divino. Pero hay que seguir un largo proceso a fin de evitar que esa experiencia no se agote con el texto en sí, sino que sirva para renovar la experiencia original del sacrosanto autor.

—¿Qué pasos tiene ese proceso?

—Lectura, meditación, oración, contemplación y finalmente la acción —continuó explicando el monje, esforzándose en atemperar su voz a fin de que sus bisbiseos no inquietasen al resto.

—Creo que sigo sin entender nada.

—Ya te lo explicaré en otro momento, ahora limítate a hacer lo que yo haga, y si te llega el turno, lee el texto que corresponda, y luego, básicamente, procura relacionarte con el Señor de acuerdo a lo que te sugiera el espíritu —concluyó Bardou mientras ambos regresaban a la nave central y tomaban de nuevo asiento en el banco.

Bardou se concentró en cada una de las frases que mansamente iban resonando en la iglesia; pasajes que, uno a uno, los monjes de la primera fila fueron desgranando como si se tratara de una poesía preciosa. Tras un largo rato, el prior con un leve gesto ordenó callar al monje lector. Todos se ensimismaron de forma tal que parecían haber caído en el más profundo éxtasis. Ejean llegó a pensar que ni tan siquiera respiraban y que el tiempo se había detenido. Sintió que el silencio se agolpaba en su sien y comenzaba a alcanzarle el embelesamiento que irradiaban sus compañeros. Pero le resultó imposible reflexionar sobre los textos que acababa de escuchar. Su mente solo alcanzó a percibir unas confusas voces y risas del pasado, que, entre brumas, terminaron por dibujar el semblante de sus padres; eran imágenes que iban y venían sin orden, como si quisieran jugar con él de forma caprichosa. Cuando se quiso dar cuenta, estaba llorando.

Al abandonar la iglesia se trasladaron en fila de a dos al refectorio. Allí desayunaron, y poco antes de finalizar el ágape un monje se aproximó a ellos y susurró:

—Jaume d'Olm os espera en el aposento del abad.

Ambos asintieron calladamente. Bardou estaba radiante, mientras Ejean no atinaba a dar con la expresión con la que disimular su preocupación. El prior esperó mansamente a que el más anciano de los hermanos terminara de comer antes de erguirse y exclamar:

—¡Qué maravilloso es tu amor, oh, Dios!

—¡Bajo tu amparo los hombres buscan protección! —corearon el salmo los monjes.

En cuanto los religiosos se levantaron, Bardou tomó con presteza la manga de Ejean y lo arrastró hasta alcanzar las escaleras que ascendían al aposento del abad. El monje, deseoso de escuchar al hermano D'Olm, era la viva imagen de un niño a la espera de ser obsequiado con golosinas. Tras golpear la puerta oyeron una voz cálida y amable:

—¡Pasad! ¡Pasad!

El anciano se encontraba sentado en el sitial del abad. Los miró con ojillos picaros, como los de quien sabe que ha usurpado una propiedad ajena. Ejean incluso especuló con la posibilidad de que el viejecito hubiera estado ensayando como un comediante el personaje de su superior.

—Tomad los instrumentos de escritura y sentaos aquí —dijo D'Olm ofreciendo las dos sillas que tenía delante—. La reunión será prolongada y es necesario que anotéis todo cuanto sea relevante.

Ambos se precipitaron sobre la cómoda donde estaban los útiles estorbándose el uno al otro.

—Ahora veremos si realmente sabes escribir —murmuró Bardou aproximando sus labios a la oreja de su compañero.

Cuando tomaron asiento, el anciano los miró con cara amistosa, casi paternal, como un padre a sus hijos.

—Mi responsabilidad con vosotros es aleccionaros y prepararos para una labor muy particular, y para ello no solo debo enseñaros todo aquello que considere conveniente, sino que también quedo obligado a responder a cuantas preguntas me formuléis, sin importar lo transcendentales o confidenciales que pudieran ser. Por vuestra parte, y conforme al juramento que prestasteis ante el prior, venís forzados a mantener silencio aun a costa de vuestras vidas.

Ejean percibió en el rostro de Bardou un desmesurado gesto de júbilo, y ello le preocupó aún más.

—Os relataré lo que sucede ahí fuera —prosiguió D'Olm—, donde todo es guerra y odio, y donde Dios solo parece existir entre los pobres. Estamos en tiempos difíciles e imagino que en vuestros peregrinajes habréis podido comprobar todas las calamidades que nos acosan; la forma en que se eternizan las malas cosechas, las sequías, las inundaciones, y cómo, en definitiva, la hambruna preside hoy nuestras mesas.

—A lo que, por desdicha, hay que sumar la epidemia de la peste —apuntó Bardou, mientras Ejean asentía con la cabeza.

—No dudo que el hambre se haya aliado con esa enfermedad, pero entiendo que la ira de Dios tampoco debe ser ajena, pues solo Él ha podido permitir que la peste se asiente entre nosotros como un huésped de honor, exterminando las almas cristianas con la misma eficacia que lo haría la peor de las plagas divinas.

—Es nuestro deber resignarnos a su voluntad —reflexionó Bardou.

—¿Resignarnos? No podemos hacer tal cosa —refutó el maestro—. Cierto es que el hambre y la epidemia terminan con la vida de unos y otros, pero eso, aun siendo grave, no es todo; lo peor es que incita a la violencia entre campesinos y señores, entre estos y los nobles, y entre nobles y reyes.

Jaume d'Olm se incorporó e inició un breve paseo por la estancia.

—¿Por qué creéis que apenas quedan campesinos? —se preguntó el maestro—. Simplemente porque los que han sobrevivido ya no pueden pagar las rentas a los nobles. Por ese motivo la gente del campo emigra a las ciudades, y eso, queridos hermanos, es lo mismo que llamar a la puerta de las revueltas; ved si no lo sucedido en La Grande Jacquerie.

Ejean no sabía a qué se estaba refiriendo D'Olm y miró a Bardou pidiendo que le echara un capote.

—Perdonad, hermano —dijo Bardou a D'Olm—, pero nuestro querido Ejean es joven y además ha pasado largos periodos de tiempo fuera de nuestros territorios, y me temo que no conoce los hechos a los que estáis refiriendo.

D'Olm forzó un gesto comprensivo, asintió levemente y se arrancó con la explicación:

—Querido hermano, La Grande Jacquerie tuvo lugar en 1358, hace pues escasos años. Los campesinos de Saint-Leu-d'Esserent, cerca de Creil, se rebelaron contra las nuevas cargas fiscales aprobadas en Compiègne, principalmente destinadas a organizar la defensa del país. Unos cinco mil hombres se agruparon en torno a su carismático líder Guillaume Carle, más conocido por el nombre que le atribuyó Froissart: Jacques Bonhomme; y de ahí que sus partidarios se llamaran *jacques*. Esa revuelta fue severamente reprimida por la nobleza liderada por Carlos II de Navarra, quien por intereses comerciales y políticos se puso a la cabeza de la represión valiéndose de mercenarios ingleses. Tras la muerte del líder de los *jacques*, la represión derivaría en una cruel masacre. A esa es a la violencia que me refiero; y es pues un círculo vicioso al que debemos poner fin, y eso no sucederá hasta que nuestro papa Clemente VII se yerga como faro de Dios en la tierra y consiga arar y sembrar nuestros campos con la semilla del bien.

Al escuchar el nombre de Clemente VII, Ejean se dio cuenta de que aquella abadía había tomado partido por el papa de la rama de

Aviñón, considerado antipapa por Roma. No es que le sorprendiera, pues venía siendo lo habitual en aquella zona, pero le previno sobre cuál tendría que ser su actitud mientras estuviera entre esos muros.

—El papa poco podrá hacer al respecto —se atrevió a comentar Bardou, en su intento de justificar al pontífice.

—Sí puede, pero desgraciadamente todo se ha complicado como solo el diablo sabría hacerlo —contradijo D'Olm—. El problema es que el poder político se encuentra tan fragmentado que nuestro Clemente no solo tiene que negociar con los reyes, sino también con todos y cada uno de los nobles, pues está claro que ahora son ellos los que, aun sin recursos, ostentan el poder; acaparan tierras y prerrogativas, y los monarcas ya no poseen nada que repartir. Mirad lo que sucede con ese Trastámara, Enrique II de Castilla, a quien también llaman el de las Mercedes por la cantidad de favores que ha dispensado a los nobles castellanos, aragoneses y a las compañías de mercenarios de Bertrand du Guesclin; todo a cambio de que lo ayudaran a destronar a su hermano Pedro I. A fe mía que finalmente Enrique se sentó en ese trono, pero a un precio desmedido. Y aprovecho para deciros que, aunque en ocasiones pueda resultaros desconocido el signatario de algún documento que os demos a trabajar, no lo desdeñéis, analizadlo como si de un rey se tratara, pues a buen seguro contendrá información muy valiosa.

Ejean empezó a intuir en qué ocupaban las horas los monjes de la abadía, y todavía ignorante de la total realidad que escondían sus muros, fue suficiente para que un estremecimiento recorriera su cuerpo.

—Nuestras tareas se centrarán en lo que sucede en estas tierras, en el reino de Francia y todo lo que acontece más al sur —reanudó D'Olm al tiempo que regresaba al sitial—. De lo que ocurra en el norte y en oriente se encargan otras abadías, y de forma especial nuestros hermanos de Montecasino. Debéis reconfortaros sabiendo que ellos y nosotros, al igual que otros tantos monasterios, no cejaremos en el empeño hasta ver a nuestro venerado Clemente como único ocupante del solio pontificio.

Aquellas palabras propiciaron que Bardou recordara a su compañero Abbal. Frunció el ceño y cambió su semblante. «¿Habrá sucumbido a la peste?», se preguntó con angustia. D'Olm se levantó para tomarse un respiro antes de reanudar su disertación:

—Desgraciadamente, y por si no tuviéramos bastante con reyes y nobles, también los cardenales han tomado conciencia de su poder en la elección de los papas; es por ello que siempre se afanan en eternizar los cónclaves. Todo vale a fin de ganar tiempo para entregarse al mercadeo de favores. Así pues, no os puedo ocultar, y si lo hiciera el abad me reprendería, que los cónclaves solo sirven para establecer de antemano las políticas que seguirán las candidaturas de los papables, hasta el punto de que incluso se les llega a requerir que anticipen sus intenciones políticas por escrito, algo absolutamente inútil...

—¿Y eso es legal? —interrumpió Bardou.

—Legal o no, lo único cierto es que, a fin de evitar luchas intestinas, los pontífices electos se apresuran a nombrar cardenales de su entorno, y eso ha derivado en un nepotismo infame. Como veis, Roma es un complejo nido de víboras, hábilmente adiestradas por las familias que dominan la ciudad; pero eso, Dios mediante, terminará con Clemente.

D'Olm tragó saliva y, tras rascarse la frente con gesto preocupado, desplazó su menuda figura hasta la ventana para contemplar el claustro. Bardou lanzó la pregunta que hacía tiempo deseaba hacer:

—¿Podríais ilustrarnos sobre lo que aconteció para llegar al cisma? Son muchas las versiones que se oyen y desearía saber vuestro pensar.

—¿Queréis mi opinión del porqué apenas hace un año Urbano VI es papa en Roma y Clemente VII en Aviñón? ¿La verdad? —interrogó con énfasis D'Olm.

—Así es.

El anciano apoyó la espalda en la pared y volvió a palparse la frente, moviendo la cabeza a ambos lados, con expresión indecisa.

—Veréis —susurró con aire confidencial—, las familias de Roma pretendieron que el nombramiento del nuevo papa recayera en alguien próximo, a ser posible un romano como ellos, pues ni por asomo querían que el papa marchara otra vez a Aviñón. A fin de coaccionar los votos de los cardenales, idearon disturbios en la ciudad; y si bien es cierto que se produjeron algarabías, todo fue una farsa...

—¿Habéis dicho farsa? —interrumpió Bardou al tiempo que retomaba los bártulos de escritura.

—Sí, eso he dicho. ¡Escuchad! —increpó D'Olm con rudeza—. No os puedo negar que, al iniciarse el cónclave, las bien adiestradas turbas romanas gritaran: «*Romano, romano lo volemo, o almeno italiano*».

Por si acaso Ejean no había comprendido la frase, su compañero Bardou se apresuró a susurrarle al oído: «Romano, lo queremos romano, o al menos italiano».

—Pero eso fue todo —reanudó D'Olm—, simplemente una muchedumbre exaltada y fácil de dominar. Cuestión diferente es que los mandos de la ciudad hicieran creer a los cardenales que no podrían contener los tumultos en el caso de que la elección no finalizara con el nombramiento de un papa natural de sus tierras. Así pues, fueron las propias autoridades civiles las que simularon un estado de pánico que en modo alguno era real. Es fácil concluir que todo fue una mascarada, y por eso he utilizado la palabra «farsa»; ese es el término adecuado.

—¿Qué aconteció después? —se atrevió a indagar Ejean.

—Se sucedieron varias escenas de confusión, la mayor parte de ellas protagonizadas por el cardenal Orsini, un necio entre los necios, pero por una razón o por otra, el elegido fue Bartolomeo de Prignano, el arzobispo de Bari, quien adoptó el nombre de Urbano VI —expuso D'Olm rascándose la barbilla.

—Resultando elegido un papa italiano, ¿dónde está el dilema? —planteó ingenuamente Ejean.

—Decís bien, pues en realidad no hubo tal conflicto; todo fue un ardid ideado por los cardenales contrarios a Urbano.

—¿Por qué?

—Porque ese nuevo pontífice era partidario de una importante reforma, pues ya desde el inicio no ahorró críticas al modo de vida de los cardenales, en especial a Jean de la Grange, e incluso se atrevió a reprender a los obispos presentes en Roma.

—¿En base a qué? —La curiosidad de Ejean ya era imparable.

—Por estar allí, confabulándose, en lugar de estar al frente de sus respectivas diócesis. Por esa razón, poco después los cardenales opuestos al papa decidieron reunirse en Agnani. Desde allí proclamaron oficialmente nula la elección de Urbano y pretendieron intimidarlo calificándolo de anticristo y apóstata, instándolo a su renuncia. Pero como Urbano hiciera oídos sordos, y decidido a no ceder a la convocatoria de un nuevo cónclave, el grupo de Agnani comenzó a buscar apoyos, para lo cual se trasladaron a Fondi. En esa ciudad recibieron el respaldo militar de la reina de Nápoles, Juana I, y algo más tarde, del mismo rey de Francia. Así se sintieron fuertes para celebrar un nuevo cónclave en Fondi, donde por unanimidad eligieron a nuestro amado Clemente VII, a quien trasladaron a Aviñón.

—Entonces, y en vuestra opinión, ¿quién es el papa verdadero? —planteó Bardou.

—Sinceramente, no lo sé y tampoco me importa.

—Pero alguna preferencia tendréis —insistió Bardou.

—Mi obligación es relataros la verdad, sea del color que fuere —estableció D'Olm con gesto severo—. Ahora bien, si me preguntáis por mi opinión personal, debo entender que, no existiendo verdaderas coacciones en la elección de Urbano, a él y solo a él le corresponde el solio; aunque, francamente, todo lo que suponga sacar el papado de la putrefacta Roma me parece bien; a fin de cuentas, eso es lo que piensan mis superiores, y a ellos me debo.

—¿Cuál es entonces la situación? —preguntó Bardou con angustia.

—Como en Aix-la-Chapelle —dijo D'Olm con una lastimera sonrisa.

A ambos se les escapó una contenida risa, dando a entender que habían captado la jocosa comparación con lo sucedido en esa ciudad hacía apenas cinco años; aquel extraño fenómeno que hizo que millares de personas se lanzaran a un patológico frenesí, danzando por las calles hasta caer exhaustas. Y como la causa nunca fue explicada, desde entonces a sus habitantes se les trató de chiflados. D'Olm compartió brevemente su regocijo, pero les requirió que guardaran la compostura. Con rictus grave, se llevó la mano a la comisura de los labios y decidió proseguir:

—Sabréis que Carlos V, el Sabio, y nuestro *petit* Valois…

El semblante confuso de sus discípulos le dio a entender a D'Olm que ese apodo no les resultaba conocido.

—Me refiero a Luis I, duque de Anjou, también de la dinastía Valois; ambos están con nuestro Clemente VII, lo cual es lógico toda vez que tener al papa en Aviñón es tanto como tenerlo a sus pies, y no olvidemos que además están emparentados. Y tan cierto es cuanto os digo que las últimas informaciones hablan de que el *petit* Valois tiene intención de acabar rápidamente con Urbano, aunque ello suponga un derramamiento de sangre, y se propone hacerlo en Nápoles. Así al menos se lo expresó a nuestro Clemente VII. ¡Dios nos asista!

—¿Quién más está a favor de nuestro pontífice? —interrogó Bardou mientras bosquejaba unas pequeñas notas.

—En la península itálica contamos con el apoyo del reino de Nápoles, Fondi, el marquesado de Monferrato y Viterbo. Además, tenemos con nosotros a Escocia y al condado de Saboya.

—¿Y los partidarios de Urbano?

—Inglaterra y el imperio germánico; igual que Pisa y Perugia —expresó D'Olm de mala gana.

—¿Y Florencia? —decidió preguntar Ejean.

—De parte de Urbano, pero mejor dejar a Florencia tranquila por el momento, pues ya está muy entretenida con sus *ciompi*. ¿Quién nos iba a decir que los obreros florentinos de la lana se levantarían contra la nobleza gobernante? —dijo con sorna D'Olm.

—¿Y los reinos del sur? Son territorios muy poderosos, capaces de decantar la balanza —sugirió Bardou.

—Precisamente ese es nuestro trabajo —mascculló D'Olm—. Clemente está presto a establecer alianzas con Castilla, Navarra, Portugal, Aragón y Cataluña, pero por el momento aún están nego-

ciando las condiciones y todavía no se han pronunciado. No obstante, estoy seguro de que Dios misericordioso escuchará nuestras plegarias y conseguiremos que se pongan de nuestra parte. Así pues, se os darán escritos y mensajes, en su mayor parte duplicados perfectamente realizados por nuestros hermanos copistas, y con ellos deberéis hacer lo que ya sabéis: leer entre líneas, letras y números, y de estar cifrados, llegar a comprender el mensaje original, y después realizar la tarea inversa. Tendréis que analizar documentos tanto del mismo Anjou como de nuestros adversarios, los partidarios de Urbano, aunque tampoco debéis extrañaros si topáis con epístolas de Pierre d'Ailly, Philippe de Mézières, Jean Gerson, Nicolas de Clémanges, Vicente Ferrer o Pedro de Luxemburgo, entre otros muchos que tenemos bajo vigilancia…

—¿Y las universidades? —sondeó Bardou.

—De ellas, de la doctrina conciliar y de otros teólogos, ya tendremos ocasión de hablar más adelante. Ahora no es lo que más apremia, pero si por razón de vuestros trabajos debierais profundizar en tales erróneas teorías, lo podréis hacer en el *scriptorium*, allí encontraréis escritos de Gelnhausen, Langenstein, Duns Scoto y William de Ockham; tenéis plena libertad para consultarlos.

Ejean y Bardou enmudecieron, asombrados de que alguien, y más un religioso, pudiera decir libremente, sin cortapisas ni rodeos, todo cuanto pensaba; ya fuere a favor o en contra de sus propias ideas. D'Olm reparó en la confusión que embargaba a sus discípulos.

—Lamento haber sido tan claro y rotundo en mi disertación, pero esa es mi obligación. Si me preguntarais de nuevo mi opinión personal, solo podría deciros que, a fin de cuentas, la Iglesia se encuentra dividida, obligando a los fieles a arrodillarse ante dos que dicen ser el representante de Dios en la tierra; algo demasiado terrible para que a la postre sea resuelto por unos monarcas que sin duda procurarán más por sus arcas que por seguir las enseñanzas de Jesucristo. Pero no debéis padecer por ello, pues vuestra responsabilidad se limita a obedecer a los superiores, y la de ellos, a poner los medios para que nuestro amado Clemente consiga las alianzas que le permitan conformar el reino que desea. Dejemos que sea Dios quien elija.

—¿Qué tipo de reino? —inquirió Bardou.

—Ahora no os contestaré, mejor posponer esa cuestión para una segunda conversación. ¿Acaso pensáis que ya hemos terminado? —avanzó D'Olm con una sonrisa—. No, hermanos, todavía os debo instruir mucho sobre políticas y alianzas; pero ahora es tarde, y en breve nos llamarán para el almuerzo.

—Y los reinos musulmanes del sur, ¿no os preocupan? —indagó Ejean, conocedor de la realidad vivida en Toledo.

—Gracias a Dios nuestro Señor, aquel temible imperio de Al Ándalus ha quedado reducido al Reino de Granada; pues pese a las disputas internas, si en algo han coincidido los reinos de la península hispánica es en hacerles frente. Por fortuna ninguno ha sido tan necio como para permitir que los moros saquen partido. Es obvio que Dios ha obrado un milagro en esas tierras…

En aquel instante sonó la llamada al almuerzo. El anciano se levantó del sitial con la agilidad de un chiquillo, e incluso se permitió emprender una breve carrerilla. Ejean y Bardou se afanaron en contener la risa.

—Id a asearos y luego marchad al refectorio. En breve os haré llamar para continuar esta conversación —ordenó D'Olm a modo de despedida.

Ejean y Bardou salieron de la estancia del abad y se precipitaron por los pasillos, camino de sus celdas.

—Creo que no estoy preparado para todo esto, y sin duda me descubrirán —reconoció Ejean con tremenda angustia.

—¿A qué te refieres exactamente?

—A los mensajes secretos. Eso es a lo que os dedicáis, ¿no?

El monje no contestó, ni falta que hacía, pero su semblante sereno se transformó paulatinamente en zozobra al recordar la promesa hecha a Ejean. Entendió que, aun contra su voluntad, estaba forzado a cumplir con la palabra dada.

—Ven a mi celda esta noche, después de completas y trataré de explicártelo —acordó Bardou torciendo el gesto.

Mientras ascendían las escaleras vieron a lo lejos a tres oblatos que se dirigían hacia ellos. Entre risas infantiles y empujones, corrían por el pasillo y bajaban los peldaños de tres en tres, compitiendo por llegar antes al refectorio. Al advertir a Ejean y Bardou, se detuvieron con consternación y siguieron su camino con lentitud para evitar la reprimenda.

Era la primera vez que Ejean veía niños en la abadía. «¿Y si uno de esos es mi hermano?», pensó mientras los seguía con la vista hasta que doblaron la esquina del pasillo, sintiéndose tentado a ir tras ellos; pero Bardou, vigilante, lo sujetó del brazo y murmuró:

—Ahora no es el momento.

Otro chiquillo se precipitó escaleras abajo y tropezó de bruces con ellos. Ejean no pudo entonces reprimirse y, asiéndolo por el hombro, lo interrogó:

—¿Conoces a Joseph? Es algo mayor que tú…

—¿A Joseph? No, no sé quién es —contestó el oblato.

—Es alto y delgado, con un pelo parecido al mío —dijo Ejean mientras se retiraba la capucha.

—Tal vez os referís al nuevo —apuntó el chiquillo.

—Sí, a ese me refiero —afirmó Ejean haciendo caso omiso a la expresión de contrariedad de Bardou.

—No, no está con nosotros.

—¿Qué le ha sucedido?

—Marchó con nuestro señor abad.

—¿A dónde?

En lo alto de las escaleras apareció un monje que con rostro adusto clavó su mirada sobre ellos.

—No debéis hablarles —les reprendió escuetamente, mientras

con un gesto indicaba al oblato que siguiera su camino. Y tras una breve inclinación de cabeza, continuó su marcha. Bardou estaba encendido de ira, avergonzado de haberse visto implicado en la estúpida acción de Ejean. Esperó hasta ver desaparecer al monje.

—Ya os he dicho que no era el momento de hacer preguntas —objetó Bardou conteniendo la furia.

—Me importa una mierda lo que penséis tú y los tuyos. ¿Acaso has olvidado que he venido a buscarlos? ¿Dónde diablos estarán? —exclamó Ejean en un arrebato de ansiedad.

—No te preocupes. Ya te han dicho que Joseph está con el abad —manifestó Bardou una vez hubo recobrado el sosiego, consciente del sentir de su compañero.

—Y eso ¿qué significa?

—Simplemente que está a salvo.

—Pero ¿por qué con el abad?

—Pues porque cuando el abad viaja es habitual que lo precedan sus sirvientes con el fin de prepararle los aposentos; ya sabes, limpian las estancias que ocupará, lavan su ropa de cama...

—¿Y cuándo regresará el abad?

—Eso es lo que debes averiguar. Pero ya ves que no debes preocuparte. Si está con el abad, significa que el muchacho está fuerte, goza de buena salud y va bien protegido.

Ejean lo miró con cara de circunstancias. El monje le dedicó una sonrisa de compasión y le puso la mano sobre el hombro.

—Comprendo la angustia que sientes, pero aun así desearía darte un consejo.

—¿De qué se trata? —preguntó Ejean de mala gana.

—Cada mañana, cuando despiertes, hazte el firme propósito de no precipitarte. Aprovecha los días de espera...

—¿A qué te refieres? —interrumpió.

—Nada sabes de nosotros, de los horarios, de las costumbres, ni tampoco de todos y cada uno de los recovecos de la abadía. Es necesario que perfecciones tu plan y no decidas ejecutarlo hasta que tengas muy claro cómo, cuándo y dónde.

—Entiendo.

—Tras cada jornada que pase, más garantías tendrás de éxito, y aunque regrese tu hermano y localices a tu hermana, no te obligues a actuar. Pon al tiempo de tu lado y no en tu contra.

Capitulum XXII

Frère Bardou, el criptógrafo

Después de completas,[15] tal y como habían concertado, Ejean se dirigió a la celda de su compañero y golpeó levemente la puerta. Bardou abrió instándolo a que entrase con rapidez, la cerró con igual velocidad y colocó una cuña de madera para atrancarla. Luego desplazó la mesa junto a su jergón, donde tomó asiento, ofreciendo amablemente su única silla al visitante.

—¿Estás bien dispuesto para recibir las primeras lecciones de criptología? —susurró Bardou al tiempo que se afanaba en encender las tres velas que tenía dispersas sobre el tablero.

—Por supuesto, espero estar a la altura —contestó Ejean tratando de ignorar el tono sarcástico de la pregunta.

—Como ves, mi deseo es cumplir la promesa, aun a sabiendas de que esta cita suponga la contravención de las reglas; para mí, lo más sagrado de este mundo. Pero debemos establecer las premisas que regirán nuestros encuentros.

—Por supuesto, tú dirás qué debo hacer.

—Dado que resulta imposible enseñar en un ambiente de compadreo, mientras estés en esta celda, yo soy el maestro y tú el discípulo, sin que sea admisible un trato de igualdad. Espero que estés de acuerdo, y en caso contrario deberás considerar finalizada la reunión.

El rostro de Bardou se transformó a medida que articulaba las palabras. Los ojos, antes apocados y tímidos, adquirieron una ex-

15. Oficio que se celebraba entre las 20 y 21 horas, dependiendo de la época del año, antes del descanso nocturno.

traña forma felina, y su comedida gesticulación habitual evolucionó hacia unos movimientos rápidos y nerviosos; incluso el cabello lacio que caía sobre su frente pareció erizársele.

—¿Estás entonces de acuerdo? —insistió con prepotencia.

—Sí, lo estoy —contestó Ejean, aturdido por el cambio de personalidad de quien, hasta hacía poco, había considerado un vulgar archivero de biblioteca.

—Lo primero que debes saber es que mi especialidad, como la de otros que están aquí, es conocer el arte de escribir con cifras y caracteres desconocidos; todo con el exclusivo fin de ocultar su comprensión a aquellos que pudieren interceptar nuestras cartas y escritos. Ahora bien, como nuestros enemigos se emplean fervientemente en neutralizarnos, estamos obligados a perfeccionar continuamente esas técnicas e inventar otras nuevas que los desconcierten. Así pues, tan o más importante es tenerlos en la ignorancia como mantenerlos ocupados.

—Creo haberte entendido.

—¡Cierra los ojos! —ordenó Bardou—. ¿Qué ves ahora?

—Nada, no puedo ver nada —dijo Ejean tras cerrar los ojos y torcer los labios, desconcertado ante tan peculiar petición.

—Eso es, no ves nada, pero yo sigo estando frente a ti. ¡Abre los ojos y mírame ahora a través de este cristal! ¿Qué ves? —repitió Bardou mientras le entregaba una pequeña y tosca bola de vidrio.

—Creo ver tu rostro, pero la imagen es tan brumosa y velada que apenas te puedo reconocer.

—¿Estás seguro de que soy yo? ¿O tal vez pudiera ser otra persona?

—Es evidente que eres tú pues nadie más hay en este aposento.

—¿Pondrías la mano en el fuego?

—Lo cierto es que no lo sé —respondió Ejean con sinceridad.

—De eso se trata —sentenció el criptógrafo—. Debes saber que existen dos grandes sistemas para ocultar los conocimientos escritos. Cuando no los ves, pero existen, te encuentras ante la esteganografía, esto es, un texto comprensible pero invisible. Y por contra, cuando es visible pero incomprensible nos hallamos ante una criptografía.

—Lo siento, pero no acabo de ver la diferencia.

—La esteganografía —añadió Bardou con disgusto, al comprobar la ofensiva ignorancia de Ejean— no consiste en evitar que el mensaje sea inteligible, sino en ocultarlo para que pase desapercibido.

—¿Y cómo puede conseguirse eso?

—Camuflando el soporte que contiene el mensaje, por ejemplo, con tintas invisibles.

—He oído algo de eso —exclamó Ejean boquiabierto ante el tono de misterio que afloraba en la conversación—. ¿Y cómo son esas tintas mágicas?

—No es necesario que sean mágicas —sonrió el monje—, hay muchos productos de la madre naturaleza que pueden sernos útiles; así, por ejemplo, algo tan vulgar como la leche.

—¿Me estás tomando el pelo?

—En absoluto, estimado hermano. Podemos escribir con ella sobre el pergamino, y una vez seca, su contenido quedará oculto a la vista. Luego es tan simple como aproximar una vela, calentar la superficie del documento y esperar a que el mensaje reaparezca.

—¿Brotan como por arte de magia?

—Algo así, mas debo añadir que ese no es el único producto apto para tal fin.

—¿Qué otros existen?

—Muchos jugos de frutas permiten el mismo efecto. Si utilizamos el limón, nos ofrecerá una letra de color pardo; el de cereza nos procurará un color verdoso; el vinagre, un rojo claro, y la cebolla, negruzco; pero existen infinidad de fórmulas mucho más complejas, cuya composición se mantiene secreta.

—¿Las has usado alguna vez?

—He empleado muchas, especialmente aquella que se compone de una parte de alumbre por cien partes de agua. Aunque esos métodos me resultan tan elementales que prefiero trabajar con mensajes cifrados; esa es realmente mi especialidad —añadió con una mirada de suficiencia.

Ejean estaba excitado y mostraba una mirada ávida por absorber cualquier dato. El criptógrafo no tenía previsto explayarse en las técnicas de la esteganografía, pero ante el incesante acoso de Ejean, sucumbió a su propio afán de notoriedad. Bardou se refirió entonces con todo lujo de detalles a la reacción del agua frente a los caracteres escritos con savia de titímalo, una variedad de euforbio, al aceite de nueces con el unto de higuera, a las cenizas de nido de golondrina con savia de las manzanas de Alicacabut, a la aplicación de grasa de murciélago a la letra escrita con ámbar gris, una forma poética de llamar al esperma de ballena que tan difícil resultaba conseguir. Incluso relató el empleo de leche de madre primeriza para revelar los mensajes escritos con sangre de sapo.

Bardou era consciente de que muchas de esas fórmulas eran mera superchería, pero, dado su particular sentido del humor, le apeteció jugar con la calenturienta imaginación de Ejean.

Para impresionar aún más al joven, se sumió en una verborrea que le era impropia. Le descubrió los más primitivos, pero igualmente eficaces, métodos empleados en la Antigüedad. Le explicó los numerosos casos de mensajeros a los que, después de ser rapados, se les tatuaba la cabeza con el texto del mensaje secreto, y cuando el cabello volvía a crecer se les enviaba al destinatario. A este le bastaba entonces con rasurarlo de nuevo para leer su contenido. Era una técnica muy simple, pero a decir del monje, había hecho ganar muchas batallas.

—Tal vez por esa razón los hombres de fe lleváis tonsura —comentó Ejean con una sonrisa impregnada de socarronería.

A Bardou no le causó ninguna gracia aquel comentario, por lo que sacó con parsimonia uno de los legajos que guardaba bajo el jergón. Lo abrió con extremado protocolo y procedió a escribir unos caracteres sobre un pedazo de pergamino.

—¿Qué puedes leer? —interrogó con misterio.

—No lo sé. ¿En qué idioma está escrito? —apuntó Ejean.

—No es ninguna lengua, es simplemente un mensaje cifrado. —Sonrió Bardou y deslizó otra hoja del legajo sobre la mesa—. Estudia con atención este código y retén en la memoria las letras y los espacios que ocupan entre sus líneas.

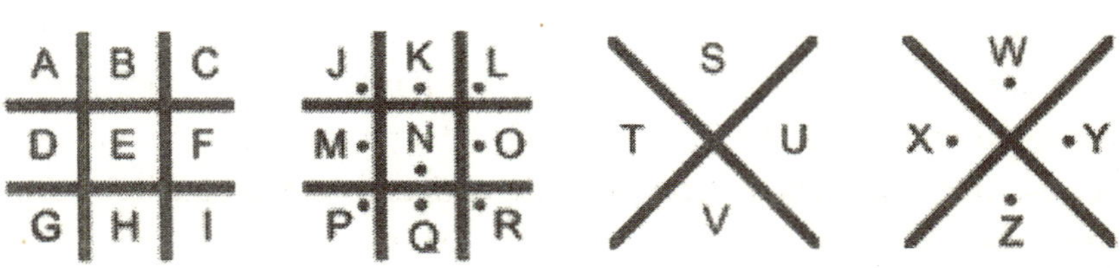

Ejean se concentró en aquel pergamino bellamente trabajado, como si de él dependiera la salvación de la humanidad. Bardou le aproximó una vela y observó cómo los ojos de su improvisado discípulo se agitaban inquietos, intentando su memorización.

—¿Y bien? ¿Eres capaz ahora de descifrar los cuatro caracteres que antes te he dado a leer? —preguntó Bardou en cuanto su pupilo alzó la vista.

—No estoy seguro —suspiró Ejean mientras se acariciaba la barbilla.

—La mente requiere de un tiempo para asumir nuevas formas y lo que ellas contienen, así pues, no te precipites en la respuesta. Debes fijarte especialmente en los signos que encierran las letras; en el continente y no en el contenido —sugirió el monje.

Ejean aceptó la recomendación al igual que si se tratara de un precepto papal. Se tomó su tiempo, hasta que Bardou le retiró el pergamino de la vista y le lanzó una mirada que reclamaba una respuesta inmediata.

—«¡Dios!», la palabra es «Dios» —exclamó Ejean con rotundidad.

—En efecto, ese es el mensaje —contestó Bardou con placidez—, y aunque muy elemental, este es un ejemplo de cómo utilizar una clave o un código para alcanzar a leer el texto original, lo que damos en llamar un mensaje claro.

A la vista de la orgullosa mirada de Ejean, el maestro consideró necesario atemperar sus ánimos y añadió:

—Mas he de advertirte que ese proceso puede complicarse todo cuanto la inteligencia humana es capaz de imaginar. Es usual tropezar con números, símbolos o letras nulas que solo existen para engañar a quienes pretenden desencriptar el mensaje.

—¿También se incluyen trampas?

—¿Trampas? Mucho peor que eso. Lo habitual es enfrentarse a varios alfabetos de cifrado, a dobles claves, a identificar semagramas y un sinfín de argucias que dificultan en extremo el desencriptado. Ese constituye nuestro principal trabajo: conseguir la versión original del mensaje sin disponer de las claves necesarias. Es una tarea ardua y difícil, pero apasionante como pocas.

—¿Y tú eres un especialista en todas esas tareas? —preguntó Ejean con admiración.

—Solo en algunos sistemas —contestó modestamente el maestro—. La mayor parte de los que aquí estamos compartimos una enseñanza básica, pero es la disparidad de nuestros orígenes y el dominio de las diferentes técnicas lo que nos hace realmente eficaces. ¿Qué tal si probamos ahora con el alfabeto de los templarios?

—¿La orden del Temple tenía alfabeto propio? —exclamó con asombro Ejean.

—En sus inicios se sirvieron de él para documentar préstamos y demás transacciones comerciales, pero el sistema se manifestó tan perfecto que evolucionó hasta convertirse en un alfabeto completo —explicó Bardou mientras extraía un nuevo pergamino del legajo y lo depositaba sobre la mesa—. ¡Mira ahora esa cruz!

—¡Es la cruz templaria! —exclamó Ejean.

—En efecto, esta es la famosa cruz de las Ocho Beatitudes, y su funcionamiento es idéntico al que acabamos de comentar, solo que algo más complejo. Fíjate con detenimiento en los ángulos y triángulos que conforman la cruz y memoriza todas las formas que componen su interior.

Ejean se quedó desconcertado ante la ingente cantidad de figuras que su mente iba identificando dentro de aquella cruz aparentemente tan simple. Bardou se vio obligado a intervenir:

—Céntrate en los cuatro triángulos que conforman la cruz interna, luego abre la mente al triángulo equilátero, más tarde fíjate en los triángulos externos, y pronto advertirás que son cuatro las formas empleadas en el alfabeto templario. ¿Retienes la imagen? —preguntó Bardou mientras desplegaba otro pergamino de su particular legajo y lo colocaba sobre la mesa.

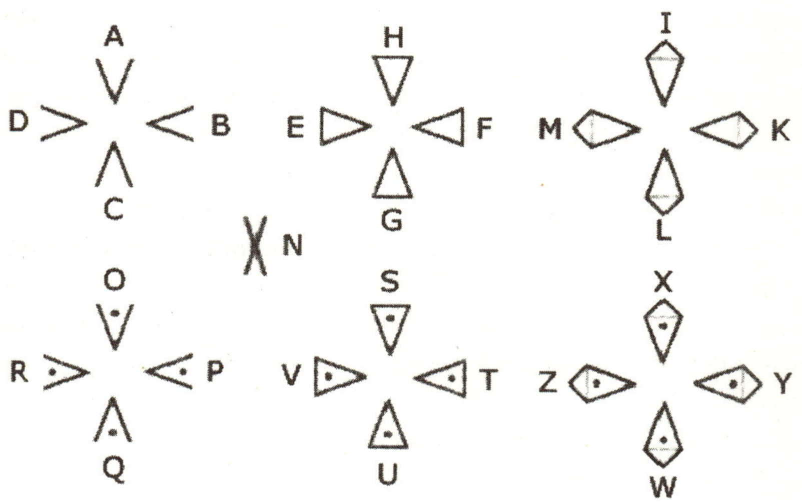

—¡Santo Dios!, esto es imposible de memorizar —exclamó Ejean con impaciencia.

—Observa ahora —prosiguió el monje sin darle tregua— que

a cada uno de los recintos sagrados de la primera línea se le asigna una letra, para luego repetir esas mismas figuras en el segundo renglón; son iguales que las anteriores, salvo que contienen un punto en su interior.

—¿Y esa X?

—Es la única excepción: esa aspa se utiliza para representar el valor de la letra N. Este es todo el misterio del código templario —concluyó Bardou.

Ejean contempló los dibujos con fruición, mostrando un rostro que era la viva imagen de la felicidad; por un momento se creyó parte de esa oscura y admirada orden.

—¿Y qué pensáis de los templarios? —planteó Ejean en un intento de dar descanso a sus sentidos.

La expresión del criptólogo se transfiguró y su semblante palideció.

—Fueron unos cristianos valerosos, los más nobles entre los nobles, pero la envidia…

En aquel preciso momento redoblaron desde la más remota profundidad de la abadía las campanadas que llamaban a maitines. Bardou enmudeció y elevó la vista dando por terminada la reunión.

—Seguiremos mañana, después de completas.

Ejean se levantó de la silla manifiestamente contrariado, evidenciando su ansia por conocer más, pero no se atrevió a replicarle y acató la orden. Bardou se quedó sentado en su jergón, con la mirada perdida, recordando las tristes palabras de su padre y abuelo; frases que evocaban el origen templario de sus antepasados. Tal fue la intensidad de su nostalgia que se animó a pronunciarlas en voz alta:

—*Non nobis, Domine, non nobis, sed nomini tuo da gloriam.*

—¿Qué significa? —interrogó Ejean convencido que se dirigía a él.

—Es la frase con la que los templarios se lanzaban al combate: «No a nosotros, Señor, no a nosotros, sino para dar gloria a tu nombre». Eso es todo.

—Desearía… —masculló Ejean.

—He dicho que la reunión ha finalizado.

—Lo sé, tan solo requiero una respuesta. ¿Crees que mañana me van a ordenar descifrar mensajes? —preguntó con voz trémula.

—No, quédate tranquilo. —Sonrió Bardou—. Por el momento se limitarán a observarnos y hasta que no estén seguros de nosotros se abstendrán de darnos trabajo; y te puedo asegurar que tardarán varios días en confiarnos algo.

—Gracias —suspiró Ejean al tiempo que cerraba la puerta.

En la segunda noche, Bardou le refirió técnicas arcaicas, poniendo especial énfasis en el funcionamiento del alfabeto desordenado. Así le reveló el modo en el que, ya muchos siglos antes, los césares idearon la forma de desplazar las letras del alfabeto cuantas posiciones hubieren acordado con aquel que intercambiaban el mensaje. De ese modo, les bastaba con indicar la clave, concebida esta como un número, de forma tal que de ser la clave el número cuatro, la letra D debía ser tomada como una A, y por tanto la E debía leerse como una B, la F como una C, y así sucesivamente.

—Entonces —preguntó Bardou—, si la clave es cuatro, ¿cómo debería escribirse la palabra «Dios»?

Ejean tomó prestado un trozo de pergamino y, tras unos breves garabatos, contestó:

—Gorv.

—Correcto —señaló el maestro, satisfecho por la prontitud de la respuesta—. Como verás, es un sistema muy sencillo, pero por esa misma razón también tiene un grave inconveniente.

—¿Cuál?

—Es muy vulnerable.

—¿Por qué? Quien desconozca la clave jamás podrá descubrir el mensaje original... —replicó el joven.

—Créeme, sigue siendo endeble, pues esa cifra puede deducirse realizando cálculos que permitan descubrir el número de desplazamientos que utiliza el mensaje —atajó Bardou con la misma vehemencia que si estuviera reprendiendo a un niño.

—Pero eso supone un arduo trabajo...

—Por supuesto, sobre todo si se desconoce la lengua en la que se redactó el mensaje original, pero nada es imposible.

—Sigo opinando que es improbable que alguien dé con la clave.

—Simplemente deberíamos estudiar la frecuencia con la que son utilizadas algunas de las letras básicas para llegar a detectar el número de desplazamientos utilizados. ¿Conoces las letanías?

—Creo saber las respuestas a la mayoría de ellas, pero me reconozco incapaz de recitarlas por orden.

—*Pater de coelis, Deus* —canturreó Bardou, indicando con la mirada que Ejean diese con la respuesta correcta.

—*Miserere nobis.*

—*Sancta Maria* —volvió a entonar el maestro.

—*Ora pro nobis.*

—*Sancta Dei Genitrix.*

—*Ora pro nobis* —contestó Ejean con un leve guiño.

—¿Sabrías seguir?

—Creo que no.

—Pues es preciso que las memorices, pues esas letanías, como cualquier oración o jaculatoria, son susceptibles de contener claves secretas que pasan totalmente desapercibidas para el ojo poco avezado.

—Y eso ¿cómo es posible?

—Simplemente acordando con el receptor del mensaje su equivalencia; así, y siguiendo con las letanías, se trataría de establecer un valor alfabético para cada una de ellas, esto es, dando por ejemplo el valor de la letra D a la letanía *Mater divinae gratiae* la I a *Mater intemerata,* la O a *Regina prophetarum* y la S a *Mater Salvatoris.* De esa forma tan simple, las cuatro letanías conformarían la palabra «Dios».

—Por lo tanto, ¿cualquier texto religioso puede contener un mensaje cifrado?

—Por supuesto. ¿Y quién dice que la Biblia no lo contenga?

—O los Evangelios —añadió Ejean.

—Así es, y es muy posible que tras el persistente interés de nuestros pontífices por uniformar esos textos se esconda la simple idea de codificar mensajes. Puedes estar seguro de que, para bien o para mal, han sido muchas las mentes preclaras que lo han intentado, pero como sucede con los acrósticos, la interpretación final es muy compleja…

—¿Qué son los acrósticos?

—Es la forma de componer un mensaje oculto partiendo de algo tan elemental como un poema, una letanía o cualquier otra frase. ¿Recuerdas el himno de nuestro juramento?

—¿El *Ut queant laxis*?

—En efecto, ese cántico encierra un acróstico, y precisamente por eso, amén de su sencillez y musicalidad, ha devenido en nuestro himno. Es tan fácil como leer tan solo la primera letra o sílaba de una frase. ¿Qué mensaje estoy enviando con los siguientes versos?:

Debo advertiros, estimado discípulo,
indiferente a los males que aquejan el mundo que
obrando como cristianos
seremos salvados.

—Lo desconozco —contestó Ejean.

—Una vez más, las primeras letras de cada verso nos revelan el nombre de Dios —respondió Bardou con una sonrisa de oreja a oreja, satisfecho de su improvisación—. Ya ves, hermano, que las fórmulas son infinitas, y si complicado es idearlas, más complejo resulta identificar la clave y el método empleado.

Durante las dos noches siguientes, Bardou lo introdujo en los alfabetos numéricos, la sustitución de letras y sílabas por cifras, sus variantes alfanuméricas, la ocultación de un texto secreto en una carta aparentemente anodina, la transposición de letras en el seno de una palabra y un sinfín de posibilidades, a cada cual más compleja.

Aunque amable, el monje mantuvo con Ejean una estudiada distancia. Resultaba evidente que Bardou se debatía entre dos fuerzas opuestas: la que lo obligaba a cumplir su promesa de aleccionar al joven y la generada por la desesperante sensación de que podría estar traicionando a los suyos. ¿Quién podía asegurar que aquel joven le había dicho la verdad? ¿Y si fuera un espía?

El monje aprovechó todas esas noches y sus correspondientes días para convencerse, mediante sibilinas e inocentes preguntas, de que Ejean era sincero en sus propósitos. Durante la última entrevista clandestina, y una vez persuadido de que ya nada debía temer del joven, aun con cierta desazón, se atrevió a abordar una última cuestión.

—Tal vez sería conveniente que te explicara el estado de los avances más recientes. Hay quien está trabajando en nuevos métodos de criptología, y creo prudente, en honor a mi palabra, que al menos te advierta de su existencia —comentó el maestro arrepintiéndose en ese mismo instante de las palabras que acababa de pronunciar y que ya no podía borrar del aire.

—Me tienes intrigado —reconoció Ejean.

—Se dice que mentes expertas están trabajando en un cuadrante cifrador —añadió Bardou de forma precipitada.

—¿Acaso se trata de alguna plantilla codificada de las que me has hablado?

—No exactamente. Según dicen, es un ingenio revolucionario que consiste en dos discos: uno exterior, grande y fijo, y otro más pequeño y movible que se ubica en su interior. La circunferencia de ambos se divide en partes iguales que se denominan «sectores». En el disco externo se inscriben las letras en orden alfabético, eliminando algunas que no resultan indispensables, y en su lugar se añaden unos números. Asimismo, en los sectores del disco móvil se inscriben las letras del alfabeto, pero en forma desordenada. Dado que en el centro del cuadrante existe un eje sobre el que gira el disco movedizo, el remitente del mensaje solo necesita expresar al destinatario la letra clave, es decir, la letra del disco móvil que se corresponde con la del disco fijo.

—Pero eso es lo mismo que el alfabeto desordenado que empleaban los emperadores de Roma —señaló Ejean.

—Básicamente sí, pero mucho más evolucionado y prácticamente indescifrable.

—¿Tal vez estudiando las frecuencias a las que hace unos días te referiste?

—Eso es impensable, querido hermano —dijo Bardou.

—¡Claro que es posible! —rebatió Ejean convencido de llevar razón.

—Créeme, Ejean, resulta imposible. Simplemente porque ese sistema permite que, cada tantas letras del mensaje, puedas cambiar la letra clave moviendo el disco giratorio, y de esa forma, las letras del disco fijo poseerán nuevos equivalentes.

—Pero entonces, ¿el receptor debe tener el mismo cuadrante?

—Así es, y lo único que necesitarán es designar cada vez los cambios de la letra clave correspondiente. Y aquí, puedes creerme, no hay estudio de frecuencias que pueda desencriptar el mensaje.

—Pero ¿quién es capaz de poseer esas máquinas tan perfectas?

—Nadie lo sabe, solo son habladurías —contestó Bardou con una falsa apariencia de sinceridad.

En el momento de despedirse, Ejean se quedó inmóvil junto a la puerta, como si dudara de abandonar la estancia.

—¿Qué sucede? —preguntó Bardou.

—Cada noche, al regresar a mi celda, oigo unos lamentos, tal vez gemidos... ¿Es mi imaginación o también tú los has llegado a percibir?

—A menudo los oigo —reconoció Bardou con gesto incómodo—. Parecen proceder de la planta superior, pero no me consta que ese piso esté habitado; tal vez sea el efecto del eco, o quizá simplemente provienen de una celda adyacente, y en este caso, su sonido nos llegue a través del conducto del agua.

—No sé, pero resultan desagradables. ¿Crees que alguien pueda estar mortificándose?

—Lo ignoro —dijo escuetamente Bardou dando por finalizada la conversación.

Ya en su celda, Ejean quiso pensar que Bardou había sido fiel a su promesa, y que tal vez sus enseñanzas serían suficientes para no quedar en evidencia ante sus superiores a las primeras de cambio: «¿Quién hubiera dicho que tras aquel fraile retraído podía ocultarse una personalidad tan combativa y racional?», se interrogó. Su desasosiego fue a más cuando advirtió que no solo Bardou, sino todos los monjes de aquella abadía, tan apacibles tras sus modestos hábitos, conformaban un silencioso ejército de mentes privilegiadas que ni el mismo Dios sabía al servicio de quién estaban.

Capitulum XXIII

Del segundo diálogo con D'Olm

A la hora tercia del día siguiente, el séptimo según las cuentas de Ejean, y poco después de la misa, Bardou y él recibieron la orden de reunirse nuevamente con D'Olm en el *scriptorium*. Bardou, virtuoso de la puntualidad y deseoso de escuchar a ese maestro en tramas políticas, conminó a su compañero a acudir sin demora a la cita, obligándolo a posponer el tiempo reservado para el aseo diario.

Encontraron a D'Olm en la antesala del *scriptorium*. Conversaba con otro monje, excitado y nervioso, y agitaba las manos con aspavientos impropios, como si algo no fuera de su agrado. Tuvieron la sensación de que en esta segunda ocasión el maestro les ofrecía su cara menos amable; tal vez no fuera tan risueño como aparentaba. Al verlos, D'Olm dejó a su interlocutor con la palabra en la boca y mediante señas los invitó a que lo siguieran.

Una vez intercambiados los saludos, se deslizaron sigilosamente por la sala cuidando de no molestar a los dos copistas y al iluminador, que permanecían ajenos a todo cuanto los rodeaba; sentados en sus respectivos taburetes, con los brazos apoyados sobre unas mesas de plano inclinado y levantando frecuentemente la vista hacia el atril donde descansaban los manuscritos originales. La intención de D'Olm no era otra que alcanzar el final de la estancia para presentarles al copista Cadell, por quien profesaba una gran admiración. Según decía, era el único digno de ser llamado artista,[16] en el sentido

16. Así denominaban al experto copista que conocía y aplicaba los cuatro saberes: la *lectio* (lectura), la *enarratio* (explicación de textos oscuros), la *emendatio* (corrección del texto) y el *iudicium* (estimación del valor literario o moral del texto).

pleno de la palabra. D'Olm alegró el semblante en cuanto se detuvo a su lado.

—A pesar de su edad, Cadell sigue reproduciendo los libros de forma exacta. Imita la letra con tal fidelidad que más parece una falsificación que una reproducción —agregó alzando la voz a fin de que el copista pudiera oírlo.

Ejean se fijó en la cantidad de plumas de buitre y ganso, páginas de pergamino y cálamos que el monje tenía ordenadamente dispuestos sobre la mesa auxiliar. Sus pies reposaban en alto, sobre una caja de madera repleta de sus más preciados bártulos: piedra pómez, una lima, un diente de jabalí, secadores de tinta y unos cristales de aumento con los que descubrir los más pequeños detalles de las obras originales. En su mano sostenía un *scalpelum*, un pequeño cuchillo que tenía diferentes usos: servía para afilar las plumas, para raspar los errores de escritura, también para cortar las páginas, y muy especialmente como punto de equilibrio para la mano izquierda mientras se escribía con la derecha. Ejean se acercó al copista, pero el hedor que manaba de los botes de tinta lo obligó a retroceder. A Cadell no le gustaban los desconocidos y empezó a dar muestras de nerviosismo. Abandonó su *scalpelum* sobre la mesa y aproximó la *incaustrum* a una pequeña vela; un gesto que Bardou consideró inútil e impostado pues a esas horas del día ya no se precisaba licuar la tinta que pudiera haberse congelado durante la noche.

D'Olm percibió el fastidio del copista y se dirigió a una mesa contigua, tomó un códice y lo abrió por la última página.

—Nuestro hermano es muy celoso de su trabajo, hasta tal punto que se permite ciertas licencias. Leed la anotación final —ordenó D'Olm con una sonrisa cáustica y señalando un breve texto.

Bardou y Ejean se precipitaron sobre el manuscrito y leyeron en voz baja:

> Si alguno se lleva este libro, que lo pague con la muerte, que se fría en una sartén, que lo ataquen la epilepsia y las fiebres; que lo descoyunten en la rueda y lo cuelguen.

Ambos se miraron estupefactos, esforzándose en contener un amago de risa que el resto de los presentes recriminaron con la mirada.

—Es el único a quien el abad le obsequia con la tercera y cuarta pluma del ala izquierda del ganso, las más preciadas por los copistas —dijo con gravedad D'Olm antes de retomar la marcha.

Al llegar al fondo de la biblioteca, descorrió una pesada cortina, ordenó a los jóvenes que se sentaran en las dos mesas de amanuense que quedaban en la primera fila y se hizo con el crucifijo que colgaba de la pared.

—Como veis, todos nuestros copistas son diestros, pues ya se sabe que, aunque muchos aprueben a los escribas zurdos, resulta indudable que la mano siniestra no tiene el mismo valor; solo la mano derecha tiene la potestad de conducirnos por la senda de Dios —los ilustró con sarcasmo, adoptando un aire cordial que distaba mucho de la frialdad con la que los había acogido.

Besó repetidamente la figura de Cristo crucificado y la dejó sobre una repisa de donde tomó un gran pergamino que desdobló cuidadosamente y luego colgó de la misma alcayata de la que había pendido la cruz.

—Este es el mapa de Europa, y os resultará muy útil para saber interpretar todo cuanto os diga.

Ejean y Bardou se quedaron embelesados intentando distinguir inútilmente los cientos de pequeñas anotaciones que lo iluminaban.

—Como sabéis —empezó D'Olm señalando con el dedo índice la costa más occidental del continente—, el rey de Portugal se decanta por nuestro papa Clemente, pero lo cierto es que no desea hacerlo público para evitar enemistarse con castellanos e ingleses.

—¿En qué puede afectarnos un feudo tan alejado? —quiso saber Bardou.

—Ignorar a un amigo o enemigo por la distancia es un error, aunque en esta ocasión admito que tenéis razón, pero no por su lejanía, sino porque Portugal no entra en los planes de nuestro papa Clemente. Y si entra, es tan solo para conseguir que declare la guerra a Castilla.

—¿Con qué fin?

—Con la intención de que la política expansionista de los castellanos no afecte por el momento a Cataluña y Aragón.

El maestro señaló el reino de Navarra con el puntero de madera.

—Supongo que sabréis que Carlos II de Navarra, a quien apodan el Malo, es decidido candidato a la Corona francesa; aunque valga añadir que ahora no parece que tenga muchas posibilidades. Desde lo sucedido en la conflagración de Cocherel, y aun a pesar del acuerdo secreto entre navarros e ingleses, es poco menos que imposible —sentenció D'Olm con un manifiesto respiro de tranquilidad.

—Disculpad, maestro, pero me temo que el hermano Ejean desconoce los pormenores de lo sucedido en Cocherel —interrumpió humildemente Bardou.

A Ejean le importaban más bien poco esos detalles, pero sabía que debía seguir a pies juntillas cualquier proposición que viniera de su compañero. Por esa razón decidió agachar la cabeza para reconocer su ignorancia. D'Olm resopló e inició la explicación:

—Deberíais saber que cuando Carlos V regresó a Francia para ser coronado, las tropas de Carlos II se lanzaron sobre Normandía con intención de interceptarlo en el camino de Reims y evitar así que fuere entronizado. Las huestes de los dos reyes se encontraron en Cocherel y allí se enfrentaron el comandante de los navarros, Juan de Grailly, y el de los franceses, Bertrand du Guesclin. Estos últimos acabaron por ganar la batalla y Carlos V pudo ser finalmente coronado en la catedral de Reims el 19 de mayo de 1364 —recitó de un tirón el maestro.

—Pero previamente habéis hablado también de un acuerdo secreto entre navarros e ingleses. ¿Cuál fue ese pacto?

D'Olm explicó que una vez que Navarra se ganó la enemistad de Francia y de Castilla, y a fin de evitar las iras de unos y otros, los navarros firmaron un acuerdo secreto con los ingleses en virtud del cual Navarra acabó cediendo el puerto de Cherburgo a Ricardo II durante tres años, el tiempo suficiente para que el inglés hiciera la guerra con Francia, y a cambio el navarro recibiría una tropa de mil hombres, quinientos arqueros y quinientos soldados, con los que plantar cara a Enrique II, rey de Castilla.

—Y si ese acuerdo fue secreto, ¿cómo sabéis de su existencia? —objetó Ejean con ingenuidad.

—Hace muy poco de todo eso —bromeó D'Olm—, pero digamos que nuestro vecino, el conde de Foix, posee una buena red de espías.

Ejean y Bardou lo miraron con intriga, esperando que el maestro accediera a revelarles esa información, pero él se mostró evasivo, probablemente porque los hechos todavía eran demasiado recientes.

—La conclusión relevante es que el rey francés y Castilla lo quieren ver bien muerto. Y puedo garantizaros —dijo bajando la voz— que en estos precisos instantes Enrique II de Castilla está preparando un ataque contra Navarra. Lo desposeerán de todo, y en cuanto pierda sus territorios en Normandía y Languedoc, su reino ya no será lo suficientemente grande para pagar sus veleidades. Por lo tanto, como os decía, no creo que debamos preocuparnos más por él.

—Entonces, ¿cuál es el objetivo del pontífice? —sondeó Bardou.

—La corona de Cataluña y Aragón, o, mejor dicho, un gran reino a caballo de los Pirineos bajo la protección de Pedro IV el Ceremonioso; y lo que es más importante, un reino alejado de las rencillas de Roma, nido de corrupción, vicio y traición. Un dominio que se extienda desde Aviñón hasta las mismas puertas de Granada, pasando por Toulouse, Montpellier, Carcasona, Perpiñán, Girona, Barcelona, Lleida, Tarragona y hasta más allá de Valencia; todo ese extenso arco mediterráneo bajo el poder de tres grandes ciudades: Aviñón como capital religiosa, Barcelona como centro político y Valencia erigida en estandarte económico, pero..., como es lógico pensar, ni Castilla ni Francia se lo van a poner fácil.

—Y eso ¿es posible? —preguntó Ejean con voz incrédula.

El maestro blandió el puntero y lo flexionó hasta casi quebrarlo. A continuación, intentó disimular su ira con una discreta sonrisa; pareció evidenciar que esa era la misma pregunta que una noche tras otra le impedía conciliar el sueño. Se desplazó despacio de un lado a otro de la estancia, cabizbajo y pensativo.

—Será una labor ardua —reconoció con desazón—, pues justo es admitir que nuestra tierra resulta muy codiciada para aquel que pretenda dominar el Mediterráneo. Pero este es un país unido por idiomas parejos, una religión y una misma forma de pensar; y ya no hay razón para que los franceses y los reinos itálicos nos digan lo que debemos hacer.

—Difícil lo concibo, máxime cuando ni siquiera nuestra Corona está con Clemente —valoró Bardou.

—Eso no es cierto —rebatió D'Olm frotándose la barba—. Bien es verdad que Pedro IV ha adoptado la decisión oficial de declararse neutral respecto a Clemente, pero esta no es más que una pose para desorientar a los reinos vecinos.

—Noto que no habéis citado ciudades aragonesas como Zaragoza. ¿Acaso Aragón y Cataluña no son un mismo reino? —planteó Bardou.

—Lo son —respondió D'Olm—, pero solo formalmente, pues es obvio que desde que el conde catalán Ramón Berenguer IV, y de eso hace ya muchos años, se casara con la chiquilla aragonesa Petronila, quien lleva la voz cantante es Cataluña; más si cabe desde la muerte de Jaime III de Mallorca. ¡Fijaos que las luchas entre Castilla y Aragón no son precisamente por las tierras aragonesas sino por las catalanas! Por algo será.

El maestro pareció encolerizarse de nuevo. Bardou y Ejean dedujeron que habría hecho de ese tema una cuestión personal y de ahí su vehemencia. Y tenían razón. D'Olm no se cansó de repetir que si Clemente había apostado por los territorios de los *castlàns*,[17] era para que Aragón quedara parcialmente reducida a una tierra de nadie, una franja de seguridad entre Castilla y Cataluña; un lugar donde ambos reinos pudieran pelearse sin que ello supusiera grandes pérdidas para ninguno de ellos; porque de lo que estaba seguro es que ambos se pelearían hasta el día del juicio final. Adujo además que el reino de los *castlàns* tenía una moneda fuerte, y a buen seguro que una futura alianza entre el rey y la burguesía se saldaría con el control de nuevos mercados a larga distancia.

—¡Dios sabe que los *castlàns* han aprendido bien cómo trabajar y asentarse en tierras lejanas! Saben cómo luchar en la guerra y en la paz. Los almogávares han dado sobrada prueba de su destreza con las armas, pero los *castlàns* no se limitan a saquear y cobrar impuestos, sino que tienen habilidad para emplazar barrios comerciales, tal y como ya han hecho en Cerdeña, Sicilia, Nápoles, Alejandría, Chipre, Constantinopla y Atenas; y ni siquiera el poder del papa de Roma los ha podido aquietar. Allí donde van se rigen por sus propias leyes y códices.

Elogió entonces el acierto de implantar la que llamaban Taula de Canvi, la forma en que habían sabido potenciar comercialmente la ciudad de Valencia y el tino de instaurar la Generalitat.[18]

17. *Castlàns* o *catlàns* proviene del francés *chastelain* y *châtelain* (el gobernador de un castillo); añadiendo el sufijo -ia, daría lugar a Catalonia o Catalaunia.

18. Debido a los enormes gastos de los enfrentamientos bélicos con Castilla —que había invadido Aragón y Valencia—, las Cortes catalanas celebradas en Bar-

—Y si nuestro papa y sus consejeros estiman que la solución pasa por ese reino de los *castlàns*, bien habrá que eliminar a sus enemigos —dijo D'Olm con rotundidad.

—¿Quiénes son estos? —preguntó Bardou.

—Tanto Castilla como Génova, y ni que decir tiene que resulta de extrema importancia evitar que los *castlàns* sigan en guerra con esos reinos; pues esa situación de desgaste traerá la ruina de todos, Cataluña incluida.

—Pero ¿por qué enfrentarse a Castilla si, tal como nos dijisteis, esa Corona está con nuestro papa? —preguntó Ejean.

—¡Medid vuestras palabras! ¡Yo nunca he dicho eso! Debéis aprender a ser exactos en vuestros comentarios —regañó el maestro como lo haría con un párvulo—. Simplemente precisé que Castilla todavía no se ha pronunciado abiertamente y, por tanto, la correcta interpretación de mis palabras es que nada hay definitivo. Estamos hablando de política, estimados hermanos, estricta política, y en estos momentos lo realmente importante es hacer creer a Roma que nuestro pontífice se encuentra respaldado por el mayor número de reinos.

—¿Y no sería más fácil incluir a Castilla en los planes del pontífice? —propuso Bardou.

—Es un reino que nada tiene que perder y, por tanto, demasiado ambicioso.

—No os entiendo.

—Cierto es que posee ciudades importantes, pero carece de una urbe que permita estructurar un verdadero reino. No posee nada parecido a París, Florencia, Roma o incluso la propia Barcelona, Venecia o Londres; ninguna ciudad que sea referente absoluto; y es por ello que imperativamente necesita abrirse al exterior. Es un reino atrapado sobre sí mismo, y por lo tanto no es de extrañar que en tiempos venideros Castilla haga lo mismo que Aragón hiciera con Cataluña.

—¿A qué os referís? —interrogó Ejean, abrumado por su propia ignorancia.

---

celona, Vilafranca del Penedès y Cervera (1358-1359) designaron a doce diputados con atribuciones ejecutivas para controlar la Administración, todos bajo la autoridad de Berenguer de Cruïlles, considerado el primer presidente de la Generalitat.

—A que termine por entronizar la dinastía de los Trastámara en Barcelona. Eso, o fundar una nueva ciudad que sea capaz de aglutinar al reino castellano. Comprenderéis que tal posibilidad supone un riesgo añadido e innecesario para nuestro pontífice.

—Tal vez sea cierto cuanto decís, pero ¿y Toledo? —insinuó Ejean, sabedor de que ese era un terreno en el que podría defenderse.

—Efectivamente, esa ciudad podría acaudillar ese reino castellano, pero la realidad es que ningún monarca ha apostado decididamente por ella, lo cual, desde un punto de vista comercial, es comprensible. ¿Y el mar? ¿Y los puertos? —preguntó D'Olm—. Parecéis ignorar que la realidad comercial catalana y aragonesa dista mucho del anticuado comercio de la lana castellana; precisamente por eso Castilla tiene iniciados acercamientos a Flandes y Génova, plazas catalanas que evidentemente quiere ocupar.

—¿Se ha estudiado la posibilidad de establecer una alianza previa entre Cataluña, Aragón y Castilla? ¿Algún tipo de pacto que ofrezca garantías entre ellos y también para el pontífice? Tal vez así se evitaría la confrontación —planteó Bardou.

—Por desgracia, son espíritus diferentes y mal avenidos —enfatizó D'Olm—. Los castellanos son muy valerosos, pero adustos e incapaces de enamorar; justo lo contrario de los *castlàns*, gente aguerrida pero muy pragmática, amante de negociar y coligarse. Lo que para unos constituye el fin en sí mismo, para otros es un simple medio. Ardor y destreza, eso es lo que los separa.

—Con esas virtudes la asociación sería perfecta —insistió Bardou.

—No lo dudo, pero al igual que sucede con las mujeres, el pretendiente primero debe mostrar su amor —respondió D'Olm—. Quien conquista montañas y mares hará bien en adoptar un nuevo léxico con el que poder narrar su misterio y grandeza. ¿Acaso alguno de vosotros se atrevería a hablarle al mar con el lenguaje del desierto? ¿O al valle con la lengua de la montaña? ¿Tomaríais la voz del diablo para abrir las puertas del cielo? Son la palabra y el lenguaje quienes estructuran el pensamiento; mas, si el espíritu es rígido, jamás encontrará la palabra con la que poder cortejar. Así pues, y con esas premisas, difícil asociación contemplo.

—Algo intuyo en vuestras palabras… —dijo Bardou intentando comprender las metáforas del maestro.

—Franceses y castellanos nos pretenden por igual, pero Francia es más astuta, y además dispone de París para vertebrar su imperio.

—Es más que previsible que Francia también se oponga a los planes de Clemente —apuntó Bardou con tono mordaz.

—Realmente Carlos V de Francia es un poderoso enemigo a batir, probablemente el peor de todos ellos, pero ahora está ya muy débil para negociar nada..., tenemos noticias de que está gravemente enfermo, recluido en el castillo de Beauté-sur-Marne, y es previsible que fallezca en breve.

—Quizá sea el momento adecuado para plantear la cuestión —afirmó Ejean.

—Tal vez sí, pero también debemos valorar que, aunque el rey muriese, su hijo reinará, como de hecho ya viene aconteciendo, bajo la regencia de sus tíos: el duque de Anjou, el duque de Borgoña, el duque de Orleans y el duque de Berry; y eso, creedme, es tanto como luchar contra cuatro reyes juntos. No es tiempo para precipitarse.

—Tengo entendido que Francia pretendía aliarse con Castilla, pero no atino a saber la razón de esa coalición. ¿Es por nuestra causa? ¿Saben algo de los planes de nuestro pontífice? —trató de averiguar Bardou.

—No, quedad tranquilos. La esencia de ese pacto nada tiene que ver con nosotros, sino con conseguir una poderosa flota naval con la que romper la hegemonía marítima de los ingleses. No es casualidad que ahora Carlos V de Francia luche con las mismas armas que sus adversarios, consagrándose a la tarea de saquear e incendiar numerosos puertos ingleses; y a fe mía que no quedarán aquí las cosas...

—¿Acaso sabéis ya lo que piensa hacer? —preguntó Bardou alarmado.

—Estamos al tanto que castellanos y franceses están maquinando un ataque a la mismísima ciudad de Londres, e incluso sabemos que han encomendado la misión al almirante castellano Fernando Sánchez de Tovar.

—¿Pretende invadir Londres? —interrogó Ejean con incredulidad.

—No exactamente. —Sonrió D'Olm con la misma mirada condescendiente que se dedica a un ingenuo—. Tal vez, si el azar y la suerte le son propicios pretenda asestar ese golpe mortal, pero no, no es ese su principal objetivo.

—¿Entonces? —preguntó Ejean sumido en un mar de confusión.

—Lo que ha conseguido es que el rey inglés se sienta amenazado y ordene el regreso de sus tropas establecidas en Francia, a fin de defender adecuadamente las islas, y precisamente eso es lo que deseaba Carlos V; debilitar al enemigo en tierras continentales para recuperar los terrenos ocupados por los ingleses. ¡Estrategia!, simplemente una buena estrategia —añadió D'Olm con extraño orgullo—. No olvidéis que la política es habilidad y anticipación, y que, pese a su inmaculado manto blanco, esconde intrincados y oscuros pasadizos.

Bardou se sintió abrumado al advertir la relevancia que sin duda tenía esa información, y se empleó entonces en tomar escuetas notas de las enseñanzas del maestro; ese D'Olm parecía saberlo todo. Ejean, sin embargo, se quedó pensativo. No dudó de que la mente del anciano fuera un portento, pero intuía que no era trigo limpio. No osaba tacharlo de falso, pero algo había que le hacía desconfiar; sus expresiones, inflexiones y gestos eran precisamente la antítesis de aquella trasparencia de la que tanto presumía en sus peroratas.

—Veréis pues, hermanos, que en apenas algo más de dos años todo parece confabularse.

—¿Una confabulación? —cuestionó Bardou.

—Los hechos parecen indicar que se cierra un ciclo y comienza otro, y os puedo asegurar que el que se abre ahora es todavía más incierto. En ese breve periodo han muerto Eduardo III de Inglaterra, Galeazzo II de Milán y más recientemente Enrique II de Castilla. Y, por si fuera poco, tal y como os he dicho, el rey francés es posible que muera en los próximos meses. Y lo más alarmante es que todo esto ha sucedido desde que Urbano VI ocupa el sitial en Roma y Clemente VII hace lo propio en Aviñón. ¿Es acaso una coincidencia? —se preguntó con aires de misterio.

—¿Quién está tras esa trama? —quiso saber Bardou, profundamente intrigado.

—No tengo ninguna duda de que tras la muerte de tantos monarcas reside la voluntad de Dios. De necios y ciegos es no darse cuenta de que es Él quien está ayudando a nuestro Clemente. —Sonrió ladinamente, evitando la respuesta.

D'Olm acababa de introducir a sus discípulos en el poder que ejercían los Valois y la forma en que Bertrand du Guesclin se había encargado de poner a Enrique II de Trastámara en el trono de Castilla cuando enmudeció al oír el repicar arrítmico de las campanas. Se incorporó bruscamente y con el rostro demudado precipitó sus pasos hacia la ventana.

—¿Qué está sucediendo? —susurró Ejean aproximándose a Bardou.

—Las campanas tocan a difunto.

Capitulum XXIV

La muerte de Jäger, el anciano

—¿Quién ha muerto? —preguntó Ejean cariacontecido.

—Alguno de los nuestros está gozando ya de la presencia de Dios —se limitó a musitar D'Olm con la mirada turbada.

—¿Acaso teníais a algún hermano gravemente enfermo? —atinó a preguntar Bardou.

—No..., bueno, tal vez. ¡Debo encontrar al prior! —exclamó con nerviosismo—; así pues, marchad ahora mismo a vuestras celdas y recluiros en ellas hasta nuevo aviso —ordenó mientras salía de la estancia farfullando palabras ininteligibles.

Ejean y Bardou se quedaron en la sala recogiendo los bártulos, interrogándose con la mirada de quién podría tratarse. Luego recorrieron por los gélidos pasillos hasta alcanzar sus celdas.

—Sea quien sea, y en tanto no nos manden llamar, estamos obligados a rezar por esa alma, rogando a Dios que en su infinita bondad tenga a bien acogerlo en su seno —acertó a comentar Bardou mientras se encerraba en su estancia.

Ejean vio transcurrir las horas tendido en su jergón, hasta que alguien golpeó la puerta, la entreabrió un par de dedos y, sin llegar a mostrar su rostro, susurró:

—Hermano, el almuerzo será hoy a la hora sexta. Allí recibiremos instrucciones de nuestro prior.

Ejean volvió a cerrar los ojos, dando tiempo al tiempo, esperando con ansia el próximo repicar de las campanas. Al poco se incorporó agitado y miró a través de la ventana preguntándose qué estaría haciendo su amigo Hug en aquellos instantes. Irremediablemente, sus pensamientos lo llevaron a Catherina; reparó que la extrañaba en demasía, tal vez la amaba más de lo que era capaz de sospechar. La melancolía le impulsó a dejarse caer de nuevo sobre el camastro y miró el techo, entreteniéndose en rememorar con detalle cuanto había acontecido desde que pisara por vez primera la abadía; no acertó a saber si el aire que impregnaba ese santo lugar era el del bien o el del mal.

En cuanto sonó la llamada a sextas,[19] Ejean se acercó a la celda de Bardou. Lo encontró frente a la ventana, de rodillas y orando. Esperó a que terminara sus rezos y luego, sin dirigirse la palabra, se encaminaron al refectorio.

El lugar estaba sumido en un denso silencio, incluso el lector de semana, pese a ocupar su puesto, permanecía callado. Tuvo que pasar un buen rato hasta que Adell, el prior, hiciera su entrada. Con extrema parsimonia, guio sus pasos hasta el pequeño estrado que soportaba su sitial. Desde allí miró a los presentes con los ojos inundados de un extraño fulgor, simuló un esfuerzo para tomar aire y proclamó:

—El hermano Jäger ha muerto, y en ausencia del abad es mi deber comunicaros que la capilla ardiente quedará instalada en la nave central de la iglesia, justo a continuación de nonas.[20]

Tras conocerse la identidad del difunto, se produjo un breve murmullo acompañado de gestos de sorpresa. Algunos monjes se santiguaron repetidamente, y de nuevo se hizo el silencio. A Bardou le extrañó que el velatorio tuviera lugar poco después de nonas. Apreció una precipitación fuera de lugar.

—Nuestro hermano Jäger ha sido un hombre santo —continuó el prior—, y aunque su vejez hiciera mella en su cabeza y razón, sin duda alguna estará gozando ya de la gloria divina. Velaremos su cuerpo hasta laudes de mañana, en turnos de dos. Por precaución, y para evitar cualquier posible contagio, nadie deberá acercarse al cadáver.

Los rostros de los monjes reflejaron entonces el temible espectro del miedo, e incluso se llegó a oír algún susurro que procedía de los extremos de la mesa principal. Bardou empezó a atar cabos. El prior, atento a esas manifestaciones, levantó las manos pidiendo silencio.

—Nada os debe preocupar, pues si bien es cierto que el hospitalario ha confirmado que nuestro hermano ha sido víctima de la peste,

19. Por lo general, a las 13:20.

20. Normalmente, a las 15:30.

ello no significa, en modo alguno, que la epidemia haya hecho acto de presencia en nuestra abadía. De todos es sabido que nuestro amado Jäger era muy anciano y que después de su larga enfermedad estaba ya muy debilitado: «Enfermo estuve y me visitaron» —entonó el prior con la única intención de que cualquier nueva murmuración resultara ahogada por su cántico.

—«Lo que hicieron a uno de estos pequeños, a mí me lo hicieron» —contestaron los congregados.

—«Ni el ojo vio, ni el oído oyó, ni llegó al corazón del hombre lo que Dios ha preparado a los que lo aman» —cantó el prior.

A una indicación de Adell se sirvió el almuerzo, pero los monjes, siguiendo su ejemplo, no probaron bocado. El superior escuchó la declamación del lector de semana con la mirada puesta en el infinito, atento a cada murmullo, movimiento o gesto de los suyos. Finalizada la lectura, hizo tañer una pequeña campana.

—Os ordeno, de forma excepcional, que quedéis recluidos en las celdas hasta que seáis llamados para relevarnos en el velatorio. Mañana, después de la misa conventual, enterraremos a nuestro hermano Jäger y volveremos a nuestros horarios y quehaceres habituales.

Adell invitó a los monjes a que desalojaran el refectorio y mandó llamar con gestos a los mayordomos. Mientras salía del comedor, Ejean advirtió cómo el prior los regañaba con vehemencia e incluso con cierta irritación a los encargados.

Bardou y Ejean quedaron recluidos en sus celdas hasta que, pasada la hora de completas, uno de los mayordomos llamó a la puerta de Bardou y posteriormente a la de Ejean.

Ambos transitaron por los lúgubres rincones de la abadía, a merced de la noche heladora. Al atravesar el claustro, camino del oratorio, buscaron afanosamente la luna en el cielo, intentando percibir algún resquicio de luz que les permitiera asegurar sus pasos; pero para entonces las nubes parecían haber engullido el firmamento. Era tal la oscuridad que incluso la nieve amontonada junto a las columnas del claustro se les antojó negra como el carbón.

—Hemos tenido bastante suerte —susurró Bardou.

—¿Por qué razón?

—Pues porque siendo jóvenes y recién llegados, esperaba que el velorio nos tocara en horas más intempestivas, tal vez el turno de maitines, es extraño…

Pese a la intrigante apostilla de su compañero, Ejean no hizo ningún comentario. Su mente estaba ocupada en valorar la forma de sacar provecho de aquella inesperada salida nocturna. Aquel podía ser el momento perfecto para una primera inspección furtiva, pero pronto reparó que resultaba demasiado precipitado; era del todo necesario que antes acabara de memorizar los intrincados pasajes del recinto.

En cuanto abrieron la puerta de la iglesia les pareció entrar en otro mundo. Pese a venir de la oscuridad, ahí dentro todo parecía aún más tenebroso, hasta el punto de resultarles imposible distinguir entre el suelo, las paredes y el techo. En la capilla, bajo el altar, estaba dispuesto el ataúd de Jäger. Lo habían depositado sobre una gran mesa, abierto, y acompañado de dos minúsculas velas que se debatían por no ahogarse en su propia cera; una en la cabeza y otra a los pies del difunto. A su alrededor, siguiendo las estrictas órdenes del prior, habían quedado colocados los bancos de las primeras filas a modo de improvisada barrera. Recorrieron el pasillo central evitando hacer ningún ruido, moviéndose igual que si levitaran en el aire. Al llegar a la segunda hilera de los reclinatorios, Bardou tocó con

suavidad la espalda de uno de los dos monjes que estaban velando los restos mortales. El religioso se volvió con gesto asustado.

—¡Dios esté contigo, hermano!, venimos a relevaros —susurró Bardou.

El monje avisó con la mano a su compañero y ambos se incorporaron de sus asientos.

—Gracias, hermanos, hace un frío difícilmente soportable —acertó a decir uno de ellos—. Recordad que por orden del prior no debéis aproximaros al difunto más allá de los bancos; y es preciso que hagáis llegar tal consigna a quienes os releven.

Ejean y Bardou se arrodillaron y santiguaron con parsimonia, dando tiempo a que los cautelosos pasos de sus compañeros acabaran por perderse. Entonces se incorporaron para aproximarse con tiento al cuerpo de Jäger. El difunto era muy anciano, y mostraba un rostro tan demacrado como solo la muerte misma es capaz de representarse. Vestía el hábito de la orden y su cabeza estaba amortajada con unas gruesas vendas blancas que solo dejaban a la vista sus párpados morados, casi negros, y una nariz blanca como la cera.

Bardou entró en un prolongado trance y, dando un profundo suspiro, miró hacia lo alto de la iglesia e inició sus oraciones. Ejean respetó el silencio de su compañero durante un buen rato, hasta que harto de tanta contemplación se animó a expresarle sus dudas:

—¿Piensas, tal y como nos dijo D'Olm, que Dios nos ha abandonado? ¿Realmente crees que pueda estar tan enojado como para enviarnos esta plaga?

—Tal vez sí —respondió escuetamente Bardou.

—¿Y cuál es el parecer de nuestro papa sobre ese mal que nos azota?

—El mismo que sustentan todos los sabios.

—¿Y qué es lo que dicen?

—Que su origen se debe a la triple conjunción de Saturno, Júpiter y Marte en el grado cuarenta de Acuario, un fenómeno nefasto que aconteció precisamente el 20 de marzo de 1345 —concretó el monje sin apartar la vista del altar.

—¿Acaso sois también astrólogo?

—No, en absoluto, simplemente leo; y esa fue precisamente la explicación que en 1348 y a petición del rey Felipe VI dio la facultad de Medicina de París a tan temible epidemia.

—¿Y cómo justifican que pueda afectarnos algo tan remoto? —indagó el joven con una velada sonrisa que su compañero no advirtió.

—Es obvio que el aire ha sido envenenado por las influencias planetarias; solo así se entiende que se propague tan rápidamente.

—Creo que, en lugar de pensar en cosas tan lejanas, resultaría más provechoso estudiar la razón por la que las ratas empiezan a morir masivamente poco antes de manifestarse la epidemia entre los hombres —replicó Ejean con un tono de reproche.

—¿Quiénes somos nosotros para juzgar la voluntad de Dios? —se interrogó Bardou con enojo.

—¿Por qué motivo un afectado nunca contagia a sus familiares hasta después de haber fallecido?

—¡Qué más da el cómo y el porqué! Lo único que ahora podemos hacer es escribir todo lo que acontece para que estas miserias divinas pervivan en el recuerdo de quienes vengan tras nosotros; para que aquel de la raza de Adán que nos sobreviva pueda dar testimonio de nuestra desdicha y maldad. Mas debo decirte que no es la muerte lo que me preocupa, sino los otros daños que produce la peste —añadió Bardou con voz afligida.

—¿Qué puede ser peor que la muerte?

—Está matando el futuro de la propia muerte de Cristo.

—¿A qué te refieres?

—La peste negra está provocando una fuerte pérdida de la fe, e irá a más, estoy convencido…

—¿Qué tiene que ver una cosa con la otra? —interrumpió Ejean.

—Cómo se advierte tu condición mundana…

—¡Déjate de desprecios y explícate!

—Esas epidemias hacen que la gente termine por pensar que la Iglesia es incapaz de resolver sus problemas —estableció el monje con rotundidad—, no es casual que los librepensadores aprovechen esos momentos de zozobra para reivindicar el misticismo; impíos que defienden la creencia de que Dios y los humanos participamos de una misma esencia para así tratar de eliminar a los intermediarios, es decir, para anular a todo el estamento eclesiástico, desde el pontífice hasta el más necio de los novicios. Esos son los efectos que deben preocuparnos.

—Pero la muchedumbre acude ahora más que nunca a las iglesias —replicó Ejean.

—Todo es cuestión de tiempo. ¿Qué sucederá si la epidemia se eterniza? ¿Para qué quieren a Dios si el mundo entero está en poder del demonio? Tú, que perteneces a lo profano, sabrás mejor que yo que esa enfermedad genera demencia y desesperación. Los hombres y las mujeres deambulaban como si estuviesen locos, permitiendo que sus ganados y cosechas se pierdan; ya nadie se preocupa por el día de mañana…; mañana es una palabra que deja de existir en cuanto advierten el primer contagio. ¿Y entre los nuestros? ¿Qué está sucediendo en la Iglesia?

—¿Cómo voy a saberlo? —contestó Ejean con un aspaviento.

—Ocurre que los obispos mueren a razón de uno de cada veinte, y que los sacerdotes alcanzan a tener la misma mortandad que el vulgo. Por esa razón abandonan sus deberes: no dan la eucaristía, no confiesan, no bautizan y mucho menos imparten la extremaunción; huyen por miedo al contagio. Y en los monasterios bien sabemos que una vez asoma la enfermedad acabará enterrándonos uno a uno, a todos menos al último miserable, sin duda el más desdichado, porque a nadie tendrá que lo pueda sepultar. Puedes estar seguro de que en breve estos muros solo servirán para preservar las almas de los muertos —sentenció con tal desesperanza que Ejean no pudo menos que estremecerse.

—Pero ¿y si no es peste? ¿Y si te dijera que ese hombre no es un apestado?

—¡Claro que lo es! —expresó Bardou.

—Yo digo que no —insistió el joven con rotundidad.

—¿Y eso cómo lo sabes? ¿Acaso en realidad eres tú el físico?

—No, no lo soy, pero he visto muchos infectados y puedo asegurar que la peste no mata de esa forma.

—Pero ¡si incluso le han sangrado las encías! —espetó Bardou haciendo referencia a las leves gotitas de sangre que manchaban la mortaja a la altura de los labios.

—Por eso lo digo. En los apestados la sangre se acumula en la comisura de los labios, y en cambio en este hombre las manchas se alinean a lo largo de la boca.

—¿Y a ti qué más te da? No has efectuado voto de obediencia y no te debes ni al abad, ni al prior y mucho menos al pontífice; en definitiva, eres libre de marchar cuando quieras.

—Pero de ello dependen mis decisiones —contrapuso Ejean—. Si como dicen, mi hermano está acompañando al abad, poco podré hacer por él, pero ¡por mi hermana todavía puedo hacer mucho! —exclamó con ímpetu—. Si estamos ante una verdadera epidemia, precipitaré mis planes y huiré con ella antes de que la peste envenene el aire de este lugar.

Ante la mirada estupefacta de Bardou, Ejean se levantó del reclinatorio, apartó los bancos que rodeaban el ataúd y observó el cadáver de Jäger.

—Desgraciado, ¿qué vas a hacer? ¿Quieres que nos contagiemos todos? —increpó Bardou.

—Necesito estar seguro de que este hombre no es un apestado —argumentó Ejean—. Tal vez seas un erudito en cuestiones del espíritu, pero poco sabes del cuerpo..., es fácil advertir que cuando tú y los vuestros viajáis, esquiváis las ciudades; porque allí en cada esquina puedes encontrarte con un apestado como este. Quédate sentado si quieres, pero déjame hacer.

—Pero ¿y si te contagias? —interrumpió Bardou mientras se incorporaba siguiendo los pasos de su compañero.

Ejean no contestó, se situó junto al ataúd y deslizó un brazo sobre el cadáver a fin de palpar la entrepierna de Jäger.

—Por Dios bendito, ¿qué estás haciendo?

—Comprobar lo que por lo visto nadie tiene arrestos de hacer —exclamó de mala gana Ejean—. No te obligo a participar, pero…

—Estás firmando nuestra propia sentencia de muerte —interrumpió Bardou.

—Nada debería sucederme mientras el cuerpo no desprenda el frío de la muerte —afirmó Ejean mientras tentaba detenidamente el cadáver—. Si vas a echarme una mano, hazlo ahora y ayúdame a quitarle la parte superior del hábito, de lo contrario, mejor que regreses al banco.

—¿Qué pretendes?

—Necesito comprobar si Jäger tiene o no esos malditos bubones de la peste.

—¿Me estás pidiendo que muera por una estupidez?

—Sé bien lo que hago. He tenido ocasión de aprender que los bubones, tanto axilares como inguinales, no son contagiosos, ni siquiera por contacto directo —precisó intentando tranquilizarlo.

Bardou se quedó paralizado. Ejean levantó el hábito del monje, a quien los embalsamadores ya le habían despojado de su ropa interior, y tomando las muñecas del cadáver le levantó los brazos para examinar los sobacos.

—¿Ves algún bubón? ¿Verdad que no? Como te digo, este hombre no es un apestado —concluyó—. Tu prior nos ha mentido, y, sin embargo, ¿qué puedes decirme de sus muñecas y tobillos? Mira cómo los tiene, están en carne viva, laceradas como solo un prisionero podría tenerlas.

Bardou regresó al banco y arrodillándose se puso a orar golpeándose el pecho en señal de contrición. Ejean depositó los brazos del difunto paralelamente al cuerpo, recolocó el hábito de Jäger y restableció los bancos a su posición original.

—Lo lamento, pero estaba obligado a hacerlo —dijo a modo de disculpa—. Ahora tengo la certeza de que nada debemos temer mientras habitemos en el interior del recinto. ¡Te espero fuera!

Ejean fue a sentarse en el claustro pensando en todo y nada a la vez. Le inundó entonces un hedor denso, ajeno al de su propio cuerpo; un olor rancio y desagradable que parecía haber empapado su piel. No le fue difícil reconocer la fetidez de Jäger entre sus dedos. Tomó la nieve apilada junto a las columnas y se frotó con ímpetu las manos.

Capitulum XXV

Frère Dalmau, el misógino

Ejean deambulaba por el claustro desierto, donde el sol, a esas horas tempranas, dibujaba un suave haz de luz entre sus columnas. Sus pasos seguían siendo precipitados, lejos de la cadencia que impregnaba aquella abadía, donde el tiempo no existía como tal, sino que parecía formar parte de la eternidad. Hubiera deseado sentarse bajo los capiteles para soñar realidades menos crueles, pero sus incertezas y miedos se lo impidieron.

Cansado de dar las mismas vueltas que daría un burro en la noria, se dirigió al *scriptorium*. Allí, frente al gran ventanal, sumido en la lectura, reconoció la figura de Dalmau, el traductor que más cordialidad le había despertado. Apenas habían cruzado cuatro palabras, pero su sonrisa bonachona le inspiraba confianza. Se sentó junto a él sin saber a ciencia cierta cómo reaccionaría el venerable anciano.

—*Frère* Dalmau, ¿os interrumpo en vuestra tarea?

Dalmau cerró el libro cuidando de mantener el dedo índice como punto de referencia.

—No os preocupéis, todo necesita ser interrumpido alguna vez. ¿Qué deseáis?

—Me agradaría hablar un momento con vos, aunque tal vez el *scriptorium* no sea el sitio más adecuado.

—Entonces, debo deducir que la conversación que me proponéis es grave, secreta o pecaminosa. —Suspiró con una sonrisa maliciosa mientras se incorporaba sujetando firmemente el libro junto al pecho.

—En absoluto, tan solo tenía curiosidad por conocer el funcionamiento de los monasterios dúplices —replicó Ejean con gesto risueño.

—¿Acaso os habéis enamorado de una *fraressa*?

—No…, es la primera vez que me alojo en este tipo de monasterios y me causa cierta extrañeza —añadió con un ligero tartamudeo.

—¿Y qué os hace suponer que puedo ayudaros? —preguntó Dalmau al tiempo que tomaba a Ejean del brazo y lo guiaba hacia el claustro.

—Alguno de nuestros hermanos me ha comentado que vos trabajáis en los asuntos que conciernen a las órdenes, comunidades y reglas. ¿Tal vez me podréis ilustrar sobre esa circunstancia tan poco común?

—Lleváis razón, esos monasterios no son hoy muy frecuentes, pero antaño eran el medio adecuado para que mujeres y hombres, e incluso familias enteras, pudieran disfrutar de la presencia de Dios; digamos que vivían separados, pero oraban unidos. Mas, como podéis imaginar, llegó un momento en que los monasterios dúplices se prodigaron en faltas y excesos; lo cual obligó a las autoridades religiosas a promulgar la Regula Communis.

—He oído hablar de esas normas, pero nadie me ha explicado en qué consistían.

—Pues trataban de regularlo todo: el aspecto arquitectónico que debían tener los espacios, la duplicidad de los servicios, la distancia entre los dormitorios de diferentes sexos y demás normas disciplinarias; y por supuesto, el alejamiento de la vida comunal diaria; hombres y mujeres tan solo podían compartir la sala capitular.

—Comprendo, pero si aquí no oramos junto a ellas, ¿cuál es su función en este recinto? —Ejean señaló el muro tras el cual se hospedaban.

—Me inclino a pensar que fue una sabia decisión del abad. Esas mujeres nos asisten en muchas tareas diarias: se ocupan de los menesteres de la cocina, la lavandería e incluso del cultivo del huerto; y ello nos permite dedicarnos exclusivamente a orar y trabajar en las tareas asignadas por el abad.

—Sí, eso tuvo a bien decirnos el prior, pero ¡en esta abadía ni siquiera las vemos! —exclamó.

—*Avèm de nos sonhar de las femnas, pr'amor que nos fan pèrdre lo sen* —entonó Dalmau con una sonrisa de oreja a oreja. Y de inmediato ofreció la traducción—: «Debemos cuidarnos de las mujeres, porque nos hacen perder la cordura».

—No hacía falta que lo tradujerais, esa es mi lengua.

—Perdonad, hermano, es que esta abadía reúne a monjes de tantos lugares que uno ya no sabe en qué idioma hablar.

—Parecéis muy instruido sobre mujeres... —se le ocurrió afirmar a Ejean en su intento de seguir ganándose la confianza de Dalmau.

—¿Instruido? Veréis, no siempre he sido monje, y aunque ya hace muchos años, la verdad es que estuve casado —interrumpió Dalmau abandonando su expresión apacible.

—¿Qué sucedió? ¿Falleció?

—Para mí, como si hubiera muerto...

El *frère* tragó saliva y al rato le hizo un gesto con el que parecía indicar que estaba dispuesto a recordar.

—¿Os arrepentís de haber contraído matrimonio? —osó peguntarle Ejean.

—Sí, sin duda..., bueno, me arrepentiría si no fuera por la hija que tuvimos. Solo por eso ya valió la pena; el mejor regalo que Dios pudiera darme.

—Pero ¿cómo acabasteis aquí?

Dalmau tomó asiento en el claustro y, llevándose las manos a los labios, esbozó una mueca de dolor.

—Disculpadme, *frère*, seguramente es este un episodio de vuestra vida que no deseáis recordar.

—Hace mucho tiempo que no hablo de ello —dijo con extremo sosiego—. En realidad, ni siquiera recuerdo cuándo fue la última vez. Veréis, no era hermosa, pero rebosaba optimismo y alegría. Seguramente nuestro Señor me la puso en el camino, porque eso es lo que necesitaba mi alma en aquel momento; aunque mucho me temo que esa sana alegría derivó en locura.

—¿Qué sucedió?

—Todo fueron carantoñas hasta que quedó preñada; desde ese momento fue marginándome y algunos meses después de parir se apartó definitivamente de mi lado. Me sentí tratado como un semental.

—¿Nunca más volvisteis a yacer con ella?

—Decidió compartir el jergón con nuestra hija y me obligó a dormir en una pequeña alcoba, junto a los establos.

—¿Y no os buscaba? Bueno, ya me entendéis...

—¿Buscarme? ¡Jamás! Y eso que yo lo intentaba una y otra vez, pero siempre me salía con la excusa de la menstruación. Incluso llegué a elaborar el calendario de sus periodos raspando una viga del establo, pero ni por esas: si no se le retrasaba, se le adelantaba, y cuando no era una cosa ni otra, entonces me hablaba de no sé qué fases de la luna que le causaban periodos más cortos…, en fin, ya os podéis imaginar el resto —concluyó riéndose de sí mismo.

—¿Vos deseabais esa hija?

—¡Por supuesto!, pero habíamos acordado que antes era preciso tener la casa terminada, y por esa misma razón tomamos ciertas medidas… ¡que san Agustín me perdone! No creo que nadie absuelva mis pecados pues ya entonces era muy consciente de que en su obra *Contra Faustum* condenó cualquier relación sexual que excluyera la procreación; pero no pude más que desatender sus preceptos. ¿Qué otra cosa podía hacer? ¿Que nuestra hija naciera y viviera en el establo? ¿Que durmiera al raso, sin techo? No, ningún marido puede permitir eso. Así pues, llegó a ser habitual que tras el coito ella se colocara en cuclillas para expulsar el semen, otras veces daba siete saltos hacia atrás o giraba hasta cuatro veces la rueda de molino.

Pero esas prácticas, al igual que el *coitus interruptus*, eran muy engorrosas y poco fiables. Un día pasó por la aldea una curandera que con mucho secreto le entregó unos mejunjes.

—¿Una hechicera?

—Muy probablemente; ella fue quien le dio unos extraños tapones de hilaza humedecidos con el hervido de brotes de acacia y miel, así como otra pócima de savia, resina y melaza con la que se untaba. Pero llegó el día en que dejó de utilizarlos sin yo saberlo.

Ejean sabía que algunas mujeres, en especial las que frecuentaban la calle, esquinas y mesones, usaban métodos secretos para no quedar preñadas, pero nunca había oído hablar de la acacia y la miel.[21] Decidió no indagar, pues entendió que aquel no era el momento ni el lugar para hablar de hechiceras y mejunjes.

—¿Por qué creéis eso?

—Tan solo lo imagino, pues varias vecinas de su edad empezaron a quedar preñadas, y ya se sabe que, en ese tipo de competencia en-

21. La miel, con propiedades adhesivas y de contención, mezclada con la acción espermicida del ácido láctico liberado por la acacia, al fermentarse producía un efecto anticonceptivo.

tre mujeres, el hombre nada tiene que opinar. Me mintiera o no en el uso de esos métodos, acabó embarazada.

—Tal vez no os mintió y simplemente sucedió.

—Tenéis razón y le otorgo el beneficio de la duda, pues el instinto carnal es irrefrenable, y reconozco que no siempre le di tiempo a prepararse adecuadamente.

—¿Tuvo un buen parto?

—Sí, a Dios gracias dio a luz una niña maravillosa que con el tiempo se convirtió en una chiquilla de largos cabellos rubios, casi albinos. Era como una princesa, la más hermosa que jamás haya visto.

—¿Qué más podíais pedir?

—No todo lo que reluce es oro, querido hermano, pues a partir del alumbramiento, mi esposa solo me soportaba a su lado a fin de que cuidara de su sustento y el de nuestra hija. Me sentí un extraño en mi propia casa.

—¿Y terminasteis por abandonarla?

—No, fue mucho peor que eso —negó sacudiendo la cabeza—. Pasó el tiempo, y cuando mi hija cumplió los diez años, mi esposa se enamoró de un joven…

—¿Un joven?

—Sí, un apuesto joven al que le doblaba la edad. Un gañán con ínfulas de señor, un mero vividor, sin una moneda en la bolsa. Ella quedó prendada de sus encantos y él de nuestro dinero, y para cuando me di cuenta, ya nos había dejado sin los ahorros que teníamos —ilustró Dalmau con rabia.

—¿Y cómo lo descubristeis? —preguntó Ejean con asombro.

—Me resultó muy difícil, porque el mozo viajaba continuamente de aquí para allá con el dinero que le daba mi esposa; y como suele suceder en esos casos, fui el último en enterarme. Toda la aldea parecía saberlo, pero quien os habla era tan rematadamente estúpido que no me di cuenta del percal hasta que… ¡En fin, llegó el día que se me abrieron los ojos y empecé a atar muchos cabos!

Ejean estaba fascinado por la forma en la que aquel monje, casi un desconocido, le abría su corazón; resultaban admirables la paz y sinceridad que destilaban sus palabras. De ahí que concluyera que debía hacer ya mucho tiempo que Dalmau había perdonado a esa mujer.

—Recordé entonces cuando meses antes me pidió permiso para ir a ver a su madre enferma —prosiguió el monje—. La excusa perfecta para pasar unos días con él. Pero me armé de paciencia e intenté enderezarla. Todo fue en vano. Aquel invertido tenía hipnotizada a mi esposa.

—¿Invertido? —interrogó Ejean creyendo haber entendido mal.

—Sí, un individuo afecto a su mismo sexo…

—¡Pero si iba con vuestra mujer!

—Sí, pero solo por dinero, y si para ello debía alternar carne con pescado, pues alternaba.

—Debieron ser unos momentos muy difíciles para vos.

—Llegué a enfermar por aquella causa. Aunque reconozco que casi lloré de alegría cuando mi mujer decidió abandonarnos; mi hija y yo quedamos solos en aquella casa.

—¿Encontrasteis a otra mujer?

—¡No, por Dios bendito!

—Entonces, ¿tuvisteis que hacer de padre y madre?

—Así es, aunque no noté mucho su ausencia. —Sonrió—. Era una mujer inútil para las tareas de la casa, no sabía cocinar, coser, tejer, ni tampoco lavar…

—¿Y vuestra hija? Debió sufrir mucho.

—Todas las noches necesitaba agarrarme de la mano para dormir, convencida de que yo también podría abandonarla. Pero pasaron los años, y aquella niña se convirtió en la moza más deseada de la comarca, una joven a quien la rondaban más pretendientes que estrellas hay en el firmamento. Finalmente dio con un buen mozo y se casó. Al principio compartimos la casa, pero llegado un momento reparé en que yo había cumplido mi función y estaba de más entre aquellas cuatro paredes, por lo que, tras un largo periplo, acabé ingresando en esta abadía.

—¿Tenéis nuevas de vuestra esposa?

—Sé de ella a través de mi hija y familiares, y las noticias son que ha ido de mal en peor. Llegó a trabajar en lugares difíciles de imaginar, pero como ni con esas podía mantener los caprichos de ese patán, se dedicó a vender todo aquello que no tenía.

—Si nada tenía, ¿qué pudo vender?

—La necesidad y el hambre agudizan el ingenio, estimado Ejean, y en este caso, para poder retener a ese holgazán a su lado, necesitaba monedas, muchas monedas, y para ello no dudó en vender a su propia madre…

—¿Qué estáis diciendo, *frère*? —preguntó Ejean con incredulidad.

—Lo que oís, primero manipuló los títulos de propiedad de su madre, y luego, haciéndose pasar por la propietaria, acudió a un prestamista judío, quien, a cambio de muchas monedas de oro, tomó en prenda la pieza de tierra de su madre. Pero pasó el tiempo, no mucho —apostilló con énfasis—, y como no pudo devolver el préstamo, negoció con el mismo judío la venta de los terrenos y de la casa.

—Pero ¿y su madre?

—Organizó todo lo necesario para que la anciana ignorara el arreglo concertando con el judío, concretamente el arriendo de la casa a favor de la madre; pero llegada la fecha del primer pago de la renta ya no le quedaba ni una moneda para afrontarlo. ¡Ese demonio de mujer y su amante ya se habían gastado todos los caudales!

—¿Y qué sucedió entonces?

—Lo que cabía esperar: el judío desahució a la anciana, y quedaron desvelados los enredos de la hija; a raíz del disgusto, la madre enfermó y murió poco después.

—Creo que ahora empiezo a entender parte de vuestros refranes... Lo lamento de verás.

—Lo asombroso es ese estúpido instinto que los hombres tenemos entre las piernas y que nos embota el razonamiento —dijo Dalmau con amargura—. Y si por un casual conseguimos aletargar nuestra innata inclinación al mundo carnal, ya se encargan ellas de recordárnoslo. ¿Para qué si no se engalanan, se cuelgan joyas, se ciñen los vestidos, peinan y perfuman sus cabellos? ¿Y qué me decís de los animales? ¿Acaso no son los machos, especialmente las aves, los que disfrutan de formas y colores más vistosos? ¿Por qué en los humanos es todo lo contrario?

—Pero ¿y el amor? —preguntó Ejean con candidez.

—El enamoramiento tiene procesos distintos en un hombre y una mujer. Nosotros perdemos la cabeza para poner remedio a la concupiscencia. ¡Pero andad con cuidado! Pues es precisamente entonces cuando ellas aprovechan para empezar a maniobrar y gobernar. Es un conocimiento que las hijas aprenden de las madres, de generación en generación. Para mí, que ese aprendizaje se inicia en la más tierna infancia: ven, oyen, comparten secretos y ardides, y finalmente, todas esas experiencias eclosionan con la menarquia. Son un tipo de humores que duermen aletargados en el bajo vientre hasta que ven llegado ese momento —concluyó palpándose la barriga.

—No creo que…

—A vuestra edad poco podréis entenderme, pero recordad estas palabras: tan cierto es que los hombres están obsesionados por el sexo como que las mujeres le dan demasiada importancia. Rumiad sobre ello o algún día me tendréis que dar la razón.

Ejean discrepaba de las opiniones del monje, pero temía ofenderle y que decidiera dar por finalizada la conversación, y eso no podía permitírselo. Confiaba en que alguna información tendría, por mínima que fuere, que pudiera ayudarlo en su causa.

—Tal vez estéis siendo injusto con las mujeres, ellas aman, paren, sufren dolor, cuidan de nosotros y de nuestros hijos…

—Tenéis razón, perdonad si he sido demasiado vehemente, tal vez incluso os he ofendido, pero cada uno cuenta la feria según le ha ido, ¿no? —interrumpió Dalmau—. Mas reconozco que varias veces he pensado que el único culpable fui yo, y ahora solo pretendo mi desagravio. Pero os veo encandilado por una de esas *fraressas* —dijo

cambiando el tono al ver cariacontecido a Ejean— y no quisiera que hicierais una tontería. ¿Qué futuro tendríais? ¿La excomunión? ¿Conocéis de algún oficio que pueda daros de comer a los dos?

Ambos se miraron con complicidad, hasta que Ejean apostó por volver a la conversación inicial:

—Retomando el asunto de los monasterios dúplices, ¿creéis que sería posible ver a una de esas monjas?

—¡Veis como tengo razón! Vos estáis enamorado.

—No, *frère*, si así fuera os lo diría…, pero si os explicara el motivo no lo entenderíais.

—¡Bueno, y qué más da! —atajó por sorpresa—, a fin de cuentas, sea o no amor lo que buscáis no es asunto mío.

—¿Pensáis que en esta abadía hay encuentros prohibidos?

—Aquí cada uno se alivia con prácticas solitarias, y cuando la conciencia nos atormenta, solicitamos ser oídos en confesión.

—¿Y el abad?

—A nadie le resulta muy agradable su persona, es astuto, intrigante y déspota; y sus largas ausencias solo procuran habladurías, pero podéis estar seguro de que, caso de tratar con mujeres, lo hará fuera de la abadía. ¿Para qué buscarse líos aquí dentro?

—Veo que el abad no os es muy grato.

—No es ningún secreto. Lo puedo proclamar aquí y delante de su persona. Es evidente que no rige esta abadía como debiera y que utiliza esta santa casa para distintas empresas. Tengo la sensación de estar trabajando para otros señores y para unos intereses que nada tienen que ver con los del espíritu; pero precisamente por esa razón, sé que no prescindirá de ninguno de nosotros mientras le seamos útiles.

—¿A qué os referís?

—Estimado Ejean, vos acabáis de llegar, pero con el tiempo sabréis a qué me refiero. Lo que haga o no el abad a mí me trae sin cuidado, pues estoy convencido de que, acatando mi voto de obediencia, Dios me está abriendo las puertas del cielo —arbitró Dalmau tras rascarse las pobladas cejas—. En lo que respecta a las monjas, mejor habléis con *frère* Ponç, él es el único que tiene contacto con ellas.

—¿Por qué razón?

—Es quien lleva los estadillos, quien llama a los físicos cuando enferman y quien recibe las listas para comprar las provisiones; además, es el encargado de organizar los turnos para la entrega y recogida de la lavandería.

—¿Cuándo es eso? —preguntó Ejean intentando disimular su desmesurado interés.

—A la hora prima, junto a la reja que hay bajo el campanario norte.

Ejean se sorprendió de que ese intercambio se realizara tan temprano,[22] y así se lo expresó al monje. Dalmau no pudo evitar una sonrisa y, llevando la mirada al cielo, suspiró.

—Perdonadme si os contesto con otras preguntas. ¿Quién a esas horas puede sentirse tentado por la carne? ¿Cómo caer seducido con las legañas aún en los ojos y sin haber comido ni bebido? ¿Acaso no es lo mismo que llevar un cinturón de castidad en la frente?

—Tengo una última cuestión.

—Presiento que es sobre las monjas…

—No, quedad tranquilo, se trata del pobre Jäger. ¿Quién era en realidad?

—Un monje de gran valía.

—¿Algún traductor de griego, eslavo…?

—Sabéis sobradamente que este no es un monasterio para tra-

22. La hora prima es, aproximadamente, a las 6 de la mañana.

ductores y copistas de griego..., lo que Jäger tenía era el don natural de descifrar las claves de los antiguos criptogramas sin apenas pensar. No tuve ocasión de tratarlo, pero según dicen no necesitaba de otros instrumentos que su clarividencia para descubrir los textos más ocultos; una mente prodigiosa, y por tanto una pérdida irreparable. Ya hacía un buen tiempo que estaba desaparecido... —dijo Dalmau frenando en seco el final de la frase.

—¿Desaparecido? ¿Por qué?

—Bueno —contestó forzadamente Dalmau—, al parecer enloqueció, algo normal dada su avanzada edad, pero hay quien dice que perdió el juicio tras conseguir descifrar un documento; aunque eso son solo rumores.

—¿Qué tipo de escrito?

—Eso no lo sabe nadie. Tal vez el hermano Bartolomei pueda informaros, pero no puedo deciros nada más al respecto —se excusó el monje con gesto nervioso.

—¿Bartolomei es el actual lector de semana?

—Sí, él compartió celda con el anciano Jäger.

—Pero las celdas son individuales.

—Jäger era muy anciano y estaba tan enfermo que necesitaba a alguien que cuidara de él por las noches; requería de bebedizos y medicamentos a cada momento.

—Lo que no entiendo es que si Jäger era el más anciano y el más docto, ¿por qué no fue nombrado abad?

—Tal vez por la misma razón que al actual abad no lo ha elegido ninguno de nosotros.

Dalmau divisó a lo lejos a los hermanos Iuliano y Marcelo, que entraban en el *scriptorium*.

—Perdonad, *frère* Ejean, pero debo dejaros. Me están esperando —añadió señalando las dos negras figuras que frente al contraluz del ventanal parecían levitar.

A Ejean no le dio tiempo a despedirse de Dalmau, ni de agradecerle la familiaridad con la que había transcurrido la conversación. En cuanto vio que se alejaba sintió que el latir de su corazón se aceleraba por momentos, feliz de ver que su intuición no le había fallado y que la información obtenida era realmente valiosa. Le urgía ahora contactar con *frère* Ponç, el único que a decir de Dalmau tenía potestad para comunicarse con las monjas.

Capitulum XXVI

Las tribulaciones de Bartolomei

Al día siguiente, Ejean aprovechó el descanso de la hora nona para abordar a Bardou en la sala capitular. En esa ocasión no deseaba una nueva lección magistral, tan solo quería hablar de cosas mundanas; sin duda, un intento inconsciente de relajar su enclaustramiento. Inició pues una conversación banal, narrándole algunas confesiones de Dalmau. Pero, para su sorpresa, Bardou no pareció interesarse lo más mínimo por la antigua vida marital de ese monje, y mucho menos por la vergonzante razón de su ingreso en la orden. Su respuesta, pronunciada con evidente ánimo de zanjar la cuestión, fue tan lacónica como taxativa: «Nuestras vidas son anónimas hasta que ingresamos en el monasterio». Ejean volvió a insistir en su relato, decidiendo que lo mejor sería obviar las reseñas más frívolas que tanto parecían inquietar a su compañero. Bardou lo escuchó sin apenas prestarle atención hasta que Ejean se refirió a la relación entre Jäger y Bartolomei y a ese intrigante documento o legajo. Entonces su compañero frunció el ceño y lo interrumpió:

—¿Estás seguro de que Bartolomei compartió la celda con el difunto Jäger?

—Eso es lo que me dijo Dalmau, ¿por qué habría de engañarme?

—Quizá tengas razón.

—¿A qué te refieres? —sondeó Ejean.

—A que probablemente el anciano Jäger no fuera un apestado. A fin de cuentas, tú todavía estás vivo y no pareces manifestar síntomas de contagio.

—¿Y desde cuándo te interesa ese detalle sobre la muerte de Jäger? —increpó Ejean.

—Desde el momento en que puede darse el caso de que mi superior, el prior, me esté mintiendo, a mí y a todos los demás. ¿Y si efectivamente el anciano muriera por ese legajo? —se preguntó Bardou.

—Y eso qué más da. El prior es tu superior y le debes obediencia, lo cual significa que estás obligado a creerle —replicó Ejean.

—Eso ya lo sé —atajó Bardou con irritación—, mas debo aclarar, pues seguro lo ignoras, que esa obediencia se basa en la mutua sinceridad, y mucho me temo que, por alguna razón que ahora escapa de mi comprensión, el prior no está jugando limpio.

—Pero es tu superior; y, por tanto, al igual que un príncipe o un noble, está en su derecho de disponer de vuestras vidas como le plazca.

—Todos sabemos que un superior puede ocultar pequeñas verdades para preservar grandes secretos, pero una cosa es callar y otra muy diferente mentir deliberadamente, o peor aún, articular una falsedad con la clara intención de asentar el miedo entre nuestros hermanos. ¿Y si efectivamente no fuera la peste? ¿Qué pretende haciéndonos sentir amenazados por ella?

—¿Vuestra obediencia?

—No, esa ya la tiene —contradijo el monje.

—¿Entonces?

—Tal vez inculcarnos una respuesta condicionada. Probablemente desea adiestrarnos, imbuirnos una predisposición inconsciente con la que predeterminar nuestra reacción ante acontecimientos concretos. Quizá suprimir el instinto de supervivencia. Lo mismo que se consigue con la instrucción militar.

—Sigo sin saber a qué te refieres —dijo Ejean con evidentes síntomas de impaciencia.

—Las marchas y los desfiles militares no hacen mejor a un soldado, pues lo único que se pretende es fijar en la memoria la voz de mando de los oficiales, igual que sucede con el pastor y su perro. No solo es la destreza en los desfiles lo que se busca, sino someter con la voz a la tropa; todo para que en el momento crucial de la batalla, cuando los soldados están sumidos en el pánico, resuene en su conciencia la misma voz que tantas veces los ha mandado, una voz que ordena el ataque y los obliga a dar un paso hacia la muerte; unas palabras tan arraigadas en la mente que impiden pensar o razonar. Ese es el máximo control del miedo, y por eso me preocupan las razones que pueda ocultar nuestro prior —agregó Bardou con intranquilidad.

—Tal vez estés exagerando —mascullό Ejean.

—No lo creo, sé bien de lo que hablo. Somos monjes, pero también soldados; pertenecemos a una milicia en la que hemos cambiado las espadas y escudos por nuestra mente y el *scalpelum*. ¡Desearía aprovechar este rato de descanso para hablar con ese Bartolomei!

Juntos salieron de la sala capitular y se dirigieron con paso firme al claustro. Era la primera ocasión en que Bardou marchaba incluso más rápido que Ejean, y esa circunstancia acabó por inquietar al joven. Se apostaron junto a la entrada de la iglesia para acechar a los hermanos que paseaban bajo los soportales. Al no reconocerlo entre ellos, Bardou entró a buscarlo en la iglesia; poco después salió frunciendo el ceño.

—Tampoco está aquí dentro —afirmó con decepción.

—Tal vez haya decidido volver a su celda.

—No creo que ninguno de los nuestros esté en su celda a estas horas del día —objetó el monje—. A buen seguro estará, como todos, aprovechando ese don sagrado que es la luz del sol.

Entonces Bardou creyó distinguir el perfil del hermano semanero al otro extremo del claustro, sentado bajo un capitel. Estaba de espaldas a ellos, parecía sostener un libro y repetidamente levantaba la vista para mirar el techo.

—¿Deseas venir? —preguntó Bardou con tono decidido.

—Para quedarme en mi celda y helarme, prefiero acompañarte —asintió Ejean de mala gana.

Al llegar a la esquina opuesta se situaron frente a Bartolomei.

—¡Estad con Dios hermano! —saludó Bardou—. Si no os molestamos, desearíamos acompañaros en vuestras reflexiones.

—No es ninguna molestia, incluso es probable que me convenga —contestó Bartolomei con la expresión trastornada, al tiempo que cerraba el grueso libro desvelando que se trataba de un burdo ejemplar del Apocalipsis.

Bartolomei debería tener unos cincuenta años, era de mediana estatura y tenía una voz poderosa que casaba bien con su barba y sus pobladas cejas. Incluso su nariz le brindaba un aspecto grave e ilustre; pero había algo en sus ojos que lo hacía excesivamente vulnerable. Tal vez no siempre había sido así, pero ahora las arrugas que marcaban su expresión le acentuaban unos rasgos frágiles y asustadizos.

—He estado leyendo varias citas —introdujo Bartolomei con la misma vehemencia que si estuviera pidiendo ayuda—, y no puedo menos que estremecerme; demasiado crueles para un Dios misericordioso que murió en la cruz para redimirnos los pecados y guiarnos a la gloria eterna. Juzgad por vosotros mismos —dijo abriendo el libro—. «Oí una gran voz que decía desde el templo a los siete ángeles: Id y derramad sobre la tierra las siete copas de la ira de Dios. Fue el primero, y derramó su copa sobre la tierra, y vino una úlcera maligna y pestilente sobre los hombres que tenían la marca de la bestia, y que adoraban su imagen.» ¿Es acaso la profecía de la peste que ahora nos devasta?

—Tal vez —apuntó Bardou forzando un tono manso para restar gravedad.

—Escuchad este otro pasaje: «Fueron pues desatados los cuatro ángeles, los cuales estaban prontos para la hora, el día, el mes y el año en que debían matar la tercera parte de los hombres... por el fuego, el humo, y el azufre que salía de sus bocas». ¿No es esto lo que está sucediendo?

—Seguramente —terció Ejean.

—Pero para mí que Dios fue parco en números cuando profetizó estas palabras, porque no será una tercera parte, sino todos nosotros los que desapareceremos de la faz de la tierra. Nuestro hermano Iuliano me ha asegurado que Venecia ha perdido dos tercios de sus almas, y que en Pisa mueren quinientas personas al día. Es el fin del mundo, y vosotros lo sabéis, ¿verdad?

—Son solo simbolismos —acertó a decir Bardou para tranquilizarlo.

—¿Simbolismos? ¿Los muertos son simbólicos? No seáis necio —exclamó Bartolomei—. ¿Creéis que los Cuatro Jinetes del Apocalipsis son un símbolo? ¿No es acaso el número cuatro el que encarna la Creación? ¡No, no os equivoquéis!, pues está bien claro que las cuatro plagas que traerán esos jinetes asolarán el mundo entero. Recordad los colores de sus caballos: blanco, rojo, negro y amarillo, y a fe mía que el que ahora cabalga sobre nosotros es negro como un tizón; es el caballo de la hambruna, la pobreza, la desgracia y la miseria. ¿Y esos seres que nos acechan? —dijo Bartolomei elevando la vista a los capiteles—. ¿No son por ventura la misma imagen de la bestia? ¡Escuchad estas palabras!: «El que tiene entendimiento cuente el número de la bestia, pues es número de hombre. Y su número es seiscientos sesenta y seis» —recitó de memoria el monje mostrando un semblante que era la viva imagen de un cervatillo acorralado por una jauría de lobos.

Y como si estuviera hechizado, Bartolomei se subió al poyete y tocó con mano temblorosa el capitel que quedaba a su izquierda, el primero de los veintisiete que adornaban el claustro.

—Creo que este es el lugar que Dios tenía dispuesto para mí —dijo bajando la cabeza y dirigiendo la vista a Ejean—. En estas piedras veo la palabra del Señor; aquí no necesito imaginar, sino que la imagen me es dada concisamente por Él.

—¿Dónde? —inquirió Ejean angustiado.

—Mirad esas bestias que aparecen situadas en los cuatro ángulos del capitel: tienen las fauces abiertas y están devorando a una criatura de la que solo asoman las piernas. Y este otro —dijo acariciando el siguiente capitel—. ¿Qué podéis decirme de esa bestia cornuda que saca la lengua y se mofa de nosotros? ¿Y de esos que hay más allá? ¿No sois capaces de reconocer a los sanguinarios leones que nos escupen fuego? ¿Dónde han quedado los satíricos canecillos que soportan las cornisas? ¿Y esos capiteles burlones? ¿Qué se ha hecho de aquellas grotescas figuras que representaban a hombres sacando la lengua y estirándose la boca o las orejas? ¿Y de esos otros que simulan dolor de muelas o jaqueca? ¿Qué ha sido de los músicos y danzantes? No hace tantos años que lo mundano se plasmaba incluso en las obras más sagradas. Recuerdo haber visto capiteles de iglesias plagados de representaciones de parejas copulando o de mujeres mostrando sus genitales, pero ahora…

—¡Eso es sacrílego! —alegó Bardou con semblante contrariado.

—No, no debéis engañaros. Sacrílego es no reconocer la naturaleza humana. ¿Qué extraña razón hay para no reírnos de nosotros mismos y de nuestras miserias cuando es precisamente eso lo que nos distingue de los animales? ¿Por qué entonces aborrecerla? Los antiguos se reían de todo. ¿Recordáis las fábulas? ¿Y las comedias? Percibo que el golpe de la guadaña está próximo, y tengo miedo —expresó el monje tras secarse el sudor de la frente.

—¡Tranquilizaos! —rogó Ejean.

—No, hermanos, tal vez creáis que he enloquecido, pero no es así. De todo ello ya me advirtió el bueno de Jäger.

—¿Jäger? —interpeló Bardou.

—Sé bien que sois unos recién llegados, y por tanto que no habéis tenido ocasión de conocerlo... Me fijé mucho en vosotros la primera vez que entrasteis en el refectorio.

—¿Y por qué os fijasteis? —preguntó Ejean.

—Jäger me dijo que vendrían a por él, y pensé que seríais vosotros, pero afortunadamente me equivoqué; vuestros ojos no anunciaban ninguna maldad.

—¿Y qué se supone que debían hacer con Jäger? —preguntó Ejean.

—No lo sé, bueno, tal vez puedo intuir algo, pero..., no sé nada —tartamudeó Bartolomei mirando a su alrededor, poseído por el pánico.

—¡Tranquilizaos, hermano! —repitió Ejean—. Nada tenéis que temer de nosotros.

—¿Conocíais mucho a Jäger?, Dios lo tenga en su gloria —preguntó Bardou pretendiendo sacar partido de la gran pesadumbre que parecía estrangular al monje.

—Yo cuidé de él durante meses, día y noche, hasta que... —Bartolomei calló repentinamente.

—¿Hasta qué? —interrogó Bardou.

—Hasta que hace unos quince días se lo llevaron de la celda, creo que fue una decisión del abad —reveló hecho un manojo de nervios.

—¿Dónde lo llevaron?

—Solo sé que desapareció dentro de la abadía. Solicité al abad y al prior que me dejaran verlo, pero denegaron una y otra vez mis ruegos.

—¿Por qué razón?

—Arguyeron que se había vuelto loco, pero yo sé que no lo estaba. Reconozco que en ocasiones desvariaba, algo propio de su avanzada edad, pero en absoluto era un demente.

—¿Tal vez desvariara por culpa del libro? —atinó a preguntar Bardou.

—No es tal libro, al menos eso deduje de sus palabras; probablemente se trate de un simple pliego o legajo..., pero ¿por qué todos me preguntáis por esos malditos textos?

—¿Quién os pregunta?

—La verdadera cuestión es que no hay nadie que no pregunte

por ellos, incluso el oblato más ingenuo lo hace; pero no tengo duda de que unos y otros vienen a mí por orden del abad.

—Pero ¿qué hay entonces de cierto? —se aventuró Ejean.

—Nunca he visto ese documento.

—¿Pero existe? —insistió Bardou.

—Sí, supongo que sí. Jäger me había hablado de su existencia, aunque se refería a él más en sueños que en estado juicioso, y debéis saber que cuando sufría de esas pesadillas se retorcía y arañaba el cuerpo hasta sangrar.

—¿Qué dice ese escrito para que surta tales efectos? ¿Tal vez una de esas comedias o fábulas griegas? —indagó Bardou.

—¿Comedias o fábulas? En esta abadía esas obras no escandalizarían ni al más cándido de los oblatos. ¿Cómo van a turbarse si son sus propios preceptores quienes les hablan de ellas? Jäger me repetía una y otra vez que se trataba de la misma palabra del diablo, pero nunca me dio más detalles. ¡Pobre hermano! Necesitaba hablar de ese manuscrito al igual que necesitamos ser oídos en confesión cuando el alma nos tortura, pero por Dios bendito que cuando lo intentaba no alcanzaba a dar con cuatro palabras conexas; al instante, le asaltaban las fiebres, y eso lo vi con mis propios ojos —agregó conmocionado—, y perdía el conocimiento. Se sentía un maldito. Aullaba como un endemoniado, gritaba palabras ininteligibles y afirmaba que hablaba la misma lengua que el maligno.

—¿Y dónde están esos denigrantes textos? —preguntó Bardou agarrando con fuerza el hombro de Bartolomei.

—Todo el mundo los busca, pero nadie los encuentra. Mejor así, porque si es obra del mismo demonio…

Bartolomei calló súbitamente, se tentó el cuello e hizo ademán de sentarse en el murete. Ejean tomó a Bardou del brazo y lo apartó unos pasos.

—Deja ya tranquilo a ese hombre. ¿Acaso no ves que está fuera de sí?

—Claro que lo veo, pero tal vez ahora conteste a todo cuanto le preguntemos. Dios sabrá perdonarme —respondió Bardou torciendo el gesto.

—Creo…, creo que me estoy mareando —musitó Bartolomei al tiempo que su rostro se tornaba blanco como la nieve. Intentó apoyar la espalda en la columna, pero su mente ya no regía y cayó al suelo.

—¡Dios! ¿Qué le está pasando? —gritó Ejean mientras trataba de incorporarlo.

—¡Nuestra Santa Madre nos asista! ¿No habrá muerto?

—No, su corazón todavía palpita —dijo Ejean después de auscultar el pecho del monje—. ¡Ayúdame con él! —exclamó al tiempo que tomaba nieve del suelo y le frotaba enérgicamente la cara y el cogote.

—Tal vez solo sea un vahído —opinó Bardou mientras se afanaba en ayudar a Ejean.

El hermano Otz de Laici, que presenciaba la escena desde el otro lado del claustro, salió corriendo como un poseso y al poco regresó acompañado de Girard, el portero.

—Llevémoslo a la enfermería —ordenó Otz.

El gigantón dobló la cintura y, agarrando el hábito del monje, lo elevó rudamente hasta la altura de su pecho, luego le pasó las manos por debajo y lo llevó en sus brazos como si fuera un niño. Bardou se prestó a sostener la cabeza de Bartolomei, que colgaba como un péndulo, igual que la de un cordero degollado. Girard y Bardou atravesaron el patio camino del hospital pisando con fuerza sobre

la nieve virgen para no resbalar. De inmediato otros dos monjes se ofrecieron a ayudarlos. Otz y Ejean se quedaron en el claustro consternados.

—¡Espero que se recupere! —acertó a decir Ejean mientras observaba las leves manchas de sangre que impregnaban la nieve.

—Seguro que sí, no es la primera vez que le sucede —contestó Otz.

—Dios os escuche.

—Creo que fuiste vos quien me relevasteis en el velatorio del hermano Jäger —comentó Otz.

—Es posible, aunque estaba tan oscuro que…

—Yo sí os recuerdo —interrumpió Otz—, y os quiero agradecer que fuerais tan puntuales, pues mi sangre es ya tan espesa que hace malas migas con el frío. ¡Perversa senectud!

Otz era efectivamente anciano, a buen seguro mayor que Bartolomei, pero su vejez poco tenía que ver con la del semanero. Poseía una mirada altiva, una voz arrogante, y sus gestos expresaban el carácter de un monje acostumbrado a mandar y ser obedecido.

—Debo admitir que Bartolomei ha conseguido asustarme —reconoció Ejean.

—Tranquilizaos, seguro que no será nada grave.

—No me refiero a su estado de salud, sino a sus palabras.

—¿Qué os ha dicho? —preguntó Otz con inquietud.

—Nada en concreto —disimuló Ejean arrepintiéndose de su comentario—. Tan solo palabras dispersas, comentarios propios de un hombre atormentado y embargado por el miedo.

—Debéis perdonar a nuestro hermano, pues es débil de corazón y alma, demasiado impresionable —excusó Otz con aire condescendiente—. Mas no olvidéis que el miedo es precisamente nuestro salvador. Él nos mantiene vigilantes durante nuestra existencia terrenal, convirtiéndose en sanador de muestra alma; es pues quien nos permitirá entrar en el reino de los cielos y gozar de la vida eterna.

—Ni Dios ni nuestra conciencia necesitan del miedo —proclamó Ejean con cierta rebeldía.

—Tal vez los hombres sí.

—Pero si Dios es nuestro padre todopoderoso y nosotros sus criaturas, ¿por qué debemos temerlo? ¿Qué padre enviaría la peste a sus hijos y a sus nietos?

—Creedme, tal vez sea un ignorante en muchos otros aspectos, pero sé bien de lo que hablo, no en vano trabajé durante años en la reglamentación del *carnem-levare* —dijo Otz en un tono confidencial.

—¿*Carnem-levare?* Creo que no os he entendido.

—En latín de la plebe, viene a significar el abandono de la carne; lo que ahora vienen llamando «carnaval».

—¿Reglamentarlo?, pero si la Iglesia está en contra de esos festejos...

—En efecto, pero visto su extraordinario arraigo pagano, los cardenales estimaron oportuno efectuar ciertas concesiones a esas expresiones del vulgo; un mal necesario para controlar a los idólatras —justificó—. Recuerdo que incluso alguno de los comisionados sugirió la prescripción de máscaras para que la burla no fuera advertida, o cuanto menos, resultara anónima.

—¿Máscaras?

—Sí, caretas similares a las que usan nuestros médicos y cirujanos.

—Jamás las he visto.

—¿No habéis visto nunca esas máscaras de grandes picos en

donde los hospitalarios alojan hierbas aromatizantes con las que evitar el hedor de los apestados? Mejor no tengáis que contemplarlas nunca.

—Así pues —retomó Ejean el hilo de la conversación—, lo que realmente desean es vernos con miedo.

—¿Cómo queréis que os hable? ¿Cómo consejero del alma o de la razón? —preguntó Otz en un gesto que pretendía pasar por sincero.

—De la razón —contestó Ejean de forma contundente.

—Pues en este caso debéis saber que la propia palabra «miedo» engendra temor. ¿Y sabéis por qué? Porque el miedo es ilógico, enérgico, impredecible y prende con facilidad en cualquier mente, en especial en aquellas que nunca han sido cultivadas. El miedo es el hacedor de la magia y de las religiones, y de estas, a su vez, se vale la razón para intentar explicar un mundo hostil e incierto. Para unos será el miedo a sus dioses o a sus demonios, y para nosotros, indubitablemente es a Dios. Sin este miedo, existiría espiritualidad pero no religión; así es como consigue conformase en vínculo entre lo irracional y la razón.

—Creo entenderos, pero no estoy seguro de cómo interpretar esas palabras.

—¿Tenéis miedo a contagiaros de la peste o sufrís por el riesgo a contraerla?

—Pues no lo sé —admitió Ejean.

—Yo os lo diré. No es el riesgo lo que nos preocupa, sino el miedo; pues en el riesgo existen unos factores conocidos que, aunque a menudo dependan del azar, nos resultan más o menos soportables y comprensibles. Así, por ejemplo, es evidente que, si muñís con malas artes a una vaca, corréis el riesgo de recibir una coz que os puede dejar tullido, y, sin embargo, eso a nadie parece importarle. En cambio, lo que nos resulta insoportable es vivir en la incertidumbre y en la duda. Necesitamos de Él para dar significado a nuestra existencia. Por esa razón, una buena cosecha siempre será señal de un Dios satisfecho, y una epidemia como la peste equivaldrá a un Dios enojado.

—¿Por eso sufre Bartolomei?

—Muy probablemente, pues aquí arraiga la desesperación para los que perseveramos en la oración y en nada hemos ofendido al Señor; es entonces cuando, como le sucede a Bartolomei, nos planteamos la pregunta: ¿Qué hemos hecho para tenerlo enojado? ¿Por qué nos castiga Dios en nuestra propia casa?

—Luego, la religión se sustenta en el miedo —concluyó Ejean, a cada momento más confuso.

—Yo no diría algo tan simple, aunque es adecuado reconocer que la religión nos ayuda a admitir la enfermedad, las guerras, las invasiones, las catástrofes, el dolor y, en definitiva, la miseria. Cuán bonito sería poder planificar la vida hasta nuestro último suspiro, trabajando y sacrificándonos día a día pensando en que el mañana será tan hermoso como lo imaginamos, pero ¿qué iluso piensa hoy que podrá conocer a sus nietos? ¿Quién puede hoy asegurar que gozará del consejo del padre cuando más lo necesite? ¿Quién puede garantizar que no verá enterrar a sus hijos? Vivimos inmersos no ya en el riesgo de una pérdida, sino en el miedo perenne a ella. Esa es la razón por la cual la religión nos permite distribuir ese miedo, y, sobre todo, establece el responsable último, que no es otro que Dios.

—Pero eso es estúpido. ¿Quién en su sano juicio se enfrentaría a Dios? —argumentó Ejean.

—Está claro que no podemos hacer nada contra Él, pero al menos conocemos al responsable, y eso alivia nuestras incertezas. ¿Por qué creéis que tenemos un papa y un rey? Simplemente porque los hombres somos capaces de admitir la peor de las esclavitudes con tal de creer que ellos nos darán protección en caso de ser agredidos; los reyes procurarán por nuestro cuerpo y la Iglesia por nuestra alma.

—Y en ambos está el poder absoluto, ¿cierto?

—Así es.

—Deduzco que nuestra verdadera maldición, más que las epidemias y las plagas, es el propio miedo —rezongó Ejean.

—Os repito que el miedo no es malo en sí mismo —corrigió el monje—, ya que, de no existir, nada podría frenar las pasiones humanas; sin él, no existiría prudencia, y eso nos llevaría al más sombrío de los escenarios: nuestra propia aniquilación. Así pues, al miedo se le combate comprendiéndolo, esa es la única forma de no caer en su trampa.

—¿Es por eso que los sirvientes no pueden reírse en presencia del amo?

—Una risa es siempre el prólogo de una carcajada, y eso necesariamente debe prohibirse; toda alegría desmedida nos sustrae de la realidad, y por tanto resulta lógico que solo los que gozan de la misma condición puedan reír entre sí, lo contrario es tanto como eliminar las jerarquías. Reírse de un águila significa condenarla a pasar por un vulgar gorrión.

—Tal vez estéis exagerando… —trató de rebatir Ejean.

—Podéis estar seguro de que una carcajada es un símbolo de victoria sobre el miedo que infunde el poder. Nos imagina diferentes, hace que nos desdoblemos dando lugar al nacimiento de otro yo, uno que permite que nuestra atribulada mente se libere de sus cadenas; un yo, en definitiva, demasiado peligroso para nuestros amos y señores. Una nueva realidad que desplaza a la antigua y que atenta contra la estabilidad, la inmutabilidad y la perennidad de las reglas.

—Me asusta oír lo que estáis diciendo —se sinceró el joven, sorprendiéndose una vez más del grado de libertad que parecía imperar en ese monasterio.

—Mas, como os decía hace unos momentos —agregó Otz con un gesto de cordialidad—, es más fácil y práctico controlar la diversión que suprimirla, y por esa razón adquiere tanta importancia el control

del *carne-levare;* él nos permite tener al gentío distraído y contento…

Otz calló al ver aparecer a Bardou por el fondo del claustro. Traía una expresión serena, lo que les dio a entender que nada grave había sucedido.

—¿Qué os han dicho en el sanatorio? —preguntó Ejean.

—Un simple desmayo, seguramente por haber exagerado el ayuno. Al parecer, llevaba días sin probar bocado, algo habitual en él.

—Me alegro de que sean buenas noticias —comentó Otz al tiempo que se despedía con una leve inclinación de cabeza.

Ambos aguardaron en silencio a que el hermano Otz de Laici entrara en el edificio.

—¿Y esa sangre? —dijo Ejean.

—¿Qué sangre? —preguntó Bardou desconcertado.

—Con la que Bartolomei ha impregnado la nieve.

—Vaya, parece que estás en todo. —Sonrió Bardou intentando disimular su asombro—. ¿Qué quieres que te diga?

—La verdad.

—Ciertamente tenía la espalda malherida, pero no sé decirte más, tal vez fuera por unos azotes, o simplemente se magullara al caer sobre unos zarzales. Y a ti, ¿qué te ha explicado el hermano Otz?

—Nada concreto —mintió Ejean.

—Deberíamos acudir a las celdas para asearnos —sugirió Bardou.

Tras mirarse con aire indeciso, tomaron el camino de sus aposentos.

—¿Y si te dijera lo que pienso después de ver lo sucedido con Bartolomei? —apuntó Ejean de improviso.

—Te escucho —respondió Bardou con expresión intranquila.

—Creo que la mente, por naturaleza, anda atribulada entre el bien y el mal, y eso solo lo sabéis unos pocos; por esa razón insistís en formarnos una conciencia acorde con vuestros intereses, pues, en definitiva, el bien y el mal resultan ser un gran negocio. El miedo es poder, el poder causa terror y el control del terror otorga el dominio más absoluto.

—Y eso que acabas de elucubrar sobre el bien y el mal, ¿es bueno o malo? —inquirió Bardou con cinismo, manteniendo la vista al frente y esbozando la misma sonrisa que un maestro le dedicaría a su discípulo más aventajado.

Capitulum XXVII

Frère Ponç, el inquisidor

Al finalizar la misa prima, dos de los monjes que se encontraban arrodillados en el primer banco del templo se incorporaron mirándose de soslayo. Recorrieron el pasillo central con desacostumbrada precipitación para quedar apostados bajo el pórtico.

Ejean observó con preocupación cómo ambos religiosos procedían a susurrar unas breves palabras a cada uno de los hermanos que lenta y progresivamente abandonaban la iglesia. Y le dio un vuelco el corazón al ver la forma en que todos ellos asentían silenciosamente, igual que si hubieran recibido una consigna secreta. Pensó que sus conversaciones con Dalmau, Otz o Bartolomei habrían llegado a oídos del prior, y toda su farsa había quedado desvelada. «¿Acaso me están tendiendo una emboscada?», especuló con angustia.

Mientras intentaba identificar a Bardou, sintió que un sudor frío humedecía su frente: «¿Y si fuese él quien me ha delatado?», se volvió a interrogar. De inmediato pensó en buscar una escapatoria, pero para cuando quiso darse cuenta ya se encontraba sumergido en la comitiva de a dos que lo arrastraba hacia la salida. Volvió a palparse la daga que llevaba bajo los hábitos, la tomó y siguió el rítmico paso que le imponían los hermanos, dispuesto, si fuere preciso, a morir matando. Ya bajo el pórtico, y cuando consideró que todo estaba perdido, oyó lo que uno de los monjes allí apostados le musitaba al oído:

—El prior nos espera en la sala capitular.

Al alcanzar la claridad del claustro, Ejean se ocultó bajo la capucha y aspiró todo el aire que le permitieron sus pulmones. Una vez repuesto del pánico, se consagró con empeño a buscar con la vista la figura de Bardou. Al poco lo vio salir de la iglesia cerrando la comitiva.

—¿Qué es lo que nos espera en la sala capitular? —preguntó en cuanto consiguió alcanzarlo.

—Supongo que nos leerán las Sagradas Escrituras —dijo el monje con serenidad—. Entiendo que si el abad está ausente, no se planteará ninguna cuestión de la abadía; por lo que más bien me inclino a pensar que leerán la vida de algún mártir, probablemente del santo de hoy, o tal vez alguna de las reglas benedictinas.

En la sala capitular los monjes fueron tomando asiento respetando meticulosamente el lugar que debían ocupar, cuidando de dejar vacío el espacio central y las sillas más próximas al sitial del prior. En medio de una gran expectación, hizo su entrada Adell. Portaba en una mano el rosario y en la otra el inmenso manojo de llaves que lo acreditaba, al igual que si fuera un emblema, como el superior provisional de la abadía. El prior se sentó y agachó la cabeza hasta conseguir desaparecer bajo su enorme capucha. Custodiados por otros monjes, hicieron su aparición los hermanos más ancianos, que poco a poco y debidamente auxiliados, fueron tomando asiento junto a él. Ejean reconoció entre ellos a Dalmau, y más tarde a Bartolomei, quien mantenía la mirada extraviada del día anterior. Iba flanqueado a su izquierda por Sadourny, y a la derecha por Aissó. La oscuridad y los amplios ropajes hacían difícil apreciarlo, pero todo parecía indicar que lo estaban sosteniendo a la altura del brazo, como si quisieran evitar que su espalda se apoyara en el respaldo del banco. Al punto se oyó una pequeña algarabía que provenía del claustro. Ejean, todavía con el corazón palpitante, interrogó con la mirada a Bardou sobre la razón de ese vocerío.

—Queda tranquilo, son los oblatos —respondió en voz baja—; ellos vienen obligados a escuchar el capítulo, pero deben hacerlo fuera de la sala, en la galería del claustro.

—Tal vez, tal vez esté…

—Recordad que vuestro hermano todavía no ha llegado.

Tras una breve oración, el prior levantó la vista, se despojó de la capucha y tomó la palabra:

—Estimados, nos hemos reunido hoy aquí a petición de nuestro hermano Dominicus, un alma mortificada que desea confesar públicamente sus pecados. Es por tanto nuestro deber no solo escucharle, sino además rezar por él e implorar a Dios por su perdón.

Un monje de aspecto especialmente desaliñado, escuálido y calvo, se lanzó como un espectro al centro de la estancia, bajo la bóveda, y se hincó de rodillas en el suelo suplicando perdón entre gemidos y gestos de desesperación. Luego se hizo el silencio y el monje se quedó inmóvil, con la cabeza contra el suelo y palpando con la punta de sus ennegrecidos dedos las sandalias del prior.

—¿Cuáles han sido vuestras faltas? —interrogó Adell con sobriedad.

—He pecado y necesito ser castigado —se limitó a decir entre sollozos.

—¿Habéis realizado el examen de conciencia a fin de dilucidar la forma en la que ofendisteis a Dios?

—Sí.

—¿Vuestros pecados son de obra o de pensamiento?

—De ambas cosas, mi señor, pues me he dejado llevar por el deseo de la carne —vociferó.

—¡Sed más concreto! —exclamó el prior.

—He polucionado durante el sueño.

—Si ha sido en sueños, entonces no será voluntario.

—Ha sido un acto deliberado —atajó el monje golpeándose el pecho—, pues aun despertando del sueño no fui capaz de abandonarlo y me dejé atrapar de nuevo por él; es más, mi mente deseó volver a hilvanar esas imágenes aun a sabiendas de que eran pecaminosas.

—¿Con un hombre o con una mujer?

—No lo sé, mi señor, por momentos parecía ser una mujer, pero no sabía bien lo que hacer con ella —tartamudeó Dominicus con vergüenza—, y fue entonces cuando se convirtió en un hombre, e incluso llegó a tomar la forma de una bestia extraña, similar a una oveja.

—¿Y cuáles son vuestros otros pecados?

—Me domina la pereza.

—Eso ya lo sabemos todos, pues no en vano sois siempre el último en incorporaros a los oficios, y en cambio, extraordinariamente puntual para entrar en el refectorio.

—Soy consciente, mi señor.

—Es preciso por tanto que enmendéis la conducta o de lo contrario, y pese a vuestra valía como copista, me veré obligado a solicitar del abad el mandato para que regreséis al monasterio de donde venís. No cabe duda de que vuestra mente es tan fuerte como débil tenéis el alma —sentenció con una gravedad insultante.

—Podéis estar seguro de que corregiré mis pecados. Me encomendaré a Dios para que me otorgue la fuerza y el valor necesario con el que afrontar las tentaciones —contestó Dominicus con la frente todavía en el suelo.

—Sois afortunado, pues nuestro Señor, en su infinita misericordia y gracias a los poderes que me tiene conferidos, seguro sabrá perdonar vuestros pecados una vez cumpláis con la penitencia que ahora os dictaré.

—Sea cual fuere, la cumpliré duplicada —declaró Dominicus entre gemidos.

—Las próximas tres noches os levantaréis del camastro y cantaréis nueve salmos de rodillas. Durante el día pediréis perdón a Dios a cada hora y os alimentaréis exclusivamente con pan seco o recocido. Además, como mortificación física y dado que sois un copista, hasta nueva orden no se os permitirá que en las horas de trabajo reposéis los pies sobre la paja del *scriptorium;* confío en que de esa forma a cada momento que el denso frío de la piedra ascienda por vuestros pies y penetre en el cuerpo, recordaréis loar a nuestro Señor y santificar su nombre.

—Juro que cumpliré la penitencia.

—Dios será testigo de ello, y nuestro hermano Ponç velará por su adecuado cumplimiento —dijo el prior a la vez que fijaba la mirada en *frère* Ponç hasta obtener su silencioso gesto de asentimiento—. Y debéis ser consciente de que os asemejáis en demasía a la figura del pecador que desea voluntariamente cometer fornicación, que es tanto como decir que habéis quedado a un paso del abismo.

—Lo sé, mi señor —masculló el infeliz.

—Pues también debéis saber que si llegáis a caer en el precipicio, la penitencia que os deberé imponer durará un año, dividido en tres periodos de cuarenta días.

—Soy consciente de ello.

—Aborrecería tener que decretar esa expiación, no ya por la pena en sí, sino porque ello indicaría una debilidad de carácter impropio de nuestra regla. Así pues, id en paz y que el sacramento de la confesión os haga merecedor de Cristo.

Dominicus se lanzó sobre los pies del prior y los besó reiteradamente hasta que este, asqueado de las babas, le plantó la sandalia sobre la nariz. El desdichado monje siguió haciendo reverencias y dando gracias, mientras Adell, haciendo la señal de la cruz, murmuraba largas frases de las que solo fueron audibles las últimas palabras: ... *in nomine Patris, et Filii, et Spiritus Sancti.*

Con la cabeza gacha, Dominicus abandonó la estancia camino de la iglesia. En aquel mismo instante llegaron otras voces desde el claustro:

—¿Dónde vais? ¡Deteneos! ¡Venid aquí inmediatamente!

Todos los monjes se giraron, e incluso algunos se incorporaron, intentando vislumbrar lo que estaba sucediendo detrás de ellos. Al poco apareció en el centro de la sala un chiquillo gordinflón que aparentaba unos doce años; llevaba la nariz roja como un fresón maduro y los mocos colgando. Frenó en seco su carrerilla e hincó las rodillas en tierra.

—¿Quién sois? —preguntó el prior.

—Soy Blai, mi señor, un oblato asilado —contestó el chaval entre amargos lloros.

—¿Y quién es vuestro tutor?

—El hermano...

—¡Yo soy su preceptor y vuestro servil monje! Lo lamento, mi señor, no he podido impedir que ese mentecato se zafara de mis manos —se disculpó Marcelo abriéndose paso hasta situarse frente al prior con el rostro descompuesto.

—¿Y qué es lo que deseáis, Blai? —interrogó el prior levantando la mano y haciendo un gesto a Marcelo para que se sosegase.

—Yo también he pecado, y deseo ser oído en confesión —exclamó el chico.

—Así que ¿también sois un pecador?

—Lo soy, y ya cuento los días que arderé en el infierno —sollozó Blai.

—Si lo que pretendéis es confesar, ¿a qué esperáis para tenderos en tierra? —preguntó Adell.

En cuanto se aseguró que Blai, tendido de bruces en el suelo, ya no podía verlo, el prior dejó escapar una sonrisa burlona.

—¿Y qué pecados son esos que os remuerden el alma?

—Robé un tarro de miel de las cocinas —confesó la criatura.

—Eso es algo grave, pues deberíais saber que no solo perjudica a toda nuestra comunidad, sino que afecta a los más necesitados, como nuestros ancianos y enfermos. ¿Acaso creéis que las abejas trabajan solo para satisfacer tus deseos?

—He sido un egoísta —reconoció Blai entre suspiros.

—Ya sabéis que los chiquillos tienen las manos más rápidas que la vista, y resulta imposible controlarlos a todas horas —pretendió justificar Marcelo.

—¿Tiene este joven algún protector a quien reclamar los cuarenta y cinco sueldos reglamentados como sanción? —interrogó el prior al hermano Marcelo.

—No, no tiene a nadie.

—¡Traed a mi presencia a los demás oblatos!

Entre empujones, aparecieron otros cuatro oblatos, pálidos como la cera, temblando de frío y de miedo. Marcelo tomó uno por uno sus cogotes y los obligó a arrodillarse.

—¿Y vosotros? ¿No tenéis nada que confesar? ¿Acaso no habéis hablado a escondidas transgrediendo las reglas? ¿Ninguno ha imitado el acto de fornicación? A buen seguro que sí, como también puedo presentir que habéis practicado la masturbación juntos. Si nada decís, es solo porque no tenéis la valentía de vuestro compañero, pero cuidad que no llegue a mis oídos una sola de esas faltas pues impediré que recibáis la comunión hasta pasados cuarenta días de penitencia, os retiraremos la palabra, quedaréis recluidos en una celda, os apartaremos de la oración y de la comida en común y estaréis obligados a ayunar durante tres días seguidos. ¡Sacadlos de mi vista! —agregó el prior de mala gana, al tiempo que impartía una bendición.

Marcelo agarró de dos en dos las orejas de los chiquillos y los arrastró hasta el claustro aprovechando la ocasión para clavar la uña en el lóbulo de Blai. Luego lo recriminó retorciéndole el dedo meñique: «¡Me has hecho quedar en ridículo, grandísimo bastardo!». El prior esperó a que los lamentos de los oblatos dejaran de oírse y volvió a tomar la palabra:

—Si nadie más desea confesar sus pecados, podemos dar por finalizada la asamblea.

—Debo recordar al prior que tenemos obligación de denunciar a aquellos hermanos que, aun pecando visiblemente, no reconozcan sus faltas en público —objetó Dalmau.

El prior dedicó una colérica mirada a Dalmau. Ambos se contemplaron impávidos, arrugando la nariz como solo lo harían dos lobos rivales.

—Es cierto —admitió el prior—. ¿Sabe alguien del pecado cometido por otro hermano?

Cuando de nuevo el silencio se apoderó de la sala, el prior abandonó precipitadamente la estancia sin otorgar ninguna bendición.

—Parece que esos dos quisiesen matarse —murmuró Ejean a Bardou—. ¿Existe alguna rivalidad entre ellos?

—La rivalidad solo se da entre similares, y por tanto difícilmente tiene lugar entre inferiores y superiores. Así pues, lo que has presenciado es odio, puro odio —refutó Bardou, incapaz de adivinar la causa de esa confrontación.

—Me ha sorprendido la intervención de Dalmau, pues de nuestra charla deduje que era una persona extremadamente pacífica —dijo Ejean—. ¿Puede significar eso que Dalmau conozca alguna conducta impropia de Adell?

—¡Olvídalo! Tal vez ambos rivalizaron por el cargo de prior —sentenció Bardou mientras abandonaba cabizbajo la sala capitular.

Al quedarse solo, Ejean aprovechó que el propio prior había revelado públicamente la identidad de Ponç para abordarlo:

—Desearía hablar con vos.

—Estoy muy ocupado —objetó Ponç mientras examinaba a Ejean de arriba abajo—; salvo que vuestra necesidad sea apremiante.

—No, no merece mayor urgencia —se disculpó el joven con resignación.

Ponç tomó el camino del claustro, pero al poco regresó sobre sus pasos.

—Si no os importa acompañarme, podemos conversar mientras me auxiliáis.

—¿En qué puedo ayudaros?

—Debo inspeccionar la *cella* a fin de recontar los sacos de trigo y legumbres.

—¿Registrar la bodega? Pero ¿no es esa la labor del intendente, es decir, de vuestro cillerero?

—En realidad, lo sería del agostero y del refitolero —objetó Ponç con retintín.

—¿Y quién son esos? —curioseó Ejean.

—El encargado del almacenamiento del trigo y el ayudante del cillerero, pero ya se sabe que en esta abadía todo es diferente. Aquí solo disponemos de un cillerero que, además, se toca la flauta todo el santo día.

—¿Y dónde está ahora?

—Ha sido llamado por el prior, pues al parecer no quedan víveres suficientes para pasar lo que resta de invierno. Creo que ha habido algún problema con los estadillos y los números no cuadran. Así que mucho os agradeceré si me ayudáis a mover los fardos.

Ejean asintió convencido de que cualquier pretexto, incluso el de hacer de mozo de almacén, podía serle útil para tratar de sonsacarle información. En cuanto llegaron a la *cella* tuvieron que aguardar un buen rato junto a la puerta, a la espera de que Ponç probara de embocar todas las llaves que le acababa de prestar el prior.

La estancia era enorme, abovedada y solo iluminada por los cuatro pequeños ventanucos orientales de la planta superior, separados unos de otros por las fresqueras, unas cavidades situadas a cierta altura de la pared en donde los monjes prensaban paja con nieve para mantener la sala fresca y conservar mejor los alimentos.

—¿Y qué es lo que debíais decirme? —preguntó el monje.

—Tengo entendido que sois vos quien lleváis los turnos de la colada —respondió Ejean.

—¡Qué remedio! En esta abadía parecen estar tan ocupados que todo me corresponde hacerlo a mí.

—¿Y por qué no le encomiendan la colada al cillerero?

—De la lavandería se encargan las monjas, y ese es un turno estrictamente voluntario. Así lo dispuso el abad con la clara intención de que nadie se vea obligado a tratar con hembras; no todos saben soportar la tentación y la concupiscencia.

—Y a vos, ¿no os importa?

—¿A mí? —exclamó Ponç—, yo ya lo he visto todo en este cochino mundo. Os aseguro que lo que he llegado a presenciar no lo ha contemplado nadie. ¿Qué era eso que queríais exponerme? —insistió el monje.

—Tan solo quería pediros que me alistaseis en ese turno…, a mí y al hermano Bardou —improvisó Ejean con el propósito de tener más de una posibilidad para acceder a su hermana.

—Si este es vuestro deseo, os apuntaré en la lista. Tan solo añadir que seréis avisados la víspera, y por lo que creo recordar, me parece que el turno finaliza en uno o dos días; ese es el inconveniente de tener tan pocos voluntarios. ¿Eso era cuanto teníais que comentarme?

—Sí, eso era todo —contestó Ejean intentando imaginar la reacción de Bardou cuando le comunicara que había sido incorporado a la ronda de coladas.

—Bien, pues ahora dedicaos a contar los sacos de trigo, que yo, entretanto, me ocuparé de las legumbres. ¡Ah!, y cuidad de anotar por separado los fardos que tengan el fondo podrido —exclamó Ponç mientras señalaba las dependencias que quedaban a su izquierda.

No debió esperar mucho para que Ejean oyera de nuevo la lejana voz de Ponç:

—¿Cuántos sacos de trigo lleváis contados?

—Cuarenta y ocho —vociferó Ejean.

—¿Y en buenas condiciones?

—Hay cuatro que con seguridad están podridos.

—De acuerdo, separad esos costales y venid aquí. ¡Os espero junto a los toneles de vino!

Ejean avanzó entre sacos y cajas de madera hasta llegar junto a tres grandes toneles. A sus pies, y sentado en una pequeña barrica, lo esperaba Ponç con gesto risueño.

—Tal vez el prior haya sido demasiado severo con esos chiquillos —acertó a comentar Ejean, con la intención de sondear la forma de pensar del monje.

—Sin duda, pero es algo habitual en él. Haría bien en dejar de ver la paja en el ojo ajeno y empezar a distinguir la viga en el propio —dijo Ponç—. Se nota en demasía que está acostumbrado a sufragar las expiaciones con dinero. Mejor sería que dejara de aplicar los libros penitenciales y en su lugar hiciera propias las reglas de Cummean; claro que, de hacerlo, se vería obligado a penitenciar unos diez años, aunque…, bien mirado, y si consideramos que su cargo es asimilable al de un obispo, le corresponderían más de doce años de mortificación —apuntó sin poder reprimir la risa.

—Me parece que no os entiendo.

—Quiero decir que mucho me temo que el prior ni siquiera observa la abstinencia sexual del vulgo.

Ejean puso tal cara que a Ponç no le quedó más remedio que explicarse:

—Me refería a la total abstinencia que la plebe está obligada a respetar durante los tres días anteriores al domingo, y a los días de Pascua, Navidad y otros festivos. Si echas cuentas, no les quedan más de doscientos días al año para procrear, y no sé yo si el prior…

—¿Estáis seguro de lo que decís?

—Son formas de hablar, ruego no me toméis en serio. Creo que lo mejor será aprovechar la ausencia del *custos vini*—propuso Ponç tomando dos jarras de madera que colgaban del tonel.

—No sé quién es...

—El monje encargado del vino.

—¿Debo beber?

—Todos lo hacemos, digamos que es la contraprestación a nuestro servicio, y más en invierno; si no fuera por la bebida, moriríamos de frío.

—Si así lo creéis....

—¡Ya veo que no tenéis mucha experiencia monacal , ¿verdad?

—Soy bastante novato —reconoció Ejean.

—Pero seguro que, aunque joven, destacaréis en alguna especialidad, de lo contrario no estaríais aquí. ¿Cuáles son vuestros conocimientos para haber sido llamado por el abad?

—Las lenguas —mintió Ejean.

—¿Habláis muchas?

—Lo cierto es que, además de la lengua de oc, me defiendo bien con el arpitano, el ligur, el catalán, el castellano, e incluso me atrevo con el ladino —dijo con tono ostentoso, y deseando fervientemente que al monje no se le ocurriera ponerlo a prueba.

—Sin duda, habréis viajado mucho —justificó Ponç rascándose el cogote.

—Así lo decidieron mis superiores —respondió con aparente humildad.

—Bien, sentaos junto a mí —dijo Ponç mientras le ofrecía otra barrica a modo de taburete y abría el grifo de un tonel—. Aquí estaremos a salvo de la peste —añadió mirando los recién encalados techos y paredes de la estancia—. ¿Deseáis brindar por algo, hermano?

—No, no tengo nada en especial que celebrar.

—Yo sí brindaré, y lo haré por Cosme de Arnault.

—¿Arnault, el inquisidor?

—Sí, el mismo. ¿Lo conocisteis?

Ejean enmudeció al tiempo que unas difusas imágenes de sus padres cruzaron su pensamiento con la misma intensidad que lo haría un rayo en una noche serena. En un acto instintivo se llevó la mano al muslo para palparse la daga.

—No, no lo conocí —respondió dando un breve trago de la jarra.

—Pues quien os habla sí. Según dicen, hace apenas una semana que encontraron su cuerpo y el de sus *familiares* en las cercanías de Albi; bueno, eso de su cuerpo es un eufemismo, pues la porción más grande era del tamaño del dedo meñique. Quien lo hiciera debía de odiarle mucho…

—¿Los trocearon?

—Sí, y también se entretuvieron en colgar los pedacitos en los árboles que bordean el camino. Un final tan siniestro como lógico. ¿De qué otra forma debía morir alguien de su calaña?

—¿Cómo habéis sabido la noticia?

—Me lo dijo ayer nuestro hermano el bretón, Hervé, uno de los que acompañaba al abad.

—¿Ya han llegado?

—No, pero Dios mediante lo harán en los próximos días; precisamente Hervé se les adelantó para anunciarnos su regreso.

—¿Están sanos y salvos?

—Sí, por supuesto —respondió Ponç sacando con los dedos un insecto de la jarra.

—Ha recibido lo mismo que sembró —apuntó Ejean retirando la mano del muslo y dando un largo sorbo que le supo a gloria.

—Era un poseído y lo sabía; disfrutaba como nadie mortificando a sus semejantes. Esa era la verdadera razón de que se gastara todos sus dineros en obtener indulgencias.

—¿Cómo es que lo conocíais?

—También yo fui un *Domini cane* —dijo con apocamiento.

Ejean sabía que aquel era el calificativo que el pueblo usaba de forma despectiva para referirse a los inquisidores.

—¿Un perro del Señor? ¿Vos también fuisteis un inquisidor? —preguntó con incredulidad y volviendo a palpar su daga.

—En efecto, aunque renuncié pasado un tiempo.

—¿Y cómo fue eso?

—Empecé con ilusión, bien dispuesto a condenar herejes, pero al poco comprobé que mis muertos, por lo general, eran pobres desgraciados, víctimas de las envidias y rencillas personales; miserables que morían como consecuencia de procesos sustentados en falsas denuncias en las que el demonio nada tenía que ver. Solo uno de cada diez era un verdadero hereje, pero, en fin, de alguna manera había que atajar las herejías que traían de vuelta a casa los propios cruzados.

—¿Consideráis que los templarios fueron herejes?

—Nada de eso —negó Ponç—, ellos tan solo fueron víctimas del ansia de oro y plata de reyes y nobles.

—Sé algo de esa historia.

—Es curioso, todos sabemos la verdad sobre ellos, y sin embargo nadie osa decir una palabra en su favor —expresó al tiempo que intentaba disimular un eructo—; aunque es justo reconocer que algo demoniaco sí había en Tierra Santa.

—¿El diablo en la tierra del mismísimo Salvador? —cuestionó Ejean con voz incrédula.

—No sé bien el porqué, pero por alguna extraña razón muchos de los que regresaban lo hacían afirmando que nuestra Iglesia no era la que Cristo había creado, y así empezó todo, así comenzó a dudarse de las imágenes, de los santos, a negar la resurrección de la carne y a admitir la transmigración de las almas de un cuerpo a otro.

—Y todo eso, ¿para qué?

—Para justificar unas supuestas reencarnaciones con las que expiar las culpas. «¡Nuestro cuerpo es el mismo infierno», eso es lo que afirmaban. Una solemne estupidez..., pero no caigáis en el error en el que incurren todos los que se creen inteligentes.

—¿Cuál?

—Sucumbir a la tentación de pensar que esa herejía, por elemental, resulta absurda. Nada más lejos de la realidad, pues algo tan simple solo pudo ser concebido por el sublime talento del maligno.

—No alcanzo a entenderos.

—Afirmar eso es tanto como negar sibilinamente la infinita sabiduría de la divina Creación. ¿Podéis creer que Dios se hubiera molestado en instaurar al hombre en este mundo con el propósito de que formara parte del infierno?

—No dudo que tengáis razón, pero ¿creéis sinceramente que la Inquisición pontificia ha servido para mejorar en algo esa situación?

—Os veo escéptico, y lo comprendo, pues sois joven y las cosas se ven de diferente forma a vuestra edad, pero puedo juraros sobre la Biblia que era y sigue siendo del todo necesario eliminar el contagio moral que nos amenaza. ¿Qué son cuatro, cuarenta o cuatrocientas muertes en la hoguera? Nada comparado con las matanzas que habrían traído consigo las sangrientas revoluciones religiosas que hubieran asolado los diferentes reinos de Europa —dijo Ponç al tiempo que se incorporaba para servirse otra jarra de vino.

—¿Por qué iba a derivar en revoluciones?

—Pues porque, al igual que sucede ahora, donde cada reino escoge un papa al amparo de sus intereses, tened por seguro que cada rey adoptaría la religión que más le favoreciera; y eso terminaría con guerras de fe entre reinos. Además, esos tribunales nos han preservado de la falsa mística, de la brujería, de los hechiceros y su magia, prácticas que solo benefician a engañabobos y sacacuartos.

—Pero siguen pagando inocentes por pecadores —refutó Ejean.

—No os voy a negar esa cuestión, pero es igualmente justo reconocer que, desde el Concilio de Toulouse, allá por 1229, se han atenuado mucho los excesos que sufrían los herejes.

—Lo dudo —dijo Ejean.

—Pues ¡aunque lo dudéis!, os puedo asegurar que con la nueva reglamentación se ha conseguido dar fin al sadismo, crueldad, fanatismo e injusticias que se cometían en los reinos del norte de Europa. A fe mía que el solo hecho de regular el tipo y el tiempo máximo para administrar las torturas ha evitado a muchos procesados un sinfín de inútiles sufrimientos.

—Pero no parece que se haya remediado el ensañamiento de los verdugos con sus víctimas —alegó Ejean.

—¿Ensañamiento? Ya veo que no estáis curtido en esas lides, estimado Ejean. Si yo os contara las barbaries de antaño, ahora prohibidas por el tribunal, os mearíais de miedo aquí mismo y os ahogaríais con vuestros propios vómitos. Los ingenios de terror de entonces eran máquinas perfectas para infligir el dolor más exquisito, ideadas por el mero placer de disfrutar del padecimiento ajeno, sin importar lo más mínimo el fin último de la tortura, que es discernir entre la verdad y la mentira, entre Cristo y el diablo. —Ponç miró al techo y acabó de un trago el contenido de la jarra—. Creedme cuando digo que las torturas adoptadas por el santo tribunal son tan pusilánimes como lo pueden ser las monjas que viven al otro lado del claustro. ¡Estamos hablando de algo tan sagrado como es proteger la fe cristiana!

—Pero ¡siguen siendo torturados! —exclamó Ejean con rabia.

—Sí, pero esas torturas son tanto o más suaves que las que se infligen a los delincuentes. ¿Qué hay de terrible en la mancuerda, la garrucha o la hoguera frente al dolor insufrible que supone ser aserrado desde el ano y los genitales hasta el cráneo? ¿Sabéis por qué los cuelgan boca abajo mientras los parten por la mitad?

—No, lo desconozco —reconoció Ejean con pavor.

—Pues la finalidad no es otra que evitar que les falte sangre en la cabeza, y de este modo hacerles sentir el más terrible de los dolores hasta el último suspiro. Así pues, ¿seguís pensando que la mancuerda es un tormento excesivo o en su lugar preferíais que a vuestra hermana o madre le aplicasen la pera oral, anal o vaginal? ¿O tal vez elegiríais ser despedazado? ¿Qué os parecería veros sentado en la cuna de Judas o encerrado dentro de la doncella de hierro? No, no os llaméis a engaño, la hoguera es una buena muerte, y si he dejado ese oficio no es por los sistemas empleados, sino porque ha degenerado en una orgía de rencillas y venganzas personales.

—Perdonad, pero se me hace difícil creer…

—Pues no dudéis de mi palabra —interrumpió Ponç con sequedad—. Bajo imaginarios procesos inquisitoriales, no había más que simples disputas de pobres contra ricos, de acreedores contra deudores, del cornudo contra el adúltero, e incluso del amante repudiado contra su antiguo amor. Eso sin mencionar las riñas entre herederos mal avenidos, venganzas de mujeres preñadas y despechadas, y sospechosos de haber deseado un mal de ojo a su pariente. El necesario anonimato de los testigos y de las denuncias han desembocado en un caos que yo me negué a secundar.

—En ese extremo estoy absolutamente de acuerdo con vos —dijo Ejean abatido.

Ponç se levantó de la barrica y eructó mientras comenzó a rascarse enérgicamente las ingles.

—¡Joder, con la mierda de pulgas!

Ejean se esforzó por contener la risa ante la comicidad de la escena, pero hubo de incorporarse y darle la espalda a fin de evitar ofender al monje. Ponç volvió sobre la espita del tonel con la clara intención de escanciar otra ronda. Ejean consideró llegado el momento de despedirse, imaginando que Ponç acabaría borracho. Temió verse involucrado en una escandalera y que algún monje, o incluso el prior, pudieran reprenderlo.

Capitulum XXVIII

La consumación de Bartolomei

El sacristán abandonó el aposento anexo a la iglesia que hacía las veces de dormitorio. Ya en el templo se entretuvo revisando el mobiliario de culto, poniendo especial atención al estado de las velas, a los aceites, a que el incensario quedara repleto de resina aromática y a que los vasos sagrados y vestimentas sacerdotales estuvieran impecables. Luego abrió las puertas de la iglesia y coronó el campanario para ejecutar el ritual que a diario le procuraba mayor satisfacción: tañer las campanas de laudes.

En ese preciso momento, Bardou, como ya venía siendo costumbre, golpeó discretamente la puerta de su compañero y entró en la celda sin esperar respuesta. Encontró a Ejean lavándose la cara en la pila de piedra, bajo el ventanuco.

—¡Dios esté contigo! —saludó el monje.

Ejean no contestó, limitándose a mirarlo de reojo mientras se frotaba vigorosamente los ojos.

—He estado pensando sobre lo que hablamos ayer noche y desearía aclarar algunas cosas.

—No sé de qué me hablas —contestó Ejean con gesto despreocupado mientras se secaba la cara con un paño.

—Me refiero a cuanto dijiste sobre la forma en que puede manipularse la verdad para construir un gran negocio basado en el miedo.

—¿Del poder que brinda su control? Seguramente fui algo impetuoso y tal vez te haya molestado —reconoció con gesto de disculpa.

—Debo admitir que me sorprendió tu conclusión, y también, por qué no decirlo, tu valor y perspicacia, aunque sospecho que mucho tiene que ver con lo pudiste oír de Bartolomei y Otz.

—Es un cumplido viniendo de ti.

—Aun estando parcialmente de acuerdo contigo, deseo puntualizar que el miedo, te guste o no, resulta innato a la naturaleza humana —murmuró el monje mientras tomaban el camino del claustro.

—Lo dudo —replicó Ejean.

—Una cosa es dudar y otra muy distinta es que esa realidad te incomode. Imagino que al menos estarás de acuerdo en considerar la verdad como bien deseado y la mentira como mal necesario.

—¿Qué quieres decir?

—Que nuestra Iglesia será o no mentirosa en la misma medida en que cada uno se engaña a sí mismo, ya sea con su religión, en la forma de afrontar el trabajo o en su sinceridad en el amor; por tanto, es tan culpable el que emite la mentira como el que, por placer o por necesidad, desea creérsela. Todos somos unos mentirosos y nos engañamos a nosotros mismos en aquello que nos pueda favorecer. Quien cree en la salvación eterna es porque quiere pensar que eso es posible y no dudará, si fuere preciso, en intentar embaucar a Dios con tal de salvarse.

—¿Engañar a Dios? —se cuestionó Ejean mientras circundaban el claustro.

—Ya sé que mentir a Dios es un absurdo, pero no reparamos en engaños hasta convencernos de que eso es posible. Por alguna extraña razón, la naturaleza humana anda tras la búsqueda permanente de lo ilógico, del sinsentido, como esos necios alquimistas que esperan llegar a transformar el vil metal en oro. Pudiera ser cierto que nuestra realidad es aparente, y en ocasiones inexplicable, inmersa por tanto en un escenario irracional; un teatro frecuentado por extraños actores, brujos, hechiceros, astrólogos y adivinos, todos empeñados en explorar una realidad tan inconsciente como ilógica con la única pretensión de atraparnos en una mentira que amamos vehementemente. Necesitamos pues de la mentira igual que el agua que bebemos, por muy ilógica que sea.

—¿Los milagros son aparentes? —preguntó Ejean de sopetón.

—No —sentenció Bardou visiblemente contrariado—. Los milagros los realizó Jesucristo, el hijo de Dios hecho hombre.

—De ser hombre, ¿cómo podía realizar milagros?

—Porque era hijo de Dios.

—Ya, pero ¿y los milagros de los santos? Esos son simples hombres.

—Actúan en consecuencia con el don que Dios les ha dado. Son ellos y solo ellos los que gracias a su santidad disfrutan del vínculo divino que les permite obrar milagros.

—¿Sabes lo que pienso? —se preguntó Ejean al tiempo que acertaba a sacarse la última legaña.

—¿Cómo quieres que lo sepa?

—Si fueras santo, deberías ya saberlo. —Se rio Ejean.

—Di lo que tengas que decir —espetó Bardou de mal humor.

—Que tanto los santos como los brujos trabajan la misma ilógica que propugnas, pero es la Iglesia quien nos intima a tomar partido a favor de unos y en contra de los otros.

—¿Por qué crees eso?

—¿Es cierto que la Iglesia condena abiertamente a brujos y hechiceros?

—Sí, claro.

—Por lo tanto, lo que hace es sustituirlos. ¡Nada mejor que evitar competencias para canalizar en una sola dirección nuestro apasionado amor por lo ilógico!

—Prefiero pensar que nada he oído, pues todo cuanto aseveras puede ser penado con la hoguera —estableció el monje con irritación.

—¿Y las reliquias? ¿Quién puede creer que Oriente y Occidente estén atestados de astillas de la Vera Cruz? ¿O que una indulgencia pueda ser comprada? ¿Es acaso cristiano que los cuerpos de los santos se desmembren y vendan en cachitos más pequeños que una uña? Sinceramente creo que no, y me inclino a pensar que eso también forma parte del negocio al que aludíamos —insistió Ejean.

Bardou, visiblemente molesto, abandonó la celda y esperó en la galería. Ejean lo siguió arrepentido de haberlo ofendido. No sabía bien por qué le había hablado así, quizá porque seguía culpabilizando a la Iglesia de todo lo sucedido a su familia.

—Aun habiendo muerto Jäger, sigo oyendo sus gemidos durante la noche —murmuró mientras se dirigían a la iglesia.

—Yo también los oigo —reconoció Bardou dejando atrás su momentáneo enfado.

—Parecen provenir de la planta superior, pero me dijiste que allí no hay nada.

—Para ser más exactos, oí decir a Marcelo que existe un palomar y algunas buhardillas abandonadas; ahí era donde antiguamente se hospedaban los novicios.

—¿Te avendrías a inspeccionar esas estancias después de la misa? Al menos, dormiría más aliviado —propuso Ejean tras retirarse la capucha antes de entrar en el templo.

Sin duda, Isembard tenía el don de la palabra. Había logrado que sus sermones fueran los más deseados de la comunidad. Sabía entonar, murmurar e incluso chillar sin apenas inmutar el rostro. El eco trataba su voz de forma distinta: transformándola en una textura aterciopelada capaz de amortiguar las reverberaciones indeseadas, o consiguiendo que al finalizar la frase eclosionaran como si de un trueno se tratara. Incluso las llamas de las velas parecían bailar al son de sus palabras, adoptando formas y movimientos que terminaban por hipnotizar a los concurrentes. Pero pese a que su habla era blanca como el vaho que expulsaba, sus frases no daban luz, sino solo oscuridad. Su modulación formaba una nebulosa que conseguía disuadir a su auditorio de que pensaran por sí mismos, haciéndoles sentir minúsculos y desamparados. Lograba anularles la razón, procurándoles el ansia de escuchar más y más, haciéndoles creer que con su siguiente enunciado se les desvelarían por fin todos los misterios que atormentaban sus almas. Pero eso no acababa por suceder nunca.

No faltaría mucho para que terminase el sermón cuando se oyó el rechinar de la puerta principal de la iglesia. Era Emer, el tesorero, ya conocido por Ejean por ser el encargado, entre otras tareas, de distribuir las vestimentas y hábitos, y también del aprovisionamiento de alumbrado en los dormitorios. Emer entró con paso rápido y miró a un lado y otro buscando al prior, pero no lo halló. Con evidentes síntomas de nerviosismo fue hasta la primera fila, hizo la genuflexión con el vigor de un novicio y tomó asiento entre el sacristán y Merk, el sochantre, uno de los monjes que gozaban de mayor prestigio. Merk era quien ejercía de maestro de las ceremonias litúrgicas y cuidaba de los evangeliarios, epistolarios y salterios, y además quien determinaba lo que debía leerse en cada oficio. Ese cargo requería de una especial preparación, y que difícilmente podía llegarse a desempeñar si antes no se había pertenecido al selecto grupo de los *nutriti*, los monjes educados desde la infancia en el monasterio. Con semblante de consternación, Emer les musitó unas palabras. El sochantre se arrodilló sobre el pasillo central y tras santiguarse se dirigió al púlpito. Mandó callar al hermano Isembard tapándole con la mano el salterio y, con expresión cariacontecida, se dirigió a los congregados:

—Por desgracia, debo hablaros de Bartolomei. El hermano Emer me acaba de comunicar que al no verlo entre nosotros decidió ir en su busca y... fatalmente lo ha encontrado muerto en su camastro —exclamó entre el murmullo general—. Ruego pues al sanitario y a dos de nuestros hermanos más jóvenes que acudan a su celda a fin de trasladar el cuerpo a la enfermería.

Bardou levantó la mano. Ejean, en un acto instintivo, lo imitó. El sochantre cedió de nuevo la palabra a Isembard y abandonó la iglesia, al tiempo que Ejean y Bardou marcharon tras el sanitario hasta el claustro.

—¿Alguno de vosotros sabe cuál es la celda de Bartolomei? —preguntó el galeno.

—Sí, es la última de nuestra galería —respondió Bardou.

—¡Pues acompañadme, rápido!

Los tres llegaron exhaustos a la celda de Bartolomei. Sobre el jergón yacía el cadáver del monje, con la boca y los ojos abiertos, y amortajado con dos gruesas mantas de un marrón ennegrecido, ligadas con dos sogas, una a la altura del pecho y otra en los tobillos.

—¡Dios se apiade de su alma! —dijo Bardou sobrecogido, mientras el sanitario se esforzaba en cerrar los ojos y la boca del difunto.

—Tiene el mismo rostro de pánico con el que nos habló hace apenas dos días —susurró Ejean con congoja.

—¡Os ruego me ayudéis!, me resulta del todo imposible moverle las mandíbulas —gruñó el sanitario.

Al dictado del enfermero, procedieron a apretar la mandíbula de Bartolomei hasta oír el angustioso chasquido de los molares del muerto. Luego lo depositaron sobre una manta extendida en el suelo y lo transportaron al hospital. Por el camino tropezaron con cuatro monjes que cayeron de rodillas y, bajando la cabeza, evitaron mirar de frente la fúnebre comitiva. Uno de ellos, tal vez Ponç, se persignó con ambas manos, cruzando luego los dedos. Al llegar a la enfermería, el hermano sanitario dejó que Ejean y Bardou sostuvieran el cadáver de Bartolomei mientras se precipitaba sobre la mesa a fin de despejarla de botes y bártulos. Los dos jóvenes depositaron el cuerpo sobre la tabla y procedieron a retirar la manta.

—Muchas gracias, hermanos, os ruego que esperéis fuera mientras hago el reconocimiento —musitó el sanitario enarcando una ceja.

Ejean y Bardou pasaron un rato sumidos en la oscuridad del corredor. Al poco percibieron unos rumores que provenían del final del pasillo, por donde llegaron tres monjes acarreando el cuerpo de otro compañero.

—¡Traemos al hermano Sadourny! —anunció uno de ellos.

—¡Se ha desplomado después de misa! ¡Tiene una herida en la frente y sangra mucho por los brazos! —añadió otro mientras tomaba con tiento la mano ensangrentada de Sadourny y la mostraba al sanitario.

—Es la peste, sin duda —dijo el tercero al tiempo que lo depositaban en un jergón de la enfermería.

Sadourny debía tener algo más de treinta años, y aun no siendo corpulento, sus músculos se intuían fuertes y sanos. Traía el rostro blanco como la cera, y parecía haber perdido el conocimiento. Quedó postrado, inmóvil, hasta que el sanitario iluminó su rostro con una vela. Entonces abrió los ojos y empezó a arquear el cuello y la espalda poseído por unos espasmos descontrolados. Los monjes lo sujetaron con fuerza hasta que quedó inconsciente de nuevo.

—¡Atadlo al camastro, apagad las velas y aguardad en el pasillo! —ordenó con nerviosismo el sanitario.

El enfermero aprovechó la pasajera calma de Sadourny para reconocer su cuerpo. Le subió las mangas del hábito y se estremeció al ver la brutalidad con la que tenía abiertas las venas a la altura del codo interno. Empezó a preparar una pócima de color verde con la que untó unas vendas de hilo que le anudó en los codos. Luego examinó los ojos, la boca y el vientre de aquel infeliz, y terminó por emplastarle un ungüento en la herida de la frente. Ejean y su compañero observaban a hurtadillas desde el pasillo.

—¿Es la peste? ¿Acaso le ha reventado un bubón de la axila? —preguntó Bardou desde el umbral.

—No podré deciros nada hasta que haya hablado con el prior —se excusó el clínico tratando de disimular lo que ya presentía.

Los monjes que habían acarreado a Sadourny, al comprobar que eran más estorbo que ayuda, regresaron a la iglesia inundando el corredor de afligidos murmullos. Ejean y Bardou se colaron en la enfermería aprovechando que el galeno tomaba unas notas en la recámara. Sadourny emitió unos sonidos guturales de los que solo entendieron con claridad:

—Afortunadamente ya no podéis hacer nada por mí.

La agitación del enfermo remitió súbitamente y quedó inconsciente de nuevo. Ambos se apostaron junto al cadáver de Bartolomei, que lucía ya un rostro sereno, solo quebrado por un hililllo de sangre que surgía de la comisura izquierda de los labios.

—¡Está sangrando! —musitó Bardou.

—Pero no sangraba cuando lo trajimos —rebatió Ejean.

—Es la peste.

Ejean tomó una pinza que el hermano enfermero tenía sobre la mesa de operaciones y con ella se acercó a los labios del cadáver de Bartolomei y los levantó a fin de inspeccionarle la boca.

—Alguien le ha hecho una pequeña incisión en el interior de las comisuras de los labios. Esa, y no otra, es la razón por la que sangra ligeramente.

—Pues será un tipo de epidemia diferente, pero al fin y al cabo es la misma enfermedad —atajó Bardou cansado de las especulaciones de su amigo.

—Tan solo podremos saberlo si descubrimos bubones en su cuerpo. Al igual que hicimos con Jäger.

Bardou lo miró atónito, incapaz de comprender tanta osadía. Ejean no lo pensó dos veces y giró el cadáver para deshacer los nudos que ceñían las mantas. Para su sorpresa, comprobó que la parte de la mortaja que envolvía la espalda estaba empapada de sangre. Ejean y Bardou se miraron aturdidos y no les dio tiempo para más. El médico ya regresaba desde su mesa de trabajo, así que recolocaron a Bartolomei y simularon estar orando por su alma. El hospitalario les dedicó una mirada hostil, tan evidente que Ejean tomó a Bardou de la manga y se lo llevó al pasillo.

—De nuevo tengo el presentimiento de que no estamos frente a un apestado.

—¿Vas a negar la evidencia? —preguntó Bardou.

—¿Evidencia? Lo que resultaría ilógico sería aceptar que la peste ataque a tres de los nuestros y sin aviso previo de contagio —razonó Ejean.

—¡Eres un tozudo y un necio! Estamos ante una flagrante epidemia de peste y aun así sigues tratando de convencerme de lo contrario.

—Tan solo he dicho que no lo sé por ahora, pero lo voy a averiguar. ¡Sígueme!

—¿Dónde vas?

—A las celdas de esos monjes.

—¿Para qué?

—Para tratar de darte una respuesta.

Amparados por la oscuridad, Ejean y Bardou anduvieron con paso firme sin que nadie se cruzara en su camino, por lo que dedujeron que los demás todavía estaban en la iglesia rezando por el alma de Bartolomei y por la curación de Sadourny.

En cuanto llegaron a su galería, Ejean rebasó decidido su celda y la de Bardou, y siguió hasta el último de los aposentos: el dormitorio de Bartolomei. Allí comprobaron que la almohadilla del difunto estaba destripada, los dos cajones de la mesa de trabajo abiertos y los ocho volúmenes que conformaban la pequeña biblioteca del monje, desparramados por el suelo.

—¿Quién habrá sido? —se indignó Bardou con un aspaviento.

—¿Es esto normal entre vosotros?

—En absoluto.

Bardou se dio un tiempo para reflexionar mientras recolocaba las obras en la estantería: copias ordinarias de Ambrosio, Beda, Pedro de Auxerre y san Agustín, junto a desgastados textos de Flavio Josefo y Plinio. Luego ambos tomaron asiento en el jergón, escudriñando la escena, preguntándose qué podrían estar buscando quienes los habían precedido.

—¿Entrevés algo que pueda explicarlo? —acertó a preguntar Bardou.

—No, ¿y tú?

—Nada, salvo lo que resulta una obviedad.

—¿Qué obviedad sería esa? —planteó Ejean con inquietud.

—Partiendo de los hechos cronológicos, se supone que fue el hermano Emer quien descubrió el cuerpo sin vida de Bartolomei, ¿cierto?

—Así es.

—Pues necesariamente alguien se le adelantó, o a él o a nosotros.

—Está claro que alguien tuvo que registrar este aposento…

—Pero no solo eso —interrumpió Bardou—; las mismas personas que estuvieron realizando el registro también se cuidaron de amortajarlo, ¿por qué?

Ejean asintió en silencio. Su compañero le acababa de dar una lección: como en los criptogramas, lo obvio no siempre es visible. Entonces le vino a la memoria aquella escena del día anterior, en la iglesia, cuando precisamente Sadourny parecía sostener a Bartolomei en el banco. Y ahora los dos estaban en el hospital; uno fallecido y otro a las puertas de la muerte. ¿Había alguna relación?

Ambos salieron del aposento y se dirigieron a la celda contigua, hasta aquel momento ocupada por Sadourny. La encontraron pulcra, ordenada, y con el lecho arreglado. Bardou inspeccionó los cinco gruesos volúmenes que el monje tenía sobre una repisa esquinera: dos ejemplares de libros de horas,[23] la *Legenda aurea* de Jacobo de Vorágine, un volumen de la *Magna glossatura* de Pedro el Lombardo y la *Glosa* de Acursio.

—Nada relevante.

Se desplazó entonces a la mesa de trabajo de Sadourny y tomó el

cartapacio que la presidía. Al abrirlo se encontró con un manuscrito escrito exclusivamente en su esquina inferior derecha: «Cada palabra del Salvador escrita por el copista es una derrota infringida a Satanás». Bardou identificó de inmediato aquellas palabras: correspondían a Casiodoro, y concretamente a su magna obra *De institutione divinarum litterarum*. El monje recordó su noviciado y sonrió con melancolía.

—¿En qué estaba trabajando Sadourny? —preguntó Ejean.

—Al parecer, se encontraba confeccionando un informe para D'Olm, y por las anotaciones que observo, supongo que estaría compendiándolo para luego cifrarlo.

—¡Aquí no hay nada más que ver! ¡Volvamos a la celda de Bartolomei! —exclamó Ejean.

Ambos dieron un último vistazo a la estancia y regresaron cabizbajos a la celda de Bartolomei.

—Todo lo que sabemos es que han registrado el aposento de Bar-

23. En la Edad Media adquirieron gran relevancia los libros de horas, pequeñas obras que contenían textos evangélicos y oraciones distribuidos en las horas adecuadas para su lectura.

tolomei y lo único que podríamos echar en falta es su cartapacio —reflexionó Ejean.

—Sí, pero dudo mucho que sus anotaciones pudieren tener alguna relevancia, pues al igual que todos nuestros documentos, están a libre disposición de cualquier hermano.

—¿Y si buscaran el documento de Jäger al que hizo referencia Bartolomei?

—Él dijo que no lo tenía, es más, afirmó que ni siquiera lo había visto.

—Tal vez lo que buscaban no era el documento sino alguna anotación personal que pudiera ponerles sobre la pista; un dato que les permitiera localizarlo.

—Es una posibilidad —concluyó Bardou con gravedad.

Ejean abrió de par en par la contraventana de la estancia del difunto Bartolomei y se dedicó a contemplar el paisaje. Nieve y más nieve, toda inmaculada y virgen. Tan solo, y de forma intermitente, podían observarse las leves huellas de algún cuervo o grajo; quizá también de algún conejo. Una visión absolutamente plana hasta que su examen visual tropezó con una sombra rectangular: una hendidura que no parecía asociarse a ningún fenómeno natural. Le hizo señas a Bardou para que se fijara en el punto señalado.

—¿Una caja?, ¿un atril?

—Demasiadas coincidencias. ¡Salgamos de aquí y vayamos a mi celda! —decidió Ejean llevándose el libro de salmos de Bartolomei.

—¿A qué vienen esas carreras? —preguntó Bardou en cuanto se encontró frente a la puerta de Ejean.

—No lo sé todavía —dijo Ejean dirigiéndose directamente a la ventana.

Asomó la cabeza hasta que sus ojos detectaron de nuevo en mitad de la nieve aquel objeto que había quedado medio hundido frente a la ventana de Bartolomei.

—Debemos saber de qué se trata, y para ello es preciso salir al exterior.

—¡Eso no está permitido! —atajó Bardou.

Pero Ejean ya lo tenía todo previsto. Agarró fuertemente el libro y sin vacilación lo tiró por la ventana.

—¿Qué estás haciendo? ¿Te has vuelto loco?

—Justificar mi necesidad de salir del monasterio —contestó

Ejean—. Ruego vayas a mi celda, te asomes a la ventana y esperes ahí hasta que me veas llegar; necesito que me sirvas de referencia.

Ejean se deslizó por la galería hasta alcanzar el claustro, y una vez allí tomó la callejuela que desembocaba en el portón de la abadía. En cuatro pasos se plantó frente a la amplia verja, sintiendo entonces un pálpito en el corazón. «¡Cómo deseo salir de aquí!», exclamó para sí. Golpeó con los nudillos la puerta de Girard, y al poco emergió el gigantón cuidando de bajar la cabeza para no golpeársela con el dintel.

—¡Bendecidme, hermano! —exclamó Girard.

—¡Dios esté con vos! —atinó a responder Ejean.

—¿En qué puedo ayudaros? —preguntó con extrañeza.

—Debo salir al exterior.

—Eso es imposible sin la autorización del prior.

—Ruego que me abráis la verja, os aseguro que será solo un momento.

—Confieso que me sorprendéis, pero no atino a ver la razón de tanta urgencia.

—Es muy simple. Me encontraba asomado a la ventana admirando el grandioso amanecer y loando la gloria de Dios cuando me resbaló el libro de salmos de las manos y cayó al exterior. ¡Debo recuperarlo a toda costa!

El gigantón puso cara de circunstancias, tal vez disgustado por la simplicidad de su respuesta, para luego plasmar en su cara el mismo gesto que pudiere hacer un padre a su hijo tras una simpática travesura.

—Está bien, ayudadme con esas puñeteras cadenas de la verja, que cada día pesan más —dijo señalando la rueda de madera con la que se levantaba el rastrillo.

Ejean se prestó de inmediato a tomar la manivela del engranaje, pero tras el primer intento se quedó inmóvil, agarrotado, incapaz de disimular el intenso dolor de espalda. Girard se desternilló a mandíbula batiente.

—¡Espero que el prior no me esté oyendo! —dijo mientras el eco de sus carcajadas todavía resonaba en la callejuela—. Mejor aguardéis a que quite el freno —agregó sin poder evitar que las babas le cayeran de la boca, para seguidamente secárselas con las mangas del hábito.

Girard desfrenó el molinete, tomó los dos ejes y empezó a girarlos a una velocidad sobrehumana que Ejean se vio incapaz de seguir.

—¡Apartad! —dijo Girard con malos modos alargando sus poderosos brazos y asiendo las dos empuñaduras simultáneamente.

En cuanto terminó de levantar la pesada verja sonaron las campanas que llamaban a la hora sexta.

—Os quiero aquí para cuando terminen de tañer las campanas. De lo contrario —añadió el gigantón mostrando un inmenso garrote—, iré a por vos, y a fe mía que por mucho que corráis, mis trancos son el doble que los vuestros.

—Así será, no sufráis por eso. ¿Dónde puedo estar mejor que aquí?

Salió a la carrera de la abadía con la sensación de que dejaba tras de sí una pesada carga. Respiró más profundo y corrió por el exterior de la fachada. Dobló la esquina oriental, desde donde pudo distinguir las ventanas de la segunda planta. Fue hacia ellas con la nieve hasta los tobillos, saltando al igual que haría un lobo tras su presa. A lo lejos divisó la cabeza de Bardou, que surgía de un vano agitando el brazo. En cuanto Ejean llegó a su vertical, siguió sus indicaciones, rescató el libro de salmos y se dedicó a contar las ventanas hasta situarse bajo la celda de Bartolomei. Unos pocos metros más allá llegó a distinguir el pequeño boquete que ocultaba aquel desconocido objeto. Fue hacia él y se arrodilló en la nieve. Lo que encontró fue un cartapacio, presumiblemente el de Bartolomei. Tuvo la tentación de mostrárselo a Bardou, que lo seguía contemplando, pero sopesó que podría ser visto por cualquier otro monje y decidió esconderlo bajo su hábito.

Las campanadas dejaron de sonar y Ejean se vio forzado a iniciar una precipitada carrera de regreso. Al doblar la esquina, pudo distinguir al gigantón apostado junto a la puerta y con el garrote en la mano.

—¡Ya venía a por vos! —gritó Girard desde lejos.

—Disculpad, me ha costado encontrarlo entre tanta nieve —se excusó el joven en cuanto alcanzó la verja, al tiempo que, entre jadeos, besaba con ternura el libro de salmos.

—¡Venga! ¡Entrad!

—¿Os ayudo con la reja? —se ofreció Ejean con aparente gentileza.

—No hace falta. Además, se baja en un santiamén —se jactó el monje mientras se tocaba el bíceps.

Ejean entró en la abadía, circundó el claustro y se internó en el edificio donde quedaba su aposento. Ascendió las escaleras despacio, dándose tiempo para intentar casar unos hechos con otros. Ya en su aposento, advirtió a Bardou apostado junto a la ventana esperándolo con rostro impaciente. Ejean se sacó el cartapacio de la pechera del hábito y se lo entregó abandonando descuidadamente el libro de salmos sobre el camastro.

—Si algo hay escrito en ese cuaderno, a ti te corresponde descubrirlo.

Bardou miró el cartapacio con fascinación, hecho un manojo de nervios. Se sentó frente a su mesa y empezó a leer los documentos que contenía. Aunque Ejean lo miraba con impaciencia, el monje seguía con el rostro insondable, tomando notas aquí y allá, tratando de hallar algún texto que pudiere ponerle sobre la pista. Finalmente pareció rendirse y miró a Ejean con cierto aire de incredulidad y derrota.

—No oculta nada de interés.

—¿Cómo que nada?

—Simples criptogramas en la cuarta posición —murmuró Bardou.

—¿Y qué dicen?

—Parece que hablan del conde de Évreux.

—¿Estás seguro de que no contienen ninguna referencia a ese documento del que nos habló Bartolomei?

—Absolutamente ninguna —confirmó Bardou entregándole el cartapacio a Ejean por si quería revisarlo.

Ejean lo rechazó, sabedor de que si su maestro no había podido descifrar ningún texto de interés, mucho menos podría hacerlo él. Se sentó en el camastro y pareció quedarse extasiado, tratando de afrontar los hechos con otra perspectiva.

—¿Crees posible que Jäger muriera por razones ajenas a la peste?

—Es probable —admitió Bardou.

—¿Podríamos aceptar que Bartolomei falleció por unas heridas en la espalda que a excepción del galeno nadie ha podido examinar?

Bardou asintió con la cabeza, tragó saliva y carraspeó de forma forzada.

—¿Y que Sadourny está gravemente herido sin que sepamos la causa? —preguntó Ejean.

Bardou se encogió de hombros dando por buena esa conclusión.

—¿Sería posible que quien registrara el aposento de Bartolomei lo hiciera porque creyó que Jäger le entregó ese documento antes de morir?

—O que Jäger lo escondió y Bartolomei sabía dónde —interrumpió con acierto el monje.

—Cualquier conjetura puede ser la correcta —razonó Ejean—, pero lo que no entiendo es que decidieran arrojar por la ventana el cartapacio de Bartolomei. Si tan inofensivo es, ¿por qué desprenderse de él?

—Si me pongo en el lugar de quien registró la habitación, probablemente decidiera arrojar el cartapacio por simple desaire.

—¿Desaire?

—Por la decepción y rabia que le ha podido suponer no encontrar ni un solo texto de interés.

—¿Un Jäger que dicen víctima de la peste, pero no presenta ni un solo bubón? ¿Y ahora el registro de la habitación de Bartolomei? ¿Quién de nuestros superiores puede estar detrás de todo este sinsentido? —se preguntó Ejean—. La lógica me da a entender que el abad no ha podido ser, pues no se encuentra entre nosotros; por tanto, todo apuntaría hacia el prior.

—Esa premisa es falsa, pues el abad bien pudo haber dado instrucciones al prior antes de partir —objetó el monje.

—Tal vez tengas razón, e incluso…

—Incluso ¿qué?

—Incluso es posible que el prior haya podido recibir las órdenes del abad muy recientemente…

—¿Qué pretendes decir?

—Ponç me comentó ayer que un tal Hervé, a quien apodan el Bretón, se adelantó a la comitiva del abad.

—¿Con qué fin?

—Para anunciar la inmediata llegada de nuestro superior. ¿Tal vez trajo él las instrucciones?

—¿Y cuándo llegó?

—Hace dos días.

—No sabía nada al respecto —comentó Bardou con estupefacción.

—Es probable que ese Hervé sepa muchas más cosas.

—Intentaré conversar con él antes de que regrese el abad —asintió Bardou mientras seguía mirando a través de la ventana—. Esta misma mañana te he dicho que me parecías mucho más perspicaz de lo que pensé en un principio, y ahora lo corroboro.

—Simplemente es necesario pensar y aquí tenemos tiempo de sobra para ello —respondió con modestia Ejean—; pero te recuerdo que todo esto no es de mi incumbencia; yo no estoy aquí para solventar los problemas que podáis tener en esta abadía.

En aquel instante alguien llamó con firmeza a la puerta. Ambos se sobresaltaron, conscientes de que no podían encontrarlos juntos. Ejean hizo muecas para que Bardou se escondiera bajo el jergón. Este, acuciado por el miedo, obedeció sin rechistar.

—¿Quién sois? —preguntó Ejean aparentando normalidad.

—El hermano Ponç.

—¿Qué debéis decirme? —preguntó Ejean entreabriendo la puerta y cerrando el paso a Ponç, al que agarró por el brazo y se lo llevó a la galería.

—Tan solo comentaros que, por razones obvias, Sadourny no podrá prestar mañana el servicio de colada, así pues, os toca a vos ir en su lugar. Agradeceré pues que le adelantéis a vuestro compañero Bardou que él será el siguiente.

—De acuerdo.

—A la hora prima debéis recoger las cestas de mimbre que encontraréis en la entrada del refectorio y llevarlas a la reja que hay bajo el campanario norte. Allí debéis entregar la ropa sucia a una monja que os estará aguardando, y ella misma os dará la colada limpia que de nuevo dejaréis en el refectorio. ¡Sed puntual! ¿Entendido?

—Así lo haré. ¿Os sucede algo? ¿Es por Bartolomei? —se atrevió a preguntar al verlo tan airado.

—No, no pienso que sea por el pobre Bartolomei; de lo que estoy harto es de que me lleven de aquí para allá, como a una peonza. Me siento tratado como un hermano lego, el que sirve para todo y para nada al mismo tiempo, es decir, un inútil al servicio de unos supuestos sabios que todavía no sé en qué invierten su tiempo. Para ellos soy un simple *illiterati*.

Era evidente que Ponç exageraba, pues alguien que en su día había desempeñado el cargo de inquisidor no podía haberse convertido de la noche a la mañana en un simple *illiterati;*[24] pero Ejean supo

24. Bajo la denominación genérica de hermanos legos se incluían a los *fratres*

comprender su desazón. Aquel hombre había pasado de ser un respetado y temido *domini cane* a convertirse en un mero intendente. Quizá esa era la velada forma que tenía la Iglesia de castigar a sus desertores.

—No le deis más importancia, ya he tenido ocasión de ver cuán engreídos son —dijo Ejean deseando que Bardou pudiera oírlo.

—Ya noté desde el primer día que vos sois diferente a ellos y que vuestra alma no padece de su enfermedad, así pues ¡quedad con Dios! —se despidió Ponç.

conversi (hermanos conversos), *laici barbati* (laicos barbados), *illiterati* (iletrados) e *idiotae* (idiotas). Esos dos últimos acreditaban una peor educación, no eran aptos para estudiar ni para la lectura de los salmos; por ello se veían obligados a realizar servicios religiosos simplificados y labores manuales.

Capitulum XXIX

El monasterio dúplice

En cuanto Bardou se fue a su celda, Ejean no dudó en tenderse sobre el jergón y cubrirse con toda la ropa de abrigo que tenía. Hacía mucho frío esa noche y además se sentía necesitado de horas de sueño. Pero al rato pensó que de quedarse dormido se arriesgaba a no oír las campanadas de la hora prima, el esperado momento en el que debía acudir junto a la reja de las monjas. Tomó una manta y se sentó en el suelo, junto a la esquina que quedaba más alejada de la ventana. Frotó las manos ante la miserable llama del candil y las colocó en su regazo para intentar calentarlas con el cuerpo.

Sus ideas bullían en una danza caótica. Las voces e imágenes de sus padres y de sus hermanos María, Joseph y el pequeño Jaccobus se sucedían con igual ritmo que la ventisca golpeaba su ventana y hacía crujir la puerta, como si un fantasma estuviera implorando entrar.

Se resistió al sueño pretendiendo dar respuesta a la duda que lo acosaba: «¿Qué va a ser de mí y de mis hermanos?». La angustia del futuro lo llevó al dolor del pasado, y se sorprendió reflexionando sobre la particular relación que había tenido con su padre. Había sido un gran hombre, bueno e inteligente, de eso no tenía ninguna duda, pero tan estoico, autoritario y, sobre todo, distante que ahora, con la moderación que solo da el paso del tiempo, tenía la impresión de que nunca lo llegó a conocer realmente. Tal vez solo por eso, y aun a pesar de las lágrimas que vio derramar a su madre, se decidió a marchar de casa; un viaje que, desde el primer paso, lo llevó a despertar de un extraño letargo; como si alguien lo hubiera liberado de unas pesadas cadenas e insuflado un ímpetu que desconocía poseer. Pero todos aquellos instantes de felicidad eran hoy un triste e inútil recuerdo.

Evocó entonces su regreso a Limoux, cuando, teniendo su casa a la vista, deseó ardientemente pulsar la reacción de su padre; comprobar si lo reconocería ya como un adulto, capaz de decidir por sí mismo, de ver llegado el momento que lo llamaran Ejean, como a él le gustaba, y no *petit* Jean. Pero había llegado tarde, y esa escena no iba a suceder nunca. Quizá, solo por eso, deseaba odiar a su padre, pero no podía ni sabía hacerlo. Ejean percibió cómo una lágrima se deslizaba por su mejilla y se detenía en la comisura del labio, pero no se molestó en secársela, igual que cuando era niño.

Se quedó hipnotizado, con los ojos entreabiertos, inmerso en un tiempo en el que realidad y ficción tenían el mismo color. Miró el candil, y entre sus convulsas llamas creyó ver el rostro de un chiquillo inocente que lloraba con tristeza infinita, perdido y balbuciendo: «¿Por qué me habéis abandonado?».

Ejean recobró la razón al oír las campanadas de la hora prima, aplacadas y rasgadas por el viento. Lanzó la manta sobre el jergón y, tras humedecerse la cara, salió con paso decidido hacia el refectorio. Allí, junto a la entrada, tal y como Ponç le había indicado, observó un enorme cesto de mimbre rebosante de ropas y un fanal.
Se lo cargó a las espaldas y se deslizó por el claustro sin cruzarse con nadie.

Al entrar a la iglesia, oscura como la boca del lobo, distinguió a un monje sentado en un banco de la primera fila, leyendo a la luz de una minúscula vela. Ejean se detuvo para tomar aliento, tratando de reconocer su rostro. El monje se levantó para dirigirse al altar, donde procedió con gran ritual a encender uno de los cirios que la última ráfaga de viento acababa de apagar. Entonces identificó el semblante de Dalmau. Abandonó la cesta y se dirigió hacia él a fin de que le prestara la vela para prender el fanal.

—¡Estad con Dios, hermano Dalmau! Siento molestaros en vuestras lecturas —susurró.

—¡Hermano Ejean! ¡Me habéis asustado! Pensaba que estaba solo entre estos muros. ¿Venís a hacer oración?

—No, hermano, pero os agradeceré que me deis lumbre —dijo señalando el canasto de mimbre que había dejado en el pasillo lateral.

—¿Vais a ver a una *fraressa*? —preguntó con ironía.

—Así es, me corresponde el turno de lavandería.

—Pues recordad cuanto os dije: «No perdáis la cordura por ella» —bromeó Dalmau mientras se esforzaba en arrimar la llama de su vela al fanal de Ejean.

—No lo olvidaré —dijo el joven esbozando una sonrisa que el monje correspondió mientras se santiguaba con gesto burlón.

Ejean cargó de nuevo con la cesta y se dirigió a la cabecera de la iglesia, más allá del altar. Pasó frente a una pequeña capilla donde se alzaba la imagen de la Virgen, y desde ahí descendió por una escalera que se angostaba hasta apenas permitir el paso de una persona con un canasto a la espalda. Los empinados escalones se sumergían casi en vertical bajo el altar, para luego girar hacia los cimientos del campanario norte. Al llegar al último tramo vislumbró una llama minúscula al final del pasadizo y oyó el repicar agudo de unas campanas que parecían provenir del mismo lugar. Se asustó y retrocedió hasta quedar amparado tras la esquina. Tras armarse de valor, asomó la cabeza.

—¿Quién sois? —preguntó desde lejos.

Quien fuera el que llevaba la luminaria no contestó. Ejean levantó su candil, pero no llegó a distinguir más que sombras. Solo percibió una voz extrañamente arropada por un gruñido. Pensó que tal vez había errado el camino y que aquel personaje le estaba alertando de que no siguiera adelante. «¿Quién demonios puede ser?», se preguntó alarmado.

El corazón le palpitaba como los cascos de un caballo al trote sobre el adoquinado. Pero debía seguir, y decidió reemprender la marcha hasta topar con una gruesa reja de hierro. Tras los barrotes pudo apreciar la pequeña figura de una monja que lo observaba con una extraña mirada, entre temibles muecas y gestos grotescos. Ejean se quedó paralizado hasta que reparó en que la monja tan solo pretendía llamar su atención sobre esa otra cesta de mimbre que ella tenía a sus pies. En cuanto Ejean iluminó la canasta, la religiosa se arrodilló en el suelo y empezó a coger prendas que sostuvo delicadamente entre su brazo y el pecho. El joven la imitó, y a través de la reja fue depositando en aquella otra canasta las ropas sucias y apestosas de los monjes. Conjeturó que una de ellas, impregnada de un peculiar olor rancio, era el hábito de Bartolomei.

Se dedicaron a intercambiar las indumentarias, deslizando una y otra vez las manos entre los barrotes de hierro; una escena que a Ejean se le antojó paradójica, pues no atinó a discernir quién era prisionero de quién. La religiosa le miraba de reojo en el más absoluto mutismo, y Ejean hizo lo propio intentando leer el pensamiento de aquella mujer. Cuantas palabras había ideado para ese momento no le sirvieron de nada. Pero cuando ella le dedicó una velada sonrisa, Ejean decidió romper el silencio:

—¿Conocéis a María? ¿Está con vosotras?

La monja se limitó a mirarlo aterrorizada, como si aquel atrevimiento le hubiera supuesto la condena eterna en el infierno.

—Es una oblata que hace poco llegó a la abadía —añadió Ejean.

Pero aquella mujer, de apenas veinte años, seguía con una expresión que parecía evidenciar que nada en este mundo conseguiría hacerla hablar.

—¡Por Dios nuestro Señor! —murmuró Ejean con gran agitación—. Necesito hablar con ella, es de la máxima urgencia. ¿La conocéis o no?

La monja hizo un vergonzoso gesto de asentimiento.

—Os ruego que le hagáis saber que necesito verla, mañana, aquí y a esta misma hora.

Pero la religiosa seguía callada, como si no fuera con ella la conversación. Ejean pensó en insistir, pero se sintió temeroso de que cualquier brusquedad pudiera incitarla a abandonar el lugar.

—Es sobre su familia —atinó a comentar con tono afable—. Les ha sucedido algo muy grave y su pariente más próximo me ha pedido que se lo haga saber de inmediato. Incluso tengo la autorización del abad para hacerle llegar el comunicado —mintió en un intento desesperado por convencerla—. Pero no le digáis nada, absolutamente nada, pues debo ser yo quien se lo explique con detalle.

La monja abrió los ojos antes de articular un esperanzador gesto de aflicción, pero tampoco profirió una sola palabra.

—¿Me estáis oyendo, hermana?

Ella se incorporó, lanzó unos graves gruñidos y gesticuló de forma grotesca, tratando de expresar con mímica que, aun siendo capaz de oírlo, le resultaba imposible hablar: era muda. Ante la cara de estupor de Ejean, realizó un rápido movimiento de manos con los que pretendió tranquilizarlo: deslizó el dedo índice desde el pecho hasta la garganta, lo detuvo frente a sus labios y acabó señalando a Ejean, dando a entender que cumpliría con el encargo. Luego tomó la cesta y tras saludar con la cabeza, abandonó la reja.

Ejean se quedó inmóvil, escuchando cómo los pasos de la monja se perdían, y se entretuvo en escudriñar el enrejado, pasando el candil de un extremo a otro con la esperanza de reconocer algún punto débil. Su examen solo sirvió para concluir que la cancela había sido forjada muy recientemente, y difícilmente podría quebrarla. Para colmo de males, su mecanismo de apertura quedaba al otro lado, y el molinete era de tal tamaño que ni aun poniéndose seis monjas de acuerdo serían capaces de izarla.

El joven ascendió las escaleras rumiando la forma de franquear esa reja. «¿Y si esa monja me delata? ¿Quién puede asegurarme que no irá con la cantinela a la abadesa o a quienquiera que sea su superiora?», se planteó con inquietud.

Al llegar a la iglesia constató que Dalmau seguía allí, inmerso en sus oraciones y lecturas. «¿Cuándo demonios duerme?», se preguntó. El monje alzó la vista y movió la vela haciendo ademán de que se acercara.

—¿Qué deseáis, hermano Dalmau? —susurró Ejean.

—¿Ya habéis hecho el servicio?

—Sí, aquí traigo la ropa limpia. ¿Teníais alguna prenda vuestra pendiente de retirar?

—No, ninguna. ¿Y la *fraressa*? ¿Era la que esperabais ver? —interrogó el anciano con socarronería.

—¡Por Dios, Dalmau! Ya os dije que nada tengo con ninguna de ellas. Si eso os tranquiliza, os diré que quien me ha atendido era muda.

—¿Muda? Parece pues que el abad y el prior están en todos los detalles —añadió el monje con sorna.

—Eso mismo es lo que creo —dijo Ejean con intención de zanjar la conversación y retirarse.

—Me acaban de comunicar que Sadourny ha fallecido —dijo Dalmau reteniendo la manga de Ejean.

—¿La peste?

—Así me lo ha confirmado el sanitario.

—¡Dios lo tenga en su seno!

—También me han informado que esta tarde quedará instalado el velatorio por las almas de Bartolomei y Sadourny, e imagino que en breve recibiremos más instrucciones.

Ejean asintió y enfiló el corredor lateral cargando con la cesta.

En cuanto llegó al refectorio, depositó la ropa junto a la puerta, en el mismo lugar en que la había encontrado, y recorrió aquellos pasillos desiertos hasta encerrarse en su celda. Allí se arrojó en su jergón y, arropándose con las mantas, intentó dar una cabezada antes de que las campanadas lo convocaran a misa.

Capitulum XXX

Jérôme

Poco antes de laudes, como venía siendo costumbre, Bardou golpeó sosegadamente la puerta de Ejean con la palma de la mano; pero en esa ocasión no obtuvo respuesta. El monje irrumpió en la celda temiendo que Ejean pudiera haber tenido algún contratiempo durante la noche. Se lanzó a oscuras sobre el jergón y palpó las mantas hasta topar con sus pies.

—¿Estás bien? ¿Te pasa algo?

—Estoy bien, estoy bien, tan solo me he quedado dormido.

—¡Venga! ¡Rápido! Debemos acudir a la iglesia.

—Lo sé, lo sé —dijo mientras se desperezaba—. Lamento que me encuentres todavía así, pero debes comprender que casi no he dormido en toda la noche.

—Ha sido por culpa de esos lamentos, ¿verdad? ¿Has vuelto a oírlos?

—No, no es eso. Acabo de regresar del turno de la colada… —respondió Ejean entre bostezos.

—¿La colada? ¿Has tratado de contactar con tu hermana? —interrumpió el monje con asombro.

—Sí, pero sin resultado. Volveré a intentarlo esta madrugada.

—¿Vas a repetir el mismo servicio? Eso está prohibido —añadió Bardou atónito.

—Lo haré en tu nombre —contestó Ejean tragando saliva antes de revelar al monje sus veladas maniobras—. Te alisté en el turno sin que lo supieras, espero que entiendas que es la única posibilidad que tengo de hablar con ella. Una suplantación, eso es todo.

—¿Cómo que eso es todo? ¿Y si nos descubren?

—Si eso sucede, simplemente deberás decir que te sustituí en el servicio.

—Ya. ¿Y con qué excusa?

—Tal vez, porque estabas... ¿indispuesto? —propuso el joven junto a la pila, antes de tirarse un recipiente lleno de agua fría sobre la cabeza.

—¿Crees que eso podría justificarme?

—No te apures. Si nos descubren, ya me encargaré de salvarte el culo y cuidaré de que sea a mí al único que le corten la cabeza —dijo Ejean con determinación.

—¿A quién has contactado?

—Con una muda, ¡una monja muda! —profirió Ejean temblequeando de frío mientras se secaba la cara con un paño.

—¡Dios bendito! ¿Y qué información te ha podido dar esa pobre mujer?

—Ninguna, pero pareció asentir cuando le rogué que avisara a mi hermana; espero que le dé el recado y sea ella quien al alba acuda a la reja.

—¡Válgame el cielo!, esto se complica.

De camino a la iglesia, Bardou se mostró taciturno. Ejean supuso que estaría valorando el riesgo y, naturalmente, también la forma de neutralizarlo. Al llegar al claustro, el monje musitó unas palabras envueltas por el vaho:

—Esta misma mañana, cuando he acudido a las letrinas, he tropezado con el hermano Boey.

—¿El encargado de planta?

—Sí, nuestro misterioso intendente, que ni vive en nuestra galería ni sabemos nunca dónde está.

—¿Y qué te ha dicho?

—Que Sadourny también ha fallecido.

—Eso mismo me dijo Dalmau cuando regresé del servicio de lavandería. ¿Te ha dicho algo sobre el velatorio?

—Sí, precisamente Boey es el encargado de confeccionar esos turnos. Me preguntó si ambos acudiríamos juntos, pero le respondí que prefería hacerlo con Hervé, el Bretón. Espero que mi decisión no te moleste, puede ser una buena oportunidad para sonsacarle información.

—Lo entiendo. ¿Y con quién me toca a mí?

—Con el hermano Jérôme de Sant Beat. He tenido ocasión de tratarlo brevemente y no parece peligroso —dijo Bardou con una abierta sonrisa—. Tu turno será entre vísperas y la *lectio divina* de la cena. El mío después de completas.

—Al menos me permitirá dormir un poco antes de volver al campanario norte —admitió Ejean con gesto aliviado.

—Sí, pero… te iba a proponer algo más. A mi regreso del velatorio pensaba pasar a recogerte por la celda.

—¿Para qué?

—Para registrar los aposentos de arriba. No he pegado ojo en toda la noche escuchando esas macabras agonías.

—¿Esta noche? ¡Por Dios bendito! Te recuerdo que apenas he dormido y esta madrugada volveré a tener servicio de lavandería —trató de disculparse Ejean.

—Solo será un momento, te lo aseguro. Además, creo recordar que fuiste tú quien me lo propuso. ¿Acaso ya no es de tu interés acabar con tal incertidumbre y dormir en paz las noches siguientes?

—Que espero no sean muchas —apostilló Ejean mostrando una

leve sonrisa con la que dio a entender que aceptaba el plan.

—Por cierto, Boey ya nos ha encomendado nuestro primer trabajo.

—¿De qué se trata?

—De algo muy simple, tanto que probablemente se trate de un mensaje ya descifrado por uno de los nuestros, es decir, más que una tarea intuyo que lo que pretenden es poner a prueba nuestra capacidad… Como puedes ver, el prior anda con pies de plomo —dijo Bardou mientras salía de la celda.

Concluida la misa, y después de que el sacerdote impartiera la última bendición, el prior se aproximó al altar y con una breve seña ordenó a uno de los hermanos que abriera de par en par las puertas del templo. Al instante entraron ocho monjes con la cara cubierta de harapos, acarreando pesadamente los ataúdes de Bartolomei y Sadourny. Los congregados se incorporaron y se santiguaron a su paso, incluso alguno se arrodilló y golpeó el pecho. Cuando los ataúdes quedaron en el suelo, junto al altar, el prior invitó a los monjes de las primeras filas a abandonar sus lugares. En cuanto quedaron despejadas, el prior ordenó, como hiciera con Jäger, que colocaran los bancos alrededor de los ataúdes, a modo de parapeto.

Luego abrió los brazos en cruz y tomó la palabra con voz fría, exenta de todo sentimiento. Apenas se detuvo a glosar la memoria de los finados; ciñó su perorata a ensalzar la labor de los presentes, animándolos a perseverar en ella, y aprovechando para anunciar que estaría dispuesto a castigar de forma ejemplar cualquier signo de flaqueza. Dalmau y Ponç, casualmente juntos en la tercera fila, no pudieron evitar mirarse, asqueados por la artificial arenga de su superior. Tras unas breves oraciones, el prior tomó el cuenco de agua bendita y sujetando el hisopo con la otra mano bendijo los ataúdes. Por fin, con falso gesto de contrariedad, invitó a todos los asistentes a que regresaran a sus quehaceres.

Llegadas las vísperas, y conforme las órdenes recibidas, Ejean acudió a la iglesia para su turno en el velatorio. Bajo el pórtico lo estaba esperando un monje que se identificó como el hermano Jérôme de Sant Beat; un hombre mayor, de pequeña estatura y ojos apagados. A Ejean le bastó un mero intercambio de palabras para descubrir que, tras sus cultos vocablos y afectado timbre de voz, se escondía un hombre que rezumaba debilidad y una elaborada confusión, propias de quienes vivían con la certeza de que su atribulada alma ya se estaba quemando en el infierno. Alguien, en suma, con una personalidad muy pareja a Bartolomei. Dos seres incapaces de conjugar existencia y conciencia.

Ya en el interior del templo, Jérôme se arrodilló y empezó a recitar en voz baja fragmentos del desgastado ejemplar del Eclesiastés que sostenía en sus manos.

—«Porque los vivos tienen conciencia de que morirán; pero en cuanto a los muertos, ellos no tienen conciencia de nada en absoluto, ni tienen ya más salario, porque el recuerdo de ellos se ha olvidado. También su amor y su odio y sus celos ya han perecido, y no tienen ya más porción hasta tiempo indefinido en cosa alguna que tenga que hacerse bajo el sol.»

El monje estaba repitiendo por tercera vez el texto cuando calló súbitamente y se sentó en el banco. Ejean le vio llevarse con disimulo la mano derecha a la sien.

—¿Qué os pasa? ¿Os encontráis indispuesto?

—No os preocupéis, es algo habitual y en breve estaré en condiciones de seguir.

Ejean se quedó intranquilo viendo cómo el rostro de Jérôme adquiría el color de la cera y un sudor frío empapaba su frente.

—Siento un leve mareo, creo que me retiraré un momento al claustro, seguro que el aire frío me hará bien —sugirió con un hilo de voz.

Ejean se quedó sentado, siguiendo con la vista el lento y pesado andar de Jérôme. El monje se apoyó en un banco y se detuvo para tomar aire. Luego se tambaleó y cayó al suelo. Ejean acudió al instante en su ayuda y, tomándolo por debajo del hombro, lo sacó de la iglesia. Sentado en el claustro, el monje respiró profundamente y, aún con el rostro desencajado, acertó a expresar con voz lánguida:

—No os preocupéis, tan solo ha sido un desmayo. Deberíais saber que Bartolomei era un buen amigo; hicimos el noviciado juntos y, aunque con algunos paréntesis, hemos convivido durante muchos años. No me hago a la idea de que pueda estar muerto…, y ahora me veo incapaz de orar ante su cadáver —sollozó.

—Os comprendo, mas él está ya junto al Padre, nuestro creador, y solo nos cabe rezar por su alma —manifestó Ejean con ternura.

—Lo sé, pero presiento que se ha ido mucho más lejos de donde yo podré llegar nunca, y creo que jamás lo volveré a ver —expresó el monje haciendo ostensibles esfuerzos por respirar.

—No penséis en eso ahora.

—Siento una opresión en el pecho, un dolor que sin duda exterioriza la angustia de mi alma.

—Pensad por un momento en otra cosa. Tal vez en las estaciones del año, en los astros, en la luna y en las estrellas —dijo Ejean señalando el cielo que se abría sobre el claustro—; seguro que así lo desearía vuestro amigo.

—¿Insinuáis que pensar en la Creación divina me hará olvidar? No, no deseo hablar de ello, pues su mera existencia me lleva continuamente a pecar —opuso el monje con súbita vitalidad.

—¡Eso es imposible, hermano! La Creación es la propia expresión de Dios y de su infinita sabiduría —atinó a decir Ejean, sorprendido de sus propias palabras.

—Vos sois todavía muy joven, querido Ejean, pero yo…, yo ya he perdido la vista tratando de encontrar la verdad tras esas letras —dijo señalando el libro—, y debo reconocer con amargura que a la postre solo he hallado más oscuridad. Quizá sea torpe en expresar esas palabras, pero deseo deciros que a pesar de todos los conocimientos que me han sido dados, jamás he topado con la ansiada verdad que estaba buscando. Tal vez a Dios se le fue la mano al dotarnos de tanta inteligencia —sentenció con leve ironía.

—¿Cómo decís esto?

—A veces preferiría ser una bestia, un vulgar perro que razona lo justo y suficiente para ser feliz; pero ¡ah de nosotros!, los hombres nos creemos tan inteligentes que nos desespera no entender. Esa es nuestra virtud, nuestro pecado y donde radica nuestra penitencia. Una imperfección a la que estamos condenados de por vida y que nos obliga a vivir en un perpetuo infierno.

—Así nos hizo Dios —sentenció Ejean sin poder ocultar su desconcierto.

—Muchas veces pienso que quizá no fue Él el creador de todo cuanto nos rodea.

—¿Cómo podéis opinar así?

—No sé bien el porqué. Tal vez el mundo es como es simplemente por azar. El universo tiene sus reglas y parece indiferente a la existencia de Dios. Solo nosotros parecemos necesitar de Él.

—¿Azar?

—Llamadle azar, llamadle instinto o ponedle el nombre que queráis, pues llegaremos a la misma conclusión —dijo el monje con voz alterada, dando síntomas de cierta mejoría.

—¿Qué conclusión?

—Vais errado si creéis que seré yo quien os allane el camino, pues deberéis ser vos quien la deduzca. Fijaos, por ejemplo, cómo el varón se convierte en un verdadero mentecato a partir de la adolescencia.

—¿Por qué razón tendría que convertirse en un necio?

—Porque es entonces cuando aflora su instinto carnal, una necesidad que solo remedia copulando. Y por otro lado, está la mujer, la grácil mujer —dijo con educada ironía—, que transita ese mismo periodo ideando y aprendiendo cómo manejar el instinto del hombre. Ella es quien elige con quién debe yacer y con quién tener la descendencia que la ayude en su vejez. La mujer es pues la única que ha sabido aliarse con la naturaleza y sacar partido de ella.

—¿Tal vez porque son las únicas capaces de parir?

—Más bien diría que ellas han sabido aprovechar ese don natural para mantener una existencia sin protagonismo. ¡Eso es inteligencia!

—No os comprendo.

—La mujer no es capaz de diseñar ni levantar catedrales, pero las sabe decorar y ornar con flores mucho mejor que lo haría cualquier hombre; tampoco escribe ni compone música, pero es ella quien tiene la mejor voz; no va a la guerra ni muere en el campo de batalla, pero sabe sanar mejor que nadie las heridas de los soldados. ¿Imagináis a las mujeres creando carruajes, armas, aperos de labranza, barcos o empuñando una espada? Seguro que no, pero ni les interesa ni falta les hace. Para ello ya tienen al hombre, alguien a quien astutamente le han cedido la iniciativa. Y nosotros, arrogantes, hemos asumido el reto solo por ver complacidos nuestros repugnantes deseos carnales. Así pues, los hombres luchan contra la naturaleza, mientras que las mujeres la tienen de su lado. Ese es el instinto al que me refiero, el mismo que comparten hombres y animales, y eso es lo que hace posible que el mundo exista. Eso, y nada más.

—Pero eso es el instinto natural, ¿no?

—No, no lo es, y Dios me perdone por lo que voy a decir, pero ¿acaso una anciana no tiene el mismo agujero que una joven con el que satisfacer el deseo carnal del hombre?

—Es evidente que sí —contestó Ejean sin poder disimular su desconcierto.

—¡Claro!, pero fijaos que el varón no anhela los despojos, sino que su instinto solo se sacia con carne tersa y prieta. Ese es el apetito que la mente gusta disfrazar con apelativos tales como belleza, pasión, pureza o amor. Pero no valen engaños, lo que sucede es que el instinto, y por tanto la naturaleza, doblega y falsea la mente para así conseguir la fecundación de una hembra joven; porque está claro, querido Ejean, que la naturaleza nunca hará posible la fecundación de una hembra anciana. Por eso actúa de esa forma, y por esa razón somos unos majaderos.

—Sigo sin entenderos.

—Lo que vengo a deciros es que la naturaleza está dotada de una eficiente defensa para subsistir por sí misma. Imaginaos por un momento —añadió el monje con el ánimo ya muy recuperado— que no hubiera placer en el coito entre un hombre y una mujer; por no decir que ese coito infligiera tanto dolor como el que siente la mujer en el parto. De ser así, no habría coitos y no existiría la humanidad. Esa es la secreta conciencia de la naturaleza con la que garantizar su propia supervivencia; así maneja a su antojo el instinto y el placer para que los humanos y el resto de las especies no se extingan; pues no creo que Dios, nuestro Creador, pueda estar detrás de la lujuria. A eso me refiero —glosó Jérôme.

—¿Me estáis intentando demostrar que Dios no tuvo nada que ver con la Creación?

—Ya os he dicho desde un buen principio que no deseo hablar de ello.

Jérôme se quedó pensativo por un momento, con los mismos ojos tristes de antes, pero ahora adornados por una ligera sonrisa. Sabía que estaba hablando demasiado, o peor que eso, que lo estaba haciendo como un hereje, pero se sentía extrañamente feliz. Estaba enfadado con Dios, Bartolomei no debía haber muerto, y esa era su forma de demostrarlo.

—Qué fue antes, ¿el huevo o la gallina? —preguntó Jérôme.

—No lo sé, esa es la eterna cuestión.

—¡Y a fe mía que no es baladí! Si os inclináis por el huevo, estáis reconociendo a Dios como Creador, el gran hacedor de milagros, autor de algo espontáneo, esto es, de un huevo que nadie puso, que nada fecundó y para el que no existe gallina que lo incube.

—¿Y si consideramos que la gallina fue primero?

—En ese caso tal vez convengáis que es el instinto quien está detrás de todo…

En aquel instante, Girard, el portero, pasó junto al claustro camino de su aposento. El gigantón iba ensimismado, aparentemente ajeno a la escena, y enseguida volvió a perderse en la oscuridad; pero su aparición fue suficiente para que Jérôme cambiara de talante.

—No deseo continuar por esos derroteros —apuntó Jérôme con expresión temerosa—; solo agregar que vuestra alma correrá un grave peligro cada vez que os preguntéis si el hombre es necesario en este mundo.

—Tenéis mejor aspecto. ¿Os encontráis mejor? —preguntó Ejean con idéntica intención de terminar la conversación.

—Sí, y agradezco infinito vuestra compañía. Ya no siento ese feroz mareo. Mas, como comprenderéis, no deseo volver ahí dentro. Id vos a velar los cuerpos de nuestros hermanos, y si alguien pregunta por mí, decidle que me he encontrado indispuesto. Tal vez me decida a visitar al sanitario.

De nuevo ante los féretros, en la mente de Ejean resonaron algunas frases que acababa de pronunciar el monje. Pese a la evidencia, se negó a admitir que Jérôme dudase de la existencia de Dios; tal vez lo había malinterpretado. Pero si de una cosa quedó convencido es de que jamás habría llegado a plantearse por sí mismo ese tipo de cuestiones, advirtiendo que necesitaría mucho tiempo para entenderlas y asimilarlas. Tal vez todo cuanto podía hacer por ahora era escribirlas. Seguramente Jérôme estaba en lo cierto al afirmar que «la inteligencia es nuestra virtud, nuestro pecado y nuestra penitencia».

Capitulum XXXI

Flagellantis

Se sentía cansado, y su único deseo hasta que llegara el relevo era ahogar sus pensamientos en el placer de la nada; pero su febril mente parecía no querer darle tregua, y al punto se sorprendió religando las reflexiones de Jérôme con toda esa suerte de ideas que, para bien o para mal, había tenido ocasión de escuchar entre esos muros. Cerró los ojos, se reclinó en la banqueta y bostezó preguntándose por qué esos monjes, aislados del mundo y con el sostén diario asegurado, pudieran sentirse tan o más desdichados que aquellos campesinos que nada podían llevarse a la boca. «¿Qué tienen de particular estos monjes?», se preguntó. Cuando volvió la vista al frente, y como si una saeta hubiera penetrado en su nuca, creyó acertar con la razón. Concluyó que todos ellos eran víctimas de sí mismos, meros esclavos de su propio talento; mentes privilegiadas, sin duda, pero por eso mismo doblemente perjudicadas. Llegó a entrever que la inteligencia es un don que exige ser cultivado, pero una vez echa raíces, inexorablemente se revela contra sí misma, e igual que haría una serpiente, se revuelve para inyectarse el veneno de la venganza. Una ponzoña que se introduce en el pensamiento de sus víctimas y los convierte en infelices el resto de sus días. Cuanto más saben, más estudian, y cuando así lo hacen, más dudan de todo lo aprendido. Un ciclo que se alimenta a sí mismo y culmina con la locura: Jäger, Bartolomei, Otz y Jérôme parecían afectados por el mismo mal. Quiso encajar a Dios en sus pensamientos, pero abandonó la idea al comprobar que su mente le quedaba estrecha, incapaz ya de abarcar más abstracciones. En todo caso, parecía claro que la felicidad tiene un precio: no tentar a la inteligencia y seguir siendo un ignorante. Probablemente todo quedaba reducido a eso. Con esas reflexiones se quedó adormilado hasta que el agudo chirriar de la puerta lo sacudió en el banco.

D'Olm y otro monje a quien Ejean solo conocía de vista fueron los encargados de relevarle. Para cuando salió al claustro, Jérôme ya había desaparecido. Estuvo tentado de acudir al hospital para interesarse por su salud, pero desistió al intuir que ello podría llevarlo a otra conversación que en absoluto le apetecía; algo había en la voz de ese monje, tal vez turbación, que detestaba profundamente. En su lugar decidió dar un par de vueltas por el claustro, ávido por respirar un aire menos viciado que el agobiante tufo de las velas, un hedor a cera quemada que cada vez más identificaba con la muerte.

En cuanto alcanzó el refectorio, reparó en que había llegado tarde al rancho. El encargado de la cocina y sus ayudantes estaban recogiendo ya las migajas y ordenando las mesas. Ejean estuvo en un tris de retirarse a su celda, pero un ayudante reparó en su presencia y lo miró con aire piadoso. Intuyó que todavía tenía la posibilidad de llevarse algo a la boca y se dirigió hacia él. Al referirle que venía del velatorio, el ayudante de cocina le ofreció un cariñoso estrujón en el hombro y lo sentó a la mesa, frente a un plato de espinacas mezclado con las legumbres que habían sobrado del mediodía y acompañado de un vaso de vino. Cenó solo, pero agradeció ese aislamiento y consiguió al fin no pensar en nada.

De ahí marchó a su celda y se tendió en el jergón, cansado, pero con el estómago lleno. Apenas había dado la primera cabezada cuando sonaron unas amortiguadas palmadas en su puerta.

—Soy Bardou. ¿Estás despierto?

—¡Pasa!

—¿Ya no me esperabas? Seguro que habías olvidado que tenemos que subir al desván.

—Lo recuerdo bien; me he quedado traspuesto durante la espera —se excusó mientras se incorporaba.

—He conocido a alguien extraordinario, sin duda el hombre más sabio de esta abadía —comentó Bardou exultante de alegría.

—Debe de ser un portento para que me hables así de él.

—Lo es, puedes creerme.

—¿Y de quién se trata?

—Del hermano Roffh, el Barbazul, como lo llaman los más ocurrentes. Solo abandona su celda para los oficios y las comidas. Pero seguro que lo habrás visto en más de una ocasión, es el monje con la barba más larga y acicalada de todos los nuestros.

—¿Qué tiene de maravilloso?

—Su manera de hablar, lo que dice y cómo lo dice. Es un auténtico pozo de sabiduría. Si sufriéramos un segundo diluvio y yo fuera Noé, es a quien primero salvaría. —Sonrió—. Tiene un pensamiento tan simple como complejo, y tan profundo como liviano. Antes de que nos abandones deberías solicitar a nuestro encargado entrevistarte con él.

—Pero ¿qué le pregunto?

—Todo lo que te preocupe.

—Seguiré tu recomendación —dijo Ejean mientras se echaba agua en la cara y el cogote—. Aunque siendo sincero, no sé si es mi deseo aprender muchas cosas más.

—¡Venga, apresúrate!

—Por cierto, ¿cómo te ha ido con ese tal Hervé? ¿Has conseguido hablar con él?

—He cruzado algunas palabras, pero es huraño, y... sinceramente, no creo que sea un religioso de los nuestros.

—¿Por qué crees eso? —interrogó Ejean con asombro.

—Casi no tiene educación mística, y sabe tanto de criptología como pudieras saber tú —dijo el monje con tono burlón—. Además, por lo que me ha referido, creo que se incorporó al monasterio pocos días antes que nosotros.

—¿Y eso te hace sospechar?

—No, lo que se me hace extraño es que, nada más llegar y siendo un desconocido, partiera de viaje con el abad. No tiene ningún sentido, salvo que ese Hervé ya gozara de la total confianza de nuestro superior.

—Entiendo. ¿Y no te ha hablado de su viaje con el abad?

—Ni una palabra, se ha escabullido como una anguila, pero tengo la impresión de que ha sido llamado por nuestro superior para una tarea muy concreta, aunque ignoro cuál. Mi consejo es que lo evites, me merece muy poca confianza, no es trigo limpio. ¡Venga! ¡Vamos!

—¿Y cómo se llega hasta la planta superior? —interrogó Ejean señalando el techo.

—A través de la puertecita que hay junto a las escaleras de acceso a nuestra galería. Desde ahí se sube por unas cortas gradas de madera y… ¿Oyes eso? —se interrumpió Bardou al percibir una vez más los gemidos que tanto les angustiaban por las noches.

—Preferiría enfrentarme a un ejército de sarracenos que a esos lastimeros aullidos —reconoció Ejean, mientras se palpaba la daga.

Ambos tomaron el corredor hasta llegar a las escaleras. Una vez allí, Bardou las rodeó y se situó frente a una puertecita que abrió con extremo sigilo. Al instante los lamentos se oyeron con más intensidad. Ejean tomó la daga y, enseñándola a su compañero, le indicó que él iría primero. Bardou lo siguió con un candil que sostenía con pulso pulso nervioso. Subieron las escaleras hasta alcanzar un minúsculo rellano. Allí se encontraron con una extraña puerta de dintel arqueado que Ejean entreabrió provocando que les llegaran, con toda su crudeza, los cánticos y gemidos. Tomó el fanal de Bardou y echó un vistazo a la estancia. Tras ellos, apoyada en la pared, había una pequeña escala burdamente realizada con traviesas, y más allá, al otro extremo del angosto pasillo, resplandecía el leve tintineo de una vela.

—Las voces provienen de ahí. ¡Sígueme! —exclamó Ejean.

—No, es demasiado peligroso. Vayamos a la buhardilla, desde ahí podremos ver qué es lo que está sucediendo sin que nadie nos descubra —propuso Bardou mientras señalaba el techo confeccionado con gruesos tablones de madera.

Ambos se afanaron en ascender por la tosca escalerilla que los llevó al altillo, y una vez allí, se arrodillaron sobre las gruesas vigas. Bardou apagó su candil para dejarse guiar por el levísimo fulgor que de forma intermitente se colaba entre las lamas del suelo. Cuidaron mucho de caminar por los laterales del desván, ahí por donde las tablas parecían más seguras y crujían menos, tratando también de evitar que el polvo que pudiera desprenderse delatara su presencia. Estaban sudando a mares y con el corazón desbocado cuando alcanzaron la vertical de la estancia inferior. Ejean se agachó y reptó como una serpiente hasta quedar encima de un nudo desgajado de la madera. Bardou hizo lo mismo, posicionándose sobre una rendija. La escena que presenciaron les erizó el vello de la nuca.

Distinguieron a varios monjes, cinco, seis o tal vez más, que se movían uno detrás de otro, medio desnudos, con el hábito colgando de la cintura y flagelándose las espaldas con una brutalidad inusitada. Cada vez que las puntas metálicas se clavaban en sus carnes miraban al cielo implorando a Dios con fervor, acallando toda expresión de dolor. Se les oía cantar y orar, pero su delirio los forzaba a hacerlo de forma desacompasada, creando un rumor incomprensible y oscuro. Era tal la maraña de voces que al poco, uno de ellos, pretendiendo uniformar el compás, los instó varias veces a repetir: «*A fame, peste, et bello, libera nos, Domine*». Ejean ya había oído pronunciar esa frase, una súplica con la que los párrocos gustaban finalizar sus pláticas, «Del hambre, peste y guerra, líbranos Señor», pero jamás la había oído rodeado de tanta brutalidad.

—¿Son *flagellantis*?[25] —susurró Ejean incrédulo, al abrigo del eco que producía la vehemencia de los cánticos.

—Sí, lo son.

Ambos callaron, sumergidos en aquel ambiente tétrico. Los *flagellantis* siguieron marchando hechizados, uno detrás de otro, en corro, blandiendo brutalmente los látigos y con los rostros desencajados. Ejean observó sus torsos sangrantes, reparando que en sus espaldas se solapaban las heridas recién infligidas con otras más antiguas, apenas cicatrizadas. Llevaban las manos y la cara manchadas con la sangre de sus compañeros, y un rastro rojo y fresco impregnaba el suelo, engrosando las capas coaguladas que como una grotesca alfombra guiaban sus pasos. Algunos llegaron a morderse los dedos a fin de acallar sus involuntarios lamentos. Aquella mezcla de fe e histerismo hizo que a Ejean se le encogiera el corazón. Al poco, uno de ellos, precisamente el que adoptaba la actitud de oficiante, tomó un cacharro de cobre y les espolvoreó la cabeza con ceniza. Entonces, por fin, dejaron de flagelarse, consagrándose a la tarea de restregarse con las manos el polvo que cubría sus tonsuras, untándose el rostro con ella, tiñéndolo de rojo intenso, igual que un *ex uomo*.

25. Estos fanáticos religiosos europeos del siglo XIII, ante la imposibilidad racional de hacer frente a males como el hambre, la peste y las guerras, se sometían a una penitencia durante treinta y tres días —el mismo número de años que vivió Cristo—, convencidos de que así podrían evitar las calamidades, en especial la peste, que consideraban un castigo enviado por Dios. Solían desfilar por las calles flagelándose la espalda y llamando a los concurrentes a unirse a ellos. Al principio fueron reconocidos por su piedad, pero terminaron organizando grupos que boicoteaban oficios religiosos, se apoderaban de las riquezas eclesiásticas y flagelaban o asesinaban a los clérigos. Incluso se dedicaron a atacar a judíos, moriscos y leprosos, a quienes culpaban de ser los responsables de la ira de Dios.

Luego, uno tras otro fueron cayendo al suelo, inconscientes. El mismo personaje que les había cubierto de cenizas los sujetaba por los brazos para arrimarlos a la pared.

—¿Qué hacen ahora? —mascullό Ejean.

—Meditan profundamente.

—¿Cómo pueden hacerlo en esas condiciones?

—Precisamente para ello se han estado preparando. Los azotes, el dolor desmesurado y el ritmo constante de la respiración propicia un trance que les permite conectarse al más allá con una profundidad imposible de alcanzar en estado consciente. Luego, tal vez, traten de plasmar por escrito sus experiencias místicas.

Ambos se mantuvieron agazapados, observando a través de las tablas, sin atreverse a mover un dedo. Paulatinamente, los flagelantes parecieron entrar en razón, evidenciándose el esfuerzo que estaban realizando para que sus mentes y cuerpos volvieran a ser uno. En cuanto los quejidos tornaron, el oficiante les secó con trapos la sangre que todavía fluía de sus espaldas. Luego se puso a trastear con unos frascos, mojó los paños en diferentes cuencos y jofainas, y entre horribles gritos de dolor procedió a embadurnar sus torsos con ungüentos, oprimiendo de forma salvaje las laceraciones más graves.

—¿Qué hace ese? —farfulló Ejean al amparo del griterío.

—Es el encargado de curar sus heridas y de sanarlos. Al más obeso le está administrando aceite en las heridas…

—¿Y a aquellos otros?

—A los que yacen en la esquina opuesta les está aplicando láudano; un mejunje a base de vino blanco, azafrán, clavo, canela y opio.

Ejean y Bardou aprovecharon aquel nuevo vocerío para salir del altillo reptando, igual que habían entrado. Una vez erguidos, y cuando ya iban a descender por la vetusta escala de mano, oyeron unos pasos que entraban y salían de la estancia inferior. Ejean y Bardou retrocedieron con movimiento ágil y, sin apenas pensarlo, abrieron una portezuela que quedaba tras ellos y se metieron en la habitación contigua.

—Tal vez alguno de ellos está más grave de lo esperado. Es posible que vayan a por ayuda, así que armémonos de paciencia y esperemos aquí —indicó Bardou mientras alargaba la mecha de su candil.

—He creído reconocer a Otz.

—Yo también —acordó Bardou.

—Bartolomei pertenecía a esa secta, ¿verdad?

—Eso parece —reconoció Bardou, que para disimular su incomodidad fingía estar atareado en recuperar la llama.

—Entonces, ¿por qué no me lo dijiste en su momento?

—Porque no tenía la plena seguridad de que fuera uno de ellos; y ya de joven me enseñaron que hablar mal de un hermano sin tener la certeza es pecar de calumnia; y eso es tanto como condenar al averno terrenal al agraviado, y al propio infierno eterno al calumniador. Por esa razón callé; son prácticas prohibidas por el pontífice.

—¿Y Sadourny?

—Con seguridad era también uno de ellos; es más, y dado que ambos han fallecido y ya solo Dios podrá juzgarlos, me atrevería a decir que Sadourny era quien cuidaba de Bartolomei, era su custodio.

—¿De qué debía protegerlo?

—Sadourny debería ser quien vigilaba que Bartolomei no exagerara en su penitencia…

—Sigo sin entender…

—¡Demonios, Ejean, me lo estás poniendo muy difícil! —increpó Bardou avergonzado—. ¿Es que te lo tengo que explicar todo? No todos ellos se flagelan con pleno conocimiento de lo que hacen. Algunos consumen pócimas analgésicas, narcóticas o hipnóticas que les hacen insensibles al dolor; y eso les provoca la muerte; se desangran sin posibilidad de recuperación. En mi opinión, Sadourny se abrió las venas para morir desangrado, como murió Bartolomei, porque se sintió culpable por haberle fallado en ese particular juramento que debería haber entre ellos. No supo frenar la sangría de su custodiado a tiempo.

—Y si esto está prohibido por el pontífice, ¿por qué se les permite? —preguntó Ejean mientras tomaba asiento en una esquina.

—Este suelo no es de madera como el resto de la planta —observó Bardou para desviar la conversación mientras introducía una uña entre las juntas de la solería—. El embaldosado es muy reciente, no hará más de un año que ha sido cimentado.

—No me has respondido a la pregunta.

—Hace exactamente treinta años que nuestra Iglesia los proscribió, fue el papa Clemente VI quien los declaró herejes en su bula *Inter sollicitudines;* y es preciso que sepas que el papa es el primer interesado en que desaparezcan.

—¿Por qué tanto interés en hacerlos desaparecer?

—Pues porque propalan la idea de que cada uno puede lograr la salvación por sus propios méritos, es decir, alcanzar la vida eterna al margen de nuestro rito oficial. Según sus creencias, les basta con asistir a las procesiones para ser absueltos de todos los pecados. Algo que evidentemente cuestiona al papa, a la Iglesia e incluso a los reyes. Los *flagellantis* suponen un peligro.

—Entiendo, pero insisto, si está prohibido, ¿qué hacen estos aquí?

—Creo que los nuestros son diferentes. Esos desdichados no están contra la Iglesia, sino que pretenden dar salida a la incertidumbre y angustia que rodea sus vidas, una vida que, por culpa de la peste, la guerra, el hambre o cualquier otra epidemia, consideran en exceso efímera; aunque es justo reconocer... —Bardou adoptó un súbito silencio al creer oír nuevos pasos en la planta inferior.

—¿Reconocer qué? —susurró Ejean.

—A mi modesto entender, los nuestros se lesionan y castigan por saberse capaces de concebir ideas inadecuadas al credo de la Iglesia. Se odian y se asustan de sí mismos.

—¿El abad y el prior están al cabo de que esta abadía acoge a los *flagellantis*?

—No lo sé, aunque imagino que sí.

—¿Y no desean poner fin a sus prácticas?

—Ya ves que les da igual; a fin de cuentas, sus cargos son más políticos que religiosos y, por tanto, si todo es política, ¿qué podemos esperar de nuestros superiores?

—¿Qué opinas del abad y del prior? —preguntó Ejean.

—Del abad no tengo referencias —mintió Bardou—, y del prior, desconozco quién pudo designarlo —volvió a mentir Bardou—, pero su nombramiento no obedece a razones religiosas; ese hombre es tan clérigo como lo pudieras ser tú.

—¿Y eres feliz trabajando para ellos? —preguntó Ejean a bocajarro.

—No es esa la cuestión —se defendió el monje, mientras se incorporaba con un gesto con el que evidenciaba que esa conversación no era de su agrado—, pero sí te diré que mi deber es dedicarme en vida al pontífice y a la Iglesia que este representa, y si unos y otros estamos inmersos en este maldito mundo material, es obvio que con las mismas armas debemos responder. ¿Qué otra cosa podemos hacer? ¿Salir al encuentro de las tropas enemigas con cruces de madera y cirios? Si los reinos vecinos tienen armas, ejércitos, políticos y espías, con más razón debemos tenerlos nosotros. Por cada uno que tenga nuestro enemigo, nosotros deberíamos contar con dos, pues no en balde la Iglesia es la presa más apetecida por todos ellos. Y si esta debe ser mi labor para que la palabra de Cristo sea escuchada, lo haré sin dilación.

—Parece que siguen todavía ahí abajo, ¿verdad? —cambió de tema Ejean al percibir que Bardou se sentía violento.

—Sí, y me temo que aún tenemos para rato.

—Pues si no te importa, creo que descansaré un poco.

En cuanto Ejean entornó los párpados, oyó los incesantes pasos de Bardou de un lado a otro de la habitación, como una fiera dentro de su jaula.

—¿Has visto esto? —exclamó Bardou mientras se aproximaba a una pared—. Son grilletes de pies y manos sujetos con cadenas.

Ejean se levantó como un resorte.

—Sí, ¿y bien?

—Pues que si esto no es una mazmorra, ¿qué hacen aquí unos grilletes? ¡Fíjate, todavía hay rastros de sangre seca en el embaldosado!

—¿Jäger? ¿Y si esta fuere la estancia donde encerraron a Jäger? —preguntó impetuosamente Ejean.

—¡Es posible! Quizá eso explique que el suelo sea tan reciente —gruñó Bardou ante la adecuada deducción de su amigo—. Tal vez improvisaran una mazmorra aquí arriba a fin de incomunicar al viejo. Un lugar perfecto dada la ausencia de ventanas.

—Entonces, bien pudiera ser que los primeros lamentos que oímos fueran los de Jäger, y los más recientes de esos *flagellantis*, ¿no?

—Es más que probable, pues creo recordar que los del anciano eran más débiles que los de ahora, y por supuesto, nunca escuché cántico alguno.

Ejean volvió a sentarse en la esquina y cruzó las manos bajo el mentón. Su mente era un puro bullicio de impresiones.

—Pero ¿quién podía condenar a Jäger a ese aislamiento y en esas condiciones? ¿Por qué sujetar con esos grilletes de hierro a un viejo indefenso? —preguntó con candidez.

—Opino como tú. Si toda su culpa fue la de haber enloquecido, al abad le hubiera bastado con encerrarlo en algún lugar más apto, con luz y ventilación.

—¿Y para qué encadenarlo? ¿No hubiera sido más lógico hacerlo con grilletes de cuero para que no le laceraran las muñecas y los tobillos?

—No atino a dar con la razón —admitió el monje.

—Yo tampoco, aunque la verdad es que ni lo sé ni me importa; bien sabes que si estoy aquí es por otros motivos —refunfuñó Ejean tratando de encajar su espalda a la pared y cerrando los párpados.

Bardou siguió inspeccionando la estancia a la luz del candil hasta detener sus pasos en una esquina. Escudriñó la pared una y otra vez sin dar crédito a lo que estaba viendo. Luego miró los grilletes y el largo de las cadenas a fin de establecer la posibilidad de que Jäger, o quien fuera el prisionero que allí tuviesen encerrado, hubiera podido ser el autor de las letras y palabras que, con sangre, carbón y humo, habían quedado escritas en un recodo de la pared.

—¡Me temo que sí es de tu incumbencia! —afirmó.

—¿Por qué dices eso? —exclamó Ejean abriendo los ojos.

—Me hablaste de un personaje conocido como el Siervo de Dios, ¿verdad?

—Así es, tras ese nombre parece estar el responsable de la muerte de mis padres.

—¡Pues ven aquí de inmediato!

Ejean se incorporó alarmado y se acercó a Bardou, quien con el candil en la mano empezó a reseguir las letras y signos escritos de forma borrosa.

—¡Mira esto! —susurró Bardou con voz trémula—, aquí se lee: «El diablo es lo opuesto», y a continuación: «Solo él habla con el número 999», y algo más allá reza: «El Siervo de Dios lo sabe y por eso pretende mi silencio, mi muerte».

—¡Por todos los santos! ¿El abad es el Siervo de Dios? —preguntó Ejean desconcertado e iracundo.

—Eso es lo que parece colegirse —apostilló secamente Bardou.

—Entonces, ese hijo de Sodoma es el mismo que secuestró a mis hermanos y sentenció a mis padres a morir en la hoguera, pero ¿por qué? ¿Qué tienen que ver unos y otros?

—No lo sé, pero dije que te ayudaría, y así lo haré; a fin de cuentas, parece que nuestros caminos confluyen... —manifestó Bardou apoyándose afectuosamente en el hombro de Ejean.

—¿A qué te estás refiriendo?

—¡Déjalo!, ahora no es el momento —argumentó el monje, consciente de que había hablado de más.

—¡Mataré a ese cabrón!, y juro por todos los míos que le haré sufrir…

—¡No! ¿Quién demonios te crees que eres? —interrumpió con contundencia Bardou—. Tú no has venido aquí para matar a nadie, sino para rescatar a los tuyos. Mantente alerta, pero por lo que más quieras no precipites tus actos, o te condenarás antes de tiempo.

Capitulum XXXII

María, la hermana

Ejean se encerró en su celda y cayó sobre el jergón físicamente agotado. Necesitaba del sueño como del agua que bebía, pero después de la experiencia con los *flagellantis,* y tras creer haber desvelado la identidad del Siervo de Dios, sufría una ansiedad que le impedía cerrar los ojos. Se revolvió insomne sobre el camastro intentando establecer alguna relación entre el abad, sus padres y el anciano Jäger. «¿Cómo demonios ensamblar este rompecabezas?», se preguntó. Estuvo tentado de visitar a Bardou, nadie como él para plantear hipótesis, pero ahora su prioridad era contactar con su hermana. «¿Estará María esperándome al otro lado de la reja? ¿Me habrá traicionado la monja muda? ¿Saldrán a mi encuentro una mesnada de monjes para pillarme como a una mosca atrapada en un tarro de miel?», se interrogó con la misma intensidad que las ráfagas de viento azotaban su ventana.

Se esforzó en recobrar la serenidad, respiró profundamente y, mirando las estrellas desde la ventana, imaginó a su hermana María. La visualizó con el mismo cabello castaño, el rostro alargado y los ojos picarones de siempre, pero al punto reparó en que ya no sería la misma. «¿Quizá ya haya cumplido los quince años?», dudó. Se sonrió al adivinar que sus caderas y pechos se habrían desarrollado, adoptando las formas de mujer, y que tal vez ahora se parecería a Anne, su madrastra. Así cayó en la cuenta de que, aun suponiendo que saliera a su encuentro, no todo iban a ser alegrías, «¿Cómo debo anunciarle la muerte de nuestros padres? ¿Qué le voy a decir?», reflexionó con lágrimas en los ojos. Se estrujó las sienes y sintió que su corazón se resquebrajaba como el cristal. Percibió un sentimiento que jamás había experimentado: estaba triste y alegre al mismo tiempo. Tan pronto se sentía sucio cual trapo de deshollinar chimeneas como se veía transparente como las aguas de su Aude.

Pasó las horas sumido en esa postración hasta que oyó las solitarias campanadas que anunciaban la hora prima.

Salió de la celda con un nudo en la garganta y se precipitó escaleras abajo hasta llegar al refectorio. Una vez allí, y como si fuera ya una mera rutina, tomó la cesta de ropa y el candil que colgaba de él.

Al internarse en la iglesia divisó las figuras de dos monjes. Como debía evitar que nadie fuera testigo de sus dos sucesivos servicios de lavandería, recorrió a gran velocidad el pasillo lateral cargando con la cesta de mimbre, sin atreverse a prender el candil y ocultando su rostro bajo la capucha. Sus precipitados pasos finalizaron frente a los empinados peldaños que descendían a las tripas del campanario norte. Allí tuvo que detenerse, sumido en la oscuridad, carente del más mínimo punto de referencia. Se arrimó a ciegas a la pared y, arrastrando la cesta, empezó a descender los escalones tanteando cada paso, sintiéndose tan torpe como un niño que empieza a caminar. Tropezó en varias ocasiones, pero palmo a palmo consiguió llegar hasta el último peldaño y desde ahí siguió caminando a tientas hasta que su mano izquierda palpó el frío hierro de la reja. Esperó en silencio y aguzó el oído tratando de identificar alguna presencia; pero no lo aguardaba nadie. Se arrimó al muro y deslizó la espalda hasta quedar sentado en el suelo.

Sumido entre tinieblas, tuvo la sensación de haber entrado en otro mundo, en un espacio desconocido en donde no era nada ni nadie porque no había quien pudiera llamarlo por su nombre; creyó que ya no existía; se sintió tan desesperado que a punto estuvo de echarse a llorar.

Vio pasar un buen rato hasta que percibió el lejano chirriar de una puerta. Se separó de la pared e inclinó la cabeza hasta comprobar que más allá de la reja, al final del pasadizo, una tenue luz se aproximaba al son de unas campanadas. Su corazón volvió a palpitar con fuerza y miró a un lado y a otro. Temió haber caído en una trampa, que en cualquier momento alguien se abalanzara sobre él. Contuvo la respiración con la vista puesta en aquella fluctuante sombra, intentando identificar su semblante, hasta que la luz del fanal se detuvo. Entonces se incorporó y volvió a ajustarse la capucha. La misteriosa figura permaneció estática al otro lado de la reja, sin pronunciar palabra. Ejean, con el miedo en el cuerpo, se decidió a hablar desde la profunda oscuridad:

—No os asustéis, mi candil se ha apagado mientras os estaba aguardando.

La silueta dio un respingo y retrocedió.

—Dadme lumbre, por favor —rogó Ejean aproximándose a la reja y pasando el candil a través de los barrotes.

Quien fuera que allí estuviera aproximó su fanal con tiento, y en cuanto prendió la llama, Ejean se precipitó a iluminarle el rostro.

—¡María! —exclamó sin poder contener su alegría.

—¿Eres Ejean? —dijo ella escudriñando la fisonomía del joven.

—¡Claro que soy yo! ¿Quién si no? —apuntó con una amplia sonrisa y pasando la mano entre el enrejado con la intención de tocarle la mejilla.

—¡Dios santo, Ejean! ¿Qué haces tú aquí? —gritó mientras unas emocionadas lágrimas brotaban de sus ojos—. Me dieron a entender que alguien debía comunicarme alguna noticia de la familia, pero jamás pensé que pudieras ser tú.

—No llores, hermana —indicó Ejean mientras le pasaba el dedo índice por la mejilla—; si lo haces, no creo que pueda contenerme.

—¿Cómo has podido llegar hasta aquí? ¿Quién te dijo que podrías encontrarme en esta abadía? —preguntó ella besándole la frente y las mejillas a través de la reja.

—No tenemos mucho tiempo, en breve deberé volver a mi celda.

—Yo también, pero… no entiendo nada de lo que está sucediendo. ¿Te has hecho monje?

—¡Por Dios, María! Eso nunca. —Sonrió—. Es una larga historia y lo único importante es que estoy aquí para rescataros… ¿Has visto a nuestro hermano?

—Llegamos juntos a la abadía, pero no he vuelto a saber de él —musitó María con tristeza—. Y tú, ¿has llegado a cruzarte con Joseph?

—Aún no, al parecer marchó con el abad de viaje, pero tengo noticias de que en breve regresará, y será entonces cuando salgamos de aquí. ¡Te lo prometo!

—¿Cómo?

—Todavía no lo sé —reconoció Ejean—, pero seguro que encontraré la forma de hacerlo. ¿Te han hecho algún daño?

—Estoy bien, aunque…

—Aunque ¿qué?

—Estoy apenada y os he añorado mucho —sollozó María—. Me gustaría tanto poder ver a nuestros padres y hermanos. ¿Qué sabes de ellos?

—Conocí a Jaccobus —dijo Ejean intentando eludir el tema.

—¡Es una bendición de niño! Nuestra madre me confesó que lo dejó escondido en la tinaja de casa. ¿Quién lo encontró?

—Los Sabarthès.

—¿Y nuestros padres?

—Vaya sorpresa me habéis dado con Jaccobus. —Sonrió Ejean con un nudo en la garganta, esquivando la respuesta.

—¿Y nuestros padres? —insistió ella enarcando las cejas.

Ejean se limitó a negar con la cabeza mientras se oprimía los párpados para evitar llorar.

—¿Qué sucede, hermano?

—Han muerto. Cuando regresé al pueblo ya había sucedido todo, y… ¡Llegué tarde!, simplemente llegué tarde. ¡Lo siento!

—¡Por Dios! ¿Muertos? ¿Por qué? —preguntó María mientras cayía de rodillas al suelo y se golpeaba la frente contra la reja—. ¿Enfermaron? ¿Tal vez la epidemia de la peste?

—No, murieron a manos de la Inquisición, pero me aseguraron que tuvieron una muerte serena.

María rompió a llorar, y Ejean, impotente, intentó en vano calmarla. Ella se quedó inmóvil tras la reja, paralizada por la angustia. Ejean la tomó de las muñecas y le besó las manos. Poco después María pudo explicarle lo sucedido la noche en que los arrestaron, la forma en que los separaron de sus padres y cómo acabaron por conducirlos hasta la abadía.

—Tal vez no debería haberte dicho nada —comentó Ejean con voz arrepentida, sufriendo en su propia carne el dolor que inundaba a su hermana.

—¿Quién lo hizo?

—No tenemos mucho tiempo. Ya hablaremos en otro momento, ahora lo que importa es idear la forma de que los tres podamos salir vivos de aquí, ¿de acuerdo?

—Es imposible escapar de aquí, y tarde o temprano te descubrirán. ¿Dónde te escondes?

—No te preocupes ahora por eso.

—¿Cómo no voy a preocuparme?

—Basta con que sepas que me estoy haciendo pasar por otro monje, y que uno de ellos me está ayudando. Además, traigo conmigo una daga y Hug está en la aldea de Codalet esperándonos.

—¿Hug Sabarthès está aquí?

—Sí, preparado para facilitarnos la huida. ¡Venga, hermana, anímate! Ya sé que nos han sobrevenido muchas desgracias, pero ahora tenemos que pensar en nosotros mismos. ¡Dame la ropa limpia!, nadie debe encontrarnos hablando como unos pasmarotes —ordenó afablemente con el propósito de animarla.

—Tienes razón —reconoció María con aparente serenidad.

—¿De verdad que estás bien? —susurró Ejean con gesto intranquilo.

—Sí, no me puedo quejar del trato que me dispensan.

—¿Son monjas normales?

—Sí, claro —dijo con cara de extrañeza mientras todavía hacía esfuerzos por contener las lágrimas.

—Pues tienes suerte, porque estos monjes no tienen nada de normal…

—Lo sé.

—¿Qué es lo que sabes de ellos?

—Que se dedican a estudiar documentos y a fornicar con las nuestras.

—¿Cómo que fornican? ¿Te han hecho algo?

—No. Y aunque una de las superioras trata de convencernos para que accedamos a los deseos carnales de los vuestros, la verdad es que nunca nos han obligado.

—¿El abad es quien está detrás de todo esto?

—No, creo que no, según tengo entendido, es el prior quien parece estar poseído por la lujuria.

—Entonces, ¿te obligan? —preguntó Ejean intentando que le contestara con sinceridad.

—Ya te he dicho que no, aunque hay un par de las nuestras que sí han accedido a sus peticiones.

—¿Quiénes?

—Las hermanas Arsendis y Gisèle; son las únicas que duermen separadas del resto, en una habitación independiente.

—¿Por qué motivo?

—Ejean, no lo sé —respondió María con timidez—, me imagino que por cuestiones personales. Me da vergüenza hablar de ello.

—Déjate de timideces. ¿Por qué?

—Pues para que no sepamos a qué hora se acuestan, ni cómo se visten, y también, me imagino, para que puedan prepararse el sexo a fin de no quedar preñadas, digo yo que será por eso…

—¿Cobran por hacerlo?

—No, creo que no, pero se les permite comer cuanto quieren, no trabajan en el huerto ni en la lavandería, y nadie las amonesta si llegan tarde a los oficios.

—¿Y cómo se comunican con nosotros?

—A través de ese subterráneo —dijo María señalando una portezuela contigua que quedaba fuera de la vista de Ejean.

—¿Por ahí entran y salen?

—Sí, siempre por aquí.

—¿Tiene cerradura esa puerta?

—No, no veo ninguna —dijo María mientras la iluminaba con el candil—. Seguramente la deben cerrar desde el otro lado mediante pasadores.

—Mejor así. ¿Y dónde va a parar ese túnel?

—No lo sé, pero según dicen aquí las espera el prior, él es quien debe abrir y cerrar el portón. No conozco más detalles salvo que precisamente esta noche van a ir para allá.

—¿Hoy?

—Sí, eso fue lo que pude oír; esas mujeres no tienen ningún tipo de reparo en decirlo, e incluso nos animan a que las acompañemos. Diría que gozan haciéndonos sentir unas mojigatas.

—¿Y por qué hoy?

—Porque mañana llega el abad.

—¿Mañana llega ese bastardo?

—Eso nos ha comentado la superiora, y debe ser cierto porque han doblado el turno de cocina y lavandería.

—Pues a nosotros todavía no nos han dicho nada —exclamó Ejean visiblemente alterado.

—Lamento no poder explicarte nada más.

—Lo entiendo —contestó con tono tranquilizador—. ¿Crees que el abad y el prior están confabulados?

—No lo sé, la verdad, pero aun desconociendo si el abad está o no al corriente de esas orgias nocturnas, me imagino que el prior preferirá actuar en su ausencia —dijo ella mientras le entregaba la última pieza de ropa limpia.

—O sea que a través de ese subterráneo se llega hasta vosotras —insistió Ejean.

—De eso estoy convencida.

—Y suponiendo que Joseph y yo lleguemos hasta ahí, ¿por dónde podríamos escapar?

—No lo sé, ni siquiera la superiora puede salir de aquí, aunque tal vez…

—¿Tal vez qué?

María le describió que en ese mismo pasillo existían unas escaleras hasta una mina de agua que, tras una breve canalización, anegaba la alberca que utilizaban para regar el huerto.

—¿Conoces ese conducto?

—Sí, hace poco nos enviaron a tres de nosotras para limpiarlo de raíces y lodo.

—Y ya en el huerto, ¿hay salida?

—Lo veo difícil, pues está circundado por un muro.

—¿Podemos salvarlo entre los tres?

—Creo que hay un par de tramos en los que si nos ayudamos unos a otros podríamos saltarlo, pero el problema no está en la pared, sino antes, justo al final de esa alcantarilla.

—¿Por qué?

—Hay una reja.

—¿De cuántos barrotes?

—Solo dos.

—¿Se pueden doblar?

—Creo que sí, no son demasiado gruesos y además están muy oxidados.

—Bien, hermana, encárgate de camuflar algún tipo de palanca en ese conducto, tal vez escondida bajo el agua, y deja que me encargue del resto.

—¿Una palanca?

—Sí, una azada, una pala, algo resistente. ¿Guardas tu ropa de seglar?

—No, pero sé dónde la tienen recogida.

—Pues tráela el día que decidamos marchar.

—Pero ¿cómo sabré el momento de huir?

—No te apures por eso, entretanto haz todo lo posible para ganarte la confianza de cuantas se encargan del turno de lavandería pues necesitaré hacerte llegar un mensaje.

—Eso no será un problema.

—¿Seguro?

—Salvo que enferme, siempre mandan a Angélica, la muda que conociste. Al parecer, es hija de un noble muy poderoso, una buena muchacha con la que me llevo bien.

—¿Te permitiría que la acompañaras todas las noches?

—No creo que ponga inconveniente, estará encantada de que alguien la ayude con la canasta de la ropa.

—¿Alguna superiora controla la entrega de la lavandería?

—No, somos muy pocas y a esa hora solo Angélica está despierta.

—Pues te propongo que desde pasado mañana la acompañes cada noche. Dame dos días a partir de la llegada del abad para que pueda contactar con Joseph, pero dado que este es el único lugar donde podemos citarnos y también nuestra única salida, aquí será donde nos reunamos, ya sea para darte novedades o para huir. No desesperes, porque antes o después aquí estaré con Joseph. ¡Te lo prometo!

—¡Dios te oiga! —exclamó María con los ojos llorosos.

—¿Y esas campanadas que provienen de vuestro lado? —preguntó Ejean con extrañeza.

—Son las que nos marcan los servicios, pero para el resto de oficios nos guiamos por las vuestras.

—Entonces, ¿no tenéis campanario?

—No, esas campanas cuelgan de un simple arco que hay algo más allá de esa puerta —comentó señalando a sus espaldas.

—Te pido que no olvides nada de lo que acabamos de hablar.

—¡Descuida, Ejean! Y tú, recuerda que con toda seguridad el prior quedará con esas dos mujeres esta noche. ¡Síguelo y te conducirá hasta aquí! —recalcó María con inusitado ánimo.

—No dudes de que estaré detrás de él, aunque eso me lleve toda la noche. ¿A qué hora se citan?

—Por lo general, algo después de completas. Ve con cuidado Ejean, te quiero mucho y sin ti no sabría qué hacer —dijo con voz lánguida.

—Descuida, hermana, sé usar bien esta daga. —Se remangó para mostrársela—. Verás como en pocos días podremos estar todos juntos muy lejos de aquí.

Se despidieron con las manos entrelazadas a través de la reja. María lo miró con una sonrisa empapada en lágrimas. Luego se dio la vuelta y tomó el pasadizo de regreso arrastrando penosamente la cesta, sin echar la vista atrás. Ejean esperó hasta que los pasos de María y la tintineante luz de su vela se perdieron en la oscuridad. Respiró profundamente emocionado, cargó la cesta sobre los hombros y ascendió hasta la iglesia. Abandonó el canasto y el candil junto al portal del refectorio, y se refugió a toda prisa en su celda con un sentimiento de felicidad que hacía mucho tiempo no disfrutaba.

Capitulum XXXIII

El subterráneo

Era tanto el sueño atrasado que pocas horas después, ya en misa, y durante los sermones y lecturas, Ejean no pudo evitar dormirse en varias ocasiones, las mismas que Bardou, con discretos codazos, se encargó de avivarlo. Sin embargo, algo más tarde, y cuando le vio ladear la cabeza por cuarta vez decidió apiadarse de él y le permitió dar una larga cabezada.

A primera hora de la tarde Ejean y Bardou se dedicaron a descifrar el mensaje que les habían encargado. Tal y como el monje suponía, ni revestía una especial dificultad ni tampoco contenía ninguna información relevante; pero, para sorpresa de Bardou, el texto ofrecía datos a todas luces falsos, amén de inexcusables faltas gramaticales; errores que, en su opinión, habían sido deliberadamente introducidos por sus superiores a fin de poner a prueba la fidelidad en la transcripción: atenerse al rigor de la cita original, con inclusión de las faltas, o por el contrario, decantarse por su corrección. El monje sabía bien que optar por la segunda posibilidad era tanto como firmar la orden de regreso al monasterio de donde procedía.

Durante aquellas horas que pasaron juntos, Ejean estuvo tentado de anticiparle sus intenciones para después de completas, pero estimó que con toda probabilidad el monje se opondría a que aquella noche fuera tras los pasos del prior, y esa era una decisión ya irrebatible. Asimismo, cuando Bardou le preguntó sobre su hermana, también le mintió. Ejean adujo que la monja que había salido a su encuentro, aunque de nombre María, era otra desconocida. Le dolió ocultarle la verdad, y más al comprobar la tristeza con la que Bardou pareció encajarlo, pero se mantuvo firme en su silencio.

Durante la cena, Ejean estuvo pendiente del prior, de todos y cada uno de sus movimientos. Terminado el refrigerio, Adell, después de soportar con cara de aburrimiento el tiempo añadido que el lector de semana solicitó para completar su lectura, tomó un último sorbo de vino y se levantó de improviso. Inclinó levemente la cabeza y partió con paso rápido. Sorprendido por la celeridad del superior, Ejean se incorporó llevándose la mano al vientre, simulando un retortijón.

Al salir del refectorio vio al prior tomar las escaleras y cómo, una vez en el rellano, torcía a su izquierda hacia las dependencias del abad. Sabedor de que no tenía otra salida, Ejean resolvió apostarse junto a la escalinata y esperarlo. Unió sus manos bajo el hábito y con la cabeza gacha simuló estar rezando, deambulando con pasos cortos de aquí para allá. Poco después oyó un portazo y al punto lo vio aparecer en lo alto de las escaleras con un candil en la mano. Después de mirarlo sin interés, Adell tomó el camino del claustro y, para sorpresa del joven, se encaminó a la portería. Ejean se amparó en la oscuridad del claustro y lo esperó al acecho. «¿De qué demonios

podrán estar hablando el prior y el necio de Girard?», deliberó. Tuvo que aguardar mucho rato hasta verlo asomar por el ala sur. Lo hizo con un andar tan apresurado que, para acortar la distancia, Ejean se vio obligado a atravesar el claustro por el patio. No le perdió de vista hasta verlo entrar en las letrinas abiertas que quedaban junto al muro norte. Allí lo vio tomar asiento en el retrete de madera que tenía reservado junto al del abad. Observó cómo dejaba el candil a un lado y se entretenía jugando con los brillos que desprendía su enorme medallón. «El hijo de mancebía está aliviándose antes de fornicar como un cabrón», pensó.

Estuvo tentado de hacer la mayor de las tonterías. Hubiera deseado plantarse frente a él de improviso, rebanarle el pescuezo, levantar la tabla del retrete y arrojarlo a la fosa séptica para que se ahogara en su propia mierda. Y lo mejor de todo es que difícilmente nadie encontraría su cuerpo. Pero comprendió que eso solo le reportaría un placer pasajero que en nada beneficiaría sus planes. Aguardó pacientemente hasta verlo incorporarse con cara de satisfacción. El prior se desplazó entonces a la iglesia, y desde allí lo vio atravesar la cripta del Pesebre. Ejean aprovechó para tomar una de las velas que iluminaban la imagen de san Gabriel, la apagó y terminó apostándose junto a una columna. Desde ahí pudo ver cómo el prior se internaba en el atrio para entrar finalmente en su estancia.

Ejean se acurrucó en una esquina y, sumergido en la oscuridad, aguardó mucho rato, hasta que le sorprendió el repicar de las completas, que resonaron con la misma fuerza que si las campanas hubieran estado en el interior de su cabeza. Le preocupó que, pese a tañer la hora señalada por su hermana, el prior siguiera sin dar señales de vida. Esperó todavía un tiempo, hasta que, exasperado, se aproximó a la puerta. El silencio era absoluto. La duda le asaltó con tal angustia que se sintió compelido a entrar, aunque eso le supusiera una reprimenda. Especuló con las mil excusas que podía dar para justificar su allanamiento y consideró que lo mejor sería lanzarse a los pies del prior pidiendo histéricamente ser oído en confesión, igual que vio hacer al pobre Dominicus. De salir mal su estrategia, le plantaría la daga en el cuello y lo obligaría a revelar dónde se iniciaba el ramal del subterráneo que conducía a la portezuela de acceso al anexo de las monjas, y por supuesto arrebatarle la llave que la abría; y si eso implicaba matarlo, lo haría con placer. Nada más fácil que ocultar el cuerpo en algún lugar de ese pasadizo secreto.

Ejean abrió la puerta, se lanzó al centro de la habitación y cuando ya estaba hincando la rodilla en el suelo, comprobó con estupor que no había ni rastro de Adell. Abrumado, prendió las tres grandes candelas que iluminaban la sala y la revisó con ímpetu, escudriñando los armarios y rebuscando también bajo un amplio jergón engalanado con un dosel. Se dirigió luego a un pequeño confesionario que quedaba tras la puerta y descorrió las cortinas; pero tampoco lo encontró ahí. El prior había desaparecido. «Es imposible que haya podido salir de aquí», susurró a media voz. Tanteó una vez más el armario y lo desplazó a fin de constatar si ocultaba una salida secreta. También encendió la vela que llevaba en la mano para iluminar el interior del confesionario. Movió la llama de un lado a otro hasta distinguir que el asiento del confesor, un pequeño sitial de madera tallada, formaba parte de una misma pieza que se unía al plafón del respaldo. Al instante advirtió que estaba ligeramente separado de la pared. Tiró de uno de los reposabrazos y comprobó, estupefacto, que el plafón se abría igual que una puerta, descubriendo unas angostas escaleras que descendían casi en vertical. Apagó todas las luminarias de la estancia y se internó en el agujero con la vela y la daga por delante. En no más de seis escalones, se encontró avanzando por un amplio pasadizo. Pronto advirtió la reverberación de unas voces y el resplandor de una luz que provenía de una de las muchas estancias que quedaban a la derecha del pasaje. Ejean apagó la vela y se agachó. Unas voces femeninas parecían conversar distendidamente.

Se deslizó por el pasadizo hasta alcanzar la estancia de donde surgía la luz. Desde ahí, oculto tras un pequeño arco de piedra, pudo divisar a dos mujeres que departían alegremente, mientras el prior, algo más allá, escanciaba en unos vasos algún tipo de licor. Ejean estaba arropado por la oscuridad más absoluta, invisible a los ojos de cualquier mortal, pero aun así se cubrió con la capucha y la cerró sobre su rostro.

La estancia era abovedada, toda ella de piedra, y sus paredes perfilaban vestigios de antiguas ventanas, ahora tapiadas con grandes sillares. Apreció también los restos de otros elementos arquitectónicos: tramos de cimbras y arcos que iban sin ton ni son de aquí para allá. Toda esa improvisada disposición le dio a entender que se encontraba en la primitiva cripta del santuario, sobre la que más tarde levantarían la iglesia. De los muros colgaban cuatro enormes tederos, y en el centro se alzaban una amplia mesa de trabajo, dos sillas y un gran sitial forrado con un paño de color púrpura. En una de las paredes, y franqueado por uno de esos arcos tapiados, vio un armario tallado y, junto a él, un gran baúl con cantoneras metálicas.

El prior mandó sentar a las dos muchachas, y con sendos pañuelos les tapó los ojos. Aprovechó para tocarles los pechos y besarlas en el cuello. Luego se dirigió hacia el armario, abrió ambas puertas y deslizó la balda superior dejando al descubierto un pequeño compartimento secreto del que tomó un manojo de llaves. A Ejean se le agolpó toda la sangre en la cabeza al reconocer que tanto la hechura del armario como ese sistema de ocultación eran muy similares a los empleados en el taller de su padre. El prior encajó dos llaves en el cofre y procedió de forma ritual a su apertura.

—¡Esto sí es una biblioteca y no la mierda de libros que nos hacen leer allí arriba! —exclamó el religioso con una sonrisa libidinosa que fue correspondida por sus dos acompañantes.

Adell dejó el cofre abierto y se acercó a las muchachas. Hizo un amago de retirarles el pañuelo de los ojos, pero pareció cambiar de opinión. Volvió a besarlas en el cuello y, deslizando las manos por sus torsos, terminó por levantarles los hábitos y acariciarles los muslos. Ambas dibujaron una ligera sonrisa con la que pretendían alentar al prior, como si estuvieran retándole a que diera rienda suelta a su imaginación. No tardó mucho en empezar a despojarlas de la ropa, pero a medio hacer, y como si de un juego se tratase, las izó por las axilas y mandó que se desvistieran una a la otra. Las muchachas obedecieron, palpándose a ciegas, entre risitas y provocativos contoneos, hasta que se sentaron de nuevo con tan solo dos gasas de hilo, una que se enrollaba sobre sus senos y la otra que cubría su sexo. Volvió a besarlas, y les retiró los pañuelos de los ojos.

—¡Gisèle! —ordenó el prior mientras manoseaba a Arsendis—. ¡Ve al cofre y toma la obra de Petronio!

La chica eligió el ejemplar y lo utilizó para taparse los pechos; más por frivolidad que por decoro. Gisèle era una muchacha menuda, rubia y extremadamente delgada; tenía las pupilas claras, y aunque bella, su nariz resultaba algo prominente para las reducidas proporciones de su rostro.

—¡Lee a partir de la primera marca! —le ordenó el prior.

—¿La página que tiene doblada la esquina?

—Sí, esa es la que debes leer.

Solo había recitado unas primeras líneas cuando Adell exclamó furioso:

—¡No, ese no es el libro! ¿Qué demonios estás leyendo?

Gisèle cerró la obra y, volviendo sobre la tapa, contestó compungida:

—El *Roman de la rose*. ¿Acaso no es ese el libro que me habéis indicado?

—No, no lo es. Tomad el de Petronio, tal y como he ordenado —dispuso contrariado el clérigo, al tiempo que se sentaba junto a la otra muchacha.

Gisèle corrió descalza sobre el frío pavimento, cimbreando exageradamente sus caderas, como si con ese movimiento pretendiera disculpar su torpeza. Una vez se hizo con el libro indicado, se sentó junto al prior y Arsendis, y se dedicó afanosamente a buscar los fragmentos de los capítulos octavo, vigésimo primero y vigésimo tercero del *Satiricon libri* de Petronio. En cuanto acertó con los puntos de lectura indicados por el religioso, leyó en voz alta:

—«Y jadeante me contó: Hace un momento, por más que recorría toda la ciudad, no podía encontrar el albergue donde me alojaba. En esto se acercó a mí un señor muy decente que se ofreció con toda educación a enseñarme el camino. Después, internándose por oscurísimas y tortuosas callejuelas, me condujo a este lugar. Pero aquí, con su pene en la mano, me propuso dejarme fornicar por él. La puta propietaria del burdel ya había recibido su as por la habitación, ya el tipo me había puesto la mano y ya, si yo no hubiera sido más fuerte que él, habría recibido mi porción».

El prior, mientras escuchaba la suave voz de Gisèle, llevó su mano hasta el cuello de la otra mujer.

—¡Arsendis!, ¡Arsendis!, es evidente que ella lee mucho mejor, pero sin embargo carece de unos ojos tan hermosos como los tuyos —exclamó entre tunos suspiros.

Y mirando extasiado la bóveda, deslizó distraídamente los dedos entre los cabellos de Arsendis y los enredó dibujándole tirabuzones. Arsendis era más alta que su amiga, algo entrada en carnes, y lucía una larga melena oscura. No era muy agraciada, pero sus ojos negro

azabache le procuraban una mirada penetrante y misteriosa. El prior siguió recreándose con su melena hasta que con un gesto la obligó a tomar asiento sobre sus rodillas. Ella obedeció de inmediato, y cuando ya se encontraba sobre el prior, este separó las piernas obligando a Arsendis a abrir sus muslos. El prior aprovechó entonces para separar las nalgas, acariciarle el sexo y penetrar con los dedos su vagina. Gisèle, al oír el leve gemido de su amiga, dejó de leer y se ensimismó con las suaves sacudidas que Arsendis imprimía a su cuerpo.

—¿Quién te ha mandado parar? —reprendió el prior a Gisèle.

Ella, con rostro visiblemente afectado, volvió sobre el libro y leyó con voz precipitada:

—«Por otro lado, la mozuela perseguía a Ascilto con un pincel empapado de satirión, y para colmo apareció un maricón emperifollado con una gausapa verde mirto recogida hasta el ombligo. [...] Ya se frotaba a nosotros esparrancándose de nalgas, ya nos babeaba con sus hediondos besos. Cuartila, por fin, con una varilla de ballena en la mano y con las faldas también levantadas, ordenó interrumpir por un rato nuestro suplicio».

La respiración de Arsendis se tornó rápida, y al poco se transformó en gemidos de placer. El prior agitaba los dedos vehementemente, con una fuerza casi salvaje, mientras la miraba a los ojos deleitándose con aquel rostro convulso de gozo. Su mano se adentró cada vez más en la mujer, hasta que ella pareció quedar paralizada, como si un éxtasis se hubiera apoderado de su ser. La muchacha jadeó y él la besó en los labios con frenesí. Su piel suplicaba placer por todos sus poros; Arsendis ya no parecía sentirse esclava, sino ama de su señor.

Gisèle miró a hurtadillas la escena y siguió leyendo de forma distraída, más atenta a los gemidos que a sus propias palabras. Entretanto, el prior abandonó el sexo de Arsendis para tomar la copa de vino que tenía servida en la mesa. Después de un largo trago, jugueteó con el pelo ensortijado de Gisèle, y con la mirada la animó a seguir leyendo:

—«Cuartila nos incitaba otra vez a beber. El son de los címbalos aumentaba la excitación de la dueña del jolgorio. El maricón se nos presentó. Era un tipo de lo más repugnante, digno comensal de aquella casa. Después de lanzar una especie de gemido y de retorcerse las manos, recitó los siguientes versos:

Venid a mí aquí enseguida,
delicados bujarrones, aquí.
Alargad el paso,
corred deprisa, volad con los pies.
Traed los muslos amables,
las nalgas activas,
las manos lascivas,
¡Oh!, tiernos mancebos,
¡oh!, veteranos amantes,
¡oh!, castrados por la mano del Delio en persona.

»Acabada su recitación, me babeó con el más inmundo de sus besos. Plantose luego en mi cama y, por más que me defendí, logró arrancarme los vestidos y se sentó sobre mi verga, meneándose con mucho jaleo, pero sin conseguir ningún resultado. De su frente chorreaba un torrente de sudor mezclado con la pomada de acacia que se había puesto. Tanto polvo había en su piel arrugada que sus cachetes parecían dos paredes a punto de desplomarse por la lluvia».

El prior abandonó el cabello de Gisèle y de nuevo comenzó a jugar con el sexo aterciopelado de Arsendis. Con la otra mano le tomó la barbilla y, agarrándola con fuerza, se la aproximó a la boca. La besó durante largo rato mientras acariciaba sus pechos y detenía los dedos sobre sus erectos pezones. Eran roces suaves, contrapuestos a la violencia con la que palpaba su sexo. Ella estiraba su cuerpo y luego lo encogía, moviendo los brazos como una mariposa, muy próxima ya al arrobamiento. El prior la agarró entonces de la cintura y la colocó justo sobre su verga. Tras un breve forcejeo, penetró su vagina al tiempo que ella empezaba a emitir unos velados chillidos acompañados de fuertes jadeos. Ambos se besaron, y al poco el prior tomó en brazos a Arsendis y dejándola en pie sobre el suelo, le besó tiernamente el pubis.

—Arrodillaos ante mí —ordenó Adell.

—¿Me vais a dejar así? Con la dulzura de la miel en los labios —objetó Arsendis.

—¿Quién es vuestro señor?

—Vos, y solo vos —reconoció la muchacha.

—Pues eso es lo que te ordeno —dijo con fingida autoridad, mientras permanecía sentado.

Entonces tomó del brazo a Gisèle y la obligó a aproximarse. Cuando la tuvo ante él, escudriñó su cuerpo y luego lo palpó con la yema de los dedos, deteniéndose primero en los pechos, bajando a la cintura, los muslos y finalmente posando la mano en su vulva. Ella se apoyó en el hombro del prior, esforzándose en contener sus leves gemidos, al tiempo que se dedicaba a olisquearlo, tratando de atrapar ese aroma viril que la excitaba más que el propio sexo. En cuanto sus sentidos lograron aprisionar la deseada fragancia, y poseída por una gran excitación, besó de arriba abajo el cuerpo del prior para acabar deteniéndose en su regazo, ante la verga. Gisèle le acarició dulcemente el miembro con una mano, mientras con la otra se frotaba los pezones hasta contraerlos y endurecerlos como piedras preciosas. Incorporándose, los restregó contra el rostro del prior. Este la alzó de nuevo para admirarla, y tomándola firmemente del culo, estrujó sus carnes hasta infligirle un suave dolor. Ella le correspondió con un sumiso gesto. Adell se percató entonces del juego de miradas que se cruzaban entre ellas y del envidioso brillo que destilaban los ojos de Arsendis.

—Tocaos los pechos y el pubis, y jugad con ellos mientras os observo —ordenó al tiempo que daba cuenta de la copa de vino.

Ambas se abrazaron, se besaron, enfrentaron sus pubis y se frotaron con delirio. Parecían danzarinas contorsionistas, entrelazando sus manos y brazos al compás de las llamas de los candiles. El prior las dejó jugar un buen rato hasta que chasqueó sus dedos. Gisèle se apartó de su amiga y abrazó al prior besándolo como una posesa, deslizando la lengua por las comisuras de sus labios. Él pretendió ignorarla, embelesado con los movimientos de Arsendis, admirando la forma en que arqueaba las piernas y se pasaba los dedos por la vagina. Presa de una gran excitación, Adell deslizó sus manos entre las piernas de Gisèle y acarició su sexo hasta retorcerla de placer.

—Soy vuestra, mi amo —susurró ella.

—¿A quién deseáis más que a nadie?

—A mi señor.

—¿Y qué es lo que imploráis?

—Que me inflijáis penitencia —respondió Gisèle.

El prior la tomó por la cintura, la sentó sobre su verga y la penetró suavemente. Ella se agitó y retorció hasta morderse los labios de placer. Él empezó entonces a embestirla, tomándola de las caderas y haciéndola subir y bajar con parsimonia. Ambos se quedaron mirando a Arsendis, que tanto o más excitada que ellos seguía masturbándose observando la escena. Las sacudidas fueron cada vez más enérgicas, hasta que ambos sexos palpitaron en un solo movimiento. Adell comenzó a jadear con furia y Gisèle lo imitó poco después. Ambos exhalaron un cálido vaho que rápidamente se evaporó en el aire, inundando de gritos de placer toda la estancia. Arsendis los secundó con otros alaridos que parecían no tener fin. Los tres trataron de prolongar su éxtasis al son del eco de sus propias voces, que como una incesante corriente de agua se propagaba por el subterráneo.

Ejean temió que alguien pudiera acudir alertado por el griterío y decidió marcharse. Escapó sintiendo cómo ese intenso rumor parecía perseguir sus pasos.

Capitulum XXXIV

Frère Roffh, el místico

Al día siguiente, poco antes de la hora sexta, Ejean se aproximó a la celda de *frère* Roffh igual que un púber acude a los primeros bailes nocturnos de su pueblo: lleno de excitación, ávido de curiosidad, pero también extrañamente temeroso; no en vano, según tenía entendido, era el monje de más ascendencia tras el abad y el prior; todos acudían a consultarle antes de tomar una decisión importante.

Bardou le había hablado tanto y tan bien de ese hombre, mitad místico y mitad filósofo, que estaba persuadido de que tras aquella entrevista surgiría un nuevo Ejean; como si ese religioso, al igual que un milagrero, pudiera otorgar el don del conocimiento y la verdad.

Golpeó suavemente la puerta, pero nadie contestó. «Tal vez ese hombre ha anulado la cita, o peor aún, ni tan siquiera me recuerda. ¿Qué interés podría tener en recibirme?», caviló con desánimo. Volvió a llamar sin apenas fuerza, como si su mano estuviera muerta, paralizada por un temor reverencial; pero tampoco obtuvo respuesta. Tras una larga espera, Ejean se atrevió a levantar la aldabilla y abrió un poco la puerta hasta distinguir la figura de *frère* Roffh sentado ante una gran mesa atestada de cirios extintos, leyendo en un ambiente impregnado por un dulce olor a incienso y rodeado de libros desordenadamente dispuestos sobre el jergón. Pudo constatar, tal y como Bardou le había anticipado, que Roffh era el único hermano a quien el abad le permitía acopiar libros en su celda; algunos, los menos, de su propiedad, y la mayoría tomados del *scriptorium*.

Sin duda era muy mayor, pero la chispa y brillo de sus ojos azules lo imbuían de vitalidad. El viejo no hizo movimiento alguno, incluso parecía contener la respiración. Cuando le vio acariciarse la blanquecina barba, casi azul, Ejean se animó a hablarle:

—Perdonad, *frère* Roffh, he llamado a la puerta, pero no contestabais.

El sabio lo miró sin más movimiento que el de la cabeza, como si el resto del cuerpo estuviera en trance.

—¿Sois Ejean? —pronunció Roffh con la fuerza vocal propia de las lenguas germánicas.

—Sí, hermano, tenía solicitada una cita con vos. ¿Lo recordáis?

—Sois joven, muy joven..., me agradan los jóvenes, son los únicos que no me dan la razón —dijo con la mirada perdida—. Estoy harto de adoctrinar a viejos que solo levantan la cabeza para luego bajarla sumisamente, asintiendo a todas mis disertaciones. Jamás me discuten, y eso es tremendamente aburrido; espero que vos seáis algo más rebelde —expresó Roffh mientras le indicaba que se sentara frente a él.

Ejean sonrió tímidamente mientras abría su estuche de madera que contenía la pluma, el raspador y la tinta. Luego se atrevió a depositar unas cuartillas sobre la mesa.

—Veo que venís muy bien pertrechado. La *penna*, el *rasorium* y la *atramentum*. ¡Solo os falta la *pigmenta* de bellos colores para que podáis hacerme un magnífico retrato! —dijo el místico con una sonrisa.

—Lamento si os incomodo, pero me han hablado maravillas de vuestra palabra y deseo que me aconsejéis.

—¿Palabra? Nadie tiene la posesión de la palabra. Es ella misma la que habla, pues cada una de sus letras se han conjurado para darle el significado adecuado. No soy yo, sino el propio término quien posee la magia de su entendimiento. «Palabra» decidió interpretarse a sí misma como la *fuerza del espíritu*, aquello que emerge de nuestro interior, ese eslabón de la cadena oral o escrita que se reinventa a cada instante para significar la idea que debe encarnar. Existe para sí y por sí, sin necesidad del hombre, pues nosotros no podemos más que corromperla.

Siguiendo los consejos de Bardou, Ejean acabó de desplegar sus bártulos sobre la mesa, dispuesto a tomar cuantas notas pudiera, convencido de que, más tarde, en su celda, esas mismas «palabras» lo llevarían al éxtasis del que tanto había oído hablar entre esos muros.

—¿Y cuál es el motivo de vuestra visita?

—Son muchos los hermanos que me han hecho observar... —Ejean sopesó dos veces las palabras que debía pronunciar— que aun siendo Dios nuestro Señor la personificación del amor y la misericordia, no es precisamente esa la acepción que tenemos de Él, y eso los atormenta.

Roffh parecía no prestar atención, y esa actitud lo incomodó hasta el punto de considerar necesario rehacer la pregunta:

—Al hilo de lo que habéis comentado, opino con toda humildad que el vocablo Dios viene encarnado por la bondad, transmigra el Bien, y sin embargo lo traducimos como un ser vengador...

—Sois inteligente, joven Ejean, muchas han sido las veces que me han planteado esta misma cuestión, pero nunca lo habían hecho con mis propias armas, esto es, con fundamento en el valor intrínseco de la palabra. En efecto, el mensaje oculto del término «Dios» es 'dar', dar sin límites, entregarse hasta la propia muerte. ¿Qué mayor amor puede haber que el que hay tras la palabra Dios?

—Entonces, ¿por qué vivimos en un miedo eterno? —preguntó Ejean con gesto confundido.

—Por la simple razón de que sobre el mundo penden dos espadas, la del espíritu y la de la materia. La del espíritu es sin duda Dios, Él es el eterno 'dar', mientras la espada de la materia es nuestra Santa Iglesia, e «iglesia» es precisamente su antónimo, significa 'recibir', y aunque nuestro pontífice está perpetuamente iluminado por el Espíritu Santo —subrayó con vehemencia—, difícil es que el espíritu sobreviva en un mundo mortal sin una espada que lo proteja.

—Entiendo pues que la religión necesita de las armas, y estas de la religión.

—Así es, y por eso resulta harto difícil someterla a la autoridad temporal; pocos reyes aceptan ser corregidos por la espada del espíritu.

—Pero ¿y si es el poder espiritual el que yerra?

—Entonces deberá ser juzgado por Dios, pero nunca por el hombre; pues esta autoridad, aunque concedida a un hombre y ejercida por un hombre, no es humana sino más bien divina, y estemos o no de acuerdo con tal principio, es del todo necesario para que nuestro mundo no se venga abajo.

El maestro se tomó un respiro que aprovechó para beber un sorbo de agua; tan solo se mojó los labios, libando como lo haría un gorrión.

—Vuestras preguntas revelan inquietud y también curiosidad, y aunque eso es innato en el ser humano, debo indicaros que «conocer es bueno, pero conocer demasiado resulta peligroso; pues quien se pregunta insistentemente sobre la verdad debe asumir el riesgo de encontrar la respuesta».

—No os entiendo, maestro.

—Supongo que alguna vez os habéis preguntado si un *bon òme* puede alcanzar la santidad.

—Así es.

—¿Y bien? ¿Cuál es vuestra respuesta?

—Sincera y humildemente, no lo sé —reconoció Ejean.

—En efecto, es una pregunta sin respuesta, pues solo dependerá de cómo ese *bon òme* interprete y cumpla los mandamientos de su credo. Es pues un concepto meramente subjetivo, como lo es también la salvación de todo infiel que cumpla con los preceptos que le haya dado su dios. ¿Acaso ese hombre no se salvará? Desde el prisma cristiano es muy comprometido todo cuanto os digo, y reclamo vuestra confidencialidad —dijo de forma casi inaudible—, pero es necesario que sepáis que aun siendo muchas y extrañas las religiones que imperan en Oriente, podéis tener por seguro que sus seguidores, siempre que cumplan con el mandato de amar y respetar al prójimo, obtendrán una misma salvación. ¿No se salvará acaso aquel judío que respete la Torá o el Tanaj? ¡Claro que sí! Podéis estar convencido de que su alma alcanzará la vida eterna, pues al igual que vos, habrá sabido vivir a semejanza de su dios misericordioso: «Así pues, no busquéis una sola verdad, porque sus matices son siempre infinitos» —agregó con un extraño brillo en los ojos.

—Entonces, ¿todos los dioses llevan a la salvación? —interrogó Ejean con desconcierto.

—Compruebo que, pese a mis advertencias, no os asusta ni la verdad ni sus posibles respuestas.

—No, no me asustan.

—Nuestro Dios es el único y verdadero, pero debéis recordar que no son los dioses los que salvan, sino que son los hombres quienes deben salvarse. ¿Es el destino individual quien nos ha procurado nacer en tierras que abrazan el cristianismo? No, es evidente que no, porque admitirlo sería lo mismo que condenar a todos aquellos que no han tenido nuestra misma suerte. Y un Dios misericordioso jamás podría permitir que la salvación de un hombre dependiera del azar.

—¿Y los sarracenos? —interrogó Ejean.

—Ningún cristiano entraría en confrontación con el islam…

—Pero estamos en guerra con ellos.

—Es cierto, pero si lo estamos es porque ellos tienen en su poder Tierra Santa, y eso es tanto como retener prisionero al creador de la cristiandad. Esa es nuestra tierra, la que vio nacer y hacer a nuestro Salvador. Para nosotros no es una lucha por la religión sino por conseguir el derecho legítimo de acudir libremente a esos santos lugares. ¿Qué creéis que sucedería si La Meca estuviera en Roma? No, hermano, no os llevéis a equívoco, ellos se mantienen ahí igual que una espina de cactus se recrea en nuestros pies; solo para recordarnos continuamente su afrenta y dolor. No olvidéis que, a fin de cuentas, el único lema del sarraceno es «Muerte al infiel» y que, si por ellos fuera, desapareceríamos de la faz de este mundo.

—Pero ese es también nuestro grito de guerra —objetó Ejean.

—No es cierto —respondió Roffh con enojo—, nuestra tierra se ha impregnado de la fe cristiana gracias a la sangre derramada por nuestros santos y mártires; ellos fueron los que iluminaron a nuestros antepasados con palabras de paz y amor, mas sabed que nunca emplearon la espada para conseguirlo.

—Pero nosotros también acosamos ahora sus fronteras.

—Así es, pero es necesario diferenciar aquella primera evangelización pacífica de nuestros santos, martirizados por doquier a manos de soberanos infieles, de la llevada a cabo después por príncipes y reyes cristianos exclusivamente guiados por el ansia de poder. Os recuerdo que fueron los nuestros los que murieron en un baño de sangre.

—Estuve en Toledo, y allí constaté cómo las tres religiones vivían en perfecta armonía —opuso Ejean, sin saber muy bien hacia dónde transcurriría la conversación.

—Eso es posible, precisamente, porque Toledo es una ciudad cristiana, aunque, como os he dicho, ninguna religión está a salvo de ser manipulada por sus gobernantes, y mucho me temo que esta armonía de la que habláis no será eterna —apuntó con tono grave, como si se reservara una información confidencial—. La paz está en manos de los reyes, y por esa razón es justo reconocer que el hombre poderoso y bueno es doblemente bueno.

—Decís bien, maestro, porque el exceso de poder ha degenerado en abuso...

—No os falta razón —interrumpió el maestro—, pues son muchos los nobles, y también las abadías, que siguen esquilmando con sus tributos a los campesinos, sin ceder a sus penas y ruegos, ni aun cuando las cosechas han sido ruinosas...

—Doy fe de ello —afirmó Ejean con indignación.

—Pero tal vez lo que no sabéis es que el día que un noble o abad exima de tributos a esos aldeanos, la calamidad de las cosechas se repetiría año tras año, y esa se convertiría en su perpetua justificación. Ahora bien, convengo con vos que cuando los pobres lloran, los poderosos deberían ahorcarse —agregó Roffh con una sonrisa cómplice.

—Si, como decís, cualquier religión puede ofrecer la salvación eterna, entonces ¿por qué la Iglesia promueve el Santo Oficio? ¿No sería más cristiano que cada uno pudiera reconocer a su propio dios como su conciencia le dé a entender?

—Sois sagaz, pero también ingenuo, estimado hermano. Os contestaré con otra pregunta: ¿acaso el último camello de la caravana va más lento que el primero?

—No, ambos irán al mismo paso —resolvió el joven tras una breve reflexión—, pero... perdonad, maestro, porque de nuevo no os entiendo.

—¡Orden! ¡Una caravana, al igual que una masa de fieles, requiere orden! Sin la vigilancia de la Iglesia caeríamos en la utopía de un dios individual que cada cual fabricaría a su medida, tal y como ha sucedido con los *bons òmes*. Así pues, la Iglesia, como todas las iglesias, debe velar por su integridad. Imaginaos por un momento que alguien pudiera demostrar que después de la muerte terrenal no existiera la salvación eterna. ¿Qué creéis que sucedería? Esta tierra sería un caos, los hombres aprovecharían su existencia para darse al placer, al saqueo, al robo, al asesinato..., la humanidad se haría ingobernable, y todo quedaría reducido a la ley del más fuerte —expresó el maestro con ira—. Tal vez los *bons òmes* pudieran tener sus razones de peso, y puedo coincidir con ellos en denunciar la suntuosidad y boato de nuestra Iglesia, pero no por ello pueden aprobarse sus doctrinas. Si admitiéramos que sus *perfectos* puedan ser mujeres y, por tanto, capacitadas para administrar los sacramentos, terminaríamos nuestros días confesándoles a ellas nuestros pecados..., y les faltaría tiempo para acudir a la plaza y cotillear, señalando con el dedo a aquel o aquella que ha fornicado fuera del matrimonio. ¡Y a fe mía que entonces media humanidad estaría perdida! —Roffh sonrió con malicia.

—Creo que ahora os he entendido y ruego perdonéis mi ignorancia —se disculpó Ejean—, pero debo confesar que algunas de vuestras reflexiones me resultan extrañas.

—A buen seguro que, si mis pensamientos estuvieran escritos, mi único destino sería la hoguera; pero qué más da, a mi edad sería una buena forma de morir.

—¿No os importaría morir?

—El corazón sosegado tiene el tiempo de su lado, algo muy a considerar, ya que el tiempo es un difícil aliado: con él se aprende y con él se muere. ¿Cuál es vuestro deseo en esta vida?

—Conocer a Dios —mintió Ejean.

El viejo maestro no se inmutó, y muy probablemente tampoco le creyó.

—¿Y con qué soñáis?

—Con conocer a Dios —repitió Ejean.

—Me refiero a si alguna vez habéis tenido algún sueño que querríais realizar —insistió retándolo con la mirada a que fuera franco.

—Bueno, he soñado muchas cosas, pero probablemente, de no haber tomado los hábitos, mi máxima ilusión hubiera sido forjar las espadas más bellas de esta parte del mundo.

—¡Vaya! —exclamó Roffh—. Así que sois el príncipe de espadas. ¿Y qué o quién os lo impide, joven guerrero? ¿Acaso os falta encontrar al hombre que deba probar vuestro acero?

A Ejean se le hizo un nudo en la garganta, persuadido de que la sabiduría de aquel monje pasaba por leer la mente, y en su caso, también el corazón. El anciano, tras mirar por la ventana, y para sorpresa del joven, sentenció:

—«Paciencia, fuerza y memoria son las armas de los inocentes». —Y a continuación añadió—: «Pues debéis recordar que el tiempo se rebela contra el impaciente».

Ejean se ruborizó, convencido de que alguien lo había delatado, y pretendió disimular su nerviosismo garabateando sobre la cuartilla unas letras sin sentido. El maestro, tras reconocer el turbado semblante de Ejean, le dedicó una nueva máxima:

—«Cuando no debáis actuar, pensad y reflexionad, pero no actuéis».

El anciano Roffh se giró despacio y exhibió una sonrisa con la que procuró tranquilizar al joven.

—Veo que tomáis buena nota de cuantas citas enuncio.

—¿Os molesta, maestro?

—No, en absoluto.

—Os lo agradezco, es la primera vez que tengo la oportunidad de hablar con un sabio como vos y deseo guardar testimonio de ello —dijo Ejean al tiempo que trataba de convencerse de que las palabras de Roffh solo eran fruto de la casualidad, o tal vez de su propia suspicacia.

—Hablar, hablar. ¡Vaya pérdida de tiempo! «Sabiduría es escuchar para luego dialogar con los debidos silencios, y tras lo que diga el silencio, está la filosofía.»

Roffh se dirigió a los estantes, y mientras pasaba el dedo índice por el lomo de sus obras, oyó a Ejean preguntarle con admiración:

—¿Habéis llegado a leer todos esos tomos?

—Esos solo son mis favoritos. Ellos contienen la magia de la palabra a la que antes me he referido, pero… permitid que os indique que, junto a vuestra natural rebeldía, he llegado a vislumbrar una gran pena en vuestros ojos. Parecéis afligido.

—Sí, algo ronda en mi corazón que me causa angustia y desdicha —reconoció Ejean.

—¿Tal vez deseáis que hablemos de la tristeza, o mejor de la felicidad? —propuso Roffh, sin parecer interesado por los motivos.

—Nada me gustaría más que seguir escuchándoos.

El viejo tomó un grueso volumen e indicó a Ejean con la mirada que se preparara para tomar notas.

—Cada uno de mis libros va acompañado de una cuartilla donde gloso los conceptos que más reflexión me han merecido —explicó Roffh con orgullo—. Si os parece, os puedo leer alguna de estas acotaciones personales sobre la felicidad. ¿Deseáis que os hable de ella?

—Os lo agradecería —asintió Ejean tomando la pluma.

—Tal vez ahora no entendáis en su plenitud todo lo que diga, pero probablemente, cuando mañana o pasado mañana releáis mis palabras, consigáis comprender el concepto de la misma, y tal vez, incluso, os ayuden a sentiros mejor. —Y leyó una de sus anotaciones—: «Renunciar al concepto de ideal es el primer paso para alcanzarla».

Roffh dio la vuelta a la cuartilla, y tras una breve lectura, añadió:

—«La felicidad material es poco crítica, por lo que debéis llegar a ella a través del espíritu». También os puede ser útil esta otra que dice: «Mirad a vuestro alrededor, escoged todo cuanto más os guste, y luego pensad cuál no tiene precio, cuál realmente necesitáis y si es de verdad importante. Así pues, la disciplina de no poseer es la clave de la felicidad».

Ejean copiaba intentando seguir el endiablado ritmo que lo obligaba a secarse el sudor de los dedos con las mangas del hábito. Afortunadamente Roffh se entretuvo en devolver el libro a la biblioteca y tomar otros dos volúmenes:

—«Ama tus actos y rechaza tus anhelos, pues si bien un deseo otorga la felicidad y dos la amplían, el tercero os devolverá de nuevo al lugar de partida» —leyó el monje—. Una forma de decir que la ambición y el ansia son nuestros grandes enemigos, pues solo ellas nos impiden reconocer y gozar del momento presente.

—Me temo que no soy capaz de entender debidamente esas máximas —reconoció Ejean.

—Todo requiere reflexión y tiempo. ¡Tomad nota! —ordenó con afabilidad—. «La felicidad está, por naturaleza, directamente opuesta a vos», y también es conveniente que sepáis que «la felicidad no es estática, sino sujeta a continuos cambios, y la sabiduría radica en saber adaptarse a ellos».

Roffh besó ambos tomos, igual que haría un padre con sus hijos al acostarlos, y se sentó meditabundo.

—«La felicidad es tan subjetiva que siempre dependerá de vos» —añadió recitando de memoria, mientras se acariciaba la barba—. ¿Cuántas frases habéis anotado?

—Siete —contó Ejean tras echar un rápido vistazo a sus escritos.

—Pues esas serán para vos las siete reglas con las que comprender la felicidad. ¿Querréis intentarlo?

—Así lo haré, *frère* Roffh. Tal y como me habían anunciado, sois realmente un ilustrado —reconoció Ejean abrumado.

—Poca inteligencia hay en el cerebro y mucha en la edad —replicó el anciano—; mas tened presente que lo maravilloso de esas palabras es el secreto que contienen, y para alcanzar a entender su pleno significado necesitaréis estudio y cavilación. No es una empresa fácil, pero cuando lo consigáis, veréis maravillado cómo vuestra mente se ilumina igual que si hubierais acogido la inspiración divina.

—Pero ¿por qué estas palabras que nos son de tanta ayuda siempre acaban siendo olvidadas?

—No os falta razón. —Se sonrió el monje—. Poseen un misterioso narcótico que hace que las olvidemos pronto; son pues una pócima de breve efecto. Pero no desesperéis, releedlas una y otra vez, hasta que queden grabadas en vuestra memoria y, sobre todo, practicad en ellas. Solo así sanará vuestra alma.

En aquel instante sonaron unas campanadas arrítmicas, diferentes a todas las que acompañaban la rutina de la abadía. Ejean miró con extrañeza a Roffh, y este se limitó a expresar contrariedad en su rostro.

—Parece ser que el abad ha llegado —dijo con voz serena—. Así pues, querido Ejean, hemos de concluir nuestra entrevista; bien sabéis que no debemos hacer esperar a nuestros superiores.

—Por supuesto.

—Cuando gustéis podéis pedir otra cita al decano de turno, y entonces comprobaremos cuáles han sido vuestros avances —agregó con amabilidad.

—Desearía haceros una última pregunta —exclamó Ejean con arrojo y precipitación.

—¿De qué se trata?

—¿Quién era el hermano Jäger? —preguntó a bocajarro.

El maestro se incorporó mostrándose impasible; el único monje a quien Ejean no veía torcer el gesto al oír pronunciar ese nombre.

—Supongo que lo que me estáis preguntando es sobre su forma de pensar.

—Sí, supongo que sí.

—Era un gran hombre, poseedor de una inteligencia poco común, y con el cual tuve oportunidad de departir larga y profundamente.

—¿Y qué atesoraba su mente? —insistió Ejean al ver que Roffh evitaba responder la cuestión.

—En cuanto a lo que pensaba, lamentablemente, y ruego no os lo toméis como un insulto, entiendo que todavía no estáis preparado, y será mejor que lo sigáis ignorando; aunque añadiré que Dios sabe que estaba en lo cierto.

Ejean recogió sus bártulos sin apercibirse del goterón de tinta que se deslizaba por su muñeca. Cuando sujetó el picaporte y se giró para agradecer a Roffh el tiempo dispensado, y el viejo aprovechó para darle unos últimos consejos:

—No insistáis sobre la felicidad a quien no os pida conocer sobre ella, porque muchos os dirán que tienen una inteligencia pequeña. Y yo os digo que, precisamente por ser pequeña, les es suficiente para apreciarla. Por lo tanto, no pretendáis complicarles la existencia. ¡Y por último! —exclamó Roffh—, debéis saber que la felicidad es temerosa, así pues, poned los medios para alcanzarla, pero no le digáis que vais tras ella.

Cruzaron una amplia sonrisa, y Ejean, tras una ligera reverencia, cerró la puerta y se precipitó por el pasillo intentando memorizar esos últimos consejos a fin de anotarlos nada más llegar a su celda.

Capitulum XXXV

El abad

Ejean abandonó de cualquier manera los bártulos de escritura sobre la mesa y entró impetuosamente en la celda de Bardou a la vez que dejaban de sonar las campanas.

—¡Han llegado el abad y mi hermano!, debo acudir a verlo de inmediato —exclamó Ejean con el rostro manifestando felicidad.

—¿Qué estás diciendo? ¡Ni se te ocurra! —contradijo Bardou.

—¿Por qué no?

—¿Pretendes que se lance a tus brazos delante de todos y desvele tu identidad?

—Tienes razón —reconoció Ejean avergonzado por su arranque de insensatez—. ¿Entonces?

—Seré yo quien vaya a su encuentro, le diré que estás entre nosotros y ya buscaremos el momento adecuado para que os podáis encontrar clandestinamente. ¿De acuerdo?

—Conforme, pero te ruego que no le comentes nada de lo sucedido a mis padres.

—Queda tranquilo, acudamos ahora a recibir al abad y déjame hacer.

Para cuando llegaron al claustro, la casi totalidad de los religiosos estaban ya arremolinados en el patio central esperando a la comitiva. A iniciativa de Bardou, se situaron en la última fila con el fin de que Joseph no pudiera reconocer a su hermano. Ejean, sorprendido de tener ante sí a tantos monjes, incluidos los adscritos a tareas concretas con los que nunca antes había coincidido, aprovechó la algarabía para susurrarle una pregunta a su compañero:

—¿A cuántos hermanos acoge la abadía?

—Éramos veintisiete, al igual que capiteles hay en el claustro. Eso si te incluimos a ti —dijo Bardou disimulando una sonrisa—. Aunque desgraciadamente ya no podemos contar con los malogrados Jäger, Bartolomei y Sadourny.

—¿Y oblatos?

—He contado hasta cinco, pero como siempre almuerzan tras la celosía del refectorio, no estoy seguro de su número.

—Más mi hermano y aquellos otros oblatos que se hayan unido al séquito del abad —apuntó Ejean.

—No creo que lo haya acompañado más de uno.

—¿Por qué razón?

—Son muy jóvenes, y ya se sabe que dos enredan mucho; acabarían por encender la ira del abad.

—No lo habrán castrado ni pretenderán hacerlo…

—¿Qué edad tiene?

—Dieciséis, tal vez ya diecisiete.

—Entonces no te preocupes por eso. Esas intervenciones tienen lugar entre los ocho y los diez años para mantenerles la voz aguda, y como habrás podido comprobar, en esta abadía se concede poco valor a la música y a los coros —añadió enarcando una ceja y sonriendo despreocupadamente—. No creo pues que ninguno de estos oblatos sean *castrati.*

—En Milán me comentaron que los sumergen en una tina de leche caliente con especias, y ya sedados, los colocan cabeza abajo sobre una tabla para evitar hemorragias, pero… aun así, muchos mueren desangrados…

—¡Déjate de sandeces y quédate tranquilo! Ya verás como tu hermano estará tan entero como un toro.

Entonces oyeron unos gritos acompañados de unas órdenes de mando, y el trote de unos caballos que se alejaban.

—¿Qué sucede? —preguntó Ejean.

—Será la escolta del abad, que regresa a su acantonamiento.

—¿No van a entrar? —dijo con desasosiego.

—Afortunadamente, tienen vetado el acceso.

Después de que el gigantón Girard desenganchara los caballos del carruaje, hizo su aparición el abad por la callejuela que comunicaba el portón con el claustro, y tras él, un séquito compuesto por tres religiosos y un oblato, cargados hasta las cejas con equipajes. El abad era bajo y seco, con la piel blanca y tersa, impropia de su avanzada edad, y sus escasos cabellos conservaban un color rubio todavía muy intenso. Evitó mirar al frente, ignorando a cuantos monjes salían a su encuentro.

—¡Mi hermano va tras él! —murmuró Ejean con gran alegría.

Bardou se limitó a sujetar por el hombro a su amigo y lo estrujó discretamente contra sí, ofreciéndole una inusual expresión de afecto. Ambos presenciaron cómo Adell salía al encuentro de su superior y lo saludaba con extremada pompa y teatralidad. Luego el prior se dirigió hacia el soportal de la iglesia agitando los brazos, instando a los monjes mediante esos toscos modales a que abrieran paso al abad.

Por alguna extraña circunstancia no se celebró misa, ni tampoco el superior pronunció el habitual sermón. El oficio se redujo a unos pocos cánticos y oraciones de agradecimiento a Dios por haber sabido guiar favorablemente los pasos del abad. Antes de dar por concluido el acto, y siguiendo la costumbre, los monjes mantuvieron un largo silencio para dar tiempo a que el abad y sus acompañantes se arrodillaran frente al altar y pidieran perdón al Señor por las faltas y pecados que hubieran podido cometer durante el trayecto; pero ninguno de los recién llegados se dispuso a hacerlo.

Al salir del templo, Bardou se separó de Ejean con la intención de seguir de cerca los pasos de Joseph para tratar de abordarlo en algún tramo poco concurrido. Tal vez se ofreciese a ayudarlo con el equipaje; cualquier excusa podía valerle para iniciar una conversación.

Cuando el prior procedió a entregar simbólicamente al abad el manojo de llaves del monasterio, se produjo una escena que pasó inadvertida para la mayoría, pero no para Ejean. Sucedió mientras Adell se encontraba conversando con su superior, en el mismo centro del patio, junto a la fuente. El prior gesticulaba de forma grandilocuente, cuando de pronto, en sus frecuentes y pedantes balanceos de cabeza, llegó a observar con el rabillo del ojo que un monje atravesaba el claustro llevando un saco ensartado en un palo.

—¿Qué estáis haciendo? —interrogó Adell de mal humor, mientras con la mirada pedía disculpas al abad por la interrupción.

—Mi señor, lo he encontrado junto al muro del campanario sur —contestó el benedictino hincando la rodilla en tierra.

—Será de las monjas —acertó a decir el prior.

—No lo creo, pues ellas tienen vetado el acceso a esa zona —rebatió educadamente el monje.

—¿Y por qué lo portáis como si fuera un estandarte?

—Porque al tomarlo con las manos he comprobado que está atestado de pulgas, mi señor —dijo levantándose el hábito y mostrando las rojas picaduras que tenía desde el tobillo a los muslos.

—¡Pues dejadlo ahí y quemadlo! —gritó el prior golpeando con brusquedad el palo y provocando que el saco, al caer, rozara una de sus sandalias.

—Lo siento, mi señor.

—¡Maldito imbécil! —susurró Adell—, traed las brasas de la cocina y quemadlo de una vez.

—¿Quién es este? —preguntó el abad con desprecio.

—Es Folcant, uno de los ayudantes de cocina. Un tarado…

—Espero que no trate con nada de lo nuestro —interrumpió el superior.

—Descuidad, mi señor, sus labores se reducen a los fogones.

—¡Vámonos! —ordenó el abad tomando del brazo al prior—. Traigo conmigo unos documentos que es necesario preservar en lugar seguro.

Juntos se dirigieron hacia la estancia abacial, mientras Ejean se quedó observando cómo el pobre Folcant acarreaba a toda prisa un cuenco de cobre con brasas, las esparcía sobre el saco, arrojaba dos manojos de paja y atizaba las ascuas hasta conseguir prenderlo. Bardou lo sorprendió por la espalda.

—Ya he hablado con tu hermano. ¡Un buen mozo! ¡Un chico fuerte e inteligente! —exclamó.

—¡Dios bendito! ¿Qué te ha dicho?

—No ha sido fácil explicarle la situación y menos que se fiara de mí; tampoco sé si ha llegado a creerme. ¡Incluso me ha solicitado una prueba!

—¿Cuál?

—Que si realmente te conocía, necesariamente debería saber el nombre de cada uno de sus hermanos.

—¿Y has acertado?

—Por supuesto —respondió Bardou ofendido de que pusieran en duda su retentiva.

—¿Sabe él que nuestra hermana está tras esos muros? —dijo Ejean señalando más allá del claustro.

—Sí, y también ha precisado que no la ha vuelto a ver desde que llegaron a la abadía.

—¿Cómo podré citarme con él?

—Hemos acordado que os encontraréis cada noche en el claustro después de la cena, bajo el soportal de la iglesia; yo estaré ahí para cubriros las espaldas. Pero debe quedar claro que no os dirigiréis la palabra durante el resto del día; cualquier recado os lo daréis siempre a través de mí. ¿Entendido?

—Así se hará, te lo agradezco infinitamente.

—No obstante, para esta noche no cuentes conmigo. Durante la cena deberé atender el servicio de cocina.

—¿De cocina? Pero si no hay tal turno, siempre son los mismos.

—Digamos que sustituiré a uno de los hermanos.

—¿Con qué fin?

—Para servir la cena al abad y al prior. Es habitual que coman juntos y máxime cuando uno de ellos ha estado ausente.

—¿Cómo has conseguido ese servicio?

—Eso no es de tu incumbencia —contestó Bardou con aire reservado.

—¿Y para qué quieres estar allí?

—Seguro que hablarán de muchas cosas.

—¿Y si te descubren?

—No te apures.

—¿Qué te traes entre manos? ¿Eres realmente un monje?

—Tal vez te lo diga antes de que os marchéis —respondió con una enigmática expresión.

Llegada la cena, la mesa del refectorio fue ocupada siguiendo un escrupuloso orden según la importancia y la edad de los monjes; pero tal y como había anticipado Bardou, los asientos del abad y del prior quedaron vacíos. Tan confidencial era lo que debían contarse que ordenaron que la pitanza de aquella noche se les sirviera lejos de las miradas y los oídos del resto de los frailes. Bardou ya había tomado posición junto a un cortinaje tras el cual se encontraban reunidos los dos superiores. Sentado en una vetusta silla, ocupando el lugar del maestresala, esperaba a que mandaran llamarle para hacer llegar las órdenes a la cocina. Hierático, Bardou miraba al frente con la vista puesta en el infinito, pendiente de la conversación que mantenían a sus espaldas.

—¿Qué novedades tenéis? —oyó preguntar al abad.

—No gran cosa, salvo que Jäger ha muerto —respondió el prior.

—Por fin una buena noticia.

—También Bartolomei y Sadourny —agregó Adell.

—¡Vaya, eso sí es una sorpresa! Aunque a decir verdad, tampoco es tan extraño que ambos hayan fallecido al mismo tiempo. Supongo que los ha matado la peste —comentó el abad con una pérfida sonrisa.

—Eso es lo que he comunicado de forma oficial.

—¿Y la realidad?

—Podríamos decir que se extralimitaron en sus penitencias, tal como según parece ya habéis podido intuir.

—¿Alguna otra novedad?

—Ninguna relevante. ¿Y vos?

—Un viaje sin contratiempos, pero tan agotador como siempre —dijo señalándose los pies.

El prior llamó al maestresala. Bardou se incorporó presto y se limitó a responder tras la cortina:

—¿Qué deseáis, mi señor?

—El abad está muy cansado, así que mandad traer el vino, con doble ración de especias.

—Ahora mismo lo pido, mi señor.

Bardou se precipitó hacia la cocina al límite de la amplitud de zancada permitida y regresó de inmediato a fin de no perder el hilo de la conversación.

—¿Visteis a todos nuestros hermanos, tal y como estaba previsto? —oyó preguntar al prior.

—En efecto, y también a los que nos esperaban en el monasterio de Sant Pere de Rodes.

—Entonces, ¿pudisteis realizar todos los encargos? —preguntó Adell con sonsonete.

—Todos, incluido el asunto de Navarra —contestó escuetamente el abad, callando en cuanto vio entrar a uno de los encargados de cocina con la jarra en la mano.

—¿Y qué sabemos del Carnicero de Cesena? —preguntó el prior con picardía cuando volvieron a quedarse solos.

—No hay ninguna novedad, así que tendremos que seguir esperando.

Bardou sabía perfectamente que con el apodo del Carnicero de Cesena se estaban refiriendo de forma harto irreverente a su propio pontífice, el papa Clemente VII, quien hacía apenas un año, poco antes de ser nombrado papa, y por tanto todavía en su condición de legado papal, había dirigido las tropas que asolaron la ciudad de Cesena, donde mataron a unos cuatro mil civiles. Como era de esperar, aquella intervención militar contra inocentes había lastimado, y mucho, la imagen del papa; no había justificación moral que la amparase. Pero con o sin justificación, Bardou tenía muy claro que el papa de Aviñón seguía siendo el amo y señor de todos los allí congregados y también de la abadía, y solo a él le debían obediencia. No obstante, esa manera tan insultante de referirse a él no hizo más que incrementar la desconfianza que ya le inspiraban el abad y el prior.

—¿Y qué sucede más allá de estos muros? —preguntó Adell con curiosidad.

—No son noticias muy gratas, todo está muy complicado y esa maldita epidemia está haciendo estragos de nuevo.

—¿Está localizada?

—¿Localizada? —repitió con sorna el abad—. Tal vez no sea tan virulenta como las de antaño, pero está igualmente presente en todos los territorios, y ni el mismo mar es capaz de frenarla. Hasta las islas británicas están infectadas.

—¿También allí?

—Me informaron de que, en el norte, cerca de Bergen, embarrancó un barco fantasma procedente de esas islas. Encontraron intacto el cargamento de lana, pero la tripulación había sucumbido.

—¿Todos?

—Incluido el capitán, que al parecer falleció escribiendo el diario de a bordo.

—¿Y en la corte papal?

—En Aviñón se acumulan los cadáveres en las calles; hay quien dice que mueren unas cuatrocientas personas al día y que unas siete mil casas han quedado deshabitadas. Aunque, sinceramente, uno ya no sabe lo que es o no verdad…

—Pero ¿el papa sigue bien? —se interesó Adell.

—Lo está gracias a las drásticas medidas que siguen adoptando sus médicos.

—Pobre hombre —dijo el prior con una falsa expresión de dolor—, prisionero en palacio, sin recibir visitas y sentado en un trono adosado a dos grandes fuegos tanto durante el día como en la noche. ¡Imaginad cómo ha pasado el verano! —se mofó Adell—. Pero, en fin, si eso es lo que le recomiendan sus galenos para no apestarse, pues que siga con las chimeneas prendidas.

—Ninguna ciudad está a salvo de esta plaga —reconoció el abad con sorprendente resignación y tras dar un largo trago—. París ha visto morir a la mitad de su población. Por su parte, Florencia, Venecia, Génova, Roma, Nápoles, Barcelona y Sevilla han perdido de uno a dos tercios de sus gentes. Tan solo Milán, seguramente por obra del diablo, parece seguir dispensada del exterminio.

—¿El diablo? No me asustéis —balbució Adell.

—El diablo y Milán sin duda están hechos uno para el otro, pero en este caso el responsable último es el arzobispo Giovanni Visconti, que para evitar el contagio no ha tenido reparo en tapiar las tres primeras casas en las que apareció la peste, con sus ocupantes dentro.

—¿Y los monasterios?

—Unos y otros extreman las precauciones, sabedores de que en cuanto la epidemia hace su aparición termina con la vida de todos, igual que ha sucedido en Carcasona, Marsella y Montpellier. ¡Y por Dios que esa maldita enfermedad no distingue entre jerarquías, órdenes, edades, castas u oficios!

—¿Y nadie sabe todavía la razón?

—Unos hablan de la conjunción de astros, aunque más recientemente hay quienes la achacan a la lucha titánica que tiene lugar entre planetas y océanos, y a resultas de la cual se ha evaporado tal cantidad de agua que ha terminado por matar a miles de peces. ¡Así pues es el olor putrefacto de esos bichos el que ha corrompido el aire!, pero… ¡bah!, en realidad nadie sabe nada. ¡Podéis hacer traer la colación! —voceó el abad.

Bardou se levantó como un resorte y se dirigió de nuevo a la cocina, apremiando al encargado para que llenara el puchero con la sopa. Después de que el ranchero sirviese los platos en la mesa, el prior retomó la conversación:

—¿Y nadie da con la cura?

—¡Qué va! Los médicos siguen tratando de sacar el veneno del cuerpo con sangrías, purgando con lavativas, abriendo o cauterizando los bubones, recetando pócimas, o mandando lavarse la boca y nariz con vinagre y agua de rosas, pero nadie sabe cómo atajarla. Si algún facultativo lo descubriera, le pagarían su peso en oro, y a buen seguro lo tendríamos al servicio del papa. Además, ¿quién va a investigar la forma de contagio si ya casi no quedan médicos? ¿Sabíais que han fallecido veinte de los veinticuatro médicos de Venecia?

—¿Y el vulgo? —preguntó el prior mientras sorbía la sopa—. Son muchos los que comentan que la plebe acrecienta su amoralidad día a día.

—Así es, su comportamiento es cada vez más licencioso —dijo el abad con aire severo—. Recuerdo que cuando la primera epidemia, esos desgraciados venían a nosotros preguntándose por la razón del castigo divino. En aquel entonces el mundo entero se sentía culpable, y todos confesaban haber pecado de codicia, avaricia, usura, blasfemia, lujuria o de cualquier otra cosa, pero ahora son ya tantos los años que dura esa maldita plaga que ya ni se inmutan, o peor aún, desconfían de nosotros. Aquellos que sobreviven a la epidemia
se preguntan sobre la razón de tanto sufrimiento. Les falta tiempo para cuestionarse si todo es debido a la caprichosa voluntad de nuestro Señor, o si simplemente Dios nada tiene que ver con todo esto. Y a fe mía que una vez consiguen responderse a la primera pregunta, ya nada ni nadie los detiene. *¡Carpe diem quam minimum credula postero!* Ya me entendéis... —concluyó el abad con aire grave y trascendente.

—¿Y qué podemos hacer?

—Nada podrá evitar que nuestro rebaño se aleje cada vez más de las doctrinas cristianas. La situación ha llegado a tal extremo que para evitar el contagio ya ni se ayudan entre ellos: el padre abandona al hijo, la mujer al marido, los hermanos dejan de verse, ya nadie entierra los cadáveres ni por amistad ni por dinero, los notarios se niegan a escuchar las últimas voluntades de los agonizantes y ni siquiera los sacerdotes oyen en confesión.

—Pero ¿ya ni la caridad existe? ¡Dios sea loado! —exclamó Adell con estupefacción.

—Y todo eso no hace más que alentar a que monarcas y nobles acechen los reinos vecinos, esperando ver cómo los ejércitos enemigos quedan diezmados para abalanzarse sobre ellos. Ahora las alianzas son tan provisionales que resulta imposible evaluar las informaciones con seguridad, y eso afecta de forma especial a esta abadía —subrayó—. Todo está cambiando y es fácil vislumbrar el nacimiento de una nueva era que ni Dios sabe cómo finalizará. Esa ha sido la conclusión unánime de todos cuantos nos reunimos en Sant Pere de Rodes.

—¡Mandad traer la comida! —vociferó el prior.

Bardou partió diligentemente hacia las cocinas suplicando una vez más que lo atendieran con premura. El sollastre le entregó un perol brillante como si fuera plata recién pulida.

—Ese es el puchero con la guarnición, las mismas legumbres que comen nuestros hermanos —puntualizó el cocinero—, aunque en este caso seleccionadas una a una por los delicados dedos de las monjas. ¡Sostenedlo mientras preparo el plato principal!

Bardou sostuvo el perol y esperó a que el guisandero dispusiera en otra bandeja los cuartos traseros de un ave, probablemente una gallina, que ocultó bajo una tapadera del mismo metal.

—¡Eso sí que no lo cataréis hasta que seáis un abad, o bien un simple cocinero como yo! —rio el hombrecillo tapándose la boca con la mano—. ¡La mejor carne de corral regada con el mejor vino y las más finas hierbas!

Bardou forzó al sollastre, mediante suaves empujones, a dirigirse con paso ligero a la estancia de los superiores. El cocinero desplazó la cortina con el codo y sirvió la carne repitiendo ensayados gestos de subordinación. Bardou quedó apostado junto a las cortinas, fuera de la escena, sosteniendo el puchero de las legumbres. Tras servir la guarnición y recibir los halagos del abad, el cocinero abandonó apresuradamente la estancia con rostro de felicidad. Bardou intentó hilvanar las frases que pudiera haberse perdido.

—¿Y los nobles? —planteó con inquietud Adell.

—Ni aun reduciendo las rentas y diezmos consiguen retener a los pocos campesinos que han sobrevivido a la epidemia. Ya son muchos los caballeros que han abandonado sus casas y heredades; ahora sucede —dijo el abad con ironía— que son los menesterosos los que viven en las haciendas desocupadas: duermen cómodamente en lujosas camas, comen en fina loza y se apoderan de las tierras que nadie reclama. Es un mundo al revés.

—¡Dios santo! Algo sabía, pero no imaginé que la situación fuera tan comprometida… ¿Tal vez sea cierto que se aproxima el fin del mundo?

—Esa es otra cuestión que hemos debatido ampliamente en Sant Pere de Rodes.

—¿Con qué resultado?

—Quedad tranquilo, estimado Adell. —Sonrió el abad con la boca llena de comida—. Tal vez el mismísimo diablo se apropie de la religión, pero nuestra Iglesia, aunque odiada, saldrá más reforzada que nunca.

—Dudo mucho que sin la fe de nuestros fieles podamos mantener estos privilegios —refutó el prior.

—Perderemos almas, pero ganaremos tierras —arbitró el abad.

—No os entiendo…

—Dejemos que las gentes se abracen alegremente a la vida, ya que antes o después, cuando vislumbren el final de su existencia, decidirán volver la vista hacia nosotros ansiando la salvación eterna. Será entonces cuando busquen el perdón de sus pecados, y en ese momento, ¿qué mejor que sugerir la admisión de limosnas, donaciones y herencias en pago de su penitencia? —se regodeó el abad.

—¡Eso es obrar con inteligencia! —exclamó el prior.

—Bien, estimado Adell, me retiro a descansar, estoy ciertamente cansado —resolvió al poco el abad.

—Yo también me retiraré, no me encuentro muy bien.

—Ya he visto que tenéis mal aspecto, aunque, sinceramente, lo he achacado a vuestros excesos. —Sonrió el abad con malicia—. ¿Qué os pasa?

—Mis excesos no matan —opuso el prior visiblemente molesto por el comentario.

—No habréis enfermado… Mejor será que acudáis al sanitario para que os reconozca.

—Tal vez lo haga, siento dolor de cabeza y unos escalofríos que van y vienen, pero no creo que sea nada grave.

—Por cierto, ¿habéis tenido ocasión de conocer a Hervé? —curioseó el abad mientras se levantaba.

—Así es —respondió escuetamente el prior, ya en pie y con gesto cansado.

Al percibir el trajín de sillas, Bardou marchó raudo hacia las cocinas con intención de pasar inadvertido y también para conseguir algo que llevarse a la boca. En cuanto el abad apareció tras las colgaduras, los monjes dejaron de comer e irguieron sus espaldas igual que si los hubieran empalado. Se alzaron al unísono y procedieron a abandonar ordenadamente el refectorio tras los pasos de sus superiores.

Ejean fue de los primeros en unirse a la comitiva, apartando discretamente a cuantos monjes se le cruzaron, impaciente por encontrarse con su hermano. Ya en el claustro, necesitó contener los pasos con la misma fuerza que intentaba controlar los pálpitos de su corazón. La noche era tan cerrada que pudo apostarse en una esquina, dejando que la oscuridad lo abrazase, dando tiempo a que sus pupilas se adaptaran al entorno. Cuando distinguió la silueta de un monje sentado junto al último de los capiteles del tramo norte, se aproximó dubitativo hasta quedar frente a él.

—¿Joseph? —interrogó con prevención.

—¡Ejean! —contestó su hermano.

—Quédate donde estás. Nadie debe ver cómo conversamos —ordenó Ejean tratando de contener su emoción.

—Lo sé.

—¿Cómo es que has llegado antes que yo?

—No he cenado.

—¿Por qué? ¿Te encuentras mal?

—¡Descuida!, simplemente no tenía apetito y me moría de ganas de verte; y lo más importante, no podía arriesgarme a que me ordenaran quedarme para limpiar mesas y bancos.

—¿Cómo estás? ¿Te han cuidado bien? —preguntó el hermano mayor.

—Cansado del viaje, pero no puedo quejarme —respondió Joseph con una resignación que llegó a conmover a Ejean.

—Nadie lo sabe, pero... conseguí hablar con María —apuntó Ejean con satisfacción.

—¿Cómo está?

—Nos añora mucho, pero se encuentra bien.

—Desde que nos trajeron aquí no la he vuelto a ver.

—Eso me dijo.

—¿Y los nuestros? —preguntó Joseph con tono angustiado.

—Conocí a Jaccobus —indicó Ejean con artificiosa concisión.

—¡Es un diablillo! —exclamó Joseph—. ¿Y nuestros padres?

—No te preocupes por ellos —dijo Ejean dispuesto a no pasar por el mismo mal trago que le había tocado vivir con su hermana, y menos en el claustro—. Supongo que imaginarás que si estoy aquí es para sacaros de esta abadía, y afortunadamente no estamos solos…, hay gente que nos quiere ayudar.

—¿Te refieres al que nos ha citado?

—Sí, a Bardou. Creo que ese monje actúa de buena fe, pero no podemos fiarnos de nadie, ¿de acuerdo? Nada de lo que hablemos tú y yo debe trascender.

—Lo tendré muy presente, pero ¿cómo has conseguido entrar?

—Me estoy haciendo pasar por un monje que probablemente ya haya muerto, pero ya te lo explicaré. Lo importante es que estamos juntos y que creo haber encontrado la forma de salir de aquí.

—¿Por dónde?

—Hay un pasadizo que comunica el atrio con los aposentos de las monjas y desde allí es posible acceder a una canalización de agua que lleva hasta el huerto —expresó bajando la voz hasta casi hacerla inaudible—. Además, cuento con esto —afirmó Ejean mientras tomaba una mano de Joseph para hacerle palpar la daga que tenía oculta en el muslo.

—¿Un arma?

—Sí, y también contamos con Hug.

—¿Sabarthès? —preguntó Joseph con monumental sorpresa.

—Sí, está en el pueblo de Codalet, esperándonos.

—¿Hug, aquí? ¡Qué alegría! ¡Desearía verte el rostro y darte un abrazo! —exclamó Joseph con natural espontaneidad.

—Yo también, pero ahora regresemos a las celdas —ordenó Ejean con pena—. Recuerda, estaremos pendientes el uno del otro, y si no hay novedades, nos veremos aquí cada noche. Si por alguna razón crees que no vas a poder venir y te resulta imposible contactar con Bardou, deja una piedra en el mismo lugar en el que estás sentado. Yo haré lo mismo. Al menos, si no nos vemos, sabremos que ninguno de los dos tiene problemas.

Ejean apoyó una mano sobre el hombro de Joseph y se despidió con el corazón en un puño.

Capitulum XXXVI

El legado del diablo

Bardou entró en la celda de Ejean con las primeras luces del amanecer. Lo encontró tan profundamente dormido que tuvo que sacudirle el hombro.

—¿Qué sucede? —preguntó el joven alarmado.

—Acaban de informarme de que el prior y un monje han quedado ingresados en el hospital. Todavía no sé la razón, pero parece

algo grave.

—¿Cómo lo sabes?

—Te diré el pecado, pero no el pecador, aunque puedes estar seguro de que la fuente de información es de absoluta confianza —exclamó el monje con cierta presunción.

—Y tu enigmático confidente ¿solo te ha comentado eso?

—Sí, simplemente eso. ¿Te parece poco? Pero hay un detalle que todavía me inquieta más. El prior ha quedado ingresado en la misma habitación del hospitalario, cerrado a cal y canto. Solo pueden acceder el abad y el propio facultativo.

—¿Quién es el otro enfermo?

—Un tal Folcant.

—¿Folcant?

—Sí. ¿Lo has llegado a conocer?

—Tan solo sé que es uno de los hermanos que trabajan en las cocinas, aunque a decir verdad..., ayer presencié una curiosa escena entre Folcant y el prior.

Ejean le contó a Bardou el episodio del saco infestado de pulgas que Adell le ordenó quemar.

—¿Y ese saco?

—Nadie conocía su procedencia.

—Pues tengo algo más que decirte —añadió Bardou—. La abadía ha amanecido infestada de ratas muertas, las han encontrado en la *cella*, en la cocina del refectorio e incluso en el interior de la iglesia.

—¡Santo Dios! —exclamó Ejean—. ¿Sabes lo que esto significa?

—No querrás insinuar…

—Mucho me temo que ahora sí será cierto que la peste está entre nosotros —afirmó Ejean con pavor.

—¿De verdad lo crees? ¿Tal vez el hospitalario ha errado con los síntomas?

—Es difícil equivocarse, y además, ¿por qué encerrar al prior?

—Suponiendo que efectivamente sea la peste, imagino que para evitar el contagio y que no cunda el pánico.

—Pero ¿por qué no han incomunicado también a Folcant? —se preguntó Ejean.

Bardou se sentó en la esquina del jergón y esperó a que Ejean se aseara.

—Muy probablemente estés en lo cierto —reconoció el monje—. Atino a pensar que el abad tiene sobrados motivos para aislar al prior, y no me refiero solo para evitar el pánico o el contagio, sino también para impedir que entre fiebres y delirios pueda revelar información que…

Bardou se tocó el mentón, negó con la cabeza varias veces, e incorporándose, hizo ademán de despedirse; pero Ejean lo retuvo sujetándole de la manga.

—Yo también debo decirte algo más —dijo con tono confidencial—. Recibí cierta información que me indujo a seguir al prior anoche.

—¡Al prior! —increpó Bardou con nerviosismo.

—Lo seguí hasta su aposento, y una vez dentro se desvaneció como el humo.

—¿Qué estás diciendo?

—Ya sé que arriesgué demasiado, pero la cuestión es que cuando me decidí a entrar en su estancia, allí no había nadie. Revolví todos los muebles hasta que descubrí que el confesionario esconde la entrada de un pasaje secreto. Me interné en él y presencié algo que difícilmente serías capaz de imaginar.

—¿Qué? —preguntó Bardou inquieto.

—El prior estaba celebrando una orgía con dos de las monjas…

—¡Dios nuestro Señor! —interrumpió incrédulo—. ¿Con quién? ¿Qué tipo de orgía?

—Yo, a diferencia de ti, digo el pecador pero no el pecado —afirmó Ejean con una sonrisa—. Aunque ya te puedes imaginar que lo que presencié fueron escenas de lujuria convenientemente aderezadas con lecturas poco cristianas.

—Ya nada me extraña de ese Adell —comentó Bardou con pesar—. ¿Hubo algún tipo de ritual satánico?

—No, pero lo que observé me lleva a deducir algo mucho más importante.

—¿Cuál es tu deducción?

—Tuve ocasión de ver dónde oculta una pequeña colección de obras prohibidas, y mucho me temo que el documento que costó la vida de Jäger pueda estar en su poder, escondido en un arcón bajo llave.

—¿Cómo es posible? ¿Estás seguro?

—Prácticamente seguro, y si lo deseas, en breve podemos salir de dudas.

—¿Pretendes volver allí?

—Es de suponer que ya no existe ningún peligro, pues si Adell está en el hospital, ¿quién puede impedirnos la entrada en su estancia?

—Reconozco que no te falta razón. Tal vez ese legajo pueda revelarme de una vez por todas lo que está pasando en la abadía. ¿Me acompañarás? —preguntó el monje con voz suplicante.

Ambos hicieron sus particulares cábalas, hasta que Ejean, harto del secretismo que siempre presidían las palabras del religioso, se decidió a poner las cosas en claro:

—Desearía conocer el motivo de tu presencia aquí. ¿Cuál es tu labor? ¿Por qué te prestaste a ayudarme?

—Confieso que tu habilidad me ha sorprendido —se limitó a contestar Bardou, con expresión evidente de que nada más iba a añadir—. Así pues, ¿esta noche?

—Después de completas —acordó Ejean.

El internamiento del prior y de Folcant, al igual que la plaga de ratas muertas en la abadía, corrieron de boca en boca a lo largo de toda la mañana. Varios monjes intentaron entrevistarse con el abad, pero este no solo denegó las peticiones, sino que, harto de que fueran tras él, se recluyó en su aposento sin siquiera asomar la cabeza por el refectorio a la hora de las colaciones. Los benedictinos recibieron la recomendación de aislarse en sus celdas a la espera de nuevas órdenes, pero el terco mutismo de su superior no hizo más que acrecentar la avidez de noticias, y lo que es peor, que los bulos se propagasen con la misma velocidad que volaban los cuervos y los grajos. La confusión los alentó a deambular de aquí para allá, sin atender tareas concretas y vigilándose unos a otros con recelo, manteniendo la distancia y tratando de avistar en el prójimo algún síntoma que revelara la enfermedad.

Entrada ya la tarde, el abad encargó a Ponç que organizara una batida para recoger los despojos de las ratas muertas o agonizantes, y quemarlas fuera del recinto, frente al portón de la entrada, para deleite del gigantón Girard. Ese fue el único mandato del superior en toda la jornada.

Después de la cena, y según lo convenido, Ejean se reunió con su hermano Joseph. En esa segunda ocasión, Bardou también acudió al claustro para cubrirles las espaldas. La conversación, amparada en la más densa niebla, fue breve; el tiempo justo para que Ejean le confirmara que el plan seguía en marcha a pesar de la epidemia. Mientras se despedían, Ejean le insistió que extremase las precauciones: que se aseara a menudo, que no bebiera ni comiera en vasos y platos ajenos, y que mantuviera cierta distancia al hablar con sus compañeros.

Cuando sonó la llamada a completas, Bardou ya se encontraba en la cripta fingiendo orar ante la capilla de la Trinidad, a la espera de que Ejean apareciera para guiarlo hasta el aposento del prior. El joven llegó haciendo gala de un caminar lento y templado, con el que pretendió transmitirle una seguridad que el monje no compartió. Al cruzarse las miradas, Ejean le indicó con un leve gesto que lo siguiera hasta el atrio y que esperara oculto en una esquina. Él se dirigió a la estancia del prior y quedó apostado junto a la puerta para cerciorarse de que no hubiera nadie en su interior. Tras auscultar unos instantes, procedió a abrir la puerta con sigilo, y ya con un pie dentro, movió enérgicamente el candil indicando a Bardou que se acercara.

El monje entró con el rostro demudado, que pasó a ser de estupor en cuanto Ejean, abriendo el confesionario y deslizando el plafón de madera, dejó a la vista el hueco abierto en la pared y las escaleras que parecían descender al mismísimo infierno.

Bardou se sintió perdido en la inmensidad del túnel. Ejean, por el contrario, se lanzó hacia la sala donde había presenciado la escena lúbrica y prendió dos de las cuatro teas. El monje quiso escudriñar el recinto por su cuenta, pero Ejean lo tomó de la manga y lo arrastró hasta el armario, procediendo a abrir sus puertas de par en par. Con gran delicadeza, agarró la balda superior y la desplazó hasta dejar descubierto el hueco de donde sacó un manojo de llaves.

—¿Cómo sabes todo este procedimiento?

—Vi cómo lo hacía, pero además... Te parecerá extraño, pero tanto el armario como este dispositivo secreto me resultan muy familiares.

—¿Qué quieres decir con eso?

—Que mi padre fabricaba muebles muy parejos a este.

Bardou se quedó admirado de la habilidad con la que Ejean tentaba las llaves en la cerradura del arcón y conseguía finalmente embocar las dos adecuadas. Les dio la vuelta simultáneamente y se oyeron dos chasquidos. Al levantar la tapa apareció ante ellos una pila de libros perfectamente alineados, con sus lomos hacia arriba. El monje tomó tres de ellos al azar.

—¡Santo Dios, todos esos libros están perseguidos!

—¿Y cuál pudiera ser el de Jäger?

—Me temo que no es ninguno de estos —opinó el monje mientras sacaba otros volúmenes del arcón musitando el nombre de las obras y sus autores.

—Entonces, ¿no está aquí el que buscamos?

—Para estar seguro debería revisarlos uno por uno.

—¡Pues adelante!

—No es tan fácil, cabe la posibilidad que una cubierta no se corresponda con el contenido, o que la obra haya sido destripada en cuartillas, por lo que deberíamos buscar hojas sueltas escondidas entre las páginas de cualquiera de estos volúmenes.

—¿Y esto? —preguntó Ejean mientras indicaba un pequeño cajón claveteado al arca que, escondido bajo los cuatro últimos libros, les había pasado inadvertido.

Bardou abrió el compartimiento y encontró un manuscrito muy desgastado que llevaba dibujado con tinta una gran cruz invertida en el centro de la cubierta.

—¿Es este? —inquirió Ejean con voz estremecida.

—Creo que sí —respondió Bardou con la misma tribulación.

El monje depositó el manuscrito sobre el escritorio y aproximó el candil bajo la atenta mirada de Ejean. Bardou pasó con aprensión los dedos sobre la cubierta, como si el simple tacto pudiera despertar al mismísimo diablo; le temblaron las carnes con solo imaginarlo. En un acto casi heroico, decidió abrirlo, al tiempo que Ejean se apretaba junto a él en la banqueta. Tras la lectura de las primeras cuartillas repararon que, aunque las frases alcanzaban a tener un sentido por sí mismas, parecían inconexas y sin trascendencia alguna.

—Tal vez se trate de una de esas lenguas ocultas de las que me has hablado, pues no sé qué interés pueda tener un texto tan anodino —atinó a establecer Ejean al comprobar que su compañero mantenía un tenso silencio.

—Pienso lo mismo —reconoció el monje mientras volvía sobre la primera cuartilla del libro—. No veo razón para que el pobre viejo se trastornara por frases tan inocuas como: «El bien y el mal son conceptos divinos; lo bueno y lo malo dependen del mercader».

—¿Nos falta la clave? —preguntó Ejean con cierta ingenuidad.

—Es posible, pero a simple vista no percibo que se trate de un código que deba ser descifrado, y reconozco que en nada se parece a los textos con los que acostumbro a trabajar. No es una esteganografía, no hay criptogramas, tampoco desplazamiento del alfabeto ni acróstico que hilvanar —afirmó Bardou mientras trataba mentalmente de agrupar iniciales y sílabas.

—¿Y si las palabras debieran ser leídas en vertical, diagonal o simplemente al revés? Igual que el *Ut queant laxis* que me enseñaste.

—Es lo que estoy intentando establecer, pero tampoco así alcanzan a tener sentido.

—Pero tal vez, tal vez…

—Di lo que sea, pero dilo.

—¿Recuerdas las palabras escritas en la mazmorra de Jäger, trazadas en la pared con hollín y sangre? —sugirió Ejean.

—Sí, lo recuerdo bien: «El diablo es lo opuesto. Solo él habla con el número 999».

—¡Así es! Si resulta de todos conocido que el nombre de la Bestia queda oculto tras la cifra 666, ¿por qué extraña razón Jäger lo identifica con el 999? ¿Cabría establecer pues que el manuscrito debe leerse al revés, desde el final al principio?

—¡Dios sea loado, Ejean!, es posible que tengas razón. Ruego inicies su lectura al tiempo que trato de determinar su orden —solicitó Bardou tomando la pluma y las cuartillas que se encontraban sobre la mesa.

Ejean empezó a leer, de atrás hacia delante, sin saber muy bien lo que decía, mientras su compañero se prestaba a tomar notas como un poseído. Pronto el monje comenzó a negar con leves movimientos de cabeza.

—No, no es eso, las palabras siguen sin tener sentido.

Ambos se quedaron mirando el texto hasta que Bardou abrió de par en par los ojos y, elevando la vista al techo, creyó encontrar la explicación.

—999 y 666 —musitó—. Creo que tienes razón en afirmar que el documento debe leerse del final al principio, pero, además, solo deben ser nombradas una de cada seis palabras. ¡Inténtalo de nuevo siguiendo ese intervalo!

A Ejean le costó asimilar la clave y aplicarla con soltura. Se apretó las sienes y con un gesto de máxima concentración empezó a leer:

—«Mi nombre es Isued y fui un fiel creyente hasta que Él apareció».

—¡Eso sí tiene sentido! —exclamó el monje.

—Me resulta raro el nombre de Isued; tal vez tampoco sea esta la clave —dudó Ejean.

—No tiene nada de extraño; más bien parece una declaración de principios. *Inversus Deus* —pronunció con misterio el monje.

—¿Cómo?

—La I se refiere a *Inversus* y «sued» es ni más ni menos que Deus al revés.

—¿Se está refiriendo a Satán?

—Sigue leyendo, creo que estamos en el buen camino —ordenó el monje con un nudo en la garganta.

Ejean asió firmemente el manuscrito, se aproximó aún más el candil y fue desgranando a tropezones:

—«Emergió bajo la forma de un inmenso cabrón erguido sobre sus dos patas traseras, mostrando su poderoso falo, con la cabeza coronada por retorcidos cuernos y los ojos bañados en sangre. Surgió de la nada, nacido del humo, entre truenos y estrépitos, al tiempo que un extraño hedor de azufre inundaba la estancia. La visión fue tan repentina como aterradora, pero al poco sentí que una extraña paz inundaba mi mente. Olvidé el miedo y Su fuerza se apoderó de mí. Me mantuvo durante seis días y seis noches en vigilia, sin comer ni beber, obligándome sin descanso a escribir este relato de 666 líneas. He aquí las palabras que solo entendí cuando, terminada la obra, el diablo me dio la clave del conocimiento».

A ambos se les heló el corazón al comprobar la exactitud con la que las frases conformaban párrafos completos, y en especial por el significado que ahora adquirían.

—Eso es muy superior a todo cuanto podíamos conjeturar —reconoció Bardou al tiempo que se santiguaba.

Ejean estaba tan consternado que ni siquiera le contestó antes de retomar la tortuosa lectura:

—«¿Quién soy yo?, te preguntarás. Soy el otro lado del tiempo. Soy la sombra de aquel a quien adoras, pues debieras saber que cuanto más alto se yergue el Bien, más alargada es mi efigie. Todo es bueno y malo, blanco y negro, macho y hembra, belleza y fealdad, y yo soy ese opuesto en todo momento. Para que haya paz se necesita guerra, porque ¿quién podría discernir la maldad dentro del Mal, ni distinguir la bondad solo entre el Bien? Cuando más creáis en Él, más profesaréis en mí. Le necesito con la misma intensidad que Él me necesita, pues así son los dos lados opuestos. Mi realidad es la suya, como no hay luz sin sombra. Vosotros, tristes mortales, nos necesitáis para poder creer que algún día seréis eternos. ¡Qué evidente resulta y que pocos comprenden la simpleza del planteamiento!».

Ejean se tomó un respiro y miró de soslayo a su compañero, que no dejaba de transcribir el texto a pesar de su evidente conmoción.

—No te preocupes por mí. Sigue, te lo ruego —pidió Bardou con un hilo de voz.

—«Cuanto más fuerte sea Él, más lo seré yo, y cuando mayor sea su debilidad, más vulnerable me mostraré. Él, en su ingenuidad, creó este mundo sin pensar jamás que existiría el otro lado del tiempo, y que ese sería precisamente mi reino. Él me engendró sin apenas saberlo, pues en su bondad infinita no atinó a crear el Mal, y tampoco la forma de combatirlo. Yo vengo a ocupar ese espacio que vuestra necia mente necesita, y es por eso que bendigo vuestra obsesión para discernir entre el Bien y el Mal. ¿Y para qué? Tan solo para que yo pueda habitar entre vosotros, pues solo vosotros me habéis creado. Soy el resultado de ese desmedido afán por justificar la perversidad del hombre».

—¡Es el propio demonio el que nos habla! —exclamó Ejean con voz trémula.

Bardou terminó su escritura y miró a su compañero con una mueca extraña que Ejean no supo traducir. La mano del monje temblaba con fuerza y su semblante estaba marcado por la angustia. Ejean reemprendió la lectura señalando con el dedo una de cada seis palabras:

—«Aun así, debo reconocer que mi fuerza también es finita, pues cuando el Bien desaparezca, también yo desapareceré. Mas debo advertir que necesariamente estaré algún instante más entre vosotros, ya que la sombra del Mal siempre es más alargada que la luz del Bien. Por eso lo necesito tan intensamente».

Ejean tragó saliva al volver la página, y al punto exclamó:

—¡Parece que siguen unos poemas!

Pero Bardou tampoco respondió esta vez y se limitó a mover la mano ordenando que no se detuviera.

La luna excita el deseo,
es reflejo de vuestras dudas,
en ella converge el elemento oscuro que hay en vosotros.
¿Acaso sabéis discernir entre amor, pasión o posesión?
¿Entre libertad, sueños o deseos?
Solo vuestra necedad os ha convencido
de que detrás de la muerte hay vida,
y la única realidad es que todo
se conjura mágicamente al otro lado de la luna.
Insistís en hablarme del día,
y yo solo pretendo hablaros de la noche.
Ese momento en que los monstruos
gritan vuestros nombres.

—«Deseo que pregonéis estas palabras, mas como entre los vuestros se han levantado muchos falsos profetas, convengo, a fin de que nadie dude de cuanto digo, en dictaros de forma clara y concisa aquello que os deparará vuestra historia mortal. Siendo la información la fuente de todo conocimiento y poder, aquel que llegare a comprender estas 666 líneas a buen seguro se hará merecedor de mí, y le será permitido avanzarse al futuro, ya que el pasado a casi nadie parece importar. Serán los príncipes de la Iglesia, los herederos de Él en este mundo, los que os mostrarán con sus actos mi verdad. Serán pues mis rivales los que hablarán por mi boca y os confirmarán con sus hechos cuánto es mi poder.»

Ejean iba pasando las páginas de atrás hacia delante, vigilando que Bardou siguiera el ritmo entrecortado de su lectura.

—«Sabed que cuando Él muera yo seguiré empañando vuestras almas. Y para ello no dudaré en buscar la sombra y alianza de otro dios, el de aquel cuyo profeta, aunque más joven que el vuestro, gozará de muchos discípulos. Sembraré en ellos la envidia, la cólera y la ira, y ninguna virtud. Ellos profanarán de nuevo Occidente, cuando en esas tierras tibias ya no reine su bondad, ni tampoco la maldad de quien os habla. Conseguiré que los hombres se conviertan en mortales sin religión, hijos de la vanidad. Llegará un día que esos necios creerán que el hombre es el mismo Dios, un ser bueno incapaz de albergar maldad en su alma: esa será su debilidad y perdición. Esos mismos necios pensarán que, al no encontrarme ni reconocerme entre vosotros, ya no existo. Entonces abrirán las puertas a ese otro dios y serán sus fanáticos acólitos quienes os convencerán de que nada debéis temer. Mas no son las divinidades las que os deben hacer temblar las carnes, sino aquellos mortales que digan hablar por ellas. Cuando queráis daros cuenta, os degollarán por las calles al grito de que su dios es el más grande, y para entonces quien os habla estará ya a la sombra de ese otro dios.»

Ejean abandonó la lectura y dirigió la mirada a Bardou intentando buscar una respuesta.

—¿Qué es lo que sigue? —preguntó el monje al tiempo que echaba un vistazo al documento.

—Son textos más breves, escritos con diferentes caligrafías.

Bardou le instó a que terminara:

—«Y así os hago saber: cuando reine el príncipe de mi rival, aquel que fuera chambelán y tesorero, que se hará llamar Honorio III, se iniciarán de nuevo las luchas por Tierra Santa, y a quien se ponga de su lado le embargará el fracaso».

—¿Has dicho Honorio III? —lo interrumpió Bardou.

—Sí, eso es lo que pone.

—¿Estás seguro de que ese es el primer nombre que aparece en el texto?

—Sí. ¿Por qué lo preguntas?

—Tal vez pueda ser un indicador de la fecha en la que fue realizado este maldito libelo.

—¿Y cuál sería tu hipótesis?

—Partiendo de la base de que estamos ante una supuesta profecía, cabría entender que, si es Honorio III el primer papa aludido y se ignoran sus antecesores, fuera escrito inmediatamente antes de que este subiera al solio pontificio.

—¿Y eso qué significa?

—De ser así, esta obra podría tener un siglo y medio de antigüedad. Pero ¡sigue, por Dios, sigue! —exclamó el monje con frenesí.

—«Le sucederá quien diga llamarse Gregorio IX. Su ansia por conquistar de nuevo Tierra Santa le enfrentará con el emperador del Sacro Imperio. Se cruzarán excomuniones, tantas que le llevarán a abandonar Roma como un perro con el rabo entre las piernas. Nada saldrá de este príncipe, salvo la creación de la cien veces maldita institución nacida para quemarme en cientos de nauseabundas hogueras que apestarán a cerdo escaldado. Trabajarán incansablemente durante siglos, y removerán cielo y tierra para encontrarme, pero nunca me hallarán. ¡Desdichados los condenados como herejes relapsos!»

—¿Se está refiriendo a la Inquisición? —preguntó Ejean.

—Así es, ese fue el papa que la instituyó, pero… ¡por Dios, no te detengas ahora!

—«Entre cardenales encerrados bajo llave será elegido el efímero Celestino IV, y luego quien dará en llamarse Inocencio IV, que, perdiendo la contienda con el emperador, se refugiará lejos de Roma, en la ciudad de Lyon, no sin antes convencer a otro monarca para ver cumplido su deseo de acosar de nuevo Tierra Santa; y las huestes se reirán de su graciosa majestad, que caerá apresada ante las hordas de los que llamáis infieles. Mandaré pedir mucho oro por su rescate, y haré que sea empleado en armas, mercenarios, concubinas y rameras. A su muerte será…»

—No puedo seguir leyendo —objetó Ejean cariacontecido.

—¿Qué sucede?

—Está emborronado, la tinta está corrida, probablemente se mojó con agua.

—¿Es mucho el trozo ilegible? —preguntó el monje contrariado.

—No, solo afecta a unas ocho líneas.

—¿Eres capaz de reconocer el número de palabras borradas para seguir contándolas de seis en seis?

—Sí, creo que puedo hacerlo.

—Pues sáltate ese fragmento y prosigamos —ordenó el monje con ansiedad.

—«... su empeño de seguir la guerra contra el infiel; pues es justo que reconozcáis que siempre he conseguido que Jerusalén os torture el alma. ¡Cuánta riqueza he obligado a derrochar en armas con tal de que los vuestros pasen hambre y calamidad! Y del cónclave saldrá un nuevo príncipe que ni tan siquiera habrá abrazado el sacerdocio. Su nombre será Gregorio X, quien verá morir al hombre más atribulado por mi existencia, aquel que digo se llamará Tomás de Aquino.»

—De admitir la teoría de que este documento se escribió hace más de un siglo y medio, y de convenir que todas esas profecías se han cumplido, cabe deducir que realmente estamos ante la palabra del Maligno —interrumpió Ejean con una expresión de turbación.

—Ya he dicho que es solo una hipótesis, tal vez se trate de una mera falsificación —respondió Bardou volviendo a indicar con señas que continuara la lectura.

—«Como príncipe blanco arribará un dominico de nombre Inocencio V, quien será envenenado por los míos, pues rápido advertí que su sabiduría le haría buen paladín y gran rival. Lo sucederá en su trono el breve Adriano V, que no superará el periodo de cuarentena ni tampoco habrá cumplido los votos sacerdotales. Aquel que dará en llamarse Juan XXI, médico venido de Hispania, morirá al verse aplastado por la techumbre de su palacio pontificio...»

—El texto vuelve a ser ilegible —exclamó Ejean contrariado.

—Creo que deberíamos marcharnos —susurró Bardou al oír el repicar de unas campanas que no supo identificar.

—¿Ahora? ¿Cómo dices eso?

—Llevamos ya mucho rato y alguien podría sorprendernos.

—¿Quién va a venir a por nosotros? El prior está internado y el abad encerrado en su estancia.

—Lo sé, pero ¿y esos repiques?

—No temas, son los toques de las monjas —dijo Ejean al reconocer el mismo sonido agudo que oyó al realizar el turno de lavandería.

—¿Y si cuentan con algún cómplice?

—Lo dudo, pero si así fuera, ya me encargaré de él —afirmó Ejean exhibiendo la daga.

—Está bien —dijo Bardou sorprendido de que su compañero portara el puñal bajo el ropaje—. Sigue contando las palabras de seis en seis, y reinicia la lectura en cuanto te sea posible.

—«... tendrá a bien llamarse Celestino V, será un hombre demasiado bueno para prestarse a los juegos e intrigas, pues es necesario advertiros que muy pocos de tales príncipes ostentarán el cargo por la fe, sino por el ansia de poder de un puñado de familias. Ellos acuñarán una nueva moneda que se llamará simonía. Ese ingenuo osará llamar hereje a vuestro mismo pontífice solo para saciar su ansia de poder. Le sobrevendrá Benedicto XI, en breve envenenado, y si me preguntáis quién debería ser amonestado, os diré que preguntéis al mismo gran rey que persiguió a Bonifacio VIII.»

Bardou se incorporó de golpe, doliéndose de la mano derecha.

—Solo será un momento, pero necesito descansar el brazo, lo tengo agarrotado.

—¿Un calambre?

—Sí.

Ejean permitió que el silencio le hiciera sentir los pálpitos de su corazón. Bardou aprovechó el inciso para dar unos pocos pasos, frotándose con fuerza la muñeca y los dedos. Ejean comprobó, que pese al intenso frío que hacía en la estancia, su compañero estaba sudando profusamente.

—Ya puedes continuar —dijo el monje mientras tomaba asiento de nuevo.

—«Clemente V hará y deshará a voluntad de un monarca rechazado por aquellos que reconozco como mis mejores rivales, los hombres del Temple: su valentía y piedad condicionarán mi estrategia. Haré soñar al monarca con grandes empresas y lo asaetearé con pesadillas de enemigos imaginarios, hasta que viendo vacías sus arcas acuda a ellos y su deuda no pueda pagar. Odio y codicia serán suficientes para que un rey endiosado decrete la supresión de tal orden y los condene al suplicio de las llamas. Mas vengaré a quienes su valor he admirado, y sus verdugos también serán condenados. Llegado un tiempo convulso, el pontífice se trasladará a Aviñón, donde cuidaré que desfilen amantes y concubinas.»

—¡Santo cielo! ¿Es eso lo que sucedió? —preguntó Ejean—. ¿La orden del Temple fue aniquilada solo por dinero?

—Así fue —reconoció Bardou con tristeza.

—¿Y quién sino el demonio podía vaticinar que el papa se instalaría en Aviñón? —insistió mientras hacía un gesto de temor que Bardou interpretó como renuencia a seguir leyendo.

—Ya te he dicho que hasta que no lleguemos al tiempo presente bien pudiera tratarse de una falsedad elaborada hace unos pocos años. ¡Ruego sigas leyendo!

—«… Benedicto XII, perseguidor de aquellos herejes que se darán en llamar puros, hombres y mujeres tan justos como ingenuos, que se levantarán contra una Iglesia vestida con paños de oro y plata. ¡Cuán fácil es fecundar la semilla de la herejía! Serán millares los que alumbrarán la noche con sus cuerpos flameados. Tras él llegará Clemente VI, maestro del nepotismo y la simonía, que verá cómo la peste negra diezma la población, mientras él, resguardado entre dos fuegos, sobrevivirá al terror.»

—No pares ahora —azuzó Bardou intentando evitar que Ejean pudiera acuciarlo con más preguntas.

—«He aquí, para mi satisfacción, que Urbano VI será falsamente aclamado por la turba de las Siete Colinas. Será entonces que la Iglesia se tornará bicéfala, y por tanto serán dos los que lleven la tiara. Ese será el legado de quien ha fecundado el infierno. Así pues, y en ciudad diferente, se levantará otra cruz apostólica de nombre Clemente VII, y al que le seguirá el hijo de la luna, el hispano Benedicto XIII, y aquel otro que asentado en Barcino dirá llamarse Clemente VIII. Mas, para mi tristeza, el ansia de riqueza de esas urracas determinará que de nuevo se eleve en Roma una sola cabeza sobre la que se ceñirá la aborrecible corona de Martín V.»

—¡Vuelve a leer eso! —rogó Bardou con el rostro desfigurado.

Ejean lo obedeció mirando repetidamente a Bardou en busca de una palabra o gesto que explicara el motivo de tan repentina zozobra; pero su compañero parecía hipnotizado. Jamás había visto a Bardou con tal desazón y congoja; no parecía él, sino un pobre niño aturdido y acosado por el temor y la incerteza. Ejean se violentó de tal modo que, acuciado por conocer las últimas líneas, no pudo menos que exclamar:

—¡Necesito saber si existe el día del juicio final! —apuntó mientras retrocedía hasta las primeras cuartillas y detenía la vista en la última cita del diablo.

—«Y el día llegará. Ya los hombres y mujeres serán falsos. Unos y otros cambiarán sus atributos a placer con independencia del sexo que les vio nacer; las mujeres tendrán descendencia sin coito y decidirán el sexo de sus vástagos; proles que serán pues concebidas sin pecado original. Ellas despojarán al hombre de sus trabajos e incluso vestirán sus prendas militares para marchar a la guerra. Sucederá en los albores del segundo milenio cuando sea elevado al sitial quien dará en llamarse Benedicto XVI. Él os alertará sobre las raíces cristianas de Occidente y de su civilización, pero se retirará exhausto, cansado de la intriga, de la corrupción y del vicio que anidan en Babilonia. Abandonará la ciudad, sin fuerzas para echar a los mercaderes del templo. La tarea recaerá en Franciscus, un jesuita venido de otros mundos que defenderá la Iglesia de los pobres e intentará enderezar una causa perdida, pero ya nada podrá impedir su final, pues serán los suyos quienes le traicionen. Él será en verdad el último papa, pues aquel que le suceda ya no tendrá trono, y aunque reclamará ser el legítimo descendiente romano del primer príncipe de la Iglesia, se verá obligado a abandonar la ciudad de la puta Babilonia. Él y sus sucesores emigrarán a nuevos y desconocidos continentes. Huirán entre los cadáveres de sus cardenales y verán brotar a la superficie las calaveras que yacen en las catacumbas, ávidas por rubricar con la cuenca de sus ojos el juicio final. Así pues, gobernarán sobre los cristianos en una continua hégira y morirán en el exilio de la misma forma que murió el primer príncipe. Ya nada será igual. Seguirán épocas en las que el mar avanzará y las grandes islas se hundirán en él, caerán lluvias atroces y la nieve cubrirá espacios de tierra que nunca antes cubrió, el desierto se tornará azul, el norte será el sur, el eje del mundo dará la vuelta y ya nadie sabrá hallar el camino. Ese es el final del mundo tal y como lo conocéis. Una raza de ojos rasgados se apropiará de vuestro oro y os inoculará un veneno invisible que diezmará la población. Al mismo tiempo la cimitarra y la media luna se elevarán en mi honor. Habrá tanta maldad que hasta los santos y mártires reivindicarán mi regreso.»

Ejean tomó aire para leer las últimas líneas:

—«No me siento orgulloso de haber llegado hasta aquí, pues

como veréis ha sido tremendamente fácil. Él me creó sin apenas saberlo, y desde entonces tan solo he procurado que mi semilla hiciera el resto. Simplemente os he dejado hacer, por eso no soy hacedor ni autor, y por tanto nada de qué vanagloriarme, pero tampoco nada que debáis reprocharme».

Tras ese fragmento, Bardou pareció volver en sí y miró a Ejean con lágrimas en los ojos.

—Entonces, ¿nuestro Dios no es la salvación eterna? —se preguntó Ejean con tremenda congoja.

—No lo sé —reconoció Bardou secándose las lágrimas—, pero sí te diré que lo que tenga que suceder es algo tan lejano que ni los hijos de tus hijos, ni los hijos de tus nietos verán llegado ese momento. Lo único cierto es que Dios y el diablo existen, y que el Señor será siempre más poderoso que el maligno.

—No estoy tan seguro de que esa sea la interpretación de cuanto acabo de leer… —refutó Ejean.

—Lo importante es perseverar en la oración para impedir que nuestro Dios, hastiado del género humano, pueda decidir abandonarnos y entregarnos a su opuesto —interrumpió el religioso con gesto severo.

—No me extraña que el viejo Jäger enloqueciera.

—Dudo mucho que se trastornara solo por conocer el fin del mundo, algo que a la postre le quedaba demasiado lejano. Lo que le debió romper el alma es la profecía que refiere a nuestro papa Clemente VII.

Ejean removió las cuartillas intentando identificar ese fragmento, pero Bardou lo tomó del brazo y se lo impidió.

—No es necesario que busques, pues lo tengo grabado a fuego en mi memoria: «de nuevo se eleve en Roma una sola cabeza» —repitió con desesperanza.

—Entonces, ¿Roma volverá ser el único trono de san Pedro? —preguntó Ejean.

—Eso es lo que me preocupa —afirmó Bardou esforzándose en serenar el rostro—. Si Roma vuelve a ser la única sede de la Iglesia, significa que todo vuelve al origen, que el papado de Aviñón es temporal y que todos nuestros esfuerzos son en vano. Así pues, comprendo la razón por la que el abad esté dispuesto a todo con tal de que no trascienda este manuscrito; nuestra causa está perdida.

—Ahora entiendo bien tu aflicción —reconoció Ejean tomándolo del hombro, intentando darle consuelo.

—Es probable que ese legajo estuviera en nuestra biblioteca, olvidado por todos, hasta que Jäger consiguiera descifrarlo, y eso fue lo que le acarreó la muerte. ¡Pobre hombre! Cualquiera en su lugar hubiera deseado morir, e imagino que debió abrazar la peste como si fuera su tabla de salvación.

—Ya te dije que la peste nada tiene que ver con su muerte —replicó Ejean.

—Entonces, ¿qué estás proponiendo?

—Tan solo pretendo reflexionar sobre los hechos. Inicialmente cabría pensar que el abad se apiadara del viejo y decidiera encadenarlo en la mazmorra para evitar que su locura lo llevara a suicidarse, pero ¿acaso a un ser estimado le pones grilletes de hierro que laceren su carne?

—En su momento ya te dije que no…

—Y además, hubiera resultado inútil. ¡No, ese hombre no se suicidó ni se abandonó voluntariamente a la muerte! —exclamó.

—¿Por qué crees eso?

Ejean puso la mano sobre la espalda del monje para tratar de mitigar su angustia y le recordó las palabras de Bartolomei cuando atestiguó que Jäger parecía haber desaparecido de la abadía y suplicó verlo. El abad se negó sin siquiera considerar los estrechos lazos que tenían desde que Bartolomei se hiciera cargo del cuidado del anciano.

—Eso me lleva a concluir que con Jäger fueron mucho más crueles —afirmó Ejean mientras trataba de hilvanar todas sus ideas.

—¿Qué les podía importar la forma si lo trascendental era acabar con su vida?

—Jäger era demasiado peligroso para las extrañas intrigas del abad. Intuyo, visto cómo se han sucedido los hechos, que el viejo debió amenazar a su superior con hacer público este manuscrito, o lo que es lo mismo, con alertar al pontífice sobre la futura reunificación del papado en Roma; por lo tanto, lo importante era silenciarlo.

—¿Y qué más fácil que matarlo? —deliberó el clérigo.

—No quisieron hacerlo hasta conocer dónde escondía el manuscrito o, en su caso, a quién se lo había entregado. ¿Recuerdas que en el velatorio hice la observación que sus labios estaban cosidos?

—Sí, y reconozco que estabas en lo cierto, pero más cierto es, según me relató luego el hospitalario, que el prior mandó cosérselos para evitar que escaparan por la boca los demonios que habitaban en su locura.

—¡Patrañas! —exclamó Ejean—, a ese viejo le cortaron la lengua para que nunca más hablase, y más tarde, ya en la mazmorra, cuando por escrito confesó dónde ocultaba este legajo, le cosieron la boca, se la vendaron y lo dejaron morir de sed y de hambre.

Capitulum XXXVII

El asedio

Amaneció un día frío e inhóspito, sin nubes y a merced del gélido viento del norte que se había adueñado del paraje. Se encontraban escuchando el sermón en misa cuando sonaron unas insistentes e irreconocibles campanadas que sorprendieron a todos. Los monjes se interrogaron con la mirada, preguntándose el motivo por el cual el sacristán pudiera estar tañéndolas con tal desafuero; algunos pensaron que habría perdido la razón. Todos escrutaron los bancos en busca del abad, pero debía seguir recluido en sus estancias. Decidieron salir al claustro con la esperanza de que alguien pudiera dar explicación de la alarma. Dalmau fue el último en abandonar el templo, no sin antes mandar a un oblato que avisase al superior. Los monjes acabaron arremolinándose junto a la fuente, mirando angustiados al campanario.

—¡Tal vez ha muerto otro de nuestros hermanos! —comentó uno.

—¿Habrá fallecido el pobre Folcant? —se preguntó el cocinero.

—Con tantos repiques, tal vez sea el mismo prior quien esté junto al Padre. ¡Dios lo tenga en su gloria! —exclamó otro.

Al poco llegó precipitadamente el abad, quien, con la vista puesta en la torre, gritó con energía intentando contrarrestar el sonido de las campanas:

—¡Decid a ese estúpido del sacristán que deje de repicar y que venga aquí de inmediato! —ordenó al pobre oblato que lo seguía como un perro faldero y que salió corriendo hacia la torre como alma que lleva el diablo—. ¿Alguien puede decirme lo que está sucediendo?

Los monjes se miraron con semblantes de espanto al comprobar que ni el mismo abad podía darles explicación. Hasta que, corriendo como un maldito, apareció Girard.

—¡Mi señor, alguien desea veros urgentemente!

—¿De quién se trata?

—Se ha negado a dar cualquier identificación —espetó el portero encogiéndose de hombros.

—¿Cómo que se niega?

—Se ha limitado a decir que no hablará con otra persona que no sea vos.

El abad, furibundo y tapándose las orejas con las manos, dirigió sus pasos hacia el portón seguido de cerca por Girard, y a mayor distancia por el resto de los monjes. El superior se situó frente a la compuerta de madera y vociferó con fuerza:

—¿Qué deseáis?

—Debo hablar con el abad —contestó con contundencia una voz joven y grave, con evidente acento de quien habla la lengua de oil.

—Ya estáis hablando con él. ¿A quién tengo el placer de dirigir la palabra? —preguntó aliviado por el cese del repicar de las campanas.

—Eso no os incumbe.

—No pienso mantener una conversación sin saber a quién me dirijo.

—Debo hablaros personalmente, esas son las órdenes que he recibido.

—¿Órdenes? ¿De quién?

—No estoy autorizado a decíroslo, simplemente abrid.

El semblante del abad se transfiguró, y su cólera dio paso a una expresión de turbación que no pudo disimular. Se giró hacia los monjes que permanecían arremolinados a su espalda.

—¡No abráis, mi señor, es una trampa! —corearon con rostro angustiado.

—¿Dónde está el sacristán?

—Estoy aquí, mi señor —contestó este a lo lejos con la respiración entrecortada.

—¡Venid ahora mismo!

Un hombrecillo menudo y de tristes ojos se acercó al abad con temor.

—¿Qué habéis visto desde el campanario?

—Son soldados, mi señor, uno frente al portón y otros once apostados alrededor de la abadía.

—¿Soldados de quién?

—Lo lamento, mi señor, pero no llevan enseñas.

—¿Ni estandartes ni banderas?

—No, mi señor, nada que los distinga, pero sí he llegado a divisar a otros soldados apostados más abajo, custodiando los caballos. Esos animales sí…

—¿Cuántos son? —interrumpió el abad.

—Unos treinta hombres.

—Y los caballos ¿tampoco llevan emblemas?

—Es lo que os iba a decir. Me ha parecido ver que de una grupa colgaba un escudo con un águila negra bicéfala cruzada por una franja roja.

—*Le dogue noir de Brocéliande!* —exclamó D'Olm—. ¡Son los hombres de Bertrand du Guesclin! ¡El mismísimo Perro Negro de Brocelandia!

—También he llegado a distinguir un par de insignias más —agregó el sacristán.

—¿Cuáles? —preguntó con ímpetu D'Olm.

—La misma águila, pero con la franja roja y blanca, y más allá una bandera con tres lunas menguantes.

—Son las huestes de su hermano, Olivier du Guesclin, y del compañero de armas, Guillaume du Hirel —afirmó D'Olm.

—¿Y qué hacen esos soldados aquí? —planteó el abad.

—Son hombres del rey de Francia, mi señor —pretendió justificar D'Olm.

—¡Eso ya lo sé! —exclamó el abad de malos modos.

D'Olm enmudeció, y el sacristán aprovechó para evadirse hábilmente de la escena y situarse en un segundo término, tras el resto de los monjes.

—¡Abrid el portón y mantened cerrado el rastrillo! —ordenó el abad a Girard.

—¡Pero, mi señor, eso es una trampa! Vos sabéis tan bien como yo que son mercenarios —exclamó D'Olm.

—No quiero repetir la orden.

Girard se introdujo en su caseta y al poco regresó portando unas grandes llaves que con estudiado orden fue introduciendo en las diversas cerraduras. Tras un gran esfuerzo, procedió a abrir los portones. Ante ellos, al otro lado de la verja, apareció la recia figura de un soldado, probablemente un oficial. Carecía de distintivos, pero el abad y D'Olm no tardaron mucho en advertir que tras la capa vestía un jubón del revés, en el que podía apreciarse parte de un bordado con la silueta de un águila bicéfala.

—¿Qué es eso que tenéis que decirme? —le preguntó el abad.

—Abrid la verja y hablaremos.

—Ya he dicho que no abriré sin saber quién es mi interlocutor.

—Debo tomar esta abadía —declaró el oficial.

—¿Tomar la abadía? ¿Estáis loco? —increpó el abad—. ¿Portáis una orden de nuestro pontífice? Porque de lo contrario deberíais saber que no puedo franquear la entrada a nadie.

—No traigo ninguna orden escrita.

—¿Os envía el rey de Francia?

—No puedo revelar la identidad de mi señor.

—Pues sintiéndolo mucho, debo dar por zanjada la conversación —dijo el abad mientras con la mano ordenaba a Girard que volviera a cerrar los portones.

—Mis órdenes son tomar esta abadía y podéis tener por seguro que la sitiaremos hasta conseguirlo —dijo el soldado mientras se entornaba el portón.

—¿Vais a atacarnos? ¿Vais a mancharos las manos con la sangre de unos humildes religiosos? —le gritó el abad con el rostro encendido de rabia.

—No va a ser necesario. Mis hombres no tienen orden de mataros sino de dejaros morir —respondió desde el otro lado.

—Sois un vulgar mercenario, un ave de rapiña al servicio del mejor postor —dijo el abad iracundo.

—«Ni quito ni pongo rey, pero ayudo a mi señor» —se oyó murmurar a D'Olm reproduciendo la famosa frase pronunciada por Bertrand du Guesclin para dar a entender al oficial que por mucho que se cambiaran las vestimentas o encubrieran las enseñas sabía bien de quién procedían las órdenes. El oficial le dedicó una temible sonrisa.

El abad, cabizbajo, se dirigió a D'Olm, y lo tomó por el brazo.

—¿Qué opináis?

—Sin duda, son esbirros del Lleig.

No hacía falta decir mucho más. Todos los presentes sabían que en catalán *lleig* significa 'feo', y que con ese apelativo se identificaba a Bertrand du Guesclin, hombre conocido por su fortaleza, violencia y contrastada fealdad. Tan espantoso debía ser que a él mismo le gustaba darse a conocer como demasiado feo para ganarse el afecto de las mujeres, pero lo suficientemente horripilante para hacerse temer por sus enemigos.

—¿Creéis que Du Guesclin habrá venido en persona? —preguntó el abad cariacontecido.

—Lo dudo, este no es un trabajo que pueda promocionarlo, antes al contrario, se trata de un acto de cobardía del que poco podrá presumir. Pero estoy convencido de que Du Guesclin habrá enviado a alguien de su máxima confianza, pues no en vano la amenaza lleva su impronta —agregó D'Olm.

—¿Qué impronta?

—Ya habéis oído que van a esperar a vernos morir, y esa es su táctica preferida, la de la tierra arrasada. Gusta de someter al enemigo a una fuerte violencia anímica, quemando las tierras de donde

provienen los alimentos, provocando el hambre, enfermedades y la desesperación de las tropas. Más tarde las ataca mediante repentinas operaciones de hostigamiento con unidades pequeñas, rápidas y expertas. Y eso significa que ya no nos llegarán más víveres del exterior; deberemos sobrevivir con lo que tenemos.

—Necesito hablar con vos de inmediato, así pues, acudid a mis estancias y esperadme allí hasta que aparezca —ordenó el abad con un nudo en la garganta.

—¿Convoco a Roffh?

—No, de nada nos vale ahora su sabiduría.

—¿Deseáis que haga llamar a alguien más?

—No, solo vos, pero decid también al sanitario que preciso hablar con él más tarde; que venga a verme a la hora nona.

El abad ordenó a los monjes con gesto brusco que volvieran a sus quehaceres. Unos y otros se miraron aturdidos, paralizados por el miedo, hasta que el abad les gritó con tal vehemencia que acabaron por retirarse. En cuanto recobró la compostura, miró a Girard.

—Mantened la puerta bien cerrada y los ojos muy abiertos, cualquier novedad me la comunicáis de inmediato y personalmente.

Ejean y Bardou marcharon con el grupo, pero al alcanzar el

claustro esperaron a ver desaparecer a sus compañeros para conversar con urgencia.

—Eso se complica por momentos.

—Lo sé —reconoció Ejean con resignación.

—Si tienes que tomar una decisión, hazlo rápido. Ya me entiendes...

—Pero ¿por qué todo esto?

—Creo que el abad tiene negocios paralelos, y probablemente alguno de sus parroquianos se ha sentido traicionado.

—¿Vas a decirme de una vez por todas qué es lo que está pasando?

En aquel mismo instante sonó un zumbido seguido de un fuerte golpe que los llevó instintivamente a levantar la vista al cielo. Ambos vieron surcar en el aire una forma humana destartalada que, como un monigote de paja, caía a muy poca distancia de ellos.

—¡Santo Dios! ¿Qué significa esto? —gritó Ejean.

Corrieron hacia el lugar del impacto y comprobaron con horror que se trataba de un cadáver desnudo, con los huesos partidos, infinidad de fracturas abiertas y el cuerpo salpicado por enormes bubones abiertos, tanto en las ingles como en las axilas. El olor putrefacto los hizo retroceder, y en un acto reflejo se llevaron las manos a la nariz y a la boca. Al poco llegaron otros monjes, quienes con semblante de pánico se persignaron precipitadamente.

—¡Es un apestado!

Todavía no se habían repuesto cuando de nuevo oyeron el mismo zumbido seguido de un golpe seco. Un segundo cadáver quedó colgado de los soportales.

—Esos bandidos usan catapultas para lanzarnos los cuerpos de soldados contagiados por la peste —susurró Bardou a su compañero.

Los monjes estaban inmóviles, sin saber si correr o quedarse quietos. En cuanto llegó el sanitario y observó la apocalíptica escena, comenzó a vociferar:

—No os aproximéis, y menos los toquéis. ¡Quemadlos! ¡Quemadlos o echad cal viva sobre ellos!

Otro cuerpo impactó contra uno de los capiteles, y tras rebotar como un pelele, terminó por caer en un lateral del patio. Ejean agarró a Bardou de la manga y lo arrastró bajo los soportales.

—¡No temas! Son cuerpos corruptos, y por tanto llevan demasiado tiempo muertos —masculló.

—¿Qué quieres decir con eso? —preguntó Bardou.

—Que no creo que esos cadáveres puedan contagiarnos. Desconozco la razón, pero como ya te comenté durante el velatorio de Jäger, el contagio solo tiene lugar al poco de morir el enfermo, antes de que el cuerpo pierda su calor; y esos cadáveres hace ya mucho tiempo que están fríos como témpanos.

—Entonces, ¿qué pretenden?

—Imagino que sembrar el pánico para que acabemos por rendirnos y les abramos las puertas.

—Bien, pues... ahora ya sabemos que no fue una casualidad —estableció el monje.

—¿A qué te refieres?

—Tengo claro que quien ahora arroja esos cadáveres fue el mismo que lanzó el saco con ratas apestadas, lo que me lleva a concluir que nos han estado vigilando durante mucho tiempo, esperando pacientemente a tenernos a todos confinados entre estos muros, con el abad incluido. Han ido estrechando el cerco con intención de acabar con todos nosotros de un plumazo. Y ese alguien se está frotando las manos como una mosca ante un cocido de carne —sentenció el monje con abatimiento mientras ambos se introducían en la iglesia en busca de protección.

D'Olm se encontraba esperando al abad junto a los ventanales de la antesala, observando con desasosiego los acontecimientos. Al oír los pasos de su superior se giró en el acto.

—¿Habéis visto esto, mi señor? —preguntó con estupor y sin quitar ojo de las escenas que se sucedían en el claustro.

—¡Cómo no voy a verlo! —profirió el abad con desdén.

—¡Esto es el fin! —dijo D'Olm mientras accedían a la estancia abacial.

—Sí, muy probablemente sea el fin, y por eso deseaba hablar con vos en privado —reconoció con inusitada serenidad mientras tomaba asiento.

—Decidme, mi señor.

—Creo que tenéis razón al afirmar que los de ahí fuera son los hombres de Du Guesclin, lo cual, para nuestra desgracia, es tanto como citar al mismo rey de Francia, a su hijo o a cualquiera de los Anjou, Borgoña, Orleans o Berry.

—Me inclino a pensar que esto es obra del duque de Anjou.

—Muy probablemente —acordó el abad sin que pareciera importarle mucho aquel detalle.

—No entiendo cómo han osado atacarnos. A buen seguro que el pontífice vengará nuestra muerte —comentó D'Olm.

—No estéis tan convencido.

—¿Cómo decís eso? ¡Por Dios nuestro Señor que este crimen no quedará impune! —manifestó D'Olm en un arranque de ira.

—Tal vez tengáis una mente favorecida —replicó el superior con menosprecio—, pero compruebo que vos ni nadie ha caído en la cuenta de que somos el eslabón más débil de la cadena. El papa jamás amonestará al rey de Francia por este asesinato.

—¿Cómo que no?

—No, porque eso le supondría ponerse en evidencia. Si nuestro pontífice Clemente acusa públicamente a Francia, estará reconociendo su responsabilidad en todo lo que concierne a esta abadía, y por tanto asumiendo como propia la actividad que estamos realizando.

—Pero ¿y si acude a Pere IV?

—Estoy convencido de que ese rey ni siquiera sabe que existimos, y si Clemente suplica ahora su ayuda, sería tanto como reconocer su traición a ese monarca.

—¿Entonces?

—Por desgracia, debemos considerar que una vez nos aniquilen, al rey francés le bastará alegar su desconocimiento sobre los hechos.

—Pero nuestro papa…

—Clemente será el primer interesado en no airear el asunto —atajó el superior—. Además, ¿con qué pruebas contará? ¿Se presentará ante el rey de Francia culpándolo de que la peste haya exterminado una de sus abadías? No, querido D'Olm, no os llaméis a engaño, este será simplemente uno más de los muchos monasterios que han sucumbido a la epidemia.

—¿Y los registros? Os ruego encarecidamente que los cumplimentéis.

—Lamentablemente, eso es imposible.

—¿Cómo que imposible?

—Tenemos secuestrado el libro registro de la abadía en manos del obispo, y lo está por orden expresa del papa —reveló el abad dolido en su amor propio.

—¿No poseéis el libro donde registrar los hechos?

—No, nunca ha estado en mis manos.

—Entiendo ahora la gravedad de la situación —reconoció D'Olm con entereza.

—Ya veis pues que nuestros superiores han sabido actuar con inteligencia y cautela. Cuando esto acabe, el obispo entregará el libro a quien me sustituya y este proseguirá sus anotaciones como si nada hubiera pasado; no habremos existido para nadie.

—Pero...

—No hay peros que valgan ya que, en el peor de los casos, el nuevo abad deberá afrontar un pequeño desfase de dos o tres años, justo los que hayan transcurrido entre mi predecesor y aquel que ocupe mi lugar.

—Pues de ser así, nada ni nadie evitará nuestro triste final —exclamó D'Olm con desolación. Se persignó y empezó a murmurar, admitiendo haber sido un gran necio. Se sintió tan superado en su propio campo, en ese mundo de las estrategias que tanto le seducía, que acabó por articular un tímido sollozo.

—¡De nada valen ahora las lamentaciones! —gruñó el abad—. Lo importante es que debemos escapar de aquí con ciertos documentos, al menos con los más comprometedores.

—¿Cómo?

—Eso dejadlo de mi cuenta, pero ya os avanzo que solo marcharemos vos y yo, nadie más.

—¿Tenéis un plan?

—Por el momento os ruego que atendáis las órdenes que deberéis cumplir a partir de mañana al mediodía —planteó el abad mientras se palpaba el medallón.

—Decidme, mi señor —entonó D'Olm con el ánimo más sereno al saberse el único elegido por su superior.

—Tomaréis al sacristán, y si estuviere vivo, lo matáis, le ponéis mis vestimentas y el medallón, y lo sentáis en este mismo sitial que ahora ocupo —dijo el abad mientras se extraía la pieza del cuello y la entregaba al monje.

—Realmente guardáis un gran parecido físico.

—Veo que me entendéis.

—¿Alguna orden más, mi señor?

—A continuación, reunid todos los libros y manuscritos que

puedan ser confidenciales, y esos y solo esos, los quemáis y dispersáis sus cenizas.

—Así se hará, mi señor.

—Es importante que el resto de documentos que no impliquen tal privacidad queden intactos. Pasad a continuación celda por celda, y haced lo mismo con todos los pliegos secretos con los que pudieran estar trabajando los nuestros. ¡No debemos dejar ni rastro! Sea quien fuere el que profane la abadía deberá llegar al convencimiento de que nuestra labor ha sido tan inmaculada como el aura del mismísimo Espíritu Santo.

D'Olm abandonó la estancia con el medallón oculto bajo su hábito, feliz de saber que su superior contaba con él y que eso, además, le supondría salvar la vida. El abad reavivó el fuego de la chimenea y se dispuso a devorar con la vista cientos de documentos. Fue apilándolos según el orden de importancia, guardó algunos en un zurrón, y el resto, la mayor parte, los lanzó a las llamas. Estaba sentado junto al hogar, extasiado con el crepitar de los pergaminos, cuando a la hora convenida el sanitario golpeó discretamente la puerta.

—¡Pasad!

Jaume Guiscart entró despacio e hizo una gran reverencia que su superior, de espaldas, no llegó a apreciar. El abad se incorporó para avivar las llamas y, aún sin mirarlo, preguntó:

—¿Qué novedades traéis de la enfermería?

—Muy graves, mi señor. No tengo ya espacio para hospedar a los infectados.

—¿Quiénes han enfermado? —preguntó el superior con tono cansino.

—Me he visto obligado a ingresar a Cadell, Aissó, Hervé y Boey.

—¿Hervé también? —preguntó con gesto contrariado.

—Así es.

—¿Nadie más?

—No por el momento, aunque el hermano Otz, el sochantre, el cocinero y el cillerero me han visitado durante la mañana aquejados de fuertes dolores de cabeza y escalofríos; los mismos síntomas que el resto.

—¿Han quedado también en el hospital?

—No, mi señor, ya os he dicho que no tengo espacio para ellos.

—¡Seréis inútil! —chilló—. ¿Qué pretendéis? ¿Acaso queréis que vayan por ahí contagiando a los sanos?

—¿Dónde los pongo?

—Reunid a todos los infectados en vuestras dependencias. Ordenad de mi parte a Ponç y a Girard que trasladen los jergones de los internados a la antesala del hospital y luego que os ayuden a hacer un parapeto a fin de dejarlos incomunicados. Aseguraos de que solo vos y yo podamos tener acceso; y si alguno de esos monjes se niega, mandáis llamar a Girard para que lo amordace ahí mismo. ¿Entendido?

—Así lo haré.

—¿Qué expectativas tienen?

—Folcant no pasará de esta noche.

—¿Y el prior?

—Creo que no más de dos días, pero eso nunca se sabe; cada enfermo reacciona de forma diferente.

—¿Y el resto?

—Resulta difícil saberlo, tal vez tres o cuatro días, pero como digo, siempre cabe la posibilidad de que alguno supere por sí mismo la enfermedad.

—¿Es eso posible?

—A la vista del tipo de epidemia, entiendo que solo uno de cada cinco sobrevivirá. Lamentablemente, ya sabéis que nada puedo hacer.

—Lo sé, lo sé.

—¿Qué noticias tenéis de las monjas?

—No hay ninguna noticia, por lo que cabe suponer que la enfermedad todavía no se ha propagado entre ellas.

—¿Y de los oblatos?

—Por el momento, ninguno ha venido con molestias.

El abad se aproximó al sanitario con la vista puesta en el suelo, lo rodeó dos veces y finalmente le habló con voz reposada:

—Hermano Guiscart, estoy muy ocupado, así que agradeceré que os encarguéis de decir a D'Olm que a partir de ahora queda prohibido comunicarse con las monjas, ni siquiera con motivo del servicio de lavandería, que queda suspendido. Decidle también que disponga lo necesario para proteger la vida de los oblatos y de esas mujeres. Es necesario que sobrevivan el mayor número de inocentes para cuando los esbirros del rey francés hagan su entrada en la abadía. ¡Veamos qué son capaces de hacer con ellos esos mercenarios! ¡Dios quiera que tanta osadía tenga por fin su castigo! —exclamó encolerizado—. Tal vez una masacre de mujeres y chiquillos inocentes venga bien para despertar la ira del papa y lo anime a enfrentarse de una vez por todas a ese Anjou. ¿Lo estáis entendiendo todo?

—Sí, mi señor.

—Decidle a D'Olm que se encargue de que los oblatos queden recluidos, y que no salgan bajo ningún concepto, ni siquiera para comer; que sea Ponç en persona quien les haga llegar la comida. ¿Sabréis decírselo todo?

—Sí, mi señor —repitió el sanitario.

—Y en cuanto a vos, os tengo que ordenar algo que no es del agrado de nadie, pero resulta del todo preciso que cumpláis.

—Vos diréis —contestó el sanitario con voz inquieta.

—Dejad que Folcant muera de forma natural, y al resto los inmoláis en cuanto asomen los primeros bubones.

—¿Matarlos?

—Sé que es una decisión muy penosa, pero tengo poderosas razones para ello. Es por el bien de todos, y no voy a permitir que os tiemble la mano en momentos como este. —Y agregó bajando la voz—: Algún medicamento tendréis que en altas dosis pueda acabar con ellos.

—Tal vez...

—¿Acaso no habéis plantado en nuestro huerto alguna de esas hierbas medicinales? ¿No tenéis elementos para preparar esponjas somníferas? Las que se usan con aquellos que van a sufrir la amputación de sus miembros.

—Sí, en la apoteca tenemos probablemente mora agria, hiedra, amapola, hojas de belladona y alguna más, pero carezco de la esponja...

—Pues hacéis una poción con todo ello y empapáis cualquier retal de tela con el que taparles la nariz y la boca, y ya no se lo retiréis hasta verlos expirar. ¿O tampoco eso sabéis hacer?

—Pero ello significaría asfixiarlos...

—No lo niego, pero será una asfixia tan dulce que todos nuestros santos mártires hubieran pagado monedas de oro por morir así —replicó el abad—. Además, y por poco sagaz que seáis, si disponéis esos retales como si se tratasen de máscaras con las que evitar que os contagien, el escenario resultará muy convincente. ¿Requerís de más instrucciones o sabréis bastaros vos mismo?

El médico mostró síntomas de confusión y de recelo, dudando incluso de que aquella decisión tan comprometida pudiera estar dentro de las potestades del abad. Su superior supo leerle la mente y se le aproximó por detrás, tomándolo del hombro con artificiosa afabilidad.

—Esta es la orden de vuestro superior y sabéis mejor que nadie que me debéis obediencia —le murmuró al oído.

—¿Y el prior? —titubeó Guiscart.

—A él también.

—Pero, mi señor, no puedo matar a un superior.

—Me queda mucho por hacer y no tengo tiempo para discusiones, así que ¡cumplid con lo ordenado! Cuento con vos para esta y otras muchas cosas que deberemos afrontar en el futuro.

Capitulum XXXVIII

El ruido y la furia

A primeras horas de la madrugada, y como venía siendo costumbre, Bardou se plantó en la celda de Ejean. Ninguno de los dos había podido dormir aquella noche. Se cruzaron una mirada tan tensa que hizo innecesaria cualquier palabra.

Una vez en el claustro, la visión de los cuerpos calcinados les corroboró que lo sucedido el día anterior no había sido un mal sueño, sino una auténtica pesadilla de la que seguían sin despertar.

En el interior de la iglesia, y a pesar de los grandes espacios vacíos que se advertían en los bancos, ninguno de los oficiantes, ni siquiera durante el sermón, se aventuró a comentar el estado en que se encontraban los apestados, como si nada estuviera ocurriendo.

Entretanto, el abad acudió al hospital a fin de recabar noticias de Guiscart, el galeno. Antes de entrar en la antesala de la enfermería, se ciñó un pañuelo húmedo con el que se cubrió la nariz y la boca antes de sortear el improvisado parapeto que había ordenado levantar. Tumbados en sus jergones, y atados de brazos y pies, identificó al sochantre, al cocinero, al cillerero, y algo más allá a Otz, Hervé y Boey. La mayoría de ellos, especialmente los que portaban mascarillas de tela, parecían aletargados; a otros, sin embargo, se les veía sufrir retorciéndose entre vómitos y escalofríos. El abad se lanzó con paso rápido por la galería tratando de ignorar los alaridos de dolor. Hervé, el Bretón, a pesar de la densa neblina que parecía inundar su mirada, atinó a reconocerlo.

—¡Mi señor! —exclamó—. ¡Me estoy muriendo, sé que me estoy muriendo, oídme en confesión, por la misericordia de Dios!

El abad hizo oídos sordos y siguió caminando con paso firme

hasta la enfermería. En la sala vio postrados a Cadell, Aissó y Folcant. Al fondo, junto a su mesa de trabajo, estaba Guiscart, quien al oír los pasos de su superior se giró bruscamente con aire contrariado, creyendo que venían a traerle un nuevo enfermo.

—Mi señor —exclamó el físico con unas ojeras que parecían marcadas por un hierro candente.

—¿Qué novedades hay?

—Folcant ha fallecido.

—¿Cuándo?

—Hace tan solo unos instantes, todavía no he tenido tiempo de cerrarle los párpados ni de cubrirle con una sábana.

—¿Y los demás? ¿Habéis encontrado ya esa medicación que os sugerí? —murmuró en su oído con una mordacidad que heló la sangre del galeno.

—Ya veis que sí, mi señor, pero todavía no he podido elaborar suficientes dosis para todos, y algunos siguen con dolor y espasmos. Solo rezo para que Dios se los lleve de este mundo antes de que se les gangrene alguna extremidad y me vea obligado a amputar —suspiró Guiscart.

—¿Durarán mucho?

—No, afortunadamente están muy débiles.

—Evitarles un sufrimiento inútil es todo cuanto he pretendido. ¿Y el prior?

—Sigue en mi estancia.

—¿Todavía no ha fallecido?

—No —contestó Guiscart con nerviosismo.

—¿No le habéis suministrado ese medicamento?

—Aún no, precisamente estaba terminando de procesar las nuevas dosificaciones.

—¿Os atrevéis a incumplir mis órdenes? —chilló colérico el abad.

—Mi señor —dijo el facultativo con un hilo de voz—, creo que yo también he sido contagiado y no sé bien cuánto podré aguantar en pie.

—¡Seguid atendiendo a los enfermos! Y, por cierto, ponedme en un saquito una dosis doble de esa medicación que estáis elaborando y entregádmelo de inmediato.

—No iréis a quitaros la vida.

—No dudaré si llegara el momento. Lo mismo que exijo a los demás me lo exijo a mí mismo —mintió teatralmente el abad.

—Perdonad, no era mi intención inmiscuirme en vuestras decisiones, bien sabéis que no soy nadie para deciros lo que debéis hacer.

El abad se giró hacia el ventanal para reflexionar sobre Hervé, el hermano a quien había hecho llamar recientemente para una misión que todavía no le había sido revelada. Suspiró aliviado al pensar que difícilmente poseería información comprometedora, pero aun así temió que su estado de conciencia y su reiterada obstinación de ser oído en confesión pudiera ponerlo en evidencia; un riesgo que consideró del todo innecesario. Volvió a encarar al galeno:

—Y aprovecho también para ordenaros que el primero a quien debéis suministrar el nuevo preparado sea a Hervé. ¡Ese hermano está escandalizando a todos con sus voceríos y delirios!

En cuanto el sanitario marchó raudo a la apoteca para prepararle el saquito solicitado, tomó un pequeño escalpelo del estante donde Guiscart guardaba el instrumental para ocultarlo bajo la manga del hábito.

En cuanto el médico le entregó el saco del medicamento y se cercioró de que marchaba para atender a los hermanos que yacían en la galería, el abad detuvo la vista sobre el ejemplar de Jaume d'Agramunt titulado en catalán *Regiment de preservació a epidímia e pestilència e mortaldats*, un manual sobre la influencia de los astros sobre la epidemia de la peste. Lo ojeó distraídamente, observó los dibujos que iluminaban una parte de la obra y, en cuanto su rabillo del ojo le confirmó que Guiscart se había alejado lo suficiente, decidió deslizarse sigilosamente hasta la habitación ocupada por el prior.

Encontró a Adell desfallecido y sudando a mares. Tras cerrar la puerta, le retiró las mantas dejando al descubierto los grandes bubones que germinaban en su cuerpo. Lo miró con asco, se ciñó todavía más el pañuelo y se sentó a su lado sobre el jergón. El prior abrió los ojos al sentir la presencia de su superior y le sonrió débilmente.

—Creo que he llegado al final de mi viaje —murmuró Adell con consternación.

—Así es —se limitó a contestar el abad.

—Ruego me deis la extremaunción, tal vez así Dios sepa perdonar mis pecados —suplicó entre sollozos.

El abad lo miró con misericordia al tiempo que, tomándolo por la nuca, lo incorporó levemente con la fingida intención de besarle la frente. Pero sin que el prior pudiera percatarse, con el escalpelo que llevaba oculto bajo la manga le seccionó el cuello. Se mantuvo impasible junto a él, tapándole la boca y soportando sus últimos estertores, hasta asegurarse de verlo expirar. Entonces, con la misma mano que llevaba la cuchilla le persignó la frente con el dedo pulgar y le cerró los párpados. Tras limpiarse la sangre de las manos con las mantas, abandonó la habitación y la cerró con dos vueltas de llave que se guardó bajo el hábito. Repuso el escalpelo en el mismo estante que lo encontró y marchó a la galería en busca del sanitario. Lo halló sentado en uno de los jergones, con el rostro demacrado.

—El prior ya no está entre nosotros, pero seré yo quien decida cuándo y cómo comunicarlo a nuestros hermanos —ordenó taxativamente.

El galeno no pidió explicación alguna y se limitó a asentir con la cabeza.

El abad se sumó a la misa cuando ya estaba a punto de finalizar.

Lo hizo de forma discreta, ubicándose en las últimas filas, lejos de su lugar habitual. Se sentó, reclinó su cuerpo hacia delante y apoyó la cabeza entre las manos, ajeno a la ceremonia, tratando de ordenar el vendaval de ideas que pasaban por su mente. En cuanto terminó la misa, y al tiempo que los monjes abandonaban el templo, se arrodilló en el reclinatorio y fingió estar orando, a la espera de que D'Olm pasara por su lado. Cuando comprobó que se le aproximaba, se persignó y, alzándose súbitamente, se puso a su lado.

—Hermano, necesito que os quedéis en la iglesia, junto al altar.

D'Olm abandonó el pasillo central, se deslizó por un lateral hasta alcanzar la cabecera de la capilla y, acatando la orden, se dedicó a caminar frente al sagrario, con la mirada puesta en el suelo. El abad lo siguió poco después.

—¿Quiénes son los monjes vinculados con el asunto de Navarra? —interrogó el abad en cuanto comprobó que la iglesia había quedado desierta.

—Dominicus, Marcelo... y Emer.

—¿Emer también?

—Sí, él es quien como tesorero tiene registrados los pagos que habéis recibido.

—¿Por qué registrar lo que no existe? —preguntó indignado el abad sin esperar respuesta.

Ordenó a D'Olm que se sentase en el banco de la primera fila. Su intención era ganar unos instantes para evaluar la información que el propio D'Olm pudiera tener sobre sus asuntos personales. La mente del abad se concentró en recordar todo cuanto pudiera haberle confiado desde el mismo día que lo conoció. Cierto que, si bien en un principio trató de dosificarle la información para que nunca pudiera unir todos los cabos, más tarde las cosas cambiaron. Ya no cabía engañarse; ese monje llevaba demasiado tiempo a su lado compartiendo intrigas y confabulaciones. D'Olm sabía perfectamente que el abad había utilizado la red de espías del papa para su propio beneficio, sabía también que había cobrado importantes sumas por facilitar información a nobles, señores, emisarios y embajadores, ya fueran de uno u otro bando, y lo que es peor, incluso había traficado con información confidencial del mismísimo pontífice. Una traición tras otra que, a la postre, le habían procurado disponer de una gran fortuna. Era obvio que D'Olm se había convertido en un enemigo más, pero todavía no vio llegado el momento de deshacerse de él. Aún lo
necesitaba a su servicio, aunque solo fuera por unas horas.

—¿Me estabais diciendo que Emer registró los pagos que percibí bajo mano? —interrogó el abad a fin de reemprender la conversación.

—Así es —confirmó D'Olm.

—¿Creéis entonces que Du Guesclin está ahí fuera por eso?

—Entre otras muchas razones, mi señor.

—Esperadme aquí, regresaré de inmediato.

El abad abandonó la iglesia para dirigirse a la callejuela que conducía a la caseta de Girard. Una vez allí, golpeó la puerta con ímpetu.

—¡Bendecidme, mi señor! —vociferó el portero.

El abad puso cara de cansancio, hizo un leve movimiento con las manos, gesticuló una insulsa bendición y entró en el aposento.

—Tomad las sogas que están almacenadas en el campanario norte y dejadlas tras el altar.

—Como digáis, mi señor, pero debéis saber que si lo hago quedará desatendida la portería, y vos me dijisteis que jamás…

—Y ahora os digo lo contrario —interrumpió con malos modales.

—Como mandéis, mi señor.

—¿Tenéis algún arma?

—¿Un arma, mi señor? —repitió el gigantón como si le hubieran descubierto el peor de sus pecados.

—¿No me digáis que estáis perennemente de guardia y no os protegéis con un arma?

—Bueno, mi señor, tengo esta hoz —dijo abriendo un armario de cuya puerta colgaba el oxidado hierro.

—¿Y nada más?

—Bueno..., y también un viejo puñal que requisé hace años a un giróvago —añadió mientras abría el último cajón del mueble.

—Pues a partir de ahora llevad el puñal escondido bajo los ropajes. Sé que sois obediente y puedo contar con vos, más debo insistir en vuestro deber de acatar todas las órdenes, por incomprensibles que os parezcan —acertó a decir con gesticulación amable—. Creo haber descubierto a los intrigantes responsables de esta dramática situación.

—¿Traidores entre los nuestros?

—Sin duda, pero no os puedo explicar ahora los detalles.

—Sabéis que cumpliré aquello que me ordenéis, mi señor —contestó Girard con una reverencia, al tiempo que su superior, sin mediar una palabra más, abandonaba la portería.

El abad volvió rápidamente sobre sus pasos hasta la iglesia. Avanzó por el pasillo central y se situó ante el altar, donde D'Olm lo esperaba con impaciencia.

—En breve vendrá Girard.

—¿Girard? ¿Para qué?

—Él nos ayudará a solucionar el problema que tenemos con esos monjes que acabáis de nombrar... Está claro que nadie velará por nuestros intereses mejor que nosotros mismos —añadió con una sonrisa que asustaría al miedo—. ¿Me estáis entendiendo?

—Por supuesto —contestó D'Olm con nerviosismo.

—Aprovecho para deciros que mejor no entréis en el hospital. Allí solo habita la peste, y en breve, todos los que ahí se hacinan serán cadáveres; incluso el sanitario está infectado. Tal vez esa maldita epidemia finalmente se gire a nuestro favor... —sonrió el abad.

—¿Qué queréis decir?

—Qué mejor que la muerte de todos ellos para preservar nuestro secreto; jamás me hubiera planteado acabar con sus vidas, pero ahora contemplo con fervor esta posibilidad. Resulta tan fácil...

—Entiendo —se limitó a decir D'Olm.

—¿Tenéis presente aquello que os dije sobre el sacristán?

—Sí, tenía previsto ir a por él en cuanto salga de aquí.

—¿Qué podéis decirme de Iuliano, Bardou y Ejean?

—Son las últimas incorporaciones.

—Eso ya lo sé, pero ¿qué saben?

—Nada, absolutamente nada, todavía están en fase de prueba.

—¡Mejor así! ¿Y dónde está Ponç?

—No he vuelto a saber de él desde que me ayudó a llevar los jergones al hospital.

—¿Y Dalmau?

—En la celda de Roffh, supongo que hablando de esos temas que tanto apetecen debatir —respondió con tono despectivo.

—¿Qué opináis de esos tres?

—Ponç, Roffh y Dalmau llevan aquí muchos años, pero siempre he tenido la precaución de que quedaran al margen de esos asuntos; por tanto, no creo que representen ningún peligro.

—En todo caso, ya pensaremos luego en ellos —zanjó el abad.

En aquel momento apareció Girard arrastrando esforzadamente las sogas que le había solicitado el abad, y tras cruzarse unas sombrías miradas, las abandonó tras el altar.

—¡Id a buscar a Dominicus, a Marcelo y a Emer! ¡Y atrancad por dentro la puerta de la iglesia en cuanto entréis con ellos! —ordenó el abad a Girard.

Durante la espera, el abad parlamentó con D'Olm sobre el futuro inmediato de esos tres monjes. Luego se entretuvo en encender parsimoniosamente todas las velas que iluminaban el altar. Vista la tardanza de Girard, se animó a desplazarse hacia las capillas laterales para repetir el mismo ritual. Se trasladó de un candelero a otro mediante breves pasos, moviendo nerviosamente sus pequeños ojos azules, ahora amarillos y rojos por el centelleo de las llamas. Parecía absorto, como si aquella tarea fuera todo lo que ocupaba su mente. Las contó con atención y volvió a reunirse con D'Olm.

—He encendido una candelilla por cada uno de nuestros enfermos. —Sonrió—. Seguro que me lo agradecerán. ¿No opináis lo mismo? A fin de cuentas, les he permutado días de eterno sufrimiento por unas pocas horas de dolor —se respondió ante el impasible rostro de D'Olm, que no acabó de entender a qué estaba refiriéndose.

Por fin aparecieron Dominicus, Marcelo y Emer, seguidos de cerca por Girard.

—¡Acercaos! —gritó el abad desde el altar.

Los tres hicieron una reverencia a su superior. El abad adoptó un semblante amable y ensayó la voz sincera y grave con la que parlamentaba cuando algo importante debía decir:

—¡Hermanos en Cristo!, ya veis que nos encontramos inmersos en esta maldita epidemia con la que Dios ha decidido castigarnos dentro de nuestra propia casa. En los últimos días son ya cinco las almas que Dios se ha llevado de entre los nuestros… y en pocas horas probablemente serán otros tantos los que igualmente nos abandonen.

—¿Cinco? —preguntó con sorpresa D'Olm.

El abad reparó entonces en el grave desliz que había cometido al incluir al prior Adell entre los fallecidos. Pero supo reaccionar con serenidad y aplomo; a fin de cuentas, aquella indiscreción apenas iba a afectar a sus planes.

—En efecto, desdichadamente debo comunicaros que, además de la reciente muerte de Folcant, también el prior ha fallecido. Ambos están ya descansando junto a nuestro Señor…

—¿El prior también? —dijeron los monjes al unísono.

—Como bien debéis saber, el prior quedó ingresado en la enfermería afectado por la peste, pero he de confesaros que era tanto mi deseo por verlo sanar que insté al galeno que le abriera los bubones del cuello para extraerle la hiel acumulada en su interior, pero mucho me temo que las raíces de esos abscesos debían ser tan profundas que acabó desangrado —mintió el abad fingiendo una exagerada afectación. Se persignó dos veces y murmuró una breve oración que fue seguida por todos los presentes.

—Por Dios, ¡no os mortifiquéis por haber tomado esa decisión, seguro que lo hicisteis con la mejor de las voluntades! ¡Dios se apiade de sus almas! —exclamó D'Olm.

—Y todo esto sucede al tiempo que las huestes del rey francés esperan el momento para arrancarnos el corazón, y por si eso fuera poco —añadió el abad—, olvidados de nuestro amado papa Clemente, que nada puede hacer por los que aquí estamos.

—¡Dios sea loado! —coreó D'Olm con una falsa afectación, sabedor de que el abad iniciaría el particular adoctrinamiento que traía preparado para Dominicus, Marcelo y Emer.

—Pero lejos de cuanto podáis pensar, no me siento triste, sino feliz por todos ellos, tanto por los difuntos como por los que aún yacen en el hospital a las puertas de la muerte; pues en breve, os aseguro, les envidiaremos. Su sufrimiento será el de un simple azote comparado con lo que nos tienen preparado esos soldados. No alberguéis duda de que en cuanto derriben la puerta, se ensañarán con nosotros, nos torturarán, nos arrancarán la piel a tiras, nos quemarán los pies, nos destriparán y nos infligirán tanto horror que ni imaginar podemos. Son hombres de Du Guesclin, no lo olvidéis —agregó con aire trágico—, unos mercenarios sádicos que harán cuanto les plazca con tal de violar vuestros votos de silencio, arrancarnos todas y cada una de las palabras hasta conseguir que les desvelemos las santas intenciones de nuestro amado papa. Ello supondría el fin de nuestra Iglesia, y eso no queremos que suceda, ¿verdad?

—¡Es cierto, mi señor, todos tenemos grandes secretos que preservar! —exclamó D'Olm con voz y gesto teatral.

—Estimados soldados de Cristo —continuó el abad—, ya que en modo alguno deseo veros sufrir más allá de lo que un padre desearía ver padecer a un hijo, os insto a que entreguéis vuestras vidas voluntariamente. No os quiero incitar al suicidio, pues eso no es grato a los ojos de Dios, pero sí a que permitáis acabar con vuestras vidas sin dolor ni sufrimiento, y con la seguridad de que estaré orando por vuestras almas para que tan pronto expiréis os encontréis junto al Padre celestial; por fin volveréis a Él para que su Santa Madre os arrulle en sus brazos.

D'Olm dio un paso al frente, simulando estar bien dispuesto a entregar su vida.

—No, vos no, hermano.

—¿Por qué, mi señor? —preguntó siguiendo el guion planeado.

—Sois anciano, y al igual que yo, estáis bien preparado para soportar la tortura.

—Pero, mi señor...

—Me debéis la máxima obediencia y eso es lo que ahora os exijo.

—Como ordenéis, mi señor, y juro por Dios que sabré soportar el dolor, aunque me introduzcan alacranes en las cuencas de los ojos —acertó a interpretar con voz trágica.

—¡Liberaos de vuestro cuerpo mortal sin tener que pasar por las agonías de la enfermedad y la tortura! ¿Acaso queréis sufrir martirio para a la postre terminar incumpliendo los votos de silencio y ofender a Dios? ¿Soportar los más horribles dolores para finalmente no disfrutar de la vida eterna? —exclamó el abad con la vista fija en los tres hermanos.

Dominicus y Marcelo se miraron, e hipnotizados por el miedo, decidieron dar un paso al frente. Se arrodillaron ante el abad, pero este se apartó y exclamó:

—No os inclinéis ante mí, sino ante Él, nuestro Señor —dijo señalando el crucifijo del altar.

—¡Señor, si esta es vuestra voluntad, ruego acojáis mi alma en vuestro seno!

—¡Tomad mi vida porque ya no me corresponde! —exclamó Marcelo sin poder contener el temblor de cabeza y cuello.

—¡Dios os honrará con la gloria eterna! —añadió el abad y le hizo un discreto gesto a Girard.

Este desapareció tras el altar y asomó por el lado opuesto portando dos largas sogas. El gigantón las lanzó por encima de la viga del lateral de la iglesia, procediendo luego a desplazar uno de los bancos de la primera fila hasta la vertical de la traviesa. Mientras Girard, ya encaramado, ultimaba los nudos de las sogas, el abad palpó con dulzura las frentes de ambos clérigos, musitó una breve oración y los forzó suavemente a que subieran al banco. Girard tomó a Marcelo y a Dominicus, mientras el abad arrancó a entonar vehementemente unos salmos. Girard besó con artificialidad las mejillas de los dos religiosos, al tiempo que les ceñía la soga al cuello. Dominicus entornó pacíficamente los ojos, bien dispuesto a morir por la causa; sin embargo, Marcelo, en el último momento, se resistió y pretendió zafarse, pero Girard no se lo permitió. Lo agarró por la quijada y lo levantó un palmo del banco, soportando impasible los arañazos y golpes del infeliz. Girard soltó a Marcelo, saltó al suelo y pateó el banco desplazándolo más allá de tres pasos. Los dos religiosos sintieron el vacío bajo sus pies e intentaron inútilmente buscar algún punto de apoyo. Sus cuerpos empezaron a convulsionarse e incluso levantaron los brazos a fin de agarrar la cuerda de la que colgaban, pero Girard se anticipó y, poniéndose bajo los ahorcados, los tomó de los tobillos y se colgó de ellos hasta que, tras un breve forcejeo, los monjes dejaron de resistirse. Al poco, una gran mancha de orina empapó sus hábitos.

Tras un largo silencio, el abad ordenó al gigantón que soltase los dos cadáveres y luego miró fijamente a Emer, que temblaba de pies a cabeza.

—¿Y vos, hermano Emer? ¿Vais a desobedecerme?

—Pero, mi señor, yo no tengo secretos que preservar, y aunque me torturasen nada podría decir —pretendió justificar el religioso con los ojos fuera de sus órbitas.

—Vos sois el tesorero, y por lo tanto habéis registrado ciertos pagos...

—No recuerdo nada, mi señor —interrumpió con voz temblorosa.

—Eso no puedo saberlo —contestó el abad con una sarcástica sonrisa antes de indicar a Girard que lo apresara de inmediato.

Emer, horrorizado, ya había iniciado una alocada carrera, y el gigantón fue tras él sin apresurar el paso. Emer alcanzó la puerta, pero pese a sus denodados esfuerzos no pudo desatrancarla. Girard lo agarró por la cintura y trató de inmovilizarlo. Cuando ya nada parecía que pudiera salvarlo, Emer hizo un gesto inesperado y consiguió zafarse. Girard se lanzó tras el infeliz. En cuanto lo tuvo de nuevo a su alcance, y cansado ya de la persecución, le propinó un ciclópeo puñetazo en la nuca. Emer cayó al suelo varios pasos más allá. El gigantón lo tomó en brazos y, llevándolo a cuestas ante el abad, lo dejó caer al suelo provocando un impacto que el eco convirtió en desgarrador.

—¡Colgadlo también! ¡Recordad que todos ellos son viles traidores! —gritó el abad.

—Tal vez ya esté muerto —objetó D'Olm.

—Y eso qué más da, ahorcadlo junto a los otros y quizá por fin llegue a oídos del papa la monstruosidad que han llegado a hacer los hombres de Du Guesclin.

Mientras el gigantón se entretenía colgando al infeliz Emer, el abad le susurró a D'Olm:

—Esta tarde decidiremos qué hacer con el resto. Ahora podéis marcharos, pero recordad..., ni una palabra a nadie sobre el prior.

—De acuerdo, mi señor —contestó D'Olm esforzándose en disimular el pánico que inundaba su pecho.

Girard tenía la vista puesta en los ahorcados como un perro ante su presa, esperando detectar el más leve espasmo para volver a tirar de sus extremidades.

En cuanto D'Olm salió de la iglesia, el abad se volvió hacia el gigante, calibró los más de tres palmos de altura que le sacaba y, con inusual afabilidad, lo tomó del brazo instándole a sentarse.

—¿Qué opinión os merece ese D'Olm? —murmuró con tono confidencial.

—Un hombre con mucha cultura —dijo Girard respetuosamente.

—Sin duda, sin duda, pero no es un buen cristiano.

—¿Por qué no, mi señor?

—Es engreído y se burla de aquellos que no llegan a alcanzar su mismo grado de pensamiento. Le he llamado varias veces la atención, pero sigue sin hacerme caso. No hace mucho me vi en la obligación de reprenderlo muy severamente.

—¿Por qué motivo?

—Llegó a mis oídos que había criticado públicamente vuestra poca reflexión y falta de modales.

—Soy un pobre portero, mi señor, y sé que no nací para entender esos grandes legajos que todos leen —acertó a decir avergonzado.

—El mejor portero, sin duda, pero… ¿ha venido recientemente a vos para suplicaros perdón?

—¿Os referís a D'Olm?

—¿A quién si no?

—No, nunca, pero… ¿por qué debía hacerlo?

—Ese D'Olm cometió la estupidez de comparar vuestra fuerza con la de un buey…, para añadir luego que vuestro cerebro es el de una rata, e incluso tuvo el pésimo gusto de afirmar que más que cerebro seguramente tendríais un bubón de apestado.

—No me gusta que digan eso de mí —replicó el gigantón con gesto triste.

—Es natural, pero no os preocupéis, pues, como os digo, le reprendí e insté a que os pidiera perdón por tal ofensa.

—Pues nunca ha venido a mí, ni creo que lo haga —dijo conteniendo la rabia.

—Podéis decirme libremente lo que pensáis de él; soy vuestro superior y ahora os autorizo a hacerlo.

—Lo cierto es que nunca me ha gustado ese hermano —se sinceró Girard—, pues como bien decís es engreído, trata mal a los oblatos y se ríe de ellos, aunque… nunca había imaginado que también se mofara de mí.

—Lo ha hecho en reiteradas ocasiones, ante mí y ante el prior.

Me importunan este tipo de personas, y esa es la razón por la que no deseo contar más con sus servicios…

—Lo comprendo, mi señor.

—Pero, en cambio, vos sois diferente. Y por eso me honra anticiparos que para cuando termine esta maldita pesadilla tengo proyectos para vos, y para ello no dudaré en recomendaros ante el mismísimo obispo. Sois obediente y un buen monje —dijo el abad dándole una palmada en el hombro.

—¡Dios os bendiga, mi señor!, no sabéis cómo agradezco vuestras palabras, pues, aunque esté mal decirlo, ando muy necesitado de ánimos. Allí, recluido en la portería, los días son tristes y solitarios…

—Lo sé, por eso os tengo presente en todas mis oraciones, pero… hay un problema.

—¿Cuál, mi señor?

—Que ese D'Olm es quien elabora los informes para el obispo.

—No lo sabía —respondió Girard.

—Seguramente tampoco sabréis que todos esos documentos son previamente sancionados por mí, y que han sido muchas las ocasiones en que me he visto obligado a ordenarle su enmienda.

—¿No eran correctos?

—No, no lo eran, pues con frecuencia sugería a nuestros superiores la conveniencia de sustituiros en la portería. Como es lógico, jamás he permitido esas ignominiosas alusiones, pero temo que D'Olm todavía conserve alguno en sus archivos, y eso…, si llegara a nuestros superiores, sería un grave impedimento para que mis recomendaciones prosperasen. ¿No os parece?

—Sí, claro —reconoció Girard con ira contenida.

—Os propongo, y sé que lo haréis, que después de la cena entréis en su celda y reviséis todos los documentos, o, mejor dicho —rectificó el abad—, tomadlos todos y los quemáis en los fogones de las cocinas; de esa forma nunca nadie sabrá su contenido ni podrá oponerse a vuestro nombramiento.

—Sí, mi señor, pero temo que D'Olm no se avendrá —objetó con ingenuidad.

—Tal vez tengáis razón, aunque nada nos impide acabar con él.

—¿Con su vida? —se interrogó Girard con una expresión de agradable sorpresa que al punto trató de disimular.

—¿Qué otra solución me podéis ofrecer?

—¿Cómo deseáis que lo haga? —preguntó a su vez el gigante mostrando una infame sonrisa.

—Usad el puñal que lleváis, aunque…, pensándolo mejor, tal vez sea más adecuado evitar el derramamiento de sangre. Simplemente golpeadlo al igual que habéis hecho con Emer, y luego lo lanzáis por la ventana de su celda… ¿Tal vez un suicidio?

—Así lo haré, aunque después de lo que me habéis dicho sobre sus burlas lo golpearé tan fuerte que probablemente no haga falta lanzarlo por la ventana.

—Lanzadlo igualmente, ¿de acuerdo? —ordenó el abad con impaciencia.

—Sí, mi señor.

—Guardaréis nuestro secreto, ¿verdad?

—Nadie sabrá de esto.

—Tampoco comentéis nada sobre la muerte del prior, no quisiera que nuestros hermanos se desmoralizasen en un momento ya de por sí tan complicado.

—Tened la seguridad, mi señor abad.

—¡Por cierto!, preparad estos polvos con agua y bebedla antes de acostaros —añadió el abad mientras se palpaba el hábito.

—¿Qué es?

—Os ayudará a dormir —comentó al tiempo que le entregaba un pequeño saquito de tela—. Yo los uso a menudo, pues como imaginaréis son muchas las noches que las inquietudes no me permiten conciliar el sueño, y ahora, mucho me temo que vuestras nuevas responsabilidades también os impidan descansar convenientemente.

—Os lo agradezco.

El abad fue el último en abandonar la iglesia, y como siempre lo hizo mirando al suelo, dejando tras de sí los tres cuerpos que todavía seguían balanceándose.

Capitulum XXXIX

La venganza

Al poco de que Dalmau encontrara los cuerpos de Dominicus, Marcelo y Emer, la noticia se propagó como el más voraz de los incendios. La conmoción, rayana en la demencia, se apoderó de todos los monjes, que se recluyeron por voluntad propia en las celdas.

Ejean y Bardou se citaron aquella tarde en el *scriptorium*. A la vista de que no había ni un alma, decidieron resguardarse en la pequeña sala que se encontraba al final de la estancia, la misma en la que D'Olm les había impartido la última de sus clases. Al abrigo de aquellas cuatro paredes se animaron a especular sobre el posible suicidio o asesinato de los ahorcados intentando anticiparse a los acontecimientos.

—He aprovechado que ese Hervé se encuentra recluido en el hospital para revisar su celda… —le confió Bardou.

—¿Qué has encontrado? —interrumpió Ejean.

—Tan solo un par de documentos que ocultaba bajo el jergón. Dos cartas del abad en las que reclamaba su servicio en la abadía.

—¿Qué clase de servicio? ¿No me dijiste que era un perfecto inútil?

—Aunque no lo he podido confirmar, mucho me temo que se trata de un asesino a sueldo.

—¿Un monje sicario? —preguntó Ejean con turbación.

—Entiendo que le habían encargado dar muerte a alguno de los nuestros, aunque ahora, afortunadamente, es un apestado más…

—¿A quién crees que debía matar?

—Eso no lo he podido descubrir.

—¿Cómo pueden un abad y un prior entregarse a tanta maldad? La Iglesia no puede permitirse estar en manos de esas gentes.

—No debes pensar así —contestó Bardou con desasosiego—, ya te dije que nuestro abad es un mero cargo político y el prior, su hombre de confianza; ese tipo de personas son una excepción, por eso fui enviado aquí por el papa para…

—Pero ¿y el papa? ¿Por qué anda metido en todo esto? —interrumpió Ejean sin apenas escuchar las últimas palabras que acababa de pronunciar su amigo.

—No seas iluso, nada es ni puede ser perfecto en un mundo terrenal, y el pontífice es solo un hombre.

—Será solo un hombre, pero actúa como un rey.

—¿Y qué hombre podría poner paz entre los humanos sin un dios y un rey? Sin ellos, los reinos se sumirían en la anarquía más absoluta. Incluso quien no crea en el Señor debe albergar la duda de que nuestro Dios, como cualquier otro, está vigilante, y que por tanto es capaz de castigar o recompensar. ¡Mira Alá y Mahoma! También ellos adoptan las mismas letras que Dios y Cristo para obtener idéntico fin entre los suyos…

—Pero eso es diferente —replicó Ejean.

—No es diferente, sus príncipes y sultanes también toman prestado su nombre. ¿Qué es un hombre sin un dios?

—Es todo tan confuso…

—Lo es, mas no son las religiones lo que debe preocuparte, sino los hombres que se arrogan el poder del Creador.

—Pero esos mismos monjes…, les he oído decir cosas insólitas, y puedo asegurar que no siempre parecen estar del lado de Dios. ¿Qué hacen realmente aquí?

—Ellos solo son una consecuencia.

—¿De qué?

—De satisfacer su propio ego; y ese es un matiz del que pocos son conscientes. Hay que considerar que son hombres que sirviendo a Dios han acabado encontrándose a sí mismos pero no al Señor. Deberías saber que cuando un clérigo toma los hábitos, lo hace con la certeza de que al final del camino encontrará al Creador, abrazará su fe sin límites y deseará morir en ella sin inquietarle el día que será llamado por el Padre; pero estos de aquí poseen unas mentes tan favorecidas, y son tantos sus conocimientos, que aun sabiendo que han nacido para morir, rechazan la muerte hasta ver conseguida su aspiración.

—Algo de todo eso he conjeturado —reconoció Ejean recordando sus reflexiones en el velatorio de Bartolomei y Sadourny—, pero ¿cuál es esa ambición?

—Adquirir el mismo conocimiento de Dios, esa es la cuestión relevante; eso los convierte en rebeldes, o peor aún, en herejes, pues así deben ser calificados quienes creen haber encontrado a Dios en ellos mismos.

—Pero entonces, ¿no siguen ninguna de las enseñanzas de Cristo?

—Aman a Cristo y comulgan en sus prédicas, pero cada cual se considera Cristo. Sus estudios y sus mentes les han permitido deducir que Él, aun siendo el mejor de los hombres, tal vez no fuera Dios sino un simple mortal como ellos.

—Si así fuera, lo que no entiendo es que hayan decidido prestar sus servicios en esta abadía.

—Sirven a la Iglesia porque en ella les es posible seguir ahondando en su ser; desean creer en Dios, pero para su desgracia se pasan la vida debatiendo su concepto, y esa confusión les tortura el alma de tal forma que solo encuentran consuelo en el saber, y este, obviamente, solo se halla aquí, entre estos muros.

—¿De verdad crees que son herejes? —preguntó Ejean, reacio a aceptar que el propio Bardou pudiera expresarse con tal rotundidad.

—Eso es lo que pienso, y curiosamente, de serlo, lo son gracias a la propia Iglesia, pues con ella han aprendido a leer, escribir y pensar por sí mismos.

—¿Pretendes justificarlos?

—No, en absoluto, pero justo es reconocer que se pasan media vida buscando la verdad, y cuando la encuentran, pasan la otra media valorando si creérsela. Eso es el principio de la duda, y también el final.

—¿Y tú? ¿Por qué tomaste este camino? —preguntó Ejean con candidez.

—Me enamoré, y lo hice de Dios —contestó Bardou con firmeza.

—¿Y por qué de Él?

—Un día, hace ya mucho tiempo, un ser muy querido me dijo: «Enamórate de alguien o de algo, deja luego que tu cuerpo confunda alma, corazón y mente, sin que te importe mezclar realidad y fantasía; mas no permitas que nunca nada suceda». Y simplemente Él estaba allí en aquel preciso momento.

Ejean le sonrió con afecto y determinó, tal vez porque su alma albergaba ya demasiadas vacilaciones, que era el momento de corresponder a la sinceridad que Bardou le acababa de mostrar. Le contó el encuentro con su hermana y la vía de escape que tenía prevista, incluso detalló las dificultades para alcanzar el huerto, en especial, la reja que cerraba la canalización de agua. Bardou dio un par de vueltas por la sala, quedó tras la espalda de Ejean, le tomó por el hombro y susurró:

—¡Debes marchar! Mañana tal vez sea demasiado tarde.

—Tenía pensado hacerlo hoy, antes del amanecer; necesitaremos ampararnos en la oscuridad para escondernos de los soldados.

—¿Tienes verificados los cambios de guardia?

—Desde que llegaron no hago otra cosa que subir al campanario para observar sus movimientos. Tienen a dos de ellos frente al portón de entrada, y otros tantos en cada esquina, pero ni ayer ni hoy han apostado centinelas junto al huerto. Imagino que no tienen mucho interés en las monjas, y deben desconocer que existe ese pasadizo subterráneo.

—¡Pues deberías ir preparándote!

—No puedo hacer nada hasta la hora prima, así lo tengo acordado con María, además antes debería... Tengo que arreglar algo...

—¿Qué quieres hacer? —preguntó Bardou leyendo los pensamientos de Ejean—. ¿Venganza? ¿Es eso lo que pretendes? ¿Deseas vengarte aun exponiéndote a ver frustrado tu plan?

—No sé si es venganza, tal vez lo que necesito es conocer la razón...

—Pero si lo interrogas, te verás obligado a matarlo —interrumpió el monje.

—Tampoco me desagrada la idea. Además, confío plenamente en ti, y si saliera mal parado de ese encuentro, sé que tomarás a mi hermano y lo conducirás por ese subterráneo hasta reunirlo con María; seguro que sabrán llegar a Codalet, y una vez allí, Hug se encargará del resto.

—Sabes que puedes contar con ello —confirmó Bardou mientras ladeaba la cabeza con un gesto de resignación, convencido de que nada ni nadie podría hacer cambiar de opinión a su amigo.

—Respecto a mi hermano —agregó Ejean—, y dado que los oblatos han quedado aislados, te rogaría que contactaras previamente con él para contarle mis planes.

—No te preocupes, será lo primero que haga.

—Dile también que trate de recuperar su ropa de seglar y la meta en un zurrón. Tengo previsto que se desprendan de los hábitos antes de saltar el muro; ya sabes, para evitar que en el peor de los casos los soldados nos tomen por lo que no somos…

—Entiendo.

—Supongo que Joseph sigue sin saber nada del triste final de nuestros padres…

—Lo sabe —dijo el monje.

—¿Se lo has dicho tú?

—Tan solo le he confirmado sus sospechas. Simuló no saberlo, pero por sus comentarios he podido deducir que alguien, ya en Limoux, le informó del final que esperaba a vuestros padres; tal vez algún miembro del tribunal…

—No me alegra que lo sepa, pero lo cierto es que me va a ahorrar la tremenda mortificación de explicárselo.

—Me hago cargo.

—Habla ahora con mi hermano, y antes de medianoche acompáñalo a la estancia del prior. Esperad allí a que yo llegue —dijo Ejean mientras se disponía a abandonar la sala.

Ascendió en solitario las escaleras que llevaban a las estancias del abad. Antes de doblar la esquina, tras asegurarse de que nadie pudiera verlo, encendió el candil, tomó la daga que llevaba atada al muslo y la alojó en la manga izquierda. Pronto estaba golpeando la puerta del abad enérgicamente.

—¡Pasad! —bramó el abad.

Ejean escudriñó la sala a la luz del candil hasta advertir al abad reposando en el sitial. Al comprobar que no hablaba ni hacía gesto alguno, dedujo que lo había sorprendido dormitando. Se aproximó con tiento y le iluminó el rostro descubriendo con espanto que, pese al hábito y al medallón que colgaba de su pecho, aquel no era el abad sino el cuerpo inerte del sacristán. Retrocedió con un sobresalto cuando oyó un gruñido que procedía de la chimenea:

—¿Quién sois? —preguntó desde la oscuridad una voz que identificó con la del abad.

—El hermano Ejean —contestó con el mismo miedo que si le estuviera hablando la muerte.

—¿Y qué demonios hacéis aquí? Creía que erais D'Olm —profirió el abad.

—¿Qué le ha pasado a nuestro hermano el sacristán?

—Un lamentable accidente. D'Olm lo ha encontrado muerto en las escaleras y ha decidido traerlo hasta aquí; probablemente cayera y se golpeara fatalmente en la cabeza.

Después de dar lumbre al candil, el abad emergió por fin de la penumbra. Estaba plácidamente sentado en una amplia mecedora, frente a la chimenea, observando embelesado el chispear de las brasas.

—Pero lleva vuestros hábitos. ¿Y ese medallón?

—No dispongo de mucho tiempo, y tampoco me apetece daros explicaciones, así que marchaos y dejadme seguir con mis oraciones.

—Yo sí tengo tiempo —replicó Ejean amenazante.

—¿Acaso vais a desobedecerme?

—Soy Ejean.

—Eso ya lo sé.

—Ejean Duver. ¿Os suena ese nombre? —preguntó mientras se aproximaba al abad.

—¿Duver? El apellido me resulta familiar, pero no recuerdo...

—Tal vez os suene más el nombre de Jean Duver, el carpintero de Limoux.

—¿El hereje?

—Él era mi padre y puedo aseguraros que no fue ningún hereje. Vos lo sabéis mejor que nadie —dijo Ejean mientras extraía la daga de su manga y con un rápido movimiento plantaba su filo en el gaznate del abad.

—¿Me estáis amenazando?

—Ya veis que sí —replicó con frialdad—. ¿Por qué lo mandasteis quemar en la hoguera junto a mi madre?

—Ya os he dicho que eran herejes.

—¡Dejaos de tonterías y responded! —gritó mientras le oprimía le cuello con la punta de la daga.

—Tengo entendido que antes de dedicarse por entero al oficio de carpintero vuestro padre hizo el noviciado en este monasterio —expuso el abad con aparente calma.

—Tal vez.

—La cuestión es que cuando llegué aquí me hablaron de él y de sus dotes como tallista, e incluso me enseñaron alguna obra que había realizado para la abadía.

—¿Y eso se condena con la muerte? —preguntó el joven con furia.

—No, lo que le condenó fue eso —dijo señalando la gran mesa que quedaba frente a la chimenea.

—¡Me estáis tomando por un necio! —exclamó Ejean clavando levemente la daga en el maxilar del religioso.

—Si de verdad queréis saberlo, os lo enseñaré.

—No hagáis ninguna tontería, o me veré obligado a ensartaros como a una maldita rata.

El abad se movió despacio hacia la mesa, con las manos alzadas, sintiendo la daga de Ejean en la nuca. En cuanto estuvieron junto al tablero, retiró con parsimonia el crucifijo y la imagen de la Virgen que la presidía. Luego apartó los útiles de escritura y los dos enormes candelabros. Con gran precisión, retiró los gruesos remates laterales que adornaban los cantos de la mesa, levantó el tablero con vigor y lo desdobló como si fueran las dos únicas páginas de un libro. Apareció entonces un gran cuadrante circular y un disco giratorio en el centro, rodeados ambos por casillas que contenían diferentes letras y números. En aquel momento, Ejean traspasó mentalmente la barrera del tiempo y recordó la última de las reuniones clandestinas que había mantenido con Bardou. No tuvo ninguna duda de que eso que tenía ante sí era el ingenio que según el monje estaba llamado a revolucionar las secuencias de los mensajes cifrados.

—¿Eso lo hizo mi padre? —preguntó con incredulidad.

—Sí, en eso estuvo trabajando hace apenas dos años.

—¿Y por eso lo matasteis?

—¿Quién podía asegurarnos que no hubiera hecho copia de los planos o que hubiera memorizado su funcionamiento?

—¿Y mi madre?

—Cuestión de seguridad —contestó con frialdad—. Tampoco podíamos confiar en que nada supiera al respecto; incluso vos mismo podríais estar al tanto, pues ya teníais edad para comprender su mecanismo.

—¿Y por eso me condenasteis?

—Sí, pero también os recuerdo que respetamos la vida de vuestros hermanos, y fue precisamente decisión mía acogerlos en esta abadía como oblatos.

—Así que os dio pena condenarlos a la hoguera pero no dudasteis en encerrarlos de por vida entre estos muros; todo por el simple recelo de que pudieran hablar, pero… ¡si eran unos simples críos! —exclamó con coraje Ejean.

—Y supongo que si estáis aquí es por ellos —dedujo el abad mientras retornaba con las manos alzadas hasta la chimenea.

—Vos sois el Siervo de Dios, ¿verdad?

El abad tragó saliva, se agachó frente a la chimenea y sujetó unos troncos.

—Me disponía a avivar el fuego precisamente para quemar el cuadrante —dijo con temple, mientras depositaba leña pequeña sobre las brasas y tomaba el aventador.

—¡Montasteis un juicio falso, mancillasteis la honra de mis padres, los torturasteis y los quemasteis! ¿Todo por esa mierda? ¿Por qué no matarlos sin más sufrimiento? —reclamó Ejean fuera de sí.

—Se habló de esa posibilidad, pero… ¿Exterminar a toda una familia? No dudo que hubiera sido posible, pero algunos de los nuestros prefirieron emplear métodos más elaborados; ellos fueron los que decidieron emprender una gran operación de distracción para encubrir esas muertes, y además…, por qué no decirlo, a los de vuestra comarca les venía bien saber que la Inquisición estaba de nuevo entre ellos, velando por sus almas.

—No tengo palabras para definir tanta maldad.

—Demasiada gente vive en un mundo imaginario, creyendo que todo es simplemente bueno o malo, pero los que vivimos en un mundo real bien sabemos que no es fácil…

—¡Sois un simple asesino! —interrumpió Ejean.

—¡Vos no sois nadie para condenar mis actos!, solo Dios puede hacer tal cosa.

—No os quepa ninguna duda de que lo hará.

—¿Me condenará a las llamas eternas por haber servido a su representante en este mundo? —se preguntó el religioso con una sonrisa.

—Vos solo habéis servido a vuestros propósitos, y para ello no habéis dudado en manipular voluntades, incluso las más nobles y sabias.

—No es preciso tener una mente superior, sino inteligencia para descubrirlas y someterlas —dijo el abad con orgullo mientras seguía atizando acompasadamente las brasas hasta ver prender las llamas—. A menudo las mentes privilegiadas son demasiado frágiles, y precisamente por eso me ocupo de ellas desde hace muchos años.

—No habéis respondido. ¿Sois el Siervo de Dios?

—Sí —reconoció con severidad—. ¿Qué vais a hacerme?

—Habéis hablado en plural cuando os referíais a los que adoptaron la decisión de llevar a la hoguera a mis padres. ¿Quién más estuvo implicado?

El abad se entretuvo en acariciar el atizador de hierro que estaba apoyado sobre los leños. Lo movió con la mirada fija en su extremo, una punta de metal en forma de hoja de roble, y la introdujo repetidamente entre las brasas. Agachado frente al hogar, y después de trastear con él, empujó los troncos hacia las llamas y miró a Ejean simulando estar dispuesto a responder por fin a la pregunta; pero cuando parecía que iba a tomar la palabra, se incorporó rápidamente con el atizador en la mano y lanzó un duro golpe dirigido a la cabeza de Ejean.

El joven se protegió con el brazo izquierdo, parando el hierro con la parte interna del codo, de forma que se marcó a fuego la piel. Con el intenso dolor de la quemadura, soltó la daga propiciando que el Siervo de Dios intentara golpearlo de nuevo con el metal candente. Pero espoleado por la rabia, Ejean se le anticipó y le propinó un tremendo puñetazo en el pecho. Tras el impacto, el abad tropezó con la base de la chimenea, cayó sobre ella y se golpeó la nuca, quedando conmocionado unos breves instantes.

Al recobrar el sentido, el abad empezó a gritar entre las llamas como un poseso, implorando ayuda. Intentó en varias ocasiones apoyar sus manos sobre el fuego para incorporarse, pero el dolor le impidió moverse; cuantos más apoyos buscaba, más se le adherían las brasas a las palmas. Intentó entonces reptar de espaldas para salir del fuego, pero Ejean, recogiendo la daga del suelo, se la clavó en el pecho. El Siervo de Dios continuó gritando e intentando levantarse hasta que el joven agarró con la otra mano el atizador, se lo clavó en la garganta y lo sujetó firmemente hasta que el abad dejó de agitarse.

Ejean se sentó en la mecedora y se quedó contemplando cómo la cabeza del Siervo de Dios se consumía lenta y silenciosamente. Extasiado durante largo rato, sin pensar en nada, creyó ver que las llamas dibujaban el rostro de sus padres. Más tarde su mirada se posó en una gran cruz procesional que pendía de la pared. Era de cobre dorado y resplandecía como si tuviera luz propia. Tenía sus cuatro extremos rematados con flores de Lis, y el *perizonium* que colgaba de la cintura de Jesús estaba esmaltado con preciosos tonos azules, verdes y rojos; sin duda, era una de esas cruces de Limoges tan codiciadas por los monasterios. Observó al Cristo crucificado y supo que era diferente. Ese no era un Jesucristo muerto, con la cabeza ladeada, corona de espinas y ojos cerrados, sino un Cristo pleno de vida, con la cabeza erguida, los ojos abiertos y, si bien ceñía corona, no era la de un torturado, sino la de un rey. Aquel Cristo ya no representaba un cuerpo extinto, sino el de un resucitado; el Hijo de Dios que había querido volver a la vida para ser testigo de lo allí sucedido.

Cuando el olor a carne quemada se hizo insoportable, limpió la daga con los bajos del hábito del abad, besó la mesa antes de cerrarla y sintió que una extraña paz recorría su cuerpo. Antes de abandonar la estancia, miró el sitial y creyó distinguir una sonrisa en el rostro del infortunado sacristán.

Capitulum XL

La huida

Mientras se dirigía a la iglesia, Ejean trató de reconstruir todo cuanto acababa de acontecer sin distinguir con precisión qué hechos habían sucedido realmente y cuáles podían ser fruto de su imaginación. No fue hasta cruzar el claustro cuando el frío abofeteó su cara haciéndole despertar de aquel extraño hipnotismo.

Marchó con paso resuelto hasta alcanzar la cripta y, sin toparse con nadie, se dirigió a la sala del prior. Al abrir la puerta se encontró a Bardou y a su hermano sentados a la luz de una escuálida vela. Ambos se alzaron con el miedo en el cuerpo, pensando que habían sido descubiertos. Ejean se iluminó el rostro con el candil para que lo reconociesen y luego se lanzó a los brazos de Joseph. Su hermano lo ciñó con tanto fervor que Ejean emitió un leve quejido al sentir que le oprimía el brazo.

—¿Te han herido? —preguntó Joseph con el alma en un puño.

—¡Estoy bien, quédate tranquilo!

Pero su hermano le alzó la manga del hábito descubriendo que tenía una marca grabada a fuego en la piel de su antebrazo, todavía sangrante.

—¿Qué ha pasado? —terció Bardou con inquietud.

—Lo único que importa es que el abad está muerto a sangre y fuego —anunció Ejean con el rostro fatigado.

—¿Lo has matado tú? —preguntó el monje estupefacto.

—Así es, ese demonio ya no volverá a hacer daño a nadie —sentenció Ejean mientras tomaba asiento.

—¡Dios santo! —exclamó Bardou—. Pero… ¿ha llegado a confesar que fue él quien mandó matar a vuestros padres?

—Sí, así lo ha reconocido —dijo Ejean tomando resuello.

—¿Y la razón?

—Según ha dicho, mi padre trabajó para los vuestros confeccionando un gran cuadrante encriptador..., supongo que el mismo del que me hablaste. Eso le costó la vida a él y a mi madre; temieron que hubieran conocido la forma de operar con esa máquina.

—Pero no atino a relacionar.... —dijo el monje mirando a ambos hermanos con gesto de confusión—. Si el motivo fue que vuestro padre llegó a materializar los planos, eso significaría que el abad estaba en posesión de ese artilugio.

—Llevas razón, el ingenio está hábilmente disimulado en la mesa que preside su estancia.

—¿Esa mesa?

—Simplemente desdóblala y la verás convertida en máquina.

—¡Santo Dios! Desde que llegué la estoy buscando. ¡Qué necio he sido!

—¿Y para qué la querías?

—Para estudiarla, y tal vez dibujarla, aunque..., lamentablemente, ahora lo más prudente sería destruirla.

—En eso estaba el abad cuando entré en su aposento.

Bardou se levantó y empezó a dar vueltas con la mano en la frente, pellizcándose la piel, intentando casar todos los cabos sueltos que aún le rondaban por la cabeza. Joseph sacó la camisa que guardaba en su morral y, rompiendo un trozo, le vendó la herida a su hermano. Al poco, Bardou se volvió a sentar inquieto, con las manos sobre las rodillas.

—¡Debéis marchar! —decidió.

—Aún es pronto —opuso Ejean—. Nuestra hermana no estará en la reja hasta la hora prima.

—¿Y cómo sabréis la hora si ya nadie atiende el campanario? —preguntó el monje con desasosiego.

—Por las campanas de las monjas —contestó Ejean mientras se dirigía al confesionario y retiraba el plafón que ocultaba el subterráneo—. Ellas siguen marcando los servicios, y desde aquí las oiremos. ¿Y tú? ¿Vendrás con nosotros?

—No, mi lugar es este —contestó Bardou con determinación—; además, desde aquí podré guardaros mejor las espaldas. Qué mejor que esos bastardos me encuentren tranquilamente sentado en la mesa del prior. Instintivamente concluirán que estoy atrapado, y por tanto nadie recelará del confesionario ni de cualquier otra escapatoria secreta. Recuerda que una forma de despistar la mente es dirigir la atención hacia otro punto, igual que hago con los mensajes y...

—¡Pero te matarán! —interrumpió Ejean.

—Quédate tranquilo, eso no pasará.

—No seas necio, te torturarán y te matarán.

—Ya digo que no debes preocuparte por eso —insistió Bardou mientras se desprendía con agilidad de la parte superior del hábito y mostraba una pequeña funda de cuero que colgaba de su pecho.

—¿Qué es esto? —preguntó Ejean ante la mirada atónita de Joseph.

—Digamos que mi salvoconducto.

—¡Me estás mintiendo!

El monje volvió a guardarse la bolsa bajo el hábito y fijó la mirada en la pared tratando de concentrarla en un solo punto.

—Tal vez haya llegado el momento de contaros toda la verdad —declaró con artificial serenidad.

—¿La verdad? —apuntó Ejean con una discreta sonrisa—. Si pretendes que te crea, recomiendo que empieces por el principio, tenemos tiempo de sobra.

—Bien, pues empezaré por decir que, aun siendo cierto que fue el superior del monasterio de Lagrasse quien me envió aquí en compañía del hermano Abbal, ¡a quien Dios tenga siempre presente! —añadió con fervor y santiguándose—, más cierto es que obedezco órdenes directas de Clemente VII.

—¿Del mismísimo pontífice? ¿Qué clase de órdenes? —preguntó Ejean boquiabierto.

—Fue Su Santidad, al dictado de sus consejeros, quien alentó este tipo de monasterios, donde no todo se reduce a orar...

—Eso ya lo sé —interrumpió Ejean.

—La cuestión es que obtuvimos información que parecía confirmar que este abad, al margen de los trabajos oficiales, se ocupaba también de cuestiones propias que nada tenían que ver con el papa. Digamos que usaba la abadía para dar cobijo a algunos de su camarilla, y así simultanear los trabajos que realizaba para el pontífice con otras tareas de información y espionaje.

—¿Para quién?

—Para reyes y nobles, y muy bien remuneradas, por cierto: dinero, oro, joyas, títulos y todo tipo de propiedades.

—Pero ¿cómo podía hacerlo?

—Disponiendo de la amplia red de espías del pontífice en su propio beneficio, es decir, mercadeaba con la información que recibía, tanto la que versaba sobre el papa como la de los reinos vecinos. Además, aquí disponía de los mejores especialistas en encriptar y desencriptar mensajes; y, obviamente, a ninguno de nuestros monjes se le ocurrió nunca preguntar la razón de los trabajos que se les encomendaba.

—Creo que ahora entiendo muchas cosas —aceptó Ejean.

—De ahí los frecuentes viajes del abad, la forma más perfecta de intercambiar información secreta sin levantar sospechas. Tal vez tu hermano nos pueda dar más información. ¿Acaso no estuviste con el abad en el monasterio de Sant Pere de Rodes? —preguntó a Joseph, quien mantenía el más tupido de los silencios.

—Allí estuvimos, pero nunca llegué a intuir nada —comentó encogiéndose de hombros.

—Imposible de descubrir —lo excusó el monje—, pues todos sus

desplazamientos se revestían de carácter oficial, estrictas reuniones con abades y priores. ¿Quién era capaz de imaginar que tras ellas se pudieran enmascarar citas clandestinas en las que intercambiar información? Y, por si fuera poco, gozaba de la seguridad que le proporcionaba la escolta del propio papa. El sistema era tan perfecto que nadie lo hubiera descubierto, de no ser por su avaricia…

—¿Avaricia de qué? —interrumpió Ejean.

—Al parecer, el abad se inició vendiendo información entre nobles, pero más tarde su codicia lo tentó a comerciar también con reyes, y llegado a este punto se equivocó.

—¿En qué?

—No contó, como en el caso de Francia, con que los monarcas tienen una red de espías infinitamente superior.

Ejean miró a su hermano demandando una confirmación de todo cuanto Bardou estaba diciendo, pero solo consiguió arrancarle un nuevo gesto de ignorancia.

—Tal vez recordarás que a Sant Pere de Rodes acudió un representante del obispo de Navarra —preguntó Bardou con la mirada puesta en Joseph.

—Sí, así fue —reconoció el chico.

—Lo que seguramente ignoras es que Navarra es una aliada de los ingleses, y que si ese mandatario acudió a vuestro encuentro, fue con el propósito de comprarle al abad cierta información confidencial sobre las intenciones de Francia con ese reino... El problema es que Francia ya estaba alertada sobre la trama del abad y de sus devaneos con tales reinos, por lo que mandó una delegación ante nuestro Clemente a fin de pedirle explicaciones. Por desgracia, los franceses no quedaron muy convencidos de que el papa quisiera investigar las sospechas que recaían sobre el abad.

—¿Desconfiaron del pontífice? —preguntó Ejean con incredulidad.

—Obviamente, pues era tanto como exigirle que desenmascarase su red privada de informadores. Esa, y no otra, es la razón por la que los franceses nos han mandado a los hombres de Du Guesclin. Es más, deduzco que ya iban tras vosotros desde que abandonasteis Sant Pere de Rodes —agregó Bardou con la vista puesta en Joseph.

—Y tú, ¿qué pintas en todo esto? —insistió Ejean.

—Lamentablemente, los franceses se equivocaron, pues el papa se preocupó mucho por la trama del abad —respondió Bardou—. Temía que, de no corresponder al monarca francés, este decidiera darle la espalda y tomara partido por el papa romano; además, ni Clemente tiene ejército para frenar a los franceses, ni las relaciones con la Corona catalana están lo suficientemente avanzadas para hacer una causa común contra Francia. Así que nuestro papa ordenó a mi superior en Lagrasse que introdujera a dos de los nuestros en esta abadía, y esos fuimos Abbal y yo.

—Ese abad era el mismísimo satán —sentenció Ejean.

—Sin duda, y aunque para nada quisiera justificarlo, imagino que el manuscrito de Isued influyó mucho en sus decisiones, o al menos las precipitó.

—¿Por qué? —preguntó Ejean al tiempo que miraba a su hermano para indicarle que más tarde le pondría al corriente de ese documento.

—Entre otras muchas cosas, ese manuscrito predecía que el papado se unificaría de nuevo en Roma; así pues, tras contrastar que las anteriores profecías se habían cumplido, el abad debió concluir que también esa se consumaría; o lo que es lo mismo, tomó conciencia de que estaba trabajando en vano. Probablemente esta fue la razón por la que decidió sacar provecho económico de la situación.

Fue Ejean quien ahora se quedó absorto, afanado en recapitular las explicaciones de Bardou, hasta que vio cómo el rostro del monje dibujaba una irónica mueca que desembocó en una sonrisa contenida.

—¿Qué sucede? —preguntó Ejean intrigado—. ¿Acaso todo lo que nos has contado es mentira?

—No, en absoluto —replicó Bardou—, tan solo que ahora me ha venido a la memoria la noche que nos conocimos. Recordaba el momento en el que acepté ayudarte a entrar aquí… En realidad, estaba velando más por mis intereses que por los tuyos —reconoció avergonzado.

—¿Cómo? ¿No te intimidé?

—Sí, claro, pero he de reconocer que pretendí algo más… Traté de autoprotegerme.

—¿Cómo?

—Anticipándome a la posibilidad de que el abad fuere informado de que se había infiltrado un confidente del pontífice en el monasterio.

—¿Y en qué podía haberte ayudado yo?

—Llegado el caso, pensé que tú estarías en una posición más débil. ¡Tú hubieras sido el espía! ¿Quién iba a dudar de mí?

—¡Hubiera sido mi palabra contra la tuya! —objetó Ejean con cierto resentimiento.

—¿Eso piensas? —rebatió Bardou—. ¿A quién iban a creer? ¿A mí o a un presunto monje que ni siquiera sabe persignarse? ¿Quién podría creer a un impostor que no tiene la más mínima noción de criptografía?

—Tu madre seguro que será una santa, pero tú… —Ejean omitió el final de la frase por respeto a su amigo, para luego dedicarle un guiño amable.

En aquel momento se oyó el sonido de unas campanadas que provenían del pasadizo. Bardou les indicó que era tiempo de marchar. Ejean y Joseph cruzaron la mirada y sin más palabras dirigieron sus pasos hacia el confesionario. Ya en el interior, cuando se disponía a abrir el acceso secreto, Ejean dio súbitamente media vuelta y se encaró al monje.

—Todavía no me has dicho cómo ese documento que guardas bajo el hábito puede salvarte la vida.

—Esta carta está firmada por el propio papa y el embajador francés en Aviñón, lo que es tanto como decir que estoy trabajando para ellos. Marchad tranquilos, aquí los estaré esperando, sentado en el sitial del prior y con el salvoconducto sobre la mesa.

—¿No te puedo hacer cambiar de opinión? —propuso Ejean.

—Está decidido —sentenció el monje—. ¡Y si ahí dentro tenéis problemas, volved! Os estaré esperando lo que resta de noche —agregó al tiempo que les alargaba una vela con la que dio lumbre a los candiles que portaban.

—¡Ven a por ese maldito manuscrito! —rogó Ejean.

—No es menester, ya sé lo que dice. Además, es mejor que nadie me encuentre con él. ¡Lleváoslo vosotros y haced el uso que consideréis más ajustado a la voluntad de Dios!

—¿Nos veremos? —preguntó Ejean conteniendo la emoción.

—Espero poder visitarte en Limoux.

—Desearía regresar, pero no creo que ni yo ni ninguno de los nuestros podamos hacerlo; allí solo me esperan para subirme a la hoguera. Lo más adecuado será que preguntes dónde se forja la espada más excelente de esta parte del mundo, y espero que las respuestas te conduzcan a mí. —Sonrió Ejean con los ojos resplandecientes y un nudo en la garganta.

Al descender las escaleras oyeron tras ellos la voz de Bardou:

—¡Que Dios os bendiga! —les susurró al tiempo que cerraba la puerta del confesionario con un agudo chirrido.

Joseph, azorado por la amenazante oscuridad del túnel, se pegó materialmente a su hermano. Ejean inició un andar rápido, al límite que le permitía la llama del candil, hasta rebasar la estancia que preservaba el manuscrito de Jäger. La miró de soslayo, sin detenerse, decidido como estaba a desentenderse del asunto. Pero a las pocas zancadas frenó la marcha de forma inesperada. Acertó a pensar que, por muy maldita que fuere esa obra, tal vez podría serle útil; en el peor de los casos, si algo no salía bien, dispondría de ella como moneda de cambio. Ejean tomó entonces del brazo a su hermano, y volviendo sobre sus pasos, lo arrastró hacia ese aposento.

En cuanto se plantó frente al armario, cedió el candil a Joseph y, en apenas un santiamén, hurgó en el compartimento secreto, tomó las llaves y liberó el cierre del arcón. Su hermano lo vio trajinar con los volúmenes allí apilados sin atreverse a abrir la boca, pero torció el gesto cuando se percató de que Ejean le metía el texto maldito en la alforja que colgaba de su hombro.

En cuanto retomaron el túnel, y al poco de doblar la esquina, toparon con una pequeña puerta. Ejean la iluminó de cerca y emitió un suspiro de alivio al comprobar, tal y como le había anticipado su hermana, que solo estaba protegida por dos grandes pasadores. Los descorrió y franqueó el umbral con la máxima cautela. Llegó a intuir que esa era la portezuela que comunicaba con el recinto de las monjas, pero no las tuvo todas consigo hasta que unos pasos más adelante, a su izquierda, advirtió la reja donde por dos veces había intercambiado la ropa. Entonces miró a su hermano con el rostro lleno de júbilo.

—Aquella es la puerta por la que tiene que aparecer nuestra hermana —aseguró señalando el otro extremo del pasadizo.

—¡Dios quiera que María acuda! —susurró Joseph con el corazón en un puño.

—¡Vendrá! Y a las malas, iremos a por ella.

—¿Enfrentarnos a las monjas?

—¿Qué problema hay? Si tenemos que entrar y llevárnosla, lo haremos. No creo que ellas vayan armadas —añadió con una sonrisa nerviosa.

Ambos hermanos aguardaron inquietos; una espera que se les hizo eterna. Ejean se estaba ya planteando entrar a por María cuando percibieron unos sigilosos pasos y el chirriar de la puerta al final del pasaje. Ambos se arrimaron a la pared y miraron con expectación. Al poco distinguieron la figura de una monja que alzaba el candil para iluminar mejor sus pasos. En uno de sus balanceos, la llama acertó a alumbrar su rostro.

—¡María! —murmuraron al unísono.

La hermana corrió hacia ellos como una exhalación. Arrojó al suelo el costal que llevaba colgando y los besó con enorme cariño. Los tres se abrazaron con alegría desbordada, y finalmente ella rompió a llorar de emoción, aferrándose nerviosamente a la mano de Joseph.

—Siento la tardanza, pero las cosas se han complicado ahí dentro —se disculpó María en cuanto recobró el aliento.

—¿Qué ha sucedido? —preguntó Ejean.

—Dos de las nuestras han enfermado y la superiora nos ha prohibido salir de las celdas.

—¿La peste?

—Nadie ha dicho nada, pero debe ser una enfermedad muy contagiosa. Afortunadamente las aquejadas compartían la misma celda y apenas hacían vida en común con el resto —dijo con ánimo tranquilizador.

—¿Estás segura de que no han podido infectarte?

—Lo dudo mucho, pues tan pronto una de ellas empezó a sentirse mal, la superiora mandó recluirlas a las dos. Además, aquella misma noche les bloqueó el pestillo con sogas, y luego tapió la puerta con traviesas y clavos para que no pudieran salir. ¡Era horrible oírlas llorar y chillar! ¡Pobrecillas!

—¿Ni tan siquiera les dan de comer? —se interesó Joseph.

—La superiora se encarga de arrojarles una vez al día la comida por la trampilla. Lo hace cubierta de trapos, parece un fantasma al que solo se le ven los ojos. ¡Da miedo verla! Esa mujer no tiene piedad con ellas…

—Es lo más sabio que podía hacer —interrumpió Ejean—. ¿Tal vez estés hablando de Arsendis y Gisèle?

—En efecto. ¿Cómo lo sabes?

—Porque pasaron la noche con el prior, y él fue de los primeros en infectarse. En nuestro lado son tantos los contagiados que ya he perdido su cuenta… —Ejean advirtió que no podían permanecer más tiempo en ese lugar—. ¿Y esa puerta que conduce a la mina de agua? —le preguntó a María.

—Es esa que tienes a tus espaldas —respondió su hermana iluminando con el candil un pequeño portillo que abrió ella misma.

Al otro lado vieron una alcantarilla estrecha, de techo abovedado y bajo, a la que tuvieron que acceder agachando la cabeza. El suelo estaba encharcado de agua tan fría como el hielo, que les alcanzaba hasta los tobillos.

—¿Y la palanca que te pedí? —reclamó Ejean.

—Aquí la dejé hace dos días. Es la azada más robusta que encontré —dijo tentando el suelo con el pie hasta topar con ella.

Ejean tomó la azada, y los tres marcharon en lenta procesión por el conducto hasta darse de bruces con la reja. Tal y como María había referido, solo constaba de dos barrotes herrumbrosos y enmohecidos, de no más de un dedo de grosor. Ejean entregó el candil a su hermana y, cruzando el mango de la azada entre los barrotes, empezó a ejercer palanca moviéndolo hasta que un hierro cedió. Lo agarró fuertemente con las manos y lo retorció hacia arriba todo cuanto dio de sí. Luego se empleó con el otro barrote, que afortunadamente cedió sin más, descalzándose de la base.

—¿Y ahora? —preguntó Joseph.

—La alberca queda justo debajo, a no más de medio cuerpo de altura —advirtió María.

—¿Y la profundidad?

—No temas, solo nos llegará hasta la cintura.

Ejean abandonó la azada en el suelo y sacó la cabeza por el hueco abierto. Observó que la luz de la luna, ya en cuarto creciente, iba y venía a capricho de las nubes. Esperó a que se debilitara su fulgor para descolgarse hasta la alberca. Al instante sintió cómo el agua empapaba sus ropas y un intenso frío estremecía su cuerpo. Miró a su alrededor hasta cerciorarse de que no había un alma. En cuanto la luna volvió a ocultarse, ordenó a sus hermanos que guardaran los candiles en los zurrones y les instó a bajar. Ambos se hundieron en las gélidas aguas conteniendo la respiración.

—Cambiaos la ropa —susurró Ejean cuando ya salían de la balsa, con las prendas empapadas y tiritando.

Joseph se cambió en el acto, y María, pudorosa a pesar de la oscuridad, se apartó hasta quedar oculta tras los arbustos de laurel y salvia que circundaban la alberca. En cuanto guardaron sus respectivos hábitos en los zurrones, dejaron que la muchacha los guiara a través del huerto hasta alcanzar el tramo más bajo del muro.

—¿Este es el punto más accesible? —preguntó Ejean.

—Puedes estar seguro, he revisado todo su recorrido hasta la saciedad —respondió ella con determinación.

En cuanto una de las nubes volvió a ocultar la luna, Ejean se agachó y ordenó a su hermano que se subiera sobre sus hombros. Joseph se vio enseguida elevado hasta el borde superior, se agarró a él y terminó por sentarse encima con una pierna a cada lado. A instancias del hermano mayor, se inclinó cuanto pudo para que los centinelas no pudieran advertir su silueta. Acto seguido, Ejean repitió la operación con su hermana; y, por último, agarrándose a la cinta del zurrón que le había lanzado Joseph, escaló el muro hasta su cresta. Sin más dilación, los tres decidieron saltar al otro lado, cayendo mansamente sobre la nieve. Ya en el exterior, se reunieron bajo el murallón y dejaron transcurrir el tiempo suficiente para convencerse de que lo único que oían era el pálpito de sus corazones.

—Los soldados quedan a izquierda y derecha, apostados en las esquinas —susurró Ejean—. Por lo tanto, debemos caminar todo recto. —Y señaló con el dedo la dirección perpendicular al muro.

María hizo ademán de levantarse, pero Ejean la sujetó del brazo.

—Es preferible que Joseph vaya primero. Tú y yo lo seguiremos a cierta distancia —ordenó mientras trataba inútilmente de despegarse del cuerpo la ropa empapada de agua y nieve.

—Conforme —afirmó Joseph tomando su zurrón.

—Si los soldados te dieran el alto, haz valer tus ropas de seglar para hacerles entender que eres un campesino de Codalet que andas en busca de ganado extraviado. Y, sobre todo, y eso va por los dos, si los centinelas nos descubren, vosotros seguid corriendo, y por nada del mundo me esperéis.

Joseph los miró emocionado, asintió con la cabeza e inició la marcha en cuclillas, siguiendo la dirección marcada por su hermano. Ejean miró con ternura a su hermana y le sujetó la mano.

—¡Estás helado! —exclamó María.

—Congelado hasta la cintura, pero el torso todavía lo tengo seco —dijo Ejean forzando una sonrisa.

Agarró a su hermana del brazo y marcharon tras las huellas de Joseph, agachados y tentando el suelo, evitando con cuidado el crujir de la nieve bajo sus pies. Aprovecharon los intervalos en que las nubes ocultaban la luna para avanzar, deteniéndose y arrodillándose tras los árboles cuando el astro volvía a emerger en el firmamento. Después de caminar un buen trecho, se toparon con Joseph, que los esperaba en cuclillas junto a un árbol. Señalando al frente, les mostró la abrupta ladera de la montaña que quedaba un poco más allá. Descendía vertiginosamente hasta el valle, sin otra salida que no fuera atravesar un impenetrable bosque que parecía prolongarse hasta el infinito.

Ejean se alzó tras el árbol y miró atrás evaluando el camino recorrido. Acertó a vislumbrar el resplandor que surgía a media colina, algo más abajo de las colosales torres de la abadía, y dedujo que se trataba de los fuegos del campamento de los soldados. Advirtió entonces que, una vez iniciaran el descenso de la ladera, quedarían fuera del campo de visión de los militares.

—¿Y ahora qué hacemos? —murmuró Joseph con preocupación.

—No tenemos más remedio que seguir en esta dirección y atravesar el bosque como buenamente podamos.

Los tres iniciaron el descenso con nieve hasta las rodillas, sin camino a seguir, cercados de alcornoques, robles y zarzas, resbalando y cayendo una y otra vez. La pendiente se hizo tan endiabladamente pronunciada que ni siquiera podían sostenerse en pie. Agotados, optaron por dejarse caer de árbol en árbol, sujetándose de las ramas, sufriendo un auténtico calvario en el que ni se sentían el cuerpo ni los pies. Por fin apareció ante ellos, como si se hubiera obrado un milagro, un pequeño claro en el que se elevaban dos túmulos, probablemente carboneras, desde donde partía un angosto camino de carro. Tras avanzar un trecho en el que las piernas parecían caminar solas, pudieron distinguir a la luz de la luna los perfiles de los tejados de Codalet.

Epilogus

El legajo, redactado en diferentes periodos, finaliza con tres cuartillas que con toda seguridad fueron manuscritas por Ejean Duver, y que, a pesar de no venir fechadas, deben entenderse redactadas en Limoux, dos o tres años después de sucederse los acontecimientos que se dejan relatados. Esas últimas páginas dicen así:

> Hemos regresado a Limoux tan solo por dos días con el fin de dar cristiana sepultura a nuestros padres, pues valga decir que aun después de atormentados y muertos, fueron nuevamente agraviados, al prohibir las autoridades su entierro en el cementerio del pueblo. Aquellas gentes depositaron sus restos al otro lado del río [Aude], lejos del camposanto, en una heredad pagana e insana. Afortunadamente los sepultaron juntos, introduciendo en un mismo ataúd las dos pequeñas arcas de madera que guardaban sus exiguos despojos. Y aunque sea triste reconocerlo, tan liviano era su peso que su exhumación nos resultó muy breve. Hubiéramos deseado que sus restos descansaran en el cementerio de la parroquia, pero no hemos osado por temor a ser prendidos. En su lugar, y de forma encubierta, lo hemos hecho en la antigua ermita, en el que fuera taller de mi padre, levantando a tal fin un falso cerramiento en el muro norte. A Dios gracias, Hug se ha encargado de todos los preparativos, e incluso logró convencer al párroco, el padre Raymundus, para que volviera a sacralizar clandestinamente esta ermita. Asimismo, se ha encargado de parlamentar a escondidas con el alguacil Gog, quien nos ha concedido una tregua de dos días y una noche para que podamos rezar ante las exequias de nuestros padres. Se ha comprometido a mirar a otro lado durante ese periodo de tiempo, e incluso a distraer a sus sayones con otros quehaceres para así evitar que nos importunen. Le agradezco por igual a mi amigo que, a mis ruegos, y aun

contra su voluntad, haya indagado y sonsacado del dicho Gog y el padre Raymundus, los pormenores y detalles del tormento al que fueron sometidos nuestros padres. He leído sus anotaciones, y me han hecho llorar profusamente; tantas han sido mis lágrimas que creo haber enjuagado el alma. Aún hoy, cuando esto escribo, sigo sollozando.

Después de huir de la abadía y dejar a mis hermanos con los Sabarthès, me desplacé a Barcelona, junto con la que ahora es mi esposa, Catherina, lo que es tanto como decir que ahora Hug y yo somos cuñados; ambos nos vanagloriamos de ello. Tenemos una niña preciosa a la que hemos bautizado con el nombre de Jeanette en memoria de mi padre, que no en la mía. Estamos esperando un segundo hijo, pero Catherina está aquejada de grandes fiebres y sufro por lo que pueda pasarles. Esa es la razón por la que ella ha quedado allá [Barcelona], una ciudad que nos acogió de buen grado y, sobre todo, nos permite sentirnos anónimos entre tanta gente, una sensación que en este lugar extraño en demasía. Cuando merodeo por aquel puerto, y aun reconociéndome profundamente enamorado de Catherina, todavía sigo pensando que algún día me toparé con Saksik Shlomoh. Dado que partió de esas

dársenas, tal vez decida volver por el mismo camino. Más ahora, que merced al Punyalet [apodo del rey Pere IV], son decenas los barcos que van y vienen de Atenas y Neopatria.

Me he asociado con Ardiol, un viejo herrero y un buen hombre. Me tiene en gran estima y confianza, y me deja hacer. Entre trabajo y trabajo me permite, sin preguntar, elaborar algunas armas; creo estar muy cerca de conseguir ese acero que tanto he deseado.

Mi hermana María está pronta a casarse y decidida a vivir con su futuro esposo en una casa de labranza propiedad de la familia de él, y que [si bien] todavía no los he visitado, me dicen, se alza a medio camino entre el mar y la falda de la montaña del Castell de Burriac, un lugar, para contento de todos, muy próximo a Barcelona. Joseph, por razón de una moza, se ha establecido provisionalmente en una aldea cercana a Girona, pero me ha advertido que cuando se le pase el mal de amores, en el caso de que eso llegara a suceder, tiene intención de trasladarse a mi ciudad. Jaccobus, demasiado niño para viajar, sigue aquí en Limoux, con la familia Sabarthès, bajo el cuidado de Eloïna, a quien considera todavía su hermana. Hug se casó con Natalia, una bella mujer de Foix. Ambos viven aquí con sus padres, sin que por el momento esperen descendencia. Me alegra mucho poder compartir con él estos días, pero lamento que sean tan escasos. Dios quiera que mi negocio devenga próspero, pueda ampliar mi aposento y en unos años consiga reunirlos a todos en Barcelona; eso me colmaría de felicidad.

No he vuelto a tener noticias de Bardou, quien sin duda debe sentirse ufano ante el reciente compromiso del reino castellano, que, según he oído, está pronto a ponerse del lado de su pontífice. Lo cierto es que lo añoro y desearía algún día poderle dar las gracias con mejores modos de los que en su momento pude hacerlo. Confío y deseo que aquellos mercenarios le respetaran la vida. A decir verdad, muchas han sido las veces que me he preguntado si aquel salvoconducto era realmente tal; me enseñó un documento, eso es cierto, pero más cierto es que nunca me lo dio a leer. Y a fe mía que ya conocí de sus habilidades y ardides. Así pues, y para el caso de que no sobreviviera, es mi deseo que estas letras también se entiendan escritas en su memoria.

Dejo ahora estos manuscritos en un cofre que guardo en el interior del ataúd de mis padres, junto a las arquetas, no para que sean leídos, sino como desagravio de tanta afrenta, y lo hago acompañándolos con esta nota que no tiene otro fin que sosegar mi alma y la de mis hermanos. Confío en que, llegado el día del juicio final, cuando de nuevo puedan ver con sus propios ojos, tengan a mano su historia, y con ella puedan contestar oportunamente a su juzgador y rebatir así cuantas falsas acusaciones les pudieran ser incriminadas en vida. Descansad en paz. Amén.

Del azar y el destino

Agradecimientos

Aun a riesgo de pasar por incrédulo, reconozco que soy poco amigo de idolatrar casualidades, ni de creer en astros o destinos; pero en ocasiones, la sucesión de ciertos hechos obliga a reflexionar al más recio de los mortales. Ya en el inicio de la obra sugerí que el cúmulo de circunstancias que me llevaron a Limoux y al manuscrito de Savaric difícilmente pudiera ser simple fruto del azar. Pero, sin querer intimidar a nadie, debo confesar que esas no fueron las únicas casualidades que se sucedieron; y de ahí que me aventure a adicionar unas últimas líneas que son también una expresión de agradecimiento.

Cuando ya tenía redactado el primer manuscrito de la obra, y eso fue mucho tiempo después, quiso también el azar que conociera a la artista francesa Ana Yerno, residente en París, y que, por puro antojo, hubiera decidido pasar dos días en Barcelona. Bastaron pues esas cuarenta y ocho horas para conocernos, conversar y a la postre descubrir que Limoux era su pueblo natal. En cuanto le revelé que, entre el sinfín de poblaciones que tiene Europa, mi obra tenía precisamente a Limoux como escenario, nuestra conversación viró hacia un inesperado silencio durante el cual pretendimos calcular el porcentaje de probabilidades de que nuestro encuentro hubiera tenido lugar. Solo con restringirnos a territorio europeo, las posibilidades eran tan ínfimas que mi amiga tuvo que admitir que no existían suficientes astros, zodiacos y demás venturas que pudieran explicarlo.

A ella le faltó tiempo —y eso se lo agradeceré siempre— para dejar de hablar en presente y hacerlo en términos futuros. Así fue como acabó por invitarme al carnaval que tendría lugar a finales de enero. Y esa invitación además suponía, fruto o no de ese albur, acabar cumpliendo al pie de la letra la recomendación que en su día me diera Madame Savaric sobre los Carnavales: «Le ayudarán a entender muchas cosas».

Madame Savaric tenía mucha razón. Ese carnaval es diferente: la habilidad no está en batir las caderas, sino todo lo contrario. Los movimientos son lentos y constantes, solo salpicados muy de vez en cuando por pequeñas sacudidas del cuerpo. El hieratismo de las máscaras y el compás de la música —que en algunos pasajes bien pudiere parecernos disonante— permiten adivinar que estamos ante un ritual secreto y codificado que encubre una extraña lucha de sentimientos encontrados. Lo que expresan sus comparsas no son manifestaciones de alborozo y júbilo, sino la expresión de almas doloridas por el pecado y la tristeza. Cuentan que sus orígenes se remontan al siglo XIV —curiosamente, la misma época en que transcurre la vida de Ejean— y que derivan de los festejos que tenían a bien organizar los molineros del pueblo con ocasión del pago de las gabelas debidas al monasterio de Prouille; especulación que, con todo respeto, pongo en duda. Más bien entiendo que esos molineros y molinos deben ponerse en relación con un espacio de contrición; allí donde el alma dolorida acarrea sus pecados embutidos en sus costales —igual que haría con el trigo—, para depositarlos ante las dos ruedas de moler —que personifican el juicio final—, con la esperanza de obtener el perdón de Dios mediante la confesión. Sus bailes son pues la expresión de vivir, morir y resucitar espiritualmente, o si se quiere observar desde un prisma menos divino, la reseña de los ciclos del nacimiento, infancia, madurez y muerte.

Comprobé pues que tras esas máscaras y danzas todavía perduran los mismos misterios y miedos que *frère* Otz de Laici y *frère* Bartolomei proclaman en la obra. De forma irremediable acudieron a la memoria una de tantas reflexiones que me produjo la primera lectura del manuscrito de Madame Savaric: el miedo sigue siendo la forma más eficaz para someter al pueblo sin apenas protestas. Desafortunadamente somos lo bastante necios para no darnos cuenta de que la historia se repite, y lo único que cambian son los decorados.

Sirva todo cuanto esto precede para dedicar pues las últimas líneas a Ana Yerno, Martine Maso, Dominique Margalejo, Pierre Vaquier y al arqueólogo e historiador del medioevo David Maso y su esposa, agradeciéndoles los días que me dedicaron en Limoux —y también las noches—; con ellos descubrí la genuina alma y esencia de su carnaval.

Este libro utiliza el tipo Aldus, que toma su nombre
del vanguardista impresor del Renacimiento
italiano, Aldus Manutius. Hermann Zapf
diseñó el tipo Aldus para la imprenta
Stempel en 1954, como una réplica
más ligera y elegante del
popular tipo
Palatino

La abadía de los herejes se acabó
de imprimir un día de invierno de 2022,
en los talleres gráficos de Liberdúplex, s. l. u.
Crta. BV-2249, km 7,4. Pol. Ind. Torrentfondo
Sant Llorenç d'Hortons (Barcelona)